ROBERT GODDARD

Geschlossene Gesellschaft

Buch

Die beiden Schwindler Guy Horton und Max Wingate sehen sich gezwungen, den Vereinigten Staaten so schnell wie möglich den Rükken zu kehren, da sie sich dort in eine etwas delikate Lage manövriert haben.

Als Guy eines Tages auf dem Sportdeck des luxuriösen Passagierdampfers »Empress of Britain« einer Dame aus reiner Höflichkeit seine Hilfe anbietet, weiß er noch nicht, daß dies der Beginn eines neuen Coups ist. Erst als sich die unscheinbare Dame als Vita Charnwood vorstellt, machen die beiden Gentlemen ein neues Tätigkeitsfeld aus. Ist doch Vita die Schwester eines berühmten Finanziers. Sie wird begleitet von ihrer wunderschönen Nichte Diana. Da der charmante Guy schon einige Erfahrung in kurzen Affären mit lukrativem Ausgang hat, steht das weitere Vorgehen auch bald fest.

In England gelandet, bewegen sich Guy und Max inmitten eines mörderischen Verwirrspiels – und die Leser mit ihnen. Bald wissen wir nicht mehr, wer wen belügt und betrügt, und zuletzt ist nicht einmal mehr klar, wer Jäger und wer Gejagter ist...

Autor

Robert Goddard, 1953 in der südenglischen Grafschaft Hampshire geboren, studierte in Cambridge Geschichte und war längere Zeit Beamter der Erziehungsabteilung der Grafschaft Devon. Seit dem aufsehenerregenden Erfolg seiner ersten Romane widmet er sich ganz dem Schreiben.

Außer dem vorliegenden Band sind von Robert Goddard als Goldmann-Taschenbücher erschienen:

Dein Schatten, dem ich folgte. Roman (9856)
Heute nicht und niemals wieder. Roman (42432)
Die Krallen der Katze. Roman (9857)
Leben heißt Jagen. Roman (41195)
Mitten im Blau. Roman (41310)
Nimm niemals Abschied. Roman (42141)

ROBERT
GODDARD

Geschlossene Gesellschaft

Roman

Aus dem Englischen
von Werner Waldhoff

GOLDMANN

Ungekürzte Ausgabe

Titel der Originalausgabe: Closed Circle
Originalverlag: Bantam Press, London

Umwelthinweis:
Alle bedruckten Materialien dieses Taschenbuches
sind chlorfrei und umweltschonend.
Das Papier enthält Recycling-Anteile.

Der Goldmann Verlag
ist ein Unternehmen der Verlagsgruppe Bertelsmann

Genehmigte Taschenbuchausgabe 8/97

Umschlagentwurf: Design Team München
Umschlagfoto: TIB / Rankin
Satz: IBV Satz- und Datentechnik GmbH, Berlin
Druck: Elsnerdruck, Berlin
Verlagsnummer: 42751
MV · Herstellung: Stefan Hansen
Made in Germany
ISBN: 3-442-42751-7

1 3 5 7 9 10 8 6 4 2

1

Das Glück war zu oft unser Verbündeter gewesen. Wir hatten uns zu sehr auf seine Treue verlassen. Deshalb war das erste Mal, an dem es uns im Stich ließ, auch der Moment, an dem wir es am wenigsten vermuteten.

Max und ich lehnten an der Reling auf der verlassenen Steuerbordpromenade des Salondecks, rauchten Zigaretten und schauten auf den Fluß hinaus, der breiter wurde, während sich der Dampfer vom Ufer entfernte. Auf der dem Hafen zugewandten Seite winkte eine Traube von Passagieren immer noch ihren Freunden und ihren Familien, die sie hier in Quebec zurückließen, zum Abschied zu. Wir aber hatten kein Verlangen nach sehnsüchtigen Lebewohls. Max hielt eine aufgeschlagene zwei Tage alte Ausgabe des *Wall Street Journal* in der Hand, und die Schlagzeile eines Artikels verkündete in fetten Lettern den Grund, warum wir nur Augen für das offene Meer hatten: BABCOCK-BETRUGSFALL IM HERBST VOR GERICHT. Ich beobachtete, wie Max immer wieder die Worte überflog und die Zähne zusammenpreßte, ich wußte nicht, ob aus Frustration, Scham, vielleicht Erleichterung oder sonst einem Gefühl. Dann inhalierte er tief den Rauch seiner Zigarette. »Nun, das versaut es, nicht wahr?« fragte er.

»Wir wußten, daß es passieren würde.« Es sollte ein Trost sein, doch im Blick, den wir uns dabei zuwarfen, lag das Eingeständnis, daß dieses Vorherwissen die Kränkung nur verschlimmerte. »Er wird sich einen guten Anwalt nehmen«, fügte ich achselzuckend hinzu.

»Den wird er auch brauchen. Sie beide werden einen brauchen.«

»Und wir hätten nichts tun können, außer vielleicht...«

»Mit ihnen zusammen unterzugehen?«

»Genau.«

»Das ist nicht unser Stil.«

»Nein. Das ist er nicht.«

Einen Augenblick hatte ich den Eindruck, er bedauerte, was wir getan hatten. Nicht nur, daß wir die Babcocks schnöde im Stich gelassen hatten. Vielleicht bedauerte er auch all die anderen unmoralischen und ungesetzlichen Taten aus unserer Vergangenheit. Solche Gefühle traten selten bei uns auf, wenn auch nicht so selten, wie wir gern vorgaben. Und in diesem Fall blieben sie unausgesprochen. Max zerquetschte seinen Zigarettenstummel auf dem Geländer der Reling und drehte sich mit diesem schiefen Lächeln zu mir um, das ich so gut kannte. »Dick hat eben Pech gehabt. Aber wir sind gut aus der Sache herausgekommen, schätze ich, du nicht auch?«

»Da kannst du sicher sein.«

»Selbst wenn das bedeutet, nach Blightly zurückzugehen.« Er seufzte und stieß sich von der Reling ab. »Ich werde vor dem Essen noch ein Bad nehmen. Um sieben zum Cocktail?«

»Gute Idee.«

»Und mach dir keine Sorgen.« Er schlug mir aufmunternd mit der Zeitung auf die Schulter. »Ich werde das da nicht mitbringen. Was hältst du davon, wenn wir dieses Thema verbannen – jedenfalls so lange, bis wir England erreicht haben?«

»Einverstanden. Von ganzem Herzen.«

»Gut. Wir sehen uns später.«

Er trat an mir vorbei, grinste mit einer gewissen eigensinnigen Fröhlichkeit und ging zum Niedergang. Ich rauchte meine Zigarette zu Ende und schaute zu, wie die Schlepper hinter uns in den kräuselnden Schatten des Rauchs der Schornsteine zurückfielen. Dann machte ich mich ebenfalls auf den Weg in meine Kabine.

Als ich mich vom Geländer abwandte, sah ich vor mir, wie eine korpulente Gestalt, weiblich und in Tweed gehüllt, den Niedergang vom Sportdeck herabstieg. Ich hatte kaum jemals eine so dicke und gleichzeitig so ehrwürdige Person gesehen, und ich bildete mir ein, über dem Dröhnen der Motoren das Knarren der Streben hören zu können. Ihre Knöchel waren geschwollen, und ihre Füße waren grausam in ein Paar irgendwie zu klein geratener Pumps gequetscht, auf denen sie dahertrippelte. Das Schiff schlingerte zwar kaum, aber ich hätte wetten können, daß sie es nicht schaffen würde, ohne einen Fehltritt die Treppe hinunterzugehen. Ich hätte gewonnen. Eine Brise zupfte an der Krempe ihres Bergsteigerhutes, und sie hob die Hand von der Reling, um zu verhindern, daß er weggepustet wurde. Dadurch schwebte ihr Fuß einen Moment deplaziert mitten in der Luft.

»Oh … oh, mein Gott …!«

»Schon gut«, sagte ich und packte sie fest am Ellbogen. »Ich halte Sie.« Ich lächelte so beruhigend, wie ich konnte, und ließ sie nicht los, bis wir beide sicher auf dem Deck standen. Sie war ungefähr dreißig Zentimeter kleiner als ich und starrte mich aus blaßblauen, geweiteten Augen an. Ihr Busen wogte verschreckt, und ihr Parfum sowie der Duft nach Mottenkugeln neutralisierten jeden anderen Geruch in der Luft um uns herum.

»O je, o je, du meine Güte. Vielen, vielen Dank, junger Mann.« Sie war Engländerin – ich schätzte sie auf ungefähr sechzig, fünfundsechzig –, kugelrund wie eine ehrwürdige Matrone, ganz bebendes Doppelkinn und hühnerbrüstig. Eine dreifache Perlenkette erregte meine Aufmerksamkeit, ebenso die Brosche in Blumenform auf ihrem linken Revers, in der Rubine und Saphire verschwenderisch glitzerten. »Ich wage nicht daran zu denken, was geschehen wäre, wenn Sie nicht zufällig vorbeigekommen wären«, sagte sie, nachdem sie wieder zu Atem gekommen war.

»Es freut mich, Ihnen behilflich gewesen zu sein, Miss ...«

»Charnwood. Vita Charnwood. Wie aufmerksam von Ihnen, mich nicht Madam zu nennen.« Das bestätigte meine Vermutung von lebenslanger Jungfernschaft. »Entdecke ich da den Akzent meines Heimatlandes?«

»England? Ja, obwohl er durch lange Jahre auf dieser Seite des Atlantiks ein wenig verdorben ist.«

»Kanada?«

»Nein. Eigentlich die Vereinigten Staaten, aber ...«

»Dann sind Sie also wie ich den Versprechungen der *Canadian Pacific* erlegen, die behaupteten, mehr als zwei Drittel der Kreuzfahrt fänden in den ruhigen Gewässern des Sankt-Lorenz-Stroms statt? Ich verstehe sehr gut. Ich bin ebenfalls ein Opfer der Seekrankheit, Mr. ...«

»Horton.« Ich nahm den Hut ab und schüttelte ihre Hand. Ihr Griff war überraschend kräftig, in Anbetracht ihres Stolperns auf dem Niedergang. »Guy Horton.«

»Ja, Mr. Horton, eine Märtyrerin. Es gibt keine andere Bezeichnung dafür. Unsere Ausfahrt war das reinste Fegefeuer.« Unsere Ausfahrt. Sie war also nicht allein. »Wir können nur hoffen, daß der Rest der Fahrt besser wird, nicht wahr?«

»Allerdings.« Ich lächelte und ließ sie nur zu gern in der Annahme, ich hätte mich aus demselben Grund wie sie entschlossen, statt von New York von Quebec aus zu fahren. Die Wahrheit hätte diese Besitzerin von Naturperlen und echten Rubinen auch viel zu mißtrauisch gemacht. Und ich sage schon aus Gewohnheit nur dann die Wahrheit, wenn es nicht zu vermeiden ist.

»Der einzige Nachteil ist der, daß einen hier niemand verabschiedet. Deshalb sind Sie vermutlich auch auf dieser Seite dieses Schiffes. Ich habe zufällig beobachten können, wie Sie sich mit einem anderen Gentleman an der Reling unterhielten, während ich mir über Ihnen fast den Hals verrenkt habe, um den wundervollen Blick zu genießen.«

»Das war Max. Wir sind alte Freunde.«

»Und Sie fahren beide nach längerer Abwesenheit nach Hause?«

»Ja. Es müssen jetzt ... oh, sieben Jahre oder mehr sein.« Es waren tatsächlich sogar neun Jahre, seit einer von uns in England gewesen war. Neun Jahre, in denen es uns im großen und ganzen sehr gut gegangen war. Die beiden letzten waren zwar ein bißchen weniger üppig gewesen, aber dennoch nicht so dürr, wie sie hätten sein können. Wenn man gestriegelt und gut gekleidet auf dem Erste-Klasse-Deck des neuesten Ozeandampfers steht, während an Land die Wirtschaft auf einen Zusammenbruch zusteuert, ist das keine schlechte Leistung, selbst wenn einen am Ende der Reise keine Reichtümer erwarten. Abgesehen davon bestand immer noch die Hoffnung, unterwegs jemand Reichem zu begegnen, was die Stimmung hob, die zu sinken drohte.

»Sie werden feststellen, daß sich in England einiges geändert hat, Mr. Horton. Und nicht alles wird nach Ihrem Geschmack sein. Vor sieben Jahren war alles noch viel ... fröhlicher.« Plötzlich schien ihr ein Gedanke zu kommen. Sie legte gebieterisch den Zeigefinger auf meinen Ärmel. »Sie müssen unbedingt zu meiner kleinen Party kommen, die ich morgen abend gebe – bevor der Atlantik sein Schlimmstes tun kann. Meine Nichte und ich würden uns sehr freuen, Sie begrüßen zu dürfen. Ihren Freund ebenfalls.«

»Nun, ich ...« Ich stellte mir entmutigt die Nichte vor, dünn, nach Mottenkugeln riechend und bebrillt. Doch da fiel ein Sonnenstrahl auf die Brosche. »Ich fühle mich von Ihrer Einladung sehr geehrt. Und Max bestimmt auch.«

»Diana und ich erwarten Sie um achtzehn Uhr in unserer Suite, Mr. Horton. Es werden nicht viele Leute dasein. Aber Sie werden die Gesellschaft genießen, das glaube ich ganz sicher.«

»Ich auch, Miss Charnwood. Ich auch.«

Wir, die wir von unserer Schlagfertigkeit leben, können es uns nie leisten, uns vollkommen zu entspannen. Seit ich die langweilige Welt der festen Arbeitsstunden und monatlichen Gehälter zehn Jahre zuvor verlassen hatte, konnte ich mich nicht mehr der reinen Muße überlassen, weil ich immer den Verdacht hegte, ich verschwendete dabei eher meine Zeit als die von jemand anderem. Ich fragte mich immer unweigerlich, wo der Profit dabei war und wo die günstige Gelegenheit.

Ich wußte, daß Max genauso dachte, und war sehr zufrieden mit mir, als ich an diesem Abend von meiner Kabine hinaufschlenderte, um mich mit ihm zu treffen. Miss Charnwoods Party mochte sich möglicherweise als die trübseligste Pleite herausstellen, vielleicht aber auch nicht. Der Schlüssel vieler unserer Erfolge war diese Unvorhersagbarkeit, und ich wollte nicht den Glauben daran verlieren. Ich trat auf das Promenadendeck hinaus, sog tief die sonnengereinigte Luft der Zuversicht der Neuen Welt ein und machte mich dann auf, meinen Freund damit anzustecken.

Diese Infektion hatte er dringend nötig. Er thronte in einem abgelegenen Winkel des orientalisch eingerichteten Salons, von wo aus er seine Mitpassagiere mit mürrischer Gleichgültigkeit betrachtete, während diese verwundert auf die schwarzen Kissen und das exotische Dekor starrten. Dicks Verhaftung schien ihm ziemlich zuzusetzen, mehr jedenfalls, als ich es für angemessen hielt. Der Wall-Street-Crash hatte die Babcocks gezwungen, hart am Wind zu segeln, und wir waren mit ihnen gesegelt. Das Ergebnis hätte noch viel schlimmer ausfallen können, vor allem, wenn Max nicht darauf bestanden hätte, unseren Profit auf einer Bank in Toronto anzulegen. Dennoch schien seine Vorsicht ihn nicht im geringsten zu trösten.

Vielleicht war sein Alter das Problem. Max war zwar nur ein paar Monate älter als ich, aber in den letzten Jahren war sein Haar dünner und seine Taille dicker geworden, so daß man ihn leicht für zehn Jahre älter als mich hätte halten können. Er trank zwar nur wenig mehr als ich, schien es jedoch wesentlich schlechter zu vertragen. Manchmal waren seine Gedanken und Worte seltsam vage und sein Blick leer. Er klagte häufig über Migräne, und ich mußte an die Kopfverletzung denken, die er in Mazedonien erlitten hatte. Natürlich hatte ich meinen Verdacht über einen Zusammenhang nie ausgesprochen, so daß ich nicht in Erfahrung bringen konnte, ob er dieselbe Befürchtung hegte. Was auch der Grund war, er war jedenfalls nicht mehr der unbesorgte Max, mit dem ich vor sieben Jahren den Atlantik überquert hatte.

Zweifellos hätte er ähnliches auch über mich sagen können. Wenn ich jedoch mein Spiegelbild auf dem Weg durch das Schiff betrachtete, stellte ich eindeutige Unterschiede fest. Mein Haar war immer noch dunkel und kräftig, mein Gesicht nicht so gezeichnet, ich war schlank und elegant gekleidet. Es gab keinerlei Anzeichen körperlichen Verfalls, kein Signal für innere Zweifel. Ich war das, was die Welt mit meiner Einwilligung aus mir gemacht hatte: ohne Zweifel oberflächlich und egoistisch, aber welcher gutaussehende Realist ist das nicht?

»Du siehst ein wenig niedergeschlagen aus, alter Knabe«, bemerkte ich, während ich Max auf seinem Sofa Gesellschaft leistete.

Er lächelte bedauernd. »Ich werde schon darüber hinwegkommen!«

»Ich weiß. Und ich habe mir auch das perfekte Stärkungsmittel ausgedacht. Oder vielleicht sollte ich lieber sagen, es wurde mir präsentiert.« Die Ankunft eines Stewards zwang mir an diesem Punkt eine dramatische Pause auf. Ich entschied mich für einen Cocktail, und Max bestellte seinen – schätzungsweise – dritten Scotch mit Soda. Als ich ihm die Neuigkeiten erzählte, war seine erste Reaktion unverhohlene Enttäuschung.

»Eine frostige alte Lady und ihre schlichte Nichte? Klingt furchtbar.«

»Vielleicht. Aber Miss Charnwood ist eindeutig nicht gerade knapp bei Kasse.«

»Wer an Bord dieses Schiffes ist denn schon ...« Er brach ab und starrte mich mit hochgezogenen Augenbrauen an. »Wie ist ihr Name?«

»Charnwood. Miss Vita Charnwood.«

»Und der der Nichte?«

»Ehm ...« Ich versuchte krampfhaft, mich zu erinnern.

»Diana?«

»Ja, so lautete er. Woher weißt du ...?«

»Ha!« Er schlug mir aufs Knie und grinste breit. »Du hast recht, Guy. Uns lächelt wieder das Glück.«

Der Steward tauchte mit unseren Drinks auf und unterbrach ihn. Dann mußte ich erst auf unser Glück anstoßen, bevor Max geruhte, sich zu einer Erklärung herabzulassen.

»Hast du noch nie von Diana Charnwood gehört?«

»Nicht, daß ich wüßte.«

»Du solltest die Klatschspalten lesen. Das habe ich dir oft genug erzählt.«

»Du tust das doch für mich. Also, wer ist nun Diana Charnwood?«

»Die Tochter von Fabian Charnwood, dem Chef von *Charnwood Investments*. Diesen Namen kennst du ja wohl.«

Und ob ich ihn kannte. *Charnwood Investments* war jedem

Studenten der Wirtschaftswissenschaften ein Begriff. Das einflußreiche Unternehmen hielt Aktien von vielen großen Gesellschaften. Es nutzte seine Macht so besonnen, daß sein Ruf seine Größe bei weitem überstieg, und hatte so geschickt diversifiziert, daß es die Depression mit Leichtigkeit zu überstehen schien. Eine zufällige Begegnung mit der Tochter des Gründers war also ein Geschenk des Himmels – und zwar ein so großzügiges, wie ich es nie zu hoffen gewagt hätte.

»Diana ist nicht nur Charnwoods Tochter. Sie ist auch sein einziges Kind.«

»Ledig?«

»Dafür ist sie berüchtigt. Vor fünf Jahren verlobte sie sich mit dem jüngeren Sohn eines Marquis, aber der endete im Grab und nicht mit ihr vor dem Altar.«

»Selbstmord. Jetzt erinnere ich mich. Lord Peter Gressingham. Er hat sich erschossen, nachdem sie ihm den Laufpaß gegeben hat.«

»Das wurde niemals bestätigt. Die gerichtliche Untersuchung kam statt dessen zu dem Ergebnis, es habe sich um einen Unfall gehandelt. Wie auch immer, seine ehemalige Verlobte ist die wohl akzeptabelste Erbin, die kennenzulernen jeder Kerl nur wünschen kann.«

»Und gefährlich dazu, wenn man auch nur fünf Pfennige auf Lord Peters Beispiel gibt.«

»Der Bursche hat offenbar seinen Verstand von seinem Herzen regieren lassen. Einen solchen Fehler machen wir doch nicht, oder? Das haben wir noch nie getan und werden wir auch nie tun.«

Ich wußte sofort, worauf Max anspielte. Le Touquet, 1924. Meine kurze, jedoch höchst lohnende Verlobung mit Caroline, der einzigen Tochter von Sir Antony Toogood, Nähmaschinenfabrikant und liebender Vater. Das war in vielerlei Hinsicht unser bester Coup gewesen. Beide hatten wir sie im Auge gehabt, aber schon damals war ich Max bei der Werbung um eine Dame überlegen. Ich hatte Carolines Herz in vierzehn Tagen gewonnen und nach weiteren zwei Wochen gebrochen. Sir Antony hatte mich für eine unglaubliche Summe losgekauft. Die ganze Sache war perfekter, einfacher als alles, was wir später unternahmen. Wir hatten einen sehr ansehnlichen Gewinn erwirtschaftet, ohne die geringsten Auslagen zu haben, und niemand hatte etwas verloren, was nicht einfach zu ersetzen gewesen wäre – Sir Antony beschnitt einen Monat lang die Provisionen für seine Vertreter, und Caroline fand einen Ehemann, der sie wirklich glücklich machen konnte.

»Der Mann, der sich seinen Weg in Diana Charnwoods Zuneigung erschwatzt, erschleicht sich ein Vermögen«, sagte Max. »So oder so.«

»Das hier ist nicht Le Touquet.«

»Nein? Ich würde sagen, im Prinzip schon.«

»Ich meine, es ist nicht dieselbe Situation. Nach dem, was du mir erzählt hast, ist Diana Charnwood keine errötende Debütantin. Kurz gesagt, sie ist nicht Caroline Toogood.«

»Wir wissen nicht, was sie ist – bis wir es herausfinden. Und diese Party bietet uns Gelegenheit dazu. Du willst doch diese Chance nicht ernsthaft verstreichen lassen, oder?«

»Natürlich nicht.« Eigenartig. Max' Begeisterung schien meine zu dämpfen.

»Guter Junge.« Er goß, offensichtlich erleichtert, noch mehr Scotch herunter. Die Unvorhersagbarkeit hatte ihn wiederbelebt, wie ich es gehofft hatte. Tatsächlich wurden meine Hoffnungen sogar übertroffen. »Was hältst du davon, wenn wir nach denselben Regeln wie damals in Le Touquet vorgehen?«

»Dafür besteht doch sicher keine Notwendigkeit. Damals hatten wir noch nicht so viel Vertrauen zueinander.«

»Und haben wir es jetzt?« Er lächelte spöttisch.

»Nun, wir haben seitdem eine lange Zeit gemeinsam erlebt,

in der wir alles geteilt haben, ohne je etwas schriftlich zu fixieren.«

»Du kannst keine Frau teilen, Guy.« Er bemerkte meine fragend erhobenen Brauen. »Oder eine Verlobte«, fügte er hinzu. »Damals hat die Abmachung doch funktioniert, nicht wahr?«

»Ja, aber …«

»Also könnte es diesmal genau der Glücksbringer sein, den wir gut brauchen können.« Er winkte den Kellner heran, bestellte zur gut getarnten Verblüffung des Mannes zwei Bogen Papier und lehnte sich dann, über das ganze Gesicht strahlend, zurück. »Sie dürfte eine harte Nuß sein, das will ich nicht abstreiten. Vielleicht sogar zu hart. Sicherlich ermuntert ihr Ruf einen nicht gerade. Vermutlich hat sie ein Herz, das genauso weich ist wie ein Diamant. Aber selbst Diamanten kann man schleifen, wenn man ein Händchen dafür hat – und die passende Ausrüstung. Und ich würde sagen, wir haben beides, findest du nicht?«

»Ich würde sagen, unsere Vergangenheit spricht für sich.« Wir lächelten uns verschworen an und erinnerten uns an all die Dinge, von denen wir besser nicht sprachen. Als der Steward mit dem Papier zurückkam, holte Max seinen Füllfederhalter heraus, beugte sich über den Tisch neben uns und begann, auf ein Blatt zu schreiben, nachdem er mir das andere gereicht hatte.

Ich zögerte einen Moment, starrte auf den geprägten Briefkopf und ließ dann meinen Blick über das Wasserzeichen darunter wandern. Max hatte von Schuldscheinen gesprochen, die wir jetzt als Glücksbringer austauschen wollten. Mir kamen sie schon da eher als Vorboten des Unheils vor. Ob das daran lag, daß wir nach sieben Jahren nun wieder in unsere eigenen Fußstapfen traten, oder daran, daß ich ganz allgemein schlimme Vorahnungen hatte, vermag ich nicht mehr zu sagen. Was auch der Grund war, ich hatte jedenfalls noch kein

Wort geschrieben, als Max mir seinen Bogen Papier in den Schoß warf und verkündete: »Das sollte reichen, denke ich.«

Hiermit verspreche ich, mit meinem guten Freund Guy Randolph Horton alle finanziellen Gewinne zu teilen, die sich wie auch immer aus einer Verlohung und/oder einer vollzogenen Heirat ergehen, die ich mit Miss Diana Charnwood eingehe, falls es dazu kommen sollte.

M. A. Wingate
19. Juli 1931

Natürlich hatte dieses Dokument keinerlei rechtliche Bedeutung. Keiner von uns beiden war an das gebunden, was er da schrieb. Es würde nur etwas dabei herauskommen, wenn unsere Freundschaft mehr war als eine Allianz aus finanziellen Erwägungen. Und deshalb, so vermute ich, zögerte ich damit, diese Worte dem Papier anzuvertrauen. Es waren harte Zeiten, das wußten wir alle. Man konnte nicht vorhersagen, welches Unglück uns zu welchen Opfern überreden würde, die wir dem Erfolg darbringen müßten. Wir hatten keinerlei Skrupel gehabt, Dick seinem Schicksal zu überlassen. Würden wir im Zweifelsfall untereinander loyal sein? Es war eine Frage, die ich lieber nicht beantwortete, aber Max mit seiner Vorliebe für schriftlich fixierte Abmachungen hatte sein Urteil bereits gefällt.

»Vielleicht ist es überflüssige Mühe«, protestierte ich vergeblich. »Möglicherweise ist Miss Charnwood unserem Charme gegenüber ja unzugänglich.«

»Dann kannst du deine Kopie über Bord werfen. Und ich werde dasselbe mit meiner tun – vorausgesetzt, daß ich jemals eine in die Hand bekomme.« Unsere Blicke begegneten sich. »Was hält dich auf?«

»Nichts.« Also schrieb ich.

Max und ich dinierten an diesem Abend an getrennten Tischen, um unsere Chancen zu verdoppeln, weitere vielversprechende Bekanntschaften unter unseren wohlhabenden Reisegefährten zu machen. Ich mußte während unzähliger Gänge einen ungebildeten Holzmillionär aus Neufundland mit seiner monströsen Gattin ertragen, eine Schauspielerin der ungehemmten Schule und ihren kummervollen Ehemann, eine rätselhafte polnische Contessa, den Schiffsarzt, der einmal beinah hätte in Aktion treten müssen, als Mylady Holzhändler einen Erstickungsanfall bekam, und den zurückhaltenden, aber aufmerksamen Mr. Faraday.

Faraday macht mir heute in der Rückschau mehr Sorge als damals. Eingelullt von gutem Wein und exzellentem Service, entging mir, daß er dasselbe Spiel spielte wie ich: dem enthüllenden Geplapper der anderen zuzuhören und dabei so gut wie nichts von sich selbst zu verraten. Er war ungefähr fünfzig, kleinwüchsig und schmächtig, mit kurzen, schwarzen Haaren, einem Schnurrbart, einem sehr beweglichen Mund, der selbst dann noch eine Delikatesse zu genießen schien, wenn er leer war, einem kaum merklichen Zittern des Kopfes, wenn er sich auf das konzentrierte, was gesagt wurde, und, was mich am meisten störte, einem feuchten und durchdringenden Blick. Er schien nie zu zwinkern. Seine Manieren waren untadelig, seinen Bemerkungen konnte man nicht widersprechen, und dennoch mochte ich Mr. Faraday nicht. Genauer gesagt, ich wurde nicht schlau aus ihm. Schlimmer noch, ich hatte das beunruhigende Gefühl, daß er mich nur allzu gut durchschaute. Ich beschloß, ihm für den Rest der Reise aus dem Weg zu gehen.

Von Miss Charnwood oder ihrer Nichte war nichts zu sehen. Entweder dinierten sie später oder in ihrer Suite. Vielleicht hatte die hartherzige Diana entschieden, ihr gesellschaftliches Debüt zu geben, wenn sie sicher sein konnte, im Mittelpunkt der Aufmerksamkeit zu stehen. Vielleicht störte sie auch die zufällige Sitzordnung des Restaurants, ein Vorurteil, das ich mit ihr teilte, nur daß ich es mir nicht leisten konnte, ihm nachzugeben.

Meine Hoffnung, ihr noch vor der Party zu begegnen und so die Größe unserer Aufgabe abschätzen zu können, wurde dennoch nicht enttäuscht. Am folgenden Tag fuhr die *Empress of Britain* bei ruhiger See hinaus auf den Sankt-Lorenz-Strom. Ihr weißer Rumpf strahlte unter einem wolkenlosen Himmel.

Die Passagiere kamen an die Luft heraus, um sich unter karierte Decken zu setzen, Wurfspiele zu spielen, das Frühstück abzuspazieren und den Horizont zu mustern oder um, in einigen Fällen, zu beobachten, ohne beobachtet zu werden.

Zu diesem Zweck spazierten Max und ich die meiste Zeit des Tages mit Mütze und Schal auf dem Schiff herum. Wir wirkten müßig, in Wirklichkeit jedoch gingen wir sehr konzentriert unserer speziellen Beschäftigung nach. Und dann, kurz vor Mittag, während wir uns dem Heckende des Sportdecks näherten, bemerkte ich unter mir auf dem Lounge-Deck niemanden anderen als Miss Vita Charnwood, die herumwatschelte, um Luft zu schnappen. In ihren Straßenschuhen und dem Tweedkostüm war sie nicht zu verwechseln. Nur war sie jetzt nicht allein. Neben ihr ging, und zwar beträchtlich graziöser, eine schlanke junge Frau mit pelzbesetztem Mantel und Hut.

»Die Charnwoods«, flüsterte ich Max zu. Wir blieben im Schatten eines Rettungsbootes stehen und spähten zu ihnen hinab. »Erkennst du sie?«

»Aufgrund einiger alter Fotos aus Illustrierten?« entgegnete Max. »Nicht aus dieser Entfernung. Ich kann ja heruntergehen und sie mir aus der Nähe anschauen, während du hier bleibst. Es ist meine einzige Chance, einen kurzen Blick auf sie zu werfen, bevor wir sie heute abend treffen. Und du hast ja die Tante schon kennengelernt.«

»Gute Idee.«

Also ging Max den nächstgelegenen Niedergang hinunter, während ich blieb, wo ich war. Die Charnwoods hatten bereits die halbe Strecke an der Heckreling zurückgelegt, als Max unter mir auftauchte. Er ging denselben Weg, aber in der anderen Richtung, und konnte sie ausgiebig betrachten, als sie stehenblieben, um mit jemandem zu reden. Schließlich verlor ich sie aus den Augen, als sie wieder in die Salons zurückgingen, während Max an der Reling stehenblieb. Ich wartete noch etwas, um sicherzugehen, daß ich ihnen unterwegs nicht begegnete, und ging dann zu ihm hinunter.

Als ich bei ihm ankam, hatte er sich eine Zigarette angezündet und schien in Gedanken verloren. Sein Blick war auf die blauen Wimpel gerichtet, die über uns im Wind flatterten.

»Nun?« drängte ich, da er offenbar nicht von sich aus reden wollte.

»Entschuldige«, murmelte er, lächelte schwach und schaute mich an, als erwache er aus einem Traum. »Sie ist es. Aber die Fotos werden ihr beileibe nicht gerecht.«

»Also sieht sie ziemlich gut aus?«

»Das kann man wohl sagen, ja.«

»Was sagst du? Ich konnte nur die Krempe ihres Hutes sehen.«

»Ja. Ich finde, sie sieht gut aus.« Sein Blick glitt wieder von mir weg. »Genaugenommen, alter Knabe, würde ich sagen, daß sie wohl die schönste Frau ist, die ich jemals gesehen habe.«

Der Fluch einer klassischen Erziehung ist, daß einem ungebeten mythologische Parallelen in den Sinn kommen, während man sich mit Alltäglichkeiten auseinandersetzen muß. Kaum hatte Max Diana Charnwoods Schönheit gepriesen, drängte sich mir der Gedanke an das Schicksal von Actaeon auf, der einer anderen Diana nachspioniert hatte. Doch diese Göttin war am Baden, rief ich mir ins Gedächtnis, während die Erbin nur promenierte. Außerdem wußte Max, daß die Jagd nach Reichtum wesentlich lohnender war als die nach Schönheit. Ich war felsenfest davon überzeugt, mich darauf verlassen zu können, daß er diese einfache Wahrheit nicht vergaß.

Man konnte jedoch nicht abstreiten, daß der verführerische Anblick von dem, was unter dem Hut war, ihn in seinem Entschluß bekräftigt hatte, unsere Chance zu nutzen. Wir hatten vereinbart, uns eine Viertelstunde nach Beginn der Party in der Suite der Charnwoods einzufinden, um dem Anschein des Übereifers vorzubeugen. Als ich meine Kabine um zehn nach sechs verließ, lag eine Nachricht am Boden, offensichtlich von jemandem unter dem Türspalt hindurchgeschoben. Sie war von Max.

Habe mich entschieden, vorauszugehen. Wir treffen uns da.

M.

Ich mußte unwillkürlich über seine Gerissenheit lächeln. Die Peinlichkeit, sich selbst vorstellen zu müssen, wog offenbar nichts gegen den Nachteil, im Schatten meines blendenden Aussehens erscheinen zu müssen. Aber der Abend war noch jung. Es bestand kein Grund anzunehmen, daß Max mich auch weiterhin ausmanövrieren würde.

Die Suite der Charnwoods war eine der größten auf dem Schiff. Als ich ankam, waren angenehmerweise bereits viele Leute da. Die Sonne schien durch die Backbordfenster auf die schnatternden Partygäste. Nach einem Spießrutenlauf durch die Champagner- und Appetithäppchentabletts schwenkenden Stewards erreichte ich schließlich die ältere Miss Charnwood, die in ihrem tiefausgeschnittenen pinkfarbigen Satinkleid noch gewaltiger wirkte als in ihrem engen Tweed.

»Mr. Horton!« rief sie aus. »Sie sind also doch gekommen. Das freut mich sehr.«

»Es gab niemals den geringsten Zweifel daran, daß ich kommen würde, Miss Charnwood.«

»Aber Ihr Freund, Mr. Wingate, hatte angedeutet, daß Sie möglicherweise irgendwo aufgehalten würden.«

»Tatsächlich?«

»Vielleicht habe ich ihn ja mißverstanden. Ist auch nicht wichtig. Diana wird ja so erfreut sein, Sie kennenzulernen. Sie ist ... oh ... im Moment auf dem Balkon, glaube ich. Ich möchte Sie zuerst einigen Gästen vorstellen.« Sie wedelte mit der Hand einem bärtigen Mann ungefähr ihres Alters und einer schüchternen Person zu, von der ich annahm, daß sie seine Frau war. »Wir sind Mr. und Mrs. Preece das erste Mal bei den Niagarafällen begegnet. Dann wieder in unserem Hotel in Quebec. Mr. Preece ist Esperantoexperte. Er hat mir gerade alles darüber berichtet.«

Ich hatte nicht die Absicht, Preece zu gestatten, mir irgend etwas zu erzählen, geschweige denn etwas über Esperanto. Deshalb entschlüpfte ich ihm, einige Sekunden nachdem Miss Charnwood dasselbe gelungen war. Überflüssig zu sagen, daß der Balkon mein Ziel war.

Dort, wo die frische Meeresbrise den Lärm und die Hitze im Inneren der Suite linderte, hielt Diana Hof. Sie war von jungen und älteren Bewunderern umringt, die breitschultrig versuchten, Hinzukömmlinge auszuschließen. Max war ebenfalls dabei. Verkrampft und angespannt von kaum kaschierter Rivalität, bemühten sie sich, die Bemerkungen der anderen zu übertrumpfen. Ich kannte solche Szenen von Parties in New York, auf denen sich ein Hollywood-Starlet die Ehre gegeben hatte. Und ich war klug genug, mich nicht dem Pulk anzuschließen. Wenn man bei solchen Gelegenheiten zu spät kommt, hat man schon verloren. Es war besser, hoffnungsvoll herumzulungern, vielleicht sogar geheimnisvoll zu wirken. Und genau darum bemühte ich mich und zog mich ans andere Ende des Balkons zurück, wo ich das Objekt der allgemeinen Aufmerksamkeit beobachten konnte.

Sie war wunderschön. Man konnte nichts anderes behaupten. Ihr langes braunes Haar war aus ihrem klaren und offenen Gesicht zurückgekämmt und zu einem Zopf gebunden. Normalerweise hat jedes Gesicht, wie schön es auch sein mag, einen Fehler, zum Beispiel etwas zu dünne Lippen oder einen zu starken Kiefer, was die Perfektion vermindert. Doch nicht bei Diana. Ihre Augen, die im Sonnenlicht funkelten, ihr Mund, dessen Lippen sich zu einem leichten Lächeln öffneten, der Hals, den sie gelangweilt streckte: all dies trug zu der Faszination bei, die sie ausstrahlte.

Sie trug ein schlichtes, elegantes ultramarinblaues Kleid, einen Topasanhänger und eine dünne Goldkette an ihrem linken Handgelenk. Eigentlich war dieser Schmuck überflüssig, und die Leichtigkeit, mit der sie sich gab, ließ vermuten, daß sie es wußte. Sie war höflich und liebenswürdig, aber doch zurückhaltend. Ihre unaufdringlichen, aber häufigen Blicke aufs Meer hinaus deuteten an, daß die Gesellschaft, wie geistreich und schmeichelhaft sie auch sein mochte, längst nicht an das heranreichte, was sie verdiente. Ob Max sich besser hielt als die anderen, vermochte ich nicht zu sagen, aber es bestand kein Zweifel daran, daß er wesentlich besser abschnitt als ich.

Ich überlegte gerade, ob ich versuchen sollte, ihn zu verdrängen, als der widerliche Faraday auf dem Balkon erschien und mich sofort in Beschlag nahm.

»Wußte gar nicht, daß Sie mit den Charnwoods bekannt sind, Mr. Horton«, versetzte er lächelnd.

»Gleichfalls, Mr. Faraday.«

»Oh, ich habe der älteren Miss Charnwood während ihres Aufenthaltes in Quebec einige kleinere Dienste erwiesen.«

»Welche Art Dienste?«

Er tippte sich gegen die Nase und lächelte noch selbstgefälliger. »Gefällt Ihnen die Party?«

»Natürlich. Und Ihnen?«

»Nun, ja. Ich finde sie höchst... lehrreich.«

»Mr. Horton?« Plötzlich stand Diana neben uns und lächelte mich direkt an. Sie hatte sich von ihrem Gefolge befreit, das unruhig auf dem Balkon herumstand und nicht wußte, wie schnell man ihr schicklicherweise folgen konnte.

»Ehm... ja.« Ich schüttelte ihre Hand. Sie hatte wundervoll geschmeidige Finger. »Sehr erfreut, Sie kennenzulernen.«

»Ich habe Sie aufgrund der Beschreibung meiner Tante erkannt.« Wenn man ihr näher kam, schien ihre Zurückgezogenheit zu schwinden. Ihr herzlicher Blick war geradezu unwiderstehlich. »Und nach der Ihres Freundes.« Sie schaute zu Max zurück, der mich aufmunternd angrinste: halb unschuldig, halb überlegen. »Sie kennen Mr. Faraday?«

»Nur sehr flüchtig.«

»Dann kennen Sie ihn gut genug.« Sie schaute ihn an, während sie das sagte, aber wenn ihre Bemerkung als Provokation gedacht war, hatte sie keinen Erfolg. Seine einzige Reaktion war ein leichtes Heben der Augenbrauen. »Ich bin so froh, daß Sie gestern Tante Vita zu Hilfe gekommen sind«, fügte sie hinzu und schaute mich wieder an.

»Das war wirklich nicht der Rede wert. Teilen Sie ihre Vorliebe für diese Route?«

»Ja. Aber nicht aus denselben Gründen.« Sie wurde plötzlich ernst. »Entschuldigen Sie mich«, sagte sie und verschwand rasch in ihrer Kabine.

Faraday sah, wie ich ihr, verwirrt von ihrer Schroffheit, hinterherschaute, und trat näher an mich heran. »Ich fürchte, das war eine unglückliche Frage, Mr. Horton.«

»Sie kam mir ganz harmlos vor.«

»Ihre Mutter ist auf der *Lusitania* gestorben. Wußten Sie das nicht?«

»Nein«, erwiderte ich grob. »Offensichtlich nicht.« Ich entschloß mich, soviel Informationen wie möglich zu sammeln. »Sie scheinen bemerkenswert gut über diese Familie informiert zu sein.«

»Eigentlich nicht. Nur besser informiert als Sie.«

Ich wollte mich nicht ärgern lassen und fragte so gelassen wie möglich: »Hat man Miss Charnwood von der *Lusitania* gerettet? Oder war sie nicht an Bord?«

»Letzteres. Ihre Mutter ist allein gereist, um ihre Familie in Pittsburgh zu besuchen. Sie war eine McGowan, wissen Sie.« Dianas Verbindung zu der berühmten Stahldynastie aus Pennsylvania machte sie zu einer noch begehrenswerteren Partie. Ich merkte, daß Faraday auf meine Reaktion über diese Enthüllung lauerte, und sorgte dafür, daß er sie nicht beurteilen konnte. »Nun«, sagte er nach einer Pause, »jetzt muß ich mich aber ein wenig umsehen.« Mit einer kleinen, herablassenden Verbeugung war er verschwunden.

»Was hältst du von ihm?« fragte Max, der auf dem Balkon geblieben war und jetzt zu mir an die Reling trat.

»Er ist noch hinterlistiger als du, würde ich sagen.«

Er grinste. »Es steht dir nicht gut an, mir deine armseligen Taktiken vorzuwerfen, alter Knabe.«

»Hör zu, Klugscheißer. Ihre Mutter ist mit der *Lusitania* untergegangen ... Und sie war eine McGowan.«

»Ich weiß.«

»Das weißt du?«

»Klatschspalten, erinnerst du dich?« Sein Grinsen war beinah unerträglich. »Du wirst erfreut sein zu hören, daß ich hervorragend weiterkomme.«

»Wirklich?«

»Ich glaube, sie hat ein Auge auf mich geworfen.«

»Wenn du es sagst.«

»Und ob. Vielleicht bin ich ja genau der Typ, den sie immer schon kennenlernen wollte.« Meine Miene mußte meinen Unglauben verraten haben. Sein Grinsen verflog. »Du hast mich immer für einen schlappen Hund gehalten, wenn es um das andere Geschlecht ging, nicht wahr, Guy? Nun, vielleicht wirst du jetzt feststellen, daß nicht alle Frauen wollen, daß ihre Männer wie Secondhand-Valentinos aussehen.«

»Ach, verdammt noch mal.« Ich schlug wütend auf die Reling. »Sie ist wunderschön. Zugestanden. Sie ist bemerkenswert, in jeder Hinsicht begehrenswert. Aber sie weiß auch genau, was sie will. Ich bezweifle, daß du – oder selbst ich – die geringste Chance haben, ihr Herz zu erobern.«

Max kniff die Augen zusammen. »Das werden wir wohl abwarten müssen, nicht wahr?« Dann drehte er sich auf dem Absatz herum und überließ mich dem Champagner und meinem verletzten Stolz.

Wie sich herausstellte, hatte Max seine Erfolgsaussichten sehr gut eingeschätzt. Als sich die Party allmählich dem Ende zuneigte, war er im Mittelpunkt der bevorzugten Gruppe, die Diana und ihre Tante zum Dinner begleitete. Wie auch – zu meinem Entsetzen – Faraday, dessen Aufmerksamkeit sich allerdings, soweit ich sehen konnte, auf Vita konzentrierte. Vielleicht kannte wenigstens er – im Gegensatz zu Max – seine Grenzen.

Mir hatte man diesbezüglich eine heilsame Lektion erteilt, und ich tröstete mich damit, die Atkinson-Whites zu umschmeicheln, ein unschuldiges Ehepaar aus den Home Counties, den Grafschaften um London. Sie sogen meine Ratschläge, was sie mit einer kürzlich gemachten beträchtlichen Erbschaft anfangen könnten, begierig auf. Es wäre unverzeihlich von mir gewesen, wenn ich ihnen nicht meine

Hilfe angeboten hätte. Sie schienen sehr erfreut darüber zu sein, daß ich mich bei ihnen melden würde, sobald wir England erreicht hatten.

Was Max betraf, hatte ich am nächsten Morgen nach einem Tennismatch die erste Gelegenheit, seinen Erfolg mit einem weniger von der Leidenschaft verzerrten Maß zu messen. Er hatte während der Jahre im Tuxedo-Club in New York die meisten unserer Matches gewonnen. Doch der ungewohnt schwankende Platz war nicht der Grund, warum ich bei dieser Gelegenheit einen meiner seltenen Siege verbuchen konnte. Die Wahrheit ist: Eifersucht ist ein sehr guter Trainer.

Max suchte für die Niederlage die den Umständen am besten entsprechende Erklärung: »Die schwere See kommt deinem Spiel zugute, Guy«, bemerkte er anschließend in der Umkleidekabine. »Und vielleicht gibt es da etwas, was mein Spiel beeinträchtigt.«

»Selbstzufriedenheit, meinst du?« konterte ich. »Ich habe dich jedenfalls noch nie so viele Punkte lächelnd verlieren sehen.«

»Ich habe zufällig auch jede Menge Grund zum Lächeln. Eine Herausforderung, die alle Punkte übertrifft, die du da draußen gemacht hast.«

»Also läuft es gut?«

»Ungewöhnlich gut. Sie mag mich. Nenn es Glück oder guten Geschmack. Wie auch immer...« Er warf mir das feuchte Handtuch an den Kopf, um mein schallendes Gelächter zu unterbrechen. »Wie auch immer, alter Knabe, warum solltest du dich beschweren? Du bekommst deinen Anteil von allem, was ich bei dieser Unternehmung verdiene.«

»Du glaubst, da gibt es für uns etwas zu verdienen?«

»Es ist noch zu früh, um das zu sagen. Aber ich bin ... sehr zuversichtlich.«

Zuversichtlich? Ja, das war er. Doch das war nicht alles. Und es war auch nicht Geld, was er so sicher zu verdienen glaubte. Ich gab es nur zögernd zu, aber Max wirkte und klang so glücklich wie seit Jahren nicht mehr. Er wirkte wie ein Mann, der sich verliebt hatte. Nachdem wir geduscht hatten, nahmen wir einen Drink in dem Café neben dem Tennisplatz. Dort konnte ich Max in aller Muße betrachten. Er schaute verträumt dem Rauch seiner Zigarette nach, beendete seine Sätze nicht und konnte unseren Gesprächen nicht folgen. Die Zeichen waren eindeutig, und ich würde sie nicht ignorieren. Doch noch bestand kein Anlaß, alarmiert zu sein. Wenn er wirklich vernarrt war, wirkte er vielleicht sogar noch glaubwürdiger. Ich kannte ihn zu gut, um befürchten zu müssen, daß diese Vernarrtheit zu den vorherrschenden Prinzipien unseres Lebens in Konkurrenz treten würde.

Abgesehen davon hatte ich keinen Grund zur Klage, worauf Max schon hingewiesen hatte. Während er mit Diana zum Lunch ging, begab ich mich in die Bibliothek des Schiffes und schaute im *Who's Who* nach.

CHARNWOOD, Fabian Melville, Magister der Philosophie; Friedensrichter Surrey; Inhaber von Charnwood Investments; geb. 17. Mai 1870, Sohn von Andrew Charnwood; geheiratet 1901 Maud (gest. 1915), Tochter von Zachary McGowan, Pittsburgh, USA; eine Tochter; Schule: Christs Hospital; Sidney Sussex College, Cambridge; Diplom 1892; Magister der Philosophie 1897; trat 1893 in die Firma seines Vaters ein, Moss Charnwood Ltd., Gewehr- und Kleinwaffenhersteller London; wurde 1901 Direktor; Aufsichtsratsvorsitzender 1906. Trat ab, um 1907 Charnwood Investments zu gründen.
Adresse: Amber Court, Dorking, Surrey, T: Bookham 258.
Clubs: Ambassador, Gresham, St. James'.

Es war, gemessen am üblichen Standard der Publikation, eine kurze und sehr uninformative Biographie. Aber ich fand das eigenartigerweise beruhigend, weil Zurückhaltung oftmals das sicherste Zeichen für Wohlstand ist. Und Wohlstand war das, wonach wir strebten. Max durfte meinetwegen alleine nach der Tochter trachten, der Vater aber war unser gemeinsames Ziel. Fabian Melville Charnwood war zum Greifen nahe.

2

Die Überfahrt verlief ruhig und genauso glatt wie Max' Werben um Diana Charnwood, was mich einigermaßen überraschte. Sie lunchten und dinierten zusammen, gewöhnlich sogar ohne Vita, auf die die ozeanische Phase der Überfahrt die Wirkung hatte, die vorauszusehen war. Tagsüber promenierten die beiden an Deck, und nachts tanzten sie Walzer. Bei jeder denkbaren Gelegenheit zeigten sie dieses ausschließende Vergnügen aneinander, das dem zynischen Beobachter ein unverkennbares Zeichen der psychischen Störung ist, die man gemeinhin Liebe nennt.

Wie jeder Mensch mit einigermaßen ausgeprägter Intelligenz hatte ich schon lange begriffen, daß Liebe auf nichts anderes hinausläuft als auf körperliche Begierde, die man anstandshalber in einige knappe Fetzen Philosophie hüllt. Ich hatte eine gute Anzahl Frauen davon überzeugen können, daß sie mich liebten, aber ich hatte nicht eine Sekunde geglaubt, eine von ihnen zu lieben. Dasselbe galt für Max. Jedenfalls hatte ich das bis jetzt angenommen.

Aber als die Tage verstrichen und Max jedesmal, wenn ich ihn zu Gesicht bekam, verzückt Dianas Schönheit betrachtete, war ich gezwungen, meine Meinung zu revidieren. Vierunddreißig war ein ziemlich hohes Alter für eine derartige Narretei, und zudem war besorgniserregend, daß Kinderkrankheiten wesentlich ernsthaftere Folgen haben, wenn Erwachsene sie sich zuziehen. Aber noch machte ich mir nicht allzuviel Sorgen. Selbst in dem unwahrscheinlichen Fall, daß sie heirateten, würde Max für mich sorgen. Das garantierte der Vertrag, den er unterzeichnet hatte, und unsere langjährige Zusammenarbeit. Im wesentlich wahrscheinlicheren Fall, daß Dianas Vater seine Tochter loszukaufen versuchte, konnte ich mich darauf verlassen, daß Max Vernunft annehmen würde. Was Diana anging, hoffte ich, daß es für sie nicht mehr als eine Schiffsromanze war. Alles, was man tun mußte, war, sie ungehindert blühen zu lassen. Ich überließ also die beiden sich selbst, und nach den paarmal zu urteilen, die ich sie zu Gesicht bekam, tat ich auch gut daran.

Glücklicherweise sah ich noch weniger von Faraday, der sich, wie ich annahm, eifrigst der darniederliegenden Vita annahm. Jedenfalls war er nicht bei den Nachteulen, in deren Gesellschaft ich mich aufhielt. Es waren dies reiche, unter Schlaflosigkeit leidende Männer, die noch schlechter pokerten, als sie schliefen. Als der letzte Tag der Reise anbrach, wünschte ich mir, wir wären auf einer Weltreise. Aber alles Gute geht einmal zu Ende, und ich wollte nicht, daß auch mein Glück dazugehörte. Also war ich unterm Strich recht erfreut, bald wieder zu Hause zu sein – selbst wenn England nicht besonders heimelig wirkte, weder in meiner Erinnerung noch in der Erwartung.

Nachdem ich Mr. Atkinson-White gestattet hatte, mich beim Squash zu schlagen, was alles andere als einfach war, nahm ich ein ausgiebiges Bad, zog mich dann früh für das Dinner um und ging in den Hauptsalon hinab, eine Höhle aus Marmor und Gips, die dem *Ritz* nachempfunden war ... Dort wollte ich in einem Sessel vor dem Steuerbordfenster in aller Ruhe einen *Manhattan* genießen, während ich auf die unendliche See und den Himmel hinausschaute. Doch nach einigen Minuten vom lautlosen Auftauchen eines Mr. Faraday überrascht zu werden war alles andere als entspannend.

»Darf ich Ihnen Gesellschaft leisten, Mr. Horton?« Die Höflichkeit dieses Burschen war eine seiner schärfsten Waffen. »Unsere Wege haben sich in letzter Zeit nicht oft gekreuzt.«

»Das Schiff ist groß«, konterte ich.

»Aber nicht groß genug, um bestimmte … gesellschaftliche Entwicklungen zu verhindern … die seit ein paar Tagen deutlich geworden sind.« Er ließ sich geschmeidig in den Sessel neben mir sinken. »Finden Sie nicht auch?«

»Ich weiß nicht genau, was Sie meinen.«

»Diana Charnwoods letzte Eroberung, zum Beispiel. Gerade Sie müßten das doch bemerkt haben.«

»Müßte ich?«

»Nun, Sie und Mr. Wingate sind doch alte Freunde, nicht wahr? Schulfreunde, glaube ich sogar.« Er unterbrach sich, als der Steward ihm einen Drink reichte, der verdächtig nach *Crème de menthe* aussah. Der Schock über die Erkenntnis, daß er mehr über mich wußte als ich über ihn, mischte sich mit dem furchtbaren Verdacht, daß er seinen Drink bestellt hatte, noch während er mich von der anderen Seite des Salons beobachtete. Und der Schock und der Verdacht verstärkten sich noch. »Winchester, nicht wahr?« erkundigte er sich lächelnd.

»Max und ich waren zusammen in Winchester, ja. Aber …«

»Und während des Krieges in Mazedonien, beim *King's Royal Rifle Corps?*«

Ich hielt inne und zündete eine Zigarette an, um meine Gedanken zu sammeln. »Würde es Ihnen etwas ausmachen zu erklären, woher Sie all dies wissen, Mr. Faraday?«

»Ich höre zu und beobachte.« Er nippte an der *Crème de menthe.* »In diesem Fall habe ich gehört, was Diana ihrer Tante über den neuen Mann in ihrem Leben erzählt hat. Und ich habe die Krawatten beobachtet, die er während der Spaziergänge an Deck trug – es waren alte Schul- und Regimentskrawatten.«

»Wie aufmerksam von Ihnen.« Es erleichterte mich, daß er

letztendlich doch nur begrenzte Schlußfolgerungen hatte ziehen können. Dennoch ging mir jetzt eine Möglichkeit im Kopf herum, die ich zuvor nicht bedacht hatte, nämlich die, daß Max unter Dianas Einfluß gefährlich redselig wurde. »Sie sind also Miss Vitas Vertrauter, nehme ich an?«

»Sie greift gelegentlich für einen Ratschlag auf mich zurück. Das ist alles.«

»Irgendwelche speziellen Ratschläge?«

»Das Wohlergehen ihrer Nichte liegt ihr naturgemäß sehr am Herzen. Und ihr Bruder ist nicht da, den sie um Rat fragen könnte. In Wahrheit benutzt sie mich nur, um ihre eigenen Gedanken zu überprüfen.«

»Und was hält sie von dieser blühenden Romanze?«

»Glauben Sie, daß sie tatsächlich blüht?«

»Ich dachte, Sie glaubten es.«

Er kicherte. »Vielleicht können wir darin übereinkommen, daß sie sich anscheinend zueinander hingezogen fühlen. Ich muß zugeben, daß mich das ein wenig überrascht. Was nun Mr. Charnwoods Reaktion betrifft...«

»Sind Sie mit ihm bekannt?«

»Ich hatte geschäftlich mit ihm zu tun. Das reicht, um zu bezweifeln, daß er einer Verbindung Dianas mit... solch einem Mann aus ganzem Herzen zustimmen würde.«

»Ist sie denn nicht alt genug, um seiner Zustimmung nicht mehr zu bedürfen?«

»Ihr Alter spielt dabei keine Rolle. Sie hat immer die Wünsche ihres Vaters berücksichtigt.« Er schaute einen Moment zur Seite. »Das hat mir jedenfalls ihre Tante erzählt«, fügte er dann hinzu.

»Was ist dann Miss Vitas Problem? Warum wartete sie nicht einfach das Urteil ihres Bruders ab?«

»Weil...« Faraday unterbrach sich, um noch einen Schluck *Crème de menthe* zu nehmen. »Sie könnte ihn vielleicht zu

Mr. Wingates Vorteil beeinflussen. Wenn Sie mehr über Mr. Wingate erführe. Winchester und das *Rifle Corps* bringen uns nicht besonders weit. Was ist zum Beispiel mit den letzten zwölf, dreizehn Jahren?«

»Sie bieten nicht das Geringste, was Max diskreditieren könnte.«

»Aber was bieten sie?«

Ich lächelte über seine Frechheit und auch darüber, daß er meine Intelligenz so unterschätzte. »Ich glaube, das sollten Sie Max lieber selbst fragen, meinen Sie nicht auch?«

»Sie können wenigstens für sich selbst sprechen. Schließlich waren Sie beide langjährige Geschäftspartner. Was auf Sie zutrifft, gilt auch für ihn.«

Ich beugte mich vor und drückte meine Zigarette aus. »Warum interessieren Sie sich eigentlich so sehr für diese Sache, Mr. Faraday?« fragte ich gelassen.

»Ich versuche einfach nur zu helfen.«

»Wem? Vita? Diana? Fabian Charnwood? Oder Ihnen selbst?«

Seine Antwort bestand nur aus einem Grinsen.

»Nun, wem Sie auch helfen wollen, ich glaube nicht, daß Sie gute Arbeit leisten. Und jetzt werden Sie mich sicherlich entschuldigen.« Ich stand auf und stürmte hinaus. Ich hatte ein überwältigendes Bedürfnis nach frischer Luft.

Die Karten waren mir an diesem Abend nicht hold. Jedenfalls redete ich mir das ein, obwohl mir natürlich Faradays Worte im Kopf herumgingen und meine Konzentration schwächten. Und ein abgelenkter Mann gibt einen schlechten Pokerspieler ab. Deshalb stieg ich früh aus.

Am nächsten Morgen war ich bereits im Morgengrauen auf und erwartete ruhelos das Ende unserer Reise. Ich beschloß, vor dem Frühstück zu schwimmen, und ging zum Pool hinunter, der, wie ich hoffte, um diese Zeit noch verlassen sein würde. Und so schien es denn auch zu sein. Nur die steinerne Schildkröte am Rande des Beckens begrüßte mich. Aber wie so oft auf diesem Schiff entpuppte sich die Einsamkeit als Illusion. Während ich Bademantel und Handtuch in eine Kabine hängte, hörte ich, wie eine Türe geöffnet und sofort wieder geschlossen wurde. Dann folgte ein Klatschen, als jemand in den Pool sprang.

Es war eine Frau, die schnell und kräftig schwamm. Als ich aus der Kabine kam, trat ich unwillkürlich hinter eine Säule und beobachtete, wie sie die mir zugewandte Seite des Pools erreichte, wendete und eine weitere Bahn zog. Erst da, als sie sich vom Rand abstieß und in Rückenlage zurückkraulte, konnte ich erkennen, wer es war: Diana Charnwood. Kaum war ich hinter dem Pfeiler hervorgetreten, sah sie mich schon, hielt inne und wartete mitten im Pool auf mich.

»Sehr beeindruckend«, sagte ich, hob die Hand und lächelte.

»Mr. Horton«, erwiderte sie atemlos. »Ich wußte nicht ... ich dachte, ich sei allein.«

»Ich auch.«

»Ich komme fast jeden Morgen her ... um diese Uhrzeit.«

»Dann können Sie allerdings vernünftigerweise annehmen, allein zu sein. Tut mir leid, daß ich Sie gestört habe.«

»Seien Sie nicht albern. Wollen Sie mir nicht Gesellschaft leisten?« Ihr Lächeln wirkte aufrichtig einladend. So athletisch wie möglich sprang ich ins Wasser, schwamm einmal an ihr vorbei und leistete ihr dann unter der Schildkröte Gesellschaft, wo sie sich gegen den Rand lehnte. Selbst mit Badekappe, nassem Gesicht und ohne Make-up fiel ihre ungewöhnliche Schönheit auf.

»Ich vermute, Sie haben Max nicht herlocken können«, bemerkte ich.

»Nein. Er behauptet, er könne nicht schwimmen.«

»Das stimmt, fürchte ich. Sie werden es ihn lehren müssen.«

»Das würde ich gern, falls...« Sie errötete. »Ich weiß, daß Max und Sie gute Freunde sind, Guy. Darf ich Sie Guy nennen? Max hat mir soviel von Ihnen erzählt, daß ich Sie schlecht als Mr. Horton betrachten kann. Nennen Sie mich bitte Diana. Max und ich... nun, wir... Es klingt albern, fast kindlich, aber ich habe noch nie jemanden so... Ich mag ihn sehr gern. Er macht mich glücklich. Einige Männer scheinen das schwierig gefunden zu haben. Sogar unmöglich.«

»Das kann doch nicht sein.«

»O doch. Aber... Sehen Sie, was ich sagen will, ist das: Ich glaube, Max und ich tun uns gegenseitig wirklich gut. Nur habe ich nicht die geringste Absicht, ihn zu ändern. Zu viele Menschen haben versucht, aus mir jemand anderen zu machen, als daß ich selbst diesen Fehler begehen würde. Also würde ich niemals zwischen Max und seine Freunde treten. Vor allem nicht zwischen ihn und seinen ältesten und besten Freund.«

»Das habe ich auch niemals angenommen.«

»Das ist gut.«

»Ich wünschte, ich könnte dasselbe auch von Mr. Faraday sagen.« Sie runzelte die Stirn. »Er fragt mich ständig nach Max aus. Vermutlich im Auftrag Ihrer Tante.«

»Das tut er nur in seinem eigenen Namen.« Ihr Tonfall hatte sich plötzlich geändert. »Ich weiß nicht, was Tante Vita an diesem schrecklichen kleinen Mann findet... Ich rate Ihnen, Mr. Faraday zu ignorieren, Guy. So wie ich. Ich wünschte, Tante Vita täte es auch.«

»Ich werde mein Bestes tun.«

»Wie wäre es, wenn Sie Ihr Bestes gäben und einige Bahnen mit mir schwimmen würden? Ein kleiner Wettkampf macht so richtig Appetit aufs Frühstück.«

Das mochte stimmen, doch in meinem Fall war am Ende unseres Rennens – das unentschieden ausging – noch ein anderer Appetit geschärft. Als Diana aus dem Pool herauskletterte und zu ihrer Umkleidekabine ging, klebte der nasse Badeanzug ihr auf der Haut. Ihr schönes Gesicht zu bewundern war nicht weiter gefährlich gewesen. Doch nun, angesichts der physischen Realität ihres perfekten Körpers, spürte ich, wie sich sexuelles Begehren regte. Und das war alles andere als ungefährlich. Hätte sie doch statt an Max an mir Gefallen gefunden! Profit war ja ganz schön, aber Max schien auch sonst noch ziemlich auf seine Kosten zu kommen. Während ich nur zuschauen konnte – und phantasieren.

Eine Wolkendecke kündigte England mit seiner sommerlichen Schwüle an. Die Küste von Cornwall tauchte grau und teigig an Backbord auf. Ich ging in meine Kabine, um zu packen. Kaum hatte ich damit angefangen, als Max erschien.

»Wir müssen uns unterhalten, alter Knabe«, verkündete er.

»Das wäre eine erfreuliche Abwechslung, Max, wirklich.«

»Ich war in letzter Zeit ziemlich beschäftigt.«

»Oh, das verstehe ich vollkommen. Diana hat mir heute morgen alles erklärt.«

»Das hat sie mir gesagt.«

»Deine Werbekampagne scheint ein voller Erfolg zu sein.«

»Bis jetzt, ja. Und vergiß nicht – es ist *unsere* Kampagne.«

»Das habe ich durchaus nicht vergessen. Aber ich kann es nur schwer glauben. Ich frage mich, wie weit diese Romanze noch gehen soll. Muß ich vielleicht schon meine Rede als Trauzeuge vorbereiten?«

»Sehr komisch, Guy.« Aber er lachte nicht, sondern wirkte derart ernsthaft, daß man annehmen konnte, ihm liege der Gedanke an eine Ehe gar nicht so fern. »Wäre eine Mitgift nicht genauso akzeptabel wie ein Bestechungsgeld?«

»Das wäre sie. Vor allem für dich, denke ich mir.«

Er spitzte die Lippen und ging durch meine Kabine ans Fenster, von wo aus er auf die unwillkommene Küste der Heimat blickte. »Sie ist keine Närrin, Guy, das hast du selbst gesagt. Ich muß vorsichtig vorgehen.«

»Natürlich.«

»Wir müssen an ihren Vater denken. Ihn müssen wir sehr feinfühlig behandeln.« Er steckte sich eine Zigarette zwischen die Lippen, machte jedoch keine Anstalten, sie anzuzünden. »Sehr feinfühlig.« Dann nahm er die Zigarette wieder aus dem Mund und drehte sich um, um mich anzusehen. »Sie hat mich für nächste Woche in ihr Haus in Surrey eingeladen. Ich soll ein paar Tage bleiben.«

»Das klingt vielversprechend.«

»Die Einladung gilt auch für dich.«

»Das ist sehr freundlich von ihr.«

»Ja. Das ist sie. Sehr sogar. Der Haken ist nur ... Nun, wir wollen doch, daß alles glatt läuft, nicht wahr? Und ... damit das auch geschieht ...«

»Nun spuck's um Himmels willen schon aus, Max.«

»Ich will dich nicht dabeihaben.«

»Was?«

»Ich will, daß du die Einladung ablehnst.«

»Warum?«

»Weil ...« Er steckte die Zigarette wieder in den Mund und klopfte sich die Taschen nach einem Feuerzeug ab. Verärgert bot ich ihm meins an. Er nahm es, lächelte verlegen und sog dann tief den Rauch ein. »Du würdest in meiner Lage genauso empfinden, Guy.«

»Ach ja?«

»Das weißt du genau.«

Er hatte recht, aber ich wollte es nicht zugeben. Er wußte genausogut wie ich, daß ich nicht damit zufrieden sein würde, während eines langen Wochenendes auf dem Land das fünfte

Rad am Wagen zu spielen. Und selbst wenn, würde es unsere Sache nur verzögern. Dennoch konnte ich einfach nicht vergessen, wie ich Diana an diesem Morgen gesehen hatte. Nicht promenierend, natürlich, sondern im Badeanzug. »Ich werde die Einladung so höflich wie möglich ablehnen«, lenkte ich schließlich mürrisch ein.

»Danke, alter Knabe.«

»Was ist mit Faraday? Wird der dasein?«

»Ich hoffe nicht. Mit etwas Glück haben wir Mr. Faraday zum letzten Mal gesehen. Ich habe ihn heute morgen beim Frühstück getroffen. Er sagte, er wolle das Schiff schon in Plymouth verlassen, um einen Eilzug nach London zu erwischen. Anscheinend warten da wichtige Geschäfte auf ihn.«

»Wessen Geschäfte denn? Er schien mir ungewöhnlich an unseren interessiert zu sein.«

»Mach dir seinetwegen keine Gedanken. Er ist keine Bedrohung. Tatsächlich brauchst du dir wegen gar nichts Sorgen zu machen.« Er war sehr liebenswürdig, jetzt, wo ich ihm freie Bahn ließ. Ich wünschte nur, ich könnte seinen Optimismus teilen. »Ich wollte nicht nach England zurückflüchten, Guy, das weißt du. Aber jetzt... Nun, ich glaube, daß war der beste Schachzug, den wir jemals gemacht haben.«

Faraday verließ das Schiff tatsächlich in Plymouth. Ich beobachtete, wie er von Bord ging, und wußte nicht, ob ich erfreut sein sollte, daß wir ihn endlich los waren, oder beunruhigt über die Dringlichkeit seiner Abreise. Beim Lunch mit Max und Diana machte ich ein zuversichtliches Gesicht und erklärte, warum meine eigenen, wichtigen Geschäfte es leider nicht zuließen, ihnen in Surrey Gesellschaft zu leisten. Vita war immer noch angegriffen, und Diana hatte sie überredet, im *South Western Hotel* in Southampton zu übernachten, um ihre Genesung zu unterstützen. Max hatte sich, wie bald klar wurde, freiwillig anerboten, bei ihnen zu bleiben. Überflüssig zu erwähnen, daß ich für eine derartige Trödelei natürlich keine Zeit erübrigen konnte.

Welch eine Ironie! Das einzige, was mich in London erwartete, war eine leere Wohnung am Berkeley Square. Sie gehörte Max' Vater, wurde aber selten von ihm benutzt. Für ein paar Heimkehrer aus dem Exil war sie ein angemessener Schlupfwinkel, und Max hatte schon vorausgekabelt, daß wir dort wohnen wollten. Ich hatte allerdings nicht erwartet, daß ich so ankommen würde, wie es jetzt der Fall war: allein.

Wir erreichten Southampton am späten Nachmittag. Während unserer Fahrt den Solent hinauf befiel mich, wie so manchen Reisenden, die Melancholie. Ich grübelte über die Gewißheiten nach, die ich zurückgelassen hatte, und über das Ungewisse, das mich erwartete. Bis 1922 war dieses so ruhige Land von Molen und Feldern meine Heimat gewesen. Doch 1922 war schon lange vorbei. Seitdem hatte ich es erst zweimal besucht. Erst kürzlich zur Beerdigung meiner Mutter, wobei allerdings der Nebel auf dem Atlantik dafür gesorgt hatte, daß ich zwölf Stunden zu spät kam. Ich konnte kaum behaupten, dieses Land noch zu kennen, aber vermutlich würde es zugeben, daß es mich kannte.

Die Ausschiffung ersetzte die angenehme Mühsal der Erste-Klasse-Kabine durch die anstrengende Mühsal des Schlangestehens an der Ausweiskontrolle und am Zollschuppen. Schließlich erreichten wir den wartenden Zug. Auf dem überfüllten Bahnsteig, zwischen den Trägern, die mit einer Vielzahl von Koffern und Reisetaschen hin- und hereilten, verabschiedete ich mich von Max. Er konnte es offensichtlich kaum erwarten, daß ich endlich verschwand, während Diana wenigstens vorgab zu bedauern, daß ich nicht bleiben konnte. Vita, der der feste Boden unter den Füßen sichtlich ihre Lebensgeister wiedergab, schien die Neuigkeit, daß ich ihnen in Surrey nicht Gesellschaft leisten würde, wirklich zu enttäuschen. Ich spielte ein anderes Bedauern, als ich in Wahrheit empfand, verabschiedete mich von allen und ging schnurstracks in den Speisewagen, als der Zug den Bahnhof verließ.

Dort jedoch fand ich mich mit einem Weltuntergangspropheten, einem gewissen Millington, an einem Tisch. Gnädigerweise war mir seine Bekanntschaft an Bord des Schiffes erspart geblieben. Kaum hatte er gehört, wie lange ich England ferngeblieben war, ließ er eine bunte Litanei der Wehwehchen der Nation vom Stapel. »Nahezu drei Millionen Arbeitslose. Schließungen und Bankrotte, wo Sie hinschauen. Das Gold fließt aus der Bank von England wie Blut aus einer ernstlich verletzten Arterie. Der Finanzminister ist nicht in der Lage, den Etat auszugleichen, was bei seinen Qualifikationen nicht weiter verwundert. Aber was soll man auch von einer Labourregierung erwarten? Ihr Rezept gegen alles lautet: Totstellen und Verrücktspielen. Wir werden wie die Deutschen enden, merken Sie sich meine Worte. Auch wir werden Wagenladungen von Geldscheinen durch die Straßen schieben, um einen Laib Brot zu kaufen. Hier wird durch reine Inkompetenz ein schönes Land in die Knie gezwungen.« Er unterbrach sich, um eine weitere Flasche Champagner zu bestellen, und schaute dann aus dem Fenster auf die vorbeiziehende Szenerie. »Ich kann leider nur eine völlige Katastrophe voraussagen.«

In diesem Moment fuhren wir an Winchester vorbei, und ich sah vor meinem geistigen Auge den dreizehnjährigen Jungen, der ich einmal gewesen war, an seinem ersten Tag im College. Das war der Tag, an dem ich Max Wingate zum erstenmal traf. Dort, auf dem Bahnsteig, der jetzt vom Nebel verhüllt wurde, waren wir, überladen mit Gepäck und Heimweh, aufgeregt und nervös in die Novembersonne hinausgestiegen. Und nachdem wir festgestellt hatten, daß wir beide Schüler dieses Colleges waren, hatten wir unsere Freundschaft mit einem kräftigen Handschlag besiegelt. »Sehr erfreut, dich kennenzulernen«, hatte Max gesagt. Und ich tat dasselbe.

»Wenn ich Sie wäre«, bemerkte Millington und beugte sich über den Tisch zu mir, »würde ich geradewegs nach Amerika zurückgehen. Hier gibt es für einen so unternehmungslustigen Burschen wie Sie nichts zu holen.«

Ich lächelte und schwieg, aber im stillen stimmte ich ihm zu.

Die Wohnung in Hay Hill war klein, aber gemütlich. Sie wurde von der respekteinflößenden Mrs. Dodd saubergehalten, die mit ihrem Ehemann einen Tabakladen in der Oxford Street führte. Ich holte mir von ihnen den Schlüssel, machte es mir so bequem wie möglich und wartete auf Max' Ankunft. Ein Wochenende voller Verzweiflung verging, bevor er sich endlich blicken ließ. Er hatte mich am Samstag von Southampton angerufen, um mir mitzuteilen, daß er erst noch kurz bei seinen Eltern in Gloucestershire vorbeischauen wollte. Als er Sonntagabend beschwingt und fröhlich durch die Tür stürmte, war der Kontrast zu meiner eigenen Stimmung nur allzu deutlich.

»Schlecht gelaunt, alter Knabe?«

»Es geht.«

»Warum besuchst du nicht einfach deinen Vater, während ich unser Projekt in Surrey weiterverfolge?« Er rieb sich voller Vorfreude die Hände. »Du hast doch nichts anderes zu tun, nicht wahr?«

»Weil er nicht weiß, daß ich in England bin«, erwiderte ich nachdrücklich. »Ein Zustand, mit dem ich sehr glücklich bin. Und weil ich tatsächlich viel zu tun habe – sobald dieses miese Wochenende vorbei ist.«

»Du brauchst deswegen nicht gleich aus dem Häuschen zu geraten. Mach, was du willst.«

»Danke. Genau das habe ich im Sinn.«

Max brach am Dienstag strahlend und zuversichtlich nach Surrey auf. Ich wünschte ihm Glück, wenn auch nicht mehr als mir. Als ich durch die Straßen von London flanierte, kam mir Millingtons Analyse des Zustandes Englands im Sommer 1931 nur zu treffend vor. Das Wetter paßte eher zum Februar als zum Juli. In den Zeitungsartikeln las ich düstere Prognosen über den Zustand der Wirtschaft und tat mein Bestes, um Selbstmitleid zu entwickeln.

Der Nachmittagstee mit den Atkinson-Whites in Windsor am Tag von Max' Abreise spendete willkommenen Trost. Ihre Bereitwilligkeit, meinem finanziellen Ratschlag zu folgen, freute mich, und ich verabredete mich für den folgenden Tag mit »Trojan« Doyle zum Lunch. Er war in Winchester eine Jahrgangsstufe unter mir gewesen und verdiente – wie schon damals – einen schönen Batzen damit, daß er mit dem Geld anderer Leute arbeitete. Zwar war es unwahrscheinlich, daß mein Anteil an der Provision, die er den Atkinson-Whites abnehmen würde, mich reich machen würde, aber wenigstens dürfte es mich so lange über Wasser halten, bis Max den Schinken nach Hause brachte. Abgesehen davon hatte Trojan gute Verbindungen zu den Geschäftskreisen der Stadt. Ich wollte wissen, was er über *Charnwood Investments* wußte. Nachdem wir also in der Atkinson-Whites-Sache eine Übereinkunft erzielt hatten, wechselte ich sofort das Thema.

»*Charnwood Investments*, Trojan. Hast du jemals Gelegenheit gehabt, einen genaueren Blick auf die Firma zu werfen?«

»Das kann ich nicht gerade sagen. Fabian Charnwood läßt sich nicht gern in die Karten gucken. Das war schon immer so.«

»Aber er ist erfolgreich?«

»Es geht ihm besser als den meisten anderen.« Trojans buschige Augenbrauen zogen sich forschend zusammen. »Was hast du für ein Interesse daran?«

»Ich könnte – vielleicht – mit ihm ins Geschäft kommen, mehr nicht.«

»Das würde ich an deiner Stelle nicht tun. Er ist ein aalglatter Kunde.«

»Noch glatter als du?«

Er grinste. »Wenn ich ein Aal bin, ist er eine Seeschlange. Das ist doch einfach kein Vergleich. Sein Vater hatte vor dem Krieg eine Munitionsfabrik.« Ich ließ ihm diese leichte Unkorrektheit durchgehen und kalkulierte darauf, daß er um so informativer sein würde, je ignoranter ich mich stellte. »Charnwood hat in der Firma als Handelsvertreter angefangen, hat Waffen an die Hitzköpfe auf dem Balkan geliefert und ist im Aufsichtsrat gelandet. Als sein Vater starb, wurde er Vorsitzender. Innerhalb eines Jahres hat er alles verkauft. Die ganze Firma bis zur letzten Patrone.« Er lachte. »Das muß ungefähr fünfundzwanzig Jahre her sein. Seitdem investiert er in alle Arten von Unternehmungen, hier und in Übersee. In die Rüstungsindustrie natürlich, in Banken, Goldminen, Telefongesellschaften und Zeitungen. Er geht sehr clever vor und macht unglaublich viel Profit. Und er riskiert was. Man sagt, daß er in allen aktuellen und zukünftigen Märkten die Finger drin hat. Nun, das Geschäft ist auch nichts für Zaghafte, das war es noch nie. Aber er wird immer mächtiger. An seinem Urteilsvermögen ist nicht zu rütteln.«

»Aber an etwas anderem?«

»Habe ich das gesagt?«

»Nein. Aber deine Ausdrucksweise hat es angedeutet.«

Er zuckte mit den Schultern. »Ich habe dir schon gesagt, daß er sich nicht gern in die Karten schauen läßt. Nun, genau das ist der Punkt. Er hält sich zu bedeckt, ist zu geheimnisvoll. Und Geheimnisse geben zu denken. Einige finden es vielleicht faszinierend, vermute ich. Viele Leute – große Gesellschaften, nicht nur Einzelpersonen – haben Charnwoods Aktivitäten unterstützt, und sie haben einen guten Schnitt dabei gemacht. Aber für meinen Geschmack ist er zu unergründlich. Für deinen übrigens auch, sollte ich annehmen. Da fällt mir ein... Habe ich nicht läuten hören, daß du und Max Wingate in Amerika mit Richard Babcock, dem Bankierssohn, Geschäfte gemacht habt?«

»Das hast du gehört?«

»Ja. Und jetzt sind er und sein Vater, Hiram Babcock, der Vorsitzende, oder vielleicht sollte ich besser sagen: Ex-Vorsitzende, der *Housatonic Bank*, wegen Betrugs, Unterschlagung und Gott weiß was sonst noch verhaftet worden. Du mußt noch in New York gewesen sein, als das passiert ist. Was kannst du mir davon erzählen?«

»Nichts.« Ich lächelte so aufrichtig wie möglich. »Überhaupt nichts.«

»Nun rück schon damit heraus.«

»Es ist die Wahrheit. Die Babcock-Affäre ist für mich ein Buch mit sieben Siegeln.« Genauso war es auch; und das galt übrigens auch für eine große Zahl anderer Affären, die ich lieber vergessen wollte. Mit Fabian Charnwood war es anders. Er war nur deshalb ein verschlossenes Buch, weil es noch niemand aufgeschlagen hatte.

Nach dem Lunch empfahl Doyle mir zum Abschied, im Nachmittagsrennen im *Steward's Cup* in Goodwood auf *Poor Lad* zu setzen. Natürlich tat ich das nicht und mußte dann in der Abendzeitung lesen, daß der verdammte Gaul bei einer Quote von 9 zu 1 gesiegt hatte. Ich hoffte, daß Max in Surrey mehr Glück hatte – oder mehr aus seinen Chancen machte. Sein Telefonanruf am folgenden Abend ließ vermuten, daß er genau das tat.

»Ich bin in einer Telefonzelle in der Nähe des Hauses, alter Knabe. Ich habe vorgegeben, vor dem Essen noch einen Spaziergang zu machen. Aber eigentlich dachte ich, du würdest gern wissen, wie das Spiel steht.«

»Das würde ich. Liebend gern.«

»Alles läuft famos. Diana und ich scheinen füreinander gemacht zu sein. Vorlieben, Ahneigungen, Humor, unsere Art, das Leben zu sehen – in allem stimmen wir offenbar vollkommen überein. Ich hatte ja befürchtet, daß es auf unbekanntem Terrain schwierig werden würde, aber ich hätte mir keine Sorgen machen müssen. Sie ist ein liebenswürdiges Mädchen, wirklich. Ich wünschte, ich hätte sie ein paar Jahre früher getroffen.«

»Das klingt so, als würdest du jeden Moment mit der entscheidenden Frage herausplatzen wollen.«

»Vielleicht. Aber dräng mich nicht.«

»Was ist mit ihrem Vater? Hast du ihn schon kennengelernt?«

»Wir essen abends mit ihm zusammen. Offensichtlich ein perfekter Gentleman. Ich glaube, er hat Gefallen an mir gefunden.«

»Wirklich?«

»So eigenartig ist das gar nicht. Ich bin schließlich ein charmanter Bursche. Und im Moment kann ich mir keine Fehler erlauben. Diana fährt mich in ihrem Sportwagen in der Nachbarschaft herum. Du kannst dir keinen bezaubernderen Chauffeur wünschen, glaub mir. Gestern haben wir Vita nach Goodwood mitgenommen und einige gute Gewinne gemacht.«

»Einschließlich *Poor Lad* im *Steward's Cup?*«

»Ja. Hast du auch auf ihn gesetzt?«

Bevor ich antworten konnte, begann es im Hörer zu piepen.

»Ich bleibe bis nach dem Wochenende!« rief Max in die Muschel. »Wir sehen uns Dienstag.«

»Viel Glück«, stieß ich zwischen zusammengepreßten Zähnen hervor. Eigentlich hätte mich sein Erfolg freuen sollen. Aber die menschliche Natur ist eben so. Ich konnte einfach nicht anders, als den Fortgang des Geschehens zu bedauern. Nachdem er aufgelegt hatte, schien tatsächlich nichts anderes gegen den Neid zu helfen, als mich vollkommen zu besaufen. Und von Diana zu träumen, wie sie nackt auf einem Pferd ritt.

Am Freitag morgen wurde ich von einem Pochen an der Tür geweckt. In meinem Schädel hämmerte es ebenfalls. Ich stolperte die Treppe hinab. Draußen stand ein uniformierter Bote. Ich wies meine Identität nach, er drückte mir einen Brief in die Hand und verschwand. Ich riß den Umschlag auf und blinzelte völlig verwirrt auf eine höchst unerwartete Einladung, die auf Briefpapier mit dem Briefkopf von *Charnwood Investments*, London E.C.2, geschrieben war.

31. Juli 1931

Sehr geehrter Mr. Horton,
Ich würde es als ein Entgegenkommen Ihrerseits betrachten, wenn Sie heute nachmittag um 13 Uhr mit mir im Ambassador's Club, Conduit Street 26, lunchen würden.
Hochachtungsvoll

Fabian Charnwood

Nachdem ich mich rasch angezogen und eine Tasse starken Kaffees heruntergestürzt hatte, las ich den Brief nochmals, ohne dabei aus Charnwoods Absicht klüger zu werden. Ich konnte mir nicht vorstellen, was er von mir wollte, aber glücklicherweise mußte ich ja nicht lange warten, bis ich es herausfinden würde.

1922 hatte der *Ambassador's Club* noch nicht existiert, und ich wußte nicht, aus welchen Gesellschaftskreisen er seine Mitglieder gewann. Der *Gresham* bedeutete Banker, und im *St. James'* trafen sich Diplomaten. Mir hätte es wahrscheinlich in keinem von beiden gefallen, aber ich hätte Verständnis dafür gehabt, wenn Charnwood einen der beiden gewählt hätte. Er hatte sich aber für den verspiegelten Speisesaal des *Ambassador's* entschieden, vielleicht weil dort dorische Säulen, mannigfache Spiegelungen und rosafarbenes Licht, das durch ein gefärbtes Glasdach schien, eine vollkommen verwirrende Umgebung schufen.

In gewisser Weise war das ja auch sehr passend, denn Fabian Charnwood war seinerseits ein höchst verwirrender Mann. Der Gehrock, der Vatermörder, die Nelke im Knopfloch und sein steifes Benehmen bestätigten Max' Beschreibung eines »perfekten Gentleman«. Aber Charnwood war alles andere als der dicke, rotgesichtige Sechziger, den ich erwartet hatte. Er hatte eine beinah athletische Gestalt, sein weißes Haar war noch genauso dicht wie meins, seine Gesichtszüge regelmäßig und sonderbar unscharf und sein Blick unbehaglich direkt. Er sprach leise, aber entschieden, wie einer, der es gewohnt ist, daß man ihm ohne Frage gehorcht. Und er kam sofort zur Sache, nachdem wir uns gesetzt und unsere Essen bestellt hatten. Ich trank Weißwein, er Malvern-Wasser.

»Ich bin Ihnen sehr verbunden, daß Sie meiner kurzfristigen Einladung folgen konnten, Mr. Horton. Ich möchte mit Ihnen über die aufkeimende Romanze zwischen meiner Tochter Diana und Ihrem Freund Max Wingate sprechen.«

»Was haben wir denn dazu zu sagen, Mr. Charnwood?«

»Wir können uns darüber unterhalten, wie sie beendet werden kann.«

»Wie bitte?«

»Mr. Wingate war in den letzten drei Tagen Gast in meinem Haus. Man hat mich überhaupt nicht im unklaren darüber gelassen, wie die Dinge zwischen ihm und Diana stehen. Sie hat mir erzählt, daß sie ihn liebt. Ich glaube, es ist nur eine Frage der Zeit, bis er seine Liebe zu ihr verkündet und mich um ihre Hand bittet. Glauben Sie nicht auch?«

»Nun ... ich ... freue mich für Max, wenn ...«

»Ersparen Sie mir Ihre Freude, Mr. Horton. Kein Vater, dessen Tochter sich mit einem solchen Mann eingelassen hat, kann sie nachvollziehen.«

»Verdammt noch mal«, erwiderte ich mit gespieltem Zorn – zu Max' Gunsten. »Ist das die Art ...?«

»Und ersparen Sie mir auch diese Schmierenkomödie. Sie ist wirklich nicht nötig. Ich weiß genau, was Sie vorhaben, Sie beide. Sie sind ein Paar prinzipienlose Abenteurer, denen nur Geld etwas bedeutet.« Er schwieg, während das Mineralwasser und der Aperitif serviert wurden, ließ mich jedoch keine Sekunde aus den Augen. Nachdem sich der Kellner wieder zurückgezogen hatte, fuhr er fort: »Glücklicherweise habe ich keine Probleme mit Menschen wie Ihnen. Wir vereinbaren einen Preis, und die Sache ist erledigt.«

»Ihre Direktheit, Mr. Charnwood, ehm ...« Ich bemühte mich um eine Antwort, aber sein grobes Vorgehen hatte mich entwaffnet. »Sie stößt mich ein wenig ab.«

»Meine Direktheit ist das Ergebnis meines Wissens. Das beruht natürlich nicht auf dem, was Mr. Wingate Diana über sich selbst erzählt hat, wenn er auch nicht nur gelogen hat. Aber es war nicht sehr viel. Sie waren gleichzeitig in Winchester, glaube ich, und haben gemeinsam während des Krieges im *King's Royal Rifle Corps* gedient. 1919 ist Mr. Wingate nach Oxford gegangen, während Sie in der Firma angefangen haben, in der auch Ihr Vater arbeitete: der *Goddess Foundation Garment Company* in Letchworth ... Mr. Wingate hat Sie als einen ›zugeschnürten Angestellten‹ beschrieben, was wenig schmeichelhaft ist, aber vermutlich zutrifft.«

»Sehr amüsant«, entgegnete ich ruhig.

»Es ist der Witz Ihres Freundes, Mr. Horton, nicht meiner. Abgesehen davon können Sie nichts dagegen tun, daß Sie aus einem ärmeren Elternhaus kommen als er. Aber dafür mache ich Sie nicht verantwortlich. Ich werfe Ihnen nicht einmal vor, daß Sie zwei Jahre später alles hingeworfen haben, um zusammen mit Mr. Wingate Geschäfte zu machen. Er hat meiner Tochter erzählt, daß er Oxford aus eigenem Antrieb verlassen hat; aber Sie und ich wissen, daß er gehen mußte, weil er eine illegale Lotterie betrieben hat. Ein ziemlich bescheidener Start in eine Karriere von Betrügereien und Schwindeleien, in der Sie sein loyaler Partner gewesen sind.«

»Wer hat denn diesen Unsinn für Sie ausgegraben?« konterte ich. »Faraday?«

Er schaute mich finster an. »Wer ist Faraday?«

»Ihr Spion auf der *Empress of Britain.*«

»Ich beschäftige keine Spione, weder zu Land noch zu Wasser. Meine Informationen habe ich von einem Mitglied dieses Clubs, dessen Name Ihnen bekannt sein dürfte: Sir Antony Toogood.«

»Toogood? Ich bin nicht sicher, ob ...«

»Sie haben ihn 1924 in Le Touquet kennengelernt, als seine Tochter das Ziel Ihrer Aufmerksamkeit war, so wie die meine jetzt das Ziel von Mr. Wingates Aufmerksamkeit ist.« Er lächelte. »Sie glauben vielleicht, daß es ein unglücklicher Zufall ist, daß ich ausgerechnet mit Sir Antony bekannt bin. Nun, das sollten Sie nicht tun, und zwar aus zwei Gründen nicht.«

Die Suppe wurde serviert. Ich hatte wenig Appetit und trank statt dessen etwas Wein, während ich darauf wartete, daß Charnwood weiterredete.

»Erstens, weil es uns beiden Zeit erspart. Ich weiß, mit wem ich es zu tun habe und was Sie wollen. Sir Antony war sehr informativ, was die Aktivitäten betrifft, in die Sie und Mr. Wingate zwischen 1921 und 1924 verwickelt waren. Sie haben als kleinere Figuren in Horatio Bottomleys Korruptionsimperium angefangen, sind durch das Land gefahren, um illegales Lotteriematerial für ihn zu verbreiten und natürlich auch um die hochwichtigen Meldungen von Gewinnen erfundener Mitglieder der Gesellschaft zu verkünden. Sie haben für ihn Niederlassungen seines betrügerischen Anleger-Clubs in Paris, Genf und Lausanne gegründet. Nach Bottomleys Verhaftung sind Sie auf dem Kontinent geblieben und haben sich selbständig gemacht. Sie haben bestimmte Untersuchungen im Interesse von englischen Verwandten durchgeführt, die Nachrichten von ihren Lieben suchten, die während des Krieges als vermißt gemeldet wurden und von denen Sie andeuteten, daß sie vielleicht noch lebten. Sie haben ehemalige Soldaten zugunsten ihrer belgischen und französischen Geliebten und deren angeblicher Nachkommen erpreßt. Sie sind einzig und allein in dieses Land zurückgekehrt, um ein unappetitliches Subjekt namens Smallbone zu verleumden und sich den Profit aus den daraus folgenden Schäden zu teilen. Dann sind Sie auf der Suche nach einer Tochter aus vermögendem Haus in Le Touquet eingefallen. Die ist übrigens, falls es Sie interessiert, mittlerweile glücklich mit einem untadeligen Farmer in Shropshire verheiratet. Sie ist Mutter zweier Kinder und erwartet ihr drittes.«

In Charnwoods unverblümten Worten klang all dies noch schlimmer, als ich es in Erinnerung hatte. Ich konnte nur schwach lächeln. »Nun, die Mutterschaft dürfte Caroline gut gestanden haben. Sie hatte jedenfalls die Hüften dafür.«

Er lachte nicht. Ich hatte die größten Schwierigkeiten, mir vorzustellen, daß er es überhaupt jemals tat. »Zweitens«, fuhr er unnachgiebig fort, »sollte Ihnen das Ethos des *Ambassador's Club* eigentlich sympathisch sein. Da die Moorhuhnjagd noch nicht bevorsteht, könnte ich Ihnen an den Nachbartischen einen anschaulichen Querschnitt durch den Adelsstand zeigen. Ganz zu schweigen von Baronen und Edelmännern, Politikern aller Parteien, Händlern aus allen Bereichen der Wirtschaft und Vertretern beinah jeder Lebensart. Eklektizismus ist die Parole dieses Clubs. Was uns zusammenhält, ist das Einvernehmen darüber, daß alles und jeder einen Preis hat. Ich nehme an, Sie verstehen?«

»Ja«, murmelte ich. »Ich vermute schon.«

»Das habe ich mir gedacht. Dann lassen Sie uns zum Geschäftlichen kommen.« Er löffelte seine Suppe aus. »Ein Adelstitel kostet heute 30000 Pfund, ein Ritterschlag 10000. Daß Mr. Wingate meine Tochter verläßt, schätze ich auf dieser Skala höchstens auf 1500 Pfund ein. Aber ich bin bereit, einen Bonus für eine schnelle Vereinbarung zu zahlen. Sagen wir 2000 Pfund?«

Ich konnte meine Verblüffung nicht verbergen und starrte ihn offenen Mundes an. Vor einem Augenblick noch hatte er die längst vergangenen Betrügereien und miesen Praktiken dargelegt, mit denen Max und ich unser Geld verdient hatten. Wir fanden, wir hätten das Recht dazu, nachdem uns drei Jahre unseres Lebens in einer moskitoverseuchten Wildnis namens Mazedonien gestohlen worden waren. Charnwood war bei seiner Erzählung gnadenlos ruhig geblieben. Und jetzt gab er praktisch zu, ohne seinen Tonfall auch nur um eine Nuance zu ändern, daß sein Club nichts anderes als ein Markt war, auf dem Ehrentitel und andere Gefälligkeiten zu festgesetzten Preisen verkauft und gekauft wurden. »Wenn das so ist«, sagte ich langsam, »sind Sie und Ihre Freunde nicht besser als ich und meine, Mr. Charnwood.«

»Möglich.« Unsere Suppenteller wurden abgeräumt und unsere Gläser neu gefüllt. »Das habe ich auch nie behauptet, oder?«

»Nein. Nicht direkt. Aber ...«

»Und ich habe Sie auch nicht gefragt, was Sie während der

letzten sieben Jahre in Amerika getan haben, oder? Oder habe wissen wollen, warum Sie so plötzlich nach Hause gereist sind.«

»Nein, das haben Sie nicht.«

»Also sind wir uns wegen der 2000 Pfund einig?«

»Nun, ich muß das natürlich erst mit Max besprechen, aber...«

»Besprechen Sie das mit ihm, sobald er nach London zurückkommt. Ich glaube, wir werden auch dieses Wochenende das Vergnügen seiner Gesellschaft haben. Ich werde ihm selbstverständlich nichts von unserer Unterhaltung erzählen. Das überlasse ich Ihnen. Das Geld wird unter der Bedingung gezahlt, daß er ganz und unwiderruflich mit meiner Tochter bricht. Selbstverständlich ohne ihr den wahren Grund zu erzählen. Er kann jede Lüge ersinnen, die ihm genehm ist.«

»Machen Sie sich keine Sorgen über die Reaktion Ihrer Tochter?«

»Sie ist unverwüstlich. Ich wäre wesentlich besorgter, wenn die Illusion von Glück, die Mr. Wingate ihr in den Kopf gesetzt hat, noch länger andauern würde. Meine Schwester hätte verhindern sollen, daß sie sich überhaupt eingepflanzt hat, aber sie hat ein unheilbar weiches Herz. Ich nicht.«

»Offensichtlich.«

»Sind wir uns dann einig, Mr. Horton?«

2000 Pfund waren ein fairer, ja sogar ein sehr großzügiger Preis. Durch Feilschen hatte ich nichts zu gewinnen. »Ich glaube schon, ja.«

»Gut.«

»Aber ich habe eine Frage.« Die Kellner unterbrachen mich mit dem Hauptgang, und ich fragte mich, ob ich so etwas ihm gegenüber überhaupt ansprechen sollte. Ich wollte ihn mir in diesem Stadium auf keinen Fall zum Feind machen. Aber ich nahm an, er würde mich richtig verstehen. »Wenn die Adelstitel so einfach zu haben sind, warum ist ein Mann von Ihrer Bedeutung und Ihren Beziehungen dann immer noch einfach Mr. Charnwood?«

»Weil ich das, was leicht zu haben ist, nicht will.«

»Was wollen Sie dann?«

Sein Blick schien sich in die Ferne zu richten. Als er antwortete, klang seine Stimme sehnsüchtig, ohne die geringste Spur von Verstellung. »Noch einmal die Vergangenheit erleben.« Er lächelte mir zu. »Können Sie das bewerkstelligen, Mr. Horton? Ich würde Ihnen jeden Pfennig zahlen, den ich besitze, wenn Sie es könnten.«

Ich schüttelte den Kopf. »Das kann niemand, nicht einmal... Gott.« Es war seltsam und ungewohnt für mich, eine so tiefgründige Bemerkung zu äußern. Ich bezweifelte, daß ich in den letzten zehn Jahren anders als entweihend vom Allmächtigen gesprochen hatte. Und es war bizarr, daß ich es jetzt tat, in einer solchen Umgebung, etwas, was Charnwood ebenfalls zu bemerken schien.

»Ein seltsamer Gedanke, was? Wenn Sie eine Sache ändern könnten, nur eine, die die Vergangenheit Ihrem Zugriff entzogen hat, was wäre das?«

Unerklärlicherweise hörte ich mich ehrlich und instinktiv antworten. »Ich würde meinem Bruder Felix seine Gesundheit zurückgeben. Er hat sie...« Ich unterbrach mich, als mir bewußt wurde, wie enthüllend meine Antwort war. Es war das erste Mal, daß ich einem Fremden gegenüber Felix' Namen erwähnte, seit ich Letchworth verlassen hatte. »Er hat sie im Krieg verloren«, schloß ich.

»Ja, der Krieg«, sagte Charnwood nachdenklich. »Immer ist es der Krieg.«

»Was würden Sie ändern?«

»Ich würde verhindern, daß meine Frau am 1. Mai 1915 in New York an Bord der *Lusitania* geht. Schon wieder der

Krieg, sehen Sie?« Wir schauten uns wachsam an, mißtrauisch wegen der plötzlichen Intimität unserer Unterhaltung. Ich glaube, wir waren beide froh, wieder Abstand zu gewinnen. »Die Gegenwart ist soviel einfacher, Mr. Horton. Nehmen Sie Ihr Geld, und lassen Sie meine Tochter in Ruhe. Mehr brauchen Sie nicht zu tun. Das ist alles, was jeder von uns vernünftigerweise verlangen kann. Stimmen Sie dem nicht auch zu?«

»Doch. Das tue ich.«

»Dann genießen Sie das Essen. Und den Wein.« Er hob das Glas und hielt es über den Tisch, um mit mir anzustoßen. »Auf daß Sie Ihre unrechtmäßigen Gewinne klug verwenden.«

3

Ein verregnetes Wochenende in London hätte mich normalerweise maßlos deprimiert, aber die hervorragenden Nachrichten, die ich für Max hatte, hielten mich bei Laune. Am Dienstag stellte ich die Atkinson-Whites Trojan beim Lunch in seinem Club vor. Unser Gespräch verlief zufriedenstellend, und ich kehrte anschließend in einer brandyseligen Hochstimmung nach Hay Hill zurück. Als ich die Wohnung betrat, marschierte Max auf dein Teppich vor dem Kamin hin und her. In der einen Hand hielt er eine Zigarre, in der anderen ein Glas Champagner. Das Grinsen auf seinem Gesicht verriet, daß er einen guten Grund zum Feiern hatte, was mich irgendwie verwirrte, da ich ihm meinen Grund noch gar nicht mitgeteilt hatte.

»Guy«, verkündete er feierlich und schlug mir auf die Schulter. »Du kommst gerade rechtzeitig. Nimm dir ein bißchen von dem Sprudelwasser.«

Das »Sprudelwasser« entpuppte sich als ziemlich kostspieliger *Pol Roger,* der unbeachtet in einem Eiskühler auf dem Tisch stand. »Hat Charnwood mit dir gesprochen?« fragte ich, während ich mir ein Glas einschenkte. »Ich hatte gedacht, er wollte es nicht.«

»Unter diesen Umständen bin ich es, der mit ihm reden sollte. Was ich nächstes Wochenende auch tun werde.« Er schaute mich scharf an. »Vermutlich hast du schon erraten, was ich dir mitteilen will?«

»Nicht ganz.«

»Diana hat eingewilligt, meine Frau zu werden.« Er grinste breit. »Du kannst auf unsere glückliche Zukunft trinken.« Er leerte sein Glas und wollte es gerade wieder füllen, als er bemerkte, daß ich keinen Schluck Champagner über die Lippen gebracht hatte. »Was ist los?«

»Nichts. Es ist nur . . .« Plötzlich hatte ich einen erfreulichen Gedanken. »Eigentlich macht es das noch besser. Eine Verlobung bedeutet, daß wir möglicherweise einen Nachschlag aushandeln können.«

»Einen Nachschlag wovon?«

»Ich habe am Freitag mit Charnwood geluncht. Er ist bereit, uns 2000 Pfund zu zahlen. Ich nahm an, er würde nicht höher gehen, aber wenn du . . .«

»2000 Pfund?« Max trat näher und starrte mich an. »Was will er für das Geld?«

»Daß wir aus dem Leben seiner Tochter verschwinden. Daß du verschwindest, sollte ich wohl sagen.«

»Das meinst du doch wohl nicht im Ernst.«

»Das war doch so geplant, nicht wahr? Le Touquet, die zweite. Und es ist wesentlich mehr, als wir aus Toogood herausgeschlagen haben. Selbstverständlich meine ich es ernst.«

»Hast du eingewilligt?«

»Natürlich. Aber nicht so explizit, daß ich nicht noch ein paar hundert mehr herausholen könnte. Er wird es ziemlich ungnädig aufnehmen, aber das ist es wert . . .«

»Du hast zugestimmt? Ohne mich vorher zu fragen?«

»Was hätte das für einen Sinn gehabt? Es ist genau das Geschäft, auf das wir gehofft haben. Sogar besser, würde ich sagen. Also laß mich einen Toast ausbringen: Auf unseren kommenden Wohlstand.«

Plötzlich riß Max mir das Glas aus der Hand, knallte es so heftig auf den Tisch, daß der Stiel zerbrach und sich eine zischende Pfütze über den Tisch ergoß. Doch er achtete nicht darauf. Seine Miene verfinsterte sich drohend, und seine Lippen zitterten vor Wut. »Das hättest du nicht tun sollen, Guy. Verdammt noch mal, du hattest kein Recht dazu!«

»Was, zum Teufel, ist mit dir los?« Ich schaute ihm in die Augen und erkannte dort die Antwort, wollte sie aber nicht wahrhaben. »Ich habe richtig und im beiderseitigen Interesse gehandelt. Beim Pferderennen wären 2000 Pfund ein verdammt guter Gewinn.«

»Sie hat eingewilligt, mich zu heiraten!« schrie er, wandte sich ab und stampfte durch das Zimmer. Am Kaminsims blieb er stehen und lehnte sich daran. Mit den Händen fuhr er sich durchs Haar und schnitt eine Grimasse, als wäre er verwirrt. »Wir haben uns einander versprochen.«

»Dann brich dein Versprechen. Das wäre nicht das erste Mal. Nur kann ich mich an keine lohnendere Situation erinnern.«

»*Lohnend?*« Er schaute zu mir zurück. »Was gewinne ich dadurch, daß ich das Mädchen verlasse, das ich ...« Er geriet ins Stocken, als ihm klar wurde, was zuzugeben er gerade im Begriff war. Dann jedoch schien er alle Verstellung abzuwerfen, richtete sich auf und drehte sich zu mir um. »Ich liebe sie, Guy. Und sie liebt mich.«

»Was?«

»Du hast es gehört. Und du wirst es akzeptieren. Genauso wie Charnwood. Diana und ich werden heiraten. Es wird kein Übereinkommen geben, keine Deals mit Schlupflöchern. Ich lasse mich nicht kaufen.«

»Ich glaub's nicht!«

»Solltest du aber. Einmal in meinem Leben möchte ich nicht käuflich sein.«

»Aber ... du hast es versprochen. Wir haben einen Vertrag unterzeichnet.«

»Und ich werde ihn auch einhalten. Du wirst deinen Anteil aus der Ehevereinbarung erhalten.«

»Es wird keine Vereinbarung geben. Verdammt, Max, es wird auch keine Ehe geben. Charnwood wird es nicht erlauben. Und wenn du mit dieser Verrücktheit weitermachst, werden wir nicht einmal die 2000 Pfund bekommen.«

»Ich will das Geld nicht. Ich will seine Tochter.«

»Dann nimm sie. Bevor du die Sache aufsteckst und verschwindest. Denn das wirst du.«

In seine Augen trat ein Blick, den ich schon oft bei ihm gesehen hatte, aber er hatte noch nie mir gegolten. Es war die reine Verachtung. »Du weißt gar nicht, was das Wort ›Liebe‹ bedeutet, nicht wahr, Guy? Ich mache dir keinen Vorwurf. Ich wußte es auch nicht, bis ich Diana begegnete. Ich sollte dir das, was du gerade über sie gesagt hast, in den Hals rammen, und das werde ich auch, solltest du wagen, es zu wiederholen. Dieses eine Mal werde ich es durchgehen lassen, um der alten Zeiten willen. Wenn dir irgend etwas an unserer Freundschaft liegt, dann nimm nie mehr ihren Namen lästerlich in den Mund. Solltest du es doch tun, wäre das das Ende zwischen uns. Ein für allemal.«

Es war ihm todernst, daran bestand nicht der geringste Zweifel. Er liebte Diana Charnwood. Oder, wie ich es sah, er war von ihr besessen. Aber die Definition war weniger wichtig als der Effekt. Und der konnte, jedenfalls nach meiner Einschätzung, verheerend sein – für uns beide. »Laß es uns ruhig angehen«, sagte ich, sowohl in meinem als auch in Max' Interesse. »Es gibt keinen Grund, ausfallend zu werden.«

»Dem stimme ich zu. Solange du meinen Plänen nicht in die Quere kommst.«

»Das werde ich nicht. Aber Charnwood. Er weiß eine Menge über uns. Und er hat die Mittel, noch mehr herauszubekommen. Er wird nicht zögern, Diana zu erzählen, was für ein Leben wir bis jetzt geführt haben.«

»Laß ihn doch. Sie weiß, daß ich kein Engel bin. Und sie weiß auch, daß ihr Vater die Wahl ihres Ehemannes nicht billigen wird. Jedenfalls zunächst nicht. Deshalb sind wir übereingekommen, die nächsten Tage damit zu verbringen, ihn umzustimmen. Sie kann ihn um ihren kleinen Finger wickeln. Ich habe es selbst miterlebt. Wenn ich nächstes Wochenende dort hinunterfahre, wird er bereits so gut wie überzeugt sein. Und wenn ich ihm die Fehleinschätzung schildere, unter der du und er diese Abmachung getroffen habt...«

»Wird er dir die Hand schütteln und seine Zustimmung geben. Siehst du es so?«

»Ja, genau. Warum auch nicht? Hinter all dem Herumgepoltere steckt nur der Wunsch, Diana glücklich zu machen. Nun, das will ich auch.«

»Max, es ist nicht so einfach, wie...«

»Es ist so einfach! Wir lieben uns und wollen heiraten. Verstehst du das?«

»Sicher. Wirklich, das tue ich.«

»Gut. In ein paar Tagen wird Charnwood das ebenfalls verstehen. Bis dahin möchte ich zu diesem Thema kein weiteres Wort mehr hören.«

Zwischen Max und mir herrschte für den Rest der Woche ein unangenehmer Waffenstillstand. Ich hatte keine Möglichkeit, ihn zur Vernunft zu bringen. Ich konnte nur hoffen, daß Charnwood da mehr Erfolg beschieden sein würde – und daß er an den Vereinbarungen festhielt, die wir getroffen hatten. Aber in meinem Kopf stiegen unerfreuliche Zweifel an dem ganzen Unternehmen auf. Das Geld lag bereit – wir mußten es nur nehmen. Und mein Instinkt sagte mir, daß wir das besser ohne Zögern akzeptieren sollten. Aber Verzögerung war die einzige Taktik, die Max zulassen würde. Und jeder Protest von meiner Seite drohte offenbar einen endgültigen Bruch zwischen uns herbeizuführen.

Die Atmosphäre in der Wohnung wurde unerträglich, was nicht überraschte. Ich entkam ihr nur zu gern und trat deshalb eine Reise an, die ich seit meinem Treffen mit Charnwood geplant hatte. Er hatte mich dazu gebracht, von meinem Bruder Felix zu sprechen. Ich wußte, daß ich Felix vollkommen vertrauen konnte – aus dem einfachen Grund, daß er sich an kein einziges meiner Worte erinnern würde. Vermutlich würde er nicht einmal meinen Besuch im Gedächtnis behalten. Und wenn doch, würde ihm niemand glauben. Jedenfalls weder mein Vater noch meine Schwester. Trotz ihrer geringen Meinung über mich glaubte ich nicht, daß man sie davon überzeugen könnte, ich sei nach sieben Jahren Abwesenheit nach England zurückgekehrt, ohne mir die Mühe zu machen, ihnen Nachricht zu geben.

Also nahm ich an diesem Freitagmorgen von St. Pancras einen Zug aufs Land nach Hertfordshire südlich von St. Albans. Mein Ziel war das *Napsbury Hospital,* wo Felix 1917 eingeliefert worden war. Angeblich litt er unter Neurasthenie, eine Diagnose, die später noch ergänzt wurde, je nachdem, welche Art von Neurose die Ärzte in den Schriften von Sigmund Freud gefunden hatten. Ich fand immer, Felix leide unter Pech, und zwar unter dem Pech, sich ausgerechnet bei dem *Hertfordshire Regiment* gemeldet zu haben, das an der Westfront gedient hatte. Daß er dort seinen Verstand verloren hatte, war einfach nur eine logische Reaktion auf die verrückte Situation gewesen. Im Gegensatz zu ihm hatte ich das Glück gehabt, mich beim *King's Royal Rifle Corps* zu melden, das zufällig in Winchester stationiert gewesen war und enge Beziehungen zum Offiziersausbildungscorps des College unterhielt. Ich hatte in dem sicheren, wenn auch unangenehmen Mazedonien gedient, wo man eher an Malaria als an feindlichen Aktionen starb und wo, wie um dies zu beweisen, Max von einem unserer eigenen Leute angeschossen wurde. Ich war zynisch, egoistisch und gesund zurückgekehrt, Felix aber kam wie ein beschädigtes Paket zurück: die Verpackung lose, der Inhalt entweder verschwunden oder übel zugerichtet – und die Verantwortung dafür wurde mit amtlicher Geringschätzung zurückgewiesen.

Ich ging die Viertelmeile vom Bahnhof Napsbury zum Krankenhaus und fragte mich, ob es klug war zu kommen. Ich hatte Felix seit vier Jahren nicht mehr gesehen. Der geistige Abbau, den ich nach dieser langen Zeit zu erwarten hatte, war kein Grund zu Optimismus. Aber ich ging dennoch weiter und wappnete mich gegen die Düsternis, die die verstreuten roten Ziegelgebäude des Krankenhaustraktes immer auszustrahlen schienen. Die Stürme der letzten Zeit steigerten die Hoffnungslosigkeit der feuchten und windgepeitschten Szenerie. Immerhin war es an diesem Tage trocken. Auf den Wegen, die sich unter den Tannen entlangschlängelten, konnte ich einige Patienten sehen, die heftig zitternd ziellos daherwanderten.

Ich betrat Felix' Station voller böser Vorahnungen und bemerkte die überraschte Miene der Schwester, als ich ihr sagte, zu wem ich wollte. Er wurde aus einem überfüllten Aufenthaltsraum geholt, wo ein Radio laut spielte. Er schien es fast zu bedauern, daß er überhaupt herausgekommen war. Er war so dünn wie immer, wirkte aber gebeugter und zitterte mehr, als ich es in Erinnerung hatte. Er war eine seltsame Mischung aus einem forschen jungen Soldaten und einem mürrischen alten Invaliden. Doch er erkannte mich sofort. Das hatte er immer getan, selbst als er bei anderen hoffnungslose Schwierigkeiten gehabt hatte. Er erkannte mich und schlang seinen Arm durch meinen.

»Bist gekommen ... Gekommen, um mich zu einem Spaziergang zu holen, Gewgaw?« Er hatte mich Gewgaw getauft, als ich mein Stipendium für Winchester gewonnen hatte, und mich mit der Erklärung wütend gemacht, daß Dr. Johnsons

Definition eines Gewgaw – »wunderbar verschwenderisch und protzig ohne Wert« – genau auf mich paßte. Jetzt ärgerte es mich nicht mehr; ich wunderte mich nur darüber, daß er sich immer noch an den Ausdruck erinnerte.

»Ein Spaziergang ist eine gute Idee«, antwortete ich und sah aus den Augenwinkeln, wie die Schwester zustimmend nickte. Wir gingen langsam zum Ausgang. »Wie ist es dir ergangen, Felix?«

»Ich habe eine Erkältung bekommen.«

»Fast wie die Regierung.«

Er schaute mich forschend an. »Ist Mr. Asquish krank?«

Ich brachte es nicht übers Herz, ihm zu sagen, daß Mr. Asquish schon lange tot und vergessen war. »Nicht ganz«, murmelte ich und führte ihn hinaus in den Park. »Worüber wollen wir uns unterhalten?« fragte ich, während wir einen schattigen Weg entlangschlenderten.

»Über alles … irgend etwas.«

»Es tut mir leid, daß ich dich in letzter Zeit nicht so oft besucht habe.«

»Ich habe angenommen … du bist beschäftigt gewesen.«

»Ja. Das bin ich.« Ich lächelte. »Ich habe Teile der Everglades in Florida gekauft und als Bauland wieder verkauft, Geschäfte mit kanadischen Bierbrauern und Spelunken in New England vermittelt. Ich sitze im Aufsichtsrat von einem halben Dutzend sehr wichtig klingender Finanzierungsgesellschaften. Ich bin auf der Welle geschwommen – und habe Pleite gemacht. O ja, ich war sehr beschäftigt. Erst kürzlich habe ich versucht, mit dem Feuer zu spielen und es wieder zu löschen.«

Er schaute mich verständnislos an. »Sie wollen mir keine Streichhölzer geben.«

»Ich vermute, sie haben Angst vor dem Feuer.«

»Sie wollen mich … im Dunkeln lassen.«

»Die Angestellten, meinst du?«

»Nein, der Feind.«

Ich glaubte, er meinte die Deutschen. »Der Krieg ist vorbei, Felix.«

»Das ist genau das, was ... sie dich glauben machen wollen. Aber das ist er nicht. Die Eichhörnchen wissen es. Sie sehen sie.« In diesem Moment huschte ein Eichhörnchen vor uns über den Weg. »Sie sehen sie hinter den Bäumen.«

»Wen sehen sie?«

»Den Feind ... wie er mir folgt ... und ... auf seine Chance wartet ...«

Ich schaute mich um. »Uns folgt niemand.«

Er lächelte mich nachsichtig an, weil er anscheinend nicht erwartet hatte, daß ich verstand. »Du kannst sie auch nicht sehen. Das würden sie nicht zulassen. Man kann nur ab und zu einen ... Blick auf sie erhaschen ... wenn es dämmert ... und sie sorglos werden. Dann sehe ich sie ... aus den Augenwinkeln. Aber ich kann nie ... kann sie nie deutlich erkennen.« Wir kamen an das Ende einer Sackgasse. »Kannst du es?«

Ich zuckte nur mit den Schultern. Was sollte ich sagen?

»Du hast meine Augen, Gewgaw. Vielleicht ... wirst du sie eines Tages ... deutlich erkennen können. Dann werden wir wissen ... wer es ist. Nicht wahr?«

Ich sagte immer noch nichts, betroffen von der seltsam beunruhigenden Art von Felix' Schlußfolgerungen. In einer Welt, die sich für schlau hielt, sich aber dumm benahm, konnte man manchmal glauben, daß nur die Verrückten die Dinge so sahen, wie sie wirklich waren, daß nur Menschen wie mein Bruder bereit waren zuzugeben, was sie aus den Augenwinkeln sahen.

»Du wirst es mir doch sagen ... wenn du es tust, nicht wahr?« drängte er. »Du kommst ... und erzählst es mir?«

»Aber ja, Felix.« Ich legte mein gesundes, nichtssagendes Lächeln auf. »Das mache ich bestimmt.«

Max war nach Dorking abgereist, als ich aus Napsbury zurückkehrte. Ich wußte nicht, wann ich ihn zurückerwarten sollte, und doch war ich überrascht, als er am Montagmorgen zurückkam. Ich verdaute gerade mein Frühstück und rauchte eine Zigarette, während ich einen apokalyptischen Artikel über die, wie nun anscheinend alle fanden, ausgewachsene Wirtschaftskrise las. Aber mir war sofort klar, daß Max' wütende Miene nichts mit dem Kursverfall des Pfundes zu tun hatte.

»Sag es nicht«, war seine kryptische Begrüßung. »Sag es bloß nicht.«

»Was soll ich nicht sagen, Max?«

»Daß du es mir vorausgesagt hast. Du hast recht gehabt. Verdammt noch mal. Charnwood gibt keinen Millimeter nach.« Er nahm sich Kaffee aus dem immer noch warmen Topf auf dem Tisch und fuhr sich bedauernd mit der Hand über sein unrasiertes Kinn. »Ich habe den Mann praktisch angefleht. Ihn angebettelt, mir eine Chance zu geben. Ich war erbärmlich.«

Der philosophische Unterton seiner Bemerkung ließ mich hoffen. »Hat er sich geweigert, seine Einwilligung zu geben?« fragte ich so mitfühlend, wie ich konnte. »Das überrascht mich nicht.«

»Er meinte, ich sei seine Tochter nicht wert, sei keine geeignete Partie für sie.« Er ließ sich in den Sessel mir gegenüber fallen, die Kaffeetasse in der Hand. »Ich liebe sie, verdammt noch mal. Und sie liebt mich. Aber das scheint ihn nicht zu kümmern.«

»Es tut mir leid, Max, wirklich, aber es ist genau das, wovor ich dich gewarnt habe.«

»Er hat mich in den Garten geführt und mir bei einem Spaziergang erklärt, warum er hier Rosen und dort Rhododendren gepflanzt hatte. Und dann hat er ausgeführt, warum er seine Tochter niemals einen Mann wie mich heiraten lassen würde. Warum das einzige, was zu geben er bereit wäre, Geld sei. Und selbst das nur, wenn ich Diana verließe, und zwar lieber heute als morgen.«

Besorgt schnappte ich unwillkürlich nach Luft, als Max' Worte meine schlimmsten Befürchtungen bestätigten. Er hörte es und warf mir einen angewiderten Blick zu, bevor er weiterredete.

»Du kannst ruhig erfahren, daß ich versucht habe, Diana dazu zu bringen, mit mir zu fliehen. Nach dem, was Charnwood gesagt hatte, schien es keine andere Möglichkeit zu geben. Hätte ich Erfolg gehabt, hätte er sie vermutlich enterbt. Aber du wirst froh sein zu hören, daß sie sich geweigert hat. Gott weiß, warum, aber sie braucht seine Zustimmung zu dem, was sie tut. Natürlich ist ihm das klar. Deshalb glaubt er so fest an ihren Gehorsam – und daran, daß ich seine Bedingungen akzeptiere.«

»Also wirst du einwilligen?«

Er starrte mich an und schüttelte dann langsam den Kopf, als zweifle er an meiner Verstandesfähigkeit. »Ich kann nicht zustimmen, Guy. Ich liebe sie. Ohne sie ... 2000 Pfund bedeuten mir nichts.«

Ich schnitt eine Grimasse. »Ich hätte nie gedacht, so etwas einmal aus deinem Mund zu hören.«

»Ich auch nicht. Aber es ist wahr.«

»Was willst du unternehmen, wenn Diana ihm nicht den Gehorsam verweigert und du dennoch nicht aufgeben willst?«

»Ich will seine Meinung ändern.«

»Wie?«

»Deshalb habe ich den Frühzug genommen. Diana hat eine Idee, die sie mit dir besprechen will.«

»Mit *mir*?«

»Ja. Sie begleitet Vita heute auf eine Art Hutkaufexpedition zu *Harrods*. Sie kann sich mit Leichtigkeit eine Weile davonmachen und hat vorgeschlagen, sich draußen mit dir zu treffen. Und zwar gegen Mittag am Eingang Hans Road und Basil Street. Kannst du kommen?«

»Sicher, aber...«

»Diana wird dir alles erklären. Es ist unsere einzige Chance, Guy, ihre und meine. Sag wenigstens, daß du dir anhören willst, was sie zu sagen hat.«

Ich hätte mich weigern können, und vielleicht hätte ich es auch tun sollen. Aber ich hatte bereits mein Geld gesetzt. Es war offensichtlich, daß Max nicht aufgeben würde, bis unsere Chancen, anständig ausgezahlt zu werden, vertan waren. Und eine Flucht bei Nacht und Nebel mit anschließender Enterbung mußten wir um jeden Preis verhindern. Wenn ich jedoch eine Rolle dabei spielen konnte, Charnwood dazu zu bringen, Max als Schwiegersohn zu akzeptieren, würde vielleicht dennoch etwas Lohnendes aus der Situation herausspringen. »Na gut«, sagte ich nach kurzem Nachdenken. »Ich werde mich mir ihr treffen.«

Das Wetter an diesem Morgen täuschte so etwas wie Sommer vor. Ich wartete in der Sonne auf der Rückseite von *Harrods* und konnte mir fast einreden, mir sei warm. Ich hatte ein Dutzend Ladies, die Vita sehr ähnlich waren, rein- oder rausgehen gesehen, und ein Veteran mit Holzbein, ordengeschmückter Brust und einer Sammelbüchse hatte zwei Runden um das Gebäude geschafft, als Diana Charnwood herauskam. Ihr Anblick zeigte mir wieder einmal, daß echte Schönheit sehr selten ist. Und daß sie sie geradezu verkörperte.

»Danke, daß Sie gekommen sind, Guy«, sagte sie. Ich konnte mir gut vorstellen, daß ihr Lächeln Max' Herz geschmolzen hatte. »Ich wußte, daß wir uns auf Sie verlassen können.« Sie drückte meine Hand eine Sekunde lang, und etwa so lange hielt auch ich mich für verläßlich. »Wollen wir ein bißchen spazierengehen?«

»Wie Sie wollen.« Wir gingen die Basil Street hinunter. »Max sagte, Sie wollten sich unbedingt mit mir unterhalten.«

»Hat er Ihnen erzählt, was dieses Wochenende passiert ist?«

»Ja. Es tut mir leid, wenn ...«

»Das Verhalten meines Vaters ist nicht Ihr Fehler. Und Sie müssen sich nicht dafür entschuldigen, daß Sie ein Geschäft mit ihm abgeschlossen haben, das Sie nicht hätten abschließen dürfen.« Sie bemerkte meine Verblüffung und lächelte. »Max ist völlig ehrlich mit mir. Er verheimlicht mir nichts.« Das konnte ich kaum glauben. Sicher, ich wollte es auch nicht glauben. Doch anscheinend war er offener gewesen, als ich es für gut befand. Bei jedem Schritt hatte ich das Gefühl, daß seine neugewonnene Fähigkeit zur Liebe mir den Boden unter den Füßen wegzog. »Zwischen einem Mann und der Frau, die seine Frau werden soll, darf es keine Geheimnisse geben, Guy. Das verstehen Sie doch sicherlich?«

»Werden Sie denn seine Frau, Diana? Soweit ich verstanden habe, will Ihr Vater nichts davon wissen.«

»Er begreift nicht, wie Liebe den Charakter eines Menschen verändern kann. Oder vielleicht hat er es vergessen. Es ist jetzt sechzehn Jahre her, seit Mutter gestorben ist und ... Aber Sie wollen sicher nicht meine Familiengeschichte hören. Papa weiß, daß ich Max liebe, aber er glaubt einfach nicht, daß Max mich um meinetwillen liebt.« Wir bogen in den Hans Crescent ein. »Wir müssen ihn überzeugen, daß er sich irrt.«

»Wir?«

»Ich meine Sie, natürlich. Wenn Sie wollen.«

»Wie soll ich das bewerkstelligen?«

»Indem Sie ihm erklären, daß Max Ihre Erwartungen vollkommen über den Haufen geworfen hat.«

»Das hat er ganz bestimmt.«

»Indem Sie als sein Freund erklären, daß seine Gefühle für mich ihn verändert haben und daß das, was Sie und Papa vereinbart haben, schlicht... irrelevant ist.« Mit einem Kopfnicken wischte sie so einfach, wie es nur eine Millionenerbin kann, 2000 Pfund vom Tisch. Ihr Haar schimmerte dort, wo die Sonnenstrahlen es unter dem breiten Rand ihres Strohhutes trafen, goldbraun mit einem Stich ins Rötliche. Ihr Blick glänzte vertrauensvoll, als sie mich anschaute. Diesen Vertrauensvorschuß bot sie mir zauberhafterweise ausgerechnet auf dem Bürgersteig vor dem größten Warenhaus der Welt an, in dem fast alles erhältlich ist – und nichts davon umsonst. »Er wird Ihnen glauben, Guy, weil Sie und er dieselbe Sprache sprechen.«

»Was eindeutig nicht die Sprache der Liebe ist, nicht wahr?«

Sie errötete und wandte sich ab. »Ich wollte Sie nicht beleidigen. Ich wollte Ihnen nicht einmal Ungelegenheiten bereiten, wie ich es offenbar getan habe, als ich mich in Ihren Freund verliebt habe.«

»Das ist keine Frage von...«

Der alte Soldat tauchte plötzlich vor uns auf und rasselte mit seiner Dose. Diana gab ihm eine halbe Krone und beschämte mich, als ich in meinen Taschen nach einigen Pennies kramte. Ich versteckte sie in meiner Hand, während ich sie in die Dose steckte. Sie schaute ihm über die Schulter nach, während wir weitergingen. »Ein weiteres Opfer«, flüsterte sie. »Es gibt so viele. Wir schulden ihnen wenigstens Arbeit, finden Sie nicht?«

»Da Sie schon fragen: Nein, finde ich nicht.«

Zu meiner Überraschung lächelte sie. »Sie sind wie Max, tun so herzlos. Aber Sie fühlen nicht wirklich so, nicht wahr?«

»Nein.«

»Wie ist es gekommen, daß Max in Mazedonien angeschossen wurde? Er sagte, es sei ein Unfall gewesen.«

»Das war es auch, in gewisser Weise.«

»In welcher Weise?«

Wir hatten die Brompton Road erreicht und gingen jetzt an der Hauptfassade des Geschäfts vorbei. Ich rang mit mir, ob ich es ihr sagen sollte, und entschied mich dann dafür. Wenn Max aufrichtig sein durfte, konnte auch ich es sein. »Ein Soldat namens Hopkins lief Amok. Langeweile und Moskitos hatten ihn verrückt gemacht. Max und ich versuchten, ihn zu entwaffnen, und er feuerte sein Gewehr ab. Die Kugel prallte von Max' Schädel ab. Es war keine Absicht, denn Hopkins hätte keiner Fliege etwas zuleide tun können. Deshalb sagten wir beide, daß die Flinte aus Versehen losgegangen war. Das hat Hopkins vor dem Erschießungskommando gerettet, wenn auch nicht vor einem längeren Aufenthalt im Bau. Max schätzte, daß es das mindeste war, was er unter diesen Umständen hatte tun können. Die Verletzung machte ihn invalide und brachte ihn nach Hause, bevor der Krieg vorbei war. Wir anderen mußten bis lange nach dem Waffenstillstand dableiben.«

»Auch wenn Sie sich darüber lustig machen, Sie mußten es nicht tun, nicht wahr? Sie brauchten kein Mitleid für den Soldaten Hopkins zu haben.«

»Wohl nicht, aber ...«

»Und Max leidet deswegen immer noch unter Kopfschmerzen, nicht wahr? Er hatte erst neulich welche, das weiß ich. Ich habe es an seiner Miene erkannt. Der Streit mit meinem Vater hat sie vermutlich noch verschlimmert.«

»Gut.« Ich blieb stehen. »Ich werde mit Ihrem Vater reden.« Ich redete mir ein, daß es das einzig Vernünftige war, was ich tun konnte. Sollten Max und Diana doch glauben, daß ich so altruistisch handelte, wie sie es wollten. Die Wahrheit war eine andere. Und jeder Vergleich mit dieser Mitmenschlichkeitsshow dreizehn Jahre zuvor in Mazedonien hinkte. »Ich werde versuchen, ihn umzustimmen. Für euch beide.«

»Das ist alles, worum ich Sie bitte. Oh, Gott segne Sie, Guy.« Sie reckte plötzlich den Kopf hoch, um mich zu küssen. Ihre

Lippen auf meinen war ein ebenso entwaffnendes wie angenehmes Gefühl. Doch es narrte mich nicht. Nicht eine Sekunde lang. »Sie sind ein echter Freund.«

»Diana...«

»Ich muß jetzt gehen. Tante Vita wartet sicher schon auf mich. Treffen Sie sich so bald wie möglich mit Papa. Und denken Sie daran, Max und ich verlassen uns auf Sie. Wir setzen unsere Hoffnungen auf Sie.«

»Ja, aber...«

Zu spät. Sie hatte sich bereits umgedreht und war durch die Tür gegangen, die man ihr aufhielt. Ihr gemustertes Kleid verschwand im schattigen Inneren des Geschäftes. Ich seufzte und ging die Straße entlang in Richtung Bunch of Grapes, wo Max auf mich wartete. Laut Diana hatten sie ihre Hoffnungen auf mich gesetzt. In diesem Fall waren sie in guter Obhut – soweit es mich betraf, jedenfalls.

Die Büros von *Charnwood Investments* nahmen das oberste Stockwerk eines beeindruckenden Gebäudes einer Versicherungsgesellschaft in Beschlag. Es erstreckte sich über die halbe Südseite von Cornhill. Charnwoods hyänenhafte Sekretärin willigte schließlich ein, mir zwanzig Minuten in dem überfüllten Terminkalender des großen Mannes zu gewähren. Für drei Uhr am folgenden Nachmittag. Ich sorgte dafür, daß ich nicht zu spät kam.

Charnwood trank Tee, als ich ankam. Mit Zitrone. Weder Milch noch Zucker waren zu sehen, und er bot mir auch keine Tasse an. Er wirkte spürbar barscher als letztes Mal, fast ein wenig ungeduldig, als er mir mit einer Handbewegung bedeutete, mich zu setzen, und ohne Umschweife zur Sache kam.

»Ich vermute, Mr. Wingate hat endlich Vernunft angenommen und Sie hergeschickt, um unsere Vereinbarung zu einem Abschluß zu bringen.«

»Ich fürchte nicht. Er...«

»... hat mich letztes Wochenende mit seinem Geschwätz ermüdet, daß er meine Tochter liebt. Er besteht doch wohl nicht auf seiner Behauptung, kein finanzielles Motiv zu haben?«

»Das tut er. Und ich glaube ihm.«

»Sie überraschen mich, Mr. Horton.«

»Mich hat Max überrascht. Es besteht kein Zweifel daran, daß er Diana aufrichtig liebt – und sie ihn. Vielleicht war er ja ein Mitgiftjäger, aber Ihre Tochter hat einen hingebungsvollen Freier aus ihm gemacht.«

Charnwood lachte bitter. »Dummes Zeug!«

»Das dachte ich zunächst auch. Aber sie haben mich vom Gegenteil überzeugt.«

»Und jetzt hoffen Sie, mich überzeugen zu können?«

»Ja.«

»Reichen Ihnen die 2000 Pfund nicht? Versuchen Sie, mehr herauszuschlagen? Das würde ich an Ihrer Stelle nicht tun. Es ist nicht der richtige Zeitpunkt. Lesen Sie keine Zeitungen? Die Parteichefs werden aus dem Urlaub zurückgerufen. Die Bankiers halten Krisensitzungen ab. In der Threadneedle Street kursieren Gerüchte, daß die *Bank of England* in Kürze ihren Verbindlichkeiten nicht mehr nachkommen kann. Was sind Ihre 2000 Pfund dann noch wert? Ich rate Ihnen, nehmen Sie das Geld, solange Sie können, und tauschen Sie es bei der ersten Gelegenheit in Dollar um.«

»Ich wünschte, ich könnte es. Unglücklicherweise ist Max nicht länger an dem Geld interessiert.«

»Aber Sie sind es?«

»Selbstverständlich.«

»Sehr gut.« Charnwood erhob sich aus seinem Stuhl und trat an das Fenster dahinter, von wo aus er auf die Börse blicken konnte. Mit den Fingern klopfte er einen Wirbel auf den eisernen Heizkörper unter dem Fensterbrett. »Erzählen Sie dem geläuterten Mr. Wingate, daß ich genausoviel Vertrauen in seine Ehrlichkeit habe wie in die Goldwährung: nämlich keine. Ich werde meine Tochter anweisen, ihre Verlobung als aufgelöst zu betrachten. Ich werde ihr jeden weiteren Umgang mit ihm verbieten. Und ich werde alle notwendigen Schritte unternehmen, um dafür zu sorgen, daß sie mir gehorcht.«

Es hätte nicht schlimmer kommen können. Verzweifelt versuchte ich, Zeit zu gewinnen. »Mr. Charnwood, vielleicht habe ich es nicht klar genug erklärt ...«

»O doch, das haben Sie!« Er wirbelte vom Fenster zu mir herum. »Sie wollen vernünftig sein, aber Ihr Freund weigert sich. Ist es nicht so?«

»Ich glaube schon, ja.«

»Und Sie kalkulieren, daß Ihre einzige Hoffnung auf eine Belohnung die ist, als Makler für eine Hochzeit meiner Tochter aufzutreten.«

»Nun, ich ...«

»Sie begehen dabei einen Fehler. Die Sache scheitert daran, daß Sie sie nur von Ihrem Gesichtspunkt aus betrachten. Sehen Sie her.« Er nahm eine silberne Fünf-Shilling-Münze aus der Westentasche und legte sie vor mich auf den Schreibtisch. »Welche Form hat die Münze?«

»Welche Form?«

»Ja.«

»Nun, es ist ein Kreis.«

»Genau. Und nun?« Er nahm sie in die Hand und hielt sie mir zwischen Zeigefinger und Daumen so hin, daß ich nur ihren gerillten Rand sehen konnte. »Welche Form hat sie jetzt, Mr. Horton?«

»Ehm ...«

»Vergessen Sie, daß es eine Münze ist. Beschreiben Sie einfach, was Sie sehen.«

Ich zuckte mit den Schultern. »Es ist eine gerade Linie.«

»Exakt.« Er lächelte, stellte die Münze aufrecht auf die polierte Oberfläche des Schreibtisches und drehte sie. Mit offensichtlicher Befriedigung betrachtete er, wie sie herumwirbelte. »Also können ein Kreis und eine Linie dasselbe sein, je nachdem, von welchem Gesichtspunkt aus Sie es betrachten.«

»Ich verstehe nicht ganz...«

»Meine Tochter und Ihr Freund suchen Ihre Hilfe. Nun, das tue ich ebenfalls.«

»Sie?«

»Dianas... Vernarrtheit... könnte stärker sein als ihre Ergebenheit mir gegenüber. Sie und Mr. Wingate werden vielleicht versuchen, mich mit vollendeten Tatsachen zu konfrontieren, und darauf hoffen, daß ich meinen Widerspruch überwinden werde, wenn sie erst einmal verheiratet sind. Selbstverständlich wäre das ein Irrtum. Ich würde sie enterben...« Die Münze kam klappernd auf dem Schreibtisch zur Ruhe. »Ohne ihnen auch nur eine Fünf-Shilling-Münze zu hinterlassen.« Er schaute mich direkt an. »Machen Sie sich keine Illusionen, Mr. Horton. Ich würde meine Tochter in Armut stürzen und Ihren Freund mit ihr – wenn es sein müßte.«

»Ich bin nicht sicher, ob diese Aussicht sie abschrecken wird.«

»Ich auch nicht. Deshalb suche ich Ihre Hilfe. Ich werde Diana Ende des Monats ins Ausland schicken, weit außerhalb von Mr. Wingates Reichweite. Bis dahin besteht jedoch diese Gefahr, von der ich gesprochen habe. Wenn ich vor ihren Plänen gewarnt werden würde, sozusagen früher darüber informiert würde, könnte ich ihnen natürlich zuvorkommen. Als ihr Vertrauter könnten Sie mir diese Warnung zukommen lassen.«

»Ach ja?«

»Natürlich würden Sie in dem Fall eine Belohnung erhalten. Sie bekämen den Anteil, der Ihnen schon ausgezahlt worden wäre, wenn Ihr Freund nicht so eigensinnig wäre.« Er nahm die Münze vom Schreibtisch und steckte sie wieder in die Westentasche. »1000 Pfund, Mr. Horton. Ist das ein fairer Preis?«

»Es klingt eher wie dreißig Silberlinge.«

»Nun, tatsächlich sind es viertausend Silberlinge. Und Sie wirken nicht wie jemand auf mich, der unter Gewissensbissen leidet. Abgesehen einmal davon, würde die Armut bald die Illusion von Liebe zerschlagen, der Ihr Freund aufsitzt. Und auch die meiner Tochter. Sie tun beiden einen Gefallen. Deren Kreis ist Ihre Gerade. Mit 1000 Pfund am Ende.«

Er kannte mich genauso gut, wie ich mich kannte, vielleicht sogar besser. Was er sagte, machte vollkommen Sinn. Selbst dieses letzte Zugeständnis an mein rudimentäres Gewissen war fein abgewogen. Ich erhob mich langsam aus meinem Stuhl. »Ich werde darüber nachdenken«, sagte ich leise. »Sehr ernsthaft.«

Die Nachricht von Charnwoods Unnachgiebigkeit deprimierte Max. Aber er schöpfte etwas Trost aus meinem Meinungsumschwung, den ich ihm einredete. »Du glaubst nicht, daß ich aufgeben sollte, nicht wahr?«

»Es ist eine schwierige Entscheidung«, antwortete ich resigniert. »Aber manchmal muß man der Liebe ihren Willen lassen. Und das hier ist eindeutig eines dieser Male.« Nicht, daß es mich gekümmert hätte. Aber der arme, vernarrte Max war nicht in einem Zustand, in dem er die Wahrheit ertragen hätte. Ich hatte keine andere Wahl, als zu lügen, sowohl in seinem als auch in meinem Interesse. Einer von uns mußte ans Geld denken, mochte auch der andere kurzzeitig gegenüber dessen Bedeutung blind sein. Unsere einzige Hoffnung auf Gewinn aus dieser Unternehmung bestand aus dem, was Charnwood für den Verrat an Max' und Dianas Plänen geboten hatte. Also oblag es mir, dafür zu sorgen, daß sie überhaupt Pläne entwickelten. Ich hegte nicht den geringsten Zweifel daran, daß mein Freund mir eines Tages für das danken würde, was ich hier für ihn tat. Bis dahin würde es jedoch noch lange dauern. Inzwischen konnte ich nichts anderes tun, als ein freches Doppelspiel zu spielen. »Laß Diana nur nicht entwischen, jetzt, wo ich mein Opfer gebracht habe«, sagte ich lächelnd. »Sie ist zu gut, als daß man sie verlieren dürfte.«

»Glaubst du, ich wüßte das nicht?« Er kaute nachdenklich auf seinem Daumennagel. »Aber sie möchte ihm so sehr gefallen. Ich ... ich weiß einfach nicht, was sie tun wird.«

»Wann siehst du sie wieder?«

»Morgen, in der Nähe von Dorking. Wir haben uns zum Nachmittagstee im *Burford Bridge* verabredet. Das ist ein Hotel am Fuße der Box Hills – in sicherer Entfernung zum Haus.« Er dachte einen Augenblick nach. »Warum kommst du nicht einfach mit? Du kannst ihr vielleicht begreiflich machen, wie unvernünftig ihr Vater ist.«

»Nun, wenn ich helfen kann ...«

»Ich würde es zu schätzen wissen. Wirklich.«

»Dann sag nichts weiter. Ich werde dasein.«

Wir nahmen den Nachmittagszug von der *Victoria Station* und gingen gegen drei Uhr die Straße vom Bahnhof Box Hill zum Fluß Mole hinunter. Vor uns, da, wo die Hauptstraße von London den Fluß kreuzte, stand das Hotel. Weitläufig und solide stand es unterhalb einer bewaldeten Hügellandschaft. Die Aussicht, Diana könnte nicht dasein, machte Max nervös. Ich glaube, er fürchtete, Charnwood könnte sie im *Amber Court* eingesperrt haben. Doch diese Sorge war unnötig, denn Diana saß bereits in einer ruhigen Ecke des Foyers vor Tee und Keksen. Sie sah traurig und deshalb irgendwie noch schöner aus. Das feine Vergißmeinnicht-Blumenmuster ihres Kleides unterstrich noch ihre Verletzlichkeit. Wenn mein Anblick sie überraschte, so verbarg sie es sehr gut. Vielleicht hat sie ja erwartet, daß Max mich mitbringt, dachte ich.

Wir bestellten noch mehr Tee und setzten uns hin. Sofort senkte Diana ihre Stimme und sagte: »Ich bin Ihnen sehr dankbar für das, was Sie versucht haben, Guy. Leider haben Sie das Herz meines Vaters nur noch mehr verhärtet.«

»Das tut mir leid«, antwortete ich und schaffte es, einigermaßen niedergeschlagen zu wirken. »Wirklich.«

»Er hat mir verboten, dich noch einmal wiederzusehen, Max«, sagte sie und nahm seine Hand diskret in ihre. »Allein schon dadurch, daß ich hier bin, widersetze ich mich seinen Wünschen. Er sagt, wir würden die nächsten Monate im Ausland verbringen. In Italien. Um jedem Übel aus dem Weg zu gehen. Inzwischen ist es mir nicht einmal mehr gestattet, nach London zu fahren. Und mein kleiner Sportflitzer ist in der Garage eingesperrt, die Schlüssel sind konfisziert. Ich kenne so ein Verhalten gar nicht von ihm. Es ist fast so, als wäre er plötzlich zu einem ...« Tränen glitzerten in ihren Augen, und sie griff nach einem Taschentuch. »Zu einer Art menschenfressendem Riesen geworden.«

»Mach dich nicht selbst verrückt, Darling«, sagte Max und streichelte ihre Hand. »Er wird uns nicht daran hindern zu heiraten. Das kann er nicht.«

»Wirklich nicht?«

Die Frage blieb unbeantwortet in der Luft hängen, während unser Tee serviert wurde. Die Kellnerin schien eine Ewigkeit geräuschvoll das Geschirr zu arrangieren, bis sie sich endlich zurückzog. Ich beschloß, auch meinen Senf zu dem quälenden Gespräch zu geben. »Ich glaube, Ihr Vater weigert sich aus Stolz zuzugeben, daß er sich geirrt hat, Diana.«

»Aber er wird doch nicht deshalb mein Glück zerstören?«

»Er kann nicht anders.«

»Was sollen wir dann machen?«

»Sie müssen ihm die Sache aus der Hand nehmen.«

»Sie meinen...?« Sie biß sich auf die Lippen und runzelte die Stirn. »Aber ich hatte so sehr auf seinen Segen gehofft.«

»Den werden Sie auch bekommen. Hinterher.«

»Immer mit der Ruhe, alter Knabe«, mischte Max sich ein. Er machte sich offenbar Sorgen, daß ich unsere Sache überstürzte. »Was Guy meint, Darling, ist...«

»Ich weiß, was er meint. Und er hat recht. Ich bin gestern abend zu demselben Schluß gekommen, als ich mich schlaflos im Bett herumgewälzt und gefragt habe, was man am besten unternehmen könnte. Es ist die einzige Möglichkeit, nicht wahr?«

»Ich glaube, ja«, sagte ich. »Ehrlich.«

Und so wurde es beschlossen. Die beiden jungen Liebenden – nun ja, in Max' Fall nicht mehr ganz so jung – gingen in den Garten des Hotels, um dort Hand in Hand zwischen den Rabatten herumzuschlendern und die romantische Intrige weiter auszuspinnen, die ich mir für sie ausgedacht hatte. Ich blieb im Foyer, rauchte eine Zigarette und blätterte müßig in *Country Life*. Ich wurde erst in die Details ihres Plans eingeweiht, nachdem Max und ich den Zug nach London bestiegen hatten. Dann aber zog er mich ohne Zögern ins Vertrauen. Diana würde ihrem Vater den Eindruck vermitteln, daß sie sich seinen Wünschen, wenn auch widerwillig, beugte. Währenddessen würde Max mit meiner Hilfe die notwendigen Vorbereitungen für eine standesamtliche Hochzeit Ende der folgenden Woche treffen. Um zwei Uhr morgens am entscheidenden Tag würde Diana sich aus dem Haus schleichen und Max auf einem kleinen Pfad treffen, der zur Straße nach Dorking führte. Dort wartete der Wagen, mit dem Max sie nach London bringen würde, wo die Zeremonie ein paar Stunden später über die Bühne gehen sollte. Mit mir als Trauzeugen. Diana wollte ihrem Vater eine Notiz hinterlassen, in der sie die Aktion erklärte und ihrer Hoffnung Ausdruck verlieh, ihn nach ihrer Rückkehr aus den Flitterwochen in Paris versöhnt wiederzusehen.

So weit, so simpel. Max und ich verbrachten den größten Teil des folgenden Tages damit, verschiedene Angestellte einzuschüchtern, damit sie die Heiratserlaubnis ohne Bekanntmachungsfrist herausgaben. Dann legten wir einen Termin für eine Hochzeit im Standesamt von Marlybone fest: Samstag, den 22. August, um 10.00 Uhr. Danach machten wir einem Autohändler in der Tottenham Court Road eine Freude, als wir ihm einen fast neuen *Talbot Saboon* für 300 Pfund abkauften. Weil Max der Überzeugung war, ihn erwarte eine glückliche Zukunft, leisteten wir uns anschließend ein Abendessen im *Ritz.* Jetzt mußte er nur noch den freudigen Tag so geduldig wie möglich erwarten.

Ich konnte nichts anderes tun, als mit ihm zusammen zu warten, obwohl ich wußte, daß dieser Tag niemals anbrechen würde. Doch der Ausdruck beinah hündischer Ergebung auf Max' Gesicht, mit dem er im *Burford Bridge* Dianas Hand gehalten hatte, überzeugte mich davon, daß Charnwood recht gehabt hatte. Ich würde Max wirklich einen Gefallen tun, wenn ich ihm die schleichende Erkenntnis ersparte, wie schnell sich Liebe in Haß verwandeln kann. Es würde Diana und ihm leidvolle Enttäuschungen ersparen. Und ich würde dafür sorgen, daß Max seinen Anteil von Charnwoods 1000 Pfund bekam, der ihn über seinen Verlust hinwegtrösten würde. Letzteres war das zwingendste Argument dafür, daß ich meine Zeit vergeudete und verschwieg, daß ich schon längst entschieden hatte, was zu tun war.

Denn das hatte ich. Und fast auf die Stunde genau zwei Tage vor dem Hochzeitstermin führte ich es auch aus. Diesmal gab es keine Schwierigkeiten, zu Charnwood vorgelassen zu werden. Er hatte die Sekretärin anscheinend instruiert, mich zu erwarten. Diesmal gab es auch keine Taschenspielertricks mit Fünf-Shilling-Münzen. Charnwood hörte mir einfach schweigend zu, schrieb dann einen Scheck über 1000 Pfund aus und schob ihn mir über den Schreibtisch herüber.

»Ich bin Ihnen zu Dank verpflichtet, Mr. Horton. Ich möchte Ihnen zu Ihrer Beruhigung versichern, daß Mr. Wingate keinerlei Grund zu dem Verdacht haben wird, daß Sie meine Informationsquelle waren.« Wir standen auf und schüttelten uns die Hände. »Es war ein Vergnügen, mit einem so redlichen Mann wie Ihnen Geschäfte zu machen. Das macht das Leben so . . . einfach.«

Einfach? Für Charnwood vielleicht, dachte ich, während ich den Scheck einsackte. Ich fand die ganze Sache bis jetzt jedenfalls alles andere als einfach.

4

Ich wußte nicht, wie Charnwood Diana am Ausreißen hindern wollte, und es interessierte mich auch nicht. Ignoranz war in meinem Fall eine Garantie gegen Entdeckung. Ich traf weiterhin die Vorsichtsmaßnahme, ein neues Bankkonto auf meinen Namen zu eröffnen, auf das ich den Scheck einzahlte. Max und ich hatten unsere kanadischen Einlagen auf ein gemeinsames Konto in London transferiert. Ich wollte das Geld mit unseren anderen Mitteln zusammenlegen, aber zuerst würde eine Menge Gras über die ganze Angelegenheit wachsen müssen.

Dann brauchte ich nur noch die Entwicklung der Dinge abzuwarten. Je näher der Freitagabend rückte, desto nervöser wurden Max und ich, wenn auch aus verschiedenen Gründen. Er wollte unbedingt nach Dorking und schlug zu meinem Entsetzen vor, daß ich ihn begleiten sollte. Zunächst widersetzte ich mich dieser Idee. Doch ich konnte es mir nicht leisten, ihn mißtrauisch zu machen, indem ich mich verhielt, als wüßte ich, daß etwas schieflief. Zögernd gab ich schließlich seinem Wunsch nach, ihm bei der bevorstehenden mitternächtlichen Nachtwache auf den Hügeln Gesellschaft zu leisten.

Wir dinierten in einem Hotel in der Nähe von Leatherhead, erreichten Dorking aber immer noch mehr als vier Stunden vor dem Rendezvous. Wir fuhren ziellos die Guildford Road entlang, stoppten an einem Gasthaus, das am Weg lag, und machten es uns in der Kneipe gemütlich. Einige große Whiskeys später war Max' Zuversicht ebenso groß wie seine

Geschwätzigkeit, während meine ebenso rasch kleiner wurde. Wie würde er auf die Intervention von Charnwood reagieren, ganz gleich, worum es sich handeln mochte? Was würde er tun, wenn ihm klar würde, daß Diana nicht die Seine wurde? Und – was die Hauptsache war – was würde ich tun? Die Unsicherheiten in meinem Kopf wurden immer zahlreicher, je mehr der Alkohol dafür sorgte, daß ich sie nicht lösen konnte.

Glücklicherweise war Max viel zu sehr von seinem eigenen Optimismus berauscht, um meine Angst zu bemerken. Einer der anderen Gäste, dem Aussehen und Klang nach ein rechthaberischer Handlungsreisender, hatte schon die ganze Zeit mit dem Barmädchen geflirtet. Schließlich brachte er sie dazu, ihn mit Vornamen anzureden. Er hieß merkwürdigerweise Hildebrand. Das Barmädchen hatte schallend darüber gelacht, doch Max hatte das als gutes Zeichen genommen.

»Erinnerst du dich an den ›zwergenhaften Hildebrand‹, Guy?«

»Du meinst aus ›*The Eve of St. Agnes*‹ von Keats. Ja, ich erinnere mich ... Was ist mit ihm?«

»Er war Porphyros geschworener Feind, nicht wahr? Aber er konnte nicht verhindern, daß Porphyro sich mit seiner Geliebten in die Nacht davonmachte. Nun, Charnwood wird mich auch nicht davon abhalten, mit meiner Geliebten in der Nacht zu verschwinden.«

»Wir wollen es hoffen.«

»Mach dir keine Sorgen. Es kann nichts schiefgehen.«

Aber es war bereits etwas schiefgegangen, und es fiel mir sehr schwer, es ihm nicht zu sagen. Unsere Gläser waren leer, und als ich aufstand, um sie füllen zu lassen, unterhielt der gar nicht zwergenhafte Hildebrand das Barmädchen mit einem Zauberkunststück, indem er ein rotseidenes Taschentuch aus dem Dekolleté ihrer tiefausgeschnittenen Bluse zauberte. Ich wünschte mir sehr, über ähnliche magische Kräfte zu verfügen und einen glücklichen Ausgang unserer nächtlichen Unternehmung herbeizaubern zu können. Doch ich hatte bereits für einen unglücklichen Ausgang gesorgt. Daher blieb mir nichts, als den Whiskey für meine sentimentalen Schuldgefühle verantwortlich zu machen – und mehr davon zu bestellen.

Wir blieben so lange wie möglich in der Gaststätte, aber schließlich mußten wir sie doch verlassen. Max hatte mir die Lage des *Amber Court* und den Treffpunkt auf unserer Karte gezeigt. In der Wirklichkeit jedoch waren die schmalen Straßen, die sich unter einem sternenlosen Himmel dichtbewaldete Hügel hinaufwanden, wesentlich weniger deutlich erkennbar. Motten tanzten im Scheinwerferlicht, und ein feiner Nieselregen verschmierte die Windschutzscheibe. Als wir endlich die Stelle erreichten, wo der Fußweg vom Haus auf die Straße traf, lenkte Max den Wagen zwischen die Bäume, stellte den Motor ab und löschte das Licht.

Es war fast Mitternacht, dunkel und still genug, um mich an all die Gründe zu erinnern, aus denen ich ländlichen Gegenden mißtraute. Es war natürlich nicht völlig dunkel. Als meine Augen sich auf die Finsternis eingestellt hatten, konnte ich die Lücke zwischen den Bäumen ausmachen, wo der Pfad begann. Und es war auch nicht völlig ruhig. Meine Ohren nahmen ein schwaches Rascheln und leise Bewegungen im Unterholz wahr.

Irgendwo heulte eine Eule. Ein Fuchs bellte. Dann riß Max ein Streichholz an und hielt mir eine Zigarette hin.

»Du glaubst, ich bin verrückt, weil ich das mache, nicht wahr, Guy?« fragte er mit einem erstickten Kichern.

»Das habe ich nie gesagt.«

»Nein. Aber du warst kurz davor. An deiner Stelle wäre ich noch viel dichter drangewesen. Also glaube nicht, daß ich dir nicht dankbar bin, denn das bin ich.«

Seine Dankbarkeit war wie ein Schlag in den Solarplexus. Es war das letzte, was ich brauchte. »Wieviel Uhr ist es?« lenkte ich hastig ab.

Er strich noch ein Streichholz an und schaute auf seine Uhr. »Vier Minuten nach Mitternacht. Weniger als zwei Stunden, bis ich losgehen muß. Im Vergleich zu dem, was wir am Doiran-See gemacht haben, ist das hier eine reine Bagatelle. Manchmal habe ich geglaubt, wir würden von dort nicht mehr wegkommen, weißt du. Aber wir haben es geschafft. Und jetzt ist Mazedonien nur noch eine Erinnerung, wie auch das hier irgendwann einmal. Nur daß dies eine glückliche Erinnerung werden wird. Für uns beide, das verspreche ich dir. Wenn Diana und ich erst einmal verheiratet sind, wird uns Charnwood schon besuchen. Und wenn er es nicht tut, wirst du dafür sorgen. Er hängt wirklich sehr an ihr. Und wenn es dann soweit ist, daß ich den unerschöpflichen Reichtum meines Schwiegervaters unter die Leute bringen kann, werde ich meinen besten Freund und Trauzeugen bestimmt nicht vergessen. Denn du wirst bald dieses Vergnügen haben. *Amor vincit omnia.* Die Liebe besiegt alles. Der alte Carter hat mir diesen Satz vor zwanzig Jahren in den Schädel gehämmert, und ich habe ihn niemals geglaubt – bis jetzt.«

Max redete noch mehr solche Dinge, während die Zeit langsam verstrich. Ich war hin- und hergerissen zwischen dem Wunsch, sie möge schneller vergehen, damit wir endlich das, was die nächsten Stunden für uns bereithielten, hinter uns bringen konnten, und dem Wunsch, sie möge niemals verstreichen. Max erwartete soviel von Dingen, die er, wie ich wußte, niemals bekommen würde, daß ich abwechselnd um den Moment der Aufklärung flehte und ihn fürchtete. Inzwischen konnte ich nichts weiter tun, als seine Hoffnungen ein wenig zu dämpfen. Je höher sie stiegen, desto tiefer würden sie fallen.

Um viertel vor zwei brach Max zum vereinbarten Ort auf. Der Treffpunkt war ein Zauntritt an der Stelle, wo der Pfad an das Grundstück der Charnwoods stieß, das durch einen Zaun am Rand der Wälder markiert war. Max erwartete, mit Diana an seiner Seite in einer halben Stunde wieder zurückzusein, und antwortete fröhlich auf meine Abschiedsworte.

»Viel Glück, Max.«

»Danke, alter Knabe, aber ich werde es nicht brauchen.« Dann klopfte er mir durch das geöffnete Fenster des Wagens auf die Schulter, ging den Weg entlang, blieb kurz stehen, um mit der Taschenlampe zu winken, und war verschwunden.

Mich ließ er mit der Frage zurück, was passieren würde und wie ich reagieren sollte. Würde Max zurück zum Wagen kommen, wenn ihm aufging, daß Diana nicht kam, oder würde er zum Haus weitergehen, um eine Erklärung zu suchen? Und, im zweiten Fall, was würde er dort finden? War sie noch da? Oder hatte Charnwood sie weggeschafft? Wie hatte er es geschafft, sie von ihrer Flucht abzuhalten? War es vielleicht sogar möglich, daß er keinen Erfolg hatte? Nein. In diesem Punkt war ich mir sicher. Charnwood hatte bestimmt eine Möglichkeit gefunden, sich zwischen Max und dessen Geliebte zu stellen.

Es wurde zwei Uhr, und die Zeit verstrich weiter. Dann lief auch die Frist von einer halben Stunde ab, die Max sich selbst gesetzt hatte. Von ihm war nichts zu sehen oder zu hören, und nichts in der Finsternis verriet, was er getan hatte. Gegen halb drei war ich davon überzeugt, er müsse mittlerweile begriffen haben, daß er vergeblich wartete. Offensichtlich wollte er nicht zum Wagen zurückkehren. Ich zwang mich zu überlegen, was ich tun würde, wenn ich wirklich nur so wenig wüßte, wie ich behauptet hatte. Die Antwort war simpel: ihm folgen. Ich durchdachte die Frage noch einmal und gelangte wieder zu derselben Antwort. Es war absolut notwendig, daß ich mich wie der Unwissende benahm, der ich nicht war. Ich beugte mich der Logik meines eigenen Arguments, kletterte aus dem Wagen und ging den Pfad entlang.

Max hatte vor ein paar Tagen eine brandneue Taschenlampe gekauft. Meine hatte ich in einem Schrank in der Wohnung gefunden. Es war ein wesentlich schlechteres Modell mit einem wackeligen Schalter und einem schwachen Lichtstrahl. Ich hätte neue Batterien hineintun sollen, aber natürlich hatte ich mir nicht die Mühe gemacht. Jetzt bereute ich es, als ich in dem schwankenden Licht den schmalen, aber ausgetretenen Pfad zwischen knarrenden Eichen und Buchen entlangging und bei jedem Schritt das Laub ungezählter Herbste um meine Füße raschelte. Nach einem zehnminütigen Fußmarsch dachte ich daran, nach Max zu rufen, aber irgend etwas hielt mich davon ab. Tagsüber wäre ich hier vielleicht auf einer sonnenüberfluteten Lichtung herumgetanzt, doch bei Nacht war es ein anderer Ort: ruhig, wachsam und gegen meine stumpfen Stadtsinne gewappnet.

Dann teilte sich der Weg. Mit dieser Möglichkeit hatte ich nicht gerechnet. Keiner der beiden Wege schien ausgetretener zu sein als der andere. Selbst wenn ich in der Stimmung gewesen wäre, den Fährtensucher zu spielen, so fehlten mir doch die Fähigkeiten für diese Rolle. Genausowenig konnte ich mir die Fußwege auf der Karte ins Gedächtnis rufen, die ich dummerweise im Wagen gelassen hatte. Ich überlegte kurz, ob ich zurückgehen sollte, gestand mir aber ein, daß ich kaum besser Karten lesen als Spuren suchen konnte. Ich hätte natürlich auch einfach an Ort und Stelle aufgeben können, aber die Situation erforderte schon etwas mehr Hartnäckigkeit. Der linke Weg wirkte etwas breiter und gerader, also beschloß ich, es dort zu versuchen.

Ich vermutete bald, daß ich einen Fehler gemacht hatte. Ich war weit genug gegangen, um zu diesem Zauntritt zu gelangen, aber es war keiner zu sehen. Dann wurden die Bäume lichter, und bevor ich es begriff, hatte ich den Wald verlassen und war durch ein offenes Tor einige Meter auf ein Feld hinausgetreten. Ich sah mich erschreckt um und wollte gerade wieder kehrtmachen, als ich ungefähr eine Viertelmeile weiter unten am Hang die Lichter eines Hauses sah. Es mußte auf einem Hügel stehen, den ich nicht sehen konnte. Nach Zahl und Abstand der beleuchteten Fenster handelte es sich um ein beträchtliches Anwesen. Das mußte der *Amber Court* sein. Das offene Gitter ließ vermuten, daß auf dem Feld kein Vieh war. Auf den ersten Blick hätte mich nichts daran hindern können, geradewegs zum Haus zu gehen. Max hatte gesagt, daß der Pfad eine Wiese hinter dem Wald durchquere, die von den Gärten durch einen versenkten Grenzzaun getrennt war. Wenn ich mich dicht an den Wald hielt, mußte ich unausweichlich zu demselben Punkt gelangen. Und doch erschien es mir besser, zur Weggabelung zurückzugehen. Ich mußte um jeden Preis vermeiden, mich zu verraten. Und ich mußte Max finden. Nach einiger Quälerei beschloß ich umzukehren.

Ich trat wieder in den Wald und bewegte mich so schnell, wie es die tintenschwarze Finsternis erlaubte. Die Taschenlampe benutzte ich nur selten, für den Fall, daß ich sie noch für Wichtigeres brauchen würde, als Baumwurzeln auszuweichen. Plötzlich ertönte in einigem Abstand zu meiner Linken ein Schrei. »Wer ist da?« Es war die alarmierte, schrille Stimme einer Frau, möglicherweise die von Diana, vielleicht aber auch nicht. Wie auch immer, ihr Ruf galt nicht mir. Aus derselben Richtung ertönte ein Krachen im Gehölz, jemand brach durch Blätter und Zweige. Dann kam das Geräusch vom Pfad vor mir. Nein, es war auf dem anderen Weg, und während ich lauschte, erreichte jemand die Gabelung und rannte Hals über Kopf zur Straße. »Wer ist da?« rief jemand. »Halt, sage ich!« Es war Vita, nicht Diana. Ihre Stimme überschlug sich, als sie den Befehl hinausschrie. Aber niemand achtete darauf.

Furcht überströmte mich. Was, zum Teufel, war da los? Ich rannte los, leuchtete dabei mit der Taschenlampe auf den Boden vor mir, um zu vermeiden, daß ich stolperte, und kam wieder auf den Hauptweg. Wer dort auch entlanggerannt war, jetzt war er außer Hörweite. Aber wo war Vita? Was machte sie hier im Wald? »O nein!« schrie es hinter mir. Diesmal war es ohne Zweifel Dianas Stimme. »O mein Gott, nein!« Dann herrschte Stille. Ich zögerte einen Moment, aber der Ruf nach Hilfe in ihrer Stimme war unwiderstehlich. Ich lief den Weg entlang und blinkte in Abständen mit der Taschenlampe. Nach wenigen Augenblicken erreichte ich den Zauntritt und kletterte hinüber. Der Strahl einer Taschenlampe leuchtete vor mir.

»Hallo? Sind Sie das, Diana?«

»Guy?« Ich konnte sie nicht sehen, schätzte aber, daß sie ungefähr zwanzig Meter entfernt war.

»Ja, ich bin es.«

»Wo sind Sie?«

»Hier.«

Ich umrundete eine Kurve und fand sie. Vita stand direkt vor mir. Sie trug einen formlosen Filzhut, einen langen Regenmantel und Wellingtonstiefel. Sie leuchtete mit der Taschenlampe neben den Pfad, dorthin, wo Diana kniete. Sie trug keinen Hut, war aber sonst ähnlich wie Vita gekleidet. Vor ihr lag auf dem Rücken zwischen den Farnen eine Gestalt in einem dunklen Mantel, Tweedhose und derben Schuhen. Die Schuhsohlen waren schlammig, der obere Teil aber glänzte im Licht der Lampe frisch poliert. Von meinem Standort aus konnte ich nicht sehen, wer es war. Der Kopf war seltsam dunkel, was ich zunächst nicht verstand. Ich trat näher. Und dann sah ich es. Es war Charnwood. Die ganze rechte Seite seines Kopfes war zu einem blutigen Krater aus Knochen und Hirnmasse zerschmettert.

»Mein Gott«, sagte ich und trat unwillkürlich zurück.

»Papa«, murmelte Diana und streichelte sein Kinn. »Armer alter Papa.«

»Was machen Sie hier, Mr. Horton?« verlangte Vita grimmig zu wissen.

»Ich war bei ... Das ist ...«

Diana schaute zu mir hoch. »Sie waren bei Max, nicht wahr?«

»Ja. Aber ...«

»Wo ist er?«

»Das weiß ich nicht.«

»Wir haben jemanden weglaufen gehört. War das Max?«

»Schon möglich. Ich ...« Ich hörte es im selben Moment wie sie. Ein Wagen wurde angelassen und fuhr schnell die Dorking Road entlang. Das Geräusch des Motors drang deutlich durch die Bäume. Es war der Talbot. Der Klang seines Motors war mir so vertraut, daß ich ihn nicht verwechseln konnte. »Ich verstehe das nicht«, sagte ich. »Es ergibt keinen Sinn.«

»Mein Bruder ist ermordet worden«, stellte Vita fest. »Er ist hierhergekommen, um sich mit Ihrem Freund zu treffen, nachdem die irregeleitete Diana ihren Plan zur Flucht bereut hat.« Diana begann zu schluchzen, langsam und unaufhörlich, aber Vita achtete nicht darauf. »Als er nicht zurückkam, haben wir nach ihm gesucht. Und das haben wir gefunden: meinen Bruder, zu Tode geprügelt.«

»Sie meinen doch wohl nicht ...«

»Ihr Freund ist geflohen, Mr. Horton. Er ist vom Schauplatz seines Verbrechens geflüchtet.«

»Nein. Max würde niemanden ermorden.«

»In einem Wutanfall, als er erkannte, daß er seinen Willen nicht bekommen würde ...«

»Nein, verdammt noch mal! Nein! Da muß ein Irrtum vorliegen!«

»Ich wünschte, es wäre einer, Guy«, murmelte Diana in die Stille. »Ich wünsche es von ganzem Herzen.«

Ich kniete mich neben sie und riß meinen Blick von dem dahingestreckten Körper los, dem blutbespritzten Mantel, dem blutigen Rest eines Gesichts und der scheußlich klaffenden Wunde. »Sie können nicht hier bleiben«, sagte ich. »Sie sollten wieder zum Haus zurückgehen.« Ich nahm sanft ihre Hand.

»Ja. Natürlich.« Sie ließ sich von mir hochziehen. »Zurück ins Haus. Aber Papa ...«

»Sie können ihm jetzt nicht mehr helfen.«

»Mr. Horton hat recht«, sagte Vita. »Laß dich von ihm zurückbegleiten. Ich werde hier warten ... bei Fabian.«

»Es wäre vielleicht besser, wenn Sie Diana begleiteten, Miss Charnwood. Das hier ist ... kein Ort für eine Lady.«

»Er ist mein Bruder«, entgegnete sie und reckte beschützend das Kinn vor. »Ich werde ihn nicht allein lassen.«

Protest schien nutzlos. »Gut«, gab ich nach.

»Rufen Sie die Polizei, sobald Sie ins Haus kommen.«

Aus Loyalität zu Max wollte ich widersprechen. Doch was hätte ich schon einwenden können, wenn der Beweis seiner Schuld so stark und unwiderlegbar war? Ich fragte bereits nicht mehr, ob er Charnwood getötet hatte, sondern grübelte darüber nach, warum. Aber das wußte ich. Wir alle wußten es.

»Es darf keine Verzögerung geben«, sagte Vita nachdrücklich. »Ich will, daß er gefunden wird.«

Diana und ich sprachen kein Wort miteinander, als wir aus dem Wald über die Wiese zum Gartentor gingen. Sie stützte sich schwer auf meinen Arm und atmete tief durch, um die Tränen zurückzuhalten. Mir fielen weder tröstende Worte noch eine Erklärung oder eine Entschuldigung ein. Mit jeder zusätzlichen Erkenntnis wurde das Ereignis schlimmer. Es muß einen Streit gegeben haben, dachte ich, einen, der eine friedliche Lösung ausschloß. Vielleicht hatte Charnwood Max mit seiner Arroganz oder gar Verachtung aufgebracht. Vielleicht hatte Max zufällig allzu schnell eine Waffe bei der Hand gehabt: einen schweren Stein, ein Stück Holz, vielleicht sogar die Taschenlampe. Welche Waffe es auch gewesen war, sie war in einem rasenden Anfall mörderischer Gewalt benutzt worden, für die ich in gewisser Weise verantwortlich war. Jetzt konnte ich nichts mehr daran ändern oder es gar abwenden. Die Handlung war nicht wiedergutzumachen. Ein Mensch war tot. Und ein Dutzend anderer mußten jetzt mit den Konsequenzen leben.

Wir näherten uns dem *Amber Court*, den ich nur als zufälliges Muster beleuchteter Fenster gegen eine dunkle Masse von Schornsteinen und Giebeln wahrnahm. Wir betraten das Haus durch die Haustür, die unter einer hohen steinernen Veranda lag. In der holzverkleideten Eingangshalle hatte sich Diana wieder gefaßt und alarmierte die im Haus lebende Dienerschaft: den Koch, zwei Dienstmädchen und den Chauffeur. Nach ein paar Minuten kehrte sie zurück, führte mich ins Wohnzimmer und rief dann sofort die Polizei an. Es gab zufällig ein Problem mit der Leitung, so daß sie schreien mußte, um sich verständlich zu machen. Ihre Worte ballten im Zimmer wider. »Mein Vater ist ermordet worden. Bitte kommen Sie sofort.« Mein Blick richtete sich auf ein Porträt über dem Kamin, das eine elegante, dunkelhaarige Frau in einem cremefarbenen Kleid im Stil des frühen zwanzigsten Jahrhunderts zeigte. Ihre Augen waren die von Diana, nur in einem anderen Gesicht.

»Meine Mutter«, sagte Diana ruhig und schaute mich an, während sie den Hörer auflegte. »Vor dreißig Jahren gemalt.«

Ein Schauer überlief sie, während sie sprach. Sie schlang die Arme um sich und schloß die Augen.

»Sie sollten einen Schluck Brandy trinken. Ich werde Ihnen ein Glas einschenken.«

»Ich möchte keinen.« Aber nachdem sie sich auf das Sofa neben dem Kamin gesetzt hatte, akzeptierte sie ihn mit zitternder Hand. »Danke«, murmelte sie.

»Nippen Sie nur daran«, warnte ich sie und setzte mich neben sie auf das Sofa. »Er wird ... den Schock mildern.«

»Nichts kann das bewirken.«

»Nein, natürlich nicht. Aber ... Was genau ist eigentlich passiert?« Ich mußte es erfahren, mußte herausfinden, was sie und, noch wichtiger, wieviel sie eigentlich wußte. »Warum haben Sie sich entschieden, nicht durchzubrennen?«

Sie schaute mich an, und einen Augenblick glaubte ich, sie würde mir die Antwort ins Gesicht schleudern. Doch dann schüttelte sie nur traurig den Kopf. »Papa hat herausgefunden, was wir vorhatten. Er hat mich sofort nach dem Abendessen zur Rede gestellt und ...«

»Beim Dinner gestern abend?«

»Ja. Er hat mich in sein Arbeitszimmer gerufen und mir gesagt, daß er von der geplanten Hochzeit wüßte. Er wollte nicht sagen, wie er es herausgefunden hatte. Vielleicht hat er unsere Absicht einfach nur erraten und alle Standesämter von hier bis London überprüft, bis er das richtige gefunden hat. Das spielt doch jetzt keine Rolle mehr, oder?«

Ich zögerte einen Moment. »Vermutlich nicht«, antwortete ich dann.

»Ich habe es zugegeben. Alles. Was hätte ich sonst tun können? Zunächst war ich wütend – wütend darüber, daß er mir nachspioniert hatte. Wir hatten einen furchtbaren Streit.« Sie legte die Hand gegen die Stirn, offensichtlich von der Erinnerung gepeinigt. »Aber als ich sah, wie enttäuscht er von mir war, wie tief es ihn getroffen hatte, daß ich mich mitten in der Nacht hatte fortstehlen wollen, wurde mir klar, daß ich es einfach nicht tun konnte. Nicht, wo Mama tot war und er keinen Sohn und keine andere Tochter hatte, in die er sein Vertrauen setzen konnte.« Sie schluckte schwer. »Max hatte von mir verlangt, das Vertrauen meines Vaters zu mißbrauchen, verstehen Sie? Letzten Endes war es das, was mich aufgehalten hat.«

»Und Ihr Vater hat sich dann an Ihrer Statt mit Max getroffen?«

»Ja.« Sie schaute an sich herab, hob dann den Saum ihres Kleides an und starrte auf einige dunkle Blutflecken, die sich zwischen den Punkten auf dem Stoff ihres Kleides verbargen. »Warum hat er es getan, Guy? Warum hat er etwas so Schreckliches getan?«

»Das weiß ich nicht. Ich habe im Wagen gewartet und bin ihm gefolgt, als er nicht zurückkehrte. Zunächst habe ich den falschen Weg genommen. Bis ich auf Sie traf, hatte ich nicht die leiseste Ahnung...«

»O Gott!« Plötzlich packte sie meine Hand, drehte sich um und ließ den Kopf auf meine Schulter sinken. Ich dachte, sie würde weinen, aber statt dessen richtete sie sich nach einigen Sekunden auf und holte tief Luft. Ihre Augen waren feucht, aber es liefen ihr keine Tränen über die Wangen. »Papa würde wollen, daß ich stark bin«, sagte sie. »Um seinetwillen muß ich es auch sein.«

»Diana... wenn Max das getan haben sollte...«

»Können Sie daran zweifeln?«

»Ich weiß es nicht. Aber... wenn er es war, wird er nicht weit weglaufen. Wenn ihm klar wird, was er getan hat... die Ungeheuerlichkeit seiner Tat, ich meine...«

»Sie meinen, er wird sich stellen?«

»Mit Sicherheit. Er wird Sie nicht... nicht um alles in der Welt... so verletzen wollen.«

»Aber das hat er.«

»Er liebt Sie immer noch.«

»Ja.« Sie schaute weg. »Das macht alles nur noch schlimmer.«

Die Polizei rückte mit zwei Einheiten an: einem Feldwebel und einigen Constables aus Dorking und Detectives in Zivil aus Guildford. Diana bestand darauf, sie selbst dorthin zu führen, wo Vita bei der Leiche wartete. Sie wies mein Angebot, das zu übernehmen, mit dem vernünftigen Hinweis zurück, daß ich mit der Gegend nicht vertraut war. Jetzt war sie wortkarg und von kühler Logik. Verwirrung und Tränen waren durch ihre Entschlossenheit hinweggefegt worden, sich so zu benehmen, wie ihr Vater es gewünscht hätte.

Der leitende Beamte, ein kräftiger, ernst wirkender Chefinspektor namens Hornby, ließ mich zurück, nachdem er mir eingeschärft hatte, mich nicht von der Stelle zu rühren. Eines der Dienstmädchen entzündete ein Feuer im Salon und brachte mir Kaffee. Sie beteuerte, von den Nachrichten wie betäubt zu sein. Es war eine verständliche Reaktion, ich jedoch konnte mich nicht so gehen lassen. Ich rauchte eine Zigarette nach der anderen und ging unruhig unter dem Porträt der verstorbenen Mrs. Charnwood hin und her. Was sollte ich der Polizei sagen, wenn es soweit war – und das würde bald der Fall sein. Die Wahrheit oder nur einen Teil davon? Wieviel war wesentlich, wie wenig würde ausreichen? Wenn es einen Weg gab, Max zu helfen, dann hätte ich ihn bereitwillig eingeschlagen. Aber es schien keine Möglichkeit zu geben. Zu deutlich hatte er sich schuldig bekannt, als daß meine Bemühungen noch den geringsten Nutzen hätten haben können.

Schließlich kehrte der Sergeant mit Vita und Diana wieder zurück. Die Frauen kamen zu mir ins Wohnzimmer, beide bleich und grimmig. Es wurde nochmals Kaffee serviert und das Feuer angefacht. Doch im Raum blieb es kalt. Wir redeten kaum, niedergedrückt von Schuld oder Trauer. Die Nacht schien nur schleppend dem Morgengrauen zu weichen.

Dann erschien der Sergeant wieder und berichtete, daß man die Leiche sofort wegbringen müsse. Wir traten unaufgefordert auf die Veranda, um mit anzusehen, wie eine verhüllte Bahre in einen Krankenwagen geladen wurde. Es hatte wieder angefangen zu nieseln, und das gab der Abreise der Polizisten im Schein der Lampen einen eigenartig entrückten Anstrich. Dann schlugen die Türen zu, der Krankenwagen fuhr los, und die Polizisten führten uns wieder ins Haus. Man hatte sich des Toten angenommen. Jetzt waren die Lebenden aufgerufen, Rechenschaft abzulegen.

Chefinspektor Hornby verbrachte fast eine Stunde mit Vita und Diana allein im Salon. Ich war in die Bibliothek verbannt worden, wo ein glubschäugiger Constable mir stumm Gesellschaft leistete. Stumm bis auf ein Räuspern alle paar Minuten. Es gab nur eine Unterbrechung, als ein Sergeant hereinkam, um von mir Fabrikat, Farbe und Kennzeichen des Wagens einzuholen. Danach überließ man mich Charnwoods Büchern. Ich betrachtete sie und fand heraus, daß viele von ihnen vom Krieg handelten: es waren politische und strategische Studien, Abhandlungen über Regimenter und Feldzüge, Atlanten, Erinnerungen, Biographien. Es schien fast alles vorhanden zu sein, was zu diesem Thema auf englisch veröffentlicht worden war. »Immer ist es der Krieg«, hatte er gesagt. Diese Ansammlung von Gelehrsamkeit schien seine Sichtweise zu belegen, wenn auch postum.

Ich nahm *Harmsworth's Atlas of the Great War* heraus und begann darin zu blättern. Ich suchte nach Bildern des Saloniki-Feldzuges. Halbvergessene Namen sprangen mir ins Auge, als ich die richtige Landkarte fand: Monastir, der Fluß Vardar, der

See Ostrovo, die Moglena-Berge, der Cresna-Paß. Max und ich hatten uns an all diesen trostlosen Orten beigestanden, und es kam mir falsch vor, daß unsere Allianz jetzt so plötzlich und auf solch dumme Weise gebrochen wurde. Aber wie anders? Er war geflohen, und ich war geblieben, unfähig, wiedergutzumachen, was er angerichtet hatte.

»Mr. Horton!« bellte Hornby, als er den Raum betrat. Seine Worte ließen meine Gedanken zerplatzen. »Ich denke, es wird Zeit, daß wir miteinander plaudern.«

Ich setzte mich hin und erzählte ihm die Geschichte, die er, wie ich annahm, für die ganze Story halten würde. Max und Diana hatten sich an Bord des Schiffes verliebt; Charnwood hatte die Hochzeit verboten; sie hatten beschlossen auszureißen; ich hatte meinen Freund zu dem Rendezvous begleitet; er war verschwunden; und ich hatte Diana und ihre Tante mit Charnwoods Leiche vorgefunden. Ich verschwieg die Pläne, Geld zu machen, und auch den gewinnträchtigen Handel. Und natürlich gab ich ihm nicht den kleinsten Hinweis darauf, daß ich Charnwoods Informant gewesen war.

»Sie stimmen mit den Ladies also überein«, meinte Hornby, nachdem ich geendet hatte. »Ein Verbrechen aus unerfüllter Leidenschaft.« Er wirkte auf mich wie ein Mann, der selbst unter einem guten Stück unerfüllter Leidenschaft litt, aber ich durfte mich von seinem abwechselnd höflichen und anzüglichen Benehmen nicht reizen lassen.

»Ich habe beschrieben, was passiert ist. Ich bin nicht befugt, die Ereignisse zu interpretieren.«

»Sie müssen doch eine Meinung haben, Sir. Glauben Sie, daß Ihr Freund Mr. Charnwood ermordet hat?«

»Ich weiß es nicht.«

»Aber was glauben Sie?«

»Ich glaube, ich gewähre ihm den Vorteil eines Zweifels.«

»Irgend jemand hat Mr. Charnwood totgeschlagen. Ich habe

in all meinen Jahren selten so etwas Grausames gesehen. Ich würde sagen, diese Tat wurde in unkontrollierter Wut vollbracht.«

»Max neigt nicht zu unkontrollierbaren Wutausbrüchen.«

»Was ist mit diesen Kopfschmerzen, unter denen er laut Miss Dianas Aussage litt? Sie meinte, in letzter Zeit wären sie schlimmer geworden. Viel schlimmer. Könnte das die Wirkung des Drucks gewesen sein – des Ärgers, der in ihm gärte?«

»Mir ist nichts davon bekannt, daß seine Gesundheit in letzter Zeit schwächer geworden wäre. Er hat vom Krieg eine Kopfverletzung davongetragen. Aber das war vor dreizehn Jahren.«

»Und seitdem haben Sie beide zusammen... Geschäfte gemacht?«

»Ja. Meistens im Ausland.«

»Was waren das genau für Geschäfte?«

»Finanzgeschäfte.«

»Das ist nicht sehr genau.«

»Wir haben in alles investiert, das uns profitabel erschien«, sagte ich gelassen. »Wenn das sachdienlich ist.«

»Oh, vielleicht.« Er lächelte. »Vielleicht auch nicht.« Er starrte auf den Atlas, in dem ich gelesen hatte. »Wohin, glauben Sie, wird Mr. Wingate gehen?« fragte er dann.

»Zu einer Polizeistation, sobald er sich von dem Schock erholt hat, um eine vollständige Erklärung abzugeben.«

»Ich wünschte, ich könnte Ihre Zuversicht teilen, Sir, aber meine Erfahrung spricht dagegen. Geht er vielleicht in diese Wohnung in London, die Sie mit ihm teilen?«

»Vielleicht. Sie gehört seinem Vater.«

»Ach ja, Mr. Aubrey Wingate.« Er schaute in sein Notizbuch. »Ein pensionierter Weinhändler, glaube ich. Er lebt in Gloucestershire. Kennen Sie zufällig seine Adresse?«

»*Jaybourne House*, in der Nähe von Chipping Campden.«

»Ich danke Ihnen.« Er schrieb sie auf. »Wir werden uns selbstverständlich mit ihm in Verbindung setzen. Steht Mr. Wingate ... seinen Eltern nahe?«

»Nicht besonders.«

»Dann ist London wohl das wahrscheinlichere Versteck. Gibt es irgend etwas, weswegen er in die Wohnung zurückkehren müßte? Geld? Kleidung? Dokumente?«

»Nein, nicht daß ich wüßte.«

»Aber Sie würden es doch merken, wenn irgend etwas fehlen würde, nicht wahr? Die Londoner Polizei wird die Wohnung beobachten, aber er ist ihnen vielleicht zuvorgekommen. Ich möchte, daß Sie mich geradewegs dorthinbegleiten – falls Sie keine Einwände haben.«

Ich hatte einige Einwände, aber keiner würde Chefinspektor Hornby sonderlich beeindrucken. »Wie Sie wollen«, erwiderte ich gleichgültig.

»Gut.« Er stand auf und hielt inne, als ich keinerlei Anstalten zum Aufbruch machte. »Es gibt doch keinen Grund für eine Verzögerung, nicht wahr, Sir?«

»Natürlich nicht.«

»Ich kann hier bis zum Tagesanbruch nichts weiter ausrichten, verstehen Sie. Erst dann können wir mit der Suche nach der Mordwaffe beginnen, falls Mr. Wingate – entschuldigen Sie, oder wer der Mörder war – sie weggeworfen hat. Übrigens, hat Mr. Wingate irgend etwas aus dem Wagen entfernt? Den Wagenheber zum Beispiel? Oder die Startkurbel? Einen Schraubenschlüssel?«

»Nur eine Taschenlampe.«

»Aus Metall?«

»Ja.«

»Schwer?«

»Mittelmäßig.«

»Das könnte sie gewesen sein.« Diesmal stand er auf. Als ich mich erhob, bemerkte ich, daß er auf meine Schuhe schaute. »Wir werden einen Abdruck Ihrer Sohlen nehmen müssen, Sir. Wir versuchen, die Abdrücke der Stiefel von denen der Straßenschuhe zu trennen. Auf dem Schauplatz sollten bei dem feuchten Wetter der letzten Zeit einige gute Abdrücke zu finden sein. Das wird den Bauern vielleicht nicht gefallen, aber für die Spurensicherung ist es ein reiner Segen. Er unterbrach sich und lächelte unschuldig. »Nun, es wird nicht lange dauern. Dann können wir losfahren.«

»Ich würde gern Miss Charnwood sehen, bevor ich gehe.«

»Da werden Sie kein Glück haben, Sir, ganz gleich, welche von beiden Sie meinen. Sie sind beide zu Bett gegangen. Ob sie allerdings viel schlafen werden...« Er schüttelte den Kopf. »Sie haben morgen, oder vielmehr heute, noch einiges vor sich. Sie müssen eine vollständige Aussage machen und den Leichnam formell identifizieren. Außerdem dürfte zweifellos eine Meute Reporter vor der Tür auftauchen. Ganz zu schweigen von all den Formalitäten, die auch auf sie zugekommen wären, wenn Mr. Charnwood eines natürlichen Todes gestorben wäre. Ich dachte, sie sollten jetzt lieber soviel ruhen wie möglich.«

»Das ist sehr rücksichtsvoll von Ihnen, Inspektor.« Ich verdächtigte ihn unwillkürlich, daß er Diana und mich absichtlich voneinander trennte, konnte mir aber keinen Grund dafür vorstellen. Doch ich war ohnehin zu müde und des ständigen ergebnislosen Grübelns überdrüssig, um mich in irgendeiner Weise zu widersetzen. »Wollen wir dann gehen?«

»Sicher, Sir.« Er ging zur Eingangstür, blieb dann stehen, drehte sich um und schaute mich an, wobei er an seinem Ohrläppchen zog und abwesend die Stirn runzelte. »Noch eine letzte Frage, bevor wir die Schuhabdrücke nehmen. Nachdem Sie die Ladies mit Mr. Charnwoods Leiche gefunden hatten, haben Sie Miss Diana hierher zurückbegleitet und Miss Vita dort gelassen. Warum?«

»Weil Diana in einem extremen ...«

»Aber warum haben Sie Miss Vita dort gelassen, allein im Dunkeln und nur in Gesellschaft der blutüberströmten Leiche ihres Bruders?«

»Sie hat darauf bestanden, bei ihm zu bleiben.«

»Und Sie haben das akzeptiert?«

»Nun ... Ja.«

»Sie hatten keine Angst, daß der Mörder noch einmal zuschlagen könnte?«

»Natürlich nicht. Er war fort. Wir haben gehört, wie der Wagen die Straße entlang ...« Ich unterbrach mich, als mir klar wurde, wozu er mich gebracht hatte: Ich hatte zugegeben, daß ich nie daran gezweifelt hatte, wer der Mörder war. Eben noch hatte ich behauptet, ich würde Max den Vorteil eines Zweifels einräumen. Und gerade den hatte ich jetzt fallen gelassen.

Schon bevor wir die Wohnung betraten, wußte ich, daß Max bereits hier gewesen war, denn ich mußte den Schlüssel ganz umdrehen, bevor der Riegel zurückglitt. Ich aber hatte die Gewohnheit, die Tür einfach nur zuzuziehen, wenn ich ging, ohne mir die Mühe zu machen, sie abzusperren. Als wir nach Dorking aufbrachen, hatte ich als letzter die Wohnung verlassen. Ich war also nicht überrascht, daß einige seiner Kleidungsstücke fehlten und die Hälfte des Geldes, das wir in einer Teedose in der Küche aufbewahrten. Wir betrachteten es als unseren Notvorrat, ohne allerdings jemals an einen so schrecklichen Notfall gedacht zu haben.

Da ich nicht so sehr überrascht war, fiel es mir leichter, Hornby weiszumachen, daß nichts durcheinandergekommen war. Mehr als das konnte ich für Max nicht tun. Die Polizei konnte also nicht wissen, ob er Fischgräten oder Nadelstreifen trug, und auch nicht, wieviel Geld er bei sich hatte. Aber ich war trotzdem froh darüber, sogar erleichtert, daß ich wenigstens eine Lüge zu seinen Gunsten hatte erzählen können.

Hornby suchte überall herum, stellte ein paar oberflächliche Fragen und wirkte enttäuscht, weil es so wenig Spuren gab.

»Ist das Mr. Wingates ganzer Besitz, Sir?«

»Er ist schon immer gern mit wenig Gepäck gereist, Chefinspektor. Ich ebenfalls.«

»Und was glauben Sie, wohin er gereist sein könnte?«

»Das kann ich Ihnen nicht sagen.«

»Wir werden die Häfen kontrollieren. Und auch diese Wohnung – und zwar eine ganze Weile.«

»Das ist mir klar.«

»Ich will damit sagen, Sir, daß wir ihn am Ende fangen werden. Wenn Sie die geringste Ahnung haben, wo er ist, oder wenn er sich bei Ihnen meldet, brieflich oder telefonisch...«

»Dann werde ich es Sie umgehend wissen lassen. Wollten Sie das hören?«

»Ja, Sir, genau das. Aber ich will auch, daß Sie es meinen.«

Als Hornby kurz darauf ging, wurde es schon hell in London. Ich hatte mich verpflichtet, am Nachmittag bei der Polizeiwache in Dorking eine offizielle Aussage zu machen. Während Hornby und seine Leute die Wälder nach Beweisen absuchten, konnte ich nichts tun, als über Max' schwierige Lage nachzugrübeln. Ich zweifelte nicht daran, wie die ganze Sache enden würde, ob ich der Polizei nun half oder nicht: mit Max' Verhaftung. Und dann? Sein Verfahren. Seine Verurteilung. Seine Exekution. Es war schwer, sich einen anderen Verlauf der Dinge vorzustellen, und es war genauso schwer zu glauben, daß mein Freund wirklich einen solchen Kurs eingeschlagen hatte.

Mrs. Dodd erschien um zehn, geschmeichelt, daß sie von einem Polizeibeamten in Zivil auf der Türschwelle verhört worden war. Aber das verwandelte sich rasch in Bestürzung, als ich ihr erzählte, was geschehen war. Sie bestand darauf, mir ein Frühstück zuzubereiten, und spekulierte darüber, wie Max' Eltern diese Nachricht wohl aufnehmen würden. Das allerdings konnte ich auch ohne ihre Hilfe erraten. Ich hatte Mr. und Mrs. Wingate bei verschiedenen Gelegenheiten getroffen und wußte, daß sie freundlich, aber korrekt waren. Diese Ereignisse würden sie mit Sicherheit quälen und entrüsten. Früher oder später mußte ich ihnen über meine Rolle dabei Rechenschaft ablegen, und das war keine Aussicht, die ich genoß.

Es war fast Mittag, als Mrs. Dodd ging. Ich hätte da vielleicht die Wingates anrufen sollen, aber der Mensch, mit dem ich – außer mit Max – in diesem Moment am dringendsten sprechen wollte, war Diana. Ich gab dem Impuls nach und wählte die Nummer des *Amber Court.* Ein Dienstmädchen teilte mir mit, daß Diana nicht zu sprechen sei. Mit bösen Vorahnungen willigte ich ein, statt dessen mit Vita zu sprechen.

»Meine Nichte ruht, Mr. Horton, und darf auf keinen Fall gestört werden. Das arme Kind ist völlig außer sich. Die Polizei sucht immer noch das ganze Grundstück ab, und wir werden von Presseleuten belagert. Die Situation ist furchtbar – und höchst quälend.«

»Ich kann mir vorstellen, wie Sie sich fühlen.«

»Wirklich? Dianas Vater wurde von dem Mann ermordet, den sie zu lieben glaubte. Können Sie sich wirklich vorstellen, wie sie sich fühlt? Oder wie ich mich fühle?«

»Nun ... Mir ist natürlich klar, was für ein furchtbarer Schock das gewesen sein muß. Vielleicht hilft es ja, wenn ich mit Diana rede.«

»Das bezweifle ich.«

»Ich muß heute nachmittag nach Dorking, um eine Aussage auf der Polizeiwache zu machen. Darf ich anschließend bei Ihnen anrufen?« Es gab eine Pause, in der Vita offenbar meinen Vorschlag erwog. »Miss Charnwood?«

»Ich glaube nicht, Mr. Horton.« Mein Vorschlag war also als unzulänglich betrachtet worden. »Diana assoziiert Sie zu sehr mit Mr. Wingate. Jedes Gespräch mit Ihnen muß sie infolgedessen aufregen. Unter diesen Umständen wäre es meiner Meinung nach das Beste, wenn Sie sie in Ruhe ließen. Genaugenommen bestehe ich darauf. Jetzt – und für die nahe Zukunft.«

»Aber ...«

»Guten Tag, Mr. Horton.«

Vitas barsche Stimme verstärkte mein Selbstmitleid, so daß meine Sorge für Max dem Groll weichen mußte. Schließlich brach ich nach Dorking auf. Warum um alles in der Welt hatte er so etwas getan? Der Mord war so sinnlos, so nutzlos. Und er verwickelte mich in einen Skandal, mit dem ich nichts zu tun haben wollte.

Mein Empfang auf der Polizeiwache trug auch nicht dazu bei, meine Stimmung zu heben. Hornby war nicht da, und ein verschwitzter junger Detective-Sergeant nahm meine Aussage auf. Die Spitze seines Kugelschreibers machte ihm häufig Ärger. Hinzu kam seine Langsamkeit beim Schreiben, so daß ich fast zwei Stunden dort war, bis das wenige, was ich zu sagen hatte, endlich zu seiner Zufriedenheit notiert war. Ich wollte gerade das Gebäude verlassen, als etwas geschah, was plötzlich eine Absicht hinter seiner Langsamkeit vermuten ließ: Hornby stürmte breit grinsend durch den Vordereingang. Seine Stiefel waren schlammig, und seine Hose war mit Dornen bedeckt. Als er mich sah, erstarrte das Grinsen auf seinem Gesicht.

»Immer noch da, Mr. Horton? Ich dachte, Sie wären schon längst verschwunden.«

»Das dachte ich auch.«

»Nun ja, die Mühlen Gottes, wissen Sie.«

»Was haben die damit zu tun?«

»Du sollst nicht töten. Es ist eines der Zehn Gebote. Es überrascht mich, daß ein gebildeter Mann wie Sie das nicht kennt.« Er wurde plötzlich ernst. »Wir haben am frühen Nachmittag einen schweren, keilförmigen Stein in den Bäumen gefunden, nahe bei der Stelle, an der Mr. Charnwood ermordet wurde. Es waren genug Blut- und Knochenreste daran, um ihn als Mordwaffe zu identifizieren. Ich vermute, es hat einen Streit gegeben. Mr. Charnwood wollte gehen. Mr. Wingate hat den Stein aufgehoben, ist hinter ihm hergelaufen und hat Charnwood, als dieser sich umdrehte, den Stein auf den Schädel geschlagen. Dann nochmals mehrere Male, als Charnwood schon auf dem Boden lag. Anschließend hat er den Stein weggeworfen, ist zur Straße gelaufen, wo der Wagen stand, und ist weggefahren. Stimmen Sie dem zu?«

»Das weiß ich nicht.«

Hornby trat näher an mich heran. »Mr. Horton, da müssen Sie doch einfach zustimmen.«

»Ich glaube das erst, wenn ich es aus Max' Mund höre. Vorher nicht.«

Er nickte. »Das ist nur fair. Ich wette darauf, daß Ihre Bedingung in der nächsten Zukunft erfüllt wird. Dann werden Sie es glauben müssen. Wollen Sie nicht wetten?«

Ich brauchte dringend einen Drink, als ich die Polizeiwache verließ, aber die Bar des *Star and Garter Hotel* war eine schlechte Wahl. Der Mord an Charnwood war das einzige Gesprächsthema unter den Kunden, und wilde Theorien zirkulierten, während das Bier in Strömen floß. Niemand behauptete, das Opfer gekannt zu haben, dafür war Charnwood viel zu zurückhaltend gewesen; aber alle hatten eine Meinung über den Vorfall. Ein Bericht über den Fall auf der Titelseite des Lokalblattes wurde laut vorgelesen und ausgiebig diskutiert. Man spekulierte ausschweifend über die Bedeutung der Tatsache, daß Charnwoods Leichnam von seiner Schwester, seiner Tochter und einem Mann gefunden worden war, dessen Name hier niemandem etwas sagte. Und über den Burschen, der von der Polizei gesucht wurde, diesen Max Wingate, wußte man, daß er seit einiger Zeit Stammgast im *Amber Court* gewesen war; das hatte jedenfalls der Koch dem Schlachter erzählt, als dieser früher am Tag den Braten fürs Wochenende geliefert hatte.

Ich floh, unfähig, mir noch mehr anzuhören. Aber im Zug nach London wurde mir schnell klar, daß ich in der Sache keine Wahl hatte. Ich war gezwungen zuzuhören, wenigstens so lange, bis Max gefunden wurde. Schlimmer war, daß mein Name zusammen mit seinem morgen vermutlich in jeder Zeitung des Landes stehen würde. Mein Vater und meine Schwester mußten über die Geschichte stolpern. Selbst wenn sie sie übersahen, konnte ich mich darauf verlassen, daß einer der Nachbarn ihre Aufmerksamkeit darauf lenken würde. Ich hatte meine Anonymität eingebüßt.

Als der Zug in der *Victoria Station* einlief, hatte ich mich entschieden, heute abend nicht in die Wohnung zurückzugehen. Das bedeutete, daß Max mich nicht anrufen konnte, selbst wenn er wollte. Es war ein beträchtliches Opfer, da ich ihn unbedingt sprechen wollte, um herauszufinden, wie es um ihn stand. Aber im Moment hatten meine Verpflichtungen meinem Vater und meiner Schwester gegenüber Vorrang. Sie verdienten es, von mir die Wahrheit zu hören – oder mindestens einen Teil davon, bevor sie eine entstellte Version in der Sonntagszeitung zu Gesicht bekamen. Der verlorene Sohn und nichtsnutzige Bruder würde seine überfällige Rückkehr antreten.

Letchworth am Samstagabend verströmte sein übliches Maß an Fröhlichkeit: ungefähr das eines walisischen Dorfes am Sabbat. Vom Bahnhof ging ich durch leere Straßen, an der dunklen und drohenden Silhouette der Goddess-Fabrik vorbei, wo ich zwei furchtbare Jahre damit vergeudet hatte, den dunkel gekleideten Aufseher über hundert streitlustige Korsettmacherinnen darzustellen. Dann wandte ich mich nach Süden, ging die ruhige halbe Meile baumgeschützter Häuser entlang, an deren entferntem Ende ein alter Mann und seine nicht mehr so junge Tochter wohnten. Vor dreiundzwanzig Jahren waren wir zum erstenmal diese Straße gegangen, um das Grundstück zu besichtigen, das die Firma uns so großzügig angeboten hatte, als sie nach Letchworth umgezogen war. Wir hatten versucht, uns gegenseitig Mut zu machen, aber damals war alles so kahl gewesen, so flach und unbeseelt. Und so wirkte es immer noch auf mich, trotz all der sauberen Straßen und der selbstgefällig gewinkelten Dächer. Die Gartenstadt blieb in meinem Gedächtnis, was sie immer gewesen war: eine Einöde.

Und dann war ich da, neben einer Lorbeerhecke und einem Schotterweg, die ich beide nie vergessen konnte, so sehr ich mich auch darum bemühte. *Gladsome Glade,* »Freudenreiche Lichtung«, verkündete das Schild mit eigensinniger Absurdität. Auf ein freudiges Willkommen durfte ich nicht hoffen.

Meine Schwester öffnete auf mein Klingeln. Ich sah sie durch die Milchglasscheibe den Flur entlangkommen, ein verwirrendes Abbild meiner Mutter. Als sie die Tür aufmachte, starrten wir uns einen Moment an, ohne etwas zu sagen. Ich sah eine ältlich gekleidete vierzigjährige Frau mit grauen Streifen in ihrem Haar und Falten um die Augen. Sie sah ihren sechs Jahre jüngeren Bruder, einen gutaussehenden Mann, der zurückhaltend lächelte. Er würde nie erlöst werden, war jedoch ohne Schande.

»Guy! Wie schön, daß du vorbeikommst!«

Ich fühlte, wie mein Lächeln erstarrte. »Hallo, Maggie. Habt ihr mich erwartet?«

»Felix hat uns von deinem Besuch erzählt. Dad glaubte, daß er ihn sich eingebildet hat. Ich nicht.«

»Nun, du hast Felix immer schon besser verstanden als wir anderen, nicht wahr?«

»Wirklich?« Sie dachte eine Sekunde darüber nach und schüttelte dann ein wenig gereizt den Kopf. »Aber komm um Himmels willen doch herein.« Ich trat an ihr vorbei in den Flur, und sie schloß die Tür hinter mir. »Ich weiß nicht, was Dad...« Sie brach im selben Moment ab, als ich den Flur entlangschaute und ihn in der Tür zum Wohnzimmer stehen sah. Er schaute mich mit seinen wäßrigen Augen an.

»Hallo, Dad«, brachte ich heraus.

Seine einzige Antwort bestand aus einem Nicken. Sein Haar war weißer, als ich es in Erinnerung hatte, und seine Haltung gebückter. Seine Kleidung war abgetragener, als meine Mutter es jemals toleriert hätte. Er kratzte sich nachdenklich das Kinn, ohne den Blick von mir abzuwenden, drehte sich dann um und ging in das Zimmer zurück.

Maggie und ich tauschten einen vielsagenden Blick. Dann lächelte sie das erste Mal und küßte mich leicht auf die Wange. »Du siehst gut aus, Guy«, sagte sie. »Besser, als du es verdient hast.«

»Muß mir wohl gut tun, nach Hause zu kommen.«

»Hoffen wir, daß eine Erklärung dir auch gut tut, denn du hast einiges nachzuholen.«

»Ja, das habe ich. Mehr, als du dir wahrscheinlich vorstellen kannst.«

5

Meine Erinnerungen an unser Familienleben sind sehr schwach. Von meinem dreizehnten Lebensjahr an begann meine Neigung zu meinen Blutsverwandten zu verblassen. Damals bekam ich ein Stipendium für Winchester, und so trennte ich mich von den Mühen und Sorgen meiner Familie, die ich in Letchworth zurückließ. Was in Winchester begann, wurde in der Armee vollendet, und mein Versuch am Ende des Krieges, ein pflichtbewußter Sohn und demütiger Angestellter zu werden, war so vergeblich, wie es zu erwarten war.

Aus diesem Grund strahlte das Wohnzimmer von *Gladsome Glade* auf mich in dieser kühlen Augustnacht nicht diese magische Wärme von Zuhause aus. Und mein Vater, der wenig redete, dafür aber um so mehr mißbilligende Mienen schnitt, versuchte auch nicht, sie zu erzeugen. Er hatte mich schon lange aufgegeben. Witwerschaft und Pensionierung schienen ihn nun auch mit allgemeiner Verzweiflung an der Welt zu erfüllen. Er hörte meinem Bericht der Geschehnisse mit einem ausgewogenen Ausdruck des Widerwillens und der Resignation zu. Erst als ich Charnwoods Ermordung enthüllte, kochte der Widerwillen in ihm über. Er erhob sich abrupt aus seinem Stuhl und stellte sich ans Piano. Dort fingerte er an seiner Pfeife herum und atmete schwer, während ich meinen Bericht beendete. Neben ihm, auf dem Klavier, standen drei Fotografien in Goldrahmen: eine von ihm und meiner Mutter an ihrem Hochzeitstag, eine von Felix in der Armeeuniform und eine von Maggie an ihrem 21. Geburtstag. Es hatte einmal eine vierte dort gestanden, aber die schien seit dem Tod meiner Mutter verschwunden zu sein.

»Dein Freund«, sagte mein Vater schließlich mit deutlicher Betonung, »hat einen Mann ermordet?«

»Nicht unbedingt. Bis ...«

»Einen ehrenwerten Geschäftsmann. Den Vorsitzenden eines erfolgreichen Unternehmens. Und du hast ihm bei dieser verrückten Eskapade Beihilfe geleistet?«

»Ich wußte nicht, wie es enden würde.«

»Du wußtest es nicht?« Er biß so heftig auf sein Pfeifenmundstück, daß ich glaubte, es müßte brechen. Doch statt dessen brach etwas anderes. »Das wird morgen in den Zeitungen stehen, nicht wahr? Dein Name – mein Name – wird erwähnt werden.«

»Wahrscheinlich wird niemand eine Verbindung ...«

»Sie werden uns damit in Verbindung bringen, Junge, mein Wort darauf. Ich werde nicht mehr im Kegelclub auftauchen können, ohne daß hinter meinem Rücken geflüstert wird. Man erinnert sich hier deiner noch sehr gut. Viel zu gut.«

»Bestimmt nicht.«

»O doch. Die Leute erinnern mich immer noch freundlich daran, wie du eine großartige Karriere ausgeschlagen hast.« Das war leicht zu glauben. Ich war mit Max von einem Wochenende in London zurückgekommen mit dem festen Entschluß, meinen Job zu kündigen, um mit ihm zusammen einer wesentlich rühmlicheren Beschäftigung nachzugehen. In Hitchin hatte ich die Reise unterbrochen, um meine Entscheidung mit einigen kräftigen Drinks zu festigen. Als ich Letchworth erreichte, diese Bastion der Mäßigkeit, war ich betrunken genug, um niemanden, besonders nicht den geschäftsführenden Direktor der *Goddess Foundation Garment Company*, im Zweifel darüber zu lassen, warum ich das Leben und die Arbeit in Garden City nicht mehr länger ertragen konnte. Wie mein Vater die peinliche Situation ertrug, in die meine Abreise ihn gestürzt hatte, habe ich mir nie ausgemalt, aber jetzt gab er mir eine schwache Ahnung davon. »Deine Mutter hat mich damals dafür getadelt, daß ich mir wünschte, du wärest niemals geboren worden. Aber ich habe es wirklich so gemeint, Junge; nur um ihretwillen habe ich etwas anderes geheuchelt. Aber jetzt ist sie nicht mehr unter uns. Also muß ich jetzt nicht mehr weiter heucheln, nicht wahr?«

»Nein«, gab ich zurück. »Das mußt du nicht.«

Er grunzte, klopfte geräuschvoll seine Pfeife in einer Krönungsuntertasse von 1902 aus und stopfte dann seine Hände tief in die Taschen seiner Stoffhose. »Ich gehe zu Bett«, sagte er zu Maggie und schlurfte zur Tür.

»Was ist mit deinem Kakao?«

»Ich will keinen.«

»Soll ich dir den Becher hinaufbringen?«

»Ich will keinen!« Die Tür schlug hinter ihm zu, und ich schaute zu meiner Schwester hinüber. Sie seufzte.

»Er war schon wütend, bevor du kamst, Guy.«

»Warum?«

»Er denkt, die Regierung führt uns in den Ruin. Er sagt voraus, daß Goddess – und alle anderen Firmen in der Stadt – bis Weihnachten bankrott gehen und er seine Pension einbüßen wird. Offensichtlich alles dank Mr. MacDonald.« Sie zuckte mit den Schultern. »Und jetzt das. Ich fürchte, es ist zuviel für ihn.«

»Ich finde es selbst nicht besonders erfreulich.«

»Natürlich nicht. Es klingt furchtbar.« Sie schüttelte den Kopf. »Die arme Miss Charnwood. Und der arme Max.«

»Ich fand nur, ihr solltet vorgewarnt sein, das war alles. Vielleicht wäre es besser gewesen, wenn ...«

»Nein. Es war richtig, daß du es uns persönlich erzählt hast. Was Max getan hat, ist nicht deine Schuld.«

»Ich bin nicht sicher, daß Dad da mit dir übereinstimmt.«

»Vermutlich nicht.« Sie stand auf, trat hinter meinen Stuhl und legte schützend die Hand auf meinen Kopf. »Warum hast du Amerika verlassen, Guy? War es letztlich doch nicht das Gelobte Land?«

»Nicht ganz. Aber ich wünschte jetzt...« Ich drehte den Kopf, um sie anschauen zu können. »Wir hätten nicht bleiben können«, murmelte ich. »Es gab... Probleme.«

»Wird Dad davon hören?«

»Ich hoffe nicht.«

»Ich auch.« Sie trat weg und schaute mich dann an. Die Hände hatte sie zusammengepreßt, und den Kopf neigte sie auf eine lebhafte und geschäftsmäßige Weise, die ich sofort wiedererkannte. »Was wirst du jetzt tun? Nach Max suchen?«

»Ich weiß nicht, wo ich anfangen soll.«

»Hast du schon mit seinen Eltern gesprochen?«

»Nein.«

»Du solltest sie so schnell wie möglich besuchen. Als der Freund ihres Sohnes...«

»Ich weiß, was ich tun sollte, Maggie, aber...«

»Wo wohnen sie?«

»Gloucestershire. In der Nähe von Chipping Campden.«

»Fahr morgen hin.«

»Ich habe keinen Wagen.«

»Aber ich. Es ist eine Neuanschaffung.« Sie lächelte. »Also hast du jetzt keine Entschuldigung mehr, nicht wahr?«

Mein Vater enthielt sich nachdrücklich eines Kommentars zu dem Artikel, der am nächsten Morgen die Zeitungen zierte. »GESCHÄFTSMANN ZU TODE GEPRÜGELT – FREIER DER TOCHTER GESUCHT« lautete die Schlagzeile. Genausowenig Interesse zeigte er an dem Packen anderer Zeitungen, die ich von meinem frühmorgendlichen Ausflug zum Zeitungsstand mitbrachte. Dennoch vermutete ich, daß er jedes einzelne Wort verschlingen würde, sobald ich nach Gloucestershire aufgebrochen war. Die einzelnen Artikel waren so schlimm, wie ich es vorhergesagt, aber doch nicht so schrecklich, wie ich es befürchtet hatte. Max' Name stach natürlich heraus; ein adleräugiger Spitzel konnte aber auch meinen finden. Und solche Scharfäugige waren im Kegelclub von Letchworth noch nie Mangelware gewesen.

Als Maggie mir ihren kleinen Austin Swallow zur Verfügung stellte, war ihre einzige Bedingung die, daß sie fahren würde. Angeblich, weil sie mir nicht zutraute, auf der linken Straßenseite zu bleiben. Nachdem wir aufgebrochen waren, gab sie jedoch zu, daß sie genauso gern wie ich meinem Vater für ein paar Stunden entfliehen wollte. Auf der Fahrt sprachen wir über Felix, Lokalpolitik und das staatliche Erziehungssystem (für das Maggie seit zwanzig Jahren treu und ohne die geringste Belohnung arbeitete). Erst als wir die Auffahrt zum *Jaybourne House* hinauffuhren und einen Blick auf seine mit Honigstein verkleideten Giebel zwischen den Ulmen erhaschten, erwähnte einer von uns den Zweck der Fahrt.

»Was wirst du ihnen erzählen, Guy?«

»Dasselbe, was ich Dad und dir erzählt habe. Die Wahrheit.«

»Das war es auch, nicht wahr? Die ganze Wahrheit?«

»Selbstverständlich.«

Wir hielten vor dem Haus, und Maggie schaute mich offen an, die Brauen fragend erhoben. »Mum und Dad gaben Max die Schuld dafür, daß er dich vom rechten Weg abgebracht hat. Glaubst du, daß Mr. und Mrs. Wingate dir die Schuld dafür geben, daß du ihn irregeleitet hast?«

»Vielleicht.«

»Dann könnte das eine sehr schwierige Begegnung werden.«

»Ja. Aber wie du gestern abend schon sagtest: Ich schulde es Max, mich ihnen zu stellen.«

Wir hätten uns keine Sorgen machen müssen. Die Wingates empfingen uns durchaus höflich. Sie wirkten zwar traurig, aber keineswegs verbittert. Aubrey Wingate war ein kleiner, weißhaariger Mann in den Siebzigern mit einem geröteten und verwirrt wirkenden Gesicht. Seine Frau war noch kleiner und zerbrechlicher und lächelte ständig freudlos. Beide trugen Tweed und rochen leicht nach den verschiedenen Labradors, die durch den Salon liefen, während wir uns unterhielten. Sie nippten an Malvasierwein, während ich die Ereignisse der Freitagnacht schilderte. Gelegentlich runzelten sie schmerzerfüllt oder verwirrt die Brauen, fragten jedoch sehr wenig und bezweifelten noch weniger von dem, was ich erzählte. Chefinspektor Hornby hatte ihnen einen Besuch abgestattet und deutlich gemacht, daß er das glaubte, wozu sie noch nicht bereit waren: Max war ein Mörder. Von Max selbst hatten sie noch nichts gehört.

»Und so lange«, erklärte Mr. Wingate, »werden wir nicht aufhören zu hoffen, daß er unschuldig ist und eine Erklärung für sein Verhalten hat.«

»Der liebe Junge könnte doch niemanden umbringen«, fügte Mrs. Wingate hinzu. »Meinen Sie das nicht auch, Guy?«

»Ja. Absolut.«

»Es ist seine Flucht, die die Sache so schlecht aussehen läßt«, meinte Mr. Wingate. »Aber er wird bald Vernunft annehmen und sich stellen, davon bin ich überzeugt.«

Ich nickte energisch. »Ich auch.«

Daß wir beide übertrieben, wurde klar, als wir die Ladies allein ließen und in den Garten hinaustraten, um Luft zu holen – und offen miteinander zu reden. Einer der Labradors lief hinter uns her, während wir ziellos über den Rasen zu einem üppig bepflanzten Beet schlenderten. Das Gras war noch feucht, und es nieselte leicht, doch Aubrey Wingate achtete nicht darauf.

»Ich bin froh, daß Sie in der Wohnung bleiben«, sagte er schließlich mit barscher Liebenswürdigkeit. »So weiß Max wenigstens, wo er Sie finden kann.«

»Wenn ich von ihm höre, werde ich ihm raten, ohne weitere Verzögerung zur Polizei zu gehen.«

»Natürlich. Ich werde das auch tun. Doch was dann?« Er schaute mich zweifelnd an. »Was ich da drinnen gesagt habe, war nur wegen Cecily. Sie wissen genauso gut wie ich, daß die Dinge für Max schlecht stehen. Verdammt schlecht.« Er seufzte. »Er hat uns vor ein paar Wochen besucht, kurz nachdem Sie beide aus Kanada zurückgekehrt sind. Er hat verkündet, daß er verliebt sei, und ich habe ihm geglaubt. Ich habe ihn bestimmt noch nie so... ergriffen erlebt. Er wollte das Mädchen heiraten und hoffte, sie uns bald vorstellen zu können. Er hat natürlich nichts von den Einwänden ihres Vaters erwähnt oder uns etwas von Ausreißen geflüstert. Aber er war bis über beide Ohren verliebt, das war klar. Ich dachte unwillkürlich, daß er fast wie besessen war.«

»Liebe ist eine Art von Besessenheit, Sir.«

»Ja. Und die kann einen Mann zum Mörder machen, nicht wahr? Glauben Sie, daß sie Max zu diesem Mord getrieben hat?«

»Nein. Das heißt...« Wir blieben vor einem dichten Dahlienbusch stehen. »Ich hoffe nicht.«

»Ich ebenfalls.« Wingate umklammerte seinen Spazierstock fester. Plötzlich hob er ihn hoch, holte aus und köpfte mit einem Hieb eine Dahlie, deren spitze, gelbe Blütenblätter sich zu unseren Füßen verstreuten. »Ich fürchte nur, daß unsere Hoffnungen vergeblich sein könnten.«

Je länger Max auf der Flucht war, desto mehr bekräftigte er seine Schuld – jedenfalls vor der Polizei, der Presse, selbst vor seiner Familie und seinen Freunden. Nach dem Gespräch mit seinem Vater hatte ich es kaum erwarten können, nach London aufzubrechen. Max versteckte sich dort, das spürte ich. Auf dem Weg zurück nach Letchworth kreuzten wir die Bahnlinie Birmingham–London bei Banbury. Ich bat Maggie, mich dort am Bahnhof abzusetzen. Zögernd gab sie nach und warf mir vor, daß ich nur eine Entschuldigung suchte, um unserem Vater aus dem Weg zu gehen. Aber diesmal hatte sie mich falsch eingeschätzt. Ich dachte wirklich an Max.

Ihn zu finden war jedoch eine ganz andere Sache. Genaugenommen konnte ich diesbezüglich nichts anderes machen, als in die kalte und leere Wohnung nach Hay Hill zurückzugehen. Während die Stunden langsam verstrichen, wartete ich darauf, daß das Telefon klingelte oder sich der Schlüssel im Schloß drehte. Aber keines von beiden passierte. Es war die zweite Nacht nach Charnwoods Ermordung. Und Max ließ sich immer noch nicht blicken.

Ich hatte selten Gelegenheit, Politikern dankbar zu sein, aber der Morgen des 24. August, ein Montag, war eine Ausnahme. Es lag eine Krise in der Luft, und das halbe Kabinett drohte mit Rücktritt, wenn der Premierminister darauf bestand, die Arbeitslosenhilfe zu kürzen. Die natürlich sehr gut bezahlten Redakteure der Fleet Street hielten diese Maßnahme für notwendig, um das Vertrauen in das britische Pfund wiederherzustellen. Eine Konsequenz davon war, daß man nur wenig über Kriminalität berichtete, selbst wenn es sich um den Mord an einem prominenten Geschäftsmann handelte. Man hätte glauben können, daß einigen, vielleicht sogar vielen Charnwoods Tod nicht so wichtig war.

Ich versuchte gerade, bei einem spärlichen Frühstück schwachen Trost aus solchen Gedanken zu schöpfen, als die Post kam. Das war ungewöhnlieb, da wir üblicherweise keinerlei Post erhielten. Eine Sekunde fragte ich mich, ob es vielleicht ein Brief von Max sein könnte. Als ich zur Tür herunterlief, fand ich jedoch einen nicht sehr vielversprechenden braunen Umschlag mit meinem Namen auf der Matte liegen. Ich öffnete ihn noch auf der Treppe.

Als ich den Brief herauszog, flatterte ein Blatt Papier zu Boden. Ich blieb stehen und hob es von der Stufe auf. Es war Charnwoods Scheck über 1000 Pfund. Verwirrt schaute ich auf den Brief. Er war von meiner Bank, die schrieb, daß die Auszahlung des Schecks verweigert worden sei. Der Scheck war aber korrekt datiert und unterschrieben und auf ein Konto bei einem der angesehensten Institute der Lombard Street ausgestellt. Und doch war es eine Tatsache, daß er geplatzt war. Zuerst konnte ich es kaum glauben. Es war fast lächerlich. Faule Schecks waren mein Metier, nicht das von Fabian Charnwood. Was konnte das bedeuten?

Ich ging ins Wohnzimmer, schenkte mir noch einen Kaffee ein und zündete mir eine Zigarette an. Aber ich wurde weder aus dem dürren Brief noch aus dem Papier schlau, einem der letzten, die Charnwood unterschrieben haben dürfte. War das vielleicht ein mieser Trick? Hatte er seine Bank angewiesen, die Zahlung zu verweigern, weil er annahm, die Angst, Max könnte entdecken, was ich getan hatte, würde mich abschrecken, viel Wirbel darum zu machen? Wenn ja, war es ziemlich ironisch, denn sein Tod machte es noch schwieriger für mich zu protestieren. Und wenn ich es tat, würde die Polizei vielleicht davon hören und es Diana erzählen. Wenn ich meine Finger sauberhalten wollte, mußte ich den Verlust schweigend ertragen. »Wird dem Unterzeichner erneut vorgelegt«, stand in dem Brief. Aber der Unterzeichner war tot. Und ich hatte nicht mehr in der Hand als den schriftlichen Beweis seiner betrügerischen Absicht – und meiner.

Ich brütete noch über meiner ungerechten Lage, als das Telefon klingelte. Hoffnungsvoll stürzte ich durch das Zimmer und riß den Hörer vom Apparat. Aber es war nicht Max. Es war Aubrey Wingate.

»Guten Morgen, Sir. Gibt es Neuigkeiten?«

»Ich habe über die Wohnung nachgedacht.« Ich verstand das so, daß er nichts von oder über Max gehört hatte. »Genauer gesagt darüber, daß Sie sie belegen.« Er klang steif und unbeholfen, ganz im Gegensatz zu der Herzlichkeit vom Vortag. »Ich habe mir überlegt, daß es mir lieber wäre, wenn Sie auszögen.«

»Ausziehen?«

»So bald wie möglich.«

»Aber ... Gestern sagten Sie noch, Sie wären froh, daß ich hier sei, falls Max ...«

»Ich habe meine Meinung geändert. Ihr Verbleiben wäre ... ungehörig.«

»Nun, selbstverständlich, wenn ...«

»Ich möchte, daß Sie bis Ende der Woche ausziehen.« Er redete mit mir wie mit einem aufsässigen Mieter und nicht wie mit dem besten Freund seines Sohnes. Sein plötzlicher Sinneswandel verwirrte mich so, daß ich nicht antworten konnte. »Früher wäre noch besser.« Er hielt inne und räusperte sich. »Ich möchte nicht unmäßig erscheinen, aber unter diesen Umständen muß ich darauf bestehen. Ich bin sicher, daß Sie das verstehen werden.«

»Nein. Ich verstehe nicht. Was ...?«

»Mehr ist dazu nicht zu sagen. Sie können die Schlüssel Mrs. Dodd übergeben.«

»Aber ...«

»Auf Wiedersehen, Mr. Horton.«

Mr. Horton? Der letzte Satz klang mir noch in den Ohren, als die Leitung schon lange tot war. Bis zum heutigen Tag hatte er mich immer Guy genannt. Seine plötzliche Förmlichkeit war ungewöhnlich, und ich sah auch keinen Sinn darin, daß ich die Wohnung räumen sollte. Ich war von unverständlichen Vorgängen geradezu umstellt. Der geplatzte Scheck. Die Aufforderung, die Wohnung zu räumen. Und Max' Verhalten, sowohl in der Nacht des Mordes an Charnwood als auch seitdem. Ich hatte bis jetzt versucht, eine gewisse Logik darin zu entdecken, aber wenn es eine gab, konnte ich sie nicht verstehen. Was als nächstes geschehen würde, war nicht vorauszusehen. Doch ich hatte das unbehagliche Gefühl, daß ich mit in den Strudel gerissen werden würde.

Mrs. Dodds drohende Ankunft trieb mich aus der Wohnung. Ich war nicht in der Stimmung, mir ihre Sermone anzuhören. Statt dessen versuchte ich, etwas von meinem Frust mit einem Spaziergang durch London loszuwerden, und ging zu Charnwoods Bank in der Lombard Street. Vielleicht würde man mir dort erklären, daß die Stornierung des Schecks nur ein verwaltungstechnischer Fehler gewesen war. Statt dessen verwies man mich kühl an den Unterzeichner des Schecks. Der Kassierer ließ sich nicht anmerken, ob er in seiner Sonntagszeitung gelesen hatte, daß der Unterzeichner des Schecks erschlagen in einem Wald in Surrey aufgefunden worden war. Und er verriet mir auch keinen Grund, warum der Scheck zurückgegeben worden war. Dafür versorgte er mich großzügig mit einer Information, die ich bereits besaß: mit der Adresse von *Charnwood Investments.*

Ich verließ die Bank und ging eine der Alleen entlang, die, wie ich wußte, nach Cornhill führten. Auf dem Weg zum *George and Vulture,* das gerade öffnete, dachte ich darüber nach, wie ich Charnwoods Prokurist überzeugen könnte, daß die Firma mir rechtmäßig 1000 Pfund schuldete. Aber ich war sicher, daß er mir nicht zustimmen würde. Und die hauchdünne Chance, er könnte es doch tun, war das Risiko nicht wert, daß Hornby von dem Versuch erfuhr. Ich biß mir auf die Lippen und betrat das *George and Vulture,* um dort den einzigen Trost zu suchen, der mir blieb.

Wenigstens darin wurde ich nicht enttäuscht. Ich saß dort zwei trübselige Stunden lang, beobachtete die rotgesichtigen Einwohner der Stadt, wie sie ihre Steaks mit Bohnen herunterschlangen, und hörte ihnen zu, wie sie über den offenbar bevorstehenden Zusammenbruch der Regierung debattierten. Dann ging ich bis zur Blackfriars Bridge und trottete langsam über das Embankment wieder zurück.

Ich kam an Whitehall vorbei, wo die Menschenmenge rund um Downing Street sofort sichtbar wurde. Da ich nichts Besseres zu tun hatte, blieb ich stehen, um herauszufinden, was sie anzog. Ein mürrisch aussehender Bursche in einem abgetragenen Trenchcoat und einer flachen Mütze schaute sich nach mir um, als ich mich der Menschenmenge anschloß. »Auch gekommen, um sich den Spaß anzusehen?«

»Gibt es denn welchen?«

»Kommt drauf an, was Ihnen gefällt. Den Anblick unserer Herren und Meister, die bei Nummer zehn wie die Karnickel in ihren Bau rein- und rausrennen, finden einige Leute ganz lustig.«

»Sie wohl nicht?«

»Warum sollte ich? Wenn ich 'nen Job hätte, würd' ich hier nich rumstehn, oder?« Ein Schrei ertönte, als die berühmte Tür geöffnet wurde und eine stämmige Gestalt mit einem Bowlerhut heraustrat. Es war Stanley Baldwin, der stellvertretende Premierminister. »Und es sind so Typen wie der, die uns unsere Arbeit weggenommen haben. Also erwarten Sie nicht von mir, daß ich in Jubel ausbreche.«

Baldwin ging mitten über die Straße in Richtung Whitehall, seinen Schirm wie eine Waffe im Arm, als würde er wie ein Gutsherr über seinen Besitz patrouillieren. Ein Wagen stand für ihn bereit, und ein Bediensteter öffnete ihm eilig die Tür.

»Sieht so aus, als hätte er gewonnen, was?« sagte mein neuer Kumpel. »Genau das, was uns gefehlt hat.«

Als Baldwin sich bückte, um in den Wagen zu steigen, glitt mein Blick ziellos über die Menschenmenge hinter ihm. Und da, fast unmittelbar mir gegenüber, stand Max. Er trug den dunkelgrauen Anzug, der in der Wohnung gefehlt hatte, aber der schwarze Filzhut sah neu aus und war tief in seine Stirn gezogen. Er mußte mich schon einige Zeit beobachtet haben, denn unsere Blicke trafen sich sofort. Dann warf er seine Zigarette weg, wandte sich ab und bahnte sich mit den Ellbogen einen Weg durch die Zuschauer, um auf den Bürgersteig zu gelangen.

»Max!« rief ich, aber er achtete nicht auf mich. Ich wollte gerade hinter ihm hergeben, als ein baumlanger Polizist sich mir in den Weg stellte und mich am Arm zurückhielt.

»Ich glaube nicht, daß Mr. Baldwin mit Ihnen sprechen möchte, Sir.«

»Sie verstehen nicht. Ich wollte nur...«

»Haben Sie getrunken?«

Baldwins Wagen fuhr weg, zum Trafalgar Square. Hinter ihm lief eine graugekleidete Gestalt rasch in dieselbe Richtung. »Lassen Sie mich los!« protestierte ich.

Aber der Polizist verstärkte seinen Griff. »Nicht, bis ich davon überzeugt bin, daß Sie vernünftig sind, Sir. Warum gehen Sie nicht nach Hause und schlafen Ihren Rausch aus?«

»Ich bin nicht betrunken.«

»Ich glaube, Sie sind betrunken, Sir. Und wenn Sie nicht wollen, daß ich zu der Meinung gelange, Sie seien auch aufrührerisch, empfehle ich Ihnen stark...«

»Schon gut, schon gut.« Max war jetzt außer Sicht. Wenn er erst den Trafalgar Square erreicht haben würde, waren meine Chancen, ihn zu entdecken, gleich Null. Von da aus konnte er in mindestens ein halbes Dutzend Richtungen gehen. Ich schüttelte die Hand des Polizisten ab und versuchte mich zusammenzunehmen. »Tut mir leid, Constable. Wollte keine Schwierigkeiten machen. Ich werde nach Hause gehen, wie Sie vorgeschlagen haben.«

Aber ich ging nicht nach Hause, und zwar deswegen nicht, weil ich kein Zuhause mehr hatte. Statt dessen ging ich nach Whitehall, während ich über Max' immer geheimnisvolleres Benehmen nachdachte. Warum lief er vor mir weg? Er konnte ja wohl kaum annehmen, daß ich ihn der Polizei ausliefern würde. Wenn er meine Loyalität anzweifelte – aus welchem Grund auch immer –, warum war er mir dann gefolgt? Daß er zufällig in der Downing Street gewesen war, konnte ich nicht glauben – er mußte mir also bis hierher gefolgt sein. Kein Flüchtiger würde seine Deckung verlassen, um die Balance der politischen Macht zu überprüfen.

Am Trafalgar Square setzte ich mich auf eine Bank und rauchte langsam die letzten Zigaretten in meiner Schachtel, während der Verkehr erbarmungslos um mich herumtoste, die Tauben landeten, hochflatterten und wieder landeten. Folgte mir Max? Wenn ja, warum? Und was konnte er aus meinem Besuch in der City geschlossen haben? Ich dankte Gott, daß ich schlau genug gewesen war, nicht zu *Charnwood Investments* zu gehen... Aber meine Erleichterung wich schnell der Besorgnis. War mir Max zu Charnwoods Bank gefolgt? Hatte er vielleicht sogar meine Unterhaltung mit dem Kassierer belauscht? Über diese furchtbare Möglichkeit wollte ich gar nicht erst nachdenken. Ich schob den Gedanken beiseite, drückte meine letzte Zigarette aus und ging nach Hay Hill.

Ich achtete nicht auf die große schwarze Limousine, die ein paar Meter von der Wohnungstür entfernt parkte. Aber das hätte ich tun sollen, denn als ich aufschloß, tauchten Chefinspektor Hornby und ein anderer Detektiv in Zivil auf und nahmen mich in die Mitte.

»Dürfen wir hereinkommen, Sir?« fragte Hornby. »Es gibt eine neue Entwicklung.«

»Das will ich hoffen.« Mehr sagte ich nicht. Es gab so viele neue Entwicklungen, daß ich mir gar nicht vorstellen mochte, was jetzt passiert sein könnte. Während wir die Treppe hinaufstiegen, beschloß ich, nichts davon zu sagen, daß ich Max in Whitehall gesehen hatte. Wenigstens das sollte er mir nicht vorwerfen können.

»Das ist Detective-Sergeant Vickers«, sagte Hornby und deutete auf seinen Kollegen, als wir das Wohnzimmer betraten. »Mein Assistent.« Und offenbar auch aus dem gleichen Holz geschnitzt, seiner Figur und seiner Miene nach zu urteilen.

»Was kann ich für Sie tun, Chefinspektor?«

»Sie können das hier erklären, Sir.« Vickers reichte ihm einen großen Umschlag, aus dem er ein gefaltetes Blatt Papier nahm. »Das ist ein Brief, den Mr. Aubrey Wingate heute morgen bekommen hat.« Er faltete ihn auseinander, bevor er ihn mir gab. Ich erkannte die Handschrift sofort.

»Er ist von Max.«

»Das hat Mr. Wingate zugegeben. Vielleicht möchten Sie ihn ja gern lesen.«

Ich schaute auf den Brief in meiner Hand und bemerkte, daß sowohl das Datum als auch die Adresse fehlte. Dann las ich, was mein Freund geschrieben hatte.

Lieber Vater,
Du wirst mittlerweile erfahren haben, wessen ich beschuldigt werde. Ich möchte, daß Du und Mutter wissen, daß ich an Fabian Charnwoods Ermordung unschuldig bin. Ich weiß nicht, wer ihn umgebracht hat und warum, aber

ich war es nicht. Ich kann mich nicht stellen, weil sich meine Freunde gegen mich gewandt haben. Außer Euch wird mir niemand glauben. Vertraut weder Diana noch Guy. Sie haben mich hintergangen. Ich kann nicht mehr schreiben, bis ich die Wahrheit herausgefunden habe. Und das werde ich.
Euer liebender Sohn

Max

»Nun, Sir?«

Ich nahm Hornbys Frage kaum wahr, als ich auf den nächsten Stuhl sank und den Brief erneut las. Jetzt wußte ich, warum Aubrey Wingate mich hinauswarf: weil sein Sohn mich als Verräter denunziert hatte. Aber er konnte unmöglich von meinem einzigen Verrat erfahren haben, außer durch Charnwood selbst. Außerdem hatte er auch Diana beschuldigt. Und sie hatte solch harte Worte gewiß nicht verdient.

»Wie erklären Sie sich das, Mr. Horton?« fragte Vickers.

»Ich ... ich verstehe das nicht. Was meint er?«

»Wir hatten gehofft, daß Sie uns das sagen könnten, Sir.«

»Der Brief ist gestern nachmittag aufgegeben worden«, sagte Hornby. »In Banbury.«

»Banbury?«

»Ja. Sie kennen die Stadt, nicht wahr?« Irgend etwas in Hornbys Gesicht, die Art, wie er die Augen zusammenpreßte, ließ mich vermuten, daß er meine letzten Bewegungen sehr genau verfolgt hatte – einschließlich meiner Abfahrt vom Bahnhof Banbury nach London vor weniger als vierundzwanzig Stunden. Die Polizei mußte mir gefolgt sein. Und Max ebenfalls. Jetzt durfte ich keine Lüge riskieren.

»Ich habe dort gestern nachmittag einen Zug genommen.«

»Wirklich? Ein ziemlicher Zufall, nicht wahr?«

»Ja?«

»Nun, wenn es kein Zufall ist, dann muß ich mich fragen, warum Sie und Mr. Wingate an einem Sonntagnachmittag in einer Stadt sind, zu der Sie sonst keine Beziehung haben. Wenn Sie beide da waren, natürlich.«

»Ich habe Ihnen gerade gesagt, daß ich da war. Und die Briefmarke beweist, daß auch Max da war.«

»Nicht ganz. Sie beweist, daß ein von ihm geschriebener Brief dort aufgegeben worden ist. Das beweist nicht, daß er ihn auch selbst aufgegeben hat.«

»Und wer, glauben Sie, soll...?« Ich unterbrach mich, als mir klar wurde, worauf er hinauswollte. »Ich habe Max seit Freitagnacht nicht gesehen.«

»Das behaupten Sie.«

»Zufällig ist das...« Ich hielt inne. Wieviel wußte Hornby wirklich? Wenn auch seine Leute Max unter der Menge in der Downing Street gesehen hätten, hätten sie ihn sicher verhaftet. Selbstverständlich konnten sie ihn nicht ebenso leicht erkennen wie ich. Vielleicht hatten sie ihn verpaßt. Doch selbst wenn, konnte ihnen auf keinen Fall entgangen sein, wie ich seinen Namen gerufen hatte. »Genaugenommen dachte ich, ich hätte ihn vor einigen Stunden in Whitehall gesehen.«

»Was?«

»Es war nur... ein flüchtiger Blick. Ich...«

»Hatten Sie vor, das zu melden?«

»Ich melde es doch gerade, oder?«

Hornby schaute mich finster an. Bevor er noch mehr sagen konnte, förderte Vickers ein Notizbuch und einen Bleistift zutage. »Was genau haben Sie gesehen, Sir?«

Während ich den Vorfall schilderte und Vickers eifrig mitschrieb, starrte Hornby mich zweifelnd an. Es war klar, daß er mir nicht glaubte, was ziemlich ironisch war, da ich ihm dieses eine Mal die reine Wahrheit erzählte. Vielleicht war es das, was mich dazu verleitete, mit einer irreführenden Bemerkung zu schließen. »Ich kann selbstverständlich nicht sicher sagen, ob er es war. Es waren so viele Menschen zwischen uns, daß ich mich leicht hätte irren können.«

Hornby grunzte. »Irgendwo gibt es da sicher einen Irrtum.«

»Denken Sie immer noch, daß ich Max gestern getroffen und den Brief für ihn aufgegeben habe?«

»Geben Sie zu, daß Sie es taten, Sir?«

»Natürlich nicht. Verdammt noch mal, Sie haben doch Max' Wort dafür, daß er mich für einen Verräter hält.«

Hornby nahm mir den Brief wieder ab und blickte darauf herab. »Und tut er das zu Recht?«

»Nein.«

»Wie kommt er dann dazu?«

»Das weiß ich nicht.«

»Es gibt überhaupt keinen Grund dafür?«

»Nicht den geringsten.« Unvermittelt wurde mir klar, wie leicht ich in die Falle gegangen war. Hornbys Theorie war, daß Max' Denunziation meine Rolle als sein Helfer verschleiern sollte. Und jetzt hatte ich einiges getan, um seine Theorie zu stützen. »Sehen Sie, das ist absurd. Hätte ich seit Freitagnacht mit Max geredet, hätte ich ihn dazu gedrängt, sich zu stellen. Er hat keine andere Wahl.«

»Nun, er kann immer noch flüchten. Aber er braucht Hilfe, wenn er auch nur die geringste Chance haben will, das zu schaffen. Eine heimliche Überfahrt über den Kanal und das Geld, um sie zu bezahlen. Diese Art Hilfe.«

Waren sie mir in die Lombard Street gefolgt und hatten den Kassierer befragt? Wenn ja, mußten sie auch erfahren haben, daß ich mit leeren Händen von dannen gezogen war. Doch daß ich im Besitz eines Schecks von *Charnwood Investments* war, würde mehr Zweifel in Hornbys Schädel gesät haben, als ich jemals beschwichtigen konnte. »Ich habe Ihnen alles erzählt, was ich weiß, Chefinspektor. Ich helfe Max in keiner Weise.«

Vickers setzte sich in einen Stuhl mir gegenüber und musterte mich skeptisch, während Hornby im Zimmer herumlief und die eintönigen Drucke von Jagdszenen an den Wänden betrachtete. Die beiden Beamten schienen meine Ausführungen auf ihre Ernsthaftigkeit und Bedeutung hin abzuwägen. Schließlich sagte Vickers: »Es ist oft eine Sache des Instinkts, Sir.«

»Was?«

»Hilfe. Wem Sie welche gewähren und wem nicht. Eine Krähe hackt der anderen kein Auge aus, lautet ein Sprichwort. Und die enthalten meistens viel Wahrheit. Für beide Enden der sozialen Leiter.«

»Was meinen Sie genau?«

»Sie und Mr. Wingate waren zusammen auf der Schule, nicht wahr?«

»Und was folgt daraus?«

»Winchester, nicht wahr?«

»Ja.«

»Nun, dort haben Sie...«

»Noch ein Zufall!« mischte sich Hornby mit neuem Eifer ein. »Sie summieren sich langsam, nicht wahr?«

»Ich weiß nicht, wovon Sie reden.«

»Man hat Ihren Wagen gefunden. In Winchester.«

»Winchester?«

»Ja. In der Kingsgate Street. Die, wie Ihnen wohl bewußt sein dürfte, an dem College entlangführt, an dem Sie und Ihr Freund die, wie man so sagt, schönste Zeit Ihres Lebens verbracht haben. Nun, was Sie beide betrifft, denke ich, dürfte das zutreffen.«

Ich lehnte mich, überwältigt von diesen Geheimnissen, auf dem Stuhl zurück. Warum war Max ausgerechnet dorthin zurückgefahren? Warum hatte er die Stätten unserer Jugend aufgesucht? Um über unsere Freundschaft zu trauern, von der er dachte, daß ich sie verraten hätte? Oder um sie zu vergessen? »Ich bin nicht mehr in Winchester gewesen, seit ich es vor sechzehn Jahren verlassen habe«, sagte ich nachdrücklich. »Und, soweit ich weiß, Max ebenfalls nicht.«

»Scheint so, als hätte er es jetzt getan, Sir«, meinte Vickers.

»Der Wagen scheint einige Zeit in der Kingsgate Street gestanden zu haben, bevor er jemandem aufgefallen ist«, sagte Hornby, stützte die Hände auf die Rückenlehne von Vickers' Stuhl und schaute auf mich herab. »Wahrscheinlich seit Samstagmorgen.«

»Wollen Sie damit sagen, daß er von Dorking direkt dorthin gefahren ist?«

»Das ist anzunehmen. Und dann vermutlich mit dem Zug zurück nach London.« Er runzelte die Stirn. »Es sei denn, Sie hätten andere Alternativen vorzubringen.«

»Natürlich nicht«, fuhr ich hoch und bereute im selben Moment meinen Ton, weil ich fürchtete, er könnte sie auf die Lüge aufmerksam machen, die ich ihnen erzählt hatte.

»Nun, wir werden mehr wissen, wenn wir morgen hinfahren und uns die Sache ansehen. Bis jetzt wissen wir nur, was die Polizei in Hampshire uns erzählt hat. Ein verlassener *Talbot Saboon* mit dem Kennzeichen, das Sie uns genannt haben.«

»Mit Blutspuren auf dem Lenkrad«, fügte Vickers hinzu.

»Ja«, meinte Hornby, »das sollten wir nicht vergessen, nicht wahr?«

Ich musterte sie abwechselnd und versuchte, sie mit vorgetäuschter Teilnahmslosigkeit zu provozieren. Nach ungefähr zwanzig Sekunden redete Hornby weiter.

»Ich glaube, das ist vorläufig alles, Sir. Wir müssen los.« Vickers stand auf, und sie gingen beide zur Tür. Ich blieb, wo ich war, zu wütend und verblüfft, um sie hinauszubegleiten. »Wir werden Sie selbstverständlich über alle weiteren Entwicklungen auf dem laufenden halten.«

»Danke«, murmelte ich.

»Noch eins«, versetzte Hornby und drehte sich in der Tür zu mir um. Er zog sich am Ohrläppchen, und es tröstete mich, daß ich das Folgende vorhergesehen hatte – sowohl die Art als auch die Dramaturgie seines Postskriptums: er wurde berechenbar. »Mr. Aubrey Wingate hat mir gesagt, daß Sie diese Wohnung verlassen werden.«

»Das werde ich wohl, ja.«

»Sie denken doch daran, uns Ihre neue Adresse mitzuteilen, nicht wahr?«

»Muß ich das?« Ich schaute ihn fragend an, sicher, daß er verstand, was ich meinte.

»Betrachten Sie es als einen Akt der Höflichkeit«, erwiderte Hornby grinsend.

Im Moment schien mein ganzes Leben aus dem Ruder zu laufen. Die Polizei glaubte, daß ich mit einem Mörder gemeinsame Sache machte. Max hatte unsere Freundschaft aufgekündigt. Meine Finanzen schmolzen zusammen. Und ich würde bald nicht einmal mehr eine eigene Wohnung haben.

Ich verließ die Wohnung knapp eine Stunde nach Hornbys Verschwinden, von einem Kater und mehr unbeantworteten Fragen geplagt, als mein schmerzender Kopf ertragen konnte. Eine Massage und ein langes türkisches Schwitzbad im *Hammam* an der Jermyn Street klärten meinen Kopf, aber die Fragen blieben.

Wo war Max? Was hoffte er mit seinem Katz-und-Maus-Spiel mit der Polizei zu gewinnen? Hatte Charnwood ihm verraten, daß ich sein Informant war? Oder was sonst warf er mir vor?

Ich ging in die Bar des *Carlton Hotel* und studierte mein rauchverschleiertes Spiegelbild in einem der großen Spiegel, während ich eine ganze Reihe kräftiger *Manhattans* trank.

Die Gespräche an den Tischen ringsum drehten sich um die neugebildete Regierung. Offensichtlich war bei dem Kommen und Gehen, das ich in der Downing Street beobachtet hatte, eine Art Koalition herausgekommen. Ich jedoch konnte nur an Max' Gesicht denken, daran, wie sich unsere Blicke über die Zuschauer hinweg getroffen hatten. In seiner Miene hatte etwas Verstohlenes gelegen, ein Verdacht, und etwas, was Haß furchtbar nahe gekommen war. Wenn ich ihn fände, könnte ich alles erklären. Aber er wollte nicht, daß ich ihn fand. Soviel war klar.

Ich verließ die Bar und ging zum *Plaza Cinema,* wo ich mir die Hälfte eines albernen Streifens namens *These Charming People* anschaute. Dabei fragte ich mich die ganze Zeit, ob Max irgendwo im Dunkeln hinter mir saß. Doch niemand folgte mir, als ich zum Berkeley Square ging. Keine Schatten huschten unter den Laternen vorbei oder lungerten herum, als ich unter den Bäumen eine Pause machte, eine Zigarette rauchte, beobachtete und wartete – vergebens.

Der Morgen bringt neue Entschlossenheit, wenn sie auch nicht von langer Dauer ist. Am nächsten Tag überflog ich die Anzeigen der Hotels. Ich konnte höchstens fünf Guineas pro Woche ausgeben, ohne meine Mittel zu erschöpfen, bevor sich ein Weg aus meinen Schwierigkeiten zeigte. Das *Eccleston Hotel,* in der Nähe der *Victoria Station,* schien dieser Rechnung zu genügen. Gegen Mittag hatte ich mich dort für längere Zeit eingeschrieben. Es war zwar nicht gerade das *Ritz,* aber die Kunden bestanden aus unehrenhaft entlassenen Majoren und geschiedenen Snobs, so daß wenigstens hinlänglich für Anonymität gesorgt war.

Ich verbrachte den Nachmittag damit, durch die Hotels der Nachbarschaft zu streifen und jedem Portier oder jeder Concierge, die überhaupt hinsehen wollten, ein Foto von Max und mir vorzulegen. Es war ein Schnappschuß, den Dick Babcock 1925 im *Surf and Sand Club* in Palm Beach aufgenommen hatte. Wir lächelten beide, was nicht weiter verwunderlich war, denn damals war es uns gut gegangen. Aber niemand erkannte das Gesicht. Ich glaube, sie merkten nicht einmal, daß ich der andere auf dem Foto war.

Ich kehrte niedergeschlagen und mutlos zur Wohnung zurück, um meine Sachen abzuholen. Bevor ich ging, rief ich gehorsam bei der Polizeiwache in Dorking an, um meine neue Adresse durchzugeben. Ich hatte gehofft, einfach nur eine Nachricht hinterlassen zu können, aber zu meinem Ärger wurde ich zu Sergeant Vickers durchgestellt.

»*Eccleston Hotel,* Eccleston Square, S.W.1. Ordnungsgemäß notiert, Sir. Haben Sie die Telefonnummer?«

»Victoria 8042.«

»Danke, Sir.«

»Nun, wenn Sie alles haben, dann werde ich …«

»Noch eins, bevor Sie auflegen, Mr. Horton. Wir sind mit Ihrem Wagen fertig. Leider müssen wir für den Moment darauf bestehen, daß Sie uns benachrichtigen, falls Sie die Absicht haben, ihn zu verkaufen oder ihn außer Landes zu bringen. Er wird vielleicht als Beweisstück gebraucht, Sie verstehen. Inzwischen können Sie ihn jederzeit von der Wache in Winchester abholen.«

»In Winchester?«

»Nun, wir sind kein Fahrdienst, Sir.«

»Nein. Natürlich nicht.«

»Auf Wiedersehen, Sir.«

Ich legte den Hörer auf und erinnerte mich daran, wie ich 1915 mit Max das College für immer verließ. Wir trugen unsere Rifle-Corps-Uniformen und stelzten wie zwei Kampfhähne herum, voller Stolz über den Klang unserer beschlagenen Stiefel auf den Pflastersteinen. Später waren wir beide der Meinung, daß wir vermutlich nie wieder zurückkehren würden, weil es immer ein Fehler war, zurückzugehen. Aber Max war zurückgegangen. Und es sah so aus, als würde ich es ebenfalls müssen.

Winchester lag unverändert unter dem wolkenlosen Himmel, als ich am nächsten Morgen dort eintraf. Wäre es nicht ein so wundervoller Spätsommertag gewesen, hätte ich den Wagen einfach abgeholt und wäre direkt nach London zurückgefahren. Oder vielleicht doch nicht? Irgend etwas zwang mich dazu, den Umweg zum College zu machen, an der Begrenzungsmauer zu parken und die Kingsgate Street hinabzugehen. Dabei fragte ich mich, was Max an diesen Ort mit seinen hohen Mauern und vertrauten Fenstern zurückgebracht hatte – mit Blutspuren auf dem Lenkrad, das ich eben berührt hatte.

Ich ging zum Kriegerdenkmal. Zu meiner Zeit war es den Toten des Burenkrieges gewidmet, doch ich erinnerte mich dunkel, daß in einem Kreuzgang direkt dahinter auch der Gefallenen des Großen Krieges gedacht worden war. Ich hatte einen Aufruf zur Finanzierung des Baus in *The Wykehamist* gelesen, einer Zeitung, die Max und ich seit Jahren und über verschiedene Kontinente hinweg bezogen. Überflüssig zu sagen, daß ich keinen Pfennig beigesteuert hatte, andere waren jedoch offensichtlich großzügiger gewesen. Ich stand nämlich in einem weitläufig angelegten und kostspielig gekachelten viereckigen Innenhof, in dem doppelsäulige Steinbögen einen makellos gepflegten Garten mit einem Kreuz in der Mitte umsäumten, an dessen Innenwänden auf Schildern die Namen einiger hundert Toter angegeben waren, nach Jahrgängen und Regimentern geordnet.

Auf der Suche nach meinen Altersgenossen wollte ich die Eintrittsjahre bis 1910 durchgehen. Aber noch bevor ich das

Jahr 1900 erreicht hatte, bog eine Gestalt um die Nordwestecke des Innenhofs. Eine schlanke, elegante junge Frau in einem schwarzen Kostüm, deren Augen von der Krempe eines dazu passenden Hutes verdeckt wurden.

Es war Diana.

Als wir uns sahen, blieben wir stehen. Diana hob eine Hand und lächelte: »Hallo, Guy.«

Ich trat neben sie in den sonnenüberfluteten Bogengang, mehr denn je ergriffen von ihrer außerordentlichen Schönheit, die von der schmucklosen Trauerkleidung noch verstärkt wurde. »Das ist... Was führt Sie hierher, Diana?«

»Was führt *Sie* hierher?«

»Ich wollte den Wagen abholen, da die Polizei mit ihm fertig ist.«

»Man kann wohl sagen, daß ich aus demselben Grund hier bin. Chefinspektor Hornby hat mir gesagt, daß man ihn hier gefunden hat, und ich wollte...« Sie schüttelte den Kopf. »Nun, ich dachte, es würde helfen, mir Max' Zustand besser vorzustellen, wenn ich seine Schritte nachvollzöge.«

»Und hat es das?«

»Nein.«

»Mir auch nicht.«

Sie seufzte und schaute zum strahlenden Himmel hinauf. »Sie wissen selbstverständlich von dem Brief?«

»Ja.«

»Er glaubt, wir hätten ihn betrogen, Sie und ich. Ich vermute, ich habe es in gewissem Sinne auch getan, indem ich Papas Wünschen nachgegeben habe. Aber...« Sie schaute mich geradewegs an. »Betrug ist ein zu hartes Wort dafür, finden Sie nicht?«

»Ich denke, das ist es, ja.«

»Und was wirft er Ihnen vor?«

»Ich...« Täuschungen vermehren sich, eine Lüge gebiert ein

Dutzend andere und jede davon wieder ein Dutzend neue. Dianas Frage markierte eine neue Stufe in dem immer komplizierter werdenden Prozeß. »Ich habe wirklich keine Ahnung. Ich dachte, ich verstünde Max. Aber anscheinend habe ich mich geirrt.«

»Wenn Sie ihn nicht verstehen, wer soll es dann tun? Sie haben soviel mit ihm geteilt. Den größten Teil ihrer gemeinsamen Vergangenheit.«

»Sicher. Die hier angefangen hat.«

»Es ist ein wunderschöner Ort.« Sie schaute sich um. »Aber auch so einsam.«

»Das dauert nur ein paar Wochen. Wenn die kurze Halbe beginnt...« Ich lächelte über ihre offensichtliche Verwirrung. »Entschuldigen Sie. So nennt man hier das Wintersemester. Lassen Sie uns ein wenig über die Auen gehen.« Ich lächelte wieder. »Den Schulhof.«

Ein schmiedeeisernes Gittertor führte uns von der Ostseite des Kreuzganges direkt zu den Auen, die weit grüner und frischer waren, als ich sie in Erinnerung hatte. Die schlanken Bäume standen bewegungslos wie Wächter da, und Erinnerungen an weit weniger idyllische Tage drängten sich in mir hoch.

»Ich wünschte, ich hätte mit Max herkommen können«, sagte Diana leise. »Unter glücklicheren Umständen.«

»Das wünschte ich auch.«

Wir gingen langsam und schweigend zum Schulhof. Nach einigen Minuten sagte Diana: »Papa wird Freitag begraben. Werden Sie kommen?«

»Wenn Sie das wollen. Ich hatte den Eindruck... Als ich mit Ihrer Tante telefonierte...«

»Achten Sie nicht auf das, was Tante Vita sagt. Ich würde es schätzen, wenn Sie teilnähmen – als ein Freund.«

»Dann werde ich kommen.«

»Danke ...« Sie blieb stehen und hielt meine Hand kurz fest. Dabei schaute sie mich mit einer Ernsthaftigkeit an, die ich einschüchternd und, ja, ich scheue mich nicht, es auszusprechen, auch irgendwie verlockend fand. »Ich glaube, wir werden in den Zeiten, die uns bevorstehen, beide die Unterstützung eines Freundes brauchen. Max hat mir den Rücken zugewandt. Das werden Sie doch nicht auch tun, nicht wahr, Guy?«

»Nein. Machen Sie sich keine Sorgen. Sie können sich auf mich verlassen.«

Wir verbrachten einige Stunden in Winchester, besichtigten das College, Cathedral Close und spazierten dem Fluß entlang. Beim Tee im *George Hotel* erinnerte sich Diana an ihren Vater. Und ich redete ganz so über Max und unsere Schulzeit, als erwartete ich, ihn genausowenig noch einmal zu sehen oder zu sprechen wie Fabian Charnwood. Es war seltsam, verwirrend und eigenartig schmerzlos. Dianas Schönheit und ihre Zutraulichkeit schienen das Vertrauen beinah zu erzwingen. Natürlich hielt ich meine wahren Gedanken zurück, aber es lag eine Offenheit in der Luft, gegen die ich mich stählen mußte. War das die Geburt einer Freundschaft? Selbstverständlich nicht. Aber hätte Diana gesagt, sie hoffe, es sei so, hätte ich keinerlei Einwände gemacht. Auf Max, das war mir klar, hätte das jedoch vollkommen anders gewirkt – und verräterisch obendrein. Zwischen einem Mann und einer Frau gibt es so etwas wie Freundschaft nicht, pflegte er oft zu sagen. Und er hatte recht.

Wir verließen Winchester im schwächer werdenden Licht des Spätnachmittags und nahmen dieselbe Route bis Guildford, wo unsere Wege sich trennten. Irgendwo auf dem Hog's Back schaute ich ihrem Sportwagen nach, bis er zu einem Punkt in der Ferne wurde. Ich folgte ihr nicht. Aber die Erinnerung an ihr Gesicht und ihre Stimme war mit beunruhigender Klarheit in mein Gedächtnis eingebrannt. Ich redete mir natürlich ein, daß diese Begegnung nichts bedeutete. Aber sie hinterließ ihre Spur in mir. Und das bedeutete eher mehr als nichts.

Im *Eccleston* lag eine Nachricht von niemand anderem als »Trojan« Doyle für mich da. Ich hoffte von ihm zu hören, daß Atkinson-White ihn mit Geld überschüttet habe und mein Anteil sofort auszahlbar sei. Also ging ich gleich am nächsten Morgen in sein Büro nach Holborn. Aber Trojans Miene, die der einer Bulldogge mit Zahnschmerzen glich, verriet mir, schon bevor er ein Wort sagte, daß er keine gute Nachrichten hatte.

»Dein Freund Atkinson-White hat kalte Füße bekommen. Er will mir seine Ersparnisse nicht anvertrauen.«

»Warum nicht?«

»Weil du mich empfohlen hast. Dein Name tauchte jüngst in den Zeitungen auf, zusammen mit dem von Max Wingate und dem dahingeschiedenen und betrauerten Fabian Charnwood. Mord und Totschlag sind nicht gerade vertrauenfördernd, findest du nicht?«

»Ich habe mit dem Mord an Charnwood nichts zu tun.«

»Vielleicht nicht. Aber in diesem Spiel klebt Blut noch schneller an einem als Dreck. Atkinson-White macht lieber mit Leuten Geschäfte, die um zehn mit einem guten Buch zu Bett gehen, statt durch Surreys Wälder zu streifen und fürsorglichen Eltern eins über den Schädel zu geben.«

»Konntest du ihn nicht überreden, sich die Sache noch einmal zu überlegen?«

»Das hatte er bereits. Und ich kann es ihm nicht verdenken. Was, zum Teufel, haben du und Wingate für ein Spiel gespielt?«

»*Wir* haben überhaupt nichts gespielt. Es war eine Sache zwischen Max und Charnwood.«

»Nun rück schon damit raus. Du hast mich doch nach Informationen über Charnwood angezapft und wolltest irgendwelche Geschäfte mit ihm machen.«

»Daraus ist nichts geworden.«

Trojan grunzte. »Dann kannst du dich glücklich schätzen.«

»Warum?«

»Weil ich einige seltsame Gerüchte über *Charnwood Investments* gehört habe. Ohne den Mann selbst ist die Firma nichts wert. Die Leute haben ihr Geld dort angelegt, weil sie seinem Urteilsvermögen vertrauten. Jetzt wollen sie ihr Geld zurückhaben. Und einige stellen in Frage, ob es überhaupt noch da ist.«

Konnten andere dieselbe Erfahrung gemacht haben wie ich? Bis jetzt hatte ich angenommen, daß der geplatzte Scheck ein Akt persönlicher Bosheit gewesen sei. Aber vielleicht war es ja nichts Derartiges. »Du hast mir versichert, daß es ihm wirtschaftlich gut geht«, sagte ich anklagend.

Trojan breitete die Arme aus, als wolle er die Verantwortung dafür ablehnen. »Das tat es auch. Aber er war auch sehr geheimnisvoll. Er hat alles selbst gemacht, alle Entscheidungen getroffen und alle Schritte selbst unternommen. Seine Angestellten waren nur Marionetten. Ohne ihn sind sie hilflos. Vermutlich wird seine Familie seine Firma erben. Aber es ist noch zu früh, um sagen zu können, was sie daraus machen. Und während wir abwarten und sehen, ob sie es schaffen, aus dem Geflecht von Charnwoods internationalen Investitionen schlau zu werden, werden andere Leute nervös. Sehr nervös sogar.«

Fabian Charnwoods Beisetzung fand am nächsten Tag in Dorking statt. Es gab keinerlei Hinweise auf die angeblichen Sorgen der Anleger. Die Sankt-Martins-Kirche war gefüllt mit der typischen Trauergemeinde, in der Charnwoods Verwandte,

Angestellte und lokale Honoratioren deutlich von einer Anzahl Menschen übertroffen wurden, die ich für einen repräsentativen Querschnitt von Charnwoods Geschäftsfreunden hielt: wohlhabende Männer seiner eigenen Generation, von denen viele so aussahen, als stammten sie vom Kontinent. Andere hatten schwache Ähnlichkeiten mit Leuten, die ich einmal gesehen oder von denen ich gehört haben mochte, wenn ich mich auch nicht erinnern konnte, unter welchen Umständen. Ich wußte nicht, in welche Kategorie Faraday gehörte, aber er war da und saß schmollend und unruhig in der Bank direkt hinter Vita und Diana.

Sie ertrugen ihr Leid auf die Weise, die ich erwartet hatte: Vita schwankte tränenreich und führte immer wieder einen schweren Schleier an ihre Augen, um sie zu trocknen; Diana war nachdenklich ergeben und offenbar mehr um den Zustand ihrer Tante als um ihren eigenen besorgt. Ein Viscount und zwei Baronets hielten Gedenkreden, die von einer pompösen Lobesrede eines großen, bärtigen Slawen abgerundet wurde, den die gedruckte Liste der Trauergäste als General einer nicht näher bezeichneten Armee auswies. Er brachte es fertig, einerseits den Dahingeschiedenen außerordentlich zu loben und gleichzeitig in der Frage vage zu bleiben, unter welchen Umständen er ihn kennengelernt hatte. Vermutlich dachte er, daß das Begräbnis eines Mannes nicht der richtige Ort war, daran zu erinnern, daß sie ihre Freundschaft mit der Lieferung von 10000 Gewehren besiegelt hatten.

Die Beerdigung auf dem Friedhof von Dorking war kurz und ohne jede Feierlichkeit. Ich hielt mich hinten in der Gruppe der Trauernden auf in der Hoffnung, Faraday aus dem Weg gehen zu können. Damit hatte ich auch Erfolg, aber nur um den Preis, Schulter an Schulter mit Chefinspektor Hornby zu stehen. Seine Miene war noch undurchdringlicher als sonst, und er war genauso scharfzüngig.

»Sie beobachten wohl die Grabsteine, Mr. Horton, ob sich Mr. Wingate hinter einem verbirgt.«

»Sollte ich das Ihrer Meinung nach tun?«

»Das müssen Sie mir sagen. Ist er immer noch in England?«

»Woher soll ich das wissen?«

»Der Coroner wird Sie vielleicht nach Ihrer Meinung dazu fragen. An Ihrer Stelle würde ich mir bis dahin eine weniger sarkastische Antwort ausdenken.«

»Der Coroner?«

»Bei der Befragung zur Feststellung der Todesursache. Wir haben noch keinen Termin festgelegt, aber wenn, dann werden Sie einer der Zeugen sein, die aufgerufen werden.«

Mir sank der Mut. Hier drohte bald die nächste Gelegenheit, bei der ich Schwierigkeiten bekommen würde, Max nicht weiter hineinzureiten und damit in seinen Augen den Verrat an ihm noch zu steigern.

»Betrachten Sie es einfach als eine Art Vorspeise, Sir. Das Hauptgericht kommt später.« Als ich mich zu ihm umdrehte, nickte er. »Wir werden ihn schließlich doch vor Gericht bringen. Mein Wort darauf.«

Der Priester war fertig. Ich blickte an den gebeugten Schultern und gesenkten Köpfen vorbei und sah Diana vortreten und eine Handvoll Staub auf den Sarg werfen.

»Keine schlechte Art und Weise, zur letzten Ruhe gebettet zu werden, nicht wahr?« murmelte Hornby fast wie zu sich selbst. »Es hat eine gewisse Würde hier und ist auch hübsch gelegen, mit den Hügeln zu beiden Seiten.« Er hielt inne, und als die Leute vor uns begannen, zum Grab zu schlurfen, fügte er hinzu: »Auf jeden Fall ein erfreulicherer Ort als das Stückchen des Gefängnishofes, auf dem man seinen Mörder beisetzen wird, soviel ist sicher.«

Gnädigerweise war Hornby nicht bei denen, die nach dem Begräbnis zum *Amber Court* zu Tee, Sandwiches und respektvollem Small talk zurückkehrten. Diana und Vita waren von einer Schar aufmerksamer Mitfühlender umgeben, also schlenderte ich ans Fenster und blickte hinaus auf den Garten, durch den Charnwood Max einst führte und ihm dabei erklärte, wie unpassend er als Schwiegersohn sei. Während ich an meinem Tee nippte und über die quälende Unumkehrbarkeit der Ereignisse nachdachte, übersah ich, wie sich mir eine bekannte Gestalt näherte. Ich bemerkte in meinem Glas eine Spiegelung, und beinahe gleichzeitig ertönte seine volle, schmeichelnde Stimme in meinem Ohr.

»Wer hätte das gedacht, was, Mr. Horton? Daß wir uns wiedersehen würden – unter solch tragischen Umständen.«

Ich machte mir nicht die Mühe, meine angewiderte Miene zu kaschieren, und sah, nachdem ich mich umgedreht hatte, auch keine Fluchtmöglichkeit mehr. »Ich bin für die Umstände nicht verantwortlich, Mr. Faraday.«

»Weder Sie noch sonst einer der Anwesenden, was? Wissen Sie, ich bin seit fast einem Jahr nicht mehr in diesem Haus gewesen. Wie die Zeit verfliegt.«

»Ziemlich.«

»Und die Veränderungen einläutet.« Er schaute sich um und senkte dann die Stimme. »Wo Barker wohl steckt, frage ich mich.«

»Barker?«

»Mr. Charnwoods Kammerdiener. Ich hatte erwartet, ihn hier zu sehen.«

»Ich wußte gar nicht, daß er einen Kammerdiener hatte.«

»Gewöhnlich hatte er einen. Aber vielleicht ... Ich habe den Eindruck, daß er in den letzten Monaten einige Sparmaßnahmen durchgeführt hat. Vielleicht ist der arme Barker einer zum Opfer gefallen.«

»Vielleicht.«

»Sie gehen mit meinem Eindruck also konform?«

»Das habe ich nicht gesagt.«

»Nein, aber…« Er lächelte und schaute sich langsam in dem Raum um. »Glauben Sie, daß es fair ist, einen Menschen nach den Leuten zu beurteilen, die an seinem Begräbnis teilnehmen, Mr. Horton? Wenn ja, dann müssen wir Mr. Charnwood einen sehr schillernden Ruf zugestehen, nicht wahr? Nehmen Sie zum Beispiel General Vasaritch, unseren redegewandten Lobredner.« Der wuchtige General stand nicht weit von uns entfernt und redete, oder vielmehr brüllte, auf einen untersetzten kleinen Mann mit Monokel und stark eingefettetem, in der Mitte gescheiteltem schwarzem Haar ein. Dieser lauschte aufmerksam jedem Wort, wobei seine Ohren ungefähr auf die Höhe des gegabelten Bartendes unseres Generals reichten. »Hinter seinem schallenden Gelächter und seinen Anekdoten verbirgt er einige Geheimnisse, möchte ich annehmen. Aber als guter Soldat begreift er den Wert der Tarnung.«

»In welcher Armee hat er gedient?«

»Ich bin nicht ganz sicher. Er nennt sich einen Jugoslawen. Aber was heißt das schon?« Faraday unterbrach sich und schaute mich stirnrunzelnd an. »Haben Sie eigentlich einen passenden Absatzmarkt für Ihre Talente gefunden, seit Sie an diese Gestade zurückgekehrt sind?«

Ich zuckte so verächtlich wie möglich die Schultern. »Es ist noch früh.«

»Ich will mich nicht in Ihre Angelegenheiten einmischen. Es ist nur so, daß der Mann, der sich gerade mit General Vasaritch unterhält, möglicherweise eine Stelle für einen Burschen mit Ihren besonderen Talenten hat. Er ist der Eigentümer des *Ambassador's Club*. Ah, wie ich sehe, haben Sie schon davon gehört. Er hat kürzlich außerdem auch das *Deepdene Hotel* hier in Dorking erworben. Auf Mr. Charnwoods Empfehlung, glaube ich. Soll ich Sie ihm vorstellen?«

Ich zögerte und erwog verschiedene widerstreitende Möglichkeiten in meinem Kopf. Charnwood hatte nicht verhehlt, was für eine Art Club der *Ambassador* war. Sein Besitzer konnte mir die Tür zu der weiten Welt der Geldbeschaffung aufstoßen. Er war also ein Mann, dessen Freundschaft ich logischerweise pflegen sollte. Aber ich traute Faraday nicht, vor allem dann nicht, wenn er mir seine Hilfe anbot. Andererseits konnte ich es mir auch nicht leisten, über Gebühr mißtrauisch zu sein. Ich hatte kaum Kontakte zur Londoner Gesellschaft und würde bald unter Geldmangel leiden. Ich konnte schon um Max' willen nicht die einzige Beschäftigung vernachlässigen, die ich beherrschte. Ich sagte mir sogar, er würde es nicht wollen. Also, was hielt mich zurück?

»Ich glaube, Mr. Gregory und Sie werden feststellen, daß Sie eine Menge Gemeinsamkeiten haben«, fuhr Faraday fort. »Eine Sicht der Welt, die auf den gleichen Prinzipien basiert. Die Verbindung könnte sich als sehr fruchtbar erweisen.«

»Gregory?« Der Name ließ einige Glocken läuten. Und dann spielten sie eine unverwechselbare Melodie. Der Besitzer des *Ambassador* hatte sich als Titelmakler für Lloyd George in den Jahren unmittelbar nach dem Großen Krieg seine Sporen verdient. Das hatte man jedenfalls gemunkelt. Natürlich war der Verkauf von Titeln seitdem verboten worden. Daher brauchte er ein diskreteres Umfeld, in dem er dieses Geschäft durchführen konnte, und ein Lunch-Club für Gentlemen in der Nähe der Bond Street war natürlich ideal. Daher war auch die höhere Gewinnspanne für einen illegalen Handel angemessen. »Sie meinen Maundy Gregory?«

»Eben den.«

»Dann gern, vielleicht wären Sie so nett, uns vorzustellen.«

»Ausgezeichnet. Ich ...«

»Entschuldigen Sie, Mr. Faraday.« Plötzlich stand Diana zwischen uns. »Meine Tante würde gern mit Ihnen sprechen. Würde es Ihnen etwas ausmachen ...?«

»Aber natürlich nicht, meine Liebe.« Sein Tonfall und seine leicht gespitzten Lippen verrieten nur den leisesten Ärger. »Ich stehe vollkommen zu Ihren Diensten.« Er ging rasch weg und warf mir im Vorbeigehen einen bedauernden Blick zu.

»Danke, daß Sie gekommen sind, Guy«, sagte Diana und zog mich zum Erkerfenster, wo wir etwas ungestörter waren. »Das ist Ihnen sicher nicht leicht gefallen.«

»Machen Sie sich um mich keine Sorgen. Wie verkraften Sie die ganze Angelegenheit?«

»Einigermaßen, solange ich nicht die Gesellschaft dieses widerlichen kleinen Mannes ertragen muß. Es tut mir leid, wenn er sich Ihnen aufgedrängt haben sollte.«

»Er hat mich gefragt, was eigentlich aus jemandem namens Barker geworden ist.«

»Barker?« Sie runzelte die Stirn. »Er war Papas Kammerdiener – bis Papa entschied, er brauche keinen mehr. Aber ich verstehe wirklich nicht ...«

»Es tut mir leid. Vergessen Sie, daß ich ihn erwähnt habe.«

»Ich wünschte, ich könnte Mr. Faraday ganz und gar vergessen. Tante Vitas Begeisterung für ihn ist ziemlich erstaunlich.«

»Wobei berät er sie denn jetzt?«

Sie schüttelte den Kopf. »Sie möchten sicher lieber nichts von unserem Ärger hören.«

»Wenn ich helfen kann ...«

»Sie können mir helfen, indem Sie sich nicht mit Mr. Faraday oder seinen dubiosen Bekannten abgeben. Ich würde gern mit jemandem reden, der unberührt von der Welt ist, in der sie leben.«

»Nun, ich weiß nichts von diesen Menschen. Wenn mich das zu einem Unberührten macht ...«

Sie legte kurz zwei Finger gegen ihre Stirn. »Ich fühle mich so allein, Guy. Tante Vita meint es gut, natürlich, aber sie versteht nicht. Papa ist gegangen. Und Max auch, in jeder Hinsicht. Es ist schwer, sehr schwer, sich zusammenzunehmen, wenn niemand da ist, an den man sich wenden kann...«

Sie schien den Tränen nahe zu sein. Ich stellte mich vor sie, um sie vor den anderen Leuten im Zimmer abzuschirmen, drückte kurz ihre Hand und lächelte sie beruhigend an, als sie zu mir aufschaute. In ihrem Blick lagen Angst, Hoffnung und Trauer, zu einem unsicheren Appell vermischt. Sie wußte kaum, was sie da erbat, und ich wußte nicht genau, was ich anbot. Aber es wurde eine lautlose Frage gestellt und eine unausgesprochene Antwort gegeben. »Wann immer Sie es nicht ertragen können, allein zu sein, Diana... Wann immer Sie Hilfe brauchen...«

»Sie sind zu gut, Guy.«

»Ich meine es so. Wann auch immer.«

Und das tat ich auch, in dem Moment, in dem wir uns anschauten, und auch in den Minuten danach, als wir nur Zentimeter voneinander entfernt standen und ich ihre makellose Schönheit betrachten konnte. Kaum eine Stunde nach der Beisetzung ihres Vaters stellte ich mir vor, wie es sein würde, dieses raschelnde Stück Stoff von ihrem blassen, erregten Körper abzustreifen.

Aber der Zauber der Lust ist weniger dauerhaft als die Verlockungen des Reichtums. Ich hatte Diana glauben lassen, daß ich Faraday ebenso verachtete wie sie. Doch als die Versammlung zum Aufbruch rüstete und ich mich verabschiedete, wartete er auf der Veranda auf mich, um kurz mit mir zu reden. Und ich hörte ihm zu.

»Ich habe mit Mr. Gregory über Sie gesprochen, Mr. Horton. Er würde Sie gern unter weniger beschränkenden Umständen sprechen. Sein Büro ist in 38 Parliament Street. Rufen

Sie nach dem Wochenende doch dort an und machen Sie einen Termin aus. Sie werden Ihre Zeit keineswegs verschwenden.«

Ich erwiderte nichts, aber die Adresse war unauslöschlich in meinem Gedächtnis verankert, als ich in den Talbot stieg und wegfuhr. Ich hatte Max reichlich Gelegenheit gegeben, mir zu erklären, was er von mir wollte, und er hatte es verschmäht. Die Zeit war gekommen, zu dem zurückzukehren, was, wie ich immer empfunden hatte, mein eigentliches Metier war: Eigennutz.

6

Ein elendes Wochenende zwischen den Bridgerunden und den Klatschtanten des *Eccleston* bestärkte mich in der Meinung, die ich mir schon in Dorking gebildet hatte. Es gab nichts, was ich für Max tun konnte, und offensichtlich wollte er auch nicht, daß ich etwas für ihn tat. Scham und Bedauern über die Rolle, die ich bei seinem Sturz gespielt hatte, wichen, als die Werte, die uns beiden in den letzten zehn Jahren zugute gekommen waren, wieder ihre Autorität geltend machten. Da ich Max nicht helfen konnte, würde ich mich darauf konzentrieren, mir selbst zu helfen.

Mein allererster Schritt in diese Richtung war, einen Termin mit Maundy Gregory zu verabreden. Offenbar schätzte er Faradays Meinung, denn ich wurde gebeten, ihn innerhalb von 24 Stunden anzurufen, um einen Termin zu vereinbaren. In 38 Parliament Street war auch der Sitz der *Whitehall Gazette*, doch ich war überzeugt, daß hinter diesen Mauern noch viel diskretere und gewinnträchtigere Aktivitäten als die Herausgabe eines Klatschmagazins stattfanden.

Gregorys Büro war ein barock eingerichteter Raum, dessen Wände mit Fotografien von Berühmtheiten und so vielen elektronischen Geräten angefüllt waren, daß man damit einen ganzen Spionagering hätte ausstatten können. Es war Cocktailstunde, und Gregory bot begeistert *Martini* an. Ich verachtete beinah automatisch alles an ihm – den glatten Charme, den Duft nach Eau de Cologne, die modische Kleidung, das Monokel, die Ringe, die Stimme und vor allem seine hungrigen Fischaugen. Aber ich hatte schon für verachtenswürdigere Leute gearbeitet, ohne es bereut zu haben. Ich nahm nicht an, daß wir uns gegenseitig mögen mußten.

»Charnwoods Ermordung ist eine schreckliche Sache, Mr. Horton.«

»Absolut scheußlich.«

»Mr. Faraday erzählte mir, daß Sie beeindruckende diplomatische Fähigkeiten entwickelt hätten, um mit den Konsequenzen daraus fertig zu werden.«

»Freut mich, daß er so denkt.«

»Was bedeutet, daß Sie vielleicht für die Arbeit geeignet sind, für die ich immer Hilfe benötige. Es ist eine sehr delikate Arbeit, Sie verstehen.« Er lächelte. »Aber sehr lohnend.«

Ich lächelte ebenfalls. »Genau mein Fachgebiet.«

»Gut.« Er betrachtete mich einen Augenblick und sagte dann: »Ich bin der Herausgeber von *Burke's Landed Gentry*. Wußten Sie das?«

»Natürlich.«

»Nun, das Hundert-Jahr-Jubiläum steht bevor, und ich will den Inhalt vollkommen überarbeiten. Der Redakteur und seine Leute überprüfen jeden Eintrag auf seine Richtigkeit.«

»Eine beträchtliche Aufgabe, stelle ich mir vor.«

»Allerdings. Und auch eine sehr heikle. Verstehen Sie, ich betrachte diese Veröffentlichung mehr als eine Reverenz an die, deren Leben sie aufzeichnet. Die Überarbeitung sollte die Gelegenheit bieten, Verdienste anzuerkennen und eine gebührende Belohnung anzuregen. In diesen Fällen müssen wir außerordentlich taktvoll vorgehen. Es gibt einige Menschen, die eine Ausschmückung ihrer Titel und ihrer Stellung verdienen und unseren Rat dafür brauchen, wie sie sie am besten erhalten.«

»Sie meinen, es gibt einige, die vielleicht hoffen, in *Burke's Peerage, Baronetage und Knightage* erhoben zu werden?«

Er gestattete sich ein Kichern. »Ja. Es gibt einige, die das zu Recht hoffen. Und für die, die auch die nicht unbeträchtlichen Kosten übernehmen können, die mit einer solchen Sache verbunden sind, können wir viel tun. Höchst vertraulich, selbstverständlich. Wenn Verhandlungen geführt werden müssen, soll das mit äußerster Diskretion geschehen. Aus diesem Grund ziehe ich es vor, ein oder zwei handverlesene Repräsentanten für diesen Zweck zu beschäftigen und den Redakteur und seine Leute vollkommen herauszuhalten.«

»Ich verstehe sehr gut, Mr. Gregory. Ich glaube, ich könnte Ihnen sehr hilfreich dabei sein, die notwendigen Sondierungen durchzuführen.«

Sein Lächeln wurde zu einem ekligen Grinsen. »Ja, junger Mann, ich glaube, das könnten Sie.« Ich kümmerte mich nicht darum, wie er die Worte *junger Mann* aussprach, und es war auch kaum der richtige Zeitpunkt, ihm zu erklären, welche seiner Laster ich nicht teilte. »Angenommen, ich sollte einen oder zwei ... Kandidaten ... für Sie auswählen, damit sie sich Ihnen nähern können, wie sollte ich da vorgehen?«

»Ein einleitender Brief, denke ich, in dem wir vorschlagen, uns mit ihnen zu treffen, um die Überarbeitung ihres Eintrags in *Burke's Landed Gentry* und die anhängigen Angelegenheiten zu besprechen. Dem Brief folgt ein Telefonat, in dem solch ein Treffen arrangiert wird. – Zur Liste der Kandidaten. Nehmen Sie eine Ausgabe der *Whitehall Gazette*, die vom letzten Juni zum Beispiel. Dort gibt es ein hervorragendes Foto des *Derby Dinner*, das ich im *Ambassador* gegeben habe. Es zeigt genug Herzöge, Marquis und Viscounts, ganz zu schweigen von Kabinettsmitgliedern, um selbst den Skeptischsten davon zu überzeugen, was wir alles zu seinen Gunsten tun können.«

Ich nickte eifrig. »Dann, wenn sie interessiert wirken, Lunch ... vielleicht im *Ambassador* ...«

»…wo ich einige Nettigkeiten mit ihnen austauschen könnte…«, nahm er versonnen den Faden auf.

»…während ich die Summe erwähne, die notwendig wäre, um die entscheidenden Räder zu ölen.«

Gregory lächelte so stark, daß seine Augen zu Schlitzen wurden. Er erhob sich von seinem Stuhl, trat um den Schreibtisch herum auf meine Seite und klopfte mir auf die Schultern. Ich blickte auf seine beringten Stummelfinger und konnte nur mit Mühe ein Erschauern unterdrücken. »Ich denke, unsere Verbindung wird sehr fruchtbar sein, Mr. Horton. Möchten Sie vielleicht noch einen *Martini?*«

Ende der Woche hatte ich zwei Briefe an Mitglieder der Oberschicht abgeschickt, von denen Gregory befand, sie hätten die ideale Kombination aus überschüssigem Geld und sozialen Ambitionen. Anfang der folgenden Woche hatte ich vor, mit ihnen telefonischen Kontakt aufzunehmen. Ich wollte die Dinge unbedingt vorantreiben, da Gregory keine Provision bezahlte, bevor nicht Geld den Besitzer wechselte. Aber ich mußte geduldig sein. Solche Affen fing man entweder sachte oder gar nicht.

Während ich an dem dazwischenliegenden Wochenende untätig die Beine hochlegte, bekam ich im *Eccleston* zwei Besuche. Der erste kam verdächtig früh am Samstagmorgen. Es war ein Constable, dessen Ankunft die Neugier der andern Gäste und das Mißfallen der Angestellten hervorrief. Er stellte mir eine Vorladung zu, als Zeuge bei der gerichtlichen Untersuchung über Charnwoods Tod zu erscheinen, die im Gerichtssaal in Dorking am Mittwoch, dem 16. September, stattfinden sollte, und verschwand wieder.

Ich wußte, daß dies nicht zu umgehen war, war jedoch immer noch bedrückt darüber, daß ich nunmehr öffentlich verkünden mußte, was ich für mich zögernd gefolgert hatte: daß

Max Charnwood ermordet hatte. Der Coroner würde mich vielleicht davonkommen lassen, ohne explizit dazu Stellung zu nehmen, aber ich fürchtete, daß Hornby dafür sorgen würde, daß er es nicht tat.

Ich wollte gerade die niedergedrückte Stimmung durch einen Spaziergang vertreiben, als mein zweiter Besucher kam. Es war Diana. Sie hatte nach einer schnellen Fahrt von Dorking in ihrem Imp ein gerötetes Gesicht und war gut gelaunt. Zur Feier des sonnigen Morgens trug sie ein Kleid mit Blumenmuster und war in einer mädchenhaften, fast fiebernden Stimmung, als würde sie gegen die schalen Beschränkungen des Trauerfalles rebellieren.

»Papa hätte sicher nicht gewollt, daß ich mich an einem Tag wie diesem hinter den Jalousien des *Amber Court* verberge. Ich mußte einfach weg. Da dachte ich an Sie und daß Sie sich wegen der Untersuchung Sorgen machen würden. Ich nehme doch an, daß man Sie benachrichtigt hat?«

»O ja.«

»Dann kommen Sie mit mir, und lassen Sie uns unsere Sorgen vergessen, wenn auch nur für ein paar Stunden. Es wird vielleicht vergeblich sein, aber ...«

»Der Versuch lohnt sich, Diana. Sie müssen mich nicht überzeugen.«

Sie lächelte. »Gut. Springen Sie rein, und wir fahren einfach dorthin, wohin unsere Laune uns führt.«

Die führte uns nach Hampton Court, wo wir im Great Fountain Garden spazierengingen und darüber stritten, ob Heinrich der Achte eine seiner Frauen geliebt hatte. Dann fuhren wir weiter nach Weybridge, wo wir in einem Pub am Fluß lunchten. Und dann nach Sandown Park, wo wir einfach aus Spaß auf jedes Pferd setzten, das Diana gefiel. Sechs oder sieben Stunden unterhielten wir uns gegenseitig mit müßigem Geplauder und vermieden es dabei, ihren Vater, Max, den Zustand von *Charnwood Investments* oder die Untersuchung zu erwähnen, bei der wir beide in elf Tagen aussagen mußten. Sie wirkte glücklich, fast sorglos, und ich bemerkte zu meinem Mißfallen, daß es mir genauso ging.

Als die Dämmerung anbrach, spazierten wir gerade den Bishop's Walk an der Themse bei Putney entlang. Wir mußten uns trennen, und ich stellte bei uns beiden Bedauern fest. Wären da nicht die metaphorischen Schatten um uns gewesen, die viel länger waren als die wirklichen, hätte ich meine Hand um ihre Taille geschlungen und mir einen Kuß geraubt. Aber unsere verschiedenen Verpflichtungen demselben Mann gegenüber trennten uns. Als wir zur Putney Bridge zurückgingen, kommentierte ich die Freuden des Tages, ohne zu wagen, eine Wiederholung vorzuschlagen.

»Es war sehr entzückend«, antwortete Diana. »Seit dem Begräbnis haben mich Anwälte und Buchhalter verfolgt. Papa hat seine Angelegenheiten ziemlich ungeordnet zurückgelassen, scheint es. Und ich kann Tante Vita diese Bürde nicht allein tragen lassen. Aber ich mußte wirklich eine Weile entfliehen. Danke, daß Sie mich gerettet haben.«

»Eigentlich haben Sie mich gerettet.«

»Wirklich?« Sie lächelte. »Nun, vielleicht können Sie das Kompliment erwidern.«

»Wie?«

»Ich habe zwei Tickets für das Ballett am nächsten Dienstag. Alexandra Danilovas Tanz in der *Alhambra.* Ich wollte eigentlich Max dazu einladen ...« Sie hielt inne, als ihr klar wurde, daß sie zum erstenmal an diesem Tag seinen Namen laut ausgesprochen hatte. Als sie fortfuhr, war ihre Stimme ein kaum noch vernehmbares Flüstern. »Sie müssen natürlich nicht mitkommen, Guy. Sie brauchen meinetwegen keine Show aufzuführen. Wenn es Ihnen lieber ist, daß wir beide getrennte Wege gehen ... und versuchen zu vergessen ...«

Ich blieb stehen und nahm ihre Hände in meine, als sie sich zu mir umdrehte. In ihren Augen glitzerten Tränen. Ein unglaubliches Verlangen durchzuckte mich, das fast über das körperliche hinauszugehen schien. Und gleichzeitig packten mich auch Zweifel. Vielleicht war es besser, unsere Verbindung abzubrechen. Denn von nun an würde ich Max bewußt hintergehen. Und ich würde auch Diana betrügen, da ich, seitdem ich mich mit Maundry Gregory eingelassen hatte, nicht mehr so unberührt war, wie ich noch bei der Begräbnisfeier behauptete. Es war natürlich unwahrscheinlich, daß sie erfuhr, daß ich bei ihm auf der Gehaltsliste stand. Selbst wenn Faraday es ihr gern erzählen würde, müßte er seine eigene Rolle als Gregorys Rekruteur beichten, und das würde ihm überhaupt nicht passen. Trotzdem war es nicht klug, nicht umsichtig und überhaupt nicht vernünftig. Aber sie war so wunderschön. Die Aussicht, mehr als nur ihre Hand zu berühren, diese Schönheit zu besitzen, wie kurz es auch immer sein würde, war unwiderstehlich. »Ich fürchte, es ist zu spät, Ihre Einladung zurückzunehmen«, sagte ich lächelnd. »Ich werde Sie ins Ballett begleiten, ob Sie wollen oder nicht.«

So ging mein Doppel- oder Dreifachleben weiter. Die Empfänger der beiden Briefe willigten ein, mich zu sehen. Einer von ihnen war ein Stiefel- und Schuhfabrikant aus Northamptonshire. Seine ehrgeizige Frau hatte ihn in einen Palast der Tudors in Middlesex verpflanzt, und nun schnappte er nach dem Köder. Dem Lunch im *Ambassador* folgte ein Tee in Gregorys Wohnung in Hyde Park Terrace. Die Diskussionen über den Rittertitel und eine Zahlung von 10000 Pfund bewegten sich in einem feinen Gespann voran.

Inzwischen begleitete ich Diana ins Ballett und dinierte anschließend mit ihr bei *Gatti*. Am folgenden Samstag fuhren wir nach Brighton, wo wir eine Führung durch den *Royal*

Pavillion machten, im *Metropole* lunchten und den weißen Pferden zusahen, die auf dem Pier an uns vorbeitrabten. Die Selbsttäuschung, daß wir uns von dem, was geschehen war, und dem, was noch geschehen würde, isolieren könnten, war berauschend. Während wir zusammen waren, existierten wir in der Luftblase von Dianas verzweifelter Fröhlichkeit, die so lange anhielt, wie ich nicht versuchte herauszufinden, ob sie mir erliegen würde oder nicht.

Der Kontakt zu meiner Familie beschränkte sich auf einen gemeinsamen Besuch bei Felix, den Maggie eingefädelt hatte. Sie bedauerte vermutlich, daß sie sich die Mühe gemacht hatte, weil der arme Felix von soviel Aufmerksamkeit offenbar überwältigt war und sich in seine Muschel zurückzog. Unser wie immer feinfühliger Vater füllte die Leere mit einer endlosen Rede über das wundervolle Beispiel, das der König gegeben hatte, indem er 50000 Pfund aus der Zivilliste gespendet hatte, um die finanziellen Probleme der Regierung zu lindern – ungefähr den Preis für fünf Rittertitel, kalkulierte ich unwillkürlich. Mein Vater sagte nichts über die Untersuchung, weder im Krankenhaus noch später bei bitterem Tee und alten Brötchen im *St. Albans Café,* obwohl er wußte, daß sie bevorstand. Königliche Exempel waren per se zu loben, während die Probleme seines Sohnes sorgfältig ignoriert wurden. Auch die seiner Tochter, sollte ich wohl hinzufügen, denn man hatte Maggies Gehalt, wie das aller Lehrer in Staatsdiensten, um fünfzehn Prozent gekürzt. Als ich ihre gehetzte und beunruhigte Miene in dem muffigen Café beobachtete, schwor ich mir, die Differenz mit dem Geld, das ich bei Gregory verdiente, auszugleichen. Wenigstens würde ich dann sagen können, daß der Adelsstand etwas Gutes bewirkt hatte – wenn auch ohne Absicht.

Ich hörte weder etwas von den Wingates noch von Chefinspektor Hornby. Offensichtlich hatte es keine weiteren Briefe von Max gegeben, und man hatte ihn, wie ich vermutete, auch nicht zu Gesicht bekommen, weder in London noch sonstwo. Ich dachte oft an ihn, vor allem seit jener Nacht, und manchmal änderte ich die gewohnte Strecke zurück ins *Eccleston*, um zu sehen, ob er den Square beobachtete. Aber ich konnte ihn nie sehen. Als ich einmal in den frühen Morgenstunden den Strand entlangging, erblickte ich 30 Meter vor mir jemanden, der ihm ähnlich sah. Diesmal rief ich nicht seinen Namen. Statt dessen folgte ich ihm in einiger Entfernung, verlor jedoch seine Spur in den Passagen unter der Adelphi Terrace. Ich tastete mich zwischen den Trinkern und Pennern vor, die in Lumpen gehüllt in den Bogengängen lagen, und fragte mich aufgeregt, ob Max hier Zuflucht gesucht hatte, wenn er es denn gewesen war. Wenn ja, dann konnte ich ihm nicht helfen. Und am nächsten Tag war ich überzeugt, daß ich mich geirrt hatte; vermutlich war er es gar nicht gewesen.

Zwei Tage vor der Untersuchung erhielt ich einen Brief von Diana. Wir hatten verabredet, uns vor Gericht so zu verhalten, als kennten wir uns nur flüchtig. Anschließend wollten wir uns in einem Hotel in Reigate treffen, um das Ergebnis zu besprechen. Doch unser Plan schien von den Ereignissen eingeholt worden zu sein.

Amber Court,
Dorking,
Surrey

13. September 1931

Lieber Guy,
unsere heimlichen Treffen waren in den letzten Wochen ein großer Trost für mich. Sie haben mir mehr Vergnügen bereitet, als ich jemals wieder zu erleben glaubte. Aber die Probleme, vor denen ich mit Ihnen zu entflie-

hen suchte, sind erbarmungslos. Man kann sie sich nicht einfach wegzaubern. Im Gegenteil, sie scheinen sich sogar zu vervielfachen. Ich kann in einem Brief nicht mehr dazu sagen, aber ich möchte so sehr, daß Sie es verstehen. Würden Sie am Tag nach der Untersuchung hier vorbeikommen, statt nach Reigate zu fahren? Dann kann ich Ihnen alles erklären. Machen Sie sich keine Sorgen wegen Tante Vita. Ich habe sie wegen unserer Freundschaft versöhnt. Bitte kommen Sie, es ist sehr wichtig.

Herzlichst
Diana

Einige Stunden lang grübelte ich verwirrt über diesen Brief nach. Wie konnte die Situation schlimmer geworden sein, als sie schon war? Und warum sollte ich Diana im *Amber Court* treffen, wo Vita dabei war und uns daran hindern würde, offen miteinander zu reden? Es gab natürlich nur einen Weg, das herauszufinden, und das machte es auch nicht leichter, die Unsicherheit zu ertragen.

Der Gerichtssaal in Dorking war am Morgen der Untersuchung überfüllt. Der Coroner, der eine bemerkenswerte Ähnlichkeit mit dem Feldscher hatte, dem ich in Mazedonien begegnet war, sah aus, als bevorzuge er ein kleines Publikum. Aber natürlich ließ sich die sabbernde Presse und auch die Öffentlichkeit die Chance auf einen Einblick in einen sensationellen Mordfall nicht nehmen. Sie hatten sich auf diesen Tag so gefreut, wie ich ihn gefürchtet hatte.

Chefinspektor Hornby begrüßte mich mit seiner üblichen ärgerlichen Leutseligkeit und führte dann eine flüsternde Unterhaltung mit dem Gerichtsdiener. Vita und Diana betraten den Saal unter lautem Gemurmel der öffentlichen Galerie; ich tat so, als bemerkte ich sie nicht. Von den Wingates war nichts zu sehen – offensichtlich hatten sie sich entschieden, nicht teilzunehmen. Für diese kleine Gnade war ich ihnen dankbar.

Pünktlich um 10 Uhr 30 wurde das Verfahren eröffnet. Eine Jury aus aufrechten Bürgern des Ortes wurde vereidigt und der erste der fünf Zeugen aufgerufen. Es war Diana, deren leise Stimme und würdevolles Verhalten den Coroner merklich beeindruckten. Sie beschrieb die Ereignisse der Nacht, ohne zu zögern. Ihren Sinneswandel, was die Flucht betraf; wie statt ihrer ihr Vater zu der Verabredung mit Max gegangen war; wie er nicht zurückkehrte; die Suche nach ihm; die Entdeckung seiner Leiche. Der Coroner versicherte sie des Mitgefühls des Gerichts, und sie ging unter beredtem Schweigen zurück an ihren Platz. Vita folgte ihr in den Zeugenstand und bestätigte aus dem lebhaften und unbeeinflußten Standpunkt einer ältlichen Jungfer, was ihre Nichte gesagt hatte. Der Coroner sprach ihr seine Anerkennung dafür aus, daß sie allein in der Dunkelheit bei dem Leichnam ihres Bruders gewartet hatte, und ihre Antwort – daß sie nur ihre Pflicht erfüllt habe – rief allseits zustimmendes Gemurmel hervor.

Ich wurde als nächster aufgerufen. Sobald ich zugegeben hatte, Max' Freund zu sein, spürte ich, wie die Atmosphäre um mich herum kühler wurde. Ich wurde in seiner Abwesenheit sozusagen stellvertretend zum Bösewicht gemacht. Der Coroner, der sich den Ladies gegenüber sanft und freundlich gezeigt hatte, wurde plötzlich knapp und streng.

»Erschien Ihnen diese Eskapade nicht ungeheuer unverantwortlich, Mr. Horton?«

»Nein, Sir. Das tat sie nicht.«

»Was war Ihrer Meinung nach geschehen, als Ihr Freund nicht zurückkehrte?«

»Das wußte ich nicht. Deshalb bin ich ihn suchen gegangen.«

»Haben Sie gesehen, wie er den Tatort verließ?«

»Ich habe gehört, wie jemand weglief.«

»Aber diese Person ist in Ihrem Wagen weggefahren. Wer außer Mr. Wingate hätte wissen können, wo der Wagen stand? Und wer außer Mr. Wingate hätte es sein sollen?«

»Das kann ich Ihnen nicht sagen.«

»Waren Miss Vita Charnwood und Miss Diana Charnwood schon da, als Sie den Leichnam erreichten?«

»Ja, Sir.«

»Und es war offenkundig für Sie, daß Mr. Charnwood ermordet worden war?«

»Es war mir klar, daß er eines gewaltsamen Todes gestorben war.«

»Durch wessen Hand?«

»Das weiß ich nicht.«

»Haben Sie sich nicht selbst gefragt, ob Ihr Freund eine solche Tat hätte begehen können?«

»Natürlich.«

»Und zu welchem Schluß sind Sic gekommen?«

»Ich konnte nicht glauben, daß er fähig war, irgend jemanden zu ermorden.«

»Aber war er fähig, Mr. Charnwood zu ermorden?« Er starrte mich durchdringend an. »Unter den gegebenen Umständen, Mr. Horton?«

Ich wappnete mich gegen die Feindseligkeit, die meine Antwort zweifellos auslösen würde. Was ich jetzt sagen würde, war zwar nur für Max und mich wichtig, denn das Urteil stand schon längst fest. »Nein, Sir. Ich glaube nicht.«

Es gab eine bleierne Pause, dann sagte der Coroner: »Danke, Mr. Horton.« Aber sein Ton enthielt nicht die geringste Spur von Dankbarkeit. »Das war alles.«

Als ich den Zeugenstand verließ, hatte ich zwar der Ehre Genüge getan, aber nichts zu Max' Gunsten erreicht. Es war nur ein symbolischer Protest. Und jeder Eindruck, den er hinterlassen haben mochte, wurde rasch von Hornby ausgelöscht.

Dieser machte kristallklar, was seiner Meinung nach in dieser Nacht geschehen war.

»Mr. Wingate wollte Miss Charnwood treffen, um mit ihr durchzubrennen. Statt ihrer wartete Mr. Charnwood mit Neuigkeiten auf ihn, die er unmöglich begrüßt haben kann. Mr. Charnwood wurde totgeschlagen. Und Mr. Wingate wird seitdem vermißt.« Fehlte nur noch, daß er hinzufügte: *Quod erat demonstrandum.* Er erwähnte weder die Blutspuren am Lenkrad noch den Brief von Max an dessen Vater. Vielleicht wollte er sich das für den Prozeß aufbewahren, den er unzweifelhaft im Auge hatte. Der Coroner rief den Pathologen auf, der die Obduktion durchgeführt hatte.

Seine Aussage war grauenhaft direkt. Eine Reihe offensichtlich heftiger Schläge mit einem schweren, scharfkantigen Gegenstand hatte die rechte Wange und einige Knochen des Dahingeschiedenen zertrümmert und das Gehirn tödlich verletzt. Seine Blutgruppe paßte zu der, die man auf dem scharfkantigen Stein gefunden hatte, der für den Pathologen zweifelsfrei die Mordwaffe war. Der Tod war irgendwann zwischen Mitternacht und 2 Uhr 30 eingetreten. Es gab keine Spuren eines Kampfes, was nahelegte, daß der erste Schlag unerwartet und mit beträchtlicher Wucht geführt worden war. Der Pathologe meinte, es sei der grausamste Mord gewesen, der ihm in seiner beruflichen Laufbahn je untergekommen sei.

Der Coroner faßte dann die Aussagen noch einmal oberflächlich zusammen und sagte den Geschworenen damit mehr oder weniger direkt, welchen Urteilsspruch sie fällen sollten. Sie gehorchten, und zwar nach einer so kurzen Beratung, daß zwischendurch noch nicht einmal Zeit für eine Zigarette war. »Wir sind der Meinung, daß der Verstorbene von Max Algernon Wingate ermordet worden ist.« Keine Zweifel und folglich auch keinerlei Vorbehalt. Und keine Hoffnung für Max, soweit ich sehen konnte, falls die Polizei ihn jemals erwischte.

Anschließend fuhr ich den Box Hill hinauf und rauchte die Zigarette, der ich vorher entsagt hatte, als ich auf Dorking und das sanft geschwungene Farmland des Mole Valley hinabgeschaut hatte. Auf den Feldern jagten einander die Schatten der rasch vorbeiziehenden Wolken, und der Wind, der sie vorantrieb, rauschte am offenen Fenster des Wagens vorbei. Einen Moment stellte ich mir vor, die eilenden Schatten stellten Ereignisse aus Max' und meinem Leben dar. Jedes schien zunächst eine Flucht vor dem vorangehenden gewesen zu sein, entpuppte sich aber später als verschwommener Wegweiser auf unserem immer schneller werdenden Kurs. Bis jetzt hatte ich niemals an so etwas wie einen Bestimmungsort gedacht. Doch vielleicht waren wir in Wirklichkeit einem solchen Ort nah, näher, als wir glauben wollten.

Eine Stunde war seit der Anhörung verstrichen, als ich zum *Amber Court* aufbrach. Ich schätzte, die Zeit habe Diana und Vita gereicht, um sich von ihren Bewunderern und Ratgebern zu trennen und wieder nach Hause zu fahren. So war es auch. Sie warteten im Wohnzimmer auf mich, immer noch gekleidet wie vor Gericht. Als das Dienstmädchen mich hereinführte und sie sich in ihren Sesseln umdrehten, um mich zu begrüßen, bemerkte ich zum erstenmal die große Ähnlichkeit zwischen ihnen. Diana war jung, schlank und schön, wohingegen Vita nichts dergleichen war. Aber etwas in ihrem Blick erhellte eine tiefere Ähnlichkeit: gleiche Instinkte, die das unterschiedliche Alter und den verschiedenen Charakter wettmachten. Vielleicht hatte Diana das mit Aussöhnung gemeint.

»Danke, daß Sie gekommen sind, Guy«, begrüßte mich Diana. Ihr Tonfall war unmerklich zurückhaltender, als ich es in letzter Zeit von ihr gewohnt war. »Nach dem heutigen Morgen wären Sie sicher am liebsten von Dorking weggefahren und niemals wiedergekommen.«

»Wenn Sie das getan hätten, wäre das sicherlich zum Teil meine Schuld gewesen«, fügte Vita hinzu. »Sie haben Ihre Verpflichtungen Ihrem Freund gegenüber und Ihre Sympathie für Diana in einer Art und Weise abgewogen, die ich hätte loben sollen, statt sie zu...« Sie lächelte. »Vergeben Sie einer närrischen alten Frau, Guy.« Es war das erstemal seit dem Mord, daß sie mich mit Guy anredete, und das wog schwerer als eine Vielzahl von Entschuldigungen.

»Es gibt nichts zu vergeben«, antwortete ich, so herzlich ich konnte. »Die letzten Wochen waren für uns alle schwierig.«

»Vielleicht schwieriger, als Sie ahnen«, meinte Diana. »Bitte setzen Sie sich. Ich werde es Ihnen erklären.«

Ich ging zum Sofa, das den Lehnstühlen vor dem Kamin gegenüberstand. Hinter ihnen konnte ich durch das Erkerfenster die Wolken sehen, die über die schwankenden Wipfel der Bäume auf den Hügeln vor Dorking hinwegzogen. Wenn ich früher hinter Max hergegangen wäre... Wenn ich nicht den falschen Pfad eingeschlagen hätte... Doch so war es immer, wie schon das Porträt von Maud Charnwood über dem Kaminsims bewies. Jeder Schritt, den man tat, war sofort nicht mehr zu widerrufen.

»Möchten Sie Tee?« fragte Vita.

»Ehm... Nun, wenn...«

»Guy möchte keinen Tee, Tantchen«, fiel Diana ein. »Er möchte hören, was wir ihm zu sagen haben.« Sie spielte mit den Fransen des Kissens und drehte die seidenen Schlingen zwischen den Fingern. »Bald wird es sowieso die ganze Welt erfahren. Wir können es nicht länger hinauszögern.«

»Du hast recht, selbstverständlich. Laß mich...«

»Nein. Laß mich.« Sie ließ das Kissen los und legte ihre Hand ruhig in ihren Schoß. »*Charnwood Investments* sind zahlungsunfähig«, verkündete sie und schaute mich direkt an. »Morgen wird bekanntgegeben, daß das Unternehmen in

Konkurs geht. Ein Konkursverwalter wird bestimmt, und das Vermögen meines Vaters, so es noch da ist, wird beschlagnahmt.«

»Guter Gott!« Trotz aller Warnungen Trojans war das ein Schock. Jetzt ergab wenigstens auch der geplatzte Scheck Sinn. »Ich hatte keine Ahnung, daß die Dinge so ...«

»Wir auch nicht. Es scheint so, daß er viel Geld bei dem Börsenkrach verlor und seitdem versucht hat, sich davon zu erholen. Vor einigen Monaten konnte eine österreichische Bank ihren Verbindlichkeiten nicht mehr nachkommen und ...«

»Die Credit-Anstalt?« Ich erinnerte mich daran, daß ich im Mai von ihrem Zusammenbruch gelesen hatte.

»Ja. Ich glaube, diesen Namen hat der Buchhalter erwähnt. Wie auch immer, Papa hatte einige große Einlagen dort und auch bei der Deutschen Bank, die in ihrem Gefolge untergegangen ist. Aber er hat uns gegenüber nie auch nur die geringste Andeutung über seine Schwierigkeiten gemacht. Es gab zwar Anzeichen, aber ich habe mir nichts dabei gedacht. Zum Beispiel, daß Barker entlassen wurde. Papa sagte, daß er keinen Kammerdiener mehr brauche, und ich habe diese Erklärung für bare Münze genommen. Abgesehen davon hat mich keine dieser Einsparungen betroffen. Ich habe von den meisten nicht einmal etwas gemerkt.«

»Ich auch nicht«, sprang Vita bei. »Aber es sah Fabian ähnlich, daß er uns vor jeder ... Unerfreulichkeit abschirmen wollte. Das lag in seiner Natur.«

»Und vermutlich hätte er es auch geschafft, das Ruder herumzureißen«, nahm Diana den Faden wieder auf. »Sein Urteilsvermögen hatte ihn nicht verlassen. Und seine Klienten vertrauten ihm immer noch. Er brauchte nur Zeit. Wenn ich das gewußt hätte, hätte ich niemals ...« Sie hielt inne und blinzelte, um einige Tränen zu vertreiben. »Aber so ist es eben. Die Zeit war abgelaufen.«

»Es tut mir leid. Wirklich. Das macht seinen Tod sicher noch schwerer erträglich.«

»Das tut es«, stimmte Vita zu. »Es ist so, als würde er noch einmal von uns genommen – jetzt, wo sein Ruf Stück für Stück demontiert wird.« Sie sah sich in dem Zimmer um. »Dieses Haus ist natürlich ebenfalls verloren. Mir gehört zwar die Hälfte, aber die Gläubiger werden ihren Teil wollen, also habe ich keine andere Wahl, als es zu verkaufen.«

»Wenn ich etwas tun kann ...«

»Wir werden keine Not leiden«, sagte Vita mit überraschender Energie. »Mein Vater hat sehr gut für mich gesorgt. Und ich werde dafür sorgen, daß es Diana an nichts mangelt ...«

»Dennoch, wenn ich irgendwie helfen kann ...«

»Sie haben schon genug getan, Guy«, erklärte Diana. »Von jetzt an müssen wir uns allein behelfen.«

»Was werden Sie tun?«

»Zunächst einmal werden wir ins Ausland reisen. Nach Italien, wie Papa es gewollt hat.«

»Ich habe eine Villa am Lido in Venedig gemietet«, bemerkte Vita. »Wir werden bis Ende Oktober dort bleiben. Bis dahin werden die Gläubiger meines Bruders das Schlimmste erledigt haben, so daß wir vielleicht wieder nach England zurückkehren können.«

»Vielleicht ziehen wir es aber auch vor, in Italien zu bleiben«, verkündete Diana. Ihre Stimme klang zurückhaltend. »So viel hat sich verändert. Wir müssen einen Neuanfang machen. Aber wo oder mit wem oder wie ...« Sie schaute nicht mich, sondern das Porträt ihrer Mutter an. Alles, was ich an ihr nicht kannte und auch nicht erraten konnte, schien in ihrem seelenvollen Blick zu liegen. »Ich kann es nicht sagen«, murmelte sie. »Ich kann nicht sagen, was die Zukunft für uns bereithält.«

Diana brachte mich zum Wagen. Vielleicht war auch sie froh über die Gelegenheit, ungestört ein paar Worte wechseln zu können. Der Wind hatte die Wolken aufgerissen und nicht mehr nachgelassen; er zerrte jetzt an Baumwipfeln und Hecken und wehte Blätter über den Kies der Auffahrt. Die Sonne schien klar und strahlend und enthüllte jede Einzelheit der Schönheit Dianas, die mich anschaute. Zum erstenmal konnte ich nachempfinden, warum Max den Mann getötet hatte, der zwischen ihnen gestanden hatte. Vielleicht wäre es von jedem Mann zuviel verlangt gewesen, auf sie zu verzichten. Ich war deshalb im Grunde meines Herzens froh, daß es keine heimlichen Ausflüge mehr geben würde. Zynismus kann nur einem bestimmten Maß an Freude widerstehen, und meine Reserven waren bereits bedenklich erschöpft.

»Wann brechen Sie nach Venedig auf?«

»Morgen. Wir wären früher gefahren, wenn die Untersuchung nicht gewesen wäre. Ich ertrage es nicht, hier zu sein, wenn man all die schrecklichen Dinge über Papa sagen wird.«

»Also ist das hier ein Lebewohl.«

»Ich hoffe nicht. Ich bin sogar sicher, daß es das nicht ist. Wir werden uns wiedersehen.«

»Sie meinen bei dem Prozeß?« Ihr Kopf zuckte zurück, und ich bereute die Bemerkung sofort. »Entschuldigen Sie. Ich wollte nicht so ... vorwurfsvoll klingen.«

»Ich weiß.« Es kostete sie sichtlich Mühe, sich zu fassen. »Aber ich habe diesen Vorwurf verdient – weil ich zugelassen habe, daß Papa an meiner Stelle Max traf. Wäre ich selbst gegangen und hätte ihm meine Entscheidung erklärt, wäre das alles nicht geschehen.«

»Man kann Ihnen nicht die Schuld für Max' Taten geben. Er selbst würde nicht wollen, daß Sie so denken.«

»Nein? Was will er denn, Guy? Meine Vergebung? Die hätte er bekommen, wenn er sich sofort gestellt hätte. Aber jetzt nicht mehr. Nicht, nachdem er sich so lange versteckt hat, ohne sich auch nur mit einem Wort zu melden. Nicht, nachdem er mich, und Sie, beschuldigt hat, ihn zu hintergehen, obwohl er derjenige ist, der uns betrogen hat.«

»Hassen Sie ihn?«

»Nein. Aber er hat meine Liebe getötet, als er Papa ermordete. Und nichts kann sie zurückbringen.« Sie seufzte schwer und lächelte mich dann an. »Warum besuchen Sie uns nicht in Venedig? Sie werden feststellen, daß auch Sie eine Ortsveränderung gebrauchen können.«

»Das habe ich zuvor schon versucht – ohne Erfolg. Nein, ich glaube, ich werde es diesmal hier durchstehen.«

»Nun, dann betrachten Sie es einfach als eine offene Einladung.«

»Danke. Das werde ich. Und jetzt ... muß ich gehen.«

»Guy ...«

»Ja?«

Sie nahm meine Hand zwischen ihre Handflächen. »›Erinnere dich an alles. Bereue nichts.‹ Das hat Papa immer gesagt. Glauben Sie, daß das möglich ist?«

»Da bin ich mir nicht sicher.«

»Ich auch nicht. Aber wir müssen es versuchen, nicht? Wir, die wir übriggeblieben sind.« Sie küßte mich leicht auf die Lippen. »*Au revoir.*«

Ich ließ sie auf dem Rasen zurück, im Wind, der an ihrem Haar zupfte und an ihrem Rock zerrte. Das letzte, was ich von ihr sah, war eine schwarze Gestalt, in Licht gebadet, einen Arm halb erhoben, als segne sie mich. Plötzlich packte mich das Verlangen zurückzugehen, aber ich preßte die Zähne zusammen und ging weiter. Wenn ich etwas von Max lernen konnte, war es das, seinen Fehler nicht zu wiederholen. Versuchung war eine Sache, ihr zu verfallen eine andere. Ich würde Diana weder nach Venedig noch anderswohin folgen.

Das Ergebnis der Untersuchung und die Zahlungsunfähigkeit von *Charnwood Investments* nahm weniger Raum in den Zeitungen ein, als ich erwartet hatte. Die schlimmer werdende Wirtschaftskrise verdrängte solche Dinge in kleine Artikel an den unteren Rand der Innenseiten. Das war auch kein Wunder, denn die Männer der Atlantikflotte hatten gemeutert, als man von ihnen Opfer bei ihren Gehältern verlangt hatte, die brasilianische Regierung war mit ihren Schuldenzahlungen in Verzug, und in der City brach Panik aus.

Irgendwo in seinem Versteck mußte Max diesen Urteilsspruch gelesen haben. Ich stellte mir vor, wie er darum kämpfte, mit dem Verbrechen fertig zu werden, das man ihm da angehängt hatte. Aber ich konnte nichts für ihn tun. Er hatte seinen Weg gewählt und mußte jetzt allein klarkommen.

Ich konnte mir denken, daß Diana in Venedig dieselben Überlegungen anstellte. Es wäre besser gewesen, wenn sie sich niemals getroffen hätten. Ihr Vater wäre noch am Leben und vermutlich auch zahlungsfähig, Max würde nicht wegen Mordes gesucht, und sie würde weiterleben können wie bisher. Statt dessen saß sie jetzt im Exil und leckte ihre Wunden, während Max sich versteckte. Vielleicht hatte er im Bruchteil einer Sekunde nach dem ersten Schlag erkannt, daß es, anders als in Charnwoods Worten, durchaus etwas zu bereuen gab.

Wenigstens erregte der Kollaps von Charnwoods Firma im Gemetzel beim Verfall nationaler Kredite relativ wenig Aufmerksamkeit. Diejenigen, die ihr Geld verloren hatten, beschwerten sich weit weniger lautstark, als Diana befürchtet hatte. Zwar war der geschäftliche Ruf ihres Vaters angeschlagen, aber sein Charakter hatte keinerlei Schaden genommen. Man berief ein Gläubigertreffen ein, an dem ich mit meinem geplatzten Scheck in der Hand nicht teilnehmen wollte. Ich ertrug meinen Verlust schweigend.

Abgesehen davon hatte ich größere Summen im Kopf. Der Northamptonshire-Ritter-Aspirant war kurz davor, sich von 10000 Pfund zu trennen, um einen neuen Adelstitel zu erwerben, den Gregory ihm zu besorgen versprach. Der soziale Aufstieg mußte weitergehen, ganz gleich wie es um den ökonomischen Kreislauf stand. Und der Sherpa ist seinen Lohn wert.

»Mr. Horton?«

Die Stimme des Mannes, der am Sonntag bei meiner Rückkehr sich draußen ans Geländer vor dem *Eccleston* lehnte, klang barsch, aber gebildet. Er war klein und schlaff und hatte die blasse, verschwitzte Haut eines Alkoholikers. Sein Anzug war so alt und staubig, daß man seine ursprüngliche Farbe nicht mehr erkennen konnte. Er trug einen Regenmantel etwa seines Jahrgangs über dem Arm und einen mitgenommenen Filzhut schief auf dem Kopf. Die buschig graumelierten Reste eines ehemals prächtig roten Haarschopfs – dem rostroten Schnurrbart nach zu urteilen – umrahmten ein von Sorgen zerfurchtes Gesicht, in dem graue Augen nervös zwinkerten.

»Sie sind doch Mr. Horton?«

»Ja. Na und?«

»Könnten wir ... uns unterhalten?« Er hielt inne und nahm einen Zug an seiner selbstgedrehten Zigarette. »Es geht um den Charnwood-Mord. Ich bin Journalist und ...«

»Ich will nicht darüber reden, danke. Wenn Sie mich entschuldigen ...«

Als ich an ihm vorbeiging, packte er mit überraschender Kraft meinen Arm und zischte mir ins Ohr: »Wollen Sie Ihrem Freund nicht helfen?«

Ich blieb stehen, schüttelte seine Hand ab und starrte ihn an. »Natürlich will ich ihm helfen. Haben Sie irgendwelche Vorschläge?«

»Nicht direkt. Es ist nur ... Charnwood ist nicht der Typ, der einem Verbrechen aus Leidenschaft zum Opfer fällt. Irgend etwas an der Geschichte stimmt nicht. Es paßt nicht zusammen.«

»Was paßt nicht zusammen?«

»Meine Kenntnis von dem Mann. Meine Erfahrung mit Fabian Charnwood.«

»Was Sie sagen, ergibt keinen Sinn.«

»Lassen Sie uns irgendwo etwas trinken. Dann kann ich es Ihnen vernünftig erklären.«

»Das glaube ich kaum.« Ein Vorhang im ersten Stock des Hotels bewegte sich. Das Zimmer gehörte Miss Frew, der schlimmsten Klatschbase unter den Gästen des *Eccleston*.

»Was haben Sie zu verlieren?«

»Nichts. Ich ...« War das Miss Frews Lorgnette, die ich in der Sonne blinken sah? »Also gut, einverstanden. Wenn Sie darauf bestehen.«

Ich nutzte gewöhnlich die Bar des *Grosvenor* als meine örtliche Tränke, aber George Duggan, so stellte der Bursche sich vor, war nicht die Art Person, mit der ich in einer zivilisierten Umgebung gesehen werden wollte. Also führte ich ihn statt dessen in einen Pub in der Warwick Street, wo ich einen Ecktisch zwischen einem Pfeiler und einem Garderobenständer auswählte. Duggan stürzte einen Rum in einem Zug hinunter und machte sich dann schnell über ein großes Bier her. Er bezeichnete sich als freischaffenden Journalisten mit Fleet-Street-Referenzen. Das klang genauso nebulös, wie wenn ich mich als Pressemann ausgegeben hätte. Er lehnte meine Zigarette ab und drehte sich lieber eine eigene. Vom ersten Zug an hustete er, was seinen Bericht häufig unterbrach.

»Ich habe den Bericht über die Untersuchung gelesen, Mr. Horton. Seit Charnwoods Tod habe ich nur darauf gewartet. Dachte, sie würde alles enthüllen. Aber ich hätte es besser wissen sollen, nicht wahr? Nicht das leiseste Fünkchen Wahrheit.«

»Ich habe die Wahrheit gesagt.«

»Vielleicht. Aber Sie wußten mehr, als Sie vor Gericht gesagt haben, nicht wahr? Sie müssen mehr wissen.«

»Warum?«

»Sie haben sich geweigert zuzugeben, daß Ihr Freund Charnwood ermordet hat. Ich nehme an, Sie taten das, weil Sie wußten, daß er es nicht getan hat. Aber wie können Sie sicher sein? Weil Sie das, was wirklich geschehen ist, aus seinem eigenen Mund gehört haben. Sie wissen, wo er ist, nicht wahr?«

Das war genug. Ich knallte mein Glas auf den Tisch und stand auf. »Ich habe Besseres zu tun, als hier zu sitzen und mich beschuldigen zu lassen ...«

»Nun werden Sie nicht gleich sauer, Mr. Horton.« Er packte erneut meinen Arm. »Bitte.« Seine Stimme klang irgendwie verzweifelt. Wider besseres Wissen gab ich nach und setzte mich wieder hin.

»Zwei Minuten, Mr. Duggan. Ich gehe Ihnen zwei Minuten, um etwas zu sagen, das es wert ist, angehört zu werden.«

»Einverstanden.« Er trank einen Schluck Bier. »Ihr Freund Mr. Wingate versteckt sich, weil seiner Meinung nach niemand seine Unschuld glauben wird. Und das wird man auch nicht, solange alle glauben, daß nur er einen Grund hatte, Charnwood umzubringen. Aber Charnwood war ein mächtiger Mann. Er hatte Feinde. Und einige davon hatten gute Gründe, ihm den Tod zu wünschen.«

»Wer?«

»Ich kenne ihre Namen nicht. Keiner kennt sie. Jedenfalls nicht alle. Charnwood kannte sie natürlich. Er hatte sie wie in einem Adreßbuch in seinem Kopf aufgelistet. ›Aus wem ich etwas gemacht habe.‹ Das tat er. Er machte aus den Leuten was. Und zerbrach andere. Wie mich.« Seine Miene verfinsterte sich, als erinnere er sich an etwas Düsteres, dann rieb er sich das Kinn. »Vielleicht haben sie herausgefunden, daß er finanzielle Probleme hatte, und fürchteten sich vor dem, was er enthüllen würde – falls er das überhaupt für nötig hielt. Vielleicht waren sie es auch einfach nur leid, von seiner Diskretion abhängig zu sein.«

»Reden Sie von seinen Klienten?«

»Klienten? Ja, so könnten Sie sie nennen. Klienten – und Mitverschwörer.«

»Mitverschwörer wobei?«

Er starrte mich einen Moment an und zupfte abwesend an seiner Unterlippe. »Ich sage nichts weiter, bis ich sicher bin, wo Sie und Wingate stehen«, sagte er dann. »Wenn Sie für sie arbeiten ... Hm, ich glaube nicht, daß Sie das tun.« Er musterte mich scharf. »Sie sind nicht ganz ihr Typ. Und Sie sind zu jung, um schon von Anfang an mit dabeigewesen zu sein. Sie hätten keine Außenseiter benutzt.« Ich war noch immer verblüfft über seine Bemerkung, als er sich über den Tisch beugte. »Wingate hat vielleicht etwas gesehen oder gehört. Einen Blick erhascht oder ein Flüstern aufgeschnappt. Er hält es vielleicht sogar für bedeutungslos. Ein Wort von Charnwood vor seinem Tod, ein Zeichen, das er gemacht oder hinterlassen hat. Aber es könnte die Verbindung sein, die wir brauchen.«

Seine Eindringlichkeit wurde mir lästig. Ich zuckte mit den Schultern und wich zurück. »Ich weiß nicht, wovon Sie reden.«

»Das müssen Sie auch nicht. Sagen Sie Wingate einfach nur, was ich Ihnen gesagt habe. Ich könnte ihm vielleicht helfen. Aber nur, wenn er mir helfen kann.«

»Ich kann ihm nichts sagen. Ich habe ihn seit der Mordnacht nicht mehr gesehen.«

»Denken Sie sich was anderes aus. Jemand versteckt ihn. Es liegt nahe, daß Sie das sind.«

»Nun, dem ist nicht so.«

Er grunzte, leerte dann sein Glas und leckte sich den Schaum aus dem Schnurrbart. »Wie Sie wollen, Mr. Horton. Noch einen Drink?«

»Nein, danke. Ich muß gehen.«

»Aber Sie wissen ja nicht, wie Sie sich mit mir in Verbindung setzen können.«

»Warum sollte ich das wollen?«

»Weil ich die einzige Chance für Ihren Freund bin. Mit meiner Hilfe, mit dem, was ich weiß...« Er tippte sich gegen den Kopf. »Mit dem, was hier oben drin ist, kann er vielleicht das ganze Pack entlarven. Doch allein wird es ihm nicht besser gehen als mir. Also, falls Sie ihn sehen, falls sich zufällig Ihre Wege kreuzen, sagen Sie ihm, was ich erzählt habe. Ist das fair?«

»Ich denke schon.«

»Sie können mich unter folgender Adresse erreichen.« Er zog ein Notizbuch heraus, dessen Einband aus der Bindung zu gehen drohte, weil so viele gefaltete Zeitungsausschnitte hineingequetscht waren. Aus dem Chaos pflückte er eine nikotinbefleckte Visitenkarte und legte sie vor mir auf den Tisch. »Schriftlich oder telefonisch.«

Ich nahm die Karte und las überrascht ihren Aufdruck.

ALNWICK ADVERTISER
BONDGATE WITHIN
ALNWICK
NORTHUMBERLAND
Telephone: 88, Telegrams: Advertiser, Alnwick

»Northumberland ist eine ganz schöne Strecke von der Fleet Street entfernt, Mr. Duggan. Sagten Sie nicht, Sie wären freischaffender Journalist?«

»Das bin ich auch, wenn ich nicht sechshundert Worte für den *Advertiser* über den Heringspreis herunterhaue. Und ich war in der Fleet Street. Ich war Auslandskorrespondent bei *The Topical.* Seien Sie unbesorgt, ich habe immer noch den Fuß in der Tür. Wenn Wingate etwas für mich hat, kann ich dafür sorgen, daß es wie eine Bombe einschlägt.«

»Und Sie sind extra von Alnwick heruntergekommen, um mir das zu sagen?«

»Ja. Weil es wichtig ist. Und nicht nur für mich. Haben Sie im Krieg gekämpft?«

»Allerdings.«

»Viele Kameraden verloren?«

»Ein paar.«

»Deshalb ist es wichtig. An jedem Waffenstillstandstag geloben wir, ihrer zu gedenken. Aber was tun wir tatsächlich für sie?«

»Was können wir tun? Sie sind tot.«

»Genau. Millionen von Toten.« Er starrte in sein leeres Glas. »Ich brauche noch einen Drink.«

»Dann lasse ich Sie damit allein.«

»Tun Sie das. Aber übermitteln Sie die Nachricht, Mr. Horton.« Erneut war dieser verzweifelte Unterton in seiner Stimme. »Die haben vielleicht einen Fehler gemacht, als sie Charnwood getötet haben. Möglicherweise können wir dafür sorgen, daß sie es bereuen.«

Ich nickte unverbindlich, steckte seine Karte in meine Brieftasche und ging. Er war bereits an der Bar, als ich von der Tür zurückschaute. Ich war geneigt, sein wildes Gerede dem zuzuschreiben, was er getrunken hatte, während er auf mich wartete. Ich war schon fast wieder im Hotel, als mir ein seltsamer Zusammenhang in seinen Bemerkungen auffiel. Beide, er und Charnwood, hatten über den Krieg gesprochen, als hätte er gestern aufgehört. ›*Immer ist es der Krieg*‹, hatte Charnwood gesagt, und mit den Worten: ›*Was tun wir tatsächlich für sie?*‹ hatte Duggan über die Gefallenen räsoniert. Wie kam es zu dieser gemeinsamen Beschäftigung mit einem Konflikt, der seit dreizehn Jahren Vergangenheit war?

Ich machte einen Umweg über das *Grosvenor*, um darüber bei einem *Manhattan* nachzudenken. Als ich den ersten getrunken hatte und gerade einen zweiten bestellte, zusammen mit einem *Gin-Sling* für den dunkeläugigen Vamp, der mich im Spiegel hinter der Bar betrachtete, war ich zu dem Schluß gekommen, daß es nichts zu bedeuten hatte. Charnwood war tot. Duggan war nur ein geschwätziger Trinker. Max war verschwunden. Und ich ... ich konnte mich immer trösten.

Mich von den postumen Angelegenheiten Fabian Charnwoods zu lösen war nicht so einfach, wie ich gedacht hatte. Für Montagabend hatte ich ein Treffen mit Maundy Gregory verabredet. Ich hoffte, daß ich dort das Geld ausgezahlt bekäme, das mir aus unseren erfolgreichen Verhandlungen mit dem Schuhfabrikanten zustand. Und ich wurde auch nicht enttäuscht. Gregory erwies sich als ebenso pünktlich wie großzügig. Und es stellte sich heraus, daß der Verkauf von Titeln nicht die einzige Aufgabe war, die er für mich im Sinn hatte.

Er zahlte mir 200 Pfund, ohne daß ich darum bitten mußte, schenkte Champagner ein, den er in Erwartung meiner Ankunft kalt gestellt hatte, und drängte mir zwei Havannas auf – eine sollte ich sofort rauchen und eine mitnehmen. Dieser freigebige Empfang hob meine Laune, und ich lächelte großzügig, als er behauptete, schon lange von der Aufhebung der Goldwährung gewußt zu haben.

»Charnwood hat mir als erster verraten, daß das passieren würde. Er hat dieses Ereignis auf den Tag genau vorhergesagt. ›Sie werden im Herbst davon wegkommen.‹ Das waren genau seine Worte. Und was ist heute?«

»Ehm ... wir haben den 21. September.«

»Herbstanfang. Welch ein Zufall.« Gregory grinste. »Unheimlich, nicht wahr? Es ist nur schade, daß er nicht hier ist, um mitzuerleben, wie seine Vorhersage eintrifft.«

»In der Tat.«

»Ja. Er war ein cleverer Mann. Sehr clever. Sie hätten eine Menge von ihm lernen können, mein lieber Junge.«

Der Ausdruck *mein lieber Junge*, mit dem er seit einiger Zeit um sich warf, verärgerte mich, und ich beschloß, mir eine kleine Provokation zu leisten. »Deutet der Zusammenbruch seiner Firma nicht eher darauf hin, daß er nicht so clever war, wie er hätte sein müssen?«

»Das wäre so, wenn man davon ausgeht, er habe wirklich all sein Geld und das seiner Anleger verloren – in amerikanischen Aktien und der österreichischen Bank. Aber das glauben weder ich noch viele andere, die seine Spekulationen finanziert haben.«

»Sie waren einer von ihnen?«

»Das gebe ich offen zu. Und ich hatte nie Grund, es zu bereuen – bis jetzt. Wo wir gerade beim Thema sind ...« Er hielt inne und sog an seiner Zigarre. »Sie können mir vielleicht behilflich sein. Und denen, die ich zu diesem Zweck repräsentiere.« Er sog erneut an der Zigarre, neigte dann den Kopf und musterte mich prüfend. »Sie stehen sich gut mit der jüngeren Miss Charnwood, hat man mir erzählt.«

Ich schlürfte ein wenig Champagner und versuchte, gelassen zu antworten. »Wirklich? Wer hat das erzählt?«

»Ich habe überall meine Spione, mein lieber Junge. Ein Tag beim Rennen. Ein Abend beim Ballett. Solche Dinge bleiben nicht unbeobachtet.«

»Nun, ich habe sie sicherlich einige Male begleitet. Aber ...«

»Und jetzt ist sie mit ihrer Tante in ein wärmeres Klima geflohen. Werden Sie ihnen folgen?«

»Nein. Selbstverständlich nicht. Ich...«

»Das sollten Sie aber. Darum geht es. Ich möchte, daß Sie es tun. Wir möchten, daß Sie es tun.«

»Was?«

Er beugte sich über den Schreibtisch. Sein Monokel pendelte an einem Band über der Tischplatte und blinkte im Lampenlicht. Er senkte die Stimme, als fürchte er, belauscht zu werden. »Ich habe eingewilligt, alles zu tun, was in meiner Macht steht, um das Geld wiederzubekommen, das man Fabian Charnwood anvertraut hat. Keiner von uns glaubt, daß es verloren ist. Dafür war er ein viel zu gerissener Finanzier. Er hat vielleicht eine oder zwei Reserven eingebüßt, keineswegs aber einen so vollständigen Verlust erlitten, wie man seine Klienten glauben machen wollte. Nein, nein. Wir nehmen eher an, daß er den größten Teil seines Vermögens – unseres Vermögens – an einen sicheren Ort geschafft hat. Wahrscheinlicher sogar an mehrere sichere Orte. Die Frage ist: wohin?«

Gregorys Vermutungen klangen wie der nach einem Bankrott typische Griff nach dem Strohhalm. Ich hatte jedoch nicht vor, ihm das zu sagen, sondern zuckte nur mit den Schultern und breitete die Hände aus.

»Der Schlüssel liegt bei Tante und Tochter. Eine von ihnen weiß es, vermutlich sogar beide. Daher ihre überstürzte Abreise ins Ausland. So konnten sie peinlichen Fragen aus dem Weg gehen. Charnwood wird eine von ihnen eingeweiht haben, weil er genau diese Möglichkeit im Hinterkopf hatte – seinen plötzlichen Tod. Ich halte es für wahrscheinlicher, daß es seine Schwester ist. Aber sie wird mittlerweile ihre Nichte ins Vertrauen gezogen haben, also macht das keinen Unterschied. Abgesehen davon hat sich die ältere Miss Charnwood Mr. Faradays Charme gegenüber als unzugänglich erwiesen.«

Es konnten kaum Zweifel bestehen, daß Faraday ebenfalls ein Opfer von Charnwoods Zahlungsunfähigkeit war. Diese

Schlußfolgerung löste zwei höchst unangenehme Gedanken in mir aus. Erstens bedeutete es, daß man bereits in einer konzertierten Aktion Informationen im Namen von Charnwoods Klienten gesammelt hatte, als Max und ich ahnungslos in diese verwickelte Welt stolperten. Und zweitens bestätigte das meinen Verdacht, daß Faraday mich Gregory nicht aus Menschenfreundlichkeit empfohlen hatte. Nachdem sie an Vita verzweifelt waren, hatten sie beschlossen, Zuflucht zu Diana zu nehmen. Und ich sollte ihr Instrument sein.

»Folgen Sie ihnen nach Venedig, lieber Junge. Denken Sie sich irgendein Motiv oder einen Vorwand aus. Der abgewiesene Liebhaber oder der platonische Freund, ganz gleich. Aber gewinnen Sie das Vertrauen der Tochter. Finden Sie heraus, was sie weiß. Wo das Geld ist. Und wie wir es in die Hände bekommen können.«

Instinktiv rebellierte ich gegen diese Vorstellung. Diana zu täuschen wäre ein weiterer Verrat an Max, selbst wenn Charnwood sein Geld tatsächlich heimlich in den Gewölben einer Schweizer Bank oder an einem ähnlich verborgenen Platz versteckt haben sollte. »Ich kann mir nicht vorstellen, wie ich sie dazu überreden sollte, mir diese Informationen mitzuteilen – vorausgesetzt, sie besitzt sie überhaupt.«

»Nun kommen Sie schon. Sie sind ein gutaussehender und charmanter junger Mann. Die schöne Miss Charnwood wird sich in ihrem selbstgewählten Exil bald nach Abwechslungen umsehen. Sie müssen einfach ihre Bedürfnisse befriedigen. Unterhalten Sie sie. Erfüllen Sie ihre Bedürfnisse. Befriedigen Sie sie. Durchbrechen Sie ihre Abwehr so, wie es Ihnen am passendsten erscheint. Ich werde Ihre Spesen übernehmen. Und sollten Sie erfolgreich sein ... nun, ich will Ihnen fairerweise sagen, daß im Vergleich zu Ihrer Belohnung die Summen, die wir mit dem Titelhandel erzielen, unbedeutend erscheinen werden.«

»Unbedeutend? Kann es sich wirklich um eine so große Summe handeln?«

»O ja.« Er wurde plötzlich fast feierlich. »Die Gesamtsumme ist kaum schätzbar. Zahllose äußerst wohlhabende Leute sind an dieser Sache interessiert. Der gemeinsame Verlust ist ... ungeheuer. Deshalb ist es undenkbar, daß das Geld tatsächlich ganz verloren ist.«

Ich zögerte, und mir wurde schmerzlich klar, daß bis jetzt jedes meiner Prinzipien, jeder Skrupel seinen Preis gehabt hatte. Wenn ich mich weigerte, würde Gregory vermutlich ganz und gar auf meine Dienste verzichten. In einem Land mit drei Millionen Arbeitslosen, mit dem Winter vor der Tür und kaum Ideen in meinem Kopf, wie ich Geld verdienen sollte, konnte mich eine edle Geste nur allzu schnell ins Elend stürzen. Und das war noch nie nach meinem Geschmack gewesen. Venedig, Diana und das Versprechen von Reichtum bildeten eine unwiderstehliche Alternative. Faraday und Gregory mußte das klar gewesen sein. Sie hatten sich vermutlich sogar darauf verlassen. »Einverstanden«, sagte ich schließlich. »Sie haben mich überredet. Dieses Spiel ist eindeutig seinen Einsatz wert.«

»Prächtig.« Gregory strahlte mich an. »Ich war davon überzeugt, daß Sie letztlich die Vorzüge erkennen würden.«

Und so unterdrückte ich meine Befürchtungen und bereitete mich darauf vor, meine Rolle in einer Verschwörung zu spielen, von der ich kaum etwas wußte. Gregory wollte unbedingt, daß ich sofort aufbrach, aber ich erfand Gründe, warum ich jetzt nicht konnte, und er ließ sich erweichen. In Wahrheit jedoch mißtraute ich allem und jedem, der mit meiner Mission zu tun hatte. Ich brauchte Zeit, um soviel verläßliche Informationen wie nur irgend möglich auszugraben. Was ich schließlich erfuhr, war nicht allzu viel.

Angeblich, um ihn wegen des fehlgeschlagenen Atkinson-White-Deals zu versöhnen, lud ich Trojan Doyle zum Lunch ins *Waldorf* ein. Er konnte mir jedoch nur wenig über die Höhe der Verluste bei *Charnwood Investments* sagen und auch die Leute nicht identifizieren, die sie erlitten hatten.

»Es war viel ausländisches Geld darein verwickelt. Es gibt eine Menge Geheimnisse. Gerüchten zufolge sollen die Quellen einiger Summen einer näheren Prüfung nicht standhalten. Das erklärt, warum die Gläubiger so ruhig sind. Es muß sie mächtig ärgern. Aber was sollen sie tun? Charnwood hat sie noch aus dem Grab heraus überlistet.«

Nach einigen Brandys und Zigarren erbot er sich zu versuchen, ob er bei einem anderen Thema etwas herausfinden könne. Einer seiner Kumpel war Wirtschaftskorrespondent für eine der landesweiten Tageszeitungen. *The Topical* hatte irgendwann in den frühen Zwanzigern dichtgemacht, aber die meisten Angestellten waren bei anderen Zeitungen untergekommen, so daß feststellbar war, ob George Duggan dort tatsächlich Auslandskorrespondent gewesen war. Nach dem, was Gregory gesagt hatte, kam mir Duggans Geschwätz jetzt nicht mehr so sinnlos vor. Ich beschloß, alles über seine gerühmten Fleet-Street-Referenzen herauszufinden.

Diana schrieb ich von meinem bevorstehenden Besuch nichts, weil ich fürchtete, sie könnte ihre Einladung zurückziehen. Außerdem mußte ich mir so erst im letzten Moment einen Grund ausdenken, warum ich ihr gefolgt war. Auch Chefinspektor Hornby gab ich keine Chance, meinen Plänen, das Land zu verlassen, zu widersprechen noch mich nach dem Ziel zu befragen. Ich hatte vor, ihm am Morgen meiner Abreise einen Brief mit dem Ziel meiner Reise zu schicken und ihm zu versichern, daß ich das britische Konsulat immer über meine Adresse informieren würde. Sollte er daraus machen, was er wollte.

Gregory hatte für mich einen Platz im Orientexpreß gebucht, der London am Sonntag, dem 27. September, verlassen sollte. Bis Freitag hatte ich von Trojan noch nichts über Duggan erfahren, also ging ich früh am Abend in seinen Club. Ich hatte Glück. Trojan kam aus der Bar, um mich hereinzulassen. Wenn man dem Portier glauben konnte, wäre es allerdings eine große Überraschung gewesen, hätte ich ihn um diese Zeit nicht dort angetroffen.

»Du willst etwas über diesen Kerl vom *Topical* wissen, nehme ich an«, meinte Trojan mißmutig, als wir uns mit unseren Drinks gesetzt hatten.

»Zwar weiß nur der Himmel, warum.«

»Er ist mir kürzlich über den Weg gelaufen. Ich wollte nur wissen, ob das, was er mir gesagt hat, stimmt.«

»Bist du spät abends in der Nähe von Clapham Common gewesen?«

»Nein. Was meinst du damit?«

»Nun, es scheint so, als sei Duggan tatsächlich Auslandskorrespondent des *Topical* gewesen. Vor dem Krieg. Er war sogar ein aufsteigendes Talent... Doch dann fiel er plötzlich in Ungnade. Er wurde von der Polizei in Clapham Common festgenommen, als er mit einem Seemann herumvögelte. Die Gefängnisstrafe hat seiner Karriere beim *Topical* ein jähes Ende gemacht, und seitdem hat man in der Fleet Street nichts mehr von ihm gesehen oder gehört.«

»Verstehe.«

»Ich bin nicht sicher, ob ich das auch tue. Möchtest du vielleicht etwas beichten? Etwas, worüber ich in Winchester nichts gehört habe?«

»Nein, in beiden Fällen.« Ich zwang mich zu einem Lächeln. »Aber danke für die Information.«

Nachdem ich Trojan verlassen hatte, ging ich das Embankment hinunter auf die Waterloo Bridge zu. Es wurde rasch dunkel, und der Fluß schwoll zu einem breiten schwarzen Strom an. Bei Kleopatras Nadel machte ich halt und starrte auf die matte Wasseroberfläche. Erneut hielt ich mir vor Augen, warum der gesunde Menschenverstand und mein Eigeninteresse verlangten, daß ich nach Venedig ging. Meine Vorbehalte waren vage und ohne Inhalt. Es war bestimmt das Beste, Duggans Behauptungen zu ignorieren. Vermutlich waren sie genauso verläßlich wie sein Ruf. Und was Max anging...

Ich wirbelte plötzlich herum, weil ich überzeugt war, daß man mich aus unmittelbarer Nähe beobachtete. Aber es war niemand da. Der Bürgersteig war leer. Und es war zu dunkel, um herauszufinden, ob mich jemand aus den Gärten auf der anderen Seite beobachtet hatte. Dahinter lag die nächtlich erhellte Silhouette von Adelphi Terrace, unter der ich Max vor zwei Wochen vergeblich gesucht hatte. War er es gewesen, den ich am Strand gesehen hatte? War es sein Blick, den ich eben auf mir gespürt hatte? Sicher nicht. Wo er sich auch verbarg, es konnte nicht in der Nähe sein. Er mußte sich sehr gut versteckt haben, wenn er der Polizei bis jetzt entkommen war. Und weit weg von mir. Aber der Verdacht blieb. Es war ein Zweifel, den ich nicht los wurde. Vielleicht war meine eigene Flucht die Antwort. Vielleicht war Venedig die Zuflucht vor meinem schlechten Gewissen oder dem Verfolger meiner Schritte in London.

»Dein Fehler, Max«, murmelte ich, als ich meinen Kragen hochschlug und wieder nach Westminster zurückging. »Nicht meiner.«

7

Villa Primavera.«

»Ah. *Buon giorno.* Könnte ich mit Miss Diana Charnwood sprechen?«

»La Signorina Charnwood? *Chi parla?*«

»Ehm ... mein Name ist Guy Horton.«

»Signor Horton. *Un attimo, per favore.*«

Es verstrich erheblich mehr als ein Augenblick, doch dann ertönte Dianas Stimme in der Leitung. »Hallo, Guy?«

»Ja, Diana, ich bin es.«

»Aber ... Sie klingen so ... deutlich. Ich kann kaum glauben, daß Sie in England sind.«

»Bin ich auch nicht. Ich bin hier in Venedig.«

»In Venedig? Das ist ja wundervoll. Ich hatte keine Ahnung ...«

»Ich habe mich entschieden, Ihre Einladung anzunehmen. Hoffentlich gilt sie noch.«

»Selbstverständlich. Wo sind Sie im Moment?«

»Im *Danieli.* Ich bin gestern angekommen.«

»Dann ziehen Sie sofort aus. Sie müssen bei uns wohnen.«

»Nun, es ist wirklich nicht nötig ...«

»Ich bestehe darauf. Und es ist nicht sehr gentlemanlike, einer Lady einen Wunsch abzuschlagen. Also ...«

»Einverstanden, ich nehme an.«

»Kommen Sie sofort her. Das heißt, noch besser ist es, wenn ich zu Ihnen komme. In einer Stunde im *Quadri.* Wie fänden Sie das?«

»Das wäre perfekt. Ich werde dort warten.«

Ich hängte das Telefon auf und lächelte. Wie einfach es gewesen war. Sie schien sich wirklich darüber gefreut zu haben, von mir zu hören. Und jetzt, wo es unmittelbar bevorstand, merkte ich, wie sehr ich mich darauf freute, unsere Bekanntschaft zu erneuern. Ich schlenderte zum Fenster meines Hotelzimmers und öffnete es weit, um die warme Luft der Adria hereinzulassen. Unter mir, auf der Riva degli Schiavoni, bummelten Venezianer zwischen Zeitschriften- und Kunstbuden umher und blinzelten in die späte Septembersonne. Gondeln schaukelten an ihren Reepen. Ein Vaporetto legte dampfend von seinem Ponton ab und fuhr in die funkelnde Lagune hinaus, zum Lido – und zu Diana. Venedig zeigte sich von seiner liebenswürdigsten Seite. Und ich für meinen Teil war nur zu gern bereit, das zuzulassen. Jetzt war ich hier, weit weg von England, von meiner bewegten Vergangenheit und meiner sorgenvollen Gegenwart. Ich fühlte mich von allen Zweifeln und Ängsten befreit, mit denen ich so lange zu kämpfen gehabt hatte. Selbstverständlich gab es sie noch, das war mir klar. Aber eine kurze Zeit konnte ich mich der Illusion überlassen, es gäbe sie nicht.

Als ich eine Stunde später in der Sonne an einem Tisch draußen vor dem *Quadri* saß und die Tauben und Passanten beobachtete, die über die Piazza San Marco flanierten, funktionierte die Illusion immer noch. Ich streckte die Beine aus, zog an meiner Zigarette und fragte mich, warum Kaffee und Tabak hier soviel besser als in London schmeckten und warum ich mich hier so wunderbar leichtsinnig fühlte. Basiliken, Campanili und verwandte Wunder der Architektur ließen mich gewöhnlich ebenso kalt wie die Reste des Eintopfes vom Tage zuvor, aber es gab keinen Zweifel, daß die venezianische Fröhlichkeit mich beschwingte, seit ich gestern nachmittag vor den

Bahnhof getreten war und das alle Zeiten überdauernde Wunder des Canale Grande erblickt hatte.

Ich war natürlich schon früher in Venedig gewesen. Von den Orten, wo sich die müßigen Reichen versammelten, waren Max und ich früher nie weit weg gewesen. Aber in dieser Stadt warteten keine Geister auf mich, keine vorwurfsvollen Erinnerungen an frühere Missetaten. Die Vergangenheit der Stadt dagegen war überall zu spüren. Und angesichts ihrer versanken meine Erinnerungen und mein Gewissen im Vergessen.

»Hallo, Guy.«

Ich hatte erwartet, daß Diana von der Piazza her kommen würde, und meinen Stuhl so aufgestellt, daß ich in diese Richtung blicken konnte. Ihre Stimme erklang so dicht an meinem Ohr, daß sie hätte flüstern können. Ich zuckte zusammen und wirbelte herum. Sie stand da und lächelte mich amüsiert über meine Verwirrung an. Das Lächeln, das Sonnenlicht, das entzückende rosa Kleid und der breitkrempige Hut umrahmten den unvermittelten Anblick ihrer Schönheit.

»Ich wähle nicht immer den kürzesten Weg«, sagte sie lachend. »Betrachten Sie das als Warnung.«

Ich stimmte in ihr Lachen ein und stand auf, um sie zu küssen. »Ich beschwere mich ja gar nicht. Eine Überraschung verdient eine andere.«

»Sie meinen Ihren Anruf?« Sie setzte sich neben mich. »Es war tatsächlich eine Überraschung, aber eine sehr willkommene.« Sie sah sich auf der Piazza um, während ich das Spiel von Licht und Schatten auf ihrem Hals studierte. »Ich hätte nicht gedacht, daß Sie kommen, weil ich glaubte, Sie würden es als ... nun, als unschicklich betrachten.« Sie schaute mich wieder an. Ihr Blick war klar und fast schon beunruhigend einfühlsam. »Ich bin jedoch sehr froh, daß Sie dennoch gekommen sind.«

»Es bedurfte nur ein paar winterlicher Tage in London, um

mich zu überreden. Ich hätte geschrieben, aber... ich dachte, Sie hätten vielleicht Ihre Meinung geändert.«

»Das ist albern.«

»Wir Männer sind oft albern.« Ein Kellner tauchte neben uns auf. Diana bestellte eine Schokolade und ich noch einen Kaffee. Nachdem er gegangen war, zündete ich ihr eine Zigarette an, wartete einen Moment und sagte dann: »Um ehrlich zu sein, das Wetter war nicht das einzige, was mich bedrückt hat.«

»Max?«

Ich nickte. »Und alles, was er ruiniert hat. Unsere Freundschaft. Ihre Familie. Das Leben vieler Menschen.«

Sie schaute auf ihren Schoß. »Er hat mir das Herz gebrochen, Guy. Aber ich will nicht, daß es heilt, indem es verhärtet. Tante Vita ist ein Schatz, natürlich, aber ich habe mich so...« Sie hob den Kopf. »Ich kann nicht länger trauern. Papa hätte das nicht gewollt. Ich bin nicht hergekommen, um zu vergessen. Ich kam her, um mich zu befreien. Von allem.«

»Ich vermute, ich bin aus demselben Grund hier.«

»Gut.« Sie zeigte wieder ihr strahlendes Lächeln. »Bis ich heute morgen Ihre Stimme am Telefon hörte, glaubte ich nicht, daß es funktionieren könnte.«

»Und nun?«

»Jetzt denke ich schon eher, daß es klappen wird.«

Wir ließen uns Zeit, zum Lido zu fahren. Diana schlug vor, durch die Gassen und über die Plätze zum Rialto zu gehen, und ich stimmte ihr nur zu gern zu. Auf dem Weg gestattete sie mir, ihr einen Seidenschal zu kaufen, der uns beiden sofort ins Auge gefallen war. Wir genossen den Blick von der Rialto-Brücke und lunchten dann in einem nahe gelegenen Restaurant. Wir redeten über Venedig und die Venezianer, über Byron und Casanova und über Reisen und Ankünfte. Nach dem

Lunch nahmen wir eine Gondel durch den Canale Grande zurück zur Riva degli Schiavoni. Diana betrachtete die pastellfarbenen Palazzi zu beiden Seiten. Ich gab vor, dasselbe zu tun, aber in Wirklichkeit betrachtete ich sie. Ungefähr unter der Accademia-Brücke wurde mir die erschreckende Wahrheit klar: An Bord eines Lastkahns auf den Binnenwasserkanälen von Manchester wäre ich bei ähnlichem Wetter genauso glücklich und sinnlich erfüllt gewesen – solange Diana bei mir war. Wir tranken Tee im *Danieli,* und während ich auscheckte, rief Diana in der Villa an, damit uns ein Boot abholte. Kurz darauf saßen wir nebeneinander in seinem Heck, während es durch die Gischt schoß, die die anderen Boote aufwarfen. Venedig versank hinter uns in einem goldenen Horizont. Es wurde ein wenig kühl, der Vorbote eines perfekten Abends. Ich betrachtete Diana, die ihren Hut in der Hand hielt und das Haar hinter sich im Wind wehen ließ, und wünschte mir unwillkürlich, daß Vita nicht in der Villa auf uns warten möge, sondern wir dort allein wären und die Einsamkeit nach unseren Wünschen vertreiben würden.

Aber Vita wartete, und mit ihr wartete die Villa Primavera. Sie thronte lachsfarben und mit Kletterpflanzen bewachsen inmitten eines üppigen Gartens neben einem der Kanäle, die den Lido durchzogen. Zusammen mit dem Haus hatte man auch die aufmerksamen Angestellten gemietet. Nachdem sie mein Gepäck weggebracht hatten, wurde ich in einen großen und reich verzierten Salon geführt, wo Vita mehr zu Hause zu sein schien, als eine jüngferliche Engländerin eigentlich sollte. Diana hatte mich verlassen, um zu baden und sich umzuziehen. Meine Laune sank bei der Aussicht, eine Stunde mit ihrer Tante eingeschlossen zu sein. Aber ich hätte mir keine Sorgen zu machen brauchen. Venedig hatte auch bei ihr ein Wunder vollbracht. Sie war wieder in der geschäftigen Hochstimmung, in der ich sie schon an Bord der *Empress of Britain* erlebt hatte.

»Ich bin sehr erfreut, daß Sie hier sind, Guy. Diana braucht Gesellschaft ihres Alters mehr als die ihrer hinfälligen Tante. Sie bleiben doch länger als nur ein paar Tage, nicht wahr?«

»Nun ... ich weiß nicht genau.«

»Bleiben Sie bitte, wenn es Ihnen möglich ist. Führen Sie Diana aus. Bringen Sie sie wieder zum Lachen. Beenden Sie ihr Grübeln.«

»Ich werde mein Bestes tun.«

»Ich habe es geschafft, sie zum Besuch der Oper am Samstag zu überreden. Sie müssen meine Karte nehmen und sie begleiten.«

»Das ist sehr freundlich, aber ...«

»Ich langweile mich in der Oper schrecklich, also tun Sie mir nur einen Gefallen. Ich habe den Abend nur arrangiert, um Diana zu unterhalten, und das gelingt Ihnen sicherlich wesentlich leichter als mir.«

»In diesem Fall ist es mir eine Ehre«, erwiderte ich lächelnd.

»Großartig. Nun, bevor sie zurückkommt ...« Sie klopfte mit der Hand auf das Kissen neben sich auf dem Sofa. Ich setzte mich gehorsam auf die angegebene Stelle. Sie senkte die Stimme zu einem leisen Murmeln. »Was redet man in England über den armen Fabian?«

»Weniger, als Sie befürchten. Die Angelegenheit scheint ziemlich ruhig über die Bühne gegangen zu sein.«

»Das ist eine Gnade. Und ... Ihr Freund?«

»Man hat ihn immer noch nicht gefunden.«

Sie schnalzte mit der Zunge. »Was für eine schreckliche Angelegenheit. Aber wir müssen sie ertragen.« Ihr Busen schwoll alarmierend an, als sie die Schultern gegen die Unbilden der Welt straffte. »Ich erwarte von Ihnen, daß Sie uns beide aus unseren melancholischen Stimmungen reißen, solange Sie hier sind. Glauben Sie, daß Sie dieser Herausforderung gewachsen sein werden?«

»Das weiß ich nicht, werde es aber mit Vergnügen herausfinden.«

Während der nächsten vier Tage wuchs meine Verzauberung immer mehr. Jeden Tag schien die Sonne von einem strahlend blauen Himmel herab. In den luftigen barocken Räumen der Villa Primavera und der subtropischen Gartenanlage schien die Ruhe fast greifbar zu sein. Die Sinne wurden von Behagen und Wärme eingelullt, und nur noch das Vergnügen von Dianas Gegenwart zählte – ihr Vertrauen, ihre Aufrichtigkeit und ihre körperliche Nähe. Wir machten einen Bootsausflug in die Lagune, spielten Tennis, lunchten in einem der luxuriösen Hotels am Lido, gingen nachmittags schwimmen, nahmen ein Bad und dinierten in der Villa. Vita zog sich früh zurück, und Diana und ich schlenderten hinaus auf die Veranda. Das klingt müßig und unbedeutend, war es jedoch keineswegs. Vermutlich sah ich dasselbe in ihr, was auch Max gesehen hatte. Und sie fand in mir das, was sie an Max liebte – bis er ihre Liebe weggeworfen hatte. In dieser Widerspiegelung lag eine Gefahr, die wir beide heimlich genossen. Wir vermieden es deswegen, bis zu dem Punkt zu gehen, an dem wir normalerweise unsere Empfindungen ausgedrückt und uns auch entsprechend verhalten hätten. Wir hielten uns zurück und machten dennoch weiter.

In meinem Fall war eine zerbrochene Freundschaft nicht der einzige Grund dafür, daß ich ohne schlechtes Gewissen weitermachte. Da war ja noch die Kleinigkeit meines Auftrages, mit dem ich nach Venedig geschickt worden war. Maundy Gregory und seine Hintermänner zahlten ganz ansehnlich für mein Sonnenbaden und wären sicher nicht erfreut gewesen zu entdecken, wie wenig Energie ich ihrer Sache widmete. Genaugenommen unternahm ich nicht die geringsten Anstrengungen, Charnwoods Geheimnis aus seiner Tochter herauszulocken. Ich redete mir ein, daß es kein Geheimnis gab, doch das war nicht der wirkliche Grund. In Wahrheit wollte ich mir Dianas Zuneigung nicht verscherzen. Ich war ganz einfach nicht bereit, das leiseste Risiko einzugehen, was ihr Bild von mir anging – und wie es sich noch entwickeln konnte. Im Augenblick war die Vorstellung, sie wegen eines Vermögens zu verlieren, längst nicht so attraktiv, wie sie es zu anderen Zeiten in meinem Leben gewesen wäre.

Unser Abend in der Oper krönte die ungezwungenen Tage. Diana trug einen Umhang aus blauem Samt mit dem Topas-Anhänger, den ich an ihr das letzte Mal auf der Party an Bord der *Empress of Britain* gesehen hatte ... Es war kühl an diesem Nachmittag, und wir fuhren mit dem Boot über die Lagune, machten in *Harry's Bar* auf einen Cocktail halt und setzten dann mit der Gondel die Fahrt durch die Kanäle zum *Teatro la Fenice* fort. Die Venezianer waren in Massen unterwegs, aufgeputzt und bereit, in einem melodischen Stück Unsinn von Rossini zu schwelgen, das auf der Geschichte vom Aschenputtel basierte. Normalerweise hätte mich dies in das banausische Koma der Gleichgültigkeit gestürzt, doch das goldbehängte Auditorium glänzte bezaubernd in dem Licht der Gaslaternen, und neben mir saß, gefesselt von dem Gesang, eine Frau, die weit schöner war als jede der gemalten Dryaden, die auf den Balkonreliefs neben uns herumtollten.

Während der Pause standen wir draußen auf einer der Brücken, die den Kanal hinter dem Theater überspannten. Wir tranken Champagner und ließen uns von der Abendbrise erfrischen. Als Diana eines der Lieder aus »Aschenputtel« summte, vermischte sich das plätschernde Geräusch der nächtlichen Stadt mit der Erinnerung an die Musik. Dann brach sie ab und schaute mich so ernst an, daß ich dem augenblicklichen Impuls nachgab und sie zum erstenmal leidenschaftlich küßte.

Sie widersetzte sich nicht, umklammerte mich aber so fest, als würde sie ertrinken. Als wir uns voneinander lösten, sah ich Tränen in ihren Augen schimmern.

»Ist irgend etwas nicht in Ordnung?«

»Nein. Außer... Haben wir das Recht, glücklich zu sein... nach allem, was passiert ist?«

»Ich betrachte es als Pflicht, glücklich zu sein, nicht als ein Recht. Traurigkeit hat noch nie etwas gelöst.«

»Nein, aber...«

Ich küßte sie nochmals. »Lebe für die Gegenwart, Diana«, flüsterte ich. »Lebe für das, was wir haben.«

»Wir haben uns«, sagte sie, aber es schien, als wage sie es kaum, ihren eigenen Worten zu trauen.

Ich nickte. »Ganz genau.«

Aber unser Abend sollte nicht so entzückend enden, wie er begonnen hatte. Wir dinierten nach der Vorstellung in einem Restaurant in der Nähe des Theaters und schlenderten dann über die Piazza San Marco zurück, tranken eine Schokolade im *Florian*, wo ein Orchester draußen vor den Tischen das musikalische Thema aufnahm. Es war schon lange nach Mitternacht, als wir das Boot bestellten und zur Villa zurückkehrten. Wir erwarteten, und ich erflehte es geradezu, daß Vita bereits zu Bett gegangen sein möge. Aber sie war noch auf und hatte auch noch einen Besucher, den sie unterhalten mußte, und zwar niemand Geringeren als Mr. Faraday. Ich spürte, wie Diana zusammenzuckte, als sie ihn erblickte, und ich meinerseits brachte nur mühsam ein schwaches Lächeln zustande. Faraday dagegen grinste wie immer breit und ohne es zu merken.

»Ich bin heute morgen mit dem Flugboot auf dem Weg nach Asolo angekommen. Dort haben Sir Charles und Lady Hick-Morton eine Villa, die kaum weniger entzückend ist als diese. Ich fürchtete, daß Vita es mir nicht verzeihen würde, wenn ich in Venedig Station machte, ohne ihr meine Aufwartung zu machen ...«

»Er versucht mich zu überreden, ihn nach Asolo zu begleiten«, sagte Vita mit einem Lachen, das ein wenig angespannt klang. »Obwohl die Hick-Mortons Fremde für mich sind.«

»Sie haben es selbst vorgeschlagen«, erklärte Faraday, »als ich erwähnte, daß Sie hier sind. Sie werden Sie mögen, da bin ich ganz sicher.«

»Dennoch ...«

»Nun, denken Sie einfach noch ein bißchen darüber nach. Ich fahre erst Montag.« Es war zwar bereits Sonntag, aber trotzdem kam es mir vor, als ob es bis zu Faradays Abreise noch schrecklich lange dauern würde. Keinen Augenblick glaubte ich an den Grund, den er für seinen Besuch genannt hatte. Ich war überzeugt, daß er in Venedig war, um zu ermitteln, welche Fortschritte ich gemacht hatte. Da ich kein bißchen weitergekommen war, war es mir um so lieber, je früher er abreiste.

Faraday logierte im *Excelsior*, das ungefähr eine halbe Meile entfernt am Meer lag. Als er schließlich dorthin zurückfuhr, bot ich ihm an, ihn hinzubringen. Angeblich, um noch etwas frische Luft zu schnappen. In Wirklichkeit wollte ich natürlich ungestört ein paar Worte mit ihm wechseln. Das versuchte ich auch, sobald wir die Villa weit genug hinter uns gelassen hatten.

»Was, zum Teufel, machen Sie hier, Faraday?«

»Ich versuche eigentlich, Ihnen zu helfen. Ich dachte – wir dachten –, daß Ihre Erfolgsaussichten steigen würden, wenn wir Ihnen Vita ein paar Tage vom Hals schafften.«

»Ich brauche keine Hilfe.«

»Nein? Haben Sie dann etwas zu berichten?«

»Noch nicht, aber ...«

»In diesem Fall erlaube ich mir zu widersprechen. Wir können nicht unbegrenzt warten. Also brauchen Sie Hilfe.«

»Aber nicht so eine Hilfe. Sicher ist Ihnen klar, daß Vita den Köder nicht schlucken wird. Wer sind die Hick-Mortons? Andere Gläubiger von Charnwood?«

»Sie brauchen sich über deren finanzielle Lage keine Gedanken zu machen. Sie werden ihre Rolle spielen. So wie man von Ihnen erwartet, daß Sie Ihre spielen.«

»Das versuche ich ja auch.«

»Gut. Dann schlage ich vor, daß Sie Ihren Verstand benutzen und was sonst noch passend erscheinen mag, um Dianas Verteidigung in Abwesenheit ihrer Tante zu durchbrechen.«

»Sie wird nicht mitfahren.«

»Wirklich nicht? Nun, was das betrifft, müssen wir abwarten, nicht wahr?«

Ich ließ Faraday unter den beleuchteten Arabesken des *Excelsior* zurück und ging langsam zur Villa zurück. Ich mußte verrückt gewesen sein, jemals ernsthaft zu glauben, ich könnte die Wünsche meiner Auftraggeber ignorieren. Jetzt wurde es Zeit, meine legendäre Rücksichtslosigkeit einzusetzen. Doch noch nie hatte ich so gezögert.

Durch einen Seiteneingang betrat ich den Garten der Villa, weil ich beabsichtigte, eine letzte Zigarette unter den Pfirsichbäumen zu rauchen, bevor ich hineinging. Ich zerbrach mir gerade den Kopf, um mir eine Strategie zurechtzulegen, als ich durch das geöffnete Wohnzimmerfenster einen Blick auf Diana erhaschte, die sich mit Vita unterhielt. Ich drückte die Zigarette an einem Baumstamm aus und trat ans Fenster, bis ich Fragmente ihrer Worte aufschnappen konnte; dann ging ich noch näher heran, bis ich alles verstand.

»Wenigstens hast du die Oper genossen, meine Liebe«, meinte Vita.

Diana lachte. »O ja, das habe ich.«

»Und Guy?«

»Ich glaube schon. Das heißt, ich bin sogar sicher.« Nach einer Pause redete sie weiter. »Rossini hat einen merkwürdigen Untertitel für *La Cenerentola* gewählt, weißt du. *La bontà in trionfo.* Triumph des Guten. Ist es nicht ironisch, mich an einer Musik zu freuen, die einem solchen Zweck gewidmet ist?«

»Es gibt keinen Grund, warum du das nicht solltest.«

Diana lachte erneut, diesmal mit einem eindeutig bitteren Unterton. »Es gibt viele Gründe dafür, wie du sehr wohl weißt. Und ich fürchte, daß Mr. Faraday sich dessen ebenfalls bewußt ist.«

»Er weiß nichts Genaues.«

»Hoffentlich bleibt das auch so. Deshalb solltest du übrigens meiner Meinung nach seine Einladung nach Asolo annehmen.«

Vita seufzte schwer. »Muß das sein? Die Neugier dieses Mannes ist so leicht zu durchschauen. Er hat heute abend sogar die Unverschämtheit besessen, mich zu fragen, ob ich jemals in Triest gewesen wäre.«

»Was hast du geantwortet?«

»Daß ich dort war, selbstverständlich. Und du auch. Wir seien aus einer Laune heraus gemeinsam hingefahren.«

»Gut. Dann ist es also so, wie wir vermuten?«

»Zweifellos.«

»Nun, ich bin froh, daß unsere Bemühungen nicht umsonst waren.«

»Das waren Sie ganz bestimmt nicht. Übrigens, warum muß ich dann eigentlich noch nach Asolo?«

»Damit er weiterhin nur Vermutungen anstellt, Tantchen. Und zwar in die falsche Richtung.«

Vita seufzte erneut schwer auf. »Einverstanden.« Eine Feder quietschte auf dem Sofa. »Nun, ich muß jetzt ins Bett.«

»Ich warte noch auf Guy.«

»Gute Nacht, meine Liebe.«

»Gute Nacht, Tantchen.«

Schweigen folgte, und ich wußte, daß ich mich jetzt wegschleichen sollte. Aber ich blieb noch einen Moment länger in meinem Versteck und wurde mit dem Anblick belohnt, wie Diana sich aus dem Fenster beugte. Sie hatte die Augen geschlossen und sog tief und genußvoll die kühle Luft und den nächtlichen Duft des Gartens ein. Ich betrachtete ihr dunkles Haar, das aus ihrem Gesicht zurückgestrichen war, ihre blassen Brüste, die von dem tief ausgeschnittenen Kleid entblößt wurden, und sah den Topas darüber glitzern. Es durchfuhr mich wie ein Schlag, als mir klar wurde, daß ihre Doppelzüngigkeit, deren ich gerade Zeuge geworden war, sie nur noch begehrenswerter machte.

Bis jetzt hatte ich angenommen, daß Vita und sie unschuldig seien und daß Faraday und seinesgleichen sie durch ihre verzweifelte Gier, etwas aus den Trümmern von *Charnwood Investments* zu retten, falsch eingeschätzt hatten. Statt dessen war ich es, der sie falsch beurteilt hatte. Sie hatten von ihrem Besuch in Triest gesprochen, als sei dieser eine vorsätzliche Finte in einer ganzen Reihe von vielschichtigen Manövern gewesen. Offenkundig verbargen sie etwas.

Das machte meine Aufgabe nur noch leichter. Jetzt war ich ihnen gegenüber im Vorteil, und den würde ich nicht verspielen. Abgesehen einmal davon: Hatte Diana Vita wirklich nur ermutigt, nach Asolo zu reisen, um Faraday an der Nase herumzuführen? Oder hatte sie noch einen anderen Grund dafür? Dieser letzte Gedanke drehte sich quälend in meinem Kopf, als sie sich vom Fenster abwandte und ich meinen Rückzug durch den Garten antrat.

Faraday kam am nächsten Tag zum Lunch und machte keinen Hehl aus seiner Freude über Vitas Sinneswandel. Seinem Triumph über meine Skepsis konnte er allerdings erst freien Lauf lassen, als die Ladies uns im Garten allein gelassen hatten. Wir saßen in Korbstühlen und genossen Kaffee und Zigarren. Ich mußte mich zurückhalten, ihm nicht zu verraten, daß er einen Pyrrhussieg errungen hatte.

»O ihr Kleingläubigen«, verkündete er grinsend. »Sieht so aus, als hätte meine kleine Intervention eine größere Wirkung gezeitigt, als Sie angenommen haben.«

»Das tut sie.«

»Ich erwarte, daß ich ebenso erfolgreich darin sein werde, Vitas Aufenthalt über die paar Tage hinaus auszudehnen, die sie mir bis jetzt zugestanden hat.«

»Gut.«

»Damit haben Sie freie Bahn, hier Fortschritte zu erzielen. Bei der Gelegenheit...« Er beugte sich zu mir herüber und senkte die Stimme. »Ich sollte Sie von bestimmten Tatsachen in Kenntnis setzen, die mir vor kurzem über Ihre charmanten Gastgeberinnen zu Ohren gekommen sind. Sie haben England am Donnerstag, dem 17. September, verlassen, sind aber erst am Sonntag, dem 19., hier angekommen.«

»Na und?«

»Sie haben ganz offenbar Ihre Reise irgendwo unterbrochen. Vielleicht in der Schweiz, wo die Diskretion der Banken ja sprichwörtlich ist. Sie, Mr. Horton, sollen herausfinden, wo genau sie Zwischenstation gemacht haben. Und auch, warum sie ein paar Tage nach ihrer Ankunft nach Triest gereist sind. Es mag jetzt auf italienischem Gebiet liegen, doch vor dem Krieg gehörte es zu Österreich-Ungarn. Charnwood hatte politische und wirtschaftliche Beziehungen nach Wien, und zwar zahlreiche und langjährige. Vielleicht hat man ihm Triest als einen sicheren Hafen für heimliche Vermögen empfohlen.«

»Vielleicht.«

»Oder der Besuch in Triest diente dazu, unsere Aufmerksamkeit von der Schweiz abzulenken. Wir sollten nicht annehmen, daß es den Ladies an Scharfsinn mangelt.«

»Das hatte ich auch nicht vor.«

Faradays Miene verfinsterte sich. »Ich warne Sie nur davor, allzu selbstsicher zu werden, Horton. Es wird nicht einfach sein, der Tochter eines so erfahrenen Heuchlers die Wahrheit zu entreißen.«

»Nein.« Ich versuchte, eine ernste Miene zu machen. »Aber ich glaube, ich werde einen Weg finden.«

Diana und ich begleiteten Vita am nächsten Morgen zum Bahnhof. Faraday wartete dort mit einem absurd großen Blumenstrauß und lächelte sie beruhigend an. Der Wagen der Hick-Mortons werde in Bassano auf sie warten; die Fahrt von dort aus nach Asolo sei kurz und pittoresk; die Villa liege entzückend in den Hügeln um Asolo; sie würden herzlich willkommen geheißen werden; und Vita werde ganz in ihrem Element sein. Sie wirkte zwar nicht ganz überzeugt, aber kurz darauf spielte das keine Rolle mehr. Der Zug trug sie fort und ließ Diana und mich allein zurück. Jetzt hatten wir nur noch uns als Gesellschaft.

»Begleite mich zur Akademie, Guy«, bat sie, während sie träumerisch auf den Rauch der davondampfenden Lokomotive schaute. »Dort hängt ein Bild, das ich dir zeigen möchte.«

Wir nahmen eine Gondel über den Rio Nuovo. Weder fragte ich, was es für ein Bild war, noch erwartete ich die normale gähnende Langeweile, die ich immer in Kunstgalerien empfand. Neben Diana an Leinwänden aus mehreren Jahrhunderten entlangzugehen würde mich nur an die ewige Überlegenheit von Fleisch und Blut erinnern. Schließlich gelangten wir zu dem Bild, das sie mir zeigen wollte. Es war Lottos *Por-*

trait eines jungen Mannes in seinem Arbeitszimmer. Es zeigte einen bleichen Jugendlichen zur Zeit der Renaissance, der müßig in einem Buch blätterte, während ein achtlos fallengelassener Brief auf dem Tisch neben ihm lag, zusammen mit verstreuten Rosenblättern und einem blauen Schal, über den eine Eidechse krabbelte. Im Hintergrund sah man eine Mandoline, ein Jagdhorn und eine Urkundenschachtel, auf deren Deckel ein Schlüssel an einer Schnur lag.

»Verstehen Sie die Symbole, Guy?«

»Ich weiß nicht genau.«

»Er liebt die Musik und die Jagd, das Lernen und das Risiko. Aber er hat Geheimnisse, in der Schachtel und in dem Brief, die seine Genüsse verderben. Einige Dinge verblassen wie die Rosenblätter. Andere überdauern wie der Salamander. Aber welche? Er kennt die Antwort nicht, das sieht man in seinen Augen. Und vierhundert Jahre später wissen wir sie immer noch nicht.«

»Aber wir wissen auf jeden Fall, woran wir glauben.« Sie drehte sich langsam um und schaute mich an, während sie auf mein Credo wartete, darauf wartete, ob es mit ihrem übereinstimmte oder nicht. »Die Freuden sind das Risiko immer wert. Was wäre das Leben ohne sie?«

Sie antwortete nicht, starrte mich aber einen Moment ernst an, bevor sie sich umdrehte und fortging. Mit einem letzten Blick auf Lottos Jugendlichen folgte ich ihr.

Wir lunchten in einer Trattoria auf den Zattere, lächelten oft, aber redeten nicht viel, während wir Champagner schlürften und uns von dem Sonnenlicht wärmen ließen, das vom Giudecca-Kanal reflektiert wurde. Anschließend schlenderten wir zur Punta della Dogana. Diana ging oftmals voraus, als wollte sie mir Gelegenheit geben zuzuschauen, wie der Wind ihr fliederfarbenes Kleid an ihren Körper schmiegte. Das

Schweigen zwischen uns heizte die Wärme des Nachmittags bis zum Siedepunkt glühender Erwartung an. Es war noch nicht zu spät umzukehren, aber wir wußten beide, daß wir es nicht tun würden.

Wir erreichten die Landspitze und blickten über die Mündung des Canale Grande zum Campanile und zum Dogenpalast. Auf dem Hafendamm drängten sich die Massen, aber auf unserer Seite umgab uns nur Einsamkeit.

»Sollen wir zur Villa zurückkehren?« fragte ich, als ich bemerkte, wie Diana in Richtung Lido blickte.

»Ja«, antwortete sie, ohne mich anzusehen. »Es wird Zeit.«

»Wir können aus einer Bar telefonisch das Boot herbeordern.«

»Das ist zwecklos. Ich habe Giacomo den Rest des Tages freigegeben. Bianca und Carlotta ebenfalls.« Jetzt schaute sie mich an. »Es ist niemand da.«

Wir riefen ein Wassertaxi und schienen in Minuten am Lido zu sein. Vom privaten Anlegesteg gingen wir durch das ruhige Grün des Gartens. Diana schloß auf und führte uns in das menschenleere Ambiente, das sie vorbereitet hatte: die halbverschlossenen Fensterläden, durch die das Licht in seltsamen Winkeln auf die gemusterten Teppiche, auf das lackierte Holz der Balustrade und das polierte Messing der Treppenstangen fiel.

Wir erreichten ihr Schlafzimmer, wo sie die französischen Fenster aufriß, einen Moment auf dem Balkon stehenblieb und in den Garten hinabschaute. Dann drehte sie sich um und kam ins Zimmer zurück, wo ich wartete. Ich nahm sie in die Arme, und wir küßten uns zum erstenmal seit dem Abend in der Oper.

»Beende meine Trauer, Guy«, flüsterte sie. »Ich will nicht mehr frieren.«

Plötzlich gab es nur noch heftige Begierde: Seide glitt raschelnd über blasse Haut, Finger tasteten und erforschten, Lippen, die sich streiften und drängten. Wir lagen nackt auf dem Bett, das kühle Leinen unter der weichen Haut, als die Vorhänge sich in einem Windstoß bauschten und das Sonnenlicht uns in einer goldenen Flut badete. Einen Augenblick starrten wir uns gegenseitig in die Augen, konfrontierten uns mit den Bedürfnissen und den Schwächen, die das, was wir im Begriff waren zu tun, entblößen würde.

»Hör nicht auf, Guy. Bitte, hör nicht auf.«

»Das kann ich auch nicht. Jetzt nicht mehr.«

»Ich bin dein.« Sie drückte meine Hand gegen ihre Brust, und ich spürte, wie sich ihre Knospe unter meinen Fingern aufrichtete. »Ganz dein.«

Das war sie. Ihre Schönheit verherrlichte jede Kurve und Falte, die ich liebkosen durfte. Was ich schon ungezählte Male zuvor getan hatte, mit Prostituierten in Saloniki, mit naiven Fabrikmädchen in Letchworth, mit wimmernden Starlets in Los Angeles, all das wurde an diesem Nachmittag in der Villa Primavera übertroffen und vergessen. Besessenheit und Triumph verschmolzen in dem Rausch der Begierde, den wir uns gegenseitig bereiteten. Und was unsere Lust noch erhöhte, war das unausgesprochene Eingeständnis, daß das, was wir taten, falsch war, alle Schranken überschritt, unverzeihlicher Wahnsinn war.

»Ja, ja«, murmelte sie, als ich in sie eindrang und spürte, wie sie ihre Beine hinter meinem Rücken verschränkte. »Es ist so gut.«

»Es ist besser«, erwiderte ich keuchend. »Besser als gut.«

Es war tatsächlich besser, als wir es verdient hatten oder es uns erlaubt sein sollte. Wir achteten nicht darauf, daß das Bett unter uns knarrte, daß der Schweiß unser Haar verklebte, die Leinenlaken knitterten, während wir uns wiegten und stöhnten. Die Worte, die sie mir ins Ohr flüsterte, und ihre Zunge in meinem Mund trieben mich weit über den Punkt hinaus, an dem Träume wahr werden und Verrat – an sich selbst und anderen, an heimlichen Wünschen und unverhohlener Begierde – sich dem verrückten Höhepunkt anschließt.

Ein »Ja«, ausgerufen wie im Siegesrausch.

»Für dich.« Eine Behauptung, aller Wahrheit zum Trotz.

Und dann der langsame Rückfall zur Erde, der Anfall ist vorbei, die Haut kühlt ab, die Körper trennen sich, die Augen starren ungläubig auf das, was wir gerade haben geschehen lassen.

»Ich habe nie ... niemals erwartet ...«

»Ich auch nicht. Aber jetzt ... verstehe ich ...«

»Es mußte sein.«

Ihr Kopf sank gegen meine Schulter. Ich schlang den Arm um sie, und ich stellte mir ihre weiche Haut wie etwas Erobertes vor, etwas freudig Gestohlenes – und etwas, das man nie wieder aufgibt. Ihr Knie ruhte zwischen meinen Beinen, und das Sonnenlicht schien auf die geschwungene Kurve ihrer Hüfte und ihres Oberschenkels. Ich zog uns die Decke über, küßte Diana sanft auf die Braue und schloß die Augen. In der Erinnerung genoß ich noch einmal jede Empfindung, die ich gehabt hatte, seit ich diesen Raum betrat, genoß jedes Fragment und jede Facette des Preises, den ich errungen hatte.

Ich erwachte wie aus einem kurzen Schlaf, verwirrt von einem Schatten auf dem Bett, dort, wo eigentlich keiner hätte sein sollen. Ich schaute zum Fenster und fragte mich, wie lange ich geschlafen hatte. Da sah ich ihn: mitten im Raum eine bewegungslose Gestalt ganz in Schwarz, die uns beobachtete. Ich zwinkerte, aber er verschwand nicht. Ich hatte ihn oft genug in meinen Träumen gesehen, doch jetzt träumte ich nicht.

»Max?«

Mit einem Satz war er bei uns, packte das Laken und riß

es in derselben Bewegung weg. Diana wachte sofort auf und rollte sich von mir weg. Ein Schrei erstarb in ihrer Kehle, als sie Max erkannte, der drohend über uns aufragte. Sein Mund war vor Wut verzerrt, und seine Augen glänzten haßerfüllt.

»Max, um Gottes...« Er schlug mich, als ich aufstehen wollte. Es war ein Schwinger ans Kinn, der meinen Kopf gegen die Messingstäbe des Bettes schmetterte.

»Nein!« schrie Diana.

»Nutte!« brüllte Max sie an, zerrte mich vom Bett und preßte mich gegen die Wand. »Mit dir rechne ich ab, nachdem ich mich um meinen sogenannten Freund gekümmert habe.« Seine Augen traten aus ihren Höhlen, und der Schweiß lief ihm die Schläfen herab. »Du Bastard!« schrie er. Dann rammte er mir das Knie in die Lenden. Der Schmerz durchzuckte mich mit widerlicher Intensität. Max fing mich auf, als ich vornüberfiel, und stellte mich wieder aufrecht hin. »Für dieses Vergnügen wirst du zahlen, alter Knabe.«

»Max...« Der Klang meiner Stimme wurde von seinem Griff an mein Kinn verzerrt. »Hör mir zu, bitte. Hör mir einfach...«

»Du hörst zu! Glaubst du, du kannst mich betrügen? Hast du wirklich angenommen, mir sei nicht klar, was du getan hast? Daß ich dir nicht auf Schritt und Tritt folgte, bis ich den endgültigen Beweis bekommen würde? Den Beweis dafür, warum du geholfen hast, mich als Mörder zu brandmarken?«

Er rammte mir erneut mit furchtbarer Wucht das Knie in die Weichteile. Ich konnte weder eine Antwort geben noch seiner Wut widerstehen. »Deshalb hast du es gemacht, nicht wahr, du verräterischer Bastard?«

»Laß ihn los!« schrie Diana. Sie war um das Bett herumgegangen und zog vergeblich an Max' Schulter. »In Gottes Namen, Max, hör auf!«

»Ich werde aufhören, einverstanden.« Er ließ mich so lange los, wie er brauchte, um Diana zurück auf das Bett zu werfen. »Ich werde aufhören, wenn er bekommen hat, was er verdient.« Er schloß die Hände um meinen Hals. »Wieviel weißt du, Guy? Wieviel hat sie dir erzählt?« Sein Griff wurde fester und drückte mir die Luft ab. Er wollte mich offenbar umbringen. »Nicht, daß es wichtig wäre. Unwissenheit ist keine Entschuldigung für das, was du mir angetan hast.« Ich versuchte zu sprechen, aber es kamen keine Worte aus meinem Mund. Ich versuchte, seine Hände wegzuschieben, aber ich konnte seinen Griff nicht lockern. »Der Rest interessiert mich nicht. Es ist dies hier, weswegen ich dich töten werde. Und das werde ich auch zu Ende führen, bevor ich mich mit ...«

Ein plötzliches splitterndes Krachen unterbrach seine Stimme. Sein Griff lockerte sich, sein Mund erschlaffte, und sein Blick wurde leer. Diana hatte ihn mit dem Wasserkrug vom Waschtisch über dem linken Ohr getroffen. Ich sah, wie sie den Henkel aus Porzellan mit den Händen umklammerte, wie die Scherben des Kruges ihr vor die Füße fielen. Dann stürzte Max langsam seitlich aufs Bett und rollte zu Boden. Meine Erleichterung wich sofort der Angst. Er hatte oft genug erzählt, daß jeder Schlag auf die linke Seite seines Kopfes tödlich sein könnte. Die Schußverletzung, die er in Mazedonien erlitten hatte, hatte einen Teil seines Schädels hauchdünn und leicht verwundbar gemacht. Wenn er dort jemals getroffen wurde ...

»Max?« Ich kniete mich neben ihn, während meine Gedanken sich überschlugen. Ich wollte nicht, daß seine letzten Worte an mich verächtlich waren, an mich, seinen besten, ältesten und am wenigsten vertrauenswürdigen Freund. »Geht es dir gut? Max, rede mit mir.« Nur das Weiße in seinen Augen war sichtbar. Die Lider flatterten nicht, und auch seine Lippen rührten sich nicht. Ich schlug ihn auf die Wange. Keine

Reaktion. »Max?« Ich drückte zwei Finger in die weiche Stelle unter seinen Kieferknochen und suchte nach dem Puls – es war keiner zu finden.

»Was ist los?« fragte Diana und kauerte sich neben mich hin.

»Ich glaube … ich fürchte …« Ich riß sein Hemd auf, wobei die Knöpfe in alle Richtungen absprangen, und legte meinen Kopf auf seine Brust. Ich konnte nichts hören, und seine Brust bewegte sich auch nicht unter mir. »O mein Gott, er ist tot.«

»Das kann nicht sein. Ich habe doch nicht … Ich kann doch nicht …«

»Du hast ihn da geschlagen, wo die Kugel ihn getroffen hat.« Unsere Blicke trafen sich. Die Leidenschaft war dem blanken Entsetzen gewichen. Alles, was wir in diesem Zimmer getan hatten, jedes atemlose Sichwinden war nun von der leblosen Gestalt neben uns verdorben und gebrandmarkt worden. »Man hatte ihn ermahnt, diese Seite seines Kopfes zu schützen und immer vorsichtig zu sein. Die Ärzte sagten, die Stelle sei so dünn wie eine Eierschale. Und würde genauso leicht … brechen.«

»Tot?« fragte Diana ungläubig, als wünschte sie sich genauso wie ich, nicht glauben zu müssen, daß es wahr war.

Ich nickte und schaute auf Max hinab, dessen Miene jetzt ruhig, fast friedlich war. Bilder schossen mir durch den Kopf, wie er lächelte, mit einem Glas in der Hand, wenn wir während all der Jahre eine lohnende Wette oder einen erfolgreichen Schwindel gefeiert hatten. Tränen liefen mir über die Wangen, und fast hätte ich geschluchzt. Warum konnte er nicht dasitzen, grinsen und mir eine Zigarette anbieten? »Guter Witz, was, alter Knabe? Nichts für ungut!« Warum konnte ich es nicht wiedergutmachen und den letzten wütenden Augenblick unserer Freundschaft ändern?

Diana stand auf und ging stolpernd zur Tür. Max hatte sie halb offengelassen. Er mußte uns durch den Garten in die Villa gefolgt sein, vermutete ich dunkel. Dann war er die Treppe hinaufgeschlichen und hatte uns zugehört. Wahrscheinlich war er auf Zehenspitzen ins Zimmer geschlichen und hatte zugeschaut. Diana nahm einen Bademantel vom Haken hinter der Tür, hüllte sich hinein und erschauerte.

»Ruf die Polizei an«, hörte ich mich sagen.

»O Guy ...«

»Geh einfach und ruf sie an!« Meine Heftigkeit schockierte sie. Ich sah es an ihren weit aufgerissenen Augen. »Entschuldige. Bitte, tu es. Jetzt. Bevor ...« Ich konnte den Satz nicht beenden, genausowenig wie ich ertragen konnte, mir vorzustellen, was uns bevorstand.

Diana war fort. Mit zitternden Fingern schloß ich Max' Augen und stand langsam auf. Ich versuchte krampfhaft, meine Gedanken zu ordnen und meine Gefühle unter Kontrolle zu bekommen. Die Tränen waren versiegt, aber das Zittern war schlimmer geworden. Ich trat vorsichtig an Max vorbei und lehnte mich schwer gegen das Bettgestell aus Messing, als eine Welle der Übelkeit mich überfiel. Dann sammelte ich meine verstreut herumliegenden Kleidungsstücke auf und zog sie an. Von unten hörte ich Dianas Stimme. »*La polizia? Per favore*, kommen Sie bitte sofort zur Villa Primavera, Via Pasqua, Venezia Lido.« Sie tat mir plötzlich leid wegen der Schuld, die sie empfinden mußte und die eigentlich die meine war. »*È stato un incidente.*« Sie nannte es einen Unfall. Aber war es das wirklich? Ein reiner Unfall? »*Qualcuno è morto.*« Jemand war gestorben. Ja, das stimmte. Und ein Teil von mir mit ihm.

Ich hockte mich auf den Bettrand und starrte auf Max' Leichnam hinab. Was sollte ich sagen, wenn die Polizei eintraf? Wie sollte ich erklären, was passiert war? Es wäre alles anders gewesen, wenn wir niemals an Bord der *Empress of Britain* gegangen wären, wenn ich Vita niemals zu Hilfe geeilt wäre, wenn Max und ich niemals diesen albernen Handel abgeschlossen hätten. Da fielen mir die Verträge ein, die wir ausgetauscht hatten, die Verpflichtungen, die wir unterschrieben hatten. Sie würden Max' Kopie finden, wenn sie ihn durchsuchten, mit meiner Unterschrift darauf. Das einzige Geheimnis, das ich bisher noch geheimgehalten hatte, würde entdeckt werden. Diana würde in mir dann den Lumpen kennenlernen, der ich war. Und das Andenken an Max würde noch dunkler werden.

Er trug kein Jackett, nur Hemd und Hose. Ich schob meine Hand unter seine rechte Hüfte und fühlte die Brieftasche. Ich machte den Knopf auf, zog die Tasche heraus und öffnete sie. Dort, hinter einem zerknitterten Lire-Bündel, war das Blatt Papier, das ich sofort erkannte. Es war vierfach gefaltet. Ich zog es heraus und steckte es in meine eigene Brieftasche, zwängte dann Max' Brieftasche wieder zurück in die Hosentasche, ohne allerdings den Knopf schließen zu können. Dann stand ich auf und bemerkte zum erstenmal, wie schnell mein Herz schlug und wie rasch und heftig ich atmete. Langsam begann die Panik nachzulassen.

Ich schaute erneut auf Max hinab und wunderte mich darüber, wie wenig der Tod ihn gezeichnet hatte. Vor allem im Vergleich mit... In diesem Moment fiel mir sein lautes Leugnen ein. »Glaubst du, ich hätte nicht bemerkt, warum du geholfen hast, mich als Mörder zu brandmarken?« Aber er hatte sich selbst gebrandmarkt. Sicher hatte er nicht gedacht... hatte er doch wohl nicht gemeint... Aber das hatte er. Er hatte sich geirrt, aber er hatte nicht gelogen. Ich war genausowenig schuldig wie er.

»Guy?« Diana stand in der Tür und starrte mich besorgt an. »Die Polizei wird bald hier sein.«

»Gut. Ich...«

»Was?«

»Er hat deinen Vater nicht umgebracht.«

»Wie meinst du das?«

»Max. Du hast doch gehört, wie er es gesagt hat. Er war nicht der Mörder.«

»Er muß es gewesen sein.«

»Nein. Seine Wut war irgendwie ... aufrichtig. Hast du das nicht gespürt?«

»Er hat sich hintergangen gefühlt ... von uns ... von dem, was du und ich gemacht haben ... was er und ich niemals ...«

Jetzt weinte sie. Ich schlang meinen Arm um sie und zog sie beschützend an meine Schulter, während ich ihren Schluchzern zuhörte. »Es hatte noch mehr zu bedeuten«, murmelte ich. »Er war unschuldig. Und er liebte uns beide. Und, unter uns, wir haben ihn zerstört.«

8

Der Schock über Max' Tod bewirkte, daß ich mich in mein Inneres zurückzog. Ich erinnere mich noch, daß ich ein Laken über seine Leiche drapierte und auf dem Balkon eine Zigarette rauchte. Dabei zitterte meine Hand so sehr, daß die Asche sich auf meinen Ärmel verteilte. Ich erinnere mich auch daran, daß ich in den Garten hinausstarrte, während Diana sich eilig anzog. Als die Seide über ihre Haut glitt, bemerkte ich, wie sehr das Geräusch dem Zischen einer Schlange glich. Und ich weiß auch noch, wie ihre Knöchel weiß hervortraten, als sie neben mir stand und das Geländer umklammerte. »Was sollen wir ihnen sagen, Guy?« Ihre Stimme war kaum mehr als ein Flüstern. Die Türglocke klingelte, und ich erinnere mich an meine Worte: »Die Wahrheit. Die ganze Wahrheit.«

Aber diese Erinnerungen glichen eher Erinnerungen an geschichtliche Ereignisse, in denen ich keine Rolle spielte, als Erinnerungen an persönlich Erlebtes. Meine Seele hatte sich in andere Zeiten und Orte zurückgezogen: an das erste Mal, als Max und ich die Morning Hills in Winchester sahen; der Nebel stieg aus dem Itchen auf, während der Aufsichtsschüler des Wohnheims unsere Namen aufrief und der Tau auf den Wiesen langsam unsere Socken durchnäßte. Ich dachte an ein requiriertes Haus in Saloniki, in dem wir und vier andere Malariakranke ehrgeizige Pläne für unsere Karrieren nach dem Krieg schmiedeten. Ich sah die Freiheitsstatue vor mir, als wir von dem langsam vorbeigleitenden Deck der *Aquitania* hinüberschauten und Max über die Neue Welt, in die wir gerade einfielen, sagte: »Gegen ein Paar wie uns haben sie nicht die geringste Chance.«

Aber die Partnerschaft war nun beendet. Ich hatte nicht nur einen Freund verloren, sondern einen wesentlichen Teil meiner Vergangenheit. Wie das Phantomglied eines Amputierten blieb er meinen Gedanken und Reaktionen verbunden, noch lange nachdem die mit einem Leichentuch verhüllte Gestalt auf einer Bahre aus der Villa hinausgetragen worden war. Max – und alles, was er mir bedeutet hatte – war direkt neben mir, als Uniformierte kamen und gingen, als die Befragung begann und wir Antworten gaben und die Umstände seines Todes geprüft und erwogen wurden.

Minuten nachdem die Polizei die Villa betreten hatte, wurden Diana und ich zur Befragung in getrennte Zimmer gebracht. Wenn wir gewußt hätten, wie lange wir uns nicht wiedersehen würden, hätten wir sicher ein Wort, einen Blick oder eine Geste des Abschiedes getauscht. So wurde mir erst später klar, daß man uns absichtlich getrennt hatte, um eine Absprache zwischen uns zu verhindern, und daß unsere Erklärung dessen, was da passiert war, nur eine Variante war, der die Polizei nachging.

Später am Nachmittag wurden wir in verschiedenen Barkassen auf die Polizeiwache im Zentrum von Venedig gebracht. Vermutlich war es dieser Ortswechsel, der mich aus meiner Trance weckte. Der Raum, in den man mich steckte, konnte sich eines schmalen vergitterten Fensters rühmen, das auf einen lauten Seitenkanal hinausging. Die Möblierung bestand aus einem wackligen Kieferntisch und zwei harten Stühlen. Der einzige Schmuck war eine große, gerahmte Fotografie von Mussolini in einer heroischen Pose. Sie zierte die Wand mir gegenüber und ragte drohend über dem verkniffenen Gesicht meines unermüdlichen Befragers auf. Diana gegenüber war Vizequästor Varsini gewissenhaft höflich gewesen, um nicht zu sagen unterwürfig. Mich jedoch behandelte er mit mürrischer Skepsis, die zunehmend ermüdete. Er sprach gutes Englisch, fast schon unangenehm pingelig. Doch was er wirklich dachte, teilte er seinem Kollegen nur in seiner Muttersprache mit, und zwar in einem Dialekt, den ich unmöglich verstehen konnte. Die Sprachbarriere benutzte er als Vorwand, um immer wieder auf bestimmte Punkte zu sprechen zu kommen; mir aber war von Anfang an klar, daß er dafür einen anderen Grund hatte.

»Lassen Sie uns nochmals anfangen«, sagte er dann gewöhnlich, während der Rauch seiner Zigarette langsam zu der einsamen Glühbirne an der Decke aufstieg. »Was haben Sie und Signorina Charnwood gemacht, als Signor Wingate die Villa betrat?«

»Wir waren im Bett.«

»Zusammen?«

»Ja.«

»Aber Signorina Charnwood war Signor Wingates ... Verlobte?«

»Sie hatten vorgehabt zu heiraten, ja. Aber das war vor dem Tod ihres Vaters.«

»*Sì, sì,* Signor Charnwood. Ebenfalls von einem Schlag auf den Kopf getötet.«

»Ja, aber ...«

»Sie wußten von der Schwäche in Signor Wingates Schädel?«

»Ja.«

»Aber Signorina Charnwood wußte es nicht?«

»Sie wußte, daß man ihm während des Krieges in den Kopf geschossen hatte, nicht aber, wie die Verwundung seinen Schädel geschwächt hatte.«

»Sie haben ihr das nicht erzählt?«

»Absolut nicht.«

»Aber Sie können nicht mit Sicherheit sagen, ob Signor Wingate es ihr nicht erzählt hat, nicht wahr?«

»Nun ... nein.«

»Infolgedessen könnte sie es gewußt haben.«

»Sie hatte keine Ahnung, dessen bin ich sicher. Sie hat einfach nur versucht, ihn davon abzubringen, mich zu erdrosseln.«

»Und warum hat er versucht, Sie zu erdrosseln?«

»Weil ... Es ist doch offensichtlich, warum, oder nicht?«

»*Sì.* Das ist es. Weil er Sie beide zusammen im Bett gefunden hat. *L'amico e la fidanzata.*«

»Ich habe es Ihnen schon erzählt. Sie waren nicht mehr verlobt.«

»Aber Sie waren immer noch sein Freund.«

»Natürlich war ich das.«

»Wenn ich meinen Freund mit meiner Frau im Bett erwischte, würde ich ihn vielleicht erwürgen. Und sie auch.«

»Sie war nicht seine Frau, nicht einmal seine Verlobte. Er versuchte mich umzubringen, und sie wollte ihn aufhalten. Aber sie hatte nur vor, ihn so lange abzulenken, bis er sich beruhigt hatte und Vernunft annahm. Sie wollte ihn nicht umbringen. Das war ein Unfall.«

»Das zu entscheiden bleibt dem Richter überlassen, Signor Horton. Bisher haben wir nur eine Leiche. Und viele Fragen.«

Die er immer wieder stellte. Viele, viele Fragen. Schließlich wurde ich in einem Ton eingeladen, die Nacht in der Quästur zu verbringen, der mir nahelegte, man würde mich dazu zwingen, wenn ich nicht zustimmte. Man informierte mich darüber, daß man Signorina Charnwood dieselbe Einladung überbracht hatte. Sie hatte akzeptiert. In Abwesenheit ihrer Tante gab es ohnehin niemanden, der für einen von uns bürgen würde. Die Polizei in Asolo hatte Vita benachrichtigt, und man erwartete sie früh am nächsten Morgen. Bis dahin konnte nichts unternommen werden, bedeutete mir Varsini mit einem Schulterzucken.

Nachdem man mich in meine Zelle geführt hatte, schlief ich in den paar Stunden, die von der Nacht noch blieben, nur wenig. Mein Verstand arbeitete rücksichtslos wie eine Maschine, die man nicht abstellen kann, wälzte Zweifel und beschuldigte mich, während ich in die Dunkelheit starrte. Deckte sich Dianas Bericht mit meinem? Lag sie ebenfalls wach in ihrer Zelle und trauerte um Max? Oder freute sie sich heimlich? Bestand auch nur die geringste Möglichkeit, daß sie gewußt hatte, wo Max' schwache Stelle war und daß ein Schlag dorthin tödlich sein konnte? Wenn ja ...

Du bist unfair und undankbar, tadelte mein Verstand mich sofort. Sie hatte mir das Leben gerettet und konnte unmöglich vorgehabt haben, Max zu töten. Sie hatte in Panik nach dem Krug gegriffen und weder gezielt noch absichtlich dorthin geschlagen. Max' Tod war ein Unfall, den er selbst provoziert hatte, mochten Varsini oder irgendein unwürdiger Teil von mir glauben, was sie wollten.

Und dennoch ... und trotzdem ... Was hatte Max in diesen letzten Augenblicken seines Lebens gesagt? »Wieviel weißt du, Guy? Wieviel hat sie dir gesagt?« Wenn ich ihn nur bitten könnte, das zu erklären. Was sollte ich wissen? Was hatte Diana mir sagen sollen? »Der Rest interessiert mich nicht!« hatte er geschrien. Der Rest wovon? Der Verrat seines Freundes und seiner Verlobten war bestimmt schon schlimm genug. Was konnte es da noch geben?

Nur der Mord an Charnwood. Wie der Hund zum Knochen kehrten meine Gedanken zu diesem Ereignis zurück. Max war unschuldig. Das wußte ich jetzt. Jemand anders hatte Charnwood getötet. Aber wer? Und warum?

Duggan konnte mir die Antworten geben. Er hatte sich

freiwillig angeboten, sie mir zu erzählen, aber ich hatte mich geweigert zuzuhören. Jetzt würde ich zuhören. Es war zu spät, Max zu retten, aber es war nicht zu spät, die Ehre seines Namens wiederherzustellen. Als das dunstige Licht des venezianischen Morgengrauens den Schatten des Gitters über die nackte Wand meiner Zelle ausdehnte, legte ich einen stillen Schwur ab. Ich würde Max im Tode so ehren, wie ich ihn im Leben entehrt hatte. Letztlich würde ich ihm doch ein treuer Freund sein.

Doch selbst feierliche Schwüre müssen auf das Gesetz warten. Es waren bereits einige Morgenstunden vergangen, als ich erneut nach oben zum Vizequästor geführt wurde. Er war in seinem Büro, einem geräumigen, luftigen Raum, von dem aus man über den Rio di San Lorenzo schauen konnte. Die einzige Ähnlichkeit mit dem Büro, in dem er mich in der vorigen Nacht verhört hatte, war ein augenfällig aufgehängtes Foto vom *Duce*. Die Möblierung hätte einer gutgehenden Arztpraxis alle Ehre gemacht. Diese Veränderung des Ortes schien auch auf Varsini Wirkung zu zeigen, denn er lächelte mich herzlich an, als ich hereingeführt wurde.

»*Buon giorno*, Signor Horton. Ich nehme an, Sie waren ... einigermaßen gemütlich untergebracht?«

»Ich kann mich nicht beschweren.«

Zwei Männer in grauen Anzügen erhoben sich aus ihren Stühlen an meiner Seite von Varsinis Schreibtisch. Der eine war ein rundlicher, kleiner, kahlköpfiger Mann mit gelblicher Haut und einem Charlie-Chaplin-Schnurrbart. Der andere war Faraday.

»Wie fühlen Sie sich, Mr. Horton?« fragte er in seinem schleimigsten Tonfall.

»Phantastisch, vielen Dank.«

Eine Sekunde starrte er mich auf eine Art an, die entweder

Verwirrung bedeutete oder genaue Prüfung meiner Person. Dann nickte er seinem Gefährten zu. »Das ist Signor Martelli, ein Anwalt, den Vita für Diana engagiert hat. Er würde Ihnen ebenfalls gern helfen.«

»Dafür bin ich dankbar, aber wo ist Diana?«

»Man hat sie freigelassen. Vita hat sie zur Villa zurückgebracht.«

»Sie dürfen ebenfalls gehen, Signor Horton«, sagte Varsini. »Ich bedaure die Notwendigkeit, daß Sie über Nacht bleiben mußten, aber unter diesen Umständen ...« Er zuckte mit den Schultern. »Seit dem Verhör gestern habe ich ein Telegramm der Polizei von Surrey erhalten. Sie bestätigt, daß Max Wingate ein wegen seiner besonderen Gewalttätigkeit gesuchter Mörder war. Auch habe ich das Ergebnis der Autopsie vorliegen. Es besagt, daß der Schlag gegen den Kopf nur deswegen tödlich war, weil seine Schädeldecke an dieser Stelle so außerordentlich dünn war. Vorläufig gehe ich davon aus, daß er nicht vorsätzlich ermordet worden ist. Es scheint sich mir hier eher um einen unabsichtlichen Totschlag zu handeln, was ich auch dem Untersuchungsrichter sagen werde. Er wird diesen Sachverhalt in der ordentlichen Untersuchung berücksichtigen. Aber ich bin sicher, daß meine Erkenntnisse bestätigt werden.«

»Tod durch Unglücksfall«, murmelte Faraday und schaute mich fragend an.

»*Mi scusi*«, meinte Martelli mit einer knappen Verbeugung in meine Richtung. »Vielleicht sollte ich dazu sagen, daß nach italienischem Recht versehentliche Tötung nicht genau dem englischen Begriff des Unglücksfalles entspricht. Nichtsdestoweniger ...«

»Ist sie denn ähnlich genug?«

»*Sì*. Ähnlich genug.«

»Und wann wird die Befragung stattfinden?«

»Der Termin muß noch festgesetzt werden«, erklärte Varsini. »Sie werden informiert.«

»Es ist nur... Ich muß Venedig verlassen. Bald.«

Faraday kniff die Augen zusammen, sagte aber nichts. Das war auch nicht nötig, wie Varsini sofort klarstellte. »Unmöglich. Obwohl keine Strafanträge gestellt worden sind, müssen Sie und Signorina Charnwood in Venedig bleiben, bis die Sache geklärt ist. Ihren Reisepaß, bitte.« Er streckte die Hand aus. Plötzlich war sein leutseliges Verhalten verschwunden. Ich würde Venedig so lange nicht verlassen können, als er es nicht erlaubte. Und ich hatte den Eindruck, daß ich nicht einmal das Revier verlassen konnte, wenn ich mich widersetzte. Ich nahm meinen Reisepaß aus meiner Tasche und drückte ihn ihm in die Hand. »*Grazie*«, sagte er, wieder lächelnd. »Wohnen Sie weiterhin in der Villa Primavera?«

»Nein.« Diesmal wich ich sorgfältig Faradays Blick aus. »Ich werde mir irgendwo eine Pension suchen.«

»Ich brauche eine genaue Adresse, Signor Horton. Andernfalls...«

»Kann ich Sie Ihnen später geben?«

Er nickte. »Wenn Sie es auch wirklich tun.«

»Das werde ich.«

»*Va bene.*« Er erhob sich von seinem Stuhl und zupfte an seinem Revers. »Nun, Signori, ich denke, wir sind fertig. Lassen Sie sich von mir nicht länger aufhalten.«

Martelli verließ uns auf den Stufen des Reviers, nachdem er Faraday die Hand geschüttelt und kurz auf italienisch mit ihm geredet hatte. Nachdem er verschwunden war, ging Faraday ein paar Schritte schweigend neben mir her und klopfte nachdenklich gegen seine Unterlippe. »Ich kann mir keinen Grund ausmalen, warum man Ihnen nicht gern gestatten würde, in der Villa zu wohnen.«

»Ich auch nicht.«

»Warum haben Sie Varsini dann erzählt ...«

»Weil ich dort nicht bleiben möchte. Nicht nach dem, was passiert ist.«

Er blieb stehen und zwang mich, dasselbe zu tun. »Sie möchten es nicht? Vielleicht sollte ich Sie daran erinnern, Horton, daß Sie hier sind, um die Wünsche Ihrer Geldgeber zu erfüllen, und nicht, um Ihren eigenen Launen nachzugehen.«

»Und vielleicht muß ich Sie daran erinnern, daß gestern ein guter Freund von mir gestorben ist.«

»Das ist zweifellos sehr betrüblich, aber vollkommen irrelevant. Bis auf die Tatsache, daß die Umstände von Wingates Tod darauf hindeuten, daß Sie erfolgreich Dianas Vertrauen gewonnen zu haben scheinen. Sie wird im Moment in einem genauso verwundbaren Zustand sein. Da sie gerade jetzt für Ihren Charme sehr empfänglich sein dürfte, würde ich vorschlagen ...«

»Tun Sie's nicht!« fuhr ich ihn an, packte seine Krawatte und bemerkte die plötzliche Angst auf seinem Gesicht. »Wagen Sie nicht, irgend etwas vorzuschlagen. Nicht, wenn Ihnen Ihre Gesundheit lieb ist.« Ich ließ ihn los, und er trat hastig zurück, während er seine zerknitterte Krawatte glättete. »Ich spiele nicht weiter mit. Verstehen Sie? Ich werde für Sie weder spionieren, herumschnüffeln noch irgend etwas untersuchen – und auch nicht für Gregory.«

Er räusperte sich nervös. »Sie sind aufgeregt. Das ist verständlich. Aber sobald ...«

»Meine Entscheidung ist endgültig.«

»Bestimmt nicht.« Er hatte sein glattes Lächeln wiedergewonnen und auch die Überheblichkeit in seinem Ton. »Denken Sie an das Geld, das Sie verlieren.«

»Das Geld interessiert mich nicht.«

»Oh, und ob es das tut. Das beweist Ihr ganzes Leben, wie

Sie sich erinnern werden, sobald Sie sich von dem Schock erholt haben. Sie werden an das denken, was Sie verlieren. Und dann werden Sie es sich überlegen.«

»Nein.«

»Glauben Sie mir, Horton, Sie werden es tun. Aber nehmen Sie meinen Rat an: Verschieben Sie es nicht zu lange. Und jetzt werden Sie mich entschuldigen, ja? Ich glaube nicht, daß wir in dieselbe Richtung gehen.« Mit diesen Worten eilte er davon. Ich zündete eine Zigarette an und schaute ihm hinterher, bis er um eine Ecke verschwand. Dabei fragte ich mich, ob er nicht letztlich recht hatte, und betete darum, ihn widerlegen zu können.

Ich mußte nicht lange nach einer passenden Pension suchen. Die *Casa dei Pellicani* lag an dem übelriechenden Ende einer schmalen Brücke auf halbem Weg zwischen der Quästur und San Marco. Nachdem wir uns über die Konditionen für eines der besseren Zimmer geeinigt hatten, ging ich die Riva degli Schiavoni entlang und bestieg den nächsten Vaporetto zum Lido. Ich wollte mich ohne jede Verzögerung von der Villa Primavera verabschieden.

Vita empfing mich im Salon, wo sich seit meiner Ankunft vor einer Woche anscheinend nichts geändert hatte, obwohl alles anders war. Sie wirkte ernst und zitterte, sah plötzlich alt und zerbrechlich aus, wie wenn sie zu viel durchgemacht hätte.

»Diana ruht. Sie ist sehr erschöpft. Ich kann mir vorstellen, daß Sie das ebenfalls sind.«

»Nein. Eigentlich ...« Meine Worte erstarben, als sich unsere Blicke begegneten. Wir verstanden uns. Ich wollte mich dafür entschuldigen, daß ich ihre Gastfreundschaft mißbraucht hatte, aber dazu hätte ich offen über das Geschehene sprechen müssen, und das war, ihrer Miene nach zu urteilen, das letzte, was sie wollte. »Ich ziehe in eine Pension«, sagte ich abrupt. »Unter den gegebenen Umständen scheint mir das... nun, für alle das Beste zu sein.«

»Ich finde nicht, daß Sie das müssen, Guy. Ich behaupte nicht, daß ich die Moral Ihrer Generation verstehe. Sie ist mit Sicherheit anders als meine. Trotzdem ist offensichtlich, daß Diana mittlerweile viel an Ihnen liegt. Und sie wird in den vor uns liegenden Wochen die Unterstützung all derer brauchen, an denen ihr etwas liegt. Und zwar mehr als je zuvor.«

»Sie wird meine Unterstützung bekommen. Es ist nur... Es ist schwer zu erklären, aber ich habe das Gefühl, daß ich... um Max' willen... gehen muß.«

»Max ist tot.«

»Schon. Aber unsere Freundschaft nicht. Sagen Sie Diana...«

»Sag es mir selbst, Guy.« Ich wirbelte herum. Diana stand in der Tür, wo sie darauf gewartet hatte, daß ich ihre Anwesenheit wahrnahm. Sie trug ein einfaches weißes Kleid und hatte die Hände fest zusammengepreßt, während sie mich anschaute. Ihr Gesicht war blaß, und sie hatte Ringe unter den Augen. Ihre Lippen zitterten, als sie sprach. »Du willst weg... ohne auf Wiedersehen zu sagen?«

»Nein. Das heißt...«

»Einen Moment«, mischte Vita sich ein. »Ich glaube, es ist das Beste, wenn ich euch allein lasse. Entschuldigt mich.« Sie stand auf, eilte durch das Zimmer und blieb nur kurz stehen, um Diana besorgt die Hand auf die Wange zu legen, bevor sie durch die Tür verschwand und sie hinter sich schloß.

Wir schwiegen, nachdem die Tür mit einem Klicken ins Schloß gefallen war. Diana machte ein paar Schritte auf mich zu, doch ich ging ihr nicht entgegen. »Es tut mir leid«, murmelte ich und senkte den Kopf.

»Was tut dir leid?«

»Alles.«

»Warum gehst du?«

»Weil ich nicht bleiben kann. Das verstehst du doch sicherlich?«

»Weil Max tot ist?«

»Ich kann ihn nicht vergessen.«

»Natürlich kannst du das nicht, genausowenig wie ich. Aber ich kann auch nicht vergessen, was geschehen ist, bevor er hereingestürmt kam. Was das bedeutete, jedenfalls für mich. Auf die Polizei – und vielleicht auch auf Tante Vita – mag es schäbig und verachtenswert gewirkt haben. Aber das war es doch nicht, oder?«

»Nein. Das war es nicht.«

»Das kann es nicht gewesen sein, nicht wahr? Nicht, wenn es mehr als körperliches Begehren gibt.«

»Liebe, meinst du?«

»Ja. Liebe.«

»Diana, ich ...« Ich drehte mich zum Fenster um. Bevor ich weiterreden konnte, fühlte ich ihre Hand an meinem Ellbogen. Bei ihrer bloßen Berührung schossen mir die Bilder von ihr, wie sie nackt auf dem Bett lag, in den Kopf. Dann sah ich Max' wutverzerrtes Gesicht vor mir und hörte seine Stimme: »Hast du geglaubt, ich würde dir nicht folgen?«

»Ich wollte ihn nicht töten, Guy. Selbst die Polizei hat mir geglaubt. Du nicht?«

»Ich glaube dir.«

»Was stimmt dann nicht?«

»Wir beide. Du und ich. Was wir taten, hat Max in den Tod getrieben. Was das Gesetz dazu auch sagt, wir sind verantwortlich.«

»Das meinst du nicht so.«

»Doch, Diana, ich meine es.«

Ihre Hand glitt von meinem Ellbogen, und ich hörte, wie sie

wegging. Als sie sprach, schien ihre Stimme aus einer viel größeren Entfernung zu kommen, als das in diesem Raum möglich war. »In diesem Fall solltest du gehen. Ich werde nicht versuchen, dich aufzuhalten.«

Den Rest dieses Tages und den größten Teil des nächsten verbrachte ich damit, entweder spazierenzugehen oder mich besinnungslos zu betrinken. Ich fühlte mich wie eine Fliege, die in eine Flasche gesperrt ist und sich nach der Welt außerhalb des Glases sehnt. Nur dort konnte ich zu Max' Gunsten die Wahrheit herausfinden. Aber ich durfte das Glas nicht zerbrechen oder den Korken herausziehen, bevor der venezianische Untersuchungsrichter endlich seine Zustimmung geben würde. Für mich gab es kein Entrinnen.

Als ich am späten Mittwochnachmittag zur *Casa dei Pellicani* zurückkehrte, erzählte man mir zu meiner Überraschung, daß ein Engländer nach mir gefragt habe und in der *Oliva Nera* auf mich warte. Das war eine langweilige Bar, die ihm von meiner Vermieterin empfohlen worden war. Ihr Bruder war der Besitzer. Ich fragte mich, wer wohl mein Besucher sein mochte, und ging geradewegs dorthin. Ich erblickte ihn schon von weitem. Er saß draußen an einem Tisch, trug Regenmantel und Filzhut und paßte ungefähr so zu Venedig wie ein Gondoliere in die Alpen.

»Chefinspektor Hornby?«

»Ah, Mr. Horton, da sind Sie ja. Setzen Sie sich. Möchten Sie ein Bier?«

»Nein, danke, nur Kaffee.« Ich setzte mich und wartete, bis man meine Bestellung aufgenommen hatte. Dann zündete ich mir eine Zigarette an und reichte auch Hornby eine. Er akzeptierte sie, warf dann aber die italienische Mischung fort, die einen Hustenanfall bei ihm ausgelöst hatte. »Tut mir leid, daß ich nicht da war. Hätte ich gewußt, daß Sie kommen ...«

»Ich wußte es ja selbst nicht. Doch als wir die Nachrichten gehört haben ... Nun, irgend jemand mußte herkommen, um die Einzelheiten zu überprüfen.« Er bewegte seine Schultern. »Und ich bin nicht erste Klasse gereist, also glauben Sie nicht, daß ich erfreut darüber bin, hier zu sein.« Er warf einen Blick über den kleinen Platz. »Bognor ist mehr nach meinem Geschmack«, fügte er hinzu.

»Hätten Sie das nicht den örtlichen Behörden überlassen können? Max ist tot. War das nicht alles, was Sie wissen wollten?«

»Nicht ganz. Bleibt noch die Frage offen, wie er es geschafft hat, aus England herauszukommen.«

»Da kann ich Ihnen auch nicht weiterhelfen. Er hat es mir nicht gesagt.«

»Hat er Ihnen gar nichts gesagt? Zum Beispiel, wo er seit dem Mord gewesen ist?«

»Nein.«

»Oder warum er Charnwood getötet hat?«

Ich überlegte, ob ich an Max' Unschuld festhalten sollte, doch Hornbys Gesichtsausdruck verriet mir, daß ich nur meinen Atem verschwenden würde. Wenn ich Max' Namen reinwaschen wollte, dann würde ich das ohne die Hilfe eines Chefinspektors machen müssen, der Bognor Venedig vorzog. »Er hat nichts gesagt.«

»Abgesehen davon, daß er Sie und Miss Charnwood des Verrates bezichtigt hat?«

Ich nippte an meinem Kaffee und schaute ihn unbewegt an. »Abgesehen davon.«

»Ich kann verstehen, daß das eine harte Nuß für ihn gewesen sein muß. Sein Freund und seine Verlobte.« Damit wiederholte er vermutlich absichtlich das, was Varsini gesagt hatte. Ich wollte mich jedoch auf keinen Fall von ihm reizen lassen. »Darf ich Sie fragen, wie lange Sie und Miss Charnwood ...«

»Geht Sie das wirklich etwas an, Chefinspektor?«

»Genaugenommen nicht. Aber es ist erst ein paar Wochen her, daß Sie vorhatten, als Trauzeuge bei ihrer Hochzeit zu fungieren. Das wirkt nicht sehr ... loyal, nicht wahr?«

»Nein.«

»Wie wollen Sie es seinen Eltern erklären? Sie kommen morgen.«

»Wirklich?« Über die Wingates, und was ich ihnen sagen wollte, hatte ich nicht nachgedacht. Und nun stand ihre Ankunft unmittelbar bevor. Ihnen konnte ich kaum sagen, daß meine Treulosigkeit Max gegenüber sie nichts anging.

»Sie werden sich sicher etwas ausdenken, Mr. Horton. Darin scheinen Sie ja ziemlich gut zu sein.«

»Ach ja?«

»Nun, schließlich sind Sie der, der als letzter lacht, nicht wahr? Ich habe Ihnen bei Charnwoods Beerdigung versprochen, daß ich Wingate vor Gericht bringen und ihn wegen Mordes hängen lassen würde. Aber ich habe mich geirrt. Der Fall wird ohne Verfahren zu den Akten gelegt werden. Und Ihr Freund wird auf heiligem Boden begraben werden. Wenn Sie es so sehen, haben Sie und Miss Charnwood ihm einen mächtig großen Gefallen getan. Oder nicht?«

Laut Hornby hatten die Wingates im *Danieli* gebucht und wurden ungefähr gegen Mittag erwartet. Darum baute ich mich gegen sechs Uhr an der Rezeption auf, nüchtern, gut gekleidet und so gut vorbereitet, wie es nur ging. Der Concierge, der mich offensichtlich von meinem Aufenthalt in der letzten Woche wiedererkannte, es sich aber nicht anmerken ließ, telefonierte auf ihr Zimmer. Nachdem er ihnen meinen Namen genannt hatte, gab es eine lange, bedeutungsvolle Pause. Dann richtete mir der Mann aus, daß Signor Wingate sofort herunterkommen würde.

Er wirkte sehr müde und hatte tiefe Falten im Gesicht. Natürlich lächelte er nicht, aber der mechanische Händedruck war eine Art Zugeständnis.

»Sollen wir in die Bar gehen, Sir?« fragte ich.

»Nein. Ich würde lieber draußen mit Ihnen reden.«

Ich folgte ihm durch die Drehtür auf die Riva degli Schiavoni hinaus. Ein wolkenverhangener Sonnenuntergang tauchte die Lagune und die Gesichter der Passanten in ein magisches, verschwenderisches, rosafarbenes Leuchten. Doch weder er noch ich schienen es wahrzunehmen.

Wir gingen langsam nach Osten. Aubrey Wingate starrte mit erhobenem Kinn geradeaus, als würde er den Horizont nach jemandem absuchen. Als wir die erste Brücke erreicht hatten, sagte ich: »Das alles tut mir so furchtbar leid, Sir.« Er antwortete nicht und schaute mich auch nicht an. »Für Sie und Mrs. Wingate muß das ein ... schrecklicher Schock gewesen sein. Ich kann nur mein ... tiefstes Bedauern ausdrücken.«

Wir ließen die Brücke hinter uns, und Wingate steuerte auf das Ufer zu. An einem Poller blieb er stehen, lehnte sich dagegen und rieb sich einige Male die Stirn. Dann kreuzte er die Arme und schaute mich an. »Ich weiß nicht, was ich Ihnen sagen soll, Guy. Cecily ist außer sich. Für sie ist Max immer noch ihr Kind, und sie hat das Gefühl, man habe ihr das Kind entrissen. Und ich muß immer daran denken, was passiert wäre, wenn man ihn verhaftet und ihn verurteilt hätte. Die Qual, die Schande. Das reine Entsetzen.« Er schüttelte den Kopf. »Max hat uns in vielerlei Hinsicht enttäuscht. Aber wir haben ihn nie zurückgestoßen. Dieser Brief ... ich bin nicht sicher, ob er wirklich glaubte, was er da schrieb. Ich mußte mich einfach so verhalten, als würde er es tun. Verdammt, warum mußten Sie ihm recht geben? Warum mußten Sie ihn hintergehen? Daß Sie ihn der Polizei gegenüber verraten mußten, kann ich verstehen. Aber das mit dem Mädchen?«

»Ich glaube nicht, daß ich erklären, geschweige denn entschuldigen kann, was ich getan habe.«

»Man hat mir gesagt, daß sie wunderschön ist.«

»Ja, das ist sie.«

»Ist das denn der Grund? Das und nichts anderes?«

Ich seufzte. »Vermutlich.«

»Der Krieg hat euch beide zerstört, hat euch gierig und egoistisch werden lassen. Aber trotz dieser Jahre in Mazedonien seid ihr zu zwei ordentlichen jungen Männern herangewachsen. Doch so wie es jetzt aussieht ...«

»Es tut mir wirklich leid.«

»Diesem Charnwood-Mädchen auch?«

»Ja.«

»Das reicht trotzdem nicht. Morgen wird man meinen Sohn begraben. Hier, in einem fremden Land. Sie werden ihn begraben und vergessen. Nur wir nicht.«

»Ich auch nicht, Sir.«

Er holte vernehmlich Luft und schien eine scharfe Erwiderung zurückzuhalten. Dann gab er sich einen Ruck und starrte über die Lagune zum Lido. »Ich will sie bei dem Begräbnis nicht dabeihaben. Das wäre zuviel für Cecily. Ich habe ihr über das Konsulat eine diesbezügliche Mitteilung geschickt. Ihre Adresse kannte man offenbar nicht, deshalb ...«

»Haben Sie versucht, Kontakt zu mir aufzunehmen?«

Er nickte. »Um Ihnen dieselbe Mitteilung zukommen zu lassen.« Mit entschlossen vorgerecktem Kinn drehte er sich um und schaute mich an. »Wir werden uns von unserem Sohn – trotz all seiner Fehler – auf unsere Art und Weise verabschieden. Wir wollen jedoch nicht, daß diejenigen, die ihn betrogen haben, anwesend sind. Wir wollen Sie nicht dabeihaben, Guy. Keinen von Ihnen beiden.«

Ich starrte ihn ungläubig an. »Sie wollen mir verbieten, an Max' Beerdigung teilzunehmen?«

»Ich kann nichts verbieten. Ich kann Sie nur bitten.«

»Aber ... Max war mein bester und ältester Freund.«

»Das sagen Sie. Aber waren Sie auch seiner?« Er knirschte mit den Zähnen. »Tut mir leid. Vielleicht habe ich zuviel gesagt. Ich muß wieder ins Hotel zurück. Wir fahren am Samstag. Für mich gibt es keinen Grund, uns vorher noch zu treffen.«

»Das sehe ich auch so.«

»Also sage ich Ihnen jetzt Lebewohl, Guy.«

»Leben Sie wohl, Sir.« Ich streckte die Hand aus, aber entweder ignorierte oder übersah er sie, als er rasch an mir vorbei zum *Danieli* ging. Ich schaute ihm nicht nach, sondern blickte auf den sonnenbeschienenen Horizont. Das war die letzte Demütigung, die mein Verhalten heraufbeschworen hatte: sogar von Max' Begräbnis ausgeschlossen zu werden. »Sehr gut«, flüsterte ich mir zu – mir und meinem für immer abwesenden Freund. »Sei's drum. Ich werde nicht dasein, wenn sie dich bestatten, Max. Aber die Sache wird mit deiner Beerdigung nicht begraben sein. Das verspreche ich.«

Ich wußte natürlich nicht, wann genau Max am nächsten Tag begraben würde, und ich unternahm auch nichts, um es herauszufinden. Doch das Schicksal sollte dafür sorgen, daß ich nicht unwissend blieb. Der nächste Morgen war wundervoll klar; ich aber war furchtbar verkatert und von dem, was ich wußte, noch deprimierter als sonst. Ich konnte Venedig, dieses klaustrophobische Labyrinth, auf das sich die Stadt in meinem Kopf reduziert hatte, jetzt nicht verlassen. Ruhelos und aggressiv verließ ich die *Casa dei Pellicani* in Richtung Riva degli Schiavoni und hoffte, daß eine ziellose Fahrt mit einem Vaporetto mich beruhigen würde.

Doch als ich auf die Riva hinaustrat und zum *Danieli* blickte, bemerkte ich meinen Fehler. Auf einem Seitenkanal, von dem aus das Hotel versorgt wurde, konnte man ein schwarzes Beerdigungsboot sehen. Ich erkannte die beiden feierlich gekleideten Gestalten durch die Fenster der Kajüte. Wie angewurzelt schaute ich zu, wie das Boot langsam durch den Kanal fuhr und sich dann auf den Inselfriedhof San Michele zubewegte. Als es an mir vorbeifuhr, dachte ich an ein anderes Boot mit einem Sarg darin, das in dieselbe Richtung fuhr. Und daran, daß ich nicht folgen durfte. Ich konnte nichts weiter tun als auf das schwarze, glänzende Heck des Bootes starren, das durch das Wasser glitt, und ein stilles Gebet für …

»Faraday«, murmelte ich, als sein lächelndes Gesicht sich zwischen mich und den sich entfernenden Umriß des Bootes schob. Er stand einige Meter weiter weg und wartete offenbar geduldig darauf, daß ich ihn bemerkte.

»Guten Morgen, Horton. Gehen Sie nicht zu der Beerdigung?«

»Nein.«

»Ich nehme an, man hat Ihnen davon abgeraten – wie der armen Diana?«

»So ähnlich.«

Er nickte. »Das habe ich mir gedacht. Also haben Sie gerade Zeit?«

»Was wollen Sie, Faraday?«

»Die Informationen, die Sie beschaffen wollten.«

»Ich habe meine Zustimmung diesbezüglich widerrufen.«

»Bleibt die Frage, oh Sie das können. Doch sei's drum, im Moment reicht es mir völlig, wenn Sie mir auf einem kurzen Ausflug Gesellschaft leisten. Ich will einer Jacht, die vor den Zattere ankert, einen Besuch abstatten. Bei San Marco wartet ein Boot auf mich. Kommen Sie doch einfach mit. Die Leute auf der Jacht würden Sie gern kennenlernen.«

»Wer sind diese Leute?«

»Einflußreiche Persönlichkeiten.«

»Etwa wie Sie?«

»Nein, ganz und gar nicht wie ich.« Er machte eine kurze Pause. »Sie werden es nicht bereuen.«

Mein Instinkt riet mir, mich zu weigern, aber ich haßte ich es auch, allein zu sein. Und es war unwahrscheinlich, daß alle Bekannten Faradays so ekelhaft waren wie er. »Einverstanden«, willigte ich schließlich mürrisch ein. »Warum nicht?«

»Exzellent. Dann kommen Sie mit.« Er ging voraus zu San Marco, und ich folgte ihm. Als wir den Ponte della Paglia überquerten, sagte er: »Haben Sie schon die Neuigkeiten aus England gehört? Es gibt allgemeine Wahlen.«

»Tatsächlich?«

»Sie scheinen daran nicht besonders interessiert zu sein.«

»Bin ich auch nicht.«

»Das sollten Sie aber sein. Politik ist eine Sache von Leben und Tod. Von jedermanns Leben und Tod. Selbst von Ihrem.«

»Ich weiß nicht, wovon Sie reden.«

»Nein? Vielleicht wird es Zeit, daß Sie es tun.« Er spitzte die Lippen. »Oder vielleicht auch nicht.«

Wie erreichten die Mole vor den Giardinetti Reali. An einer war ein kleines Boot vertäut, neben dem eine große, muskulöse Gestalt wartete. Der Mann nickte Faraday zu und half uns an Bord, wobei er mich mit einem durchbohrenden Blick seiner blauen Augen bedachte. Sein finsteres Gesicht war von Pockennarben übersät und von einer Mähne graublonden Haares verdeckt. Er war mir auf den ersten Blick unsympathisch, was offensichtlich auf Gegenseitigkeit beruhte.

Faraday nannte ihn Klaus und redete mit ihm Deutsch. Wir legten ab, steuerten in offenes Wasser und fuhren dann direkt an der Punta della Dogana vorbei. Als wir sie umrundet hatten und auf die Zattere zusteuerten, bemerkte ich einen eleganten Dreimastschoner vor uns. »Ist er das?« Ich mußte schreien, um mich verständlich zu machen.

»Ja«, brüllte Faraday zurück. »Die *Quadratice.* Hübsch, nicht wahr?«

Ich verstand den Namen so, wie er ihn aussprach, nicht, aber als wir längsseits gingen, stand er in schimmerndem Kupfer am Bug. *Quadratice.* Ein seltsames Wort, mit einem französischen Beiklang. Es klang wie ein Begriff aus der Algebra oder wie eine mythologische Figur – eine Quadratgleichung oder eine vierköpfige Schlange. Ich wollte gerade nach seiner Bedeutung fragen, als Faraday mir auf den Arm klopfte.

»Der Kapitän wartet darauf, uns an Bord zu begrüßen. Sie kennen ihn besser unter seinem Titel ›General‹.«

Es war Vasaritch, der in seiner weißen Kapitänsuniform noch größer wirkte, als ich ihn in Erinnerung hatte. Er grinste uns von der Reling an wie Zeus vom Olymp und streckte uns einen wahrhaftig göttergleichen Arm entgegen, um uns hochzuhelfen. Faraday ging als erster, dann drängte Klaus mich vor, als wäre er darum besorgt, daß ich es mir nicht anders überlegte. Bereits fragte ich mich, ob es wirklich klug gewesen war, dieser Einladung Folge zu leisten, doch jetzt blieb mir nichts weiter übrig, als ein mutiges Gesicht zu machen.

»Guten Morgen, General«, sagte ich, als mein Gastgeber meine Hand schüttelte, wobei er sie fast brach. »Ich habe Ihre Lobrede bei Fabian Charnwoods Beerdigung gehört. Damals hatte ich keine Gelegenheit, mit Ihnen zu reden, aber ...«

»Wir unterhalten uns jetzt, was?« Er schlug mir auf die Schulter, womit er mich aus dem Gleichgewicht brachte. »Wir alle werden uns unterhalten. Wir und meine Freunde.«

Seine Freunde saßen um einen runden Tisch versammelt: Faraday und zwei andere. Den einen hätte man für groß und stämmig halten können, wenn Vasaritch nicht gewesen wäre. Er sah gut aus, war ungefähr fünfzig und trug Blazer und Flanellhose. Daneben stand stocksteif ein alter Mann in einem cremefarbenen Anzug mit einem weißen Käppi. Seine Kopfbedeckung und sein Bart verliehen ihm ein leicht ländliches Aussehen. Hinter der Gruppe nahm eine braungebrannte Brünette in einem sehr knappen Badeanzug ein Sonnenbad. Sie trug eine dunkle Sonnenbrille, lag rücklings auf einem Handtuch und schien ihre Umgebung nicht zu beachten.

»Das ist der Horton, von dem Sie so viel gehört haben«, erklärte Vasaritch. »Noels letzte Errungenschaft.« Mit Noel meinte er offenbar Faraday. Plötzlich wurde mir klar, daß ich seinen Vornamen noch nie gehört hatte. »Nun, Pierre, Karl, was denken Sie?«

Pierre war der jüngere der beiden und offenbar Franzose. Ich nahm an, daß Karl Deutscher sei. Ihre Akzente bestätigten meine Annahme. Pierre betrachtete mich von Kopf bis Fuß. »Sieht aus, als paßte er für die Rolle. Aber kann er auch schauspielern?«

»Ich habe ihn speziell wegen seiner schauspielerischen Fähigkeiten ausgewählt«, meinte Faraday mit einem Lächeln in meine Richtung.

Vasaritch lachte. »Sehr gut. Aber findet er auch den Beifall der weiblichen Hauptrolle?«

»Oh, ich glaube schon«, erwiderte Faraday.

»Wir brauchen mehr als nur Beifall.« Pierre lächelte nicht. »Wir brauchen ihre Geheimnisse.«

»Tut mir leid.« Ich war der Scharade überdrüssig. »Ich fürchte, Sie alle gehen von ...«

»Horton ist ein bißchen zögerlich«, meinte Faraday gepreßt. »Er hat etwas Neues an sich entdeckt: Skrupel.«

»Sind Sie reich?« wollte Pierre wissen.

»Nein.«

»Dann können Sie sich keine Skrupel leisten. Sie sind wesentlich teurer als tugendhafte Frauen. Und noch seltener.«

Vasaritch lachte erneut, aber niemand stimmte mit ein. Pierre sah aus, als lache er nur, wenn er allein war. Und Karl, als hätte er diese Schwäche vor fünfzig Jahren abgelegt. »Einen Drink, Horton?« fragte Vasaritch und umfaßte meinen Arm wie mit einer Zange. »Wir haben jedes Gift hier.«

»Ehm ... nein, danke.«

»Nüchternheit ist ein Plus«, bemerkte Pierre.

»Aber nicht üblich für Horton«, verkündete Faraday. »Er muß nervös sein.«

»Weshalb sollte er nervös sein?«

»Wegen der Konsequenzen seiner neuentdeckten Skrupel.«

»Wann werden Sie uns liefern, was wir wollen?« Karl sprach das erste Mal.

»Wie ich schon versucht habe zu ...«

»Wir können nicht länger als bis Ende des Monats warten.«

»Das stimmt, fürchte ich«, pflichtete Faraday bei. »Bis dahin brauchen wir wirklich einige Ergebnisse.«

»Nun, von mir werden Sie keine bekommen.«

»Wie schade«, meinte Pierre. »Es wäre besser für Sie, wenn wir sie auf diesem Weg bekämen.«

»Und zwar bald.« Vasaritchs Stimme rumpelte in meinem Ohr. »Um des Mädchens willen.«

»Wie meinen Sie das?«

»Ah«, sagte Pierre. »Ein Aufflackern von Besorgnis. Liegt Ihnen etwas an ihr, Horton?«

»Wenn Sie Diana Charnwood meinen«, antwortete ich, während ich Faraday anschaute, »ja. Mir liegt etwas an ihr. Und ich glaube nicht, daß sie etwas verbirgt.«

»Das ist nicht überzeugend genug«, stellte Vasaritch fest.

»Nun, es muß reichen, weil ich Venedig sehr bald verlassen werde und ...«

»Nicht sehr bald«, unterbrach mich Faraday. »Zufällig habe ich heute morgen mit Martelli gesprochen. Er sagte mir, daß das Verhör vorläufig auf den 26. festgesetzt ist.«

»Am 26.? Aber ... das sind ja noch mehr als zwei Wochen!«

»Ungefähr. Zwei Wochen, in denen Sie die Wahrheit aus Diana Charnwood herausholen können. Was haben Sie denn sonst zu tun?«

»Ich habe Ihnen bereits gesagt...«

»Erzählen Sie uns nichts«, fiel mir Vasaritch ins Wort. »Bis Sie uns das mitteilen können, was wir hören wollen.«

»Zufällig weiß ich, daß sie vorhat, heute nachmittag die Insel San Michele zu besuchen«, meinte Faraday. »Das bietet Ihnen eine brillante Gelegenheit, sich am Grab mit ihr auszusöhnen. Ein paar wohlgewählte Worte, und Sie sind wieder Gast in der Villa Primavera.«

»Ich werde nicht dorthin zurückkehren.«

»Denken Sie an das Mädchen, Horton«, gab Vasaritch zu bedenken. Er ging an uns vorbei, lehnte sich gegen die Reling des Achterdecks und legte die Hand auf den wohlgeformten Körper der Brünetten, ohne mich dabei aus den Augen zu lassen. Sie drehte den Kopf und schnurrte erfreut, als er die weiche Haut ihres Oberschenkels streichelte. »Denken Sie an sie, und genießen Sie sie. Aber entkleiden Sie ihren Kopf genauso wie ihren Körper.«

»Wir müssen bis Ende des Monats Bescheid erhalten«, sagte Karl.

»Und wenn nicht?«

»Dann werden wir andere Methoden anwenden«, erwiderte Vasaritch. Jede Liebenswürdigkeit war aus seiner Stimme verschwunden. Plötzlich packte er das Haar der Brünetten und riß ihren Kopf heftig hoch. Sie stieß einen schmerzerfüllten Schrei aus und dann noch einen, als sein Griff noch fester wurde. »Andere Männer, andere Methoden.«

»Sie würden keine von beiden mögen«, meinte Faraday. »Glauben Sie mir.«

Ich glaubte ihm. Als Vasaritch das Mädchen losließ, fiel mein Blick auf Karl und Pierre, die den Vorfall überhaupt nicht bemerkt zu haben schienen. Dann schaute ich über das Deck zur Leiter, die in die Quartiere führte. Klaus lehnte dort mit gekreuzten Armen an der Reling und starrte mich direkt an. Andere Männer, andere Methoden. Ich wagte nicht, mir vorzustellen, wer diese Männer sein würden und welcher Methoden sie sich bedienten, aber die Drohung war echt. Meine Verwicklung in Dianas Zukunft war keine freiwillige Angelegenheit mehr. Sie war notwendig geworden – sowohl für sie als auch für mich.

»Klaus könnte Sie nach San Michele bringen«, schlug Faraday vor.

»Ich ziehe es vor, selbst dorthin zu fahren.«

»Aber Sie werden hinfahren?« verlangte Pierre zu wissen.

»Ja«, gab ich zurück und schaute sie alle der Reihe nach an, um sicherzugehen, daß sie mich verstanden. »Ich werde hinfahren.«

Sobald ich sicher sein konnte, daß die Beerdigung vorbei war und die Wingates längst gegangen waren, ging ich zu den Fondamenta Nuove und nahm den nächsten Vaporetto nach San Michele. Der Friedhof war – bis auf die Toten – verlassen, wie ich es gehofft hatte. Hohe Mauern und Zypressen schützten ihn vor dem Wind. In einer der überwachsenen Ecken, die für Fremde, Protestanten und verschiedene Abtrünnige reserviert war, sah ich einen frisch aufgeworfenen Hügel und ein einzelnes Gebinde mit frischen weißen Lilien. »Unserem lieben Sohn Max« stand auf der Karte. »Du bist viel herumgestreunt, hast aber unsere Gedanken nie verlassen.« Ich stand da, ohne Blumen und ohne eine Hymne zu singen, beschämt von dieser blinden elterlichen Liebe.

Wie lange ich dort gestanden, auf die letzte Ruhestätte meines Freundes gestarrt hatte und hilflos der Flut der Erinnerungen ausgesetzt war, wußte ich nicht. Es mochten fünfzehn Minuten oder fünfzig gewesen sein. Doch plötzlich war ich nicht mehr allein.

»Hallo, Guy.« Sie war ganz in Weiß gekleidet und schaute mich mit einer eigenartigen Eindringlichkeit an. »Du konntest also auch nicht fortbleiben«, stellte sie leise fest. Sie beugte sich vor und ließ einen kleinen Strauß blutroter Rosen auf das Grab fallen. Eine Karte war nicht dabei. Ihr schienen die Worte ausgegangen zu sein, und mir drohte im Moment dasselbe.

»Tut mir leid«, begann ich schließlich. »Es tut mir leid, daß sie dich nicht am Gottesdienst haben teilnehmen lassen.«

»Das ist nicht deine Schuld. Und hoffentlich nicht meine, daß du ebenfalls nicht teilnehmen durftest.«

»Niemand hat schuld. Sie nicht, wir nicht und auch Max nicht.«

Sie stand einen Moment mit gesenktem Kopf schweigend neben mir. Dann schaute sie zu mir hoch. »Wie ist es dir gegangen, Guy – in den letzten Tagen?«

»Ziemlich mies. Und dir?«

»Auch.«

»Ich wollte nicht so von dir gehen, Diana. Ich habe mir ein dutzendmal gewünscht, daß ich diese wenigen Minuten, nachdem Vita den Raum verlassen hatte, anders genutzt hätte.« Hätte ich das auch gesagt, wenn ich nicht Faradays Begehren zugestimmt hätte? Meinte ich es wirklich? Oder gaukelte mir die Notwendigkeit vor, daß ich es wirklich so meinte?

»Ich habe mir dasselbe gewünscht, Guy.« Wir verschränkten unsere Finger so instinktiv ineinander, daß keiner sagen konnte, wer zuerst die Hand ausgestreckt hatte. »Warum versuchen wir es nicht noch einmal? Warum geben wir uns nicht ein bißchen mehr Zeit?«

»Das würde ich gern tun.«

»Wir müssen beide bis zur Untersuchung hier bleiben. Und die ist erst in mehr als zwei Wochen.«

»Das hat Faraday mir auch gesagt.«

»Hat er dir auch gesagt, daß er Venedig verläßt?«

»Nein.«

»Offenbar morgen. Also wirst du keine Angst mehr haben müssen, daß er hereinplatzt. Falls du wieder zurück in die Villa ziehst, meine ich.«

Jetzt schauten wir uns länger an als nur diesen kurzen Moment, den wir bisher riskiert hatten. Ihre Blicke weckten die Erinnerung an das, was wir getan hatten, und stellten die Frage, was wir noch tun würden. Möge Gott mir vergeben. Max jedenfalls würde es nicht tun.

»Es ... es wird nicht leicht sein, Guy. Darauf zu warten, daß ... unser unmoralisches Verhalten ... vor Gericht bloßgestellt wird. Doch es könnte wenigstens erträglich sein, wenn wir gemeinsam warteten.«

»Es war nicht unmoralisch.«

»Nein. Aber einige werden es trotzdem behaupten.«

»Laß sie.«

»Das werde ich auch. Wenn du mir die Kraft gibst, mich nicht um das zu kümmern, was sie sagen.«

»Ich werde es versuchen.«

»Dann kommst du also zurück zur Villa?«

»Falls Vita keine Einwände hat.«

»Sie hat niemals Einwände gegen etwas, was gut für mich ist.«

»Und ich bin gut für dich?«

»Ich hoffe, daß wir gut füreinander sind.«

»Ja«, sagte ich und führte sie vom Grab weg. »Das hoffe ich auch.«

9

So kehrte ich also in die Villa Primavera zurück. Die zwei Wochen, die ich noch in Venedig auszuharren hatte, würden ihre Versuchungen mit sich bringen. Ich werde nie mit Sicherheit sagen können, ob ich ihnen standgehalten hätte, wenn ich mir selbst überlassen gewesen wäre. Doch das war nicht wichtig. Ich war schon um Dianas willen gezwungen, wieder in die Villa zurückzukehren. Und nachdem ich wieder dort war, überzeugte ich mich mit Leichtigkeit davon, daß mehr oder weniger jede Täuschung – und Leidenschaft – aus demselben Grund zu rechtfertigen war.

Diana war nach Max' Tod in ein anderes Zimmer umgezogen. Kaum nötig zu fragen, warum. Gnädigerweise erinnerte nichts in der Villa an diesen Nachmittag. Max war nicht so lange hier gewesen, daß irgendwelche Gespenster hätten bleiben können. Wenn ich an ihn dachte – und das tat ich häufig –, dann stellte ich ihn mir an anderen Orten und in anderen Stimmungen vor als der, in der er gestorben war. Aber als Diana wenige Stunden vor dem Morgengrauen des zweiten Tages zu mir kam, weinend und nervös, konnte ich sie in die Arme nehmen, ohne Max' Gesicht zu sehen. Und in der dritten Nacht, als wir den Bedürfnissen und Instinkten des Körpers auf eine Weise erlagen, die ich nie wieder für möglich gehalten hätte, hatte ich keinerlei Skrupel, Dianas Körper zu umfassen.

Aber das durfte man von mir auch nicht erwarten. Sie waren seltsam und beunruhigend, diese Tage am Lido, voller Warten, während der Herbst sich mit salzig riechendem Nebel und immer kühleren Abenden ankündigte. Wie anders hätten wir unsere Zweifel und Ängste beruhigen können, als indem wir uns aneinander klammerten? Ich liebte sie nicht. Ich glaubte nicht mehr daran. Aber sie tat es. Und die besondere Art und Weise, wie sie sich mir hingab, machte das nächste Mal noch unwiderstehlicher.

Ich sammelte ihre Geheimnisse ohne Gewissensbisse. Ohne daß sie es wußte, versuchte ich ihr zu helfen, sie vor den »Überredungskünsten« zu bewahren, die Faradays Freunde sich ausdenken mochten. Und es gab nichts, was sie mir nicht erzählen wollte. Nichts, bis auf das, was ich immer dringender aufdecken mußte. Hätte ich nicht das Gespräch zwischen ihr und Vita in dieser Nacht im Garten belauscht, wäre ich von ihrer Unschuld überzeugt gewesen und hätte geglaubt, daß Charnwood kein Geld versteckt habe. Aber er hatte es getan. Was sonst hätten die beiden Frauen meinen können? Und wozu wäre ein so schlaues Versteckspiel gut gewesen?

Denn schlau waren sie zweifellos. Diana öffnete mir ihre Seele. Sie leugnete nichts. Nur einen einzigen Fetzen Wissen verbarg sie vor mir, den Fetzen, den ich in Badezimmerschränken und Garderobenregalen suchte, in Handtaschen und Reisetaschen, wann immer ich die Chance bekam. Selbst Vita nahm ich nicht aus. Ich schlich in ihr Büro, las ihre Briefe und durchsuchte ihre Taschen. Ich hatte viele Gelegenheiten dazu und nutzte sie mit wachsender Verzweiflung. Doch ich kam keinen Schritt weiter.

Als die Tage verstrichen, kam ich zu einem finsteren Entschluß. Ich mußte es ihnen sagen, ihnen den Ernst ihrer Lage begreiflich machen. Dann würden sie vielleicht freiwillig die Wahrheit sagen, um sich selbst zu retten. Allerdings mußte ich zugeben, daß ich Faradays Spion war und noch verachtenswürdiger als er. Indem ich Diana rettete, würde ich sie so gut wie sicher verlieren. Und keine Geldsumme konnte mich dafür entschädigen. Auch wenn ich nicht an die Liebe glaubte, konnte ich Vernarrtheit, Sucht, ja Besessenheit nicht abstreiten. All das fühlte ich, und Diana war der Grund dafür.

Doch was konnte ich schon tun? Welche Alternativen gab es? Keine, soweit ich sehen konnte – außer der Verzögerung. Die Untersuchung war definitiv auf Montag, den 26. Oktober, festgesetzt worden. Martelli hatte das bei einem seiner zahlreichen Besuche gesagt. Er hatte uns auch schon das Ergebnis verkündet: ein Urteil wegen unabsichtlichen Totschlags und das sofortige Ende unseres Arrestes. Wir alle wollten Venedig möglichst bald verlassen. Ich fragte mich nicht, wie es danach weitergehen sollte, denn dann würde ich sprechen müssen. Bis zur Anhörung konnte ich schweigen – und Dianas Zuneigung sicher sein. Aber nicht länger.

Oft hoffte ich auf eine plötzliche Lösung aus meinem Dilemma, irgendeinen *deus ex machina,* der alle meine Schwierigkeiten beheben würde. Aber eben, das war nicht mehr als eine Hoffnung, und noch nicht einmal eine besonders fromme. Ganz gewiß glaubte ich nicht daran, daß sie erfüllt würde, als fünf Tage vor der Anhörung völlig unerwartet Quincy Z. McGowan ankam, der jüngere Bruder der verstorbenen Maud Charnwood und also Dianas Onkel.

Quincy war ein großer Mann in den Vierzigern, mit lauter Stimme und einem strahlenden Lächeln. Er neigte zu Fettleibigkeit und bekam eine Glatze, strahlte aber einen jungenhaften Charme aus. Er hatte, wie er erklärte, eine Reise nach England vorgeschoben, um Vita und Diana nach dem Tod seines Schwagers zu helfen. Im *Amber Court* hatte er von ihrem neuesten Mißgeschick erfahren und war deshalb sofort nach Venedig weitergefahren.

Vita und Diana schienen sich übermäßig zu freuen, ihn zu sehen, und es war leicht zu verstehen, warum. Er fegte wie ein Frühlingswind durch die Villa und zerstreute dabei viel von der Furcht, die sich über uns gesenkt hatte. Diana hatte liebevolle Erinnerungen an den jungen Gott ihrer Kindheit. Nach dem Tod ihrer Mutter aber verschwand der verspielte Onkel fast ganz aus ihrem Leben. Nachdem die *Lusitania* versenkt worden war, hoffte er, die Vereinigten Staaten würden Deutschland den Krieg erklären und ihm so die Möglichkeit bieten, seine Schwester zu rächen. Aber darauf mußte er bis 1918 warten, als er einige glorreiche Monate an der Westfront dienen konnte. Seine Beschreibungen der Kämpfe deckten sich nicht mit meinen Erinnerungen, aber man konnte unmöglich seiner überschäumenden Begeisterung widerstehen. Ich war nur froh, daß Max und ich während unseres Amerikaaufenthaltes niemals an ihn geraten waren. Die McGowans aus Pittsburgh rangierten in der amerikanischen Stahlindustrie nicht weit hinter *Carnegie* und *Frick.* Sie waren mächtige Gegner. Und davon hatte ich schon genug.

Eine von Quincys gewinnendsten Eigenschaften war seine Bescheidenheit. »Mein Vater hat für meinen Wohlstand gesorgt, als ich noch in den Windeln lag. Und mein Bruder Theo sorgt dafür, daß ich ihn behalte. Ich bin der dankbare Nutznießer ihres Geschäftssinnes. Theo hat das Hirn, und Maudie hatte die Schönheit. Für mich blieb da nicht mehr viel übrig – außer Spaß am Leben zu haben.« Aber er war nicht zu seinem Vergnügen nach Venedig gekommen. Er wollte seine Hilfe anbieten. »Wäre die *McGowan Steel Corporation* pleite gegangen, wäre Fabian uns ebenfalls zu Hilfe geeilt. Also ist es nur fair, wenn ich dasselbe versuche.«

Er selbst erwies sich als ebenso nützlich wie das, was er sagte. Von *Charnwood Investments* wußte er so gut wie nichts: »Fabian hat uns immer auf Abstand gehalten, was das Geschäft betraf.«

Quincy verstand es brillant, Frauen jeden Alters zu unterhalten und die Räder der Rechtssysteme jeder Nation zu schmieren. Er fand sofort einen Draht zu Martelli und brachte das amerikanische Konsulat dazu, wesentlich mehr für uns zu tun als unser eigenes. Wenn er uns gerade nicht unterhielt, ermunterte er uns. Und als schließlich der Termin der Untersuchung gekommen war, schien seine Anwesenheit bei dem Gerichtsverfahren beinah magisch ein günstiges Ergebnis zu garantieren. Ich hatte keine Ahnung, ob vielleicht auch etwas anderes als Magie – zum Beispiel Bestechungsgeld – am Werk war, aber ich hätte es ihm zugetraut.

Jedenfalls verlief die Befragung glatt. Natürlich wurde meistens auf italienisch verhandelt. Aber wenn der vorsitzende Richter sein Mißfallen über die Umstände von Max' Tod äußerte oder dessen Charakter kommentierte, verzichtete man zum Glück auf die Übersetzung. Diana und ich wurden auf englisch befragt, und die verschlungenen Wege der Übersetzung neutralisierten unsere Antworten und nahmen ihnen die Scham und jedes Gefühl. Ich konnte nicht abschätzen, wie ein italienisches Gericht auf die Ereignisse reagieren würde, die wir beschrieben, aber ich war sicher, daß es nicht mit der engstirnigen Säuerlichkeit englischer Middle-class-Geschworener urteilte. Und so war es denn auch. Das Urteil wurde mit fast klinischer Ruhe verkündet. *Omicidio involontario,* genau wie Martelli vorausgesagt – und wofür Quincy möglicherweise vorgesorgt hatte.

Nach der Urteilsverkündung gingen wir in *Harry's Bar,* kehrten dann zum Lido zurück und dinierten im *Excelsior.* Die Erleichterung gab uns Mut, der fast in Fröhlichkeit umschlug. Als ich mich spät am Abend am Tisch umsah und meine Gefährten betrachtete, schien ich plötzlich weit von ihnen entfernt zu sein. Ich hatte Gewissensbisse, weil das Buch über Max Algernon Wingates Leben und Tod nun zugeschlagen worden war. Ich entschuldigte mich und ging auf die Terrasse hinaus, um eine Zigarette zu rauchen. Dabei beobachtete ich die Gischt der Adria, die aus der endlosen Nacht auf mich zurollte, und fragte mich, was ich hätte tun können – oder nicht tun sollen –, um dieses bittere Ende unserer zwanzigjährigen Freundschaft abzuwenden.

»Du denkst an Max, nicht wahr?« fragte Diana, die leise hinter mir hergekommen war, ihren Arm unter meinen schlang und den Kopf an meine Schulter legte. »Ich konnte es an deinem Gesicht sehen, als du gegangen bist.«

»Ich kann nicht anders.«

»Das will ich auch gar nicht. Wir werden ihn nie vergessen. Das werden wir nicht einmal versuchen.«

»Weißt du, nichts davon war seine Schuld.«

»Du glaubst immer noch, daß jemand anders Papa umgebracht hat?«

»Ich weiß es nicht genau. Vermutlich werde ich es auch nie erfahren.« Ich merkte, daß sie auf ihrem Arm Gänsehaut bekam. »Wollen wir hineingehen?«

»Gleich. Das Meer ist so ... bezaubernd.«

»Längst nicht so bezaubernd wie du.« Ich küßte sie und sah, wie sich die Lichter des Speisesaals in ihren Augen spiegelten. »Freust du dich, nach Hause zu kommen?«

»Ich glaube schon.«

»Du glaubst es nur?«

»Was bedeutet das für uns, Guy – wenn wir nach England zurückfahren? Werden wir zusammenbleiben?«

In diesem Moment hätte ich es ihr sagen sollen. Ich hätte ihr mein Geheimnis enthüllen sollen, solange ich noch den Mut dazu hatte. Aber ich wußte, daß ich es noch ein kleines bißchen länger hinauszögern konnte. Also küßte ich sie nur und flüsterte ihr ein »Selbstverständlich« ins Ohr. Am nächsten Tag holten wir unsere Reisepässe aus der Quästur ab, nahmen das Boot nach San Michele, wo wir Blumen auf Max' Grab niederlegten und uns schweigend von ihm verabschiedeten. Wir würden Venedig bald verlassen, doch Max würde für immer hier bleiben. Wir trugen deswegen keine Schuld, das hatte das Gericht verkündet. Und doch mußte er bleiben, während wir gehen durften.

Wir hatten Plätze im Orientexpreß gebucht, der Venedig Mittwoch nachmittag verlassen würde. Es war der 28. August, und die Zeit wurde knapp. Nicht, daß es beim Frühstück in der Villa Primavera Spannungen gegeben hätte. Diana und ich wahrten den Anstand, indem wir getrennt aus unseren Räumen herunterkamen, was aber zweifellos niemanden täuschte. Ich saß also ungefähr zehn Minuten allein mit Vita da, bevor Diana uns Gesellschaft leistete. Quincy machte bereits seinen üblichen Morgenspaziergang am Strand.

»Ich freue mich, daß ich mich in Ruhe mit Ihnen unterhalten kann«, begrüßte mich Vita. »Es ist allerhöchste Zeit zu fragen, welche Absichten Sie mit meiner Nichte haben.«

Ich setzte meine Tasse ab und lächelte sie an. »Ich bin mir nicht sicher, ob ich das weiß.«

»Das sollten Sie aber. Sie liebt Sie, Guy, das ist offensichtlich für mich, auch wenn Ihnen das nicht klar sein mag. Also, was haben Sie vor?«

»So einfach ist das nicht. Verstehen Sie...« Ich zögerte. Wieder hatte ich die Möglichkeit zur Beichte. Und wieder ließ ich sie verstreichen.

»Nun, hallo, ihr beiden!« rief Quincy, der unvermutet hereinkam. Er keuchte noch leicht von seinem Spaziergang. »Ein wunderbarer Morgen, findet ihr nicht?«

»Doch«, erwiderten wir im Chor. »Absolut.«

»Draußen habe ich den Postboten getroffen. Er hat mir einen Brief für dich gegeben, Vita. Wenigstens nehme ich an, daß er für dich ist.«

»Wie meinst du das?«

»Sieh selbst.« Er legte den Umschlag vor sie hin. Die Adresse war mit Maschine getippt. Miss Charnwood. Kein Vorname.

»Hier im Ort aufgegeben«, meinte Vita. »Wie eigenartig.«

»Willst du ihn nicht aufmachen?«

»Vielleicht ist er für Diana.«

»Vielleicht auch nicht.«

»Sicher, aber ...«

In diesem Moment erschien Diana lächelnd neben Quincy. »Gibt es irgend etwas Aufregendes?«

»Einen Brief für Miss Charnwood«, erklärte ich. »Die Frage ist nur: für welche?«

»Laß mich sehen.« Vita reichte ihr den Umschlag. »Tatsächlich, er könnte für jede von uns sein.«

»Dann öffne ihn doch, Liebes«, schlug Vita vor. »Befreie uns aus unserer Notlage.«

»Gern.« Sie öffnete den Brief mit einem Messer, nahm ein Blatt Papier heraus und runzelte die Stirn, nachdem sie die Nachricht gelesen hatte. »Wie ungewöhnlich!«

»Was ist es?« wollte ich wissen.

»Ich weiß es nicht. Eine Art... Diagramm. Es sagt mir nichts. Tantchen?« Sie reichte Vita das Blatt, die einen kurzen Blick darauf warf und es dann auf die Tischdecke fallen ließ, so daß wir alle es deutlich sehen konnten.

Das Blatt war bis auf ein Paar konzentrischer Kreise leer. Der innere Kreis maß ungefähr zweieinhalb Zentimeter im Durchmesser, der äußere war doppelt so groß. Aus irgendeinem Grund erinnerten sie mich an Charnwoods Spiel mit dem Fünf-Shilling-Stück. Doch diesmal gab es zwei Kreise – und keinen Magier, der ihnen eine Bedeutung entlockte.

»Was sagt dir das, Vita?« fragte Quincy.

»Nichts«, erwiderte sie. Doch ihre Stimme klang erstickt,

eher bestürzt als verwirrt. Sie war bleich geworden, und ihr Blick wirkte irgendwie alarmiert. »Irgendein absurder Scherz, vermute ich.«

»Ein sehr sinnloser Scherz, findest du nicht – da niemand ihn versteht?«

»Da hast du allerdings recht, Quincy.«

Diana nahm das Blatt hoch, starrte darauf und betrachtete dann den Umschlag. »Gestern hier in Venedig abgestempelt«, sagte sie nachdenklich. »Was kann das denn bedeuten?«

»Ich weiß es nicht«, behauptete Vita. »Und ich habe nicht vor, dem Absender den Gefallen zu tun, meine Gehirnzellen anzustrengen, um das herauszufinden. Wenn ihr mich jetzt entschuldigt, ich muß packen.« Sie stand rasch vom Tisch auf, wischte sich Brotkrumen von der Lippe und stürmte hinaus. Wir anderen schauten uns mit erhobenen Brauen an.

»Armes Tantchen«, meinte Diana. »Irgendwie scheint der Brief einen Nerv getroffen zu haben.«

»Anonyme Briefe sind immer beunruhigend«, meinte ich.

»Aber es ist kein Brief«, bemerkte Quincy. »Nur ein Diagramm. Es ist weder ausfallend noch bedrohlich – soweit ich sehen kann.«

»Und es war auch nicht unbedingt für Tante Vita bestimmt«, erinnerte uns Diana. »Es könnte genausogut an mich gerichtet sein.«

»Und es sagt dir gar nichts?« fragte ich.

»Überhaupt nichts.«

»Im Gegensatz zu Vita«, stellte Quincy nachdenklich nickend fest.

Diana schaute erst ihn, dann mich an. Ihre Verwirrung wich langsam der Sorge um Vita. Sie steckte das Papier wieder in den Umschlag zurück, hielt ihn nachdenklich einen Moment mit beiden Händen fest und reichte ihn dann mir. »Verwahr das für mich, Guy, ja? Nur für den Fall – nun, für alle Fälle.«

»Sicher.« Ich nahm den Umschlag entgegen. »Aber...«

»Ich werde nach Vita sehen. Vielleicht will sie mit mir reden. Würdet ihr beide mich entschuldigen?«

»Was ist mit...« Doch sie war gegangen, bevor ich meinen Satz zu Ende bringen konnte. »...deinem Frühstück?« murmelte ich, als sich die Tür bereits hinter ihr geschlossen hatte.

»Ich glaube, ihr ist der Appetit vergangen«, vermutete Quincy. Er grinste bedauernd.

»Sieht so aus.« Ich schob den Umschlag samt Inhalt in meine Tasche. »Oder jemand hat ihn ihr genommen.«

»Etwa ein anonymer venezianischer Geometer? Dann sollten wir lieber abreisen.«

»Ja. Das glaube ich auch. In jeder Hinsicht.«

Die Abreise vertrieb den Gedanken an den eigenartigen Brief und Vitas Reaktion darauf aus meinem Kopf. Am späten Nachmittag verließ der Orientexpreß langsam den Bahnhof *Santa Lucia.* Ich schaute aus dem Fenster meines Abteils auf die Lagune, die an uns vorbeizugleiten schien. Wieviel glücklicher wäre ich gewesen, wenn ich vor drei Wochen hätte abreisen können, als ich noch brennend entschlossen gewesen war, Max zu rehabilitieren. Jetzt war nichts mehr einfach. Diana und ich waren ein Liebespaar. Und die Schulden ihres Vaters sollten eingeklagt werden. Über uns hing ein Damoklesschwert, doch nur ich konnte es sehen. Bald, sehr bald würde ich reden müssen – oder hilflos zusehen, wie das Schwert herabfiel.

Als es dunkel wurde und wir uns Verona näherten, ging ich in den Speisewagen. Die Ladies würden vor dem Dinner noch eine Stunde für ihre Toiletten brauchen, und für mich wäre es wohl am besten, ich würde dem Pianisten zuhören, der ein paar Ragtime-Melodien als Fingerübung spielte, und dazu einige *Manhattans* trinken, um so meine Schwierigkeiten zu vergessen. Ich wollte allein sein, doch Quincy McGowan hatte anderes im Sinn.

»Großartige Idee, Guy. Ein langer kühler Drink, bevor es losgeht. Und eine kleine ... *conversazione,* bevor wir Italien verlassen. Sie sind bestimmt froh, in die Schweiz zu kommen.«

»Das muß ich zugeben.«

»Bevor es soweit ist, möchte ich noch über etwas mit Ihnen reden.«

»Ach ja?«

»Meine großartige Nichte Diana. Seit sie erwachsen geworden ist, erinnert sie mich immer mehr an Maudie. Irgendwie glaube ich, ich muß sie ... nun, beschützen.«

»Das ist sehr verständlich.«

»Deshalb habe ich Pittsburgh verlassen und bin nach Venedig gekommen. Verstehen Sie ...« Er senkte die Stimme. »Mein Bruder Theo hat Wind von schlechten Gefühlen unter den amerikanischen Anlegern von *Charnwood Investments* bekommen. Wir haben einige Nachforschungen angestellt. Einige sehr diskrete Fragen gestellt. Und für jemanden, dem etwas an Diana und Vita liegt, waren die Antworten ... alarmierend.«

Ich versuchte verwirrt zu klingen. »In welcher Hinsicht?«

Er schnitt eine Grimasse. »Es scheint so, daß einige Leute, mächtige Leute, nicht glauben, daß Fabian soviel Geld verloren hat, wie berichtet wurde. Sie scheinen anzunehmen, daß er es irgendwo gebunkert hat und nur seine Schwester und seine Tochter wüßten, wo.«

»Das ist absurd.«

»Vielleicht. Aber sie glauben es. Sie fühlen sich hintergangen. Und ich vermute, man kann es ihnen nicht verdenken.«

»Was machen sie ... was haben sie vor?«

»Oh, einiges haben sie schon unternommen.« Er hielt inne, und mein wachsendes Schuldbewußtsein verlieh dem kurzen

Schweigen ungeheure Bedeutung. »Nach Theos Informationen haben sie Spione auf Diana und Vita angesetzt.«

»Spione?«

»Dieser Faraday, von dem Vita mir erzählt hat, könnte einer sein.«

»Guter Gott. Nun, ich mochte ihn noch nie, aber ...«

»Und es gibt noch mehr.«

»Wirklich?«

Er nickte. »Ganz sicher.«

Es wurde schwierig, seinen Bemerkungen keine Doppeldeutigkeit beizumessen. Ich räusperte mich. »Aber weder Diana noch Vita wissen etwas über Charnwoods Geld. Wenn er es versteckt hat, können sie seine Gläubiger nicht zum Versteck führen.«

»Oh, dem stimme ich zu. Aber wir sind in der Minderzahl. Fabians Gläubiger wollen ihr Geld zurück. Wenn sie es nicht mit Spionage schaffen, werden sie andere Wege einschlagen. Faraday hat aufgegeben und ist abgereist, nicht wahr? Offenbar hat man den subtilen Weg verlassen. Ich bin besorgt darüber, daß sie jetzt vielleicht zu krasseren Methoden greifen könnten.« Er ließ diesen Satz in der rauchgeschwängerten Luft hängen und deutete auf mein Glas. »Noch einen Drink?«

»Gute Idee. Ich könnte einen brauchen.« Und wie. Doch war ich auch für die Atempause dankbar, die das Kommen und Gehen des Kellners mit sich brachte. Der Pianist spielte weiter, und die Gespräche um uns herum wurden zu einem kollektiven Gemurmel. Das Klack-Klack der Schienen trieb meine Gedanken voran, aber ich war schon längst überholt worden.

»Warum haben Sie es nicht gesagt, bevor ich es tun muß, Guy?«

»Was gesagt?«

»Sie sind einer ihrer Spione, nicht wahr?« Sein eindringlicher Blick verbot mir jede Lüge. Ich wandte meine Augen nicht ab und war mir keinerlei Veränderung in meiner Miene bewußt, antwortete jedoch nicht. »Ich wußte es schon, bevor wir uns kennengelernt haben. Ihr Name, Guy. Ihrer und Wingates. Sie tauchten plötzlich im Kleingedruckten aller Anklagepunkte auf, denen sich Hiram und Richard Babcock in den nächsten Monaten stellen müssen. Als Direktoren des *Serendipity and Happenstance Investment Trust*, der *Blue Hill Corporation*, der *Tuscarora Corporation*, der *Wide Horizon Investment and Debursement Company*... Soll ich weitermachen?«

»Nein.« Offensichtlich hatte er das alles schon herausgefunden, bevor er nach England gereist war. Ich war für ihn eine bekannte, wenn auch dubiose Größe, bevor wir uns überhaupt begegnet waren. »Das brauchen Sie nicht.«

»Und selbstverständlich kann nicht bewiesen werden, daß man Ihnen solch lukrative Jobs gegeben hat, weil Sie Unterhändler für illegale Geschäfte der Babcocks mit kanadischen Bierbrauern gewesen sind, wenn ich mir auch nicht vorstellen kann, welche anderen Qualifikationen Sie sonst gehabt haben könnten. Und es kann auch niemand beweisen, daß Sie wußten, daß die Babcocks die Aktien ihres Unternehmens nach dem Börsenkrach dadurch stützten, daß sie Geld von der *Housatonic Bank* unterschlugen, bei der Hiram Präsident war. Aber ich vermag zwischen den Zeilen zu lesen. Sie haben die Staaten verlassen, um nicht mit ihnen unterzugehen. Vermutlich haben Sie seitdem nach einer anderen Einkommensquelle Ausschau gehalten. Und ich nehme an, Sie haben auch eine gefunden. Ich hoffe, daß man Sie gut dafür bezahlt, daß Sie Diana nach Venedig gefolgt sind.«

»Jetzt hören Sie...«

»Moment noch!« Er hielt die Hand hoch. »Lassen Sie mich ausreden. Dann können Sie sagen, was Sie wollen. Sie sind ein Betrüger. Ihr Freund war auch einer. Aber ich will nicht mit Ihnen darüber streiten, wie Sie Ihr Geld verdienen. Und ich erwarte auch nicht, daß Sie zugeben, Diana nachspioniert zu haben. Versuchen Sie nur nicht, es zu leugnen. Es ist nicht wichtig, verstehen Sie? Diana ist in Sie verknallt, das ist offensichtlich. Aber was empfinden Sie für sie? Dasselbe?«

Ich versuchte, so würdevoll wie möglich zu antworten. »Ob Sie es glauben oder nicht, Quincy: ja.«

»Habe ich mir gedacht. Also, was werden Sie tun? Sie ist in Gefahr, das wissen Sie besser als ich. Wie wollen Sie sie da rausholen?«

Ich nahm einen tiefen Zug an meiner Zigarette und versuchte, ruhig und entspannt zu wirken, während ich wie verrückt ein ganzes Gewirr von Erwägungen überdachte. Quincy hatte mich durchschaut. Wenn ich ihm nun erzählte, warum ich davon überzeugt war, daß Vita und Diana etwas verbargen, dann würde er mir vermutlich nicht glauben. Aber sein Vertrauen in Vita war erst heute morgen auf die Probe gestellt worden. Ich mußte herausfinden, wie gefestigt es wirklich war. »Eins nach dem anderen«, antwortete ich schließlich. »Der anonyme Brief hatte für Vita eine Bedeutung. Sind Sie sicher, daß sie keine wichtigen Informationen verheimlicht?«

»Ich habe ihr Wort. Und sie verbürgt sich auch für Diana. Das reicht mir. Und was das Diagramm betrifft ... Nun, Vita mag die Ernsthaftigkeit ihrer Lage erkannt haben, offenbar im Gegensatz zu Diana. Vielleicht hat sie eine Art Bedrohung darin gesehen. Möglicherweise zu Recht. Wenn ja, ist es um so dringender, daß wir etwas unternehmen.«

»Aber was?« Ich zögerte, während ich seine Worte sorgfältig abwog. Von seiner Ernsthaftigkeit war ich überzeugt. Und ich kannte ihn auch als wohlhabenden Mann. Er schien den Boden für einen Vorschlag vorbereiten zu wollen, einen, der all unsere Probleme lösen konnte. »Wenn, wie Sie sagen«, fuhr ich vorsichtig fort, »Charnwoods Klienten nicht glauben wollen, was wir annehmen, nämlich, daß Diana und Vita vollkommen unschuldig sind …« Ich schaute ihn direkt an. »Dann sehe ich keinen Ausweg.«

»Oh, es gibt immer einen Ausweg.« Er grinste. »Ich habe genug Geld.«

»Was wollen Sie damit sagen?«

»Ich meine, daß ich mit meinem Anteil an der *McGowan Steel Corporation* eine Art … Schadenersatz anbieten könnte. Eine bestimmte Summe Kapitals, in MeGowan-Aktien, im Gegenzug für die Aufhebung jedweder Bedrohung meiner Nichte und ihrer Tante.«

Ich mußte fast lachen. Das war besser und großzügiger, als ich erhofft hatte. »Das würden Sie tun?«

»Ich wäre bereit, eine Vereinbarung abzuschließen. Aber ich kann nicht mit gesichtslosen Männern verhandeln. Ich muß mit diesen Leuten in Kontakt treten. Aber ich weiß nicht, wo sie sind. Fabian war fast schon besessen geheimniskrämerisch, wenn es um seine Klienten ging. Die wichtigsten von ihnen, diejenigen, die auch im Namen der anderen einen Handel abschließen könnten, sind offenbar entschlossen, anonym zu bleiben. Also, der einzige Weg, sie zu erreichen, sind ihre Agenten. Sind Sie, Guy.«

Wir musterten einander kühl und überlegt, wie zwei Männer von Welt. Wenn ich Quincy half, würde ich sowohl unter seinem Einfluß als auch in seiner Schuld stehen. Weigerte ich mich, würde das Schwert über meinem Kopf weiterhin an seinem letzten, immer dünner werdenden Haar baumeln. Letztlich hatte ich keine Wahl. Aber zuerst mußte ich eine Abmachung für mich selbst treffen. »Haben Sie vor, Diana – oder Vita – ihren Verdacht mir gegenüber zu erzählen?«

»Nicht, wenn Sie kooperieren.«

»Indem ich ein Treffen arrangiere?«

»Das ist nicht zuviel verlangt, nicht wahr?«

»Nein. Vermutlich nicht.« Ich schaute mich kurz in dem Abteil um, bevor ich Quincy wieder ansah. »Wann?«

»So bald wie möglich. Zeit ist wichtig.«

»Einverstanden. Wenn wir in London ankommen, werde ich ein ... Telefonat führen.«

»Gut. Bis dahin werden wir die Mädchen nach Dorking verfrachtet haben.«

»Ich kann selbstverständlich nicht vorhersagen, welche Reaktion ihr Anerbieten auslösen wird.«

»Das überlassen Sie mir.« Er beugte sich näher heran. »Und, Guy, wenn Sie etwas von Diana erfahren – ganz gleich, was –, das annehmen läßt, sie und Vita würden uns in die Irre führen ... dann möchte ich es sofort erfahren.«

»Das ist nur fair.«

»Ich erwarte nicht, daß Sie darauf achten, aber ...«

»Ich verstehe.« Ich erinnerte mich wieder an die Worte, die ich im Garten belauscht hatte. »Ich bin froh, daß unsere Bemühungen nicht umsonst waren ... Damit er weiterhin nur Vermutungen anstellt, Tantchen. Und zwar in die falsche Richtung.« Ja, ich verstand. Besser, als Quincy sich vorstellen konnte. »Wir alle müssen unsere ... Vorsichtsmaßnahmen treffen, nicht wahr?«

»Vermutlich.« Er nickte. »Also abgemacht?«

»Ja.«

»Guter Mann.« Er schlug mir auf die Schulter. »Sie werden es nicht bereuen.«

Wirklich nicht? Diese Versicherung hatte ich in der letzten Zeit zu oft gehört, viel zu oft. Aber man muß am Ende doch um die Ecke biegen. Auch eine Pechsträhne ist einmal zu Ende. Als ich mein Glas hob und durch es hindurch Quincys lächelndes Gesicht anschaute – es sah zusammengedrückt aus wie in einem Vexierspiegel –, betete ich darum, daß dies der Moment sein möge.

Die Atmosphäre während des Dinners war so sorglos, daß es mir beinahe vorkam, als ob die *conversazione* mit Quincy niemals stattgefunden habe ... Aber gelegentliche Blicke aus seinen kleinen, runden, glänzenden Augen zeigten mir etwas anderes. Wenn ich mir überlegte, was ich hätte tun müssen, wenn er nicht eingeschritten wäre, so war sogar die Tatsache, daß er mich durchschaut hatte, erträglich. Statt dessen konnte ich Diana nun verheimlichen, daß meine Loyalität geteilt war. Als ich sie gegen Mitternacht in ihr Schlafwagenabteil zurückbrachte, signalisierte eine Veränderung der Geräusche, daß wir den Simplontunnel passiert hatten und uns in der Schweiz befanden. Wir ließen Italien – und Max – hinter uns. Diana küßte mich. »Jetzt sind wir in Sicherheit, Guy«, flüsterte sie. Ich sagte nichts, zufrieden damit, daß sie sich die meisten ihrer Illusionen selbst erschuf.

»Quincy hat mir gesagt, daß er ein paar Tage in London verbringen muß«, bemerkte Vita, während wir von der Fähre auf die weißen Felsen von Dover blickten. Es war der Nachmittag des folgenden Tages, und der Himmel über England war von makellosem Blau. Einer weggeworfenen Zeitung zufolge, die neben uns auf einer Sitzbank lag, hatte die Regierung die allgemeinen Wahlen mit einer großen Mehrheit gewonnen, und der erste Herbstnebel hatte sich über die Hauptstadt gelegt. »Er muß dort Geschäfte erledigen. Aber Diana und ich hoffen, daß Sie mit uns nach Dorking kommen.«

»Das ist sehr nett, aber ...«

»Im *Amber Court* ist viel Platz für Sie. Nach diesen Wochen in Venedig hasse ich den Gedanken, daß Sie allein in einem miesen Hotel wohnen.«

»Komm mit, Guy«, flüsterte Diana und legte ihre Hand in meine.

»Das würde ich auch gern, aber ich muß wirklich erst meinen Vater und meine Schwester besuchen. Ich habe ihnen eine Menge zu erzählen.«

»Das ist nur richtig so«, stellte Vita fest. »Aber danach...«

»Wäre ich erfreut, Ihre Einladung annehmen zu dürfen.«

»Großartig!« Sie erhob sich und sog die Meeresluft ein. »Nun, wenn ihr jungen Leute mich entschuldigen wollt, ich finde es langsam kalt hier draußen. Ich werde unter Deck gehen und nachsehen, was aus Quincy geworden ist.«

Nachdem sie davongewatschelt war, küßte mich Diana auf die Wange und sagte: »Ich würde auch gern deinen Vater und deine Schwester kennenlernen, Guy.«

»Das wirst du auch. Wenn ich die beiden auf eine derartig schöne Überraschung vorbereitet habe.«

»Fährst du deswegen nach Letchworth? Um Sie darauf vorzubereiten?«

»Ja. Und um ihnen zu erklären, was passiert ist.« Ich lächelte sie an. Ich merkte, wie leicht es mir fiel, sie anzulügen, und ich hatte nicht einmal den Hauch eines schlechten Gewissens. Diese Lüge war notwendig – im Interesse aller. »Mach dir keine Sorgen. Alles wird gut.«

Als Quincy und ich Diana und Vita am Nachmittag dieses Tages in der *Victoria Station* in den Zug nach Dorking setzten, nahmen sie an, daß wir getrennte Wege gehen würden. Statt dessen stiegen wir beide im *Grosvenor Hotel* ab. Sobald der Page mich in mein Zimmer gebracht hatte, rief ich in Gregorys Büro an und verabredete mich mit ihm in einer Stunde. Quincy bekundete seine Freude über dieses Arrangement.

»In welcher Branche arbeitet Gregory?«

»Titel. Er verkauft Adelstitel und alle anderen Titel, an denen er verdienen kann.«

»Man kann Titel kaufen?«

»O ja. Kaufen und verkaufen.«

Quincy stieß einen Pfiff aus. »Soviel zum britischen Adel. Ich vermute, das macht meine Aufgabe noch einfacher. Zumindest dürfte dieser Bursche gewohnt sein, über Geld zu reden.«

»Daran gewöhnt?« Ich lächelte. »Geld ist Maundy Gregorys Muttersprache.« Und war auch meine, seitdem sich die Idee in meinem Kopf festgesetzt hatte. Wenn Quincy Charnwoods Gläubiger davon überzeugen konnte, daß es keinen verborgenen Geldschatz gab, und diese sich mit McGowans Aktien zufriedengeben würden; wenn der Verbleib eines solchen Schatzes das Geheimnis war, das sich Vita und Diana teilten, ohne daß außer mir jemand davon wußte; wenn Diana und ich eine gemeinsame Zukunft haben sollten ... dann winkte möglicherweise tatsächlich Reichtum. »Wieviel hat sie dir erzählt, Guy?« hatte Max gefragt. »Nichts«, hätte ich antworten sollen. »Noch nicht.«

Der Parliament Square lag im Nebel, als wir ihn eine Stunde später überquerten. Der Westminsterpalast war ein undeutlicher Klotz und das Zifferblatt des Big Ben ein vornehmes Leuchten. Wir marschierten durch die Schwingtüren mit der Aufschrift *Whitehall Gazette*, an dem Portier und der Sekretärin vorbei ins innere Heiligtum, wo Gregory schon darauf wartete, mich zu empfangen. Allerdings rechnete er nur mit einem Gast. Da ich befürchtet hatte, er könne sich weigern, Quincy zu empfangen, hatte ich einfach nicht erwähnt, daß ich ihn mitbringen würde. Und diese Unhöflichkeit mißfiel unserem Gastgeber ganz eindeutig.

»Wer ist dieser Gentleman, mein lieber Junge?« fragte er und runzelte drohend die Stirn. Nachdem ich meinen Gefährten vorgestellt und seine Beziehung zu Charnwood erklärt hatte, wurde das Runzeln noch stärker. »Sie sind Fabian Charnwoods Schwager?« sagte er zu Quincy, nachdem ich fertiggeredet hatte. »Offen gestanden bezweifle ich, Sir, daß wir uns etwas zu sagen haben.«

Quincy lächelte. »Da irren Sie sich, Mr. Gregory. Ich habe Ihnen einen Vorschlag zu machen. Und Guy hat mir gesagt, daß Sie immer an Vorschlägen interessiert sind – vor allem wenn es dabei um große Summen Geldes geht.«

Bei den letzten Worten milderte sich Gregorys Miene. »Was für einen Vorschlag meinen Sie?«

»Einen, der von gegenseitigem Vorteil ist.«

»Und der, wie ich denke, ernsthafte Erwägung verdient«, mischte ich mich ein. »Ich bin vollkommen davon überzeugt, daß weder Diana noch Vita uns zu Charnwoods Schatz führen können – aus dem einfachen Grund, weil er nicht existiert.«

Gregory schaute mich finster an. »Die Frage ist nicht, ob Sie überzeugt sind, sondern ob die, die Charnwood beraubt hat, überzeugt werden können.«

Quincy lächelte ihn immer noch an. »Entschuldigen Sie, aber Sie irren sich schon wieder. Die Frage ist, wieviel Geld sie überzeugen wird – ganz gleich, woher es kommt.«

Gregory starrte uns abwechselnd an. Auf solch ein direktes Vorgehen war er nicht vorbereitet. Aber er versuchte bereits sein Bestes, um es einzuordnen. »Vielleicht«, sagte er langsam. »Vielleicht ist das so.«

»Die *McGowan Steel Corporation* ist eventuell in der Lage, einen Schadenersatz für die geschädigten Klienten meines verstorbenen Schwagers zu bieten, vorausgesetzt, die Antwort auf das Angebot ist realistisch.«

»Verstehe.«

»Und darüber hinaus könnte der Makler einer solchen Vereinbarung ein großzügiges Honorar erwarten.«

»Ah ja, der Makler.« Gregorys Mundwinkel zitterten. »Den sollten wir nie vergessen.«

»Der wird von meiner Nichte und ihrer Tante nichts bekommen. Aber ich will nicht, daß die beiden deswegen zu Schaden kommen.«

»Lobenswert, wirklich.« Jetzt lächelte Gregory ebenfalls. Er begann sich vorzustellen, wie er Quincys Angebot verkaufen würde und welche Provision er dafür einstreichen konnte. »Ich denke, wir haben die Grundlage für ein profitables Gespräch entdeckt, Mr. McGowan.« Er schaute mich an. »Würde es Ihnen etwas ausmachen, wenn Sie uns verließen, lieber Junge?« Ich erriet sofort, warum er mit Quincy allein reden wollte. So würde ich nie herausfinden, auf welche Bedingungen sie sich geeinigt hatten und ob mein Anteil an seiner Provision angemessen war. Aber das kümmerte mich nicht. Etwas viel Lohnenderes als die Brosamen von Maundy Gregorys Tisch war zum Greifen nahe. »Warten Sie draußen, ja?«

»Gewiß.« Ich stand auf und ging hinaus. Im Vorbeigehen zwinkerte ich Quincy zu. Das Geschäft war so gut wie geritzt.

Und so war es auch. Zwanzig Minuten später riß Gregory seine Bürotür auf und komplimentierte mich wieder hinein. Wie aus dem Nichts erschienen Champagner und Zigarren. Die Feierstimmung vereinigte sich mit Alkohol und Zigarren zu einer berauschenden Dreifaltigkeit.

»Ich werde mein Bestes tun, um die Leute, die ich vertrete, von Ihrem Angebot zu überzeugen, Mr. McGowan«, meinte Gregory strahlend. »Im Sinne eines Kompromisses, der meiner Meinung nach das Verhalten aller fairen Männer leiten sollte.«

»Mehr kann ich nicht verlangen«, antwortete Quincy und grinste mich versteckt an.

»Faraday erwähnte, daß der Termin Ende dieses Monats sei«, flocht ich vorsichtig ein.

»Der ist aufgehoben, lieber Junge«, lispelte Gregory an seiner Zigarre vorbei. »Bis wir eine Übereinkunft erreichen.«

»Was hoffentlich bald der Fall sein wird«, ergänzte Quincy.

»Allerdings«, antwortete Gregory, der sogar bereit war, einen Augenblick die Zigarre aus dem Mund zu nehmen. »Sie werden nächste Woche beide im *Amber Court* sein, sagten Sie?«

»Das werden wir.«

»Dann dinieren Sie doch im *Deepdene* mit mir. Das ist mein Hotel in Dorking. Heute abend in einer Woche. Bis dahin sollte ich Ihnen vom positiven Ausgang meiner Gespräche berichten können.«

»Das paßt mir gut«, stimmte Quincy zu. »Und Ihnen, Guy?«

»Nun, selbstverständlich.« Aber ich hatte den deutlichen Eindruck, daß meine Gegenwart nur ein Zeichen der Anerkennung dafür war, daß ich die beiden Männer zusammengebracht hatte. Sie bedurften meiner Dienste nicht mehr. Und mit etwas Glück hatte ich auch keine Verwendung mehr für ihre.

Quincy und ich besprachen den Fortschritt, den wir gemacht hatten, bei einem späten Dinner im *Grosvenor*. Ich führte so freundlich wie möglich aus, daß Charnwoods Gläubiger nicht notwendigerweise mit Gregory übereinstimmen würden, aber Quincy war zuversichtlich.

»Für das Honorar, das ich ihm zahle, wird Gregory alles tun, um sie dafür zu gewinnen. Und ich vermute, daß er Erfolg haben wird.«

»Ich hoffe es jedenfalls.«

»Darauf können Sie wetten. Wir haben die Sache zwar noch nicht ganz übers Meer gebracht, aber der Hafen ist verdammt nah.« Plötzlich veränderte sich seine Miene. Er preßte die Hand gegen die Stirn und schien den Tränen nah zu sein.

»Was ist los?«

»Entschuldigen Sie.« Er lächelte tapfer. »Es ist nur so, daß Diana mich an Maudie erinnert – ich denke mehr an sie, als ich es in den letzten Jahren getan habe. Vermutlich will ich meine Nichte retten, weil ich bei meiner Schwester versagt habe.«

»Wie hätten Sie sie retten können? Keiner konnte ahnen, daß die Deutschen die *Lusitania* versenken würden.«

»Nein? Die deutsche Botschaft in Washington hatte eine Anzeige in den New Yorker Zeitungen geschaltet, daß jedes Schiff unter englischer Flagge als legitimes Kriegsziel betrachtet würde. Ich hätte...« Er brach ab und kaute nachdenklich auf seiner Zigarre. Dann fuhr er gemäßigt fort: »Für Maudie ist es jetzt zu spät. Für die anderen Opfer auch. Wir müssen an die Lebenden denken.«

»Wann werden Sie nach Dorking fahren?«

Er seufzte und grinste schließlich. »Morgen. Und Sie? Vita hat mir gesagt, daß Sie erst Ihre Verwandten besuchen wollten.«

»Ja, aber ich werde nur ein paar Tage weg sein.«

»Wollen Sie sie vielleicht auf eine Ankündigung vorbereiten, die Sie und Diana betrifft?«

Ich lächelte schüchtern. »Möglicherweise.«

»Sorgen Sie nur dafür, daß Sie vor unserer Dinnerverabredung mit Gregory wieder zurück sind.«

»Keine Sorge. Das werde ich.«

In dieser Nacht lag ich wach und dachte über die Komplexität des Lebens nach. Wenn ich sofort nach Max' Tod Venedig verlassen hätte, wie ich es gewollt hatte, wäre alles anders gewesen. Oder nicht? Ich würde niemals weder wissen noch beurteilen können, ob ich, anstatt mich verzweifelt zu bemühen, die Ehre meines Freundes wiederherzustellen, zu Diana zurückgekehrt wäre, um den Trost zu suchen, den ich seitdem in ihren Armen gefunden hatte. Außerdem erwartete ich nicht mehr länger, irgend etwas zu entdecken oder auszugraben, das Max entlastete. Die Zeit hatte mein Vertrauen in seine Unschuld aufgefressen, die Zeit und mein Charakter. Also, welchen Sinn hatte es jetzt noch, auch nur das wenige zu tun, das ich mir geschworen hatte, um seinen Ruf wiederherzustellen? Warum sollte ich mir nicht die ganze Mühe sparen und gar nicht erst damit anfangen? Was war dagegen einzuwenden, daß ich mich statt dessen in Gedanken über die verlockende Zukunft verlor, die Quincy möglich gemacht hatte? Ich schlief ein, beinah überzeugt, das Richtige zu tun.

Aber ich träumte von Max, und zwar lebhafter als je zuvor. Ich träumte, daß er mich aus dem Schatten beobachtete, während Diana und ich uns in wilder Lust wanden, die alles bisher Erlebte übertraf – daß er dann vortrat, als ich heftig in sie eindrang, sogar schrie, als ich schrie. Ich erwachte. Mein Herz raste, und meine Lungen schmerzten, mein Verstand versuchte krampfhaft, Angst von Begehren zu trennen. Und dann wußte ich es. Selbst *mein* Gewissen konnte diesen Ruf nicht ignorieren. Er mußte beantwortet werden.

Ich verließ das Hotel vor dem Frühstück und hinterließ beim Pförtner eine Notiz für Quincy. Dann holte ich den Wagen aus der Garage neben dem *Eccleston,* wo ich ihn abgegeben hatte, bevor ich nach Venedig abgereist war, und fuhr nach Norden. Ich wollte nicht nach Letchworth. Mein Ziel war weiter weg – und ich fuhr mit einer ganz anderen Absicht dorthin.

10

Ich fuhr an diesem grauen Herbsttag nach Norden, durch die trägen Ausläufer des Moorlandes und das müde Herz der Kohlenhalden Yorkshires in einen Teil Englands, den ich nach Möglichkeit bisher immer vermieden hatte: eine rauhe und nicht besonders einnehmende Gegend mit rauchenden Schornsteinen und verkniffenen Gesichtern, wo die Not und die Androhung der Not wie eine unsichtbare Wolke über den Städten lag. Das Licht ließ früh nach, und ich verzichtete darauf, meine Reise noch an diesem Abend zu Ende zu bringen. Statt dessen suchte ich Schutz in einem Hotel in Durham. Es war ein später Samstagvormittag, als ich mein Ziel erreichte, dreißig trübselige, öde Meilen hinter Newcastle: die rauhe Marktstadt Alnwick, Schlupfwinkel des ehemaligen Fleet-Street-Korrespondenten George Duggan. Ich hatte lange gewartet und einen weiten Weg zurückgelegt, um mir anzuhören, was er zu sagen hatte. Obwohl ich erwartete – und auch fast hoffte –, es würde dabei nichts herauskommen, war ich jetzt, wo der Moment der Enthüllung nah war, seltsam nervös.

Auf den Straßen herrschte geschäftiges Treiben; ohne Schwierigkeiten fand ich die Büros des *Alnwick Advertiser:* enge Räumlichkeiten im ersten Stock, die nach dem Schild an der Tür auch noch der Sitz des *Morpeth Mercury* und des *Coquetdale Clarion* waren. Wer hier arbeitete, hatte den Tiefpunkt seiner journalistischen Karriere erreicht. Die beiden Angestellten, die sich gähnend hinter einer schiefen Barrikade aus alten Zeitungsstapeln und überquellenden Schreibtischen versteckten, schienen sich nicht verpflichtet zu fühlen, mir Auskunft zu geben. Der Name George Duggan löste bei ihnen beträchtliche Heiterkeit aus.

»Er war früher am Morgen hier, aber gegen elf Uhr ist irgend etwas Dringendes plötzlich aufgetaucht.«

»Ja. Die Pubs wurden geöffnet.«

»Also«, sagte ich, nachdem ihr schallendes Gelächter abgeklungen war. »Wo könnte ich ihn finden?«

»Nun, Sie könnten ihn im *Black Swan* finden.«

»Oder im *Dirty Bottles*.«

»Obwohl, ich würde mein Geld ...«, der eine schaute auf die Uhr, »auf das *Queen's Head* setzen.«

Ihre Angaben führten mich über den Marktplatz, der unter der Fuchtel von schreienden Marktbudenbesitzern und ihren Kunden stand. Ganz Northumberland schien mit Kind und Kegel in die Stadt eingefallen zu sein. Die Bar des *Queen's Head* war von dichten Rauchschwaden und einer Phalanx breitschultriger Trinker verdeckt. Ich zwängte mich langsam zwischen ihnen hindurch und hörte plötzlich ein vertrautes Husten. Ich folgte ihm um eine kopfhohe Trennwand herum, hinter der George Duggan auf einem Barhocker saß, Rum in sich hineinschüttete und zwischendurch an einer selbstgedrehten Zigarette zog.

»Duggan!« Ich mußte schreien, um seine Aufmerksamkeit zu erregen. Selbst dann musterte er mich einige Sekunden verständnislos mit dem Blick seiner wäßrigen Augen, bis in ihnen Wiedererkennen aufschimmerte. »Guy Horton. Erinnern Sie sich?«

»Mr. Horton«, erwiderte er. »Sieh an, sieh an. Ich hätte nie erwartet, Sie hier in Alnwick zu sehen.«

»Und ich hätte nie erwartet, daß ich einmal herkommen würde. Nun, können wir reden?«

»Worüber?«

»Fabian Charnwood.«

»Bin nicht sicher, ob ich das will.« Er schüttelte übellaunig den Kopf.

»Warum haben Sie mir dann Ihre Karte gegeben? Warum haben Sie mich gedrängt, Kontakt mit Ihnen aufzunehmen, als hätten Sie neue Informationen aufgespürt?«

»Weil ich dachte, Sie würden Wingate helfen. Und weil ich dachte, Wingate könnte mir helfen.«

»Max Wingate ist tot.«

»Ich weiß. Ich habe es gelesen. Charnwoods Tochter hat ihn umgebracht, nicht wahr? Irgend so eine Lügengeschichte darüber, daß er versucht hat, Sie zu erwürgen, und daß sie zufällig seinen Kopf an einer Stelle getroffen hat, an der eine alte Kriegsverletzung seinen Schädel geschwächt hat. Erwarten Sie, daß ich das glaube?«

»Es ist die Wahrheit.«

»Klar. Und ich bin Lord Beaverbrook in Verkleidung.« Ein erneutes Husten unterbrach ihn. Dann stupste er mich mit einem unsicheren Zeigefinger in die Brust. »Man hat Sie gekauft, nicht wahr, Mr. Horton?«

»Niemand hat mich gekauft.«

»Ich dachte, wir stünden auf derselben Seite. Deshalb bin ich nach London gekommen, um mich mit Ihnen zu treffen. Aber ich habe mich geirrt. Sie sind einer von ihnen.«

»Einer von wem?«

»Einer der Bastarde, die ...« Er unterbrach sich und starrte mich einen Moment an. »Ich sage nichts mehr«, murmelte er dann.

»Letztes Mal waren Sie begierig darauf zu reden.«

»Das war, bevor Sie ihnen geholfen haben, sich Wingates zu entledigen.«

»Niemand hat sich seiner entledigt. Sein Tod war ein Unfall.«

»Das war genauso zufällig wie das hier.« Er tippte gegen den Volkstrauertag-Anstecker an seinem Revers. Der Krieg war immer noch frisch in seiner Erinnerung. Warum? Was meinte er?

Ich wollte gerade danach fragen, als der Wirt erschien, Duggan ein frisches Bier und einen Rum hinstellte und mich dann fragend anschaute. Ich bestellte einen Scotch und zahlte für alle drei Drinks, ohne daß mein Gefährte es mir dankte. »Ich bin sicher, daß Max Charnwood nicht getötet hat«, sagte ich langsam. »Ich würde gern seinen guten Namen wiederherstellen, selbst wenn es zu spät ist, ihm zu helfen. Niemand bezahlt mich, und keiner hat mich in der Tasche. Ich habe keine Ahnung, in welchen Kreisen sich Charnwood bewegt hat, aber...«

»Kreise!« Duggan verschluckte sich an seinem Bier und stieß hustend hervor: »Wenn Sie... wirklich nicht wissen... worum das alles geht... sollten Sie sich glücklich schätzen.«

Seine Reaktion rüttelte meine Erinnerung hoch. Ich dachte an den anonymen Brief, den Diana mir zur sicheren Aufbewahrung gegeben hatte. Ich zeigte ihn Duggan und sah zu, wie er fassungslos daraufstarrte. »Das wurde Charnwoods Schwester und seiner Tochter in Venedig geschickt. Ein Paar konzentrische Kreise auf einem Blatt Papier. Nichts sonst. Keine Erklärungen. Nur dieses... Symbol. Seine Schwester schien davon... alarmiert zu sein.«

»Das ist verständlich.«

»Wieso?«

Er schaute sich um und senkte die Stimme. »Stecken Sie es weg, um Himmels willen.«

»Einverstanden.« Ich schob den Brief wieder in mein Jackett zurück. »Aber meine Frage ist noch nicht beantwortet.«

»Das wird sie auch nicht. Jedenfalls nicht von mir.«

»Warum nicht?«

»Je weniger Sie wissen, desto besser. Unwissenheit ist ein Segen.«

»Vor sechs Wochen haben Sie noch ein ganz anderes Lied gesungen. Wie ich mich erinnere, wollten Sie jeden rekrutieren, den Sie finden konnten.«

»Wingate wäre vielleicht ein Zeuge gewesen. Ich wollte unbedingt herausfinden, was er wußte. Sie hätten mich zu ihm führen können. Statt dessen haben Sie zugelassen, daß man ihm für immer den Mund schloß.«

»So war es nicht.«

»Das behaupten Sie.«

»Ich erzähle Ihnen die Wahrheit.«

Er nickte. »Vielleicht. Aber Sie werden verstehen, daß ich dessen nicht sicher sein kann.«

»Ich auch nicht. Wir müssen uns eben gegenseitig vertrauen, nicht wahr?«

»Vertrauen?« Er schaute mich ungläubig an. »Sie machen wohl Witze.«

»Nein. Wenn Sie es jedoch vorziehen, anders überzeugt zu werden ...«

Er kniff die Augen zusammen. »Wollen Sie mir drohen, Mr. Horton?«

»Nur mit den Konsequenzen Ihrer eigenen Vergangenheit. Weiß der Herausgeber des *Advertiser* etwas über Ihre Schwierigkeiten in Clapham Common vor siebzehn Jahren? Oder der Wirt dieses Pubs? Oder die ehrenwerte Witwe, bei der Sie ohne Zweifel zur Untermiete wohnen? Oder irgend jemand in dieser engstirnigen, geschwätzigen kleinen Stadt?«

»Nein«, erwiderte er leise. »Sie wissen es nicht.«

»Sicher wollen Sie, daß es so bleibt?«

»Allerdings.«

»Dann brauchen Sie nur mit mir über Charnwood zu reden.«

Er sog an der Zigarette, unterdrückte mit Mühe ein Husten und sagte: »Das ist Erpressung, nicht wahr?«

»Erpresser wollen Geld, Duggan. Ich will nur Informationen.«

»Wie haben Sie das mit Clapham Common herausgefunden?«

»Man erinnert sich in der Fleet Street immer noch an Sie.«

»Ja? Nun, glauben Sie mir, meine verehrten Journalistenkollegen haben die Geschichte falsch verstanden. Es war eine erfundene Anklage. Wenn jemand in dieser Nacht gefickt worden ist, dann ich. Man hat mich ordentlich hereingelegt.« Als er meinen skeptischen Blick bemerkte, fügte er hinzu: »Sie glauben mir nicht. Aber Sie würden es tun, wenn Sie alles wüßten.«

»Dann erklären Sie es mir.«

Er knirschte mit den Zähnen und starrte mich durch die Wolke von Rauch und trunkenem Gerede hinweg an. »Einverstanden«, sagte er schließlich. »Wie Sie wollen. Ich werde reden. Aber nicht hier. Nirgendwo in Alnwick. In dieser Stadt haben selbst die Gullys Ohren.«

»Ich habe einen Wagen. Wir können ins Moor hinausfahren.«

»Lieber an die Küste. Dort fühle ich mich sicherer.«

»Sehr gut. Obwohl ich davon überzeugt bin, daß keine Notwendigkeit besteht...«

»Es gibt eine Notwendigkeit!« Er fixierte mich ernst. »Sie werden das noch früh genug merken, glauben Sie mir.« Er stürzte das Bier in einem Zug hinunter, kletterte schwankend vom Barhocker und musterte dann prüfend die übrigen Gäste. »Lassen Sie uns gehen«, murrte er, »bevor ich es mir anders überlege.«

Wir fuhren durch ein schmales Tor der mittelalterlichen Stadtmauer, und Duggan leitete mich nach Norden auf die Alnmouth Road. Auf einer Erhöhung zu unserer Linken stand eine Steinsäule, von deren Spitze ein Löwe mit peitschendem

Schwanz herunterblickte. Duggan bemerkte meinen Blick. »Der Löwe ist das Wahrzeichen der Familie Percy – die Herzöge von Northumberland. Sie herrschen seit sechshundert Jahren auf ihrer Burg auf der anderen Seite der Stadt über Alnwick. Diese Säule wurde mit den Spenden ihrer Pächter bezahlt. Ein Zeichen der allgemeinen Wertschätzung, die man ihnen entgegenbringt.«

»Bis auf Sie?« fragte ich, als ich seinen sarkastischen Unterton bemerkte.

»Ich beschwere mich nicht. Der Herzog hat den Herausgeber des *Advertiser* ermuntert, mich einzustellen, als ich nach dem Krieg aus dem Gefängnis kam. Keine andere Zeitung hätte mich auch nur mit der Kneifzange angefaßt.«

»Das war sehr großzügig von ihm.«

»Er hat Lord Grey einen Gefallen getan.«

»Viscount Grey, meinen Sie? Dem ehemaligen Außenminister?«

»Er lebt einige Meilen nördlich von hier, in Fallodon.« Duggan warf mir einen Blick zu. »Er ist ein ehemaliger Wykehamist, fällt mir dabei ein. Wie Sie.«

»Aber vor meiner Zeit. Lange vor meiner Zeit.« Dennoch war mir der berühmte Staatsmann bekannt. Und meine Miene mußte verraten haben, daß ich kaum glauben konnte, er sei als Wohltäter für George Duggan aufgetreten.

»Wir zweifeln, was, Mr. Horton? Glauben Sie, ich schneide auf?«

»Warum sollte Lord Grey Ihnen helfen?«

»Weil er gemerkt hat, daß man mir übel mitgespielt hatte.«

»Wollen Sie behaupten, er glaubte an Ihre Unschuld?«

»Er vermutete es, ja. Fürchtete es vielleicht. Sollte mich nicht wundern, wenn er auch das fürchtete, was es bedeutete.«

»Was bedeutete es?«

Statt zu antworten, zündete Duggan eine Zigarette an, hustete während der ersten Züge und sagte dann: »Wir werden früh genug in Alnmouth sein. Dort gibt es eine Abzweigung, die an den Strand führt. Achten Sie darauf.«

So war ich also gezwungen, noch ein bißchen zu warten, bis wir das Dorf erreichten, das auf der langen sandigen Landzunge an der Mündung des Flusses Aln erbaut worden war. Wir fuhren zum Rand der Dünen hinab und gingen zum Strand hinunter, wo ein scharfer Wind von der Nordsee her blies und unsere Worte übertönte. Dort konnte uns niemand belauschen, und Duggan fühlte sich endlich sicher.

»Vor zwanzig Jahren war ich ein anderer Mann, Mr. Horton, wie vermutlich wir alle. Aber ich habe mich mehr verändert als die meisten anderen. Meine ehemaligen Kollegen vom *Topical* könnten Ihnen das bestätigen. Schuld hat das Gefängnis. Und der Krieg. Für mich war es dasselbe. Und zwar aus demselben Grund.«

»Aus welchem Grund?«

»Charnwood.« Er schnippte seine Kippe in den Sand und vergrub die Hände in die Hosentaschen. »Gott, ich wünschte, ich hätte den Namen dieses verfluchten Mannes nie gehört.«

»Wann haben Sie ihn das erste Mal gehört?«

»In Wien. Am 20. Juli 1914. O ja, ich erinnere mich noch an Zeit und Ort. Es besteht keine Gefahr, daß ich das vergesse.« Er stieß einen langen Seufzer aus, der erwartungsgemäß in ein Husten mündete, straffte dann die Schultern und fuhr fort. »Ich war damals acht Jahre beim *Topical*. Noch bevor Lord Northcliff das Blatt kaufte. Er versuchte es in eine zweite *Daily Mail* zu verwandeln, was ihm aber nie ganz gelang. Alle Zeitungsbesitzer leiden etwas unter Größenwahn, aber in Northcliffs Fall handelte es sich um einen ausgewachsenen Napoleonkomplex. Glücklicherweise bekam ich ihn kaum zu Gesicht. Ich war immer zu irgendeiner europäischen Hauptstadt unterwegs und berichtete über die jüngste nationale Krise. Sie flammten auf wie Brände in einem ausgedörrten Wald. Am schlimmsten war es auf dem Balkan. Aber ich zweifelte nie daran, daß man sie hätte niedertreten können. Keiner der Diplomaten und Politiker, die ich in all den Jahren interviewte, wollte einen Krieg. Warum sollte es also einen geben?«

»Ich habe immer angenommen, daß die Deutschen darauf gebrannt haben.«

Er grunzte. »Dann wissen Sie nicht viel. Woher auch? Wenn man versucht, zehn Millionen Tote zu erklären, kann man mit diesem Gedanken beruhigt hausieren gehen: Schuld an allem hat Kaiser Wilhelm.«

»Wer ist denn Ihrer Meinung nach verantwortlich?«

Als er mich anschaute, umspielte kurz ein finsteres Grinsen seine Lippen. Dann schaute er stur geradeaus. »Während Sie in Winchester Schwule eingeschüchtert haben, Mr. Horton, entstanden in Europa zwei bewaffnete Lager. Keines der beiden wollte kämpfen oder sein Gesicht verlieren. Es ist ein sehr schwieriges Unterfangen, dies immer wieder hinauszuschieben, aber man hätte es schaffen können. Man hätte es schaffen müssen.«

»Wollen Sie mir jetzt erzählen, warum man es nicht geschafft hat?«

»Ja.«

»Und hat das etwas mit Charnwood zu tun?«

»Etwas? Ja, ich nehme an, das kann man sagen. Ich vermute...« Er schüttelte verärgert den Kopf. »Hören Sie einfach zu, ja? Halten Sie den Mund, und sperren Sie die Ohren auf.«

Ich mußte mich zusammennehmen, um nicht ebenso barsch zu antworten, aber ich wußte, daß ich mit Beleidigungen nichts aus diesem Mann herausbekommen würde. Er wollte reden. Aber zu seinen Bedingungen, Bedingungen, die ich akzeptieren mußte. »Einverstanden«, sagte ich leise.

»Gut. Es war so. In Österreich-Ungarn gab es mehr Serben als in Serbien selbst. Also fürchteten Kaiser Franz Josef und seine Ratgeber eine Revolution innerhalb ihrer Grenzen, besonders in Bosnien, falls Serbien noch mächtiger würde. Vielleicht auch nur, wenn Serbien einfach weiterexistierte. Aber was sollten sie tun? Ein Angriff auf Serbien bedeutete Krieg mit Rußland. Deutschland würde Österreich zwar unterstützen, aber dann würde Frankreich Rußland helfen. Sollte Deutschland Frankreich angreifen, würde ihm England zur Seite springen. Das Ergebnis: Weltkrieg. Und selbst wenn sie glaubten, am Ende auf der Seite der Sieger zu stehen, wo war der Vorwand, einen Krieg zu beginnen? Wo war der gerechte und ehrenvolle Grund?

Selbst Sie müssen die Antwort kennen. Die Ermordung von Franz Josefs Erben, dem Erzherzog Franz Ferdinand, am 28. Juni 1914 in Sarajevo. Ich wurde am nächsten Tag nach Wien geschickt, um über die Beisetzung und die diplomatischen Auswirkungen zu berichten. Diese schienen ziemlich klar zu sein. Ein serbischer Student hatte den tödlichen Schuß abgegeben. Wenn er dazu von der serbischen Regierung angestachelt worden war, dann mußte der Kaiser einen Krieg führen, um seinen Neffen zu rächen. Aber in der Politik Österreich-Ungarns war nie etwas klar. Soviel wußte ich von verschiedenen vorherigen Besuchen. Franz Ferdinand war ein schwieriger und weitgehend unbeliebter Mann. Eine Menge Menschen waren klammheimlich froh darüber, daß er tot war. Und wenn die serbische Regierung beweisen konnte, daß sie saubere Hände hatte ...« Er zuckte mit den Schultern. »Dieses Feuer war nicht größer als viele andere zuvor. Es war kontrollierbar und löschbar. Während der Beerdigung wurde verdächtig wenig getrauert und geweint. Ein Leibwächter des Erzherzogs beging Selbstmord, beschämt darüber, daß er nicht mit ihm in Sarajevo gestorben war. Aber es gab keine anderen großen Gesten oder blutdürstigen Reden. Die offizielle Reaktion war ruhig und gemessen. In Sarajevo wollte man die Ergebnisse einer polizeilichen Untersuchung. In der Zwischenzeit wurden keine Armee-Einheiten aus dem Urlaub zurückgeholt. Der Chef des Generalstabs und der Kriegsminister traten ihre Sommerurlaube auf ihren Landsitzen an. Und wir Journalisten lungerten in Wiener Cafés herum, tranken Kaffee, lasen beruhigende Broschüren der Pressestelle des Außenministeriums und fragten uns, was der ganze Aufruhr sollte. Nun, am Montag, dem 20. Juli 1914, erfuhr ich es.

Am Abend fand ich in meinem Hotel eine Nachricht. Sie kam von Oberst Alexander Brosch von Aarenau, dem ehemaligen Chef von Franz Ferdinands Militärkanzlei. Ich hatte seine Bekanntschaft während der bosnischen Annexionskrise von 1908 gemacht. Er war Franz Ferdinands loyalster und feinfühligster Ratgeber – selbst noch nachdem er die Kanzlei verlassen hatte. Sie hatten zusammen weitreichende Pläne für eine Veränderung des Kaiserreiches entworfen, als Franz Ferdinand plötzlich starb. Brosch besaß den Takt und die Subtilität, die Franz Ferdinand abgingen. Er konnte vor allem blendend die Presse manipulieren, indem er Schreiberlinge wie mich dazu benutzte, für seinen Chef die Ballons platzen zu lassen. Aber man konnte ihm das nicht übelnehmen. Dafür war er viel zu sehr Gentleman. Abgesehen davon bestand immer die Hoffnung, daß er einem einen Schatz in den Schoß fallen ließ. Also durfte ich eine Nachricht von Brosch nicht ignorieren. Und diese hier war die dringende Aufforderung, ihn um Mitternacht auf einer der Donaubrücken zu treffen. Das war vollkommen ungewöhnlich. Man konnte Brosch antreffen, wie er Zigarren rauchend um drei Uhr nachmittags am Belvedere spazierenging. Aber um Mitternacht auf Brücken herumschleichen? Niemals. Jedenfalls hätte ich das gesagt. Aber die Nachricht war da, und es war seine Handschrift. Also ging ich hin, verwirrt, wie ich war.

Er war bereits dort, als ich ankam. Er trug Zivil und wirkte, nun, wenn nicht verstohlen, dann jedenfalls sehr vorsichtig. Ich hatte ihn seit der Beisetzung nicht gesehen. Er war offenbar aufgeregter gewesen als die meisten anderen Trauernden, was auch nicht weiter verwunderte, aber jetzt ... Ihn bedrückte mehr als nur Trauer. Sein Verhalten war ... eigenartig und verwirrend. Aber er wollte reden, also hörte ich zu, wie ein guter Reporter es eben tut. Er führte mich auf Umwegen zum St. Stefansdom, wobei er enge Straßen benutzte, die ich kaum kannte. Selbst dabei schaute er noch ständig über seine Schulter, als fürchte er, daß man uns folge. Erst dachte ich, sein Mißtrauen sei lächerlich. Aber nur zuerst. Sehr bald begann auch ich, über meine Schulter zu schauen.

Denn Brosch verriet mir ein Staatsgeheimnis. Der Ministerrat hatte sich am Nachmittag getroffen und ein Ultimatum verabschiedet, das Serbien am Donnerstag zugestellt werden sollte und innerhalb von 48 Stunden beantwortet werden mußte. Die Bedingungen des Ultimatums waren absichtlich unannehmbar. Brosch zweifelte nicht daran, daß Serbien es ablehnen würde. Das bedeutete Krieg innerhalb einer Woche. Ich konnte es kaum glauben. Er servierte mir den absoluten Knüller. Aber warum? Weil es da noch mehr gab. Viel mehr.

›Warum weihen Sie mich ein, Oberst?‹ fragte ich.

›Weil Sie der einzige englische Journalist in Wien sind, dem ich traue‹, antwortete er mit seiner piepsigen Stimme. ›Ich brauche Ihre Hilfe. Und Sie meine. Haben Sie von Major Köszegis Selbstmord gehört?‹ Ich bejahte. ›Ein guter Mann. Wir können uns solche Verluste nicht leisten. Er ist am Tag nach der Beisetzung zu mir gekommen, um seine kleine Rolle in der Verschwörung zu gestehen und zu bereuen.‹

›Welche Verschwörung?‹ wollte ich wissen.

›Die Ermordung des Erzherzogs‹, antwortete er.

›Köszegi hat für die Serben gearbeitet?‹

›Nein‹, gab Brosch zurück. ›Die Serben haben ihn nicht getötet, Duggan.‹

›Wer dann?‹

›Eine geheime internationale Organisation. Sie nennt sich *Concentric Alliance* und wird von einem Engländer geführt. Deshalb habe ich mich an Sie gewandt. Ich muß soviel wie möglich über ihn herausfinden, bevor es zu spät ist. Sein Name ist...«

Duggan unterbrach sich und blieb stehen, drehte sich dann langsam um und schaute mich an. Die Erinnerung schien ihm Kraft zu verleihen, denn sein Blick funkelte. Ich wußte, wessen Namen er nennen würde. In meiner Tasche war ein Stück Papier mit zwei konzentrischen Kreisen. Und Charnwoods Worte waren noch in meinem Kopf, als er dieses Fünf-Shilling-Stück auf seinem Schreibtisch hatte kreisen lassen. »Also können ein Kreis und eine Linie dasselbe sein, je nachdem, von welchem Gesichtspunkt aus Sie es betrachten.« Der Kreis seiner Macht. Die gerade Linie einer Kugel. Hier, auf dem leeren Strand von Northumberland. Und damals, auf einer bevölkerten Straße in Sarajevo. »Das glaube ich nicht«, sagte ich.

»Genau das habe auch ich zu Brosch gesagt«, gab Duggan zurück. »›Das glaube ich nicht.‹ Und er wiederum hatte es Köszegi an den Kopf geworfen. Aber er hat seine Meinung geändert. Ich auch. Und jetzt ist die Reihe an Ihnen.«

»Das kann nicht wahr sein.«

»Ist es aber. So wahr ich hier stehe, Mr. Horton. Und wie Sie hier stehen. So wahr, wie Brosch gesagt hat: ›Sein Name ist Fabian Charnwood.‹«

Ein Mann, der mit seinem Hund spielte, näherte sich von dem Ende des Strandes, an dem das Dorf lag. Duggan erblickte ihn, drehte sich um und schritt forsch in die entgegengesetzte Richtung aus. Ich folgte ihm und bemühte mich, mit ihm Schritt zu halten und meine Fragen zu ordnen. Charnwood war verantwortlich für das Attentat von Sarajevo und damit für den großen Krieg; verantwortlich für die drei miesen Jahre, die Max und ich in Mazedonien verbracht hatten; verantwortlich für den zerrütteten Verstand meines Bruders Felix und für den Verlust der Leben all der Männer, die auf all den Gedenksteinen der Länder standen, die der Krieg berührt hatte. Es war nicht möglich, nicht glaubhaft, nicht...

»Brosch hat Köszegi gesagt, er solle sich zusammennehmen und aufhören, Unsinn zu reden. Wo war der Beweis? Und welches das Motiv? Köszegi versuchte, das zu beantworten. Er war von Broschs Nachfolger Oberst Karl von Bardolff für die Verschwörung gewonnen worden.«

»Karl von Bardolff?« warf ich ein, und mir kam der alte Mann mit dem weißen Käppi auf Vasaritchs Jacht in den Sinn.

»Ja. Was ist mit ihm?«

»Es ist nur... Lebt er noch?«

»Vermutlich. Warum?«

Er lebte noch. Und steckte, wenn er es war, mit einem Franzosen, einem Engländer und einem Jugoslawen unter einer Decke. Und war Vasaritch überhaupt ein Serbe? Faraday hatte gesagt: »Er nennt sich selbst einen Jugoslawen.« Aber was heißt das schon? »Tut mir leid«, meinte ich. »Fahren Sie fort.«

»Bardolff nutzte Köszegis Zweifel an Franz Ferdinands Plänen für das Kaiserreich nach dem Tod seines Onkels aus. Das Ende der ungarischen Autonomie. Ausrottung der Juden, Freimaurer und Liberalen. Einschränkung der slawischen Bevölkerung. Und da Franz Josef bereits hoch in den Achtzigern war, stand das alles vielleicht schon unmittelbar vor der Tür. Köszegi mochte nichts von alldem, vor allem nicht den Anschlag auf die Rechte der Ungarn. Er stellte die Loyalität seinem Heimatland Ungarn gegenüber höher als die Loyalität zu irgendeinem Prinzen. Er willigte ein, seine Rolle aus patriotischen Gründen zu spielen. Bardolff war Vorsitzender des Komitees, das für die Sicherheitsmaßnahmen während des Sarajevo-Besuchs verantwortlich war. Er erklärte, daß man sie absichtlich lasch handhaben wolle. Attentäter standen bereit, den Erzherzog während seiner Fahrt durch die Stadt zu töten. Alles, was Köszegi als Mitglied der Leibwache zu tun hatte, war, nichts zu bemerken und nichts zu verhindern. Man würde Serbien das Attentat in die Schuhe schieben, und dem Kaiserreich bliebe damit eine unvorstellbare Zukunft erspart. Köszegi trat der Verschwörung bei.«

»Ich verstehe das nicht. Warum sollte Charnwood an einer Verschwörung teilnehmen, die das Ziel hatte, die Rechte der Ungarn zu schützen?«

»Weil diese für die wahren Ziele der Verschwörung unwichtig waren. Wie Köszegi herausfand – aber leider zu spät. In der Nacht nach dem Attentat betrank sich einer der Leibwächter und verspottete ihn mit der Wahrheit. Franz Ferdinand war nicht in der Absicht getötet worden, Ungarn zu retten. Er war getötet worden, um einen Weltkrieg zu entfachen. Die Verschwörer hatten im Namen einer Organisation gehandelt, die *Concentric Alliance* hieß. Deren Motiv war Geld. Und Fabian Charnwood wollte ihnen viel Geld geben, Geld von den Gewinnen, die er an dem Krieg machte, den er in Gang gesetzt hatte.«

»Ich verstehe das immer noch nicht. Welche Gewinne? Wie konnte man sie zu Geld machen?«

»Das wußte Köszegi nicht. Und er wollte es auch nicht wissen. Er hatte bei einem Mord geholfen. Und die Ideale, die, wie er dachte, das Verbrechen rechtfertigen sollten, waren ein Schwindel. Für ihn war das genug. Nachdem er es Brosch gestanden hatte, beging er Selbstmord. Erst jetzt begann Brosch, Köszegis Behauptungen ernst zu nehmen. Er hatte immer an

Bardolffs Integrität gezweifelt. Und das Versagen der Sicherheitskräfte in Sarajevo war unbestreitbar. Konnte da etwas weit Schlimmeres als Inkompetenz am Werk gewesen sein? Er begann, Fragen zu stellen, zu drängen und zu forschen, wo immer er konnte. Er fuhr nach Sarajevo und stellte Nachforschungen über die Umstände des Attentates an. Und je mehr er entdeckte, desto mehr fing er an zu glauben, was Köszegi ihm erzählt hatte. Am 28. Juni lagerten 70000 Mann außerhalb der Stadt. Franz Ferdinand war nach Bosnien gereist, um sich ihre Manöver anzusehen. Mit diesen Truppen hätte der Gouverneur Bosniens, General Potiorek, die Straßen während des Besuchs des Erzherzogs säumen können. Das hatte sein Vorgänger bei dem Besuch des Kaisers 1910 getan. Er hätte die Geheimpolizei rufen und alle Dissidenten und Fremden aus der Stadt vertreiben können – das hatte man 1910 ebenfalls gemacht. Er jedoch tat nichts von beidem. Als der Erzherzog und seine Frau an diesem Sonntagmorgen mit ihm nach Sarajevo hineinfuhren, warf man eine Bombe nach ihnen. Sie verfehlte jedoch ihr Ziel und verletzte einen Adjutanten. Die Gruppe fuhr weiter zum Rathaus, wo sie lunchten. Der Erzherzog fragte Potiorek, ob seiner Meinung nach noch mehr Bomben geworfen werden würden. Potiorek verneinte dies. Aber was war diese Antwort wert? Er hätte den Erzherzog drängen sollen, im Rathaus zu bleiben, bis man Truppen zu seinem Schutz herbeigerufen hatte. Doch das tat er nicht. Statt dessen zog er stur das Programm durch. Oder vielmehr, er hätte es durchgezogen, wenn die Frau des Erzherzogs nicht darauf bestanden hätte, nach dem Lunch den verletzten Adjutanten im Krankenhaus zu besuchen. Das bedeutete eine Änderung der Route. Eigenartigerweise wurde der Chauffeur nicht benachrichtigt. Er folgte der ursprünglichen Strecke, und als Potiorek ihn auf den Irrtum hinwies, hielt er abrupt an. Und zwar genau gegenüber der Stelle, an der einer der Attentäter, Princip, mit einem geladenen Revolver wartete. Der trat vor und erschoß erst den Erzherzog, dann dessen Frau. Sie starb sofort, der Erzherzog ein paar Minuten später.«

»Was hat Brosch gemacht, nachdem er das alles herausgefunden hatte?«

»Er ist zu Potiorek gegangen und hat eine Erklärung für seine Handlungen gefordert. Doch Potiorek hat nicht geantwortet, sondern nur ein Paar konzentrische Kreise auf ein Blatt Papier gemalt und es Brosch über den Tisch hinweg zugeschoben. Er muß gedacht haben, daß Brosch entweder ein Mitglied der *Concentric Alliance* war oder sie gut genug kannte, um sich durch die Andeutung, sie billige das Geschehene, einschüchtern zu lassen. Und er hatte recht. Brosch gab bis zu seiner Abreise aus Sarajevo vor, er sei einer von ihnen. Er rechnete sich aus, daß sie sich nicht lange mit einem Obersten aufhalten würden, wenn sie bereit waren, einen Erzherzog zu ermorden. Potioreks Verwendung ihres Symbols hatte Brosch von der Existenz der *Concentric Alliance* überzeugt – und von ihrer Macht.«

»Moment«, protestierte ich und zog Duggan am Ellbogen, um ihn aufzuhalten. »Wollen Sie damit behaupten, daß Potiorek ebenfalls von der Partie war?«

»Selbstverständlich.«

»Aber er war doch in demselben Wagen. Die Bombe hätte ihn ebenfalls töten können.«

»Laut Brosch war Potiorek alles andere als ein Märtyrer. Nach Broschs Theorie glaubte der General, daß man professionelle Killer benutzen würde. Daß junge Hitzköpfe die Bomben warfen, muß ein Schock für ihn gewesen sein.«

»Junge Hitzköpfe. Ganz genau. Die Attentäter – Princip und der Rest – waren echte bosnische Nationalisten, bewaffnet und trainiert von Serbien. Hatte man die nicht schon Jahre zuvor angeheuert?«

»Ja. Bei dem Verhör gaben sie zu, Agenten eines serbischen Geheimbundes zu sein, der Schwarzen Hand. Und der Chef der Schwarzen Hand, Oberst Dimitrievitch, war zugleich Chef des Geheimdienstes des serbischen Generalstabs. Auf seinen Befehl hin wurden Princip und zwei andere Attentäter Ende Mai nach Bosnien hineingeschmuggelt, ausgerüstet mit Bomben, Pistolen und Gift, das sie nehmen sollten, wenn sie erwischt würden. Vier Komplizen warteten bereits in Sarajevo, macht insgesamt sieben. Als der Tag dann kam, postierten sie sich entlang der Strecke, die der Erzherzog nahm, und warteten auf ihre Chance. Sechs von ihnen wurden sofort nach dem Attentat verhaftet. Diejenigen, die Gift hatten, schluckten es gehorsam, aber es hatte keine Wirkung. Vermutlich weil man ihnen statt Blausäure Wasser in die Kapseln getan hatte. Sie sollten leben, sollten vor Gericht gestellt werden und sollten ihre Loyalität zu Serbien öffentlich bekunden.«

»Aber ... um das zu erreichen ... mußte Charnwood ...«

»Mitglieder der *Concentric Alliance* in der Schwarzen Hand haben. Ja, Mr. Horton. Langsam fangen Sie an, das Ausmaß dieser Verschwörung zu begreifen. Das ist es, was Konzentrizität meint. Ein Kreis, der von einem anderen umschlossen wird, der von noch einem umschlossen wird. Und ein Mann in ihrer gemeinsamen Mitte.«

»Der vorhatte, einen Weltkrieg zu provozieren.«

»Brosch glaubte es. Und ich habe mich ihm angeschlossen.«

»Aber warum? Warum sollte er das tun?«

»Niemand von uns konnte sich ein angemessenes Motiv vorstellen. Und wir hatten nicht die Zeit, die ganze Sache zu diskutieren. Verstehen Sie, Brosch kehrte nach Wien zurück und fragte sich, ob er seinem eigenen Verdacht trauen konnte. Dort rasselte man trotz allem, was in Sarajevo geschehen war, nicht mit dem Säbel. Jedenfalls nicht so stark, daß die Konsequenzen voraussehbar gewesen wären. Wenn es keinen Krieg gab, war die Verschwörung fehlgeschlagen. Und Brosch mißdeutete wie wir alle die Zeichen. Er glaubte, ein Kompromiß liege in der Luft. Erst als er von dem Ergebnis der geheimen Ministerkonferenz erfuhr, dämmerte ihm, daß dem nicht so war.«

»Deshalb hat er sich hilfesuchend an Sie gewandt?«

»Er konnte sich an niemanden sonst wenden. Ein englischer Journalist war so ziemlich das einzige lebende Wesen, von dem er sicher sein konnte, daß es nicht Mitglied der Verschwörung war. Und er brauchte Informationen über Charnwood. Er war ihm einige Male bei Empfängen des Handelsministers begegnet und kannte ihn vage als einen internationalen Geschäftsmann. Aber er mußte mehr herausfinden – und zwar schnell.«

»Durch Sie?«

»Durch den *Topical.* Ich erzählte ihm, ich würde tun, was ich konnte. Zwar war ich nicht ganz von seiner Geschichte überzeugt, aber ich wußte, daß ich ihr nachgehen mußte. Die Beschuldigungen waren erstaunlich – und erschreckend. Wenn es stimmte, hatten wir noch eine Woche, um eine Katastrophe abzuwenden. Wenn nicht, war es immer noch eine verdammt gute Geschichte.«

»Was haben Sie getan?«

Duggan blieb unvermittelt stehen und starrte mich an. »Nicht genug, Mr. Horton. Schließlich ist es passiert, nicht wahr? Die Katastrophe konnte nicht abgewendet werden. Die Decke ist herabgestürzt. Auf uns alle.« Er erschauerte. »Lassen Sie uns zum Wagen zurückgehen. Es wird kalt hier draußen. Außerdem muß ich eine rauchen. Und bei diesem Wind kann ich nie eine Zigarette anzünden.« Wir gingen wieder zum Rand der Dünen zurück. »Ich habe dem Büro des *Topical* in London telegrafiert und sie gebeten, mir alles zu schicken, was sie über Charnwood hatten. Während ich auf die Antwort wartete, versuchte ich alle Verbindungen aufzuspüren, die er in Wien vielleicht haben mochte. Ich zog eine Niete. Die britische Botschaft wollte nichts davon wissen. Und die Antwort aus London am Dienstag brachte mich auch nicht weiter. Danach war Charnwood ein angesehener internationaler Finanzier. Sein Vater hatte eine Munitionsfabrik betrieben, die Charnwood damals bereits verkauft hatte. Nun, Munition hätte zumindest das Interesse an Kriegführung nahegelegt, aber selbst diese Spur war erloschen. Ich hatte nichts, woran ich mich halten konnte.

An diesem Abend traf ich mich mit Brosch. Er war enttäuscht, daß ich so wenig herausgefunden hatte – und noch besorgter als vorher. Das Ultimatum sollte dem serbischen Außenminister vom Botschafter Österreich-Ungarns am Donnerstag um 18 Uhr übergeben werden. Achtundvierzig Stunden später würde Österreich-Ungarn Serbien den Krieg erklären. Und sehr bald danach würde halb Europa mit der anderen Hälfte im Krieg liegen. Brosch flehte mich an, etwas zu tun. Irgend etwas. Ich wies ihn darauf hin, daß der *Topical* vielleicht hilfsbereiter wäre, wenn ich ihm den Wortlaut des Ultimatums vorab mitteilte. Doch Brosch sagte, daß in diesem Fall sein Informant im Ministerrat identifiziert werden würde. Dann waren sie beide so gut wie tot, ohne daß dies etwas gebracht hätte. Abgesehen davon war er kein Verräter. Wenn es Krieg gab, würde er für sein Land kämpfen. Doch solange noch die Chance bestand, den Krieg abzuwenden, mußte er es versuchen, um der Menschlichkeit willen, um ...« Duggan hielt inne, schüttelte den Kopf und wirbelte dann mit einem heftigen Tritt eine Sandfontäne hoch. »Um der Menschlichkeit willen! Ich bitte Sie. Er sagte das zu mir, einem armseligen Journalisten! Was wußte ich von Menschlichkeit?«

»Soviel wie jeder andere auch, nehme ich an.«

Er schaute mich scharf an, offensichtlich wußte er nicht genau, ob ich das ernst meinte oder nicht. Dann grunzte er und ging weiter. »Er hat mich überzeugt. Vielleicht habe ich es mir auch selbst eingeredet. Das macht jetzt keinen Unterschied mehr. Ich entschied, meinen Teil für die Menschheit beizutragen. Charnwood war die Schlüsselfigur. Und er befand sich in England. Also verließ ich am nächsten Tag Wien Richtung Heimat. Ich hoffte, meinen Verleger von meiner Einschätzung überzeugen zu können, und hoffte auch, in den wenigen Tagen genug zu entdecken, um die Verschwörung aufzudecken.

Ich erreichte London am Donnerstagnachmittag, ein paar Stunden bevor das Ultimatum übergeben werden sollte. Ich ging direkt in den Hauptsitz des *Topical* in der Shoe Lane und bekam gegen 16 Uhr einen Termin mit dem Herausgeber, Jack Glenister. Er wollte wissen, warum ich Wien verlassen hatte, und ich erzählte es ihm. Alles, die ganze Geschichte. Die vollständige unbeweisbare Beschuldigung. Bis auf Broschs Namen. Nun, ich konnte sehen, daß er es nicht glaubte. Und ich konnte es ihm nicht einmal verübeln, wie er da in seinem gemütlichen Fleet-Street-Büro saß. Ich tat alles, um ihn zu überzeugen. Ich bat, ich schmeichelte, ich kroch vor ihm zu Kreuze, was noch den größten Eindruck zu machen schien. Er wußte, daß ich kein Stiefellecker war. Also machte er mir ein Angebot. Wenn meine Geschichte mit dem Ultimatum stimmte, würde er mir zwei Neulinge und ein langes Wochenende zur Verfügung stellen, um Charnwood zur Strecke zu bringen. Mehr konnte ich nicht verlangen. Ich akzeptierte. Wir vereinbarten ein Treffen für den nächsten Tag, Freitag, den 24. Juli.

Bis dahin würde das Ultimatum veröffentlicht. Es war um 18 zugestellt worden. Und seine Bedingungen waren so hart, daß die Ablehnung unausweichlich war. Ich traf mich also wieder mit Glenister. Doch da wartete eine Überraschung auf mich. Der Chef war bei ihm. Northcliff.

›Sie übertreiben, Duggan‹, sagte er. ›Sie sind zu lange in Wien gewesen. Hier in London ist es nicht opportun, patriotische Engländer zu verleumden, wenn wir am Rand eines Krieges stehen. Gott weiß, daß wir schon genug Schwierigkeiten damit haben, die Regierung davon abzuhalten, ihren Verpflichtungen auszuweichen, auch ohne hinter imaginären Verschwörungen herzujagen.‹ Ich beharrte darauf, daß es sich nicht um Einbildung handelte. Ich wiederholte die ganze Geschichte, aber vergeblich. Die anderen Zeitungen schrien alle nach deutschem Blut, und er wollte nicht, daß nur *The Topical* aus der Reihe tanzte. Er wurde ungeduldig und bald auch richtig ärgerlich.

›Lassen Sie die Sache fallen, Duggan! Und zwar sofort!‹ schrie er. ›Oder ich werde dafür sorgen, daß Sie nie wieder in Fleet Street arbeiten können.‹ Ich ließ mich nicht abschrecken, und ich hatte nicht vor, die Sache fallenzulassen. Er ging und stieß dabei finstere Drohungen über meine Zukunft aus. Aber die Zukunft von uns allen stand auf dem Spiel. Dieses eine Mal schien die meine nicht so überaus wichtig zu sein.

Nachdem er verschwunden war, versuchte Glenister mich zu beschwichtigen. ›Nehmen Sie doch Vernunft an, George‹, sagte er. ›Ich mußte den Chef konsultieren, in unser beider Interesse. Nun, er denkt – und da schließe ich mich an –, daß Sie genau der Mann sind, der einen Artikel über den Streit auf den schottischen Kohlenfeldern schreiben kann. Wir brauchen jemanden, der dorthin geht und herausfindet, ob die Grubenarbeiter König und Land über ihren Minimallohn stellen.‹

Man wollte mich aus dem Weg räumen. Ich sollte nach Schottland geschickt werden, so weit weg von Wien wie möglich. Die Strategie war glasklar. Genauso wie die Alternative. Gib auf, oder mach weiter. Ungeachtet der Konsequenzen.«

Wir erreichten den Wagen und stiegen ein. Duggan starrte nach vorn durch die Windschutzscheibe auf Strand und Himmel, während er Zigarettenpapier herausholte und schwer atmete.

»Was haben Sie gemacht?« drängte ich ihn sachte.

»Hmm?« Er riß den Kopf herum und schnitt eine Grimasse. »Ich machte natürlich weiter, ich blöder Narr. Glenister erzählte ich, daß ich die Charnwood-Story aufgeben und nach dem Wochenende nach Schottland fahren würde. Als ich ging, lächelte er, zufrieden mit seinem Tagewerk.« Duggan öffnete seine Tabakdose und streute etwas von ihrem Inhalt in das Papier. »Doch Glenister zu täuschen war nicht schwer. Die Frage war: Wie sollte ich weitermachen? Ohne die Mittel des *Topical* war ich auf mich allein gestellt ... Ich wußte nichts von der Geschäftswelt. Und noch weniger über Fabian Charnwood. Den Rest des Tages verbrachte ich damit, in der Geschäftswelt herumzulaufen und mich zu fragen, was ich machen sollte. Dann ging ich in einen Pub in der Nähe von St. Paul's, wo ein Kerl von der *Financial Times,* den ich flüchtig kannte, zu trinken pflegte. Er war da und sehr erfreut, reden zu können. Er hatte von *Charnwood Investments* und ihrem rätselhaften Gründer gehört. Aber das war bereits alles. Er konnte mir nichts sagen.« Duggan leckte das Papier an, rollte es, pflückte die überflüssigen Tabakreste ab und ließ sie wieder in die Dose fallen. Dann holte er Streichhölzer heraus und zündete die Zigarette an. Die Huster folgten, wie nicht anders zu erwarten. Doch der Rauch schien ihn zu entspannen. »Die achtundvierzig Stunden waren bereits mehr als zur Hälfte verstrichen. Und was hatte ich vorzuzeigen? Nur Mist, das war alles.

Am nächsten Morgen, nach einer fast schlaflosen Nacht, nahm ich einen Zug nach Dorking. Ich hatte mich entschlossen, Charnwood in seiner Höhle zu stellen. Die Adresse hatte ich aus *Who's Who.* Vom *Amber Court* brauche ich Ihnen nichts zu erzählen, nicht wahr? Sie kennen den Ort besser als ich. Ich hatte Glück. Jedenfalls in gewisser Weise. Charnwood war da. Und er willigte ein, mich zu empfangen. Bevor ich wußte, wie mir geschah, war ich in seinem Büro und schaute ihn über seinen Schreibtisch hinweg an. Er war ein milder, freundlicher, zivilisierter Mann. Ich hatte eine Art... Monster erwartet. Aber das war er nicht. Jedenfalls sah er nicht so aus.

›Eine Sache von verzweifelter Dringlichkeit, Mr. Duggan?‹ Mit diesen Worten war ich an seinem Butler vorbeigekommen. ›Was kann das sein?‹

Ich wußte nicht, was ich sagen sollte. Wenn ich recht hatte, würde er es nicht zugeben, und wenn ich mich irrte, würde er mich für verrückt halten. Ich hatte nichts weiter geschafft, als mir eine Schlinge um den Hals zu legen. Ich plapperte etwas davon, daß internationale Waffenhändler möglicherweise für das Attentat in Sarajevo verantwortlich sein könnten, und fragte ihn, sozusagen als Experten, was er von dieser Möglichkeit hielt. Er sagte, daß sie weder die Mittel noch die Motive hätten, und deutete an, daß ich überarbeitet sei. Vielleicht hätte ich ihm sogar geglaubt, wenn da nicht dieser Ausdruck in seinen Augen gewesen wäre. Er beobachtete mich, gelassen und neugierig, schien sich sogar über mich zu amüsieren, nur daß es da nichts zu lachen gab. Es sei denn...«

»Es sei denn, daß Sie recht hatten, es aber nicht beweisen konnten?«

»Ja. Das sagte ich mir hinterher auch. Er hätte mich hinauswerfen lassen oder schon gar nicht empfangen sollen. Statt dessen spielte er einfach mit mir, ließ mich eine Weile an der Schnur baumeln und warf mich dann wieder ins Wasser. Ich wünschte, ich wäre niemals hingegangen.«

»Was machten Sie dann?«

»Ich spielte meine letzte Karte aus. Allein würde ich nichts erreichen, das war klar. Und *The Topical* würde mir nicht helfen. Also wandte ich mich an das Außenministerium.«

»Sie meinen Lord Grey?«

»Damals war er noch Sir Edward Grey. Er war schon seit undenklichen Zeiten Außenminister. Ein Mann mit sehr flexiblen Auffassungen und ebenso starren Gewohnheiten. Und diese Gewohnheiten kannte man in der Fleet Street sehr genau. Am Wochenende war er nie in seinem Büro in Whitehall. O nein. Er würde sich in seinem Landhaus in Itchen bei Hampshire aufhalten, Forellen angeln oder den Vögeln zuhören. Was wichtiger war, er würde allein sein. So hatte ich vielleicht die Chance, ihm meinen Fall zu unterbreiten, ohne daß wir unterbrochen wurden. Und wenn ich ihn überzeugen konnte...

Die Fahrt schien endlos zu dauern. Drei Bummelzüge durch Surrey und Hampshire an einem brütenden Samstagnachmittag, mit langen Aufenthalten in Guildford und Farnham. Um halb fünf erreichte ich endlich Itchen Abbas. Der Schaffner beschrieb mir den Weg zu Greys Landhaus. Es lag am Ende einer langen Allee, versteckt hinter Clematis und Geißblatt an den Wiesen am Wasser. Es hätte ein Bild für eine Postkarte abgegeben. Ich fand ihn im Garten, wo er in einem Gartenstuhl döste, als hätte er nicht die geringsten Sorgen. Als ich ihm erzählte, ich sei Journalist, wirkte er beunruhigt, aber ich versicherte ihm, daß ich nicht wegen eines Exklusivinterviews gekommen sei. Vermutlich hat mein Benehmen das deutlich gemacht. Er bat mich hinein, machte uns Tee und hörte sich alles an, was ich zu sagen hatte. Ich wußte nicht, was er davon hielt. Er hatte das typische Benehmen eines Diplomaten: höflich, aber unergründlich.

›Ist Ihnen klar, was das bedeutet?‹ fragte ich.

›Ich weiß die mögliche Bedeutung dessen abzuschätzen, Mr. Duggan‹, erwiderte er. ›Aber Sie brauchen sich keine Sorgen zu machen. Ich habe den deutschen Botschafter, Fürst Lichnowsky, getroffen, bevor er heute morgen London verlassen hat, und ihn gebeten, seiner Regierung vorzuschlagen, gemeinsam mit uns eine Verlängerung der Frist des österreich-ungarischen Ultimatums zu erreichen, damit geeignete Vorbereitungen für eine internationale Vermittlung in dem Streit getroffen werden können.‹

›Sie werden sich niemals einigen.‹

›Warum nicht? Es ist ein sehr vernünftiger Vorschlag.‹

›Weil die *Concentric Alliance* überall Agenten hat. Sie werden dafür sorgen, daß nichts dabei herauskommt.‹

›Oh, lieber Mr. Duggan. Sie sollten wirklich nicht so mißtrauisch sein. Überlassen Sie das denen, die mit solchen Dingen vertraut sind. Sie werden Sie nicht im Stich lassen.‹

Vermutlich habe ich gewirkt, als wäre ich verrückt oder zumindest getäuscht worden. Ich redete von einer Organisation, von der er überhaupt nichts wußte, die aber überall ihre Finger im Spiel hatte. Nun, das ist der Stoff, aus dem Paranoia besteht, nicht wahr? Aber er war freundlich und überaus höflich. Er schlug vor, daß ich in dem Dorfgasthof übernachten und am nächsten Morgen wieder vorbeikommen solle. Bis dahin hoffte er, gute Nachrichten für mich zu haben. Er verabschiedete mich mit einem Lächeln und schwenkte seinen Hut.

Ich folgte seinem Vorschlag, denn mehr konnte ich auch nicht tun. Anscheinend war meine beste Chance, in seiner Nähe zu bleiben. Doch selbst das war nicht sehr vielversprechend. Das wurde mir immer klarer, während ich abends in der *Plough Inn* in mein Bier starrte und dem unschuldigen Klatsch der Landbevölkerung zuhörte. Niemand erwähnte Sarajevo oder das Ultimatum, das Serbien vermutlich schon abgelehnt hatte.

Früh am nächsten Morgen ging ich zurück zum Landhaus. Sir Edward wirkte anders, ernsthafter, besorgter. ›Es scheint so, als sei mein Vorschlag abgelehnt worden, Mr. Duggan‹, bekannte er. ›Genauso wie Serbiens Antwort auf das Ultimatum. Österreich-Ungarn hat die diplomatischen Beziehungen abgebrochen und macht angeblich mobil. Aber keine Angst. Ich habe grade mit meinem stellvertretenden Minister telefoniert. Er wird sich an alle europäischen Staatsoberhäupter wenden mit dem Vorschlag, eine Konferenz aller Botschafter in London zu diesem Thema einzuberufen.‹

›Noch ein Vorschlag?‹ Ich konnte meine Bitterkeit nicht verbergen.

›Das ist alles, was wir tun können‹, gab er zurück. ›Ich werde heute nachmittag nach London zurückkehren und mich mit ganzer Kraft darum bemühen, eine Einigung zu erzielen.‹

›Und die *Concentric Alliance?*‹

›Diese Idee kann ich leider nicht teilen. Tut mir leid, Mr. Duggan.‹

Ich verließ ihn wie betäubt und nahm den ersten Zug zurück nach London. Sir Edward hatte nicht begriffen, er ließ die Sache zu langsam anlaufen. Ich konnte mir nicht vorstellen, wie uns das aus dem Netz befreien sollte, das Charnwood gesponnen hatte. Ich ging vom Bahnhof Waterloo direkt zur Shoe Lane. Dort würde ich die neuesten Entwicklungen am besten mitbekommen. Aber niemand beim *Topical* wußte mehr, als mir Sir Edward bereits erzählt hatte. Eine Neuigkeit jedoch gab es. Jemand hatte mehrere Male versucht, mich anzurufen. Er hatte weder seinen Namen noch eine Nachricht hinterlassen, nur eine Nummer. Die von der Börse. Er hatte also vom Geschäftsviertel aus angerufen, das an einem Sonntagnachmittag eigentlich ausgestorben sein sollte. Doch als ich dort anrief, nahm jemand den Hörer ab. Eine anonyme männliche Stimme antwortete mir mit kaum vernehmbarem Flüstern.

›Sie haben sich nach Fabian Charnwood erkundigt, soweit ich weiß‹, sagte er. ›Und nur wenig Antworten bekommen. Ich kann Ihnen welche geben. Zu einem bestimmten Preis.‹ Ich wollte wissen, wer er war. ›Keine Namen, kein Dienstgrad.

Aber ich habe eine Menge ... zirkulierendes Wissen, Sie verstehen, was ich meine?‹ Ich bejahte und fragte, ob wir uns treffen könnten. ›Im Musikpavillon von Clapham Common. Um elf Uhr heute abend. Wenn Sie interessiert sind, kommen Sie.‹

Also ging ich hin. Und Sie können sich denken, was passiert ist, nicht wahr? Eine finstere Gestalt mit tief ins Gesicht gezogenem Hut wartete dort auf mich. Er forderte mich auf, ihm zu einem ruhigen Ort zu folgen. Dann führte er mich in die Büsche. Dort wurde ich plötzlich von zwei Männern gepackt und festgehalten. Ein dritter zog mir die Hosen herunter. Dann erschien ein grinsender Junge in einer Marineuniform, die er auszog. Als er nackt war, kauerte er sich auf allen vieren vor mich hin, und man schob mich auf ihn. Dann flammten Blitzlichter auf, Pfiffe und Schreie ertönten. Kurz darauf hatte die Polizei mich gefaßt. Den Jungen ließen sie laufen. Sie hatten, was sie wollten.

Als ich am nächsten Morgen vor den Untersuchungsrichter gestellt wurde, war Greys Angebot für eine Botschafterkonferenz bereits hinfällig. Keiner auf der Richterbank war an meinen Unschuldsbeteuerungen interessiert. Ich wurde in die Untersuchungshaft zurückgeschickt und ins Wandsworth-Gefängnis verlegt. Ich hütete mich, dort jemanden zu suchen, der mir glaubte. Mein Fall wurde am folgenden Dienstag verhandelt: Das war der 4. August. Bis dahin waren die Dominosteine bereits ins Fallen gekommen. Deutschland und Österreich-Ungarn hatten Rußland und Frankreich den Krieg erklärt. Und in dieser Nacht war auch England eingetreten. Jeder, der da laut und deutlich seine Meinung sagte, war nicht nur verrückt, sondern wurde wegen Hochverrats verurteilt. Oder in meinem Fall wegen etwas noch Schlimmerem. Und viel Schäbigerem.

Man gab mir fünf Jahre, Mr. Horton. Und mir wurde kein einziger Tag wegen guter Führung erlassen. Vermutlich, weil ich mich nicht besonders gut aufgeführt hatte. Vielleicht aber auch, weil jemand bei der Gefängnisverwaltung ein Wort dagegen einlegte. Wie auch immer, ich glaube trotzdem, daß ich es im Vergleich mit all den armen Kerlen, die man da unten in Flandern niedergemäht hat, noch gut getroffen habe, meinen Sie nicht?«

»Ich glaube schon«, erwiderte ich und dachte an Felix und sein leeres, zuckendes Gesicht.

»Was halten Sie von einem Drink? In dem Dorf gibt es einen Pub mit ein paar ruhigen Ecken. Nicht, daß es jetzt noch eine Rolle spielen würde, ob uns jemand belauscht. Sie haben das meiste schon gehört.«

Die Bar des *Red Lion* in Alnmouth war ein warmes, rauchgeschwängertes Paradies, in dem kein Kunde auch nur im geringsten an einem trübseligen Paar wie uns interessiert war. Duggan wirkte todmüde, selbst nach zwei kräftigen Rum. Ich bedauerte, daß ich soviel aus ihm herausgelockt hatte, und wünschte, ich hätte seine alten Wunden nicht wieder aufgerissen – zu seinem und auch zu meinem Besten. Es war nicht gut, zuviel zu wissen, das war mir jetzt klar. All die Leichtfertigkeit und Selbstgefälligkeit war plötzlich von mir gewichen. Ich fühlte mich klarer als zuvor, aber auch freudloser, fast so, als hätte ich nie zuvor gelacht.

»Ich bin im Sommer 1919 hierhergekommen«, fuhr Duggan fort. »Direkt nach meiner Entlassung. Sir Edward war mittlerweile Lord Grey und hatte sich aus der Politik zurückgezogen, um seine ihm verbleibenden Jahre in Fallodon zu verbringen. Ich wollte ihn fragen, ob er jetzt glaube, daß ich vielleicht doch recht gehabt haben könnte. Natürlich tat er das nicht, jedenfalls sagte er das. Statt dessen verriet er mir, was ich die ganze Zeit schon vermutet hatte: Er hatte mich für verrückt gehalten, als ich in Itchen Abbas zu ihm hereingestürmt war. Er hatte mich nur ermutigt, im *Plough* zu logieren, damit er Lord Northcliff anrufen und ihn fragen konnte, was er tun sollte. Northcliff sagte, ich sei besessen, wenn auch harmlos, und riet Grey, mich einfach zu ignorieren. Das hatte er auch getan. Aber in einem Punkt mußte er zugeben, daß ich recht gehabt hatte. Nach dem Krieg war nämlich herausgekommen, daß sein Vermittlungsangebot erst nach Ablauf des Ultimatums an den österreichischen Außenminister in Wien übergeben worden war. Irgend jemand hatte irgendwo dafür gesorgt, daß nichts dabei herauskam. Selbstverständlich überzeugte das Grey nicht vom Vorhandensein einer *Concentric Alliance.* Genausowenig wie meine Inhaftierung, von der er nichts erfahren hatte. Und doch machte ihn die ganze Sache nicht besonders glücklich. Vermutlich hat er mir deswegen seine Hilfe bei der Suche nach einem Job angeboten. In gewisser Weise entschuldigte er sich so bei mir dafür, daß er mich nicht ernst genommen hatte.«

»Und Sie haben sein Angebot angenommen?«

»Natürlich. Es war wahrscheinlich das einzige, das ich bekommen konnte. Fleet Street rollte mir nicht gerade den roten Teppich zur Begrüßung aus. Der *Alnwick Advertiser* war das Beste, was ich kriegen konnte. Also vergrub ich mich hier in dieser ländlichen Abgeschiedenheit und versuchte zu vergessen. Welchen Sinn hatte es, mich zu erinnern? Der Krieg war passiert. Daran war nichts mehr zu ändern.«

»Und was war mit Brosch?«

»Es bedurfte einer Menge Briefe an die österreichische Botschaft, um herauszufinden, was mit ihm geschehen war. Doch schließlich hatte ich Erfolg. Er tat, was er angekündigt hatte. Bei Ausbruch des Krieges übernahm er das Kommando eines Regiments an der galizischen Front. Er wurde während der Schlacht um Rava Russka am 6. September 1914 getötet. Ein barmherzig früher Tod, denke ich, obwohl ich mich immer noch frage, ob er von feindlichem Feuer getroffen wurde oder ...«

»Von einer Kugel in den Rücken?«

»Irgend etwas Derartiges. Ich habe seinen Namen niemals erwähnt, nicht einmal Grey gegenüber. Aber wenn sie es gewußt hätten, dann hätten sie ihn sicher getötet.«

»Sie haben Sie doch auch nicht getötet.«

»Tote Journalisten sind schwerer wegzuerklären. Wenn sie wußten, daß ich bei Grey war, so mußten sie wohl daraus schließen, daß mein plötzliches Verstummen ihn nachdenklich machen würde. Eine Liaison mit einem Matrosen in Clapham Common jedoch diskreditierte sowohl die Nachricht als auch den Überbringer. Eine wesentlich effektivere Methode.«

»Und sie haben Sie seitdem in Ruhe gelassen?«

»Ich habe sie in Ruhe gelassen. Ich habe meinen Kopf zwölf Jahre lang in den Sand gesteckt und niemandem Schwierigkeiten gemacht.«

»Bis jetzt. Warum sind Sie das Risiko eingegangen, mit mir Kontakt aufzunehmen?«

»Weil Charnwoods Tod bedeutet, daß ich nicht mehr soviel Angst haben muß. Und weil die Umstände seines Todes mir den Hoffnungsschimmer gaben, diese Bastarde vielleicht ja doch noch festnageln zu können.« Er schaute mich trotzig an, als würde der Rum sein Selbstbewußtsein aufmöbeln. »Nun, warum auch nicht? Nachdem der Krieg zu Ende war, bin ich ihnen auf die Schliche gekommen. Ich habe herausgefunden, warum sie es taten. Was sie davon hatten. Geld, Mr. Horton. Sie haben gesehen, wie es in die Taschen der Waffenhändler geflossen ist, der Munitionsfabrikanten, der Militär- und Marinezulieferer ... Sie haben miterlebt, wie der Krieg sowohl Millionäre als auch Witwen gemacht hat. Hier. Und in ganz Europa. Sie haben den Profit eingefahren, genau so, wie sie es geplant hatten.«

»Das beweist aber noch nicht, daß sie auch bei der Ermordung von Franz Ferdinand die Hand im Spiel hatten.«

»Nein. Und es beweist auch nicht, daß sie Charnwood getötet haben. Aber ich fürchte, sie haben es getan.«

»Warum? Warum sollten sie sich gegen einen der Ihren wenden?«

»Wer weiß? Vielleicht wußte er zuviel. Oder er setzte sie unter Druck? Möglicherweise zwangen ihn seine finanziellen Probleme dazu, alte Schulden einzutreiben. Was auch der Grund war, ich glaube, daß er von der Organisation getötet wurde, die er selbst geschaffen hat, und daß Ihrem Freund die Verantwortung dafür in die Schuhe geschoben wurde. Ich bin mir dessen sogar sicher.«

Auch ich war jetzt sicher. Keine andere Erklärung ergab einen Sinn. Aber wenn die *Concentric Alliance* existierte, dann war sie zu mächtig, als daß einer von uns sie hätte bekämpfen können. Vielleicht demonstrierte Charnwoods Tod ihre Fähigkeit, jedes Individuum zu vernichten, ganz gleich wie klug oder wichtig es war. Wenn dem so war, war Max nur ein zufälliges Opfer, das niemals gerächt oder rehabilitiert werden konnte. Genauso wie man niemals die Wahrheit darüber aufdecken konnte, was Charnwood wirklich getan hatte.
»Haben Sie bekommen, was Sie wollten, Mr. Horton? Sind alle Ihre Fragen beantwortet?«

»Ja«, erwiderte ich leise.

»Gut. Und was werden Sie unternehmen, jetzt, wo Sie alles wissen?« Duggan starrte mich scharf an. Ich erwiderte hilflos diesen Blick, unfähig, meine Unzulänglichkeit zu verbergen – die nur seine eigene widerspiegelte. »Wie ich mir gedacht habe«, stellte er fest. »Genau wie ich. Sie werden gar nichts tun.«

11

Es war fast dunkel, als ich Duggan in der Nähe seiner Unterkunft in Alnwick absetzte. Nach all den Enthüllungen, die ich ihm entlockt hatte, waren wir wohl beide begierig darauf, uns zu trennen. Keiner von uns genoß diese seltsame Intimität, die ein geteiltes Geheimnis hervorbringt. Selbstverständlich war es nun aber zu spät zum Rückzug. Wir konnten nicht mehr ungeschehen machen, was wir wußten. Aber wir konnten wenigstens den anderen loswerden.

Ich vermittelte Duggan beim Abschied den Eindruck, daß ich direkt nach London zurückkehren würde. Doch ich brauchte eine letzte Bestätigung für seine Behauptungen, bevor ich sie als wahr akzeptierte und mir eingestand, daß ich Max' guten Namen nicht wiederherstellen konnte. Dafür bedurfte ich des entscheidenden Wortes eines Old Wykehamist. Also fuhr ich nach Norden, nicht nach Süden. Sieben Meilen durch eine trübselige und immer finsterer werdende Landschaft nach Christon Bank. Laut Duggans Aussage lebte Lord Grey in der Nähe. Und so war es auch. Die Briefträgerin sagte mir, daß *Fallodon Hall* eine halbe Meile weiter entfernt liege.

Es war dunkel, als ich ankam, und zwischen den dicht gepflanzten Bäumen, die das Haus umstanden, war es richtig finster. *Fallodon Hall* war ein solider, schlichter Landsitz eines Gentleman und wirkte so unbewohnt, daß ich schon fürchtete, der Besitzer sei nicht zu Hause. Doch dem war nicht so. Das Dienstmädchen, das die Tür öffnete, teilte mir mit, daß

Lord Grey anwesend sei. Als ich fragte, ob ein Old Wykehamist seine Aufwartung machen dürfe, kehrte sie bald mit der Antwort zurück, ich sei herzlich willkommen.

Sir Edward, Viscount Grey of Fallodon, Politiker, Staatsmann, Ornithologe und Angler von beträchtlichem Ruf, war ein gebeugter, ausgemergelter und zitternder Mann von ungefähr siebzig Jahren, der mich mit ausgewählter Höflichkeit vor einem prasselnden Feuer begrüßte. Das Mädchen hatte mich wegen seiner Blindheit vorgewarnt, die ich sonst nicht sofort bemerkt hätte, denn er verbarg sie gut. Nur ein einziger offener Knopf an seiner Strickweste verriet ihn.

»Ich empfange an diesem entlegenen Ort nur wenig Besucher, Mr. Horton«, sagte er, nachdem er mir einen Tee angeboten und mich zu einem Lehnstuhl geführt hatte. »Es ist sehr nett von Ihnen vorbeizukommen. Ich selbst schaffe es wenigstens einmal im Jahr, nach Winchester hinunterzufahren. Besuchen Sie die alte Stätte noch oft?«

»Nicht so oft, wie ich es sollte, Sir. Als ich das letztemal da war, habe ich mir den Kriegerkreuzgang angeschaut. Ein sehr geschmackvolles Denkmal. Ich glaube, Sie haben den Grundstein dazu gelegt.« (Ich hatte nicht umsonst die Ausgaben des *Wykehamist* durchgelesen, die mir und Max über all die Jahre so hartnäckig zugeschickt worden waren.)

»Das habe ich, ja.«

»Zu viele meiner Zeitgenossen sind dort aufgeführt.«

»Wirklich? Mein Beileid, Mr. Horton. Ihre Generation war sehr unglücklich.«

»Das waren wir wirklich. Wie mir übrigens erst kürzlich wieder klar geworden ist.«

»Kürzlich? Ich verstehe nicht ganz ...«

»Eine Folge des Todes des Finanziers Fabian Charnwood im August dieses Jahres.«

»Charnwood, sagen Sie? Ich glaube nicht ...«

»Sie erinnern sich bestimmt, Sir, da bin ich sicher. Sehen Sie, ich habe mit George Duggan gesprochen. Und er hat mir eine höchst ungewöhnliche Geschichte erzählt. Ich habe ihr entnommen, daß Sie ihm vor einigen Jahren geholfen haben.«

»Schon möglich. Aber was das Garn betrifft, das er Ihnen vorgesponnen hat… nun, Sie wissen ja, wie phantasievoll Journalisten sein können.«

»Ja, Sir. Aber ich glaube, hier handelt es sich um ganz besonderes Garn. Und ich glaube, daß auch Sie das wissen.«

Grey runzelte die Stirn. »Wenn Duggan Ihnen das erzählt hat, was ich annehme, dann muß ich meine Überraschung eingestehen. Ich hatte angenommen, er würde über dieses Thema nie wieder reden.«

»Nur solange Charnwood lebte.«

»Und Ihr Interesse an dieser Angelegenheit ist…?«

»Persönlich. Der Mann, dem der Mord an Charnwood zur Last gelegt wird – und der mittlerweile ebenfalls tot ist –, war ein Freund von mir. Und auch ein Old Wykehamist. Wir haben zusammen gekämpft. Im Krieg. Wie Sie schon sagten, wir waren eine sehr unglückliche Generation.«

Grey zuckte zusammen, als quäle ihn eine schuldhafte Erinnerung. Er fuhr sich mit der Hand übers Gesicht und dachte möglicherweise daran, wieviel stärker er sich 1914 hätte bemühen sollen, gegen den Strom anzuschwimmen. Da wußte ich, daß er mir so viel erzählen würde, wie er konnte. Zwischen einem ehemaligen Wykehamisten und einem anderen gab es keine Geheimnisse.

Der Tee war schon lange abgetragen worden, als ich zu Ende erzählt hatte, was mich zu Lord Grey brachte. Er hörte geduldig zu und nickte gelegentlich mitfühlend. Er unterbrach mich kein einziges Mal. Und dann, bevor ich die Fragen stellen konnte, die ich im Kopf hatte, begann er zu antworten:

»Sie wollen wissen, ob Duggans Schilderung unseres Treffens korrekt ist. Nun, das ist sie. Ich habe das Landhaus in Itchen Abbas als Wochenend-Schlupfwinkel benutzt, um mich dort von den Problemen in Whitehall zurückzuziehen. Dort konnte ich im Itchen fischen, wie ich es auch schon in Winchester getan hatte. Das war ein wundervolles Angelgebiet. Aber an diesem Wochenende im Juli 1914 war das Landhaus alles andere als ruhig. Nicolson rief alle fünf Minuten vom Büro aus an. Und dann tauchte auch noch Duggan im Garten auf. Vielleicht hätte ich in London bleiben sollen; dort hätte er seine Behauptungen nicht über mich ergießen können. Das hätte ihm vielleicht eine Gefängnisstrafe erspart und mir ... nun, wollen wir sagen, eine Menge Seelenqualen. Und ich hätte vielleicht festgestellt, daß mein Vermittlungsangebot erst nach Ablauf der Frist nach Wien übermittelt worden war. Duggan hatte in einer gewissen Weise ganz recht. Überall gab es Verrat. Ich hatte keine Ahnung, wieviel. Hätte ich den ganzen Umfang begriffen, hätte ich... Doch was nützt mein Bedauern jetzt noch? Ich habe mein Bestes gegeben. Und mir war nicht klar, daß die anderen ihr Schlechtestes taten. Dennoch, während der langen, kalten Nächte frage ich mich häufig, was wohl geschehen wäre, wenn ich auf Duggan gehört hätte.

Sie wollen sicher auch wissen, ob ich an die Existenz einer *Concentric Alliance* glaube. Nun, ich weiß es nicht. Damals war ich wohl nicht der Meinung. Doch seit Kriegsende ist soviel Widersprüchliches und Zweifelhaftes über die Geschehnisse in Sarajevo ans Licht gekommen, daß ich mir nicht mehr länger sicher bin. Ich habe diese Sache genauer betrachtet, als ich vor einigen Jahren meine Memoiren geschrieben habe. Dabei bin ich auf einige sehr merkwürdige Tatsachen gestoßen. Zum Beispiel war einer von Princips Komplizen, ein Bursche namens Cabrinovitch, der Polizei von Sarajevo bekannt. Er war 1912 des Landes verwiesen worden. Er wurde zwei Tage vor dem Attentat gesehen. Aber der Polizeichef befahl, ihn in Ruhe zu lassen. Man fragt sich unwillkürlich, warum. Dann ist da noch die Sache mit der Blausäure. Was hätte die Schwarze Hand davon gehabt, daß ihre Agenten lange genug lebten, um ein Geständnis ablegen zu können? Schließlich mußte man davon ausgehen, daß Serbien nicht wirklich annehmen konnte, es würde einen Krieg gegen Österreich-Ungarn gewinnen, ja nicht einmal einigermaßen heil überstehen. Es ist unverständlich. Sie haben jedenfalls einen hohen Preis bezahlt, aus welchem Grund auch immer. Der Offizier, der Princip und Cabrinovitch ausgebildet und ihnen die Phiolen mit dem wirkungslosen Wasser gegeben hatte, Major Tankositch, starb 1915 im Feld. Und der Chef der Schwarzen Hand, Oberst Dimitrievitch, wurde 1917 wegen eines Mordkomplotts gegen den serbischen Prinzregenten hingerichtet. Die Beweise gegen ihn waren sehr dürftig, um es vorsichtig auszudrücken. Eigenartigerweise war einer seiner Mitangeklagten ein junger Mann namens Mehmedbasitch, der einzige der Attentäter von Sarajevo, der entkommen konnte. Obwohl man ihn zu einer zwanzigjährigen Haftstrafe verurteilte, wurde er entlassen, bevor er auch nur ein Jahr abgesessen hatte. Überall Verrat, Horton. Verstehen Sie, was ich meine? Aber warum? Und auf wessen Geheiß? Ich weiß es nicht. Und ich wüßte auch nicht, wie man es herausfinden sollte. Was ich sagen kann, habe ich in meinen Memoiren aufgeschrieben. Haben Sie sie zufällig schon gelesen?«

»Ich bedaure, nein, Sir.«

»Das macht nichts. Ich erinnere mich noch sehr genau an die Worte, die ich benutzt habe. Sie scheinen mir immer noch treffend. ›*Der Welt werden vermutlich niemals alle Hintergründe der Ermordung des Erzherzogs Franz Ferdinand erklärt werden. Wahrscheinlich gibt es keine und hat es auch niemals eine Person gegeben, die alles weiß, was es zu wissen gab.*«‹

»Außer Fabian Charnwood.«

»Sie sagen es. Außer Fabian Charnwood. Aber wenn dem so ist, hat auch er mittlerweile seinen Preis bezahlt.«

»Glauben Sie wirklich, daß er für all das verantwortlich war?«

»Ehrlich gesagt, nein. Nicht, weil ich Duggans Wort anzweifelte. Er ist ein aufrechter Kerl und glaubt, was man ihm erzählt hat. Und auch nicht, weil die Tatsachen diese Möglichkeit ausschlössen. Denn das tun sie ganz offenkundig nicht.«

»Weshalb dann?«

»Weil jeder, der klug und weitsichtig genug war, um die Konsequenzen der Ermordung Franz Ferdinands zu erkennen, auch den schrecklichen und verheerenden Verlauf hätte vorhersehen müssen, den der Krieg nehmen würde. Und sicher hätte kein Mensch ein solches Chaos auslösen wollen. Es wäre...« Ihm schienen einen Augenblick die Worte auszugehen. Dann faßte er sich und fuhr fort: »... monströs gewesen. Teuflisch. Schlicht und einfach undenkbar.«

Während unserer Unterhaltung war es Abend geworden, und als Grey mich einlud, mit ihm zu essen und über Nacht zu bleiben, lehnte ich nicht ab. Er war ein charmantes und einsames Relikt einer längst versunkenen Ära und wollte das quälende Thema vergessen, das ich wieder ans Licht gezerrt hatte. Statt dessen unterhielt er sich lieber über das Winchester vor fünfzig Jahren, wie er es aus seiner heiteren und unbeschwerten Jugendzeit in Erinnerung hatte. Und ich gab seiner nostalgischen Stimmung nur zu gern nach, nicht nur, weil er mein Gastgeber war, sondern weil meine Entdeckungen auch mich bedrückten. Da war es ausnahmsweise besser, alte Erinnerungen aus Winchester hervorzukramen.

Ich schlief fester, als ich erwartet hatte, und wachte frisch und munter auf. Die unbeantworteten Fragen und die undurchdringlichen Zusammenhänge von Fabian Charnwoods Vergangenheit kamen mir jetzt beinah erträglich vor. Unten wartete das Frühstück auf mich, doch Seine Lordschaft war, wie das Dienstmädchen mich informierte, bereits unterwegs. Er schlief nicht lange.

Ich fand ihn an einem Weiher auf dem Grundstück. Dort saß er auf einer Bank und warf den quakenden Enten Brot zu. Trotz des Lärms hörte er mich kommen und nickte mir höflich zu.

»Ich muß aufbrechen, Sir«, erklärte ich. »Es ist ein langer Weg zurück nach London.«

»Sicher, sicher. Es war mir ein Vergnügen, Sie kennenzulernen, Horton.« Er stand auf, und wir schüttelten uns die Hände. Seine war so kalt wie Marmor. »Ich hoffe, daß Sie meine Gesellschaft gestern abend nicht gelangweilt hat.«

»Nicht im geringsten.«

»Und was die Sache betrifft, über die wir uns unterhalten haben ... Loyalität einem Freund gegenüber ist eine sehr lobenswerte Eigenschaft. Aber manchmal muß man die Vergangenheit auch begraben und die Dahingeschiedenen in Frieden ruhen lassen. Ich glaube, wenn Sie mir diese Bemerkung gestatten, daß Sie alles getan haben, was Sie konnten – und was Sie angemessenerweise auch hätten tun sollen –, um den Namen Ihres Freundes zu rehabilitieren.«

»Aber ich habe es nicht geschafft, nicht wahr?«

»Nein. Sie haben ihn nur in ihren eigenen Augen rehabilitiert. Und das ist doch das einzige, was zählt. Nehmen Sie das Wort eines alten Mannes darauf.« Er lächelte. »Sie haben genug getan.«

Greys Bemerkung zum Abschied kreiste in meinen Gedanken, als ich in dem schwindenden Licht dieses Novembersonntags nach Süden fuhr. Charnwood war tot. Max ebenfalls. Es war genauso müßig, den einen zu verurteilen wie den anderen zu entlasten. Ich glaubte jedes Wort, das Duggan mir erzählt hatte, vor allem wenn ich an die Umstände dachte, unter denen Charnwood den Tod fand. Ich konnte zwar keine genaue Auflistung dieser Umstände geben, aber ich zweifelte nicht daran, daß die *Concentric Alliance* eine Rolle dabei gespielt hatte – was sie auch sein mochte und wer ihre Mitglieder waren. Der arme Max war nur ihr Sündenbock gewesen.

Doch das zu beweisen war unmöglich. Mein Vertrauen in seine Unschuld mußte reichen, wie Grey es angedeutet hatte. Selbst Diana würde ihn weiterhin für schuldig halten. Sie wußte nichts von der *Concentric Alliance.* Ihre Reaktion auf das Geheimsymbol bewies das, wie umgekehrt Vitas Reaktion mindestens zeigte, daß sie Kenntnis von den Aktivitäten ihres Bruders hatte, wenn nicht sogar Mitwisserin war. Doch mit Diana verhielt es sich anders. Max zu rehabilitieren würde bedeuten, ihren Vater als Massenmörder zu brandmarken. Mit ihrer Mutter unter seinen Opfern. Das Versenken der *Lusitania* war eine Konsequenz der Ermordung Franz Ferdinands, die Charnwood nicht hatte vorhersehen können. Denn wenn er es getan hätte ...

Genug. Die Alternative war einfach. Ich konnte direkt nach dem *Amber Court* fahren, vergessen, was ich wußte, und mich den körperlichen Genüssen und materiellen Vorteilen hingeben, die Diana mir gern gewähren würde. Mein Verhalten konnte ich damit rechtfertigen, daß es zu spät war, Max zu helfen, und daher nur vernünftig, mich um mich selbst zu kümmern. Oder ich konnte den gewagten Feldzug weiterführen und versuchen, ein altes, aber ungeheuerliches Verbrechen aufzudecken, dessen Hauptschuldiger tot war und dessen überlebende Komplizen sich als ebenso rücksichtslos wie mächtig erwiesen hatten. Letztendlich war das wirklich keine echte Alternative.

Aber ich konnte mindestens die Entscheidung hinauszögern. Ich machte im *George* in Stamford halt und trank einen Tee. Meine Hoffnungen auf etwas Härteres wurden durch eine Vorschrift, betreffend die Ruhetage, zerstört, und ich hatte keine Lust, darüber zu diskutieren. Zwischen eingepflanzten Palmen und sonntäglichen Familienversammlungen entschloß ich mich, nach Letchworth zu fahren. Ich schuldete meinem Vater und meiner Schwester eine Erklärung für die Geschehnisse in Venedig und vielleicht auch für meine Absichten mit Diana. Abgesehen davon konnte ich nach einer Übernachtung in Letchworth am nächsten Tag Felix einen Besuch abstatten. Wenn ich unter seinem Eindruck den Mund halten konnte, dann war klar, was ich tun würde. Ich würde den leichten Weg einschlagen.

Es war fast 21 Uhr, als ich in *Gladsome Glade* ankam. Meine Schwester begrüßte mich überrascht und erfreut, mein Vater mit grimmiger Gleichgültigkeit. Ich hatte ihnen kurz nach Max' Tod aus Venedig geschrieben. Der Brief war hastig hingekritzelt und nicht sehr aufschlußreich gewesen. Doch meinem Vater reichte es. Je weniger er von meinen Aktivitäten wußte, desto besser für ihn. Und so waren Minuten nach meiner Ankunft alle Gedanken an Ehrlichkeit und Offenheit aus meinem Kopf verschwunden.

»Er versteht dich nicht, Guy«, sagte Maggie, nachdem er zu Bett gegangen war. »Das hat er noch nie getan und wird es auch nie tun.«

»Nein, ich glaube auch nicht.«

»Was für Pläne hast du – für deine nächste Zukunft?«

»Ich weiß nicht.« Jetzt hätte ich Maggie von Diana erzählen sollen. Vielleicht hätte sie mir eine Art schwesterliche Zustimmung erteilt. Doch das Knarren der Bodendielen im Schlafzimmer meines Vaters, das vertraute Muster der Tapete neben meinem Stuhl und die Spiegelungen des Kaminfeuers im Glas der Fotos auf dem Klavier brachten mich zum Schweigen. Ich gehörte hierher und gleichzeitig auch nicht. Ich wollte reden und konnte es nicht. Dort, auf dem Ehrenplatz, wo es immer gehangen hatte, war das Bild meiner Mutter, dessen Worte meinen Blick anzogen. *Weit ist das Tor und breit der Weg, der zur Zerstörung führt, und viele waren da, die es durchschritten haben.* »Ich hatte vor«, murmelte ich, »morgen Felix zu besuchen.«

»Gute Idee.«

»Wie geht es ihm?«

»Genauso wie immer.«

»Und wer hat daran schuld, hm?«

»Nun, niemand natürlich.« Sie runzelte die Stirn. »Du glaubst doch nicht, daß Dad dich dafür verantwortlich macht? Es war ein ... Kriegsunfall.«

»Wenn man den Krieg einen Unfall nennen kann.«

Ihre Verwirrung wuchs. »Ich verstehe dich nicht. Was meinst du damit?«

»Nichts.« Ich lächelte ablenkend und zündete mir eine Zigarette an. »Wie stehen die Dinge in der Welt der Lehrer?«

»Könnte schlimmer sein. Die Regierung hat großzügigerweise zugestimmt, daß wir nur zehn statt fünfzehn Prozent von unserem Gehalt zahlen müssen. Vermutlich sollten wir dankbar sein.«

»Was erzählst du deinen jungen Schutzbefohlenen vom Krieg?« Ich bereute die Frage, kaum hatte ich sie gestellt. Meine Beschäftigung mit diesem Thema begann Maggie Sorgen zu machen. »Tut mir leid, vergiß es. Laß uns über etwas anderes sprechen.«

Aber Maggie bestand auf einer Antwort: »Ich sage ihnen, daß so etwas nie wieder passieren darf, Guy. Ich sage ihnen, daß es nicht hätte geschehen dürfen. Was kann ich sonst sagen? Sie sind noch zu jung, um die Gründe zu begreifen. Ich bin nicht einmal sicher, ob ich es kann. Tust du es?«

Ich starrte einen Augenblick in das Feuer und versuchte dann, unbeschwert zu lächeln. »Selbstverständlich nicht. Andererseits habe ich auch nie darüber nachgedacht. Außerdem, welchen Sinn hätte es? Es gibt nichts, was ich oder sonst wer jetzt noch tun könnte. Oder?«

Am nächsten Morgen war ich früh genug auf, um mit Maggie zu frühstücken. Eine Ortsveränderung würde uns beiden gut tun, und ich schlug vor, uns zum Lunch im *Letchworth Hall Hotel* zu treffen. Sie stimmte ohne Zögern zu. Ganz offensichtlich hatte sich ihre Hingabe an den Lehrerberuf genauso reduziert wie ihr Gehalt.

Nach einer einsilbigen Unterredung mit meinem Vater fuhr ich nach St. Albans. Im Vergleich dazu würde Felix' Gesellschaft belebend sein. Aber im *Napsbury Hospital* erwartete mich eine Überraschung. Im Gegensatz zu dem, was meine Schwester glaubte, war Felix nicht derselbe wie immer.

»Er hat am Wochenende eine seltsame Veränderung mitgemacht«, erklärte mir eine Schwester. »Nichts, was Anlaß zur Sorge gäbe, aber es ist vielleicht besser, wenn er auf der Station bleibt. Es macht Ihnen doch nichts aus, ihn dort zu besuchen, oder?«

Und ob mir das etwas ausmachte. Hier stank es nach Urin und geschmortem Kohl. Und die Patienten waren entweder komatös oder krankhaft erregt und plapperten und gestikulierten, wenn ein Fremder hereinkam. Felix seinerseits wirkte blaß und gedämpft, saß aufrecht in seinem Bett und schaute mit leerem Blick an die Decke. Mein erster Eindruck war, daß er unter Drogen stand.

»Hallo, Felix«, begrüßte ich ihn und tätschelte seine Hand. »Wie geht es dir?«

Er schaute mich an, als traute er seinen Augen kaum. »Gewgaw! Wie bist du denn hierhergekommen?«

»Ich bin gefahren.«

»Aber ... Wo bin ich?«

»Wo du immer gewesen bist. In Napsbury.«

»Nein, nein. Das stimmt nicht. Das reden sie mir nur ein. Aber es ist eine Lüge. Man hat mich verlegt. Es muß Samstag nacht passiert sein. Sie müssen mir irgend etwas in meinen Kakao getan haben, damit ich während der Reise nicht aufwache.«

»Du hast keine Reise gemacht.«

»O doch, das habe ich. Das weiß ich genau. Das Bad hat es verraten. Daran haben Sie nicht gedacht. Ich bade immer sonntags. Vermutlich wollten sie die Routine nicht ändern, aber sie haben einen Fehler gemacht. Das Wasser, Gewgaw. Das Wasser ist falsch herum durch den Abfluß gelaufen.« Er senkte die Stimme zu einem Flüstern. »Gegen den Uhrzeigersinn.« Dann schaute er mißtrauisch von einer Seite zur anderen und beugte sich zu mir. »Wo bin ich? In Australien? Argentinien? Ich weiß, daß es irgendwo auf der südlichen Halbkugel sein muß.«

»Du bist in Hertfordshire.« Aber sein Blick verriet, daß er sich durch meine Worte hintergangen fühlte, so daß ich sie sofort bedauerte. Ich lächelte so beruhigend, wie ich konnte. »Macht nichts, Felix. Ich weiß, wer dir das angetan hat.«

»Das weißt du?« Ich nickte, und seine Augen weiteten sich. Dann legte er einen zitternden Finger an seine Lippen. »Psst! Sag es nicht, Gewgaw. Kein Wort! Wenn du es verrätst, werden sie auch hinter dir her sein. Und ... ich möchte nicht, daß ... meinem kleinen Bruder etwas zustößt, denn er ist ...«, er grinste schief, »... noch zu jung zum Kämpfen.«

Armer Felix. Für ihn gab es keinen Weg zurück von diesem seltsamen und bedrohlichen Platz, an den der Krieg ihn geworfen hatte. Und wessen Schuld war das? Die Schuld von jemandem, dessen Namen er noch nie gehört hatte. Jemandem, den mein Vater und meine Schwester nie verdächtigen und noch weniger beschuldigen würden. Jemandem, dem das Schicksal wesentlich freundlicher mitgespielt hatte.

Ich verließ Napsbury, bedrückt darüber, wie rasch Felix' Verfall fortschritt. Als ich Letchworth erreichte, hatte sich diese Niedergeschlagenheit in das dringende Bedürfnis nach einem starken Drink verwandelt. Da ich noch eine Stunde Zeit bis zum Lunch mit Maggie hatte, machte ich einen kleinen Umweg nach Willian, einem Dorf südlich der Stadt, das, obwohl es Garden City eingemeindet worden war, zwei Exemplare eines Phänomens behalten hatte, das die Antialkoholiker von Letchworth am meisten verabscheuten: die voll konzessionierte Kneipe. Früher war ich oft hierhergekommen, um meine Frustration in einem der beiden Pubs zu ersäufen. Eigentlich sind meine glücklichsten oder doch die am wenigsten unglücklichen Erinnerungen an diese vergeudeten Jahre mit den Bars des *Fox* oder des *Three Horseshoes* verbunden. Ich blieb vor letzterem stehen, fand es genauso gemütlich und ruhig, wie ich es in Erinnerung hatte, und zog mich mit einem dreifachen Scotch an einen Tisch in der Nähe des Kamins zurück.

Dann dachte ich über die harte Realität und die tröstlichen Vorzüge meiner Lage nach. Wenn Max noch lebte, würde ich alles tun, um ihm zu helfen, selbst wenn das bedeutete, daß ich mich den zahllosen Kräften der *Concentric Alliance* stellen müßte. Wenigstens redete ich mir das ein. Doch Max war tot. Genauso wie Charnwood. Ich hatte weder einen Freund, den ich retten mußte, noch einen Gegner, dem ich mich zu stellen hatte. Sicher, da war Faraday. Und Vasaritch sowie die üblen Gäste auf seiner Jacht. Es gab all die namenlosen Leute, die von ihrer Beteiligung an Charnwoods Allianz der Mächtigen und Gierigen profitiert hatten. Aber was bedeuteten sie mir? Die beste Rache für das, was sie Max angetan hatten, war, meinen Anteil – und den von Max – von dem Vermögen abzuzweigen, das Charnwood vor ihnen versteckt hatte. Denn daß er es getan hatte, daran zweifelte ich nicht mehr. Vita wußte mehr, als sie verraten würde. Diana vielleicht auch, obwohl eindeutig nicht so viel wie ihre Tante. Ihre Unterhaltung in der Villa Primavera, die ich belauscht hatte, überzeugte mich davon, daß Diana Mitwisserin eines wichtigen Geheimnisses war. Da ihre Reaktion auf das Symbol der *Concentric Alliance* bewies, daß sie seine Bedeutung nicht kannte, konnte es sich dabei nur um den Verbleib von Charnwoods Geld handeln. Ein Geheimnis, das sie wohl kaum jemandem enthüllen würde außer ihrem Geliebten.

Und der war ich. Ich schloß halb die Augen und stellte mir vor, wie sie sich zu mir umdrehte, während ein Seidengewand von ihrer Schulter glitt. Ich streckte die Hand aus und konnte fast ihre glatte Haut fühlen. Ich lächelte, als ich jede Einzelheit ihres ...

Mit einem Schluck Scotch beendete ich diese Überlegungen. Ich würde zu Diana zurückkehren, aber ich würde behaupten, nichts von der *Concentric Alliance* zu wissen. Den Brief mit dem Symbol nahm ich aus der Tasche, zerriß ihn in vier Teile und warf ihn ins Feuer. Sollte Diana jemals danach fragen, würde ich behaupten, ihn verloren zu haben. Dann fiel mir mein Vertrag mit Max wieder ein. Solch ein verräterisches Dokument mußte ebenfalls zerstört werden. Ich nahm es aus meiner Brieftasche, entfaltete es, knüllte es zusammen und warf es ins Feuer. Dann machte ich dasselbe mit Max' Kopie.

Doch als ich sie entfaltete, flatterte ein kleines blaues Stück Papier vor mir auf den Tisch. Ich hielt inne und hob es auf, um es zu untersuchen. Es war eine halbe Theaterkarte, deren rechte Seite von einer Platzanweiserin abgerissen worden war. Auf der linken Seite war eine Seriennummer und die Hälfte des Namens des Theaters aufgedruckt: *Pier The...* auf der einen Zeile und in der nächsten: *Bourne...* Das hieß offensichtlich *Pier Theatre,* Bournemouth. Aber warum hätte Max nach Bournemouth gehen sollen?

Plötzlich fiel mir ein Grund ein. Wir hatten dort im August 1915 einen achtundvierzigstündigen Heimaturlaub verbracht, während wir beim *King's Royal Rifle Corps* in Salisbury Plain ausgebildet wurden. Es war eine wilde Zeit – ich konnte mich nicht erinnern, ob sie einen Besuch des *Pier Theatre* eingeschlossen hatte –, das letzte Vergnügen vor dem üblen Erwachen in Mazedonien; vielleicht hatte Max Bournemouth deshalb in Erinnerung an unsere sorgenfreie Vergangenheit als Versteck benutzt. So wie er beschlossen hatte, unseren Wagen in Winchester zu lassen, weil wir uns dort vor langer Zeit im September 1910 kennengelernt hatten.

Chefinspektor Hornby hätte in den Wochen nach Charnwoods Ermordung sicher ein beträchtliches Sümmchen für diesen Hinweis auf Max' Bewegungen gezahlt. Doch jetzt war die Karte, wie so vieles andere, ein überflüssiges Echo einer verflossenen Beziehung. Ich knüllte den Vertrag zusammen und warf ihn ins Feuer, beugte mich vor und streute die Asche mit dem Schürhaken auseinander. Dann nahm ich die zerrissene Theaterkarte und entschied mich, sie als Erinnerungsstück zu behalten, da sie niemand anderem etwas verraten konnte. Als ich sie in die Brieftasche stecken wollte, fiel mein Blick auf die Rückseite. Dort war etwas geschrieben, und ich erkannte die Handschrift sofort. Es war die von Max.

26. 8. 31. Wo ist H. L.? Ich starrte einige Sekunden auf die Worte und fragte mich, was sie bedeuteten. Charnwood war in den frühen Morgenstunden des 22. August, eines Samstages, ermordet worden. Der 26. mußte also ein Mittwoch gewesen sein. Anscheinend war Max an diesem Tag in Bournemouth und hatte nach jemandem gesucht, dessen Initialen H. L. waren. Doch ich kannte keine solche Person. Wer war er? Das *Pier Theatre* kam mir nicht wie ein geeigneter Tagungsort für Sir Henry Lauder vor. Auch unter unseren zusammengewürfelten Freunden und Bekannten fiel mir niemand mit diesen Initialen ein. Ich konnte nicht herausfinden, wer und wo dieser H. L. gewesen war.

Aber offenbar war die Antwort für Max sehr wichtig gewesen. Warum sonst hätte er die Eintrittskarte zusammen mit unserem Vertrag aufbewahren sollen? Das war sicherlich mehr als nur eine Erinnerungsstütze. Der Ort, das Datum und die Initialen bedeuteten etwas. Sie waren in seinem Kopf miteinander verbunden gewesen. Jedenfalls bis zu seinem Tod. Ich dachte an die verwirrenden Beschuldigungen, die er in den letzten Minuten seines Lebens über mich ausgeschüttet hatte. »Wieviel weißt du, Guy? Wieviel hat sie dir erzählt?« Ich hatte zwar einen offensichtlichen Vertrauensbruch begangen, aber anscheinend verurteilte er mich für etwas Schlimmeres als nur dafür, Diana verführt zu haben. »Nicht daß es wichtig wäre«, hatte Max gebrüllt. »Unwissenheit ist keine Entschuldigung!« Unwissenheit worüber? Nicht über die *Concentric Alliance.* Davon hatte er gewiß nichts erfahren, das spürte ich. Auch nicht über den Aufenthaltsort von Charnwoods Geld. Er konnte nicht mehr darüber wissen als ich.

Also handelte es sich um etwas anderes. Etwas, das von der Antwort auf die Frage bestimmt wurde, wo H. L. war. Als ich meine Brieftasche wieder einsteckte, die Eintrittskarte sicher darin verstaut, wußte ich, daß ich es herausfinden mußte. Ich würde es zumindest versuchen. Dieses lose Ende durfte nicht in meinem Kopf herumschwirren. Bevor ich Diana wiedersah, mußte ich es bis zu seinem Ursprung zurückverfolgen. Oder bei dem Versuch scheitern. Auf jeden Fall würde ich den Versuch unternehmen.

»Was meinst du damit?« wollte Maggie wissen, als ich sie im *Letchworth Hall Hotel* mit einem Glas Gingerbier und einer lahmen Entschuldigung begrüßte, warum ich nicht mit ihr lunchen könnte. »Du sagtest doch, du freutest dich darauf.«

»Das habe ich auch. Aber ... etwas ist plötzlich dazwischengekommen. Ich muß weg, fürchte ich. Und zwar sofort.« Ich zuckte mit den Schultern und lächelte unschuldig. »Ich werde dein Essen bezahlen.«

Sie seufzte. »Darum geht es nicht.«

»Nein. Das weiß ich, tut mir leid. Aber es ist so. Ich muß gehen.« Ich kniff sie leicht in die Wange und ging zum Ausgang, als mich ihre Frage aufhielt.

»Wie geht es Felix?«

»Nicht gut. Eigentlich ... überhaupt nicht gut.«

Sie schaute mich mißtrauisch an. »Hast du ihn aufgeregt?«

»Nein, selbstverständlich nicht. Aber ...« Welchen Sinn hatte es, das zu erklären? Mein Vater würde mir die Schuld an Felix' Verfall geben, was ich auch sagte. Und in ihrer momentanen Erregung würde auch meine Schwester das tun. »Ich muß gehen, Maggie. Tut mir leid.«

Die *Bournemouth Promenade* begrüßte mich fünf Stunden später kalt und spöttisch. Der Regen peitschte, und die Brandung stöhnte unheimlich. Ein finsterer, menschenleerer Strand in einer öden Novembernacht. Dieses Bournemouth repräsentierte die schlimmsten Merkmale eines englischen Badeortes außerhalb der Saison. Das Pier war geschlossen, seine Tore verriegelt, und das Theater verschwand in den schwarzen Umrissen der zusammengekauerten Gebäude an dessen einem Ende. Ich blieb im dürftigen Schutz eines Münzfernrohres stehen, um mir eine Zigarette anzuzünden, und fragte mich, warum ich so dumm gewesen war, an diesen gottverlassenen Ort zu kommen. Die Aussicht, hier etwas Brauchbares zu erfahren, war gleich Null. Ich verschwendete Zeit und Energie an den Irrtum eines Narren.

An dieser Einschätzung hatte sich auch nichts geändert, als ich am nächsten Morgen aus dem *Solent Cliffs Hotel* trat und im Regen zur Promenade ging. Aber es war sinnlos, jetzt einfach umzukehren. In der Bude neben dem Drehkreuz beim Eingang zum Pier konnte ich eine zusammengekauerte Gestalt erkennen. Ich klopfte an das Fenster, und sie riß zögernd ihren Blick von der Rennseite der Zeitung los.

»Ist das Theater geöffnet?« Ich deutete mit einem Nicken darauf.

»Nicht vor Ostern, Sir.«

»Ist denn vielleicht jemand da, der mir Informationen geben könnte?«

»Worüber, Sir?«

»Es geht um eine Aufführung vom letzten August.«

»Was für eine Aufführung, Sir?«

»Das weiß ich nicht. Diese Information suche ich ja.«

Er musterte mich mit einem ausgiebigen Ich-erkenne-Verrückte-Blick und sagte dann: »Versuchen Sie es bei dem Kulturbeauftragten oben im Rathaus, Sir. Mr. Oates. Das ist Ihr Mann.« Mit diesen Worten richtete er den Blick wieder auf seine Rennberichte.

Mr. Oates' Schreibtisch stand in einer staubigen Ecke des großen Büros im obersten Stockwerk des Rathauses. Jedenfalls vermutete ich, daß unter all den Stapeln unordentlicher Briefe, Akten, Notizen und Schriftsätze ein Schreibtisch war. Nur von Mr. Oates war nichts zu sehen.

»Er ist gerade kurz weggegangen«, verkündete die Frau, die

hinter dem einzigen benutzten Schreibtisch saß. Sie war eine dünne Gestalt undefinierbaren Alters mit platinblond gefärbtem Haar und einem großen Klecks kirschroten Lippenstiftes. »Er sagte, es könnte vielleicht einige Zeit dauern.«

»Wie bedauerlich«, bemerkte ich und bewegte mich auf sie zu. Doch im nächsten Moment wich ich wieder zurück, als ungesunde Rauchschwaden von einem Paraffinofen hinter ihrem Stuhl aufstiegen und mich einhüllten. »Vielleicht ... können Sie mir helfen.«

»Das ist gut möglich, mein Lieber.« Sie lächelte kokett. »Sehr gut möglich.«

»Ihnen kommt diese Frage vielleicht seltsam vor, aber ...«

»Oh, seltsame Fragen tauchen hier die ganze Zeit auf. Das ist auch nicht überraschend. Einige unserer Angestellten sind sehr eigenartig. Vor allem Mr. Oates.« Sie kreuzte ostentativ die Beine und wackelte mit einem dürren Knöchel, damit ich ihn inspizieren konnte. »Sie sollten dankbar sein, daß Sie mich an seiner Statt angetroffen haben.«

»Da bin ich mir sicher. Sie ... Sie kennen seine Arbeit, nicht wahr?«

»Das wenige, was es da zu kennen gibt, ja.«

»Nun, ich versuche herauszufinden, was letzten August im *Pier Theatre* aufgeführt wurde. Wissen Sie zufällig ...«

»Mord.«

»Was?«

»Nun, die meisten der Stücke, die Mr. Oates bucht, sind Mordgeschichten, glauben Sie mir. Ich habe einige durchmachen müssen.« Sie sah, wie ich in meine Brusttasche griff, und fügte hinzu: »Oh, das dürfen Sie gern.«

»Wie bitte?«

»Sie wollten mir doch gerade eine Zigarette anbieten, oder?«

»Ehm, ja. Selbstverständlich wollte ich das.« Ich wollte ihr eigentlich die Eintrittskarte zeigen. Mit einem Seufzer griff ich dann in die andere Jackentasche, holte mein Zigarettenetui heraus und öffnete es.

»Danke.« Sie beugte sich vor, damit ich ihr die Zigarette anzündete, und klimperte dabei mit den Wimpern. Ganz offensichtlich hielt sie das für eine perfekte Imitation von Marlene Dietrich. Als sie die Augen wieder ganz geöffnet hatte, hielt ich ihr bereits die Eintrittskarte vor die Nase.

»Ist das eine von Ihrem Theater?«

Sie nickte. »Sieht so aus.«

»Sagt Ihnen das hier etwas?« Ich drehte die Karte um.

»Der 26. August.« Sie runzelte die Stirn. »›Wo ist H. L.?‹« Dann schüttelte sie den Kopf. »Nein, Darling. Kein bißchen. Warum sollte es das?«

»Das weiß ich nicht. Ich weiß nur ...«

»Moment mal. H. L.« Ein Lächeln vertrieb ihre finstere Miene. »In der letzten Augustwoche. Natürlich. Das muß er gewesen sein.«

»Wer?«

»Mr. Oates hat ihn für die Matinees dieser Woche gebucht. Aber er ist nicht aufgetaucht. Was bedeutete, daß Mr. Springfellow und seine tanzenden Löffel für ihn einspringen mußten. Nun, er war wirklich kein Ersatz, glauben Sie mir. Um ehrlich zu sein, er war noch nicht einmal ein Ersatz dafür zuzuschauen, wie der Nagellack trocknet. Ich meine: tanzende Löffel. Dann lieber jeden Tag einen guten Zauberer.«

»War H. L. das? Ein Zauberer?«

»Nun, er selbst nannte sich einen Gau ... Gauk ...«

»Einen Gaukler?«

»Ja. Genau. Aber es kommt aufs selbe raus, nicht wahr?« Sie kicherte. »Ein alberner Mann. Aber trotzdem nett. Man mußte Hildebrand Lightfoot einfach mögen. Wenn man ihn dazu bringen konnte ...«

»Sagten Sie Hildebrand?«

»Ja. Haben Sie schon von ihm gehört?«

Ein Satz schallte durch meinen Kopf und wurde mit jeder Sekunde lauter. Es war das Fragment eines Gedichtes von Keats, das Max in der Nacht von Charnwoods Ermordung zitiert hatte. »Erinnerst du dich an den ›zwergenhaften Hildebrand‹, Guy?« Ich versuchte mich an den Pub in der Nähe von Dorking zu erinnern, wo wir auf das Rendezvous mit Diana gewartet hatten, an den Kunden, der dem Barmädchen einen Zaubertrick vorgeführt und dessen ungewöhnlichen Namen Max als gutes Vorzeichen für seinen Erfolg genommen hatte. »Vielleicht«, sagte ich. »Vielleicht habe ich das.«

»Nun, er hat Mr. Oates jedenfalls schmählich im Stich gelassen. Keine Entschuldigung. Keine Erklärung. Er kann froh sein, wenn er nächsten Sommer wieder gebucht wird.«

»Er sollte in der letzten Augustwoche die Matinees im Pier Theatre geben, tauchte aber nicht auf. Verstehe ich Sie so richtig?«

»Ja, Darling. Mr. Oates war fuchsteufelswild.«

»Wann hätte er anfangen sollen?«

»An einem Montag.«

»Und Sie haben seitdem nichts mehr von ihm gehört?«

»Nicht ein Wort. Mr. Oates hat seinem Agenten die Meinung gesagt, doch der behauptet, er habe ebenfalls nichts von ihm gehört. Nun, Sie kennen ja diese Künstler. Sehr angespannt. Nicht, daß mir Hildebrand Lighfoot jemals...«

»Wer ist sein Agent?«

»Charlie Pragnell.«

»Wo kann ich ihn finden?«

»In London. Wenn Sie das wirklich wollen.«

»Und ob ich das will.«

»Nun, dann werde ich Ihnen seine Adresse heraussuchen.« Sie stand auf und schob sich atemlos an mir vorbei an einen Aktenschrank. Nach einigen Sekunden zog sie einen Brief heraus. »Hier haben wir es schon. *Mr. Charles V. Pragnell, Pragnell-Pierce, Theatrical Celebrity Agency, Bridle Street, Soho, London West One.* Er kann Ihnen alles über Hildebrand Lightfoot sagen, was Sie wissen wollen. Und noch einiges mehr.«

»Hoffentlich haben Sie recht.« Ich hatte es eilig wegzukommen, um die vage Hypothese zu erproben, die sich in meinem Kopf zu formen begann, und trat zur Tür. Warum sollte Lightfoot am Freitag, dem 21. August, in Dorking gewesen sein und nicht am Montag, dem 24., in Bournemouth? Was war dazwischengekommen? Was hatte ihn davon abgehalten, seine Verpflichtung zu erfüllen? Und wo...?

»Wollen Sie jetzt dorthin fahren, Darling?«

»Ehm... ja.«

»Nun, wenn Sie Mr. Pragnell antreffen, würden Sie ihn dann bitten, eine Nachricht an seinen nichtsnutzigen Klienten weiterzuleiten?«

»Sicher.«

»Bitten Sie Mr. Pragnell, Hildebrand zu sagen, daß Gladys ihn vermißt. Obwohl er es nicht verdient.« Sie errötete. »Er ist trotzdem ein netter Kerl.«

Es dämmerte bereits, als ich Soho erreichte. Das unangenehme Büro der *Pragnell-Pierce Theatrical Celebrity Agency* befand sich im Keller unter einem grell dekorierten Tattoogeschäft. In dem unbesetzten Vorzimmer klingelte ein Telefon, und ich hörte jemanden im anderen Zimmer in ein anderes Telefon sprechen.

»Sagen Sie ihm, daß er Charlie Pragnells Wort darauf hat«, dröhnte eine Stimme. »Was will er mehr?«

Ich öffnete die Tür und erblickte meine Beute: eine rundliche, gequälte Gestalt in einem engen gestreiften Anzug, die mit einer Hand abwesend einen Kreisel über den Schreibtisch drehte, während sie mit der anderen den Hörer ans Ohr preßte. Pragnell zwinkerte mir ohne besonderen Anlaß zu.

»Sie rührt das Zeug nicht mehr an. Keinen einzigen Tropfen. Nein, natürlich wird es nicht wieder so sein wie in Wolverhampton. Wofür halten Sie mich?«

Ich schaute mich durch den dichten Zigarettenrauch im Zimmer um. An den Wänden hingen glänzende Fotos von grinsenden Männern und Frauen mit Schlafzimmerblick, die vermutlich Pragnells Klienten waren. War einer von ihnen Hildebrand Lightfoot? Ich konnte ihn unmöglich erkennen, da ich ihm in der Nacht, in der unsere Wege sich gekreuzt hatten, keinerlei Aufmerksamkeit geschenkt hatte. Max hatte vielleicht genauer hingesehen, aber …

»Nun, tun Sie Ihr Bestes, mehr verlange ich gar nicht. Ja, natürlich. Auf Wiedersehen.«

War Max schon vor mir hier gewesen? Hatte er dem Mann dieselbe Frage gestellt, die ich stellen wollte? Warum war ihm die Antwort so wichtig gewesen? Ich stand entweder vor einer Entdeckung oder vor einer Enttäuschung. Auf jeden Fall kurz vor dem Ende meiner Suche.

»Den bin ich endlich los«, brummte Pragnell zum Telefon, bevor er zu mir aufschaute. »Nun, was kann ich für Sie tun? Solange Sie nicht einen Komiker wollen, der die Menschen wirklich zum Lachen bringt, kann ich Ihnen vielleicht helfen.«

»Ich versuche, einen Ihrer Klienten zu finden.«

»Sind Sie von der Finanzbehörde?«

»Nein.«

»Wie schade. Sonst hätte ich wenigstens glauben können, daß Sie Geld verdienen. An welcher meiner glänzenden Berühmtheiten sind Sie denn interessiert?«

»Hildebrand Lightfoot.«

»Alfie Lightfoot? Nun, er ist wirklich berühmt, nicht wahr? Und zwar mehr denn je, seit er seinen letzten Zaubertrick vorgeführt und sich selbst zum Verschwinden gebracht hat.« Er bemerkte meinen verwirrten Blick und fügte hinzu: »Hildebrand war sein zweiter Vorname. Er benutzte ihn nur auf der Bühne. Außerhalb der Bühne ist er einfach Alfie. Oder vielmehr, er war.«

»Er war?«

»Ich habe ihn seit drei Monaten nicht mehr zu Gesicht bekommen. Er ist verschwunden wie eines seiner weißen Kaninchen. Durch den Boden seines eigenen Zylinders gefallen.«

»Er sollte in der Woche ab dem 24. August in Bournemouth auftreten, glaube ich.«

Pragnell runzelte die Brauen. »Allerdings. Sie sind sehr gut informiert, das muß ich schon sagen. Warum suchen Sie ihn?«

»Das ist eine persönliche Angelegenheit.«

»Das sagte der andere Bursche auch.«

»Welcher andere Bursche?«

»Sie erinnern mich an ihn. Ich würde sagen, Sie sind beide aus derselben Schublade des Lebens. Nicht ganz unten, aber auch nicht ganz oben. Er hat hinter Alfie hergeschnüffelt, als die Spur noch ein gutes Stück frischer war. Ende August, Anfang September. Irgendwann um diese Zeit. Als ich noch glaubte, daß der Quälgeist wieder auftauchen würde. Ich hatte ihm Engagements bis Ende September verschafft, wissen Sie. Bangor, Swanage, Ilfracombe, Weston-super-Mare. Ich habe seinetwegen genug Eier ins Gesicht bekommen, um mir ein Omelett machen zu können.«

»Dieser andere Bursche. Können Sie sich an seinen Namen erinnern?«

»Er hat ihn mir nicht genannt. Aber Sie haben mir Ihren ja auch noch nicht gesagt, nicht wahr?«

»Horton. Guy Horton.«

»Nun, Mr. Horton, ich werde Ihnen sagen, was ich auch ihm schon erzählt habe. Alfred Hildebrand Lightfoot, Zauberkünstler, Bauchredner und außerordentlicher Gedankenleser, gab am 19. August eine einzige Show in Margate. Seitdem habe ich von ihm weder etwas gesehen noch gehört. Genausowenig wie irgend jemand anders in dem Geschäft.«

»Wo ist er denn?«

»Da können wir beide nur raten. Er war nicht gerade der Verläßlichste. Er hat Termine versäumt, wegen Alkohol oder Frauen oder beidem ... Nun, es war zu erwarten. Aber wochenlang? Daraus werde ich nicht schlau.«

»Ist er hier abgebildet?« Ich deutete auf die Fotos.

»Alle meine Berühmtheiten sind hier abgelichtet, Mr. Horton.« Er stand auf, watschelte zur Wand unter dem Milchglasfenster und bedeutete mir, ihm zu folgen. »Sogar Alfred Hildebrand Lightfoot.« Er deutete auf ein Foto.

Es war ein Studioporträt eines gutaussehenden Mannes im Abendanzug, mit einem schmalen Kopf, glänzendem Haar und einem forschen militärischen Schnurrbart. Er lächelte liebenswürdig in einer Was-kostet-die-Welt-Manier und schien sich für einen Ladykiller zu halten, vermutlich sogar mit gutem Grund. Aber da war noch etwas, ein leicht störender Glanz in seinen dunklen Augen, der mich ansprach. Am meisten aber starrte ich auf seine eigenartig intensiven Gesichtszüge.

»Selbstverständlich ist das vor einigen Jahren aufgenommen worden«, sagte Pragnell. »Er ist mittlerweile ein gutes Stück grauhaariger.«

»Wie alt ist er?«

»Mitte fünfzig. Er hat sich darüber nie genau ausgelassen. Über irgend etwas anderes übrigens auch nicht.«

»Größe?«

»Ungefähr so wie Sie.«

Jetzt konnte ich es beinah sehen, beinah die körperliche Realität dessen greifen, was ich suchte: einen Hinweis, eine Vermutung, einen Schimmer von dem, was Max vor mir klar geworden sein mußte.

»Kann natürlich sein, daß er jetzt den Schnauzer nicht mehr hat.«

»Was?«

»Nun, der Theatermanager aus Margate erzählte mir, daß er dort sauber rasiert aufgetaucht sei. Und mit mehr weißem als grauem Haar. Kaum noch wiederzuerkennen, sagte er. Aber vermutlich hat er übertrieben. Vielleicht hatte Alfie nur vergessen, Stiefelcreme aufzutragen. Und was den Schnauzer angeht...«

Das war es. Einen Augenblick erschien vor meinem geistigen Auge Lightfoots Gesicht, um zehn Jahre gealtert, ohne Schnurrbart, und lächelte mich in einer anderen, aber dennoch vertrauten Maske an. Jetzt hatte ich ihn. Ich konnte ihn genau so vor mir sehen, wie Max ihn gesehen haben mußte. Nicht als Alfred Hildebrand Lightfoot, Zauberkünstler, Bauchredner und Gedankenleser. Sondern als Fabian Melville Charnwood, Firmenchef, internationaler Finanzier und Ingenieur eines Weltkriegs. Als ich ihn anstarrte, schien sein Lächeln breiter zu werden, und seine Augen schienen zu zwinkern. »Ein Kreis und eine Gerade können dasselbe sein. Das hängt von ihrem Standpunkt ab.«

»Was ist los, Mr. Horton? Sie sehen aus, als wären Sie einem Geist begegnet.«

Pragnell hatte recht. Ich hatte einen Geist gesehen. Und ich konnte ihn immer noch sehen, wie er über Lightfoots Schulter schwebte. Zwischen Margate am 19. August und Bournemouth am 24. hatte Lightfoot noch ein anderes Engagement gehabt: in Dorking. Er war dort gewesen, um eine andere Rolle zu spielen – die eines toten Mannes. Wie Charnwood ihn ausgetrickst hatte, wußte ich nicht. Wie er ihn in den Tod gelockt hatte, konnte ich nicht einmal vermuten. Aber daß es Lightfoots Leiche war, daran zweifelte ich nicht. Dieselbe Größe und Figur. Dasselbe Alter und dieselbe Erscheinung. Und alle offensichtlichen Unterschiede waren weggeschmettert worden: Lightfoots Körper in Charnwoods Kleidung, sein Gesicht eine Maske des Grauens. Das hatte gereicht, um Leute wie mich zu täuschen. Und es reichte auch, um die Polizei zu täuschen, den Pathologen und den Leichenbestatter. Denn keiner von ihnen war Charnwood oder Lightfoot jemals begegnet. Was anderes hatte es dazu gebraucht als Blut, Dunkelheit und gut erzählte Lügen? Und einen Mord, natürlich. Diese kleine, doch sehr entscheidende Komponente in dem ganzen Plan.

»Sind Sie sicher, daß Sie Alfie nicht kennen?« fragte Pragnell. »Wenn Sie ihn noch länger anstarren, ist da bald ein Loch in dem Foto.«

»Wo, glauben Sie, hält er sich auf?«

»Keine Ahnung. Würde mich nicht wundern, wenn er im Ausland wäre. Mit irgendeiner Tussi. Aber langsam muß ihm der Zaster ausgehen. Denn er kann nur zaubern.«

»Er könnte natürlich auch tot sein.«

»Alfie? Nein. Der ist so gesund wie ein Gauner.«

»Vielleicht ist er bei einem Unfall ums Leben gekommen.«

»Das hätte ich erfahren.«

»Oder ermordet worden.«

»*Ermordet?*« Pragnell schaute mich finster an. »Spielen Sie nicht den Abgebrühten. Warum sollte jemand Alfie umbringen?«

»Das weiß ich auch nicht.«

Doch das tat ich. Ich kannte das Motiv und auch die Methode. Lightfoot war bezahlt worden, um Charnwood darzustellen. Er hatte ihre natürliche Ähnlichkeit verstärkt, indem er seinen Schnurrbart abrasiert und die natürliche Farbe seines Haares hatte durchkommen lassen. Er war nach Dorking gefahren und hatte in demselben abgelegenen Pub auf sein

Stichwort gewartet wie Max und ich. Und später war er in der Kleidung seines Auftraggebers auf die Bühne gegangen – zum letzten Mal. Charnwood hatte ihn getötet. Und Vita und Diana hatten ihn identifiziert. Die Schuld der drei lag auf der Hand. Wie auch das Geheimnis, das sie verbargen. Nicht der Aufenthaltsort des Geldes war es, sondern der Aufenthaltsort von Fabian Charnwood.

»Vielleicht«, sagte ich zögernd, »hat man ihn mit jemand anderem verwechselt.«

12

Bookham zwei-fünf-acht.«

»Guten Morgen. Könnte ich bitte mit Miss Diana Charnwood sprechen?«

»Wer spricht denn da?«

»Guy Horton.«

»Einen Moment, bitte, Mr. Horton.«

Es gab eine Pause, und dann ertönte ein Klicken, als Diana in einem anderen Zimmer den Hörer abnahm.

»Hallo, Guy. Ich habe mir schon Sorgen ...«

»Tut mir leid, daß ich mich nicht schon früher gemeldet habe, Diana. Ich hatte ein paar Probleme.«

»Ist jetzt alles in Ordnung?«

»O ja. Völlig in Ordnung.«

»Wo bist du?«

»In London.«

»Warum kommst du dann nicht her und erzählst mir davon?«

»Weil ich immer noch ... Nun, ich kann hier nicht vor morgen weg. Familienstreitigkeiten. Ich erkläre dir alles, wenn ich ankomme. Morgen abend, irgendwann nach acht Uhr.«

»Leistest du uns beim Dinner Gesellschaft?«

»Danke, aber eigentlich wollte ich mit Quincy in Dorking zu Abend essen. Er trifft einen Geschäftsfreund im *Deepdene Hotel.*«

»Ja? Nun, wenn du lieber ...«

»Nein, nein. Ich fragte mich nur, ob du mich bei ihm entschuldigen kannst. Sag ihm, daß ich es nicht schaffe und er ohne mich weitermachen soll. Kannst du das tun?«

»Selbstverständlich. Aber Guy, du bist sehr …«

»Entschuldige, aber ich muß mich sputen. Wir sehen uns morgen abend. Mach's gut, bis dann.«

Ich legte den Hörer auf und trat langsam ans Fenster meines Hotelzimmers. Durch das regenverschmierte Glas war die Straße wie durch einen grauen Schleier zu sehen, und in meinem Kopf war London nur noch ein tristes Rechteck von geschlossenen Türen und fallenden Blättern. Diana würde jetzt vermutlich in den Garten des *Amber Court* blicken und sich fragen, was mein abruptes und distanziertes Verhalten bedeutete. Aber sie würde niemals erraten, daß ich dem mörderischen Plan, den sie, ihr Vater und ihre Tante ausgeheckt hatten, auf die Schliche gekommen war. Ich wußte nicht, wo Charnwood sich versteckte. Aber Diana und Vita wußten es. Morgen abend, wenn Quincy aus dem Weg war, würde ich sie zwingen, es mir zu sagen. Dann würde ich dem Ärger freien Lauf lassen, der seit einigen Stunden in mir gärte. Das Warten würde mir nicht leicht fallen, aber es war die Sache wert. Bis dahin würde ich noch ärgerlicher sein, als ich es jetzt schon war.

Ich ging zum Nachttisch, öffnete die oberste Schublade und schaute auf die Kopie des Fotos von Lightfoot, die Pragnell mir gegeben hatte. Ich hatte jede Linie seines Gesichtes so lange studiert, bis sie in meinem Gedächtnis eingegraben war. Ich hatte so lange darauf gestarrt, bis Charnwoods und Lightfoots Gesicht in meiner Vorstellung zu einem Gesicht verschmolzen, austauschbar und nicht mehr zu unterscheiden. Nicht ganz, allerdings. Fabian Charnwood löste sich immer wieder aus der Ähnlichkeit mit seinem Opfer und tauchte mit einem spöttischen Lächeln vor meinem inneren Auge auf. Bald würde ich ihn in Fleisch und Blut vor mir sehen. Und dann würden alle seine Versuche, mich zu bestechen oder zu überreden, vergeblich sein. Ich wollte sein Geld nicht mehr und auch sonst nichts von dem, was er mir geben konnte. Nur Revanche. Nicht für Lightfoot oder die Millionen anderer, die ich nicht kannte. Sondern für Max und Felix. Für einen toten Freund und einen verlorenen Bruder. Ihretwegen hatte ich mir geschworen, daß er, seine Schwester und seine Tochter zahlen sollten. Und das würden sie auch. Sehr bald. Und sehr teuer.

Ich verließ London am folgenden Spätnachmittag. Gegen sieben Uhr war ich in der Bar des *Wotton Hatch*, des Pubs an der Guildford Road, in dem Max und ich in dieser schicksalhaften Nacht eingekehrt waren und wo Alfred Hildebrand Lightfoot sich die Zeit vor seiner letzten Vorstellung vertrieben hatte. Ich erkannte das Barmädchen nicht, also erschien es mir sinnlos, ihr Lightfoots Foto zu zeigen. Statt dessen hockte ich ruhig in meiner Ecke und trank Whisky, ohne besondere Wirkung zu verspüren, bis es acht Uhr schlug und es Zeit wurde aufzubrechen.

Ein Feuerwerk erhellte den Himmel über Dorking, als ich den Wagen in der Auffahrt des *Amber Court* stoppte und in die kalte Nacht hinauskletterte ... Die Luft roch nach Schießpulver. Ich hatte vergessen, daß es die Guy-Fawkes-Nacht war. Überall verbrannte man ausgestopfte grinsende Puppen meines glücklosen Namensvetters, um damit die Vereitelung einer Verschwörung zu feiern, die im Vergleich zu der, die ich aufdecken wollte, geradezu nichtig erschien. Ich fragte mich, ob eine künftige Generation der *Concentric Alliance* mit Feuerwerk und Liedern gedenken würde. Oder würde sie niemals davon erfahren?

Ich drückte auf die Klingel und wartete. Dabei dachte ich

daran, wie mich Diana in jener Nacht mit ihrer Zurschaustellung von Trauer und Schock derartig getäuscht hatte, daß es mir selbst jetzt, wo ich die Wahrheit kannte, vorkam, als wäre es echt gewesen. Soviel Verstellung, soviel Verrat, damals und auch noch später. Aber nicht mehr länger.

Das Mädchen öffnete die Tür und bat mich mit einem Lächeln hinein. Ich wurde erwartet und willkommen geheißen. Sie führte mich durch die Eingangshalle in den Salon. »Mr. Horton, Miss«, hörte ich sie sagen, während ich draußen wartete. »Danke, Susan«, antwortete Diana. Ich trat vor, während das Mädchen an mir vorbei hinausging. Und da saßen sie vor dem Kaminfeuer und nippten an ihren Sherrys: Vita groß und wohlwollend in Mauve und Pink, Diana dunkel und rätselhaft in einem blau-goldenen Kleid mit dem Topasanhänger, der wie immer von ihrem Hals herabbaumelte. Sie wandten sich gleichzeitig um und begrüßten mich, wobei Diana von ihrem Stuhl aufstand. »Guy, es ist so...« Doch dann sahen sie meinen Gesichtsausdruck. Möglicherweise errieten beide im selben Moment, was er bedeutete.

»Was ist los, Guy?« wollte Diana wissen, blieb stehen und starrte mich an. »Ist etwas nicht in Ordnung?«

»Ich würde gern mit dir allein reden.«

Mein Ton duldete keinen Widerspruch. Diana überlegte kurz. »Gut. Würdest du uns entschuldigen, Tantchen? Wir gehen ins Frühstückszimmer.«

»Nein, nein, Darling. Du bleibst hier. Ich will ohnehin mit dem Koch reden. Sicher ist es nichts...« Doch Vitas Zuversicht versiegte, als sie mich anschaute. Sie stand mit gespielter Mühe auf und verließ langsam den Raum. Ich hielt ihr die Tür auf, und Vita warf mir im Vorbeigehen einen besorgten und gleichzeitig irgendwie warnenden Blick zu. Dann war sie verschwunden.

Einen Augenblick dachte ich, Diana würde ihre böse Vorahnung dadurch zerstreuen, daß sie lachte oder mich küßte. Aber sie sah mir an, daß ich kühl bleiben würde. Langsam ging sie wieder zu ihrem Stuhl zurück, nahm die Zigarette von dem Aschenbecher und schaute mich neugierig an, während sie einen Zug nahm. »Nun, Guy, worum geht's?« fragte sie schließlich.

Ich ging zu ihr, zog Lightfoots Foto aus der Tasche und knallte es auf den Beistelltisch vor ihr. Einige Sekunden starrte sie mit gespielter Verwirrung darauf. Ich war mir ihrer Schönheit, ihres unendlich begehrenswerten Körpers unter den umschmeichelnden Formen ihres Kleides nur zu bewußt. Doch der Ärger vertrieb alle Gedanken daran. »Willst du mir etwa vorspielen, daß du nicht weißt, wer das ist?«

Sie schaute mich geradeheraus an. »Ich weiß es nicht.«

»Alfred Hildebrand Lightfoot.«

»Wer?«

»Sagt dir der Name nichts?«

»Überhaupt nichts.«

»Nun, vielleicht hast du dir ja nie die Mühe gemacht, ihn herauszufinden. Das war nur ein langweiliges Detail, das du Papa überlassen konntest. Aber das Gesicht. Du kennst das Gesicht, nicht wahr?«

»Nein.«

»Stell ihn dir ein paar Jahre älter vor, mit grauem Haar, ohne Schnurrbart ... und einer großen, klaffenden Wunde auf einer Hälfte des Gesichts.«

Sie brachte eine angewiderte Grimasse zustande. »Ich weiß nicht, was du meinst.«

»Das ist der arme Kerl, den du in jener Nacht identifiziert hast. Das ist der Leichnam, der im Grab deines Vaters verrottet.«

»Guy, um Himmels ...«

»Soll ich es wirklich aussprechen, ja?« Ich schrie und hörte, wie meine Stimme brach, sah, wie meine Hand zitterte. Aber ich schaffte es nicht, ruhig zu bleiben. Davon zu reden bedeutete, gegen die List zu wüten, die sie uns vorgespielt hatten. »Du und deine Tante, die angeblich keiner Fliege etwas zuleide tun kann, habt eurem Vater geholfen, seinen eigenen Tod vorzutäuschen. Ich weiß nicht genau, warum er so überzeugend verschwinden mußte, aber ich vermute, daß das Geld die Antwort ist. Auf diese Weise konnte er sich vor der Zahlung seiner Schulden drücken und gleichzeitig seine verbrecherischen Gewinne behalten. Ihr brauchtet nur zwei nichtsahnende Seelen, um das zuwege zu bringen, und die habt ihr in Max Wingate und Alfred Hildebrand Lightfoot gefunden. Max sollte der verzweifelte Freier mit einem Motiv für den Mord sein und Lightfoot sein Opfer. Dein Vater hat Lightfoot mit dem falschen Auftrag hierhergelockt, ihn darzustellen. Dann habt ihr den Mann verstümmelt, und du mußtest nur noch den Leichnam als den deines Vaters identifizieren und so Max zum Sündenbock machen. Ganz schön gerissen, was? Verdammt clever sogar, wenn du dieses harte Wort entschuldigst. Die Polizei ist nie auch nur auf die Idee gekommen, seine Identität in Frage zu stellen. Warum auch, wenn seine Schwester und seine Tochter so ausgiebig über seinem Leichnam klagten? Der Pathologe und der Leichenbestatter kannten ihn auch nicht gut genug. Und seines Kammerdieners hattet ihr euch bereits entledigt, so daß keine Gefahr bestand, daß er Ärger machte und bezweifelte, ob die Leiche sein Herr war oder nicht. Du bist sogar damit fertig geworden, daß ich unerwartet auftauchte. Wic alle anderen habe ich nie auch nur einen Moment angenommen, du würdest lügen; deshalb habe ich natürlich auch den Leichnam nicht besonders sorgfältig untersucht. Schließlich war es kein besonders angenehmer Anblick, doch das sollte es ja auch nicht sein, nicht wahr?«

Ihr Blick war die ganze Zeit auf mich gerichtet, als könnte

sie allein mit dessen Intensität die Beschuldigungen zurückweisen. Ihre Lippen waren zu einer dünnen Linie zusammengepreßt, und die Hände hielt sie steif an der Seite. Sie mußte eingesehen haben, daß es sinnlos war, es zu leugnen. Aber wenigstens konnte sie sich weigern, es zuzugeben.

»Schon bevor du uns an Bord der *Empress of Britain* getroffen hast, habt ihr es geplant, nicht wahr? Du und Vita habt nach jemandem Ausschau gehalten, der wenig Freunde oder Verwandte hatte, an die er sich wenden konnte, wenn er plötzlich vor einer Mordanklage fliehen mußte, um sein Leben zu retten. Wer war dafür besser geeignet als einer der zwei Ausgebürgerten, die nach einer längeren Abwesenheit nach England zurückkehrten? Deshalb auch Vitas großzügige Einladung zu eurer Party. Vermutlich mußte ich dankbar sein, daß Max vor mir ankam. Sonst wäre wohl ich ausgewählt worden. Vielleicht hast du ihn für geeigneter gehalten, hast angenommen, er erliege deinem Werben schneller, schenke deinen Lügen bereitwilliger Glauben. Denn es waren Lügen, nicht wahr? Von Anfang an. Jedes einzelne honigsüße Kosewort. Die Verlobung war ein Schwindel und der Fluchtversuch eine Falle. Ich habe sie fast platzen lassen, weil ich gehorsam das Bestechungsgeld deines Vaters genommen habe. Max aber steckte fest in seinen Klauen. Es hätte perfekt geklappt, wenn er kurz danach verhaftet worden wäre. Oder wenn er nie wieder aufgetaucht wäre. Aber da hat euch das Glück verlassen, fürchte ich. Das tut es letztlich immer.«

»Ich weiß nicht, wovon du redest«, sagte sie schließlich. Sie war von einer eiskalten Hartnäckigkeit.

»Dann laß mich dir auf die Sprünge helfen. Lightfoot kam zu früh zu seiner Verabredung. Max auch. Und er brachte mich mit. Wir alle landeten schließlich im gleichen Pub an der Guildford Road, dem *Wotton Hatch.* Und Lightfoot stellte sich der Bardame mit seinem Vornamen vor, den wir zufällig hörten. Hildebrand. Ein sehr ungewöhnlicher Name, weißt du. Leicht zu behalten. Und genau das tat Max, als er ein paar Tage später durch Bournemouth kam und diesen Namen auf einer Reklametafel am Pier sah. Es muß ihm wohl als seltsamer Zufall erschienen sein, und er ging aus Neugier zu der Vorstellung. Vielleicht kam ihm das dunkle Theater auch als ein gutes Versteck vor. Wie auch immer, bald stieß er auf noch mehr Zufälle. Lightfoots Auftritt war abgesagt worden, und niemand wußte, warum. Er war einfach nicht aufgetaucht. Doch als Max Lightfoots Agenten aufsuchte und das Foto an der Wand sah, wußte er es. Er wußte zum erstenmal, was du ihm angetan hattest. Und dann ist er dir gefolgt. Hast du es gemerkt? Hast du gespürt, daß er dir auf der Spur war? Hast du mir deswegen schöne Augen gemacht? In der Hoffnung, daß er uns zusammen sehen und falsche Schlußfolgerungen ziehen würde?« Ich trat näher zu ihr, streckte langsam die Hand aus und umfaßte ihr Kinn. »Nun, was war der Grund, Diana? War all diese Leidenschaft nur ein Ablenkungsmanöver?«

Ihre Haut war kühl und weich. Ich glitt weiter nach oben, bis ich ihre Lippen berührte. Angestachelt von ihrem Schweigen, drückte ich sie gewaltsam auseinander, bis ich sah, wie sie die Zähne zusammenbiß, und ihren heftigen Atem auf meinen Knöcheln spürte.

»Du verräterisches Miststück! Du hast dafür gesorgt, daß er uns fand. Du hast ihn glauben lassen, daß wir beide ihn verraten haben. Und dann, als du Angst bekamst, daß er mir erzählte, was geschehen war, hast du ihn getötet. Nicht, um mich zu retten. Sondern um dich selbst zu retten. Du hast ihn genau auf die Stelle geschlagen, die er dir ahnungslos verraten hatte. Und zwar hart genug, um dafür zu sorgen, daß er nie wieder reden konnte. Du hast ihn ermordet, Diana, wie dein Vater Lightfoot ermordet hat. Nur war Lightfoot nicht mein Freund, aber Max war es.«

Sie wich mit dem Kopf zurück, als mein Griff stärker wurde, und ihre Augen weiteten sich. Mit einem Fluch riß ich die Hand fort. Sie schrie auf und stolperte zum Sofa, lehnte sich hilfesuchend dagegen und hob schützend den Arm, als wolle sie sich gegen mich abschirmen.

»Willst du es nicht einmal leugnen? Oder versuchen, mich umzustimmen? Mich auf deine besondere, intime Art und Weise zu überreden? Es würde selbstverständlich nicht funktionieren. Dafür ist es zu spät. Aber ich wäre enttäuscht, wenn du nicht wenigstens den Versuch unternehmen würdest. So leicht aufzugeben paßt nicht zu dir. Und es ist auch deines Vaters unwürdig, findest du nicht?«

»Du irrst dich«, keuchte sie. »Es ist alles ... verrückt!«

»Ja, das ist es. Das, was du getan hast. Warum, Diana? Das verstehe ich nicht. Warum hast du soviel für diesen Mann getan? Um Himmels willen! Schau dir das Bild deiner Mutter hier an der Wand an. Ihr Blut klebt an seinen Händen. Ihr Blut und das all der armen Teufel, für die wir nächste Woche eine zweiminütige Schweigepause einlegen werden. Von einem österreichischen Erzherzog bis hin zu einem zweitklassigen Zauberkünstler. Sie alle sind wegen deines Vaters gestorben.«

Sie drehte sich zu mir um und sah mich an. Ihre Miene war anders, aufrichtiger. »Was ... was hat meine Mutter mit ...?«

»Die *Concentric Alliance!* Darüber weiß ich auch Bescheid, mein kleiner Liebling. Glaub nur nicht, ich fiele noch einmal auf deine Kaltblütigkeit herein wie damals in Venedig, als der Brief zugestellt wurde. Nur weil du dich besser im Griff hattest als deine Tante, werde ich dir noch längst nicht ...«

»Das reicht!« erklärte Vita und stürmte ins Zimmer. Sie war rot im Gesicht und zitterte. Es konnte Furcht oder auch Wut sein. »Das ist mehr als genug!« Sie blieb vor mir stehen und versuchte, mich mit ihrem Blick einzuschüchtern. Als sie merkte, daß ich nicht nachgab, ging sie an mir vorbei und schlang schützend ihren Arm unter den Dianas. »Wie können Sie es wagen, so mit meiner Nichte zu reden? Was soll das bedeuten?«

»Brennen Ihnen die Ohren vom Lauschen am Schlüsselloch, Vita? Ich hoffe, das ist Ihnen leichter gefallen, als sich beim Herüberbeugen über die Reling der *Empress of Britain* den Hals zu verrenken.«

»Ihr ... Ihr Gefasel konnte man im ganzen Haus hören, junger Mann. Und ich wiederhole: Was hat das zu bedeuten?«

»Das ist doch wohl kristallklar. Ich beschuldige Sie und Diana der Mittäterschaft bei zwei Morden. Sie haben einen Meineid geleistet und gelogen, wann immer Sie den Mund aufmachten. Ich beschuldige Sie, auf Befehl geweint und auf Stichwort getrauert zu haben. Und Fabian Charnwood bei seinen Versuchen, der Justiz zu entkommen, geholfen zu haben und seine Komplizen bei all seinen verdammenswerten Taten gewesen zu sein.«

Vitas Griff um Dianas Arm verstärkte sich. Sie wuchs geradezu an ihrer, wie sie glaubte, beeindruckenden Darstellung wütender Unschuld. »Absurd! Grotesk! Und zutiefst beleidigend!«

»Für jeden, der einen Hauch Anstand im Leibe hat, ja. Aber nicht für Sie beide. Ich werde Ihnen sagen, was Sie so hart trifft. Die Wahrheit. Eine ungewohnte Ware in Ihrer Welt. Nun, hier ist sie, offen ausgesprochen. Und sie wird nicht wieder weggehen.«

»Ich glaube, das ist genau das, was Sie nach diesem Schwall verletzenden Unsinns tun sollten«, meinte Vita. »Verschwinden Sie, und lassen Sie uns versuchen zu vergessen, was Sie gesagt haben.«

»O nein. Ihnen wird nicht erlaubt werden, auch nur eine einzige Sache zu vergessen. Wenn ich hier verschwinde, werde ich zur Polizei gehen. Ich werde erreichen, daß man mir dort zuhören und glauben wird, Vita. Also denken Sie nicht, Sie könnten meine Worte so einfach ignorieren. Sie werden von nun an bis zu dem Tag, an dem Charnwood aus seinem Versteck gezerrt wird, in Ihren Ohren klingen. Bis ihr alle drei gezwungen werdet, euch für das zu verantworten, was ihr getan habt.«

»Die Polizei wird Ihnen nicht zuhören, dafür ist sie zu vernünftig. Abgesehen davon gibt es nicht auch nur den Hauch eines ...« Vita brach ab, preßte die Lippen zusammen und starrte mich an. Beweis, hatte sie sagen wollen. Damit hätte sie zugegeben, daß es überhaupt etwas zu beweisen gab und meine Beschuldigungen nicht so grundlos waren, wie sie behauptete.

»Wir werden sehen«, sagte ich gedehnt. »Ich werde Hornby bestimmt dazu bringen, eine Exhumierung zu veranlassen. Was, glauben Sie wohl, wird dabei herauskommen? Ich denke, man wird mit Sicherheit ein winziges, übersehenes Detail finden, das beweist, wer wirklich in diesem Grab liegt. Ihr Bruder oder jemand von ähnlichem Körperbau und Aussehen. Worauf würden Sie Ihr Geld setzen? Denken Sie daran, daß eine große Summe auf dem Spiel steht. Sie können sich nicht leisten, es zu verlieren. Tun Sie es, dann haben Sie neben der Polizei Faraday und all die unbarmherzigen Menschen auf dem Hals, die er repräsentiert. Die Menschen, die Ihrem Bruder beim Betrügen geholfen haben. Seine Kumpane bei einer siebzehn Jahre alten Verschwörung.«

»Was für eine Verschwörung?« wollte Diana wissen. Ihr drängender Ton verriet, daß sie es wirklich nicht verstand.

»Es ist zu spät, das Unschuldslamm zu spielen«, erklärte ich. »Dein Vater muß dir von der *Concentric Alliance* erzählt haben. Vermutlich schon vor langer Zeit. Schließlich stammt das Geld für deine Erziehung, für deine Kleider, für deine ganze verhätschelte Existenz aus den Gewinnen, die er mit dem Krieg gemacht hat. Schade, daß deine Mutter dabei gestorben ist. Aber vielleicht rechnest du das ebenso leicht gegen die Vorteile auf.«

»Achte nicht auf ihn«, zischte Vita. »Deine Mutter hat nichts damit zu tun.« Doch der Blick, mit dem Diana ihre Tante bedachte, verriet Zweifel. Und zum erstenmal kam mir der Gedanke, daß sie vielleicht doch nicht alles wußte.

»Moment mal, Vita«, sagte ich und trat näher. »Haben Sie und Ihr Bruder etwas vor Diana verheimlicht?«

»Natürlich nicht.«

»Das ist es, nicht wahr? Sie weiß nichts von der *Concentric Alliance?* Sie weiß es wirklich nicht?«

»Keiner von uns weiß etwas. Wir haben keine Ahnung, was Sie damit meinen ...«

»Das Symbol hat Sie bis ins Mark erschreckt. Aber es hat Diana nicht erschüttert. Ich dachte, sie wäre einfach nur die bessere Schauspielerin. Jetzt bin ich nicht mehr so ...«

»Ich weiß nicht, wovon Sie ...«

»Die konzentrischen Kreise, Sie verlogenes altes Miststück! Wir alle haben sie gesehen. Aber nur Sie haben reagiert, als wäre Ihnen ein Geist begegnet.« Ich drehte mich zu Diana um, und da, in ihrem Gesicht, sah ich das Geständnis. Sie hatte ihrem Vater bei der Flucht geholfen. Aber sie hatte nicht gewußt, wovor sie ihm flüchten half. »Hör mir gut zu, Diana. Was du jetzt hören wirst, ist die heilige Wahrheit.«

»Ich will, daß Sie sofort verschwinden!« kreischte Vita und stürmte zur Tür. »Auf der Stelle.« Sie riß die Tür auf und baute sich gebieterisch daneben auf, doch ich reagierte nicht. Ich schaute weiterhin Diana an, hielt ihren Blick mit meinem gebannt und zwang sie dazu, mir zuzuhören.

»Die *Concentric Alliance* ist eine Geheimorganisation, deren Chef dein Vater ist oder war. Vor siebzehn Jahren arrangierte sie das Attentat in Sarajevo, das den Weltkrieg auslöste. Sie hat große Gewinne an Waffengeschäften und anderen Investitionen gemacht, die sie genau timen konnte, weil sie wußte, wann der Krieg ausbrechen würde – sie hat ihn ja selbst ausgelöst. Es war die Idee deines Vaters, sein Kind. Allerdings ein sehr gieriges Kind, wie sich herausstellte. Eins, das Millionen Leben verschlang. Einschließlich das deiner Mutter. Dein Vater hat sie umgebracht, auch wenn nicht er den Torpedo auf die *Lusitania* abgeschossen hat.«

»Nein«, murmelte sie. »Das kann nicht sein.«

»Aber es ist so, und du weißt es. Du erkennst die Wahrheit, wenn du sie hörst. Vielleicht erklärt das all die kleinen Geheimnisse, die du so verwirrend fandest. Von dem Tag an, an dem man dir sagte, daß deine Mutter gestorben sei. Bis zu dem Tag, an dem du Vita beim Anblick von zwei konzentrischen Kreisen auf einem Blatt Papier erbleichen sahst.«

»Tantchen?« fragte Diana benommen und starrte an mir vorbei. Doch Vita antwortete nicht. Selbst ihr Vorrat an Lügen war erschöpft.

»Jetzt weißt du, wie sie sich fühlen«, fuhr ich hartnäckig fort, »die Millionen von Witwen und Waisen, die dein Vater zusammen mit seinen Millionen Pfund Sterling gemacht hat. Jetzt hast du eine Ahnung von der Trauer und der Zerstörung, die er fröhlich gesät hat, um zu ernten ... die Privilegien zu ernten, die du genossen hast. Eine angemessene Entschädigung für eine mutterlose Kindheit, nicht wahr? Nun, ich glaube nicht. Aber vielleicht haben sie deinem Vater geholfen, dich zu überreden, ihn zu lieben – und ihm in seiner Stunde der Not zu helfen. Was hat er dir erzählt? Welche Lüge hat er erfunden, um seine Spuren zu verwischen?«

»Ich mußte von meinem Vater nicht überredet werden, ihn zu lieben!« fuhr sie mich an. Ihre Augen schimmerten vor Wut. »Oder ihm zu helfen, als er ...« Damit waren wir am Ende aller Vortäuschungen angekommen, und es herrschte das bittere Schweigen vor dem drohenden Eingeständnis. Sie würde es nicht laut aussprechen, noch nicht. Aber wir beide wußten es, und es konnte nicht zurückgenommen werden. Charnwoods Schuld, die von Vitas Schweigen bestätigt wurde. Und die bestätigt wurde durch das Leben Dianas, das er ihr ermöglicht, und durch die Falschheit seiner Liebe, die er in ihr genährt hatte.

»Wo ist er, Diana? Erzähl es mir. Um Max' willen. Und um deiner Mutter willen. Sag mir, wo er sich verbirgt. Ich habe ein Recht darauf, es zu erfahren. Und du hast die Pflicht, es mir zu sagen.«

»Die Pflicht?«

»Du kannst ihn nicht länger schützen. Und du kannst nicht ernsthaft glauben, daß du es solltest.«

»Nein?«

»Nein, nicht mehr. Du weißt zuviel. Gib auf. Gib ihn auf.«

»Diana, du darfst nicht...« Ein einziger Blick würgte Vitas Einmischung ab. Diana drehte sich langsam zu dem Porträt ihrer Mutter um und schaute dann wieder Vita an.

»Papa hat dir immer vertraut«, sagte sie mit überraschender Milde. »Immer nur dir. Mir nie.«

»Du warst zu jung, um...«

»Um zu verstehen?«

Vita schloß die Tür und lehnte sich mit dem Rücken daran. Die Knöchel der Hand, mit der sie die Klinke umfaßte, traten weiß hervor. »Sicher wirst du das einsehen, Darling... Nichts von alldem sollte... in Anwesenheit eines Dritten besprochen werden... Es wäre... unklug.«

Diana starrte Vita einige Sekunden eisig an. Dann schaute sie zu mir. »Bitte warte in der Bibliothek auf mich, Guy.« Ihre Stimme klang völlig gefühllos. »Ich möchte unter vier Augen mit meiner Tante reden. Ich werde dich nicht länger warten lassen als unbedingt nötig.«

»Ich gehe nicht, bevor ich nicht das bekomme, weswegen ich hier bin.«

»Du hast deinen Standpunkt sehr deutlich gemacht. Jetzt laß uns bitte allein. Ich werde nicht weglaufen. Und du wirst mich nicht suchen müssen.«

»Du kannst sicher sein, daß ich das nicht tun werde.«

»Das mußt du auch nicht, vertrau mir.« Sie senkte den Blick, als sie hinzufügte: »Wenigstens in diesem Punkt, wenn schon sonst nicht.«

Und so ging ich zögernd, aber gehorsam in die Bibliothek und wartete, wie ich es schon in der Nacht des Mordes getan hatte. Damals hatte ich auf das Verhör gewartet und mich dabei über das Übergewicht der Bücher über den Weltkrieg in Charnwoods Bücherregalen gewundert. Jetzt war ich es, der auf Antworten wartete, und die Auswahl seiner Bücher ergab einen schrecklichen Sinn. Charnwoods Beschäftigung mit dem Krieg war die des Künstlers mit seinem größten Werk. Hier waren die Schlachten und Feldzüge penibel aufgeführt, die er heimlich initiiert hatte, der Blutzoll an toten Männern und zerstörten Nationen, die auf sein Konto gingen. Die gut ausgestattete Bibliothek eines zivilisierten, gebildeten Mannes und das überquellende Beinhaus eines Kriegsgewinnlers: In Charnwoods Fall waren sie ein und dasselbe.

Ich konnte mir etwa vorstellen, was sich Diana und Vita zu erzählen hatten. Gegenseitige Beschuldigungen und Vorwürfe würden vermutlich hin- und herfliegen. Ich hoffte es sogar. Das würde meinem Zweck am besten dienen. Denn im Gegensatz zu dem, was ich Vita vorgemacht hatte, war ich keineswegs so zuversichtlich, die Beschuldigungen beweisen zu können, die ich erhoben hatte. Vielleicht hörte mir die Polizei ja gar nicht zu. Und eine Exhumierung, vorausgesetzt, die Polizei stimmte ihr überhaupt zu, würde möglicherweise nicht die gewünschten Ergebnisse zeitigen. Aber Dianas Entsetzen über meine Enthüllung der *Concentric Alliance* hatte meine Position gestärkt. Das war genau der Hebel, den ich brauchte, um Vita und Diana zu entzweien. Ihr Zwist konnte mein Sieg werden. Teile und herrsche. Das war die passende Strategie gegen Fabian Charnwood, diesen großen Teiler. Aber würde sie auch erfolgreich sein?

Ich hatte beinahe eine Stunde Zeit, um darüber nachzudenken, als die Tür geöffnet wurde und Diana das Zimmer betrat. Sie war ernst und ruhig und bleich wie Marmor. Sie trug den Topasanhänger nicht mehr, aber ich konnte nicht sagen, was das bedeutete.

Sie schloß die Tür, trat ein paar Schritte ins Zimmer, blieb dann stehen und schaute mich direkt an. Ihr Blick war weder trotzig noch schuldbewußt. Es war so, als habe sie einen Kampf mit ihrem Gewissen zu ihrer vollsten Zufriedenheit beendet und meine Beschuldigungen als unwichtig eingestuft. Die Zeit für weibliche Verstellung und subtile Ausflüchte schien vorbei zu sein, und nun konnte sich endlich die wirkliche Diana Charnwood zeigen.

»Nun?« begann ich. »Wirst du mir sagen, wo er ist?«

»Die Welt glaubt, daß mein Vater auf dem Friedhof von Dorking begraben liegt. Ich glaube nicht, daß du diese Meinung so leicht erschüttern kannst.«

»Dann läßt du mir keine andere Wahl.«

»Als zur Polizei zu gehen?«

»Genau.«

»Das wäre ein Fehler, das kann ich dir versichern. Sie würden deinem Wort weniger glauben als unserem. Das Wort eines bekannten Gauners gegen das der Schwester und der Tochter eines respektablen Mannes.«

»Mein Gott, du hast ein ...«

Sie hob eine Hand, um mich zum Schweigen zu bringen.

»Selbst wenn sie das täten, selbst wenn sie herausfänden, was du behauptest, würde es für dich übel enden.«

»Warum?«

»Weil ich sagen würde, daß du mitgemacht hast. Ich würde behaupten, daß du uns in jeder Phase geholfen hast – bis ein Streit unter Liebenden dazu geführt hat, daß du dich gegen mich gewendet hast. Ich bin sicher, das würden sie ebenfalls glauben.«

Sie meinte es ernst, daran bestand nicht der geringste Zweifel. Und ich war sicher, Hornby würde diese Story nur zu gerne schlucken. Sie würde Max' Tod letztlich wesentlich besser erklären als der Bericht, den ich geben konnte.

»Ich habe Max nicht ermordet, Guy. Es war wirklich ein Unfall. Ich wußte nicht einmal, daß er in Venedig war. Was an diesem Nachmittag in der Villa geschah, kam ... von Herzen. Ich erwarte nicht, daß du mir glaubst. Aber das solltest du glauben: Wenn du das, was wir getan haben, zu einer Lüge machst, dann mache ich daraus eine andere. Und da du mich für eine gewiefte Lügnerin hältst, wirst du nicht daran zweifeln, daß die Polizei mich viel überzeugender finden wird als dich.«

»Überzeugungskraft wird dich nicht retten.«

»Nein. Aber vielleicht meinen Vater. Wenn ich behaupten würde, daß du ihn ermordet und Max dafür die Schuld in die Schuhe geschoben habest, dann bestünde Lightfoots Rolle in diesem Spiel einfach darin, daß du ihn eingeführt hast, um mich zu beschuldigen und dich zu entlasten. Lightfoot mag vermißt werden, aber wo ist der Beweis, daß er anstelle meines Vaters starb? Die Ergebnisse einer Exhumierung sind nicht vorhersagbar. Wie du schon Tante Vita gegenüber ausgeführt hast, würde eine Menge auf dem Spiel stehen.«

So war es auch. Aber ich glaubte kaum, daß Diana bereit war, sich für Charnwood zu opfern. Nicht nach all dem, was ich ihr gesagt hatte. »Bedeuten dir denn die Verbrechen gegen die Menschlichkeit, die er begangen hat, gar nichts, Diana? Ist dir die Erinnerung an deine Mutter nicht wichtig? Verstehst du denn nicht? Er ist es nicht wert, gerettet zu werden.«

»Verstehst du denn nicht, Guy? Ich liebe meinen Vater. Ich vertraue ...« Sie unterbrach sich und schaute weg. »Ich vertraute ihm.«

»Aber er dir nicht.«

»Das behauptest du. Und Tante Vita hat es mehr oder weniger zugegeben, als ich sie dazu gezwungen habe.« Sie senkte das Kinn, und meine Hoffnungen stiegen. Sie waren entzweit. »Aber ich möchte zuvor die Wahrheit aus seinem eigenen Mund hören ... bevor ich ...« Sie schüttelte den Kopf. »Ich werde ihn nicht verurteilen, ohne ihn angehört zu haben. So einfach ist das.«

»Um Gottes willen!«

»Abgesehen davon, wenn alles stimmt, was du sagst, dann erwartet ihn keine Gerechtigkeit, wenn er aus seinem Versteck auftaucht. Die *Concentric Alliance* wird jedem Polizeiverhör zuvorkommen. Sie werden ihn finden und ihre eigene Strafe vollstrecken. Das kann ich nicht zulassen.«

»Warum nicht? Willst du behaupten, er habe keine Strafe verdient?«

»Nein, darum geht es nicht.« Sie hob den Kopf und schaute mich an. »Wenn die *Concentric Alliance* für den Tod meiner Mutter verantwortlich war, dann sollten sich alle ihre Mitglieder verantworten müssen, nicht nur eines.«

»Natürlich. Aber wir können nicht ...«

»Doch, das können wir. Ich habe mir eine Möglichkeit ausgedacht, weißt du.« Sie war jetzt weniger gelassen und strahlte eine eigenartig ansteckende Aufregung aus. »Eine Möglichkeit, wie wir sie alle zur Strecke bringen können. Würdest du das nicht gern tun, Guy?«

»Wie?«

»Papa hat einige Dokumente in einem Safe in seinem Arbeitszimmer aufbewahrt. Er hat sie mitgenommen, als er verschwand. Ich wußte nicht, was es war, doch Tante Vita wußte es. Es sind die gesamten Aufzeichnungen über die *Concentric Alliance*‹ aus Vergangenheit und Gegenwart. Finanzielle Transaktionen. Die Korrespondenz mit den Mitgliedern. Protokolle von geheimen Treffen, bei denen sie ihre Aktivitäten diskutiert haben. Vierteljährliche Auszüge, aus denen ersichtlich wird, wem was wofür gezahlt wurde. Die Namen der Schuldigen, zusammen mit den Beweisen gegen sie. Die Wahrheit, nicht nur über den Krieg, sondern über jede einzelne Tat, die sie jemals begangen haben.«

Dianas Schilderung ließ mich aufhorchen; sie versprach den vollständigsten Sieg, den ich mir überhaupt vorstellen konnte. Doch bot sie ihn mir auch wirklich an? Wenn ja, wie wollte sie damit Charnwoods Hals retten? Was war der Preis dafür? »Dein Vater hat das alles bei sich?«

»Selbstverständlich. Er trennt sich nie davon.«

»Was ...?«

»Außer wenn er dazu gezwungen würde. Ich kann dich zu ihm führen, Guy. Und ich kann ihn dazu bringen, dir diese Aufzeichnungen zu übergeben. Du könntest sie sogar an die Presse verkaufen, wenn du das wolltest. Ich denke, sie würden sehr ansehnlich für eine so sensationelle Geschichte zahlen, glaubst du nicht auch? Sie würde auf der Titelseite aller Zeitungen der ganzen Welt stehen. Und die Leute, die mein Vater reich gemacht hat, wären über Nacht ruiniert. Verstehst du nicht? Du kannst deine Rache haben und deine Belohnung ebenfalls, wenn du willst.« Sie machte eine winzige Pause. »Unter einer Bedingung.«

»Welcher Bedingung?«

»Erlaube Papa, in seinem Versteck zu bleiben. Das ist die einzige Möglichkeit, wie ich ihn dazu bringen kann, dir die

Unterlagen zu übergeben. Du kannst der Presse erzählen, daß wir sie unter seinen Papieren gefunden haben, und läßt die Welt im Glauben, daß er wirklich tot ist.«

»Du willst, daß er davonkommt?«

»Er ist nur ein einzelner Mann, Guy.«

»Aber er ist auch ihr Kopf. Und bei weitem der Schlimmste von ihnen.«

»Ihr Kopf, ja. Zumindest am Anfang war er es. In den letzten Jahren wahrscheinlich nicht mehr. Andernfalls wären seine finanziellen Probleme niemals so akut geworden. Und was die Frage betrifft, ob er der Schlimmste ist: Nimm Faraday als Beispiel – wie kannst du dann sicher sein?«

»Er ist dennoch ein vielfacher Mörder. Und du willst ihn schonen.«

Sie schaute mich einen Augenblick schweigend an. »Das ist mein Preis. Und ich schachere nicht. Akzeptier ihn, oder laß es bleiben.«

»Wenn ich es lasse?«

»Ich habe ja bereits die Konsequenzen genannt.«

»Und Max? Was ist mit seinem Ruf? Mit der Erinnerung an ihn?«

»Wenn das hier herauskommt, wird niemand mehr glauben, daß er meinen Vater ermordet hat. Die Schuld wird auf Faraday fallen und die Leute, die hinter ihm stehen. Und in einem gewissem Sinne ist das auch richtig.«

»Aber es ist nicht die Wahrheit, nicht wahr?«

»Es kommt der Wahrheit näher als alles, was du jemals ans Licht fördern könntest.«

Diana hatte recht. Ich hatte es ausgenutzt, daß sie von dem Geheimnis zwischen ihrer Tante und ihrem Vater ausgeschlossen war, und hatte damit Erfolg gehabt. Aber es war nur ein Teilerfolg. Statt zu kapitulieren, hatte sie mich vor eine Alternative gestellt. Die *Concentric Alliance* oder Fabian Charnwood. Beides konnte ich nicht haben. Und es war fraglich, ob ich ohne ihre Hilfe auch nur eins von beiden zur Strecke bringen würde. »Wo ist er?« fragte ich gelassen.

»Akzeptierst du meine Bedingungen?«

»Sag mir einfach, wo er ist.«

»Nicht, bis wir uns geeinigt haben.«

»Ja, verdammt noch mal! Ich akzeptiere deine Bedingungen. Tut Vita das auch?«

»Sie akzeptiert es, weil dies der einzige Weg ist, dich daran zu hindern, zur Polizei zu gehen.«

»Gut.« Ich schaute sie erwartungsvoll an. »Nun?«

»Er ist in Dublin.«

»*Dublin?*«

»Ja. Nicht Zürich oder Triest oder wo ihn seine Gläubiger vermutet haben. Sondern dort, wo die Stimmung so antibritisch ist, daß die Behörden mit Behäbigkeit reagieren werden, wenn die Polizei von Surrey – oder irgend jemand sonst aus diesem Land – anfängt, Fragen zu stellen.«

»Wo in Dublin?«

»Das weiß ich genausowenig wie Tante Vita. Wir haben eine Postfachnummer, an die wir in Notfällen schreiben können. Er kontrolliert sie täglich. Mein Angebot lautet wie folgt: Wir beide fahren nach Dublin und schicken ihm einen Brief, in dem wir äußerst dringlich verlangen, daß er sich mit mir trifft. Bei diesem Treffen erzähle ich ihm von dem, was du willst, und mache ihm klar, daß du zu Faraday gehst und ihm die Meute der *Concentric Alliance* auf den Hals hetzt, wenn er nicht kooperiert. Ich glaube, daß er dies als größere Bedrohung sieht, als wenn du zur Polizei gehst. Er muß zustimmen, weil er keine Alternative hat.«

Mir wurde plötzlich klar, daß er dann auch keine andere Wahl mehr haben würde, als seiner Tochter die ganze Wahrheit zu erzählen. Sie wollte die lange überfällige Erklärung einfordern, warum ihre Mutter sterben mußte. Und er würde sie ihr geben. Er würde uns beiden geben müssen, was wir wollten.

»Warum zögerst du, Guy? Ist das nicht besser als das, weswegen du hergekommen bist?«

»Vielleicht.«

»Eine Möglichkeit, die Geschichtsschreibung richtigzustellen. Die Chance, wenigstens einmal die Schuldigen mehr leiden zu lassen als die Unschuldigen. Ein Weg, sie dazu zu bringen, ihre Schuld abzutragen.«

»Sie werden uns aufhalten, wenn sie können.«

»Sie werden keine Chance bekommen. Sie werden die Bedrohung, die wir für sie darstellen, erst begreifen, wenn es zu spät ist.«

Und dann? wollte ich fragen. Würde nicht auch die Zeit kommen, da wir bezahlen mußten? Ich wußte, was sie sagen würde. Ich hörte die Antwort in meinem Kopf, die sie mir immer gegeben hatte: Nur dieses eine Mal. Wie verführerisch war diese Aussicht! Das Dach über ihrem Kopf zum Einsturz zu bringen. All die falschen Anführer und betrügerischen Könige auffliegen zu lassen. Sie alle zu demaskieren. Einmal, dieses eine Mal, mich über Angst und Schwäche zu erheben. Ein einziges Mal zu handeln, ohne die Kosten zu bedenken oder den Gewinn auszurechnen.

»Was hältst du davon, Guy?«

»Wann reisen wir ab?«

Sie lächelte unmerklich. »So bald wie möglich. Hier ...« Sie holte den *Bradshaw* aus einem Regal, legte ihn auf den Tisch, überflog das Inhaltsverzeichnis und schlug dann die entsprechende Seite auf. »Mal sehen. Morgen früh um 8 Uhr 30 fährt ein Zug von Euston nach Holyhead, mit Anschluß an die Fähre nach Kingstown. Dann können wir gegen sechs Uhr abends in Dublin sein. Und wir können am nächsten Morgen als allererstes einen Brief ans Postamt schicken, damit mein Vater ihn abholt.«

»Morgen also?«

»Ja. Und ich denke, wir sollten dieses Haus sofort verlassen. Ich will nicht mehr hier sein, wenn Quincy zurückkommt. Tante Vita kann ihm erzählen, daß wir deine Familie besucht haben. Sie soll ihm erzählen, was sie will. Du kannst sicher sein, daß es auf keinen Fall die Wahrheit sein wird.«

Dessen war ich sicher, wenn ich daran dachte, wie liebevoll Quincy von seiner Schwester gesprochen hatte. Aber die Erwähnung seines Namens erinnerte mich daran, daß er, während wir redeten, mit Gregory zu Dianas und Vitas Gunsten verhandelte. Sollte ich ihn über das verständigen, was ich vorhatte? Nein. Je weniger Leute davon wußten, desto besser. Außerdem würde ich kriegen, was ich wollte, lange bevor er mit seinem Geld herausgerückt war. Danach brauchte er keinen einzigen Cent mehr auszugeben.

»Sehr gut«, verkündete ich. »Abgemacht.«

»Gut.« Diana trat zur Tür. »In diesem Fall gehe ich und…«

»Bevor du das tust…« Ich packte ihren Unterarm und drehte sie langsam zu mir herum. »Eine Sache noch, Diana. Ich möchte, daß dir eins klar ist: Das hier ist eine Allianz aus Notwendigkeit und mit zeitlicher Begrenzung. Wenn du versuchst, mich aufs Kreuz zu legen, gehe ich zur Polizei. Die Tatsache, daß wir einmal ein Liebespaar waren, wird mich nicht aufhalten.«

»Das habe ich auch nie angenommen.«

»Und falls du vorhast zu versuchen…« Ich hielt inne und bereute die spöttische Bemerkung, noch bevor ich sie ausgesprochen hatte. Dianas Blick forderte mich heraus weiterzureden, aber sie wußte, daß ich es nicht tun würde. So zu tun, als wäre ich moralisch überlegen, verdiente auch nichts anderes als Hohn.

»Wir müssen uns wegen dieser Sache weder bewundern noch respektieren, Guy«, stellte sie kühl fest. »Wir müssen nur den Waffenstillstand einhalten. Wenn er seinem Zweck gedient hat...«

»Ja?« Ich fragte mich, wie weit ihre Voraussicht ging. Rechnete sie mit der Möglichkeit, ich würde warten, bis die ganze Welt von der *Concentric Alliance* erfuhr, und danach Charnwoods Versteck preisgeben? Oder dachte sie noch weiter – dachte sie bereits an eine neue Täuschung? »Was geschieht dann, Diana?«

Doch sie antwortete nicht. Langsam löste sie meine Hand von ihrem Arm und strich sich eine Haarsträhne aus dem Gesicht. »Ich muß meine Reisetasche packen«, erklärte sie sachlich. »Wir haben keine Zeit zu verlieren.«

13

Diana schwieg während der Fahrt nach London, und ich drängte sie auch nicht dazu, etwas zu sagen. Für den Moment hatten wir beide genug geredet. In der Dunkelheit und dem Schweigen schien Max wie eine faßbare Erinnerung mit uns zu reisen. Ich glaubte sein Gesicht in den Spiegelungen auf der Windschutzscheibe zu erkennen, seine Stimme im Surren des Motors zu hören. »Du glaubst, ich war verrückt, weil ich das getan habe, nicht wahr, Guy? Vielleicht war ich das auch. Aber es war nicht verrückter als das, was du jetzt tust. Laß sie nicht aus den Augen, alter Knabe. Beobachte sie wie ein Falke. Sie hat mich mit ihrem Lächeln, ihrem Erröten und ihren sanften Worten hereingelegt. Laß nicht zu, daß sie es auch mit dir macht.« Ich schaute sie an und dachte über diese Warnung nach. Sie starrte geradeaus und gedachte vielleicht gerade ihrer Mutter wie ich meines Freundes. Wir hatten einen Waffenstillstand geschlossen und verfolgten ein gemeinsames Ziel. Kein Grund zur Sorge. Und dennoch . . . »Ich dachte dasselbe, alter Knabe. Kein Grund zur Sorge. Aber da war einer, richtig? Es gibt immer einen Grund.«

Wir übernachteten im *Euston Hotel,* frühstückten zeitig und fuhren um halb neun mit dem *Irish Mail* ab. Jetzt waren wir ruhiger, weniger wütend über uns selbst und den anderen. Ein Waffenstillstand war schließlich ein Waffenstillstand. Solange er anhielt, würde ich ihr trauen müssen und sie mir. Doch um das zu erreichen, mußte sie mir erst die Wahrheit über die Verschwörung erzählen, die ihr Vater geplant hatte –

und in der sie und Vita willfährig mitgespielt hatten. Als der Zug Euston verlassen hatte und klar war, daß wir in unserem Abteil allein sein würden, ließ ich die Rolladen vor den Türen zum Gang herunter und setzte mich Diana gegenüber.

Wie finster auch ihre Umgebung, wie erdrückend die Beweise auch sein mochten und wie sehr ich sie verachtete – Diana Charnwood war die schönste Frau, der ich jemals begegnet war. Der Pelzkragen, der sich um ihren schlanken Hals schmiegte, ließ sie wie eine russische Prinzessin aussehen. Ihr kalter, offener Blick schien zu sagen, sie könne alles erklären, wenn ihr nur danach war, würde aber für nichts um Entschuldigung bitten. Sie hätte um meine Verzeihung betteln sollen. Aber eins war sicher: Genau dies würde sie niemals tun.

»Nun?« Ich beugte mich vor, um ihre Zigarette anzuzünden. »Keine Bedenken? Keine Befürchtungen wegen der Sache, die wir da vorhaben?«

»Keine. Wenn ich einmal eine Entscheidung treffe, dann gilt sie für immer.«

»Ganz gleich, ob sie gut oder schlecht ist?«

Sie antwortete nicht, sondern sog an ihrer Zigarette.

»Dein Vater muß für deine Entschlossenheit dankbar gewesen sein, als du ihm geholfen hast, seinen Tod vorzutäuschen.« Sie sagte immer noch nichts. »Wann war das eigentlich? Wann hat er dir das erste Mal diese Idee mitgeteilt?«

»Ist das wichtig?«

»Für mich schon. Ich würde gern jeden einzelnen Schritt begreifen, der zu Max' Tod geführt hat. Wir haben eine lange Reise vor uns. Also hast du jede Menge Zeit, es mir begreiflich zu machen, nicht wahr?«

»Ja, das stimmt.« Sie schaute aus dem Fenster und hielt die Augen halb geschlossen; ich wußte nicht, ob aus Resignation oder Konzentration. »Ich bin nicht sicher, ob du es wirklich wissen willst.«

»Aber ich.«

»Wie du willst.« Sie nahm noch einen Zug an der Zigarette. »Anfang des Jahres wurde Papa klar, daß *Charnwood Investments* nicht überleben würde. Es war ein Schock, als er es uns erzählte. Ich hatte unseren Wohlstand immer als selbstverständlich betrachtet. Plötzlich war meine ganze verhätschelte Existenz, wie du sie genannt hast, bedroht. Was alles noch schlimmer machte, war, daß Papa fürchtete, einige seiner Klienten würden drastische Schritte unternehmen, wenn sie ihr Geld verlören. Er sagte, es seien gefährliche Menschen, die vor nichts haltmachten. Ich glaubte ihm nicht ganz. Ich dachte, er fürchte in Wirklichkeit Schande und Schmach eines Bankrottes. Jetzt ist mir klar, daß er völlig recht hatte. Vielleicht hat Tante Vita das von Anfang an gewußt. Von mir kann ich das jedenfalls nicht behaupten. In meinem Fall gibt es keine mildernden Umstände. Ich wollte behalten, was ich immer schon gehabt hatte – schnelle Wagen, gute Weine, modische Kleidung, luxuriöse Hotels und gutaussehende Männer: von allem immer das Beste. Nun, laut Papa hätte ich mich bald an ein vollkommen anderes Leben gewöhnen müssen, daran, zu knausern und zu sparen. Nur schon daran zu denken machte mich wütend, was er wohl voraussah. Deshalb griff ich auch sofort nach der Chance, die er mir bot, um einer solchen Zukunft zu entgehen. Dafür schreckte ich vor nichts zurück.

Papas Plan war es, das Kapital, das *Charnwood Investments* geblieben war, auf geheime Konten unter einem fiktiven Namen umzuleiten und anschließend auf die effektivste Art und Weise zu verschwinden: indem er scheinbar ermordet wurde. Dann mußte er sich ruhig verhalten, bis über seinen Bankrott Gras gewachsen war. Schließlich wollte er in Südamerika oder im Fernen Osten ein neues Leben anfangen, wohin nach angemessener Zeit Tante Vita und ich nachkommen sollten. Als ich ihn fragte, wie ein solcher Plan in die Tat umgesetzt werden könne, hatte er die Antwort bereits parat. Er hatte den Plan schon vor einiger Zeit gefaßt, denn er hatte die Krise kommen sehen und sich darauf vorbereitet.« Sie zuckte mit den Schultern. »Das zeichnet wohl einen guten Geschäftsmann aus.«

»Hatte er damals Lightfoot schon gefunden?«

»O ja, obwohl eigentlich ich es war, die ihn gefunden hatte. Tante Vita hatte mich zur Feier meines sechzehnten Geburtstages kurz nach Ostern 1919 zu einer Varieté-Show nach Eastbourne mitgenommen. Lightfoot stand auf dem Programm. Seine Ähnlichkeit mit meinem Vater war verblüffend, und das sagte ich Papa auch, als wir nach Hause kamen. Damals schien ihn das wenig zu interessieren, und ich hatte es zwölf Jahre später völlig vergessen. Nicht aber Papa. Er spürte Lightfoot auf, um sich von der Ähnlichkeit mit ihm zu überzeugen. Sie waren natürlich nicht identisch, aber die Übereinstimmung genügte für das, was Papa im Sinn hatte. Lightfoot führte ein unstetes Leben, reiste von einer Unterkunft zur anderen. Er hatte keine Familie. Und er stand ständig unter Gelddruck. Kurzum, er war in jeder Weise ideal. Papa schwindelte ihm vor, daß er bei seinen Geschäften manchmal ein Alibi brauche, und fragte Lightfoot, ob er bereit sei, ihm aufgrund ihrer körperlichen Ähnlichkeit gelegentlich eins zu verschaffen. Gegen entsprechende Bezahlung selbstverständlich. Natürlich willigte Lightfoot ein.

Als Papa erklärte, wie wir der Welt weismachen könnten, daß er tot sei, war ich sicher, daß es funktionieren würde. Warum auch nicht? Was sollte schiefgehen, wenn wir Lightfoot an seiner Stelle umbrachten? Nichts, soweit ich sehen konnte. Und Lightfoot versuchte ich mir weniger als einen Menschen denn als anonymen Fremden vorzustellen, dessen Auslöschung eine bedauerliche Notwendigkeit war.« Sie hielt inne. »Jetzt bist du angewidert, nicht wahr, Guy?«

Ich wollte sie weder verurteilen noch entschuldigen, bevor

ich nicht alles gehört hatte, und munterte sie mit einem Blick auf fortzufahren.

Sie räusperte sich. »Ich glaube immer noch, daß nichts schiefgelaufen wäre, wenn Papa nicht darauf bestanden hätte, daß wir sowohl ein Opfer als auch einen Mörder präsentieren müßten, weil seine Gläubiger von einem Mord ohne Motiv nicht überzeugt sein würden. Doch schließlich kannte er sie besser als ich. Und für Tante Vita und mich war es auch einfacher, wenn die Polizei einen Schuldigen hatte, den sie verfolgen konnte. Also stimmte ich zu, ja ich schlug sogar vor, wie wir ihn finden könnten.«

»Indem ihr deine legendäre Fähigkeit nutztet, Männer anzuziehen und zu fesseln?«

»Ja«, antwortete sie vollkommen ernst. »Genau.«

»Wie du auch den Verlobten gefunden hast, der sich selbst umbrachte?«

»Peter war ein Narr. Männer sind so, weißt du.« Sie machte eine Kunstpause. »Anwesende selbstverständlich ausgeschlossen.«

»Hatte die Fahrt nach Amerika noch irgendeinen anderen Zweck?«

»Nein. Eine Kreuzfahrt über den Atlantik schien mir die beste und sicherste Methode, die richtige Sorte Mann zu finden. Aber unsere Fahrt dorthin war eine einzige Enttäuschung. Erst auf der Rückfahrt stießen wir zufällig auf den Typ, nach dem ich suchte. Und da du schon fragst, ich habe Max dir immer vorgezogen. Hinter seiner zynischen Haltung war ein romantisches Herz, das sich danach sehnte, sich zu verschenken und vielleicht auch gebrochen zu werden. Und du warst mir viel zu ähnlich. Außerdem wirkte Max wie jemand, der fähig war, einen Mord zu begehen, wenn man ihn dazu trieb, wohingegen du …«

»Ja, Diana? Wohingegen ich was?«

Sie schaute weg. »Das ist nicht wichtig. Max verfiel mir. Und zwar vollständiger, als ich es zu hoffen gewagt hätte. Er sagte, er habe sein ganzes Leben lang auf mich gewartet, ohne es zu bemerken. Er behauptete, ich sei seine Rettung, dabei war er meine.«

»Und mehr hat er dir nicht bedeutet? Mehr als ein Opfer für deinen Vater?«

»Seine Hingabe hat mir geschmeichelt. Manchmal hat sie mich sogar gerührt. Doch das hat mich nie davon abgehalten zu tun, was nötig war.« Sie hielt inne, als warte sie auf meine Reaktion. Doch jetzt hatte ich meine Wut sehr gut unter Kontrolle. Nicht einmal meine Miene verriet etwas. »Du warst das einzige Hindernis«, fuhr sie dann fort. »Ich fürchtete, daß deine Freundschaft mit Max die Dinge komplizieren könnte. Aber Papa beruhigte mich. Er betrachtete dich als Aktivposten, vor allem, nachdem er Nachforschungen über dich angestellt hatte und herausfand, wie zweifelhaft deine und Max' Vergangenheit war.«

»Warum sollte unsere Vergangenheit ein Gewinn sein?«

»Weil aus ihr zu schließen war, daß du leicht als Papas Informant verpflichtet werden konntest. Und weil wir wußten, daß nur Max' Vernarrtheit in mich der Grund dafür sein konnte, daß er sich weigerte, sich auskaufen zu lassen. Er würde deshalb auch nicht zögern, wenn du eine gemeinsame Flucht vorschlügest. Ich sollte der Polizei nach dem Ereignis schildern, daß Papa zugegeben hatte, von dir über unsere Pläne unterrichtet worden zu sein – gegen eine große Summe Geldes, selbstverständlich. Es hätte sie in jeder Hinsicht zufriedengestellt und den zusätzlichen Vorteil gehabt, daß Max nach seiner Verhaftung jedem Rat von dir mißtraut hätte.«

»Was hat dich aufgehalten?«

»Deine Anwesenheit in Dorking in dieser Nacht. Sie paßte schwerlich zu dem, was ich hatte sagen wollen.«

»Die menschliche Natur ist nicht immer frei von Widersprüchen.«

»Nein. Vermutlich sind deswegen so viele Dinge schiefgelaufen. Wir sind eben Menschen. Papa hatte Lightfoot gesagt, daß er in den frühen Morgenstunden benötigt werde, um einem Steuerprüfer ein Bestechungsgeld zu übergeben, während Papa gleichzeitig einige hundert Meilen entfernt auf einer Wochenendparty in Yorkshire war. Damit habe er ein perfektes Alibi, falls der Steuerinspektor ihm eine Falle stellen sollte. Lightfoot hatte diese Erklärung bereitwillig geschluckt. Wenn man bedenkt, wieviel ihm gezahlt wurde, war auch nicht anzunehmen, daß er Schwierigkeiten machen würde. Ich traf ihn kurz nach ein Uhr am vorderen Tor, sorgte dafür, daß er seinen Wagen weit genug auf der Straße ließ, gab ihm den Umschlag mit dem Bestechungsgeld und begleitete ihn durch den Wald zu der Stelle, wo er den Mann treffen sollte. In seiner Kleidung und frisch rasiert sah er meinem Vater wirklich ähnlich, mindestens in dämmrigem Licht. Ich hörte, wie er leise den Tonfall meines Vaters übte; und das erregte mich, ob du es mir glaubst oder nicht. Ich wußte, daß er die Sätze niemals würde aufsagen müssen, die er so sorgfältig gelernt hatte und nun vor sich hin sprach.

Papa wartete im Wald kurz hinter dem Zauntritt. Er traf ihn von hinten und schlug ihn bewußtlos. Wir leerten seine Taschen, steckten Papas Brieftasche, seine Uhr, Taschentuch und so weiter hinein. Dann ...« Zum erstenmal trat so etwas wie Reue in ihre Stimme, doch sie unterdrückte sie sofort. »Dann ging ich ein Stück zurück, während Papa die tödlichen Schläge ausführte. Es dauerte nicht lange, aber ... Es gab sehr viel Blut. Anschließend zitterte Papa wie Espenlaub. Ich glaube, keiner von uns hat erwartet, daß es so schrecklich sein würde.«

»Vermutlich war es das erste Mal, daß dein Vater jemanden mit seinen eigenen Händen umbrachte.«

Sie warf mir nur einen Seitenblick zu und fuhr fort, als hätte ich nichts gesagt: »Dann trennten wir uns. Papa ging zum vorderen Tor und fuhr in Lightfoots Wagen weg. Ich ging zum Haus zurück, holte Tante Vita und ging mit ihr gegen Viertel nach zwei los. Ich dachte, daß Max dann bereits geflohen sein würde, nachdem er die Leiche entdeckt, sie für die meines Vaters gehalten und begriffen hätte, daß man ihn des Mordes beschuldigen würde. Aber wieder mischte sich die menschliche Natur ein. Die Liebe, die ich so erfolgreich in ihm geweckt hatte, muß ihn dazu gebracht haben, zum Haus zu gehen. Als er uns herankommen hörte, versteckte er sich, weil er nicht wußte, wer wir waren. Tante Vita war außer Atem, und ich blieb stehen, damit sie sich erholen konnte. Da sagte ich etwas Dummes. ›Bleib hier, wenn du willst, Tantchen. Ich werfe einen Blick auf die Leiche und komme dann zurück.‹ – ›Nein, nein‹, antwortete sie. ›Wir sollten so tun, als wüßten wir nicht, was uns dort erwartet.‹ Wir redeten in normaler Lautstärke, weil wir nicht damit rechneten, daß jemand uns hörte. Und wir waren nervös. Vermutlich hat Vita deswegen gefragt: ›Wo, glaubst du, ist Max?‹ – ›Schon längst über alle Berge, erwiderte ich. Und dann sagte sie: ›Er tut mir fast ein bißchen leid, weißt du. Von seinem Freund und von seiner Verlobten betrogen.‹ Genau das waren ihre Worte. Sie müssen Max wie ein Dolch ins Herz getroffen haben. Er brach aus dem Unterholz vor uns hervor und floh den Weg entlang. Wir riefen hinter ihm her, aber er blieb nicht stehen. Er hatte genug gehört, um zu wissen, daß wir alle gegen ihn waren, selbst du.«

»Deshalb hat er den Wagen genommen, ohne auf mich zu warten, und deshalb hat er später seinem Vater geschrieben, daß du und ich ihn betrogen haben. Als er uns in Venedig zusammen gefunden hat, muß ihm das wie die endgültige Bestätigung seines schlimmsten Verdachtes vorgekommen sein.«

»Ja, Guy, das befürchte ich auch.«

Wenn ich in dieser Nacht den richtigen Weg genommen hätte, wenn ich Max gefolgt wäre, statt Vitas Stimme... Wenn ich den Wagen überhaupt nicht verlassen hätte... Es gab so viele Möglichkeiten, wie der Ablauf dieses Abends hätte geändert werden können. Nicht aber das Ergebnis. Es blieb dasselbe, wie ich es auch drehte und wendete. Für immer blieb es dasselbe.

»Dann bist du aufgetaucht. Noch eine Überraschung, die unsere Verwirrung steigerte. Aber wir sind gut damit fertig geworden, findest du nicht?«

»O ja«, pflichtete ich ihr bei. Die Bitterkeit über das, was Max gedacht haben mußte, färbte meine Worte. »Es war eine gekonnte Vorstellung.«

»Tante Vita büßte für ihren Fehler, indem sie dich überredete, mich zum Haus zurückzubegleiten. Wenn wir dich erst einmal von der Leiche weggelockt hatten, waren wir in Sicherheit. Papa hatte seinen Kammerdiener Barker schon vor Monaten entlassen, und keiner der anderen Diener würde sich rühren. Und selbst wenn, wären sie ebenso gründlich getäuscht worden wie du. Es war alles sehr überzeugend. Vor allem für die Gläubiger von *Charnwood Investments*. Für sie war mein Vater tot.«

»Vielleicht hättet ihr ihn einäschern lassen sollen.«

»Das haben wir auch erwogen. Aber Papa dachte, es würde Verdacht erregen. Ich habe erst viel später begriffen, wie mißtrauisch einige seiner Investoren waren, sogar schon vor dem Mord. Sie müssen Wind von seinen finanziellen Schwierigkeiten bekommen haben. Papa hatte Tante Vita gewarnt, daß Faraday für sie arbeitete – und damit für die *Concentric Alliance*. Natürlich konnte sie mir nicht verraten, warum wir uns ihm gegenüber so vorsichtig benehmen mußten, warum wir ihn um keinen Preis beleidigen durften. Ich dachte, daß nach der

Beerdigung und der Untersuchung die Schwierigkeiten vorbei wären. Doch das waren sie nicht. Sie fingen sogar gerade erst an. Und Venedig war nicht weit genug entfernt, um sie hinter uns zu lassen. Selbst dort wurden wir beobachtet. Unter anderem von dir.« Sie lächelte mich an. »Willst du das etwa abstreiten, Guy? Willst du so tun, als hätte man dich nicht dafür bezahlt, uns zu folgen, willst du etwa leugnen, daß du die Affäre mit mir nur angefangen hast, um herauszufinden, wieviel ich weiß?«

»Dieses Spiel kann man auch zu zweit spielen. Willst du behaupten, daß du mich nicht aus demselben Grund ermutigt hast?«

»Vielleicht.«

»Oder hattest du Angst, daß Max hinter dir her war?«

»Nein. Das ist nicht wahr.« Wir starrten uns gegenseitig an. Sie klang aufrichtig, aber das hatte sie schon zu oft getan. Ich konnte nicht sicher sein. Ich wollte ihr glauben, und sei es auch nur, weil es so einfacher war, den Waffenstillstand aufrechtzuerhalten. Wenn sie mich verführt hatte, um Max eine Falle zu stellen, warum hätte sie dann unsere Affäre nach seinem Tod weiterführen sollen? Warum, außer weil in irgendwelchen Ecken unserer so ähnlichen Charaktere eine Faszination steckte, die wir nicht abstreiten konnten? »Du mußt mir glauben, Guy. Ich wollte ihn wirklich nicht töten.«

»Du wolltest, daß er wegen Mordes verurteilt – und möglicherweise gehängt würde.«

»Ich hätte vor Gericht für ihn ausgesagt. Ich hätte geschildert, was für eine schreckliche Provokation es für ihn gewesen sein mußte, meinen Vater statt meiner dort vorzufinden. Ich hätte nicht zugelassen, daß man ihn hängt.«

»Nur, daß er für den Rest seines Lebens im Gefängnis verrottete?«

»Ich hoffte, daß man ihn nicht erwischte, hoffte, er wäre

vernünftig genug, wegzulaufen und für immer wegzubleiben. Ich wollte Max niemals weh tun.«

»Das alles war ja nur eine bedauerliche Notwendigkeit, wie auch die, daneben zu stehen, während dein Vater Lightfoot ermordete?«

»Hast du nicht auch Dinge getan, die nicht für besonders viele Skrupel sprechen? Betrug. Diebstahl. Erpressung. Papa hat mir alles über dich erzählt, Guy. Du hast keinen Grund, mir eine Predigt zu halten.«

»Ich habe niemals Beihilfe zu einem Mord geleistet.«

»Nein. Aber die *Concentric Alliance* hat das getan. Sie hat Beihilfe zum Mord in Millionen von Fällen geleistet. Deshalb fahren wir nach Dublin. Vergiß das nicht.«

»Das werde ich auch nicht vergessen.« Der Handel, den wir abgeschlossen hatten, galt immer noch, und unser Waffenstillstand hatte Bestand.

»Laß sie nicht aus den Augen, alter Knabe. Beobachte sie wie ein Falke.«

Ja, Max, das habe ich vor. Aber ich will auch durchführen, was wir vorhaben. Wir sind in dieser Sache Gefährten – mindestens für den Augenblick.

Plötzlich öffnete sich die Tür, und der Fahrkartenschaffner trat herein. Er strahlte eine Demut aus, die er zweifellos für die Fahrgäste erster Klasse reserviert hatte. »Guten Morgen, Sir, guten Morgen, Madam. Die Fahrkarten, bitte.« Ich reichte sie ihm, und nachdem er sie gelocht hatte, lächelte er und fragte: »Fahren Sie bis nach Dublin, Sir?«

»Ja.«

»Angenehme Reise.«

Nachdem sich die Tür hinter ihm geschlossen hatte, begegneten sich Dianas und mein Blick. »Es dürfte wohl keine angenehme Reise werden«, murmelte sie. »Aber hoffentlich eine erfolgreiche.«

Ich hatte den vagen Eindruck, daß der irische Freistaat immer noch wie Anfang der Zwanziger vom Bürgerkrieg geschüttelt wurde, doch Diana versicherte mir, daß seitdem schon längst Ruhe und Ordnung eingekehrt seien. Charnwood hatte sich ein ruhiges Zerrbild von England als Versteck ausgesucht, ein Nest, in dem niemand ihn suchen würde – bis auf die, die wußten, daß er da war.

Es war schon dunkel, als die Fähre in Kingstown anlegte – oder Dun Laoghaire, wie man die Stadt seit der Unabhängigkeit offenbar nannte. Durch den Nieselregen, der vom Licht der Gaslaternen nur spärlich durchdrungen wurde, sah ich nur wenig vom Hafen. Wir gingen direkt von der *Westland Row Station* ins *Shelbourne Hotel,* wo wir als Miss Wood und Mr. Morton aus London Zimmer reserviert hatten. Als wir uns beim Dinner in einem spärlich besuchten Restaurant wiedertrafen, zeigte mir Diana den Brief an ihren Vater. Er war kurz und verlogen, wie es für sie typisch war. Und er war genau so formuliert, daß Charnwood aus seinem Versteck hervorkommen mußte. Ich brauchte nicht die kleinste Änderung vorzuschlagen. In Sachen Betrug war ihr keiner über.

Shelbourne Hotel St. Stephen's Green
DUBLIN

Lieber Papa,
ich muß Dich so schnell wie möglich treffen. Ich stecke in furchtbaren Schwierigkeiten und brauche Deinen Rat dringender als je zuvor. Mach Dir keine Sorgen. Niemand weiß, daß ich nach Dublin gekommen bin. Bitte ruf mich an oder schreib mir ohne Verzögerung an obige Adresse – dort bin ich unter dem Namen Wood angemeldet –, und teile mir mit, wann und wo wir uns treffen können. Ich

komme an jeden Ort, wohin und wann Du willst. Aber ich muß Dich sehen.
Deine Dich immer liebende Tochter

Diana

Die Stadt war grau und ruhig, als wir früh am nächsten Morgen das Hotel verließen und zum Hauptpostamt in die O'Connell Street gingen. Ich erkannte die mit Säulen verzierte Fassade von Zeitungsfotos aus der Zeit der Osteraufstände, als es den Rebellen als Hauptquartier gedient hatte. Es war höchst seltsam, jetzt statt mit Sandsäcken befestigter Maschinengewehrnester der Fenians Schlangen geduldiger Dubliner vor polierten Tresen zu sehen. Und unter dem Dach erscholl kein Gewehrfeuer, sondern das Stakkato von Datumsstempeln auf Stempelkissen oder Sparbüchern.

»Wir möchten, daß dies hier den Postfachkunden möglichst noch heute erreicht«, sagte Diana und reichte dem Angestellten hinter einem der Fenster den Brief.

Er schaute auf den Umschlag, der statt eines Namens die magische Nummer trug. »Es wird rechtzeitig zum Sortieramt gehen, Madam, aber ich kann natürlich nicht wissen, ob der Inhaber des Postfachs ihn heute noch abholt, nicht wahr?«

»Wo ist das Sortieramt?« mischte ich mich ein.

»Das Hauptbüro ist in der Sheriff Street, Sir. Aber in allen Zweigstellen sind ebenfalls Postfächer.«

»Sicher können Sie anhand der Nummer ermitteln, in welches Postamt er geht?«

»Das kann ich allerdings, Sir. Aber ich darf es Ihnen nicht verraten. Streng vertraulich, verstehen Sie?«

»Warum um Himmels willen hast du ihm eine solche Frage gestellt?« zischte Diana mir zu, als wir gingen. »Willst du, daß er Verdacht schöpft?«

»Natürlich nicht.«

»Ich habe dir doch gesagt, daß Papa sein Postfach jeden Tag kontrolliert. Wir werden noch früh genug eine Antwort bekommen.«

»Und was, wenn nicht?« Eine Antwort formte sich bereits in meinem Kopf. Der Postbeamte hatte gezwinkert, was bedeutete, daß selbst vertrauliche Informationen eingeholt werden konnten – gegen entsprechende Bezahlung.

»Wir werden sie bekommen«, erklärte Diana. »Ich kenne meinen Vater. Er wird mich nicht im Stich lassen.« Als wir auf den Bürgersteig traten, wandte sie sich nach links und ging rasch zum Hotel.

»Das hat er bereits«, murmelte ich so leise, daß sie es nicht hören konnte. Und dennoch teilte ich ihre Überzeugung, daß sie von Charnwood hören würde. Ob sie allerdings vorhatte, es mir mitzuteilen, stand auf einem ganz anderen Blatt.

Während eines zweiten Frühstücks im *Shelbourne* gestanden wir uns gegenseitig ein, daß der Brief das entsprechende Postamt auch nicht rechtzeitig erreichen könnte. Folglich konnte Charnwood ihn vielleicht nicht noch am selben Tag abholen. Es war Samstag, und das bevorstehende Wochenende sprach ebenfalls gegen uns. Trotz unserer Schnelligkeit müßten wir dann bis Montag warten. Dann erst würden wir es genau wissen. Aber bis Montag auf seine Antwort zu warten kam uns quälend lange vor.

»Hast du wirklich keine Ahnung, wo er ist?« fragte ich frustriert.

»Nein«, antwortete Diana. »Er hat gesagt, er werde sich mit uns in Verbindung setzen, sobald die Zeit reif sei. Je weniger wir bis dahin wüßten, desto weniger könnten wir verraten.«

»Was ist mit den Bankkonten, auf die er das Geld übertragen hat? Sind sie hier?«

»Vermutlich, aber das kann ich nur raten. Wenn es nötig würde, sollten wir so tun, als wären sie in der Schweiz.«

»Um die Aufmerksamkeit von Irland abzulenken?«

»Wahrscheinlich. Wo sie auch sind, sie sind sehr gut versteckt.«

»Wie der Mann selbst.«

»Ja. Aber, Guy...« Sie griff über den Tisch und berührte kurz meine Hand. Es war eine hauchzarte Berührung, aber dennoch erzeugte sie dieses elektrisierende Prickeln mit der Erinnerung, was für Freuden diese Finger bereitet – und empfangen hatten. »Er wird antworten. Daran gibt es keinen Zweifel für mich.«

»Und in der Zwischenzeit?«

»Warten wir. So gut wir können.«

Das Wochenende verstrich nur langsam. Wir begleiteten einander auf ziellosen Spaziergängen durch die neblige Stadt, entfernten uns dabei aber nie zu weit vom *Shelbourne* für den Fall, daß eine Nachricht eintraf. Wir aßen zusammen im Hotel-Restaurant und hielten den Schein von Lockerheit und Harmonie aufrecht, während insgeheim unsere eigenen Gedanken... Aber unsere Beziehung war auf so vielen Ebenen unehrlich, daß wir unmöglich genau wissen konnten, was wir uns gegenseitig bedeuteten: platonische Freunde, atemlose Liebende, erbitterte Feinde, leidenschaftslose Bundesgenossen – alle diese Rollen hatten wir bereits gespielt und waren in keiner ganz aufgegangen. Was anderes blieb uns, als zu erkennen, daß wir zwei Heuchler waren?

Und doch waren wir in dem Versuch vereint, die *Concentric Alliance* zu stürzen. Als ich Diana alles erzählte, was ich von Duggan erfahren hatte, und die Beweise aufführte, sah ich in ihren Augen die Gewißheit wachsen, daß die Taten ihres Vaters unverzeihlich waren.

Das *Shelbourne* stand an der Nordseite eines breiten öffentlichen Parks... Dort, zwischen fallenden Blättern, lachenden Familien und den Enten, die um Brot bettelten, wandte sich Diana am Sonntagabend bei Anbruch der Dämmerung an mich. »Er hat uns beide ruiniert, nicht wahr, Guy?« fragte sie ohne Einleitung. »Wäre der Krieg nicht gewesen, wären wir vielleicht beide liebenswerte Menschen geworden. Doch was sind wir statt dessen?« Sie lächelte resigniert. »Ein Schwindler und ein Miststück.«

»So würde ich das nicht unbedingt ausdrücken«, protestierte ich.

»Aber es stimmt doch.«

»Vielleicht. Der Krieg hat möglicherweise ebenso viele Menschen verändert, wie er getötet hat. Zu entdecken, daß ein einzelner Mann möglicherweise dafür verantwortlich war...«

»Und dieser Mann ist mein Vater.«

»Ja. Das ist er.«

»Als Mama starb, war ich zwölf.« Ihr Blick war in die Ferne gerichtet. »Ich machte die ganze Welt dafür verantwortlich, nicht nur die Deutschen. Und ich beschloß, daß die Welt dafür zahlen sollte. Indem ich von jedem soviel nahm, wie ich konnte, und nichts zurückgab. Indem ich anderen Menschen das Herz brach, wie auch meins einmal gebrochen worden war. Indem ich bewies, daß mir nie wieder an jemandem auch nur das Geringste lag. Außer...« Sie brach ab, als sie spürte, wie dicht sie der Wahrheit über sich selbst gekommen war, jedenfalls einem Teil davon. »Außer an meinem Vater«, fuhr sie fort. »Bei ihm suchte ich Schutz und Liebe. Und er gab sie mir – uneingeschränkt. Aber ihm kann die Ironie nicht entgangen sein, nicht wahr? Genausowenig wie mir jetzt. Ich habe allen die Schuld gegeben. Nur dem nicht, der wirklich verantwortlich war.«

»Was wirst du tun, wenn du ihn triffst?«

»Was ich dir gesagt habe.«

»Ich meine ... wegen deiner Mutter.«

»Das weiß ich nicht«, erwiderte sie und schaute mich offen an. »Wirklich nicht.«

»Würde es dir helfen, wenn ich mitkäme?«

»Nein. Er könnte uns zusammen sehen, bevor er sich uns zeigt. Und dann würde er sich niemals zeigen. Abgesehen davon ...«

»Ja?«

»Das ist eine Sache zwischen meinem Vater und mir.« Sie reckte trotzig ihr Kinn vor. »Zwischen uns und niemandem sonst.«

Der Montag kam, aber Charnwood meldete sich nicht. »Laß sie nicht aus den Augen, alter Knabe. Beobachte sie wie ein Falke.« Das mache ich ja, Max. Aber ihre Ruhe und auch ihre Worte im Park haben einen Verdacht in meinen Kopf gesät.

Sie hatte ein Telefon in ihrem Zimmer, und es gab mehr als genug Pagen, die ihr zu jeder Tages- und Nachtzeit einen Brief aufs Zimmer gebracht haben konnten. Woher sollte ich wissen, ob Charnwood sich nicht schon längst mit ihr in Verbindung gesetzt hatte? Und woher sollte ich wissen, was sie wirklich vorhatte, wenn sie sich trafen? »Das ist eine Sache zwischen uns und niemandem sonst«, hatte sie gesagt. Doch was hatte sie gemeint?

Ich mußte es herausfinden. Es stand zuviel auf dem Spiel, um es dem Zufall zu überlassen – oder den Rachegelüsten einer Tochter. Ich mußte herauskriegen, was sie dachte. Das war der Grund für mein Verhalten vom Montagabend, jedenfalls redete ich mir das ein.

Nach dem Dinner begleitete ich sie auf ihr Zimmer. In den

vorherigen Nächten hatte ich mich vor der Tür verabschiedet. Heute nicht.

»Darf ich hereinkommen?«

»Selbstverständlich. Aber ...«

Die Tür fiel hinter uns ins Schloß. Diana stand sehr dicht bei mir und atmete flach und nervös. Sie war wunderschön in ihrem tintenblauen Kleid. Und so begehrenswert. Und ich hatte die perfekte Ausrede. »All die Male in Venedig«, sagte ich und schaute in ihre einladend blickenden Augen. »Es war von Mal zu Mal besser. Ich kann nicht vergessen, was wir taten. Kannst du es? All die Arten, wie wir uns geliebt haben.«

»Geliebt? Haben wir das getan?«

»Nicht?«

»Ich weiß nicht. Vielleicht ist das Wort nicht wichtig.«

»Sondern der Akt?«

»O ja, Guy.« Sie nahm meine Hand, führte sie zu ihrer Brust und preßte sie gegen die aufgerichtete Knospe. »Der Akt zählt. Er ist alles.«

Alles? Nein, aber fast. Er war etwas sehr Wertvolles, etwas, was ich weder vergessen noch bedauern konnte, als ich ihr die Kleider auszog und sie nahm, wundervoll langsam und genußvoll mit ihr schlief, in dieser Dubliner Nacht. Und wieder und noch einmal.

»Ich habe mich so sehr danach gesehnt.«

»Warum?«

»Es beweist, daß ich recht hatte. Ich habe mich damals für Max entschieden, Guy, weil ich fürchtete, daß du mir zu wichtig werden könntest.«

»Noch eine Lüge?«

»Nein. Diesmal nicht. Keine Lüge. Es ist die Wahrheit.«

Die Wahrheit? Vielleicht. Vielleicht aber war die Wahrheit die einzige Intimität, die sie zurückhielt, der »achte Schleier«, den sie niemals fallen ließ. Nach dem Schock darüber, das gefunden zu haben, was wir beide so sehr gesucht hatten, wartete hinter der langsam abebbenden Ekstase wieder der Zweifel.

Am nächsten Morgen, während sie badete, durchsuchte ich ihr Gepäck nach einem Brief von Charnwood. Es war keiner da, dafür fand ich etwas wesentlich Schlimmeres, etwas Kaltes und Hartes unter einem seidenen Négligé in der untersten Schublade einer Schlafzimmerkommode. Es war eine Pistole, eine brandneue Derringer. Und sie war geladen.

Während des Frühstücks täuschte ich Kopfschmerzen vor und zog mich mit der Behauptung in mein Zimmer zurück, daß ich nach ein paar Stunden Ruhe wieder auf dem Damm sei. Kaum war ich allein, schlüpfte ich aus dem Hotel, indem ich den Dienstbotenaufzug und einen Seitenausgang zur Kildare Street benutzte. Dann ging ich zum Hauptpostamt.

Der Angestellte, mit dem wir am Samstag geredet hatten, war nicht zu sehen, und derjenige, der mich bediente, schien ein Ausbund an Rechtschaffenheit zu sein. Meine Bitten wegen einer Sache auf Leben und Tod rührten ihn nicht. Namen und Adressen der Schließfachbesitzer seien ein geheiligtes Geheimnis. Meine Hinweise auf ein Bestechungsgeld machten die Sache nur noch schlimmer. Am Ende hatte ich Glück, daß ich entkam, ohne die Polizei am Hals zu haben.

Ich entschied mich, mein Glück im Sortierungsbüro in der Sheriff Street zu versuchen, zu dem mir ein Fußgänger den Weg beschrieb. Es lag eine halbe Meile östlich, hinter der Amiens-Street-Eisenbahnstation. Ich ging über die O'Connell Street und blieb in der Mitte stehen, um eine Straßenbahn vorbeirattern zu lassen. Ob sie ihn wirklich umbringen wollte? Wollte sie ihn so endgültig für den Tod ihrer Mutter zur Verantwortung ziehen? Wenn ja ...

»Entschuldigen Sie, Sir.« Der Bitte der hohen Jungenstimme folgte ein Zupfen an meinem Ärmel.

»Was, zum Teufel, willst du?« fuhr ich ihn an. Nach seinen zerrissenen Kleidern und seinem aufdringlichen Gesicht zu urteilen, war die Antwort klar. Doch ich irrte mich.

»Das hier ist für Sie, Sir.« Er drückte mir einen weißen, unbeschrifteten Umschlag in die Hand. »Von dem Gentleman da drüben.«

»Welchem Gentleman?«

»Der alte Kerl vor dem *Metropole.*« Er deutete auf das Hotel gegenüber dem Hauptpostamt und kratzte sich dann den Kopf. »Na ja, vor einem Moment war er noch da.«

»Alt, sagst du?«

»Weißhaarig und Brite, wie Sie.«

Ich rannte zu dem Hotel hinüber und schaute in beide Richtungen, überprüfte dann die Seitenstraßen südlich und nördlich. Nichts, kein Zeichen. Keine Spur. Ich ging wieder zurück zum Hauptpostamt. Da war er genausowenig wie im palmengeschmückten Foyer des *Metropole,* wo ich mich in einen Sessel fallen ließ und mit zitternden Fingern den Umschlag öffnete.

Dublin, 10. November 1931

Mein lieber Horton,

Glückwunsch zu Ihrer Hartnäckigkeit. Sie hat mich ziemlich verblüfft. Ich habe natürlich den Brief meiner Tochter erhalten. Aber Sie sollten wissen, daß ich auch einen Brief meiner Schwester bekommen habe, die mich über Ihre Absichten vorgewarnt hat. Selbstverständlich habe ich keine andere Wahl, als Ihren Forderungen nachzukommen. Doch Vitas Eingreifen ermöglicht es mir, eine kleine Bedingung einzuflechten. Ich werde mich mit Ihnen treffen und die Dokumente übergeben. Aber nur mit Ihnen, Horton. Nicht mit Diana. Wenn sie Sie begleitet – oder ich sie in der Nähe sehe –, werde ich mich nicht zei-

gen. Ich hoffe, daß ich Ihnen diesen Brief unter Umständen zustellen lassen kann, die es Ihnen ermöglichen, seinen Inhalt vor ihr geheimzuhalten. Ich bin davon überzeugt, daß es klug wäre, das zu tun. Und es wäre auch klug, sie nicht von unserem Treffen in Kenntnis zu setzen. Ich schlage die Wellington-Gedenkstätte im Phoenix Park vor, um acht Uhr morgen früh. Das dürfte früh genug sein, um das Shelbourne Hotel *zu verlassen, ohne daß Diana etwas davon merkt und ohne daß zu viele Zeugen unsere Begegnung beobachten. Bitte entschuldigen Sie das Fehlen einer Unterschrift. Ich denke, Sie werden dieser vernünftigen Vorsichtsmaßnahme zustimmen. Bis morgen.*

Ich hatte schon fast die O'Connell Bridge erreicht, als mir klar wurde, was ich tun wollte. Dort knüllte ich Charnwoods Brief zusammen und warf ihn über das Geländer in den Liffey. Dann ging ich rasch zurück zum *Shelbourne.* Unterwegs blieb ich nur kurz an einem Taxistand stehen und gab einem Taxifahrer 10 Shilling Trinkgeld für sein Versprechen, mich morgen früh um halb acht dort abzuholen und zum Phoenix Park zu bringen.

Ich hatte gehofft, mein Zimmer unentdeckt zu erreichen und so das Treffen mit Diana möglichst lange hinauszuschieben. Doch das Glück war mir nicht hold. Als ich das Hotel betrat und zur Treppe ging, öffnete sich die Aufzugstür, und Diana trat heraus. Sie runzelte überrascht die Stirn, als sie mich sah.

»Guy! Ich dachte, du wolltest ruhen.«

»Ehm … Das habe ich auch. Doch dann dachte ich, daß meinem Kopf ein bißchen frische Luft gut tun würde.«

»Und was hat sie bewirkt?«

»Sie hat ihn geklärt. Sehr wirkungsvoll.«

»Gut. Ich wollte im Park spazierengehen. Hast du vielleicht Lust, mich zu begleiten?«

»Aber gern.«

Wir gingen hinaus, überquerten die Straße und betraten den Park durch das nächstgelegene Tor. Keiner von uns sagte etwas, und das Schweigen lud sich mit Spannung und Erwartung auf. Wir folgten langsam einem gewundenen Pfad am Ufer eines Teiches und warteten darauf, daß der andere etwas, irgend etwas sagen würde. Dann wurde mir klar, was ich schon die ganze Zeit hätte fragen sollen, und ich platzte förmlich mit der Frage heraus. »Hast du etwas von deinem Vater gehört?«

»Nein. Ich muß zugeben ... daß ich anfange, mir Sorgen zu machen. Am liebsten hätte ich bereits alles erledigt.«

»Vermutlich hat er deinen Brief erst gestern bekommen. Vielleicht war er ein paar Tage unterwegs. Wir müssen geduldig sein.«

Sie schaute mich finster an. »Das klingt ja ganz anders als vorher.«

»Ich versuche nur, realistisch zu sein.«

»*Realistisch?*« Sie blieb stehen und starrte mich an. Mit dem Versuch, meine Spuren zu verwischen, hatte ich erst recht ihren Verdacht erweckt. »Warst du das letzte Nacht, Guy – realistisch?«

»Letzte Nacht hat damit nichts zu tun.«

»Nein?«

»Selbstverständlich nicht.«

»Du warst im Hauptpostamt, nicht wahr?«

»Was?«

»Du hast versucht, Papas Adresse aus ihnen herauszuleiern – oder sie zu kaufen.«

»Nein.«

»Die Kopfschmerzen, das plötzliche Verlangen nach frischer Luft ... hältst du mich für eine Närrin?«

»Wie ich schon sagte, ich ...«

»Du bist fast eine Stunde weggewesen.«

»Nein, nein. Nicht annähernd so lange.«

»Ich habe dich im Zimmer angerufen, um zu sehen, wie es dir geht. Du hättest natürlich das Klingeln überhören können. Aber ich glaube nicht, daß es so war, nicht?«

»Nein.« Ich suchte fieberhaft nach einer überzeugenden Lüge. In meiner Verzweiflung erinnerte ich mich an eine alte Maxime: Verändere die Wahrheit so wenig wie möglich. »Du hast recht. Ich dachte, ich könnte einen der Angestellten dazu bestechen, mir die Adresse deines Vaters zu geben.«

»Was ist passiert?«

»Ich bin mit leeren Händen weggegangen. Wie du mir ohne Zweifel vorher hättest sagen können.«

»Ja, das hätte ich.« Ihre Miene hellte sich auf. Ich schmeichelte ihrem Überlegenheitsgefühl – und betrog es damit.

»Das war dumm. Ich ...«

»Es war schlimmer als das!« Sie war wütend, aber nicht mehr mißtrauisch. Ich war davongekommen. »Es ist Papa durchaus zuzutrauen, daß er einen Informanten unter den Angestellten hat, der ihn über einen solchen Versuch unterrichtet.«

»Mach dir keine Sorgen. Ich habe nicht einmal sagen können, für welche Schließfachnummer ich mich interessierte. Der Angestellte, der am Samstag Dienst hatte, war nicht da.«

»Wir können schon dem kleinsten gnädigen Zufall dankbar sein. Was ich nicht verstehe ... warum hast du es getan?«

»Vielleicht wegen der letzten Nacht. Möglicherweise wollte ich das haben, weswegen wir hergekommen sind ... bevor sich unser Waffenstillstand in etwas anderes verwandelt.«

»Glaubst du, das könnte passieren?«

»Ich will mal sagen, ich befürchte es. Ich kann Max nicht vergessen, weißt du ... Ich ...«

»Schuld? Ist es das, Guy? Bist du damit heute morgen aufgewacht? Keine Kopfschmerzen, sondern ein ausgewachsener Anfall von Schuldgefühlen?«

»Vermutlich.«

»Ich dachte, wir hätten einander als das akzeptiert, was wir wirklich sind. Offenbar habe ich mich geirrt.«

Ich ertrug die Verachtung in ihrem Blick und nickte. »Ja. Sieht ganz so aus.«

»Dann können wir nur hoffen, daß wir sehr bald von meinem Vater hören. Bevor unser Waffenstillstand dein wiederentdecktes Gewissen weiter stört.« Mit diesen Worten drehte sie sich auf dem Absatz um und ging in das Hotel zurück. Ich folgte ihr mit einigen Schritten Abstand, mit verletztem Stolz, aber intaktem Geheimnis.

Als ich Diana nach einem sehr einsilbigen Dinner zu ihrem Zimmer begleitete, bestand mein Geheimnis immer noch. Genauso wie ihre Verachtung.

»Vielleicht wird morgen ja etwas passieren«, bemerkte ich verlogen, als sie den Schlüssel ins Schloß steckte.

»Das kann gut sein«, antwortete sie, öffnete die Tür und trat über die Schwelle. »Mein Vater hatte immer ein unfehlbares Gespür für das richtige Timing.« Sie schaute mich an, bemerkte meinen verständnislosen Blick und fügte hinzu: »Morgen ist der Tag des Waffenstillstandes.«

»Ach ja«, sagte ich und wunderte mich darüber, daß ich etwas so Offenkundiges hatte übersehen können. Charnwood hatte es bestimmt nicht getan. »Selbstverständlich. Ich hatte...« Doch bevor ich den Satz beenden konnte, schlug Diana mir die Tür vor der Nase zu. Eine Sekunde später hörte ich, wie sie den Riegel vorschob. »Bis morgen«, sagte ich zu mir selbst, während ich mich abwendete. »Bis der Waffenstillstand zu Ende ist, meine Liebe.«

14

Es wurde gerade hell, als ich das *Shelbourne* verließ. Das Taxi wartete wie versprochen, anscheinend von meinem großzügigen Trinkgeld vom Vortag angelockt.

»Phoenix Park, nicht wahr, Sir?«

»Ja. In die Nähe des Wellington-Denkmals.«

»Ganz richtig, Sir. Die Nadel des Eisernen Duke. Sie wußten sicher, daß er in Dublin geboren wurde?«

»Nein, das habe ich nicht gewußt.«

»O doch. Aber wie jeder vernünftige Mann ist er nicht geblieben, um hier auch zu sterben.«

So ging es weiter, während wir gen Westen fuhren. Ich sagte nur wenig, und auch das wäre nicht nötig gewesen. Das Geplauder des Burschen lief wie von selbst. Ich lehnte mich in meinen Sitz zurück, rauchte eine Zigarette und fragte mich, was wohl auf mich wartete.

Charnwood hatte keine Wahl, als zu tun, was ich verlangte. Das hatte er selbst gesagt. Trotzdem ...

Ich mußte mein Zeitgefühl verloren haben, denn plötzlich waren wir angekommen und bogen in den Park ein. Auf den Pfeilern der offenen Tore thronten Laternen, die trotz der Morgendämmerung noch leuchteten. Vor uns erstreckte sich eine pfeilgerade Allee, links wurde hinter den nackten Zweigen ein großer steinerner Obelisk sichtbar.

»Ist das das Denkmal?«

»Das ist es, Sir.«

»Dann halten Sie hier. Den Rest gehe ich zu Fuß.«

»Wie Sie wollen, Sir.«

Ich zahlte und schaute auf die Uhr. Es war zehn vor acht. Ich war absichtlich zu früh gekommen, denn Charnwood würde sich sicher nicht verspäten. Ich ging den Weg entlang; Bäume, Büsche und ein schmiedeeiserner Zaun verwehrten mir den vollständigen Blick auf das Denkmal, bis sie plötzlich zurückwichen. Da stand es dann, starr und spitz, inmitten einer ausgedehnten Wiese.

Ich ging über den Rasen zum Fuß des Denkmals und schaute daran hoch. Es mußte alles in allem ungefähr 70 Meter hoch sein, ein spitz zulaufender Stein mit einer pyramidenförmigen Spitze, der auf einem riesigen viereckigen Sockel ruhte. Von diesem führte etwa ein Dutzend abfallender Stufen zu der Stelle hinab, an der ich stand. Eine asphaltierte, baumgesäumte Allee verband den Sockel mit einem anderen Weg, der zu der Hauptstraße führte, von der ich gekommen war. In der langsam aufsteigenden Helligkeit herrschte absolute Stille. Und als ich auf meine Uhr schaute, sah ich, daß es in ein paar Minuten acht Uhr sein würde.

Ich ging um das Monument herum und betrachtete die Bronzereliefs mit Wellingtons Siegen, die den Sockel zierten. Als ich mich der nordwestlichen Ecke näherte, flog am abgelegenen Ende des Pfades ein Schwarm Krähen auf, und eine Gestalt erschien. Sie ging langsam den Weg entlang. Es war eine schlanke, aufgerichtete Gestalt mit Hut und Mantel, die eine Gladstone-Reisetasche in der rechten Hand trug und sich mit der matten Steifheit eines alten, aber agilen Mannes bewegte. Es war ohne Zweifel Fabian Charnwood. Irgendwo in der Entfernung schlug eine Uhr acht.

Wir trafen uns da, wo der Weg auf den Bürgersteig stieß, der das Monument umrundete. Dort blieben wir stehen und musterten uns aus einer geringen Entfernung, mißtrauisch und ungläubig. Charnwood hatte sich einen Vandyke-Bart zugelegt, der im Gegensatz zu seinem Haar grau war. Ansonsten war er unverändert. Man hätte ihn wiedererkennen können, aber er wirkte unter dem Schutz seiner eigenen Todesanzeige unverdächtig.

»Ich habe das, was Sie verlangt haben«, sagte er gelassen und hielt mir die Tasche hin. »Es ist alles hier drin.«

Ich nahm sie, stellte sie auf die Erde und öffnete sie. Drinnen war ein ganzes Bündel von Dokumenten mit einer Schnur zusammengebunden und zwischen zwei dicke, in Leder gebundene Bücher gepreßt.

»Das sind die Konto- und die Protokollunterlagen«, erläuterte er. »Zusammen mit delikaterer Korrespondenz, die ich über die Jahre zusammengetragen habe.«

Ich schloß die Tasche wieder und richtete mich auf. »Woher weiß ich, ob alles darin ist?«

»Das wissen Sie nicht, aber das ist auch nicht nötig. Es ist genug darin, um eine große Zahl berühmter und respektierter Männer zu vernichten. Das wollen Sie doch, nicht wahr?«

»Reicht es auch, um die *Concentric Alliance* zu zerstören?«

»Die habe ich bereits vernichtet, Horton, und zwar auf die einzig wirkungsvolle Weise. Ich habe ihnen das Geld genommen, wissen Sie. Alles, was sie mir anvertraut hatten. Eine ganze Menge. Und auch ihren ... nun, Führer ist vielleicht ein zu großes Wort. Aber ohne mich haben sie kein gemeinsames Zentrum, keinen gemeinsamen Zweck. Sie einigt nur noch das Verlangen wiederzubekommen, was ich ihnen ihrer Ansicht nach genommen habe.«

»Haben Sie das denn nicht?«

»Doch. Wenn man jemandem etwas stehlen kann, was er selbst bereits gestohlen hat.«

»Doch bestimmt mit Ihrer Hilfe. Sie waren – und sind – der größte Dieb von allen.«

»Vermutlich war ich das. Oder zumindest bin ich es, im Augenblick.« Er sah sich nach links und rechts um. »Mehr als Augenblicke haben wir nicht zur Verfügung. Wir sollten sie nicht vergeuden.«

»Sie brauchen sich keine Sorgen zu machen. Niemand weiß, daß wir hier sind.«

»Nein? Was das betrifft...« Er stieß ein freudloses Lachen aus. »Was werden Sie mit den Aufzeichnungen anfangen, Horton? Verraten Sie es mir. Sie können es ruhig tun. Ich kann Sie nicht aufhalten.«

»Ich werde sie der Presse übergeben.«

»Oder sie an die Medien verkaufen?«

»Ich tue das nicht für Geld, Charnwood.«

»Nein, das glaube ich Ihnen. Das muß eine neue Erfahrung für Sie sein. Eine unvermutete Wandlung zugunsten der Sache der Wahrheit.«

»So ist es. Und das ist Ihr Verdienst. Ich habe nie gedacht, daß es sich lohnt, für die Wahrheit zu kämpfen... Bis ich das Ausmaß der Lügen entdeckte, die Sie der Menschheit aufgebürdet haben.«

»Ja, der Krieg«, sagte er und wiederholte absichtlich einen Satz, den er schon einmal benutzt hatte. »Immer ist es der Krieg.«

»Ja, Ihretwegen.«

»Es hätte sowieso Krieg gegeben, wissen Sie. Man hätte einen anderen Vorwand gefunden, auch wenn ich keinen geliefert hätte.«

»Warum haben Sie es dann getan?«

»Weil der Schlüssel zum Profit der richtige Zeitpunkt ist. Es kostete mich einige Jahre, um die Soldaten, Politiker und Finanziers zu rekrutieren, die die *Concentric Alliance* bildeten. Der Plan, den ich ihnen vorschlug, bestand darin, eine riesige Summe Geldes aufzunehmen und in Gold, Versicherungen und Aktien anzulegen, die beim Ausbruch eines Krieges wahrscheinlich enorm steigen würden und einen ungeheuren Profit versprachen, während kurzfristige Papiere eher fallen würden. Und ein Krieg schien beim Zustand der europäischen Staaten unausweichlich. Für den Erfolg der Aktion aber war es notwendig vorauszusagen, wann er ausbrechen würde. Daß die Balkanstaaten das größte Pulverfaß darstellten, war offensichtlich. Mir wurde klar, daß der einzige Weg, genau zu wissen, wann wir unsere Investitionen tätigen sollten, der war, den Zeitpunkt selbst zu bestimmen. Als ich von Franz Ferdinands Absicht erfuhr, Bosnien zu besuchen, wußte ich, daß unsere Chance gekommen war. Wir hatten sowohl die Schwarze Hand als auch Franz Ferdinands Militärkanzlei infiltriert. Für sie war sein Tod beschlossene Sache. Und genau das brauchten wir.«

»Haben Sie niemals die Konsequenzen bedacht?«

»Sie waren logischerweise unvorhersagbar. Tragischerweise, im Fall meiner lieben Frau. Mit ihrem Tod bin ich... nur sehr schwer fertig geworden.«

»Für Diana ist es immer noch sehr schwierig.«

»Selbstverständlich.« Er neigte den Kopf. »Es konnte gar nicht anders sein. Schwierig, wenn nicht gar unmöglich. Deshalb habe ich ihr nichts von *der Concentric Alliance* erzählt.«

»Hatten Sie deshalb auch nicht den Mut, sich ihr jetzt genauso zu stellen wie mir?«

Er schaute hoch. »Nicht ganz. Dabei haben andere Erwägungen eine Rolle gespielt.«

»Und welche?«

»Solche wie dieser Wagen, zum Beispiel.« Er deutete auf die Hauptstraße. Ich schaute mich um und sah eine schwarze Limousine langsam vorbeifahren. Als ich ihr mit dem Blick folgte, bog sie links ab und hielt unter den Bäumen am Ende des Weges an. »Sind Sie absolut sicher, daß niemand von unserem Treffen hier weiß, Horton?«

»Keiner kann es wissen.«

»Ich fürchte, sie wissen es trotzdem.«

Drei Gestalten verließen den Wagen und kamen langsam auf uns zu. Als sie unter den Bäumen hervortraten, trennten sie sich. Einer kam direkt zu uns herüber, während die beiden anderen diagonal über den Rasen gingen. Es wirkte wie ein Manöver, um uns den Weg abzuschneiden. Einige Sekunden sagte ich mir, es sei ein Mißverständnis. Dann erkannte ich in der Gestalt auf dem Weg Faraday. Und der Mann zu unserer Rechten war Vasaritchs Bootsmann aus Venedig – der große und bedrohliche Klaus.

»Steigen Sie mit mir die Treppe hinauf«, sagte Charnwood.

»Warum? Es gibt keinen Grund ...«

»Rasch!«

Er trat an mir vorbei, und ich folgte ihm die breiten, abfallenden Stufen zum Fuß des Sockels hinauf. Wir drehten uns gleichzeitig um und sahen, daß Faraday bereits den halben Weg zurückgelegt hatte. Klaus und der andere Mann waren auf gleicher Höhe neben ihm.

»Wir haben nicht viel Zeit«, flüsterte Charnwood. »Ich habe hier einen Brief für Diana.« Er zog einen Umschlag aus seiner Tasche und reichte ihn mir. »Würden Sie ihn ihr geben?«

»Ja. Aber ...«

»Stecken Sie ihn weg!«

Ich schob ihn in meine Tasche und starrte Charnwood ungläubig an. »Sie wußten, daß das passieren würde, nicht wahr?«

»Ich hielt es für sehr wahrscheinlich. Die Organisation, die ich geschaffen habe, ist hervorragend. Keiner weiß das besser als ich.«

»Was wollen sie?«

»Etwas, was sie nicht haben können.« Er lächelte, das erste Mal, soweit ich mich erinnerte. »Wie Sie und ich, Horton.«

Faraday blieb stehen, als er das Ende des Weges erreicht hatte, und lugte unter der Krempe seines Homburgs zu uns herauf. Klaus bezog auf der nordwestlichen Seite des Bürgersteigs Position, der andere Mann auf der südwestlichen. Er war zwar weniger muskulös gebaut als Klaus, wirkte jedoch nicht weniger bedrohlich. Er war hager mit Hakennase und kalten Augen, den schwarzen Hut hatte er weit nach hinten geschoben, sein Regenmantel war offen. Klaus' schwarzer Paletot war ebenfalls aufgeknöpft; Faraday jedoch trug Schal und Handschuhe und hatte den Kragen seines Mantels hochgestellt. Er rieb sich die Hände, als wolle er sie aufwärmen. »Guten Morgen wünsche ich Ihnen beiden. Welch unerwartetes Vergnügen.«

»Unerwartet vielleicht«, versetzte Charnwood. »aber wohl kaum ein Vergnügen. Was wollen Sie, Noel?«

»Den Inhalt der Tasche, die Horton in der Hand hat. Und Ihre Gesellschaft, wenn wir hier wegfahren.«

»Wissen Sie, was in der Tasche drin ist?«

»Unterlagen, die Sie schon vor Jahren vernichten wollten.«

»Wollte ich das?«

»Sie haben zu viele Menschen enttäuscht, Fabian. Dies ist nicht der Moment, sich aufzuspielen.«

»Da muß ich zustimmen. Aber wofür ist dies der Moment?«

»Für harte Realitäten. Sie beide kennen Klaus. Lassen Sie mich Ihnen versichern, daß O'Reilly ein ebenso guter Killer ist – und genauso rücksichtslos.« Wie auf ein Stichwort zogen die beiden Männer ihre Revolver. »Unsere Forderungen sind ganz einfach. Übergeben Sie die Tasche, Horton, dann können Sie verschwinden. Was danach passiert, muß Sie nicht kümmern.«

»Woher wußten Sie, daß wir hier sind?« konterte ich.

»Wir sind Ihnen vom *Shelbourne* aus gefolgt. So wie gestern, als Fabian Ihnen folgte und dieses Treffen arrangierte.

Die O'Connell Street ist kein geeigneter Ort für eine Konfrontation. Doch hier...« Er schaute sich um. »Das hier paßt entschieden besser.«

»Woher wußten Sie, daß ich in Dublin bin?«

Faraday lächelte. »Die entzückende Diana. Sie hat sich mit uns verbündet. Einerseits für einen Anteil am Geld, das wir zurückerhalten werden, andererseits aus Rache für ihre Mutter. Das schmerzt ziemlich, nicht wahr, Fabian?«

Sie also hatte es erledigt, für uns beide sogar, genau wie sie es vorgehabt hatte. Ihr Zögern, ihre angebliche Ernsthaftigkeit, ihr Hinweis auf eine mörderische Absicht: All das addierte sich zu ihrem Sieg und meiner Niederlage. Mit einem leisen Fluch schaute ich Charnwood an. Ich erwartete, daß er unter diesem Schlag schwanken würde, doch er zeigte nicht die kleinste Reaktion. Seine Stimme bebte kein bißchen, als er jetzt redete. »Sieht so aus, als hätten Sie uns in eine mißliche Lage gebracht, Noel.«

»Allerdings. Setzen Sie die Tasche ab, Horton, und verschwinden Sie.«

»Sie werden die Straße nicht erreichen«, flüsterte mir Charnwood aus dem Mundwinkel zu. »Sie werden Sie nicht am Leben lassen.«

Vermutlich hatte er recht. Hatte ich überhaupt noch eine Wahl? Ich umklammerte den Handgriff der Tasche so fest, daß meine Hände jedes Gefühl verloren. Mein Herz raste, ich atmete flach, und unter meinem Hut brach mir der Schweiß aus. Klaus und O'Reilly beobachteten mich wie zwei Wölfe, die ein Kaninchen in die Enge getrieben haben. Und Faraday lächelte. »Sie haben die Möglichkeit, sich hier herauszuwinden, Horton. Und ich würde vorschlagen, daß Sie sie nutzen. Wirklich.«

»Und... wenn nicht?«

»Keinem der beiden Männer hier macht es etwas aus, auf Sie zu schießen, wenn ich es befehle. Und sie verfehlen ihr

Ziel nicht. Das haben sie noch nie getan.« Langsam richtete Klaus seine Waffe auf mich. »Geben Sie auf, Horton. Folgen Sie Dianas Beispiel.«

»Ich ...«

»Einen Moment«, mischte sich Charnwood ein.

»Die Zeit ist abgelaufen«, erwiderte Faraday. »Wir werden ...«

»Hören Sie mir zu!« Charnwoods Stimme brachte Faraday spielend zum Schweigen. Offenbar steckte die alte Hierarchie ihnen immer noch in den Knochen. »Ich habe unter meiner Zunge eine Phiole, die kein Wasser enthält, sondern Blausäure in einer tödlichen Konzentration. Ich werde sie zerbeißen und schlucken, es sei denn, Sie gestatten Horton, mit der Tasche und den Dokumenten zu entkommen. Wenn ich erst einmal tot bin, Noel, werden Sie nichts mehr vom Geld Ihrer Herren finden. Also, was wollen Sie? Ihr Geld oder mein Leben?«

Er bluffte. Es konnte gar nicht anders sein. Wenn nicht, hätte er diese Entwicklung vorausgesehen und sich dagegen gewappnet. Er wollte, daß ich mit den Unterlagen entkam, die ich gerade von ihm erpreßt hatte. Aber warum? Ich sah, wie Faraday die Stirn runzelte. Anscheinend war er von dem offenkundigen Widerspruch ebenfalls verblüfft.

»Ich warte auf eine Antwort, wenn Sie so freundlich sein wollen«, drängte Charnwood.

Faraday biß die Zähne zusammen. »Einverstanden«, antwortete er. »Horton kann gehen.« Klaus warf ihm einen scharfen Blick zu, senkte aber seine Waffe ohne Protest. »Mit der Tasche.«

»Gut«, sagte Charnwood. »Geben Sie ihm gütigst die Wagenschlüssel. Ich möchte nicht, daß Sie ihm sofort folgen.« Als Faraday zögerte, fügte er hinzu: »Denken Sie an das Geld.«

»Also gut. Den Wagen. Geben Sie Horton die Schlüssel, O'Reilly.«

»Die stecken, Sir.«

»Sieht so aus, als warte der Wagen nur auf Sie, Horton.« Verbarg Faradays Sarkasmus einen Trick? Ich wußte es nicht.

»Das werden wir ja sehen«, meinte Charnwood und schaute mich direkt an. »Nun, Horton, worauf warten Sie noch? Gehen Sie zum Wagen und fahren Sie weg. Der schnellste Weg aus dem Park ist der geradeaus und dann links. So kommen Sie zum Islandbridge-Tor.«

»Aber ...«

»Gehen Sie! Sofort!«

Ich gehorchte, obwohl meine Beine nachzugeben drohten, als ich die Stufen hinunterging. Faraday lächelte, als ich an ihm vorbeiging, und murmelte: »Bis zum nächsten Mal.« Sein Blick machte deutlich, daß das sehr bald sein würde. Dann hatte ich ihn hinter mir gelassen und ging auf den Pfad und die Bäume zu, die mich noch vom Wagen trennten. Ich widerstand der Versuchung, zu rennen oder zurückzuschauen, und lief mit weitausholenden Schritten. Der Wunsch zu fliehen verdrängte alles Nachdenken über das, was da geschehen war und warum.

»Stopp!« Faradays gebieterische Stimme brachte mich wie angewurzelt zum Stehen, als ich nur noch ein paar Meter von den Bäumen entfernt war. Ich schaute zurück und sah, wie Klaus und O'Reilly näher kamen. »Rühren Sie sich nicht von der Stelle!«

»Was haben Sie vor?« schrie Charnwood, der von dem Denkmal herabstieg und hinter ihnen herlief.

»Sie bluffen«, antwortete Faraday und drehte sich zu ihm um.

»Aber das Geld!«

»Der Köder war nicht groß genug. Ich habe Ihre List durchschaut, Fabian. Wenn Horton mit den Aufzeichnungen entkommen soll, dann nur, damit sie veröffentlicht werden. Und das ist nur möglich, weil Sie nicht vorhaben, sich den Konsequenzen dieser Veröffentlichung zu stellen. Sie bedeuten Ihren Selbstmord, nicht wahr? In diesem Fall können Sie uns nicht mehr zu dem Geld führen. Aber vielleicht können die Aufzeichnungen es. Vielleicht liegt Ihnen deshalb soviel daran, daß sie aus unserer Reichweite verschwinden. Wenn ja, dann sollten wir sie lieber ohne viel weiteres Getue an uns nehmen. Meinen Sie nicht?«

»Sie irren sich. Ich schwöre Ihnen ...«

»Stellen Sie die Tasche hin, Horton!« rief Faraday und kam auf mich zu. »Sofort!« Er blieb stehen und bedeutete Klaus und O'Reilly, dasselbe zu tun. Die beiden Männer hoben ihre Waffen und zielten auf mich. Sie waren ungefähr zehn Meter entfernt, hatten die Arme ausgestreckt und schienen zu allem entschlossen. Ich sah, wie sich ihre Zeigefinger um die Abzüge krümmten, sah, wie sie die Augen zusammenkniffen, als sie zielten.

»Einverstanden!« stieß ich hervor und ließ die Tasche mit einem vernehmlichen Geräusch vor meine Füße fallen. »Sie können alles haben.«

»Allerdings«, meinte Faraday. »Wir können uns sogar die Garantie dafür holen, daß Sie schweigen, falls Sie die Dokumente bereits durchgelesen haben sollten. Eine notwendige, wenn auch bedauerliche Garantie, meinen Sie nicht?«

»Was ... was soll das bedeuten?«

»Das bedeutet, daß Sie sterben werden, Horton. Und zwar hier und jetzt. Es tut mir leid, aber so ist es. O'Reilly ...«

Als ich den Knall der Pistole hörte, dachte ich, das sei das letzte Geräusch meines Lebens. Mir schoß durch den Kopf, wie seltsam unerwartet ich sterben würde, und ich wappnete mich gegen den furchtbaren, aber vermutlich kurzen Schmerz. Doch es war O'Reilly, der fiel, nicht ich. Blut strömte aus seinem Hinterkopf. Und Charnwood hielt die einzige Waffe, die abgefeuert worden war. »Rennen Sie, Horton! Rennen Sie!« brüllte er. Ich bückte mich, packte die Tasche und drehte mich um, während Klaus herumwirbelte und feuerte. Charnwood wurde mitten in die Brust getroffen und stolperte zurück. Ich stürmte durch die Bäume; Zweige und Äste peitschten mir ins Gesicht, meine Lungen brannten. Schon hetzte ich über den Bürgersteig auf die Fahrerseite des Wagens zu.

Der Schlüssel steckte tatsächlich. Hoffnung kam wieder auf, Hoffnung, daß ich die nächsten Sekunden, vielleicht sogar die nächsten Minuten überleben würde. Ich riß die Tür auf, schleuderte die Tasche auf die Rückbank und ließ mich in den Wagen fallen. Ich hörte, wie eine Kugel über das Dach des Wagens jaulte. Fluchend und betend gleichzeitig drehte ich den Zündschlüssel um und hörte, wie der Motor brummend ansprang. Ich legte krachend den ersten Gang ein, trat das Gaspedal bis zur Erde durch und fühlte, wie mein linker Fuß heftig zitterte, als ich die Kupplung kommen ließ. Mit quietschenden Reifen schoß der Wagen vorwärts. Eine Kugel zersplitterte das hintere Seitenfenster. Die Tür ging auf und schlug weit genug in ihren Angeln vor, daß ich den Handgriff packen und sie zuschlagen konnte. Eine weitere Kugel prallte von der Motorhaube ab. Als ich eine Kurve fuhr, schaute ich in den Rückspiegel und sah durch einen Spalt zwischen den Bäumen zwei zusammengekauerte Gestalten bewegungslos auf dem Gras liegen. Kurz darauf waren sie außer Sicht.

»Konzentrier dich!« schrie ich mir zu. »Geradeaus! Dann links!« Dort war die Abzweigung, die Charnwood gemeint hatte. Ich hatte das Gefühl, sie auf zwei Rädern zu nehmen. Dann sah ich das Tor, schmaler als das, durch das ich in den Park hereingefahren war. Ich fuhr hindurch und bog nach links. Hätte ich klar gedacht, wäre ich vielleicht nach rechts abgebogen und hätte erst einmal soviel Abstand wie möglich zwischen mich und den Park gebracht. Statt dessen fuhr ich der Mauer entlang, die den Park umgab. Hinter ihr konnte ich das Wellington-Denkmal sehen. Plötzlich tauchte Klaus vor mir auf, der offenbar auf diesen Fehler spekuliert hatte. Er kletterte über die Mauer und sprang auf den Bürgersteig. Hätte er sich die Zeit genommen, sich aufzurichten, wäre ich an ihm vorbeigekommen, aber auch das schätzte er genau richtig ein. Noch in der Hocke hob er die Waffe mit beiden Händen, zielte und...

Ich riß das Steuerrad nach rechts, bückte mich und zuckte zusammen, als die Reifen quietschten und die Windschutzscheibe zersplitterte. Das Glas prasselte auf mich herab und behinderte meine Sicht; der Wagen schleuderte. Dann sah ich etwas Senkrechtes vor mir und trat auf die Bremse. Zu spät! Noch mehr Glas zerplatzte, und Metall knirschte, als der Wagen einen Laternenpfahl auf der anderen Straßenseite rammte, ins Schlingern geriet, ruckelte, sich drehte und stehen blieb.

Plötzlich hörte ich nur noch das Zischen des zerborstenen Kühlers. Als sich der Wagen um den Laternenpfahl gedreht hatte, war ich über den Sitz geschleudert worden und lehnte jetzt an Charnwoods Tasche. Mein Hirn stellte sich nur langsam auf die Dinge ein, die ich von diesem Winkel aus sehen konnte: ein dampfverhüllter Flecken des Himmels über Dublin, eingerahmt von den gezackten Resten der Windschutzscheibe, eine verbogene Ecke der Kühlerhaube, Dampf, der auf ihrer polierten schwarzen Oberfläche in kleinen Strömen kondensierte, und den Außenspiegel, der geheimnisvollerweise nicht zerbrochen war. Darin sah ich Klaus, der immer größer wurde, während er mit der Pistole in der Hand auf mich zukam. Ich schaute auf meine Hand, von der Blut herabtropfte. Ein kleiner Glassplitter war in den Daumen eingedrungen. Das war das Ende: dumm, unwürdig und brutal, noch bevor das Blut auf meiner Hand gerinnen konnte. Und bevor ich die Namen der Menschen erfuhr, die meinen Tod befohlen hatten.

Dann sah ich ihn. Auf dem Boden vor mir, wohin er anscheinend aus dem Handschuhfach geschleudert worden war. Ein Revolver. Sie hatten eine Waffe im Wagen gelassen. Geladen? Wenn nicht, machte das auch keinen Unterschied. Wenn sie jedoch geladen war... Sein Schatten fiel über mich. Als ich mich vorwärtsrollte, die Pistole nahm und wieder zurückrollte, packte er den Türgriff. Der Glassplitter schmerzte, als ich den Finger um den Abzug legte. Als Klaus die Tür aufriß, verschwand das Fenster aus meinem Gesichtsfeld. Ich streckte den Arm und drehte mich um. Sein Gesicht tauchte über mir auf. Das befriedigte Lächeln verwandelte sich in eine Grimasse des Entsetzens. Ich hatte den Abzug gedrückt und erfuhr die Wahrheit: Die Waffe war geladen.

Ich blieb ein paar Sekunden liegen und hörte nur meinen keuchenden Atem. Dann setzte ich mich auf, kletterte aus dem Wagen und schaute auf Klaus hinunter. Er lag rücklings auf der Straße, Blut entströmte einem Loch über seiner Nase und bildete eine dunkle Pfütze neben seinem Ohr, die sich immer mehr ausbreitete. Sein Mund war halb geöffnet, und seine Augen starrten mich blind an. Mit der Hand umklammerte er immer noch seine Waffe. Auf der anderen Seite der Straße stand ein Mann an sein Fahrrad gelehnt. Als er mich mit offenem Mund angaffte, blieb eine Zigarette an seiner Unterlippe kleben, und die Asche fiel auf seinen Overall. Ich begann zu zittern, lief Gefahr, die Kontrolle zu verlieren. Flucht, ich war immer noch auf der Flucht! Die Tasche unter den Arm geklemmt, begann ich zu laufen, den Weg zurück zu der Abzweigung, die ich nicht genommen hatte, weg vom Park, weg von den drei Toten und meiner Ermordung, der ich so knapp entkommen war. Ich wußte nicht, wo Faraday war, und wollte auch nicht stehen bleiben, um es herauszufinden.

Als ich um die Kurve kam, fiel mir die Waffe ein, die ich in der Hand hin- und herschwenkte. Ich blieb kurz stehen und schob sie in die Tasche. Dann lief ich weiter, über eine steinerne Brücke, an Armeebaracken vorbei. Ich merkte, daß die Leute mir hinterherstarrten und auf mich zeigten, einige riefen mir sogar etwas zu. Schließlich erreichte ich eine Eisenbahnbrücke und eine verkehrsreiche Kreuzung. Links von mir stiegen Leute in eine Straßenbahn ein, die nach Osten fuhr. Ich lief auf sie zu und sprang in dem Augenblick auf die Plattform, als sie anfuhr.

»Die Heiligen beschützen uns«, meinte der Schaffner, als ich auf ihn zuschoß. »Sie haben es wohl sehr eilig, irgendwo anders hinzukommen, was?«

Das stimmte. Doch wohin? Wohin genau sollte ich mich wenden? Klaus und O'Reilly waren sicher nicht Faradays einzige Helfer. Vielleicht warteten im *Shelbourne* schon andere auf mich. Aber ich hatte in dieser fremden Stadt keinen anderen Zufluchtsort. Ich war ein Flüchtling ohne Versteck. Außer England, natürlich, das Land, das ich kannte. Ihnen gegenüber hatte ich einen Vorsprung, einen wertvollen Vorsprung, den ich keinesfalls verschwenden wollte. Und in meiner Tasche hatte ich ein Erste-Klasse-Ticket zurück nach London.

»Kingstown«, sagte ich impulsiv. »Ich muß nach Kingstown. Dun Laoghaire, meine ich natürlich.«

»Nennen Sie es, wie Sie wollen, Sir, ich kann Ihnen nicht helfen. Wir fahren nur nach Eden Quay.«

»Ich muß nach Dun Laoghaire«, wiederholte ich und packte seinen Arm, um meinen Worten Nachdruck zu verleihen.

»Dann regen Sie sich ab. Ein kurzer Spaziergang über die Brücke von Eden Quay bringt Sie zur *Tara Street Station*. Von dort fährt mindestens jede halbe Stunde ein Zug nach Dun Laoghaire.«

»Danke.« Ich ließ ihn los. »Entschuldigung.«

»Sie brauchen sich nicht zu entschuldigen, Sir. Ich bin schon zufrieden, wenn Sie den Fahrpreis entrichten.«

Die Straßenbahn schwankte beängstigend auf ihrer Fahrt durch Dublins bevölkerte Straßen. Unter den mißtrauischen Blicken der anderen Passagiere verband ich meine blutende Hand mit einem Taschentuch und wischte mir den Schweiß von der Stirn. In den Fensterscheiben mir gegenüber erhaschte ich kurze Blicke auf mein Spiegelbild: wild blickend und zerzaust. Die Tasche hatte ich auf dem Schoß, ohne den Griff auch nur eine Sekunde loszulassen. Dabei versuchte ich krampfhaft, meine Gedanken zu ordnen.

Wie und wann hatte sich Diana mit Faraday in Verbindung gesetzt? Wohl kaum vor unserer Abreise aus Dorking, es sei denn in der Stunde, die ich in der Bibliothek gewartet hatte. Vielleicht hatte sie es aber auch gar nicht selbst tun müssen. Möglicherweise hatte Vita das ja für sie erledigt. In diesem Fall hatte Dianas Brief an Charnwood den Zweck, ihn zu veranlassen, sich mit mir allein zu treffen. Das würde ihr die schmerzliche Notwendigkeit ersparen, uns erst ihren Verrat zu erklären und dann Faraday den Weg frei zu machen, uns zu überraschen.

Aber er hatte Charnwood nicht überraschen können. Die Pistole und das Gift – wenn es denn existiert hatte – bewiesen, daß dieser damit gerechnet hatte, verraten zu werden. Dies wiederum bewies, daß Faraday recht gehabt hatte: Die Aufzeichnungen über die *Concentric Alliance* waren Charnwoods Selbstmordanzeige, sein Lebewohl an die Welt. Und ich sollte dafür sorgen, daß sie dieses Lebewohl auch erhielt.

Es kam jetzt alles auf die Geschwindigkeit an. Je länger ich zögerte, desto wahrscheinlicher wurde mein Scheitern. Die *Concentric Alliance* war überall. Vielleicht aber reagierte eine so ausgedehnte Organisation nur langsam. Wenn ich mich mit Duggan in Verbindung setzen und seine Kontakte zur Fleet Street nutzen konnte, bestand die Chance – die hauchdünne Chance –, daß wir ihnen zuvorkommen konnten. Aber zunächst einmal mußte ich England erreichen.

An der *Tara Street Station* hatte ich Glück. Ich erwischte gerade noch einen verspäteten Zug nach Dun Laoghaire. Doch der relativ leere Zug hätte mich eigentlich auf die Enttäuschung vorbereiten sollen, die mich an meinem Ziel erwartete.

»Die Fähre nach Holyhead hat vor mehr als einer halben Stunde abgelegt, Sir«, verkündete der Fahrkartenbeamte am Bahnhof Dun Laoghaire.

»Wann geht die nächste?«

»In etwas über zehn Stunden, Sir.«

»Was?«

»So haben Sie genug Zeit, um sich die Stadt anzusehen. Sogar ein bißchen mehr, als nötig ist, ehrlich gesagt.«

»Gibt es noch eine andere Möglichkeit, nach England zu kommen?«

»Und ob, Sir. Fahren Sie nach Dublin zurück. Wenn ich mich richtig erinnere, geht dort um ein Uhr eine Fähre vom North Wall Quay nach Holyhead.«

Wieder in Dublin, mit mehr als drei Stunden Aufenthalt? Nein. Das kam nicht in Frage. Faraday war ohne weiteres zuzutrauen, daß er den Fahrplan las und meine Überlegungen nachvollzog. Er würde dasein, bevor die Fähre ankam. »Es muß einen anderen Weg geben«, meinte ich hartnäckig.

»Nun, tja, Sie können nach Rosslare herunterfahren, denke ich, und von da aus nach Fishguard übersetzen. Aber das ist ein Abendtörn. Und die Fähre legt mehr als drei Stunden später ab als die hier. Nein, Sie sind viel besser bedient, wenn Sie von North Wall aus fahren.«

»Dennoch, wann fährt der nächste Zug nach Rosslare?«

»Nun, wenn Sie den Zehn-Uhr-Zug nach Bray nehmen, können Sie dort den um Viertel vor elf nach Wexford nehmen ... Dann kommen Sie in Rosslare Harbour gegen ... mal sehen ...« Er blätterte einen mitgenommenen Fahrplan durch. »Zwanzig nach drei.«

Mit sechs bis sieben Stunden Wartezeit auf die Fishguard-Fähre. Aber was machte das? Es war die unlogischste Wahl und deshalb die letzte, an die Faraday denken würde. Also Rosslare.

Ich konnte meine Dummheit nur mit dem Schock entschuldigen, den all die Geschehnisse in mir ausgelöst hatten. Es dauerte noch ungefähr eine Stunde, bis mein Gehirn wieder ordentlich funktionierte. Im Zug nach Wexford hatte ich ein Abteil für mich allein und wollte mir die Dokumente ansehen, für die ich fast und drei andere Männer tatsächlich gestorben waren.

Erst als ich die Reisetasche betrachtete, wurde mir mein gigantischer Fehler klar. Faraday mußte nur nach Dun Laoghaire fahren und mich dem Fahrkartenschaffner beschreiben »Engländer in Eile mit Gladstone-Reisetasche« –, um meine genaue Reiseroute zu erhalten. Meine Flucht hatte plötzlich fatale Ähnlichkeit mit der Bewegung einer Ratte, die in ihrer Falle verzweifelt im Kreis lief.

Links von mir erstreckte sich die Irische See grau und quälend ruhig bis zu meiner Heimat, die ich anscheinend nie wieder erreichen sollte. Wie weit war die Küste von Wales entfernt? 50 Meilen? 60 vielleicht? Sie hätte genausogut 1000 Meilen entfernt sein können, es machte keinen Unterschied. Aber Selbstmitleid würde mir auch keine Flügel verleihen. Ich kam weder vor noch zurück. Ich konnte nur eins tun. Beim nächsten Halt verließ ich den Zug.

Obwohl ihre Einwohner die Stadt sicherlich ins Herz geschlossen hatten, kam mir Wicklow an diesem kalten Novembermorgen als der grimmigste und abweisendste Ort vor, den ich mir als Zufluchtsstätte hatte aussuchen können. Alte Männer in abgetragener Kleidung lehnten an den Türpfosten und nuckelten an ihren Pfeifen. Barfüßige Kinder hockten in den Gossen und spielten Murmeln. Und korpulente Frauen standen vor den Schaufenstern herum und tratschten. Nur die Hunde schenkten mir Aufmerksamkeit; vielleicht erkannten sie in dem verstohlen vorbeigehenden Fremden einen Seelenverwandten. Der Rest der Bevölkerung von Wicklow schien meine Existenz nicht wahrzunehmen. Und das, rief ich mir ins Gedächtnis, war auch gut so.

Ich ging zum Hafen, setzte mich dort auf eine Mauer, zündete mir eine Zigarette an und überlegte angestrengt, was ich als nächstes tun sollte. Wind kam auf und blies vereinzelte Regentropfen in meine Richtung. Die mit Muscheln bewachsenen Küstenboote und Fischerkähne begannen an ihren Ankerketten zu schaukeln. Und in meinem Kopf nahm langsam eine Idee Gestalt an. Ich zündete mir eine weitere Zigarette an, und als ich sie aufgeraucht hatte, war aus der Idee ein Plan geworden.

In *Docherty's Bar* direkt am Kai konnte ich so gut wie anderswo mein Glück versuchen. Das höhlenartige Innere roch wie geräucherte Makrele, die man in Bier aufgeweicht hatte, und die meisten Gäste schienen so alt, als hätten sie noch die große Hungersnot erlebt. Aber der Barmann schien eine liebenswürdige Person zu sein, die einem romantischen Ereignis gern helfen würde. Und offenbar gefiel ihm meine Whiskywahl.

»Es ist mir ein Vergnügen, einen Gentleman mit Geschmack bedienen zu können«, bemerkte er und warf einen verächtlichen Blick auf seine anderen Gäste.

»Wären Sie vielleicht bereit, mir einen Rat zu geben?« versuchte ich mein Glück.

»Und was für einen Rat, Sir?«

»Ich fragte mich eben, ob Sie vielleicht jemanden mit einem Boot kennen, der bereit wäre...«, ich senkte meine Stimme, »...einen Gentleman zur walisischen Küste überzusetzen.«

Er musterte mich einen Augenblick und nickte dann bedächtig. »Vielleicht, Sir. Aber warum nehmen Sie nicht die Fähre von Dun Laoghaire... wenn die Frage erlaubt ist?«

Ich lächelte. »Das Problem ist eine Liebesaffäre. Ich habe die Verwandtschaft einer Lady aus Dublin auf den Fersen. Sie besteht aus einigen muskulösen Brüdern. Sie werden in Dun Laoghaire auf mich warten.«

»Tatsächlich?« Nun lächelte auch er. »Ich verstehe Ihre Schwierigkeiten.«

»Und Sie kennen auch einen Weg, wie ich da rauskomme?«

»Vielleicht, Sir. Vielleicht kenne ich genau den Mann für das, was Sie da im Sinn haben. Er wird später hierherkommen. Dann rede ich mit ihm.«

»Danke. Ich bin Ihnen sehr verbunden. In der Zwischenzeit...« Ich leerte mein Glas. »Ich hätte gern noch einen Tropfen Ihres exzellenten Whiskys. Und vielleicht schenken Sie sich selbst auch einen ein.«

Nach fast einer Stunde – ich hatte mich mittlerweile an einen Ecktisch zurückgezogen, die Tasche zu meinen Füßen – unterbrach ein kleiner, drahtiger Mann mit einem Affengesicht seine Unterhaltung mit dem Barkeeper und setzte sich zu mir. Bevor er auch nur ein Wort gesagt hatte, ließen sein fleckiger Pullover, seine Wollmütze und seine wettergegerbte Haut meine Hoffnungen steigen.

»Mick hat mir gesagt, daß Sie eine private Überfahrt nach Wales wollen.«

»Das stimmt, ja.«

»Vielleicht kann ich Ihnen da weiterhelfen. Ich habe ein Boot im Hafen liegen, ein schönes Ding. Die *Leitrim Lassie.* Ich fahre damit im Sommer Angler hinaus. Wochenendausflügler aus Dublin und so.«

»Und zu dieser Jahreszeit?«

»Fahre ich meine Hummerkörbe ab. Sie ist gut in Schuß, keine Angst.«

»Also könnte man sie ... mieten?«

»Vielleicht. Wenn der Preis stimmt.«

»Und wie hoch wäre der?« Ich hatte genug Geld für alle Eventualitäten bei mir, aber er erwartete natürlich, daß ich feilschte.

Er musterte mich von Kopf bis Fuß, grinste und sagte ohne jede Ironie: »Zwanzig Pfund, Sir. Ein guter Handel, das müssen Sie zugeben.«

Ich lachte. »Keine Frage.«

»Die Fahrt dauert drei bis vier Stunden. Bis ich wieder zu Hause bin, acht oder mehr. Und ich kann Sie nach Pwllheli bringen. Das liegt an der Eisenbahnstrecke, was Sie ja wohl wollen, nicht wahr?«

»Ja.«

»Aber nicht an der Holyhead-Linie. Also brauchen Sie keine Angst zu haben, daß Sie diesen Brüdern in die Arme laufen, von denen Mick erzählt hat.«

»Trotzdem ...«

»Desmond Rafferty ist vielleicht nicht billig.« Er zwinkerte. »Aber er ist verdammt verschwiegen.«

»Wirklich?«

»O ja, Sir, wie ein Grab.«

»Ich zahle Ihnen zehn.«

»Fünfzehn.«

»Gut. Fünfzehn Pfund.«

»Guineas.«

Ich seufzte. »Dann eben Guineas.«

»Dann haben Sie Ihre private Fähre.« Er streckte die Hand aus. »Würde es Ihnen passen, wenn wir um vier Uhr aufbrechen?«

Rafferty mußte noch etwas erledigen, bevor wir aufbrachen. Und ich ebenfalls. Man konnte die öffentliche Bücherhalle von Wicklow zwar unmöglich mit dem *British Museum* verwechseln, aber ich fand dort einen aktuellen *Bradshaw,* der gute und schlechte Nachrichten enthielt. Ganz gleich, wann wir Pwllheli erreichten, für den letzten Zug mit Anschluß nach London würde es zu spät sein. Aber wenigstens würde ich sicher den ersten Zug am Morgen erreichen. Sollten die Verbindungen klappen, würde ich gegen halb drei in London ankommen. Ich verließ die Bibliothek, ging direkt zum nächstgelegenen Postamt und schickte George Duggan ein Telegramm, adressiert an den *Alnwick Advertiser.*

Ich habe die Beweise, die wir brauchen, um sie bloßzustellen. Treffen Sie mich morgen in London. Rose and Crown. Warwick Street. Sechs Uhr.

HORTON

Ich wählte den Pub, in dem ich mich im September mit ihm getroffen hatte, und kalkulierte dreieinhalb Stunden Verspätung für die unzuverlässige Walisische Eisenbahnlinie ein. Damit glaubte ich, die notwendige Vorsicht walten zu lassen. Duggan würde für das, was ich da mit mir herumtrug, bis zum Nordpol gehen. Er würde mich nicht im Stich lassen. Und ich ihn genausowenig. Wir brauchten uns, und zwar so sehr wie nie zuvor.

Unterdessen hatte sich das Wetter verschlimmert. Jetzt, um

vier Uhr, regnete es im Hafen wie aus Eimern. Und die *Leitrim Lassie* sah für meine Landrattenaugen aus wie einer dieser Kähne, die niemals über eine Flußmündung hinauskommen. Aber die Notlage ließ mir keine Wahl. Und Rafferty, der jetzt Ölzeug trug, ließ sich nicht abschrecken.

»Es ist nichts weiter als eine Bö. Sie wird genauso schnell abklingen wie die Wutanfälle meiner Frau. Machen Sie es sich in der Kajüte gemütlich und genießen Sie die Fahrt.«

Die Kajüte war achtern, vom Ruderhaus durch das Deck getrennt. Als wir die Hafenmauer hinter uns gelassen und die Reise angetreten hatten, zog ich mich in diese relative Ungestörtheit zurück, nahm die Dokumente aus der Reisetasche und legte sie vor mich auf den kleinen Kartentisch. Einige Stunden Einsamkeit lagen vor mir, während Rafferty an seinem Steuerruder zu tun hatte. Das war die Chance, auf die ich den ganzen Tag gewartet hatte. Jetzt konnte ich herausfinden, wieviel Wissen – und damit wieviel Macht – Charnwood mir in die Hand gelegt hatte. Ich zündete die Sturmlaterne an, hängte sie an einen Balken über dem Tisch und begann eine andere Reise – in die innersten Kreise der *Concentric Alliance.*

15

Jetzt also wußte ich es. Alle Unternehmungen. All die Namen. All die Schritte auf dem Weg. Charnwoods Geheimnisse gehörten mir, in der Prosa von Ausschußmitgliedern, in Zahlenkolonnen von Buchhaltern und in Korrespondenz-Durchschlägen; es war schlimmer, als ich es mir vorgestellt hatte, denn sie enthielten nur Gerissenheit und Logik, wo ich erwartet hatte, Bosheit und Wahnsinn zu finden. Doch nichts, was die *Concentric Alliance* getan hatte, verriet Größenwahn. Alles schien in Charnwoods Manier abgelaufen zu sein: ruhig, umsichtig kalkuliert und dabei immer unbarmherzig und gnadenlos auf der Jagd nach Profit.

Die Ursprünge der *Alliance* lagen in Charnwoods Kopf. Im Frühjahr 1909 hatte er ein Komitee seiner führenden Klienten gegründet, um deren unorthodoxe Investitionen zu sanktionieren. Soweit ich aus den Protokollen und Resolutionen ersehen konnte, hatte Charnwood den Komiteemitgliedern angeboten, sie könnten von den politischen und militärischen Verbindungen profitieren, die er während der Jahre, in denen er Waffen für die Firma seines Vaters Moss Charnwood verkauft hatte, in ganz Europa aufgebaut hatte. Charnwood glaubte, daß die Annexion Bosniens durch Österreich-Ungarn im Herbst des vorausgegangenen Jahres (1908) innerhalb von fünf Jahren zu einem Weltkrieg führen würde. Und er behauptete, daß seine zahlreichen Kontakte es ihm erlaubten, den Ausbruch bis auf den Monat genau vorherzusagen. Er versprach seinen Klienten riesige Gewinne und ein ungeheures

Vermögen, wenn sie große Aktienpakete von Werften, Munitionsfabriken und militärischen Zulieferfirmen aller betroffenen Länder aufhäuften, Gold und kriegswichtige kurzfristige Aktien im richtigen Zeitpunkt kauften und Kriegsversicherungen abschlossen, wie hoch auch die Prämien waren. Um jedoch im notwendigen Ausmaß investieren zu können, mußten sie enorme Summen borgen. Und sie würden Geduld brauchen.

Charnwoods Klienten mußten nicht groß überredet werden. Die meisten hatte er wahrscheinlich in privaten Gesprächen gewonnen. Sie stimmten seinen Vorschlägen zu und waren auch bereit, zu schweigen und zu warten. Charnwood wurde ihres vollkommenen Vertrauens versichert und mit der Buchführung betraut. Kapital wurde geliehen und ausgegeben. Neue Mitglieder wurden gewonnen; in Frankreich, Italien, Deutschland, Rußland, Spanien, der Schweiz und Österreich wurden unter Charnwoods Vorsitz Filialen gebildet. Was er ursprünglich *Special Investments Committee* genannt hatte, wurde nun eines von mehreren sogenannten *Concentric Commitees.* Irgendwann im Lauf des Jahres 1912 benutzte er zum erstenmal den Namen *Concentric Alliance,* in versteckter Anspielung auf die beiden bewaffneten Allianzen, in die sich die Mächte Europas geteilt hatten.

Vielleicht war es der in diesem Begriff ausgedrückte Ehrgeiz, der Anfang 1913 die Diskussion über das auslöste, was euphemistisch »Beschleunigung« genannt wurde. Alle finanziellen Ressourcen sämtlicher Mitglieder der *Concentric Alliance* waren dazu verwendet worden, aus der Krise Kapital zu schlagen, die durch den Einmarsch der verbündeten Balkanstaaten in die Balkanprovinzen der Türkei im Oktober 1912 ausgelöst worden war. Charnwoods Kontakte in Wien hatten ihn überzeugt, daß Österreich-Ungarn ein vergrößertes Serbien nicht tolerieren würde und daß infolgedessen die

Konsequenz aus Serbiens Einmarsch in Mazedonien Krieg sein mußte. Aber es gab keinen. Kaiser Franz Josef hielt, unterstützt von seinem Neffen und Nachfolger auf dem Thron, Erzherzog Franz Ferdinand, am Frieden fest. Als also ihre Schulden stiegen und ihre anfängliche Zuversicht langsam zu schwinden begann, begannen sich die Mitglieder der *Concentric Alliance* zu fragen, ob sie nicht die Ereignisse lieber beschleunigen sollten, anstatt auf sie zu warten.

Doch jetzt wurde die Frucht ihrer Gier von einer Made befallen. Nach Charnwoods Vorstellung sollte diese Beschleunigung in der äußersten Not zur Anwendung kommen, sei also nichts anderes als eine vernünftige Vorsichtsmaßnahme. Doch die Made wurde immer fetter und begann die Schale zu durchlöchern. Im September 1913 verkündete Franz Ferdinand seine Absicht, im Juni des nächsten Jahres in seiner Eigenschaft als Chefinspektor des Heeres Bosnien zu besuchen. Charnwoods Kontakte sprachen von der Gefahr eines solchen Besuches. Wenn ein Attentat auf Franz Ferdinand verübt würde, verstummte damit eine Stimme, die zum Frieden mahnte. Dann hätte Franz Josef keine andere Wahl, als seinen Neffen zu rächen. Der Krieg wäre unausweichlich. Sicher, wenn es kein Attentat gab ... Aber warum sollte man nicht dafür sorgen? Dies lag in der Macht der *Concentric Alliance*. Ihre Agenten saßen an den Schalthebeln der Sicherheitskräfte in Sarajevo. Sie hatten sogar die Schwarze Hand infiltriert, deren Führer Oberst Dimitriewitch man leicht vormachen konnte, daß Österreich-Ungarn bei der Ermordung des Erzherzogs nur die Ausweisung der regierenden serbischen Dynastie verlangen würde, etwas, woran der Oberst selbst höchst eifrig bastelte. Und die Agenten der *Concentric Alliance* konnten ihre eigenen Killer nach Sarajevo bringen, um den Tod des Erzherzogs zu garantieren.

In jeder Phase der Entwicklung des Plans wurde pflichtbewußt dargelegt, daß auch etwas passieren könnte, was die Durchführung dieses Plans unnötig machen würde. Als Formel zur Unterdrückung von Zweifeln mochte der Satz durchaus seinen Zweck erfüllen. Aber es passierte nichts. Und dann kam der Plan zur Ausführung. Am 28. Juni 1914, nachdem der letzte Kredit aufgenommen und die letzten Gelder investiert worden waren, wurden die Ereignisse, wie Charnwood trocken formulierte, »zur Zufriedenheit beschleunigt«. Innerhalb eines knappen Monats hatten sie, was sie wollten. Und die Welt hatte Krieg. Mit der Bedrohung durch Oberst Brosch und einen unbekannten Journalisten wurde man auf eine Art und Weise fertig, auf die in den Protokollen nicht näher einzugehen war. Und eine andere Bedrohung schien es nicht zu geben. Die *Concentric Alliance* hatte ihre Spuren verwischt.

Ich suchte die Aufzeichnungen der folgenden Jahre nach einem Zeichen des Bedauerns, nach einer Spur von Schuldbewußtsein ab. Aber es gab keine. Einige Mitglieder mußten ihre Söhne verloren haben, Charnwood seine Frau. Aber wenn sie ihr Tun bedauerten, dann unterdrückten sie solche Gefühlsaufwallungen angesichts des Gewinns, der auf ihre Konten floß und der alles, was der Gründer der *Alliance* versprochen hatte, erfüllte, ja sogar überstieg. Sie würden niemals wieder direkt in die Geschichte eingreifen müssen. Mit dem, was sie an diesem Krieg verdient hatten – an jedem Schiff, das gebaut und versenkt wurde, an jedem Armeevertrag für die Lieferung von Rindfleisch und Stiefeln, an jeder Patrone, die abgefeuert, und jedem Benzinkanister, der geleert worden war –, wurden sie reicher und reicher. Auf jeden Fall hatten sie das geglaubt.

Doch das Vertrauen in Charnwoods Scharfsinn führte zu gefährlicher Bequemlichkeit. Und sein Scharfsinn begann zu versagen. Die große Depression konnte nicht mit einer so einfachen Sache wie einem Attentat beendet werden. Von Oktober 1929 bis zu ihrem Versickern im August 1931 belegten die Kontoauszüge ein stetiges Verschwinden von Kapital und eine Abnahme des Vermögens. Das Ausmaß und die Geschwindigkeit dieser Verluste war genauso atemraubend wie vorher das Wachstum der Profite. Wieviel Charnwoods Klienten davon wußten, war unklar. Seine Briefe und Berichte bei den Treffen strahlten einen fröhlichen Optimismus aus, den er unmöglich empfinden konnte. Warum er diese schnelle und verheerende Entwicklung zuließ, ging aus ihnen nicht hervor. Was war aus seiner gerühmten Weitsicht geworden? Was aus der Legion seiner fachmännischen Kontakte? Es war nicht so, daß ihn niemand davor gewarnt hätte, wie fragwürdig seine Investitionen geworden waren. Der Zusammenbruch der Credit-Anstalt zum Beispiel wurde ihm mehr als einen Monat vor dem Ereignis in einem Brief eines leitenden Beamten aus dem österreichischen Finanzministerium angekündigt. Doch Charnwoods einzige Antwort darauf war eine Erhöhung der Einlagen bei dieser Bank. Er schien entschlossen, die Krise in eine Katastrophe zu verwandeln, eine perverse und selbstzerstörerische Umkehrung dessen, was er 1914 getan hatte.

Es war kein Wunder, daß die Mitglieder der *Concentric Alliance* seine postume Insolvenz so schwer glauben konnten. Wohin war all das Geld verschwunden? Einiges sicher in die Fonds, die er nach seinem vorgetäuschten Selbstmord nutzen wollte, das war klar. Aber der Rest? Es war zuviel, als daß allein schlechtes Urteilsvermögen es hätte verschlingen können. Und doch schien es so gewesen zu sein. Ich konnte unmöglich den Zustand der Finanzen der Leute aus Charnwoods Kreisen abschätzen, aber niemandem, wie reich er auch sein mochte, konnten solch ungeheure Verluste gleichgültig sein. Und sie waren reich. Reich und mächtig. Von den meisten hatte ich schon gehört und über die Jahre gelesen – von ihren Ehrungen und Berufungen, von ihren guten Taten und ihren großen Namen.

Und nun wußte ich, auf welch tönernen Beinen ihre glänzenden Karrieren standen. Falschheit und Betrug konnte man ja erwarten. Sie waren die Zunge, mit der Charnwoods Klienten gesprochen und die sie verstanden hatten. Sie waren der Strom, in dem auch ich geschwommen war. Aber der Krieg – der Auftrag zu einem Mord und die Beschleunigung des Mordes von 10 Millionen anderer Menschen –, das war etwas anderes. Der Krieg war ein zu hoher Preis. Ich hatte zwar weniger bezahlen müssen als viele andere, aber dennoch kochte der Groll in mir, als ich die Unterlagen studierte und die Profite abschätzte. Sie waren alle gleich schuldig. Und ich hielt den Beweis für ihre Schuld in den Händen. Charnwood hatte mir die Mittel gegeben, sie alle zu zerstören. Und das würde ich auch tun.

Der Motor war ausgegangen. Ich wußte nicht, wie lange die *Leitrim Lassie* sich schon nicht mehr durch Wind und Wellen vorankämpfte, auf jeden Fall hatte sie jetzt den Kampf aufgegeben. Neben dem Knarren von Holz und dem Rauschen der Wellen konnte ich Raffertys Schritte oben an Deck hören. Dann ertönte das rasselnde Geräusch von Metall. Er setzte den Anker. Ich schützte die Augen vor dem Schein der Sturmlampe und spähte durch ein Bullauge. Vor mir sah ich einige flackernde Lichter. Konnten wir schon vor Pwllheli liegen? Ich schaute auf meine Uhr. Es war fast halb acht. Seit unserer Abfahrt von Wicklow waren mehr als drei Stunden vergangen. Und obwohl es stürmisch gewesen sein mußte, hatte ich nichts davon mitbekommen. Ich hatte in der ganzen Zeit in einer anderen Welt verweilt, in der verborgenen Welt der *Concentric Alliance*. Ich schaute auf die Dokumente vor mir auf dem Kartentisch, die alle Geheimnisse detailliert schilderten. Ich hatte genug gesammelt. Ich band die Papiere wieder zusammen und legte sie in die Reisetasche zurück.

Fast im selben Moment torkelte Rafferty durch die geöffnete Tür. Er atmete schwer, und das Wasser strömte von ihm herab. »Heilige Mutter Gottes«, stieß er hervor. »Sie sind verdammt gelassen, alle Achtung. Ich erwartete, Sie hundeelend und zu Tode verängstigt vorzufinden. Statt dessen packen Sie Ihre Tasche wie ein Arzt, der gerade zu einem vermögenden Patienten gerufen wurde.«

»Sind wir da?« wollte ich wissen.

»Wir sind jedenfalls vor der walisischen Küste.«

»Gut.«

»Ungefähr fünfzehn Meilen westlich von Pwllheli.« Er lächelte schwach. »Ich habe in Aberdaron Bay geankert.«

»Warum?«

»Weil ein Sturm bläst, falls Sie es noch nicht bemerkt haben sollten. Und weil die Maschine an Kraft verliert. Vermutlich ist Wasser in die Benzinleitung eingedrungen. Wir können von Glück sagen, daß wir überhaupt den Bardsey Sound hinter uns gelassen haben.«

»Aber wir haben es geschafft. Warum fahren wir nicht weiter?«

»Sie sind wohl scharf darauf, Ihrem Schöpfer gegenüberzutreten, was? Sehen Sie her.« Er holte ein paar Karten aus einem Schrank, breitete eine davon auf dem Tisch aus und deutete auf den Umriß der walisischen Küste. »Wir stecken südlich der Halbinsel Lleyn in einem steifen Westwind. Zwischen Aberdaron Bay und Pwllheli ist dieser gierige Kunde.« Er fuhr mit dem Finger die Umrisse eines weiten Meeresarms zwischen zwei ausgeprägten Landvorsprüngen östlich von uns nach. »Man nennt ihn Höllenschlund. Und er würde uns ohne weiteres zum Abendessen verschlingen, glauben Sie mir.«

»Sieht ganz harmlos aus.«

Er verdrehte die Augen. »Was wissen Sie schon?«

»Ich weiß, daß wir vereinbart haben, daß Sie mich nach Pwllheli bringen.«

»Das werde ich auch, wenn die Strömung sich ändert und der Wind nachläßt.«

»Und wann wird das sein?«

»In ein paar Stunden, nicht mehr. Lieber in dieser Welt zu spät ankommen als zu früh in der nächsten, wie meine selige Mutter zu sagen pflegte.«

»Ich muß bis um halb sechs morgen früh in Pwllheli sein.«

»Das werden Sie auch, Sir. Vertrauen Sie Desmond Rafferty. Er wird Sie bis dahin sicher an Land bringen. Nun, Sie können meinen Lohn kürzen, wenn ich es nicht schaffe. Ist das ein faires Angebot?«

Einen Augenblick wollte ich ihn auffordern, mich sofort an Land zu bringen. Aber ich hatte keine Ahnung, wie ich in einer regnerischen, stürmischen Nacht von Aberdaron nach Pwllheli kommen sollte. Es war vermutlich weit schwieriger, als Raffertys seefahrerischen Kenntnissen zu vertrauen. »Einverstanden«, gab ich nach. »Wie Sie wollen.«

»Und um Ihre Ungeduld ein wenig zu lindern – ich habe eine Flasche Bushmills an Bord. Warum sitzen wir den Sturm nicht bei ein paar Drinks aus?« Er schaute neugierig auf die Tasche, die ich fest in meiner Hand hielt. »Sie brauchen wirklich keine Angst zu haben, daß diese Brüder in Aberdaron Bay auftauchen. Wenn es die sind, die Sie fürchten.«

Ein guter Whisky war sehr verlockend. Ich brauchte etwas, was das Entsetzen wegbrannte, das Entsetzen über all das, was ich heute getan und erfahren hatte. Ich stellte die Tasche ab und schob sie mit dem Fuß unter den Tisch. Dann lächelte ich gelassen. »Wovor sollte ich sonst Angst haben?«

»Vor nichts, Sir.« Rafferty grinste. »Nicht einmal vor

Schiffbruch – solange ich für Ihre Überfahrt verantwortlich bin.«

Und so setzten Rafferty und ich uns auf kleine Kojen auf jeder Seite der Kajüte und machten uns über seinen Bushmills her, während das Boot an seinem Anker zerrte und der Sturm langsam über die Bucht hinwegging. Rafferty erinnerte sich an die Zeit, als man noch segelte, und an seine Kriegserlebnisse bei der Königlichen Marine. Die hatten damit geendet, daß er von den Deutschen aufgefischt worden war, nachdem er einen sinkenden Zerstörer in der Skagerrak-Schlacht verlassen hatte. »Ich war zweieinhalb Jahre in einem Kriegsgefangenenlager in Bayern, Sir. Als ich nach Hause kam, stellte ich fest, daß die *IRA* und die *Black and Tans* wie Streithähne übereinander hergefallen waren. Menschen wie ich geraten immer zwischen die Fronten. Schweigen Sie mir bloß von den guten alten Zeiten.« Selbst das Leben des sorglosen Desmond Rafferty schien vom Krieg, den andere angefangen hatten, irgendwie geändert worden zu sein. Gab es überhaupt jemanden, der davon unberührt geblieben war? Gab es jemanden, der nicht ein Recht auf Rache hatte? – Und ich hatte die Möglichkeit dazu!

Ich lehnte mich auf die Koje zurück und glitt unwiderstehlich in einen traumschweren Schlaf. Diana wartete auf mich, warm und geschmeidig, verführerisch und verräterisch. Doch Klaus wartete auch. Er richtete sich auf, als ich mich auf der Straße über ihn beugte, grinste mit einer wahnsinnigen Grimasse und schloß seine Hände um meine Kehle. Und dann kam samtenes Vergessen wie eine Kapuze, die sich über das Gesicht eines Verurteilten legt.

Es war taghell, als ich erwachte, und eine blasse Sonne schien durch das Bullauge. Das Boot lag ruhig vor Anker und schwankte nur leicht. Offenbar war der Sturm vorbeigezogen.

Ich richtete mich auf und bemerkte einen bleiernen Schmerz in meinem Kopf. Unwillkürlich schaute ich auf meine Uhr. Es war halb zwölf. Ich starrte ungläubig auf die Zeiger. Halb zwölf Uhr morgens! Ich hatte mehr als fünfzehn Stunden geschlafen! Das war unmöglich. Aber es stimmte. Und es war genauso wahr wie verheerend.

»Guten Morgen, Sir«, begrüßte mich Rafferty von der Tür zur Kajüte aus. »Wollen Sie einen starken Tee?« Er hielt einen emaillierten Becher hoch.

»Warum, zum Teufel, haben Sie mich nicht früher geweckt?« fuhr ich ihn an und sprang auf die Füße.

»Es wäre einfacher gewesen, die Toten aufzuwecken.«

»Sie wußten doch, daß ich um halb sechs in Pwllheli sein mußte.«

»Das waren Sie auch, Sir. Das waren Sie.« Er stellte den Becher ab und schüttelte den Kopf. »Ich schulde Ihnen dennoch eine Entschuldigung. Ich habe Ihnen gestern abend ein Schlafmittel in den Whisky geschüttet.«

»Was?«

»Ich habe einen *Evening Herald* gekauft, bevor wir Wicklow verließen ... Darin war ein Artikel über eine Schießerei im Phoenix Park gestern früh. Drei Männer wurden getötet. Und ein gut gekleideter Bursche mit einer Gladstone-Reisetasche in der Hand wurde gesehen, wie er weglief.«

Ich war über meine Dummheit genauso wütend wie über Raffertys zerknirschten Spott, packte ihn am Kragen seiner Öljacke und drückte ihn gegen den Türpfosten. »Was haben Sie gemacht, Sie blöder Narr? Sie haben sich eingemischt!«

»Ganz wie Sie sagen, Sir. Ich habe gedacht, daß in der Reisetasche Geld sein müßte. Also habe ich Ihnen erzählt, daß wir einen Motorschaden hätten, habe in Aberdaron geankert und Ihnen einen präparierten Drink untergejubelt. Danach habe ich in die Tasche geschaut. Ich hatte vor, Sie in Abersoch an Land zu setzen, solange Sie noch betäubt waren, und mit mehr als den fünfzehn Guineas nach Hause zu fahren. Aber ich habe meine Pläne geändert, als ich herausfand, was Sie da bei sich haben.«

»Haben Sie die Unterlagen gesehen?«

»Bis auf das letzte Blatt, Sir.«

»Und begriffen, worum es geht?«

»Ich habe so eine schwache Ahnung, Sir. Nur deswegen habe ich Sie nicht in Abersoch rausgesetzt. Die Dokumente ... haben mir zu denken gegeben.«

»Ich muß sie nach London bringen. Ich muß dafür sorgen, daß die Welt erfährt, was da drinsteht.«

»Haben Sie deswegen die Kerle im Phoenix Park getötet?«

»Ich habe nicht alle umgebracht. Aber einer von denen, die gestorben sind, war Fabian Charnwood.«

»Sie sind hinter Ihnen her, nicht wahr? Sie sind Ihnen auf den Fersen?«

»Was glauben Sie denn?«

»Ich glaube, Sie werden die hier brauchen, Sir.« Er griff in seine Tasche und holte fünf Patronen heraus. »Ich habe Sie aus Ihrem Revolver entfernt, für den Fall, daß Sie eklig würden.« Ich ließ ihn los, und mit einem schiefen Lächeln ließ er die Patronen in meine Hand fallen. »Ich weiß nicht genau, worum es hier geht, aber ich kann lesen und bin genauso gut von Begriff wie jeder andere auch. Es ist der Krieg, nicht wahr? Sie wollen diesen großen Leuten all die Toten um den Hals hängen, nicht wahr?«

»Ja.«

»Dann wünsche ich Ihnen Glück.«

»Das werde ich brauchen, jetzt, wo Sie mich aufgehalten haben.«

»Sie werden nur ein paar Stunden später in London ankommen.«

»Ja. Ein paar Stunden. Und dabei zählt jede Sekunde.«

»Tut mir leid, Sir. Aber wie hätte ich das wissen sollen?«

»Gehen Sie mir aus den Augen.« Ich schob ihn an Deck zurück. Die *Leitrim Lassie* war zwischen zwei Booten ähnlicher Größe in einem ordentlich eingezäunten Hafen festgemacht. Möwen kreischten über unseren Köpfen, die Sonne glitzerte auf dem Wasser und beschien die Fassaden der niedergekauerten Häuser von Pwllheli. Vor uns auf einem Damm, der den Hafen eingrenzte, hob sich die Silhouette eines Soldaten mit Helm und Gewehr gegen den Himmel ab. Selbst das winzige Pwllheli hatte seine Gefallenen zu beklagen.

»Der Bahnhof ist auf der anderen Seite der Straße, Sir«, erklärte Rafferty. »Ich werde Ihnen hochhelfen. Das hier werden Sie ja wohl nicht vergessen wollen, nicht wahr?« Zu meiner Überraschung sah ich, daß er die Reisetasche hielt. Ich riß sie ihm finster aus der Hand, öffnete sie und durchsuchte den Inhalt. »Es ist noch alles da, Sir. Das verspreche ich Ihnen.«

»Das ist auch besser so.«

»Sicher. Was sollte ich damit? Das Zeug ist gefährlicher als Dynamit.«

»Glauben Sie?«

»Ich glaube, daß es niemals ans Tageslicht kommen wird. Aber wenn doch ... dann bin ich stolz darauf, mitgeholfen zu haben.«

»Sie haben die Sache eher behindert.« Ich war zufrieden und ließ die Sache auf sich beruhen, schloß die Tasche und schaute ihn direkt an. »Sie haben bisher noch nicht nach Ihren fünfzehn Guineas gefragt.«

»Ich wußte nicht, ob Sie meinen, daß ich sie verdient habe.«

»Wohl kaum.« Aber etwas in seinem Blick besänftigte mich. Er hätte mich in Abersoch von Bord bringen können, während ich noch benommen war. Genauso gut hätte er mich und die Unterlagen über die *Concentric Alliance* von Bord werfen können, ja er hätte mich sogar der Polizei übergeben können. Statt dessen hatte er alles versucht, es wiedergutzumachen. »Aber Sie bekommen sie trotzdem.« Ich griff zu meiner Brieftasche.

»Sie sind ein Gentleman, Sir. Ein echter Gentleman.«

Möglicherweise hätte ich mich weit weniger wie ein Gentleman verhalten, wenn ich die furchtbaren Konsequenzen von Raffertys Einmischung vorhergesehen hätte. Aber sie dämmerten mir erst, als ich das Fahrkartenbüro des Bahnhofs erreichte.

»Der nächste Zug nach London fährt um Viertel vor eins, Sir«, informierte mich der Angestellte. »Nach London müssen Sie in Barmouth und Ruabon umsteigen.«

»Wann werde ich dort ankommen?«

»Der Anschlußzug für Ruabon ist der Vier-Uhr-Zug aus Liverpool, und der soll in Paddington ankommen um ... um Viertel vor zwölf, Sir.«

Ich starrte ihn verblüfft an. »Eine Viertelstunde vor Mitternacht? Das ist lächerlich.«

»Ob lächerlich oder nicht, Sir, es ist das Beste, was die *Great Western Railway* um diese Jahreszeit für Sie tun kann. Wollen Sie eine Fahrkarte?«

»Ja«, antwortete ich niedergeschlagen. »Aber sagen Sie mir zuerst, wo ich gegen sechs Uhr sein werde.«

»Um sechs? Mal sehen.« Er fuhr mit dem Daumen eine Spalte im Fahrplan hinab. »Sie nähern sich dann Shrewsbury, Sir. Sie sollten dort um zwölf nach sechs eintreffen.«

»Vielen Dank«, sagte ich durch zusammengepreßte Zähne.

»Nichts zu danken, Sir. Einfache Fahrt oder Rückfahrkarte?«

»Einfach.« Es war unmöglich, vor Mitternacht im *Rose and Crown* einzutreffen. Bis dahin würde Duggan mich längst aufgegeben haben. Irgendwie mußte ich verhindern, daß das geschah, mußte mit ihm sprechen, bevor er die Geduld verlor. »Erste Klasse, nach Shrewsbury.«

»Shrewsbury? Nicht London, Sir?«

»Nein. Nicht London. Ich habe meine Meinung geändert.«

Für jemanden, der es eilig hat, ist Trödelei noch schlimmer als Stillstand. So ging es mir, als ich in mitgenommenen Eisenbahnwaggons mühsam durch die Nordwestecke von Cardigan Bay zuckelte, dann die Cambrian Mountains hinauf und das Dee Valley nach Ruabon hinunterrumpelte. Es gab nur wenige Mitreisende auf dieser Strecke, so daß ich ein Abteil für mich allein hatte. Ich hatte also Zeit, mich über die langsame Fahrt zu ärgern und die Zeitungen durchzublättern, die ich in Pwllheli gekauft hatte.

Mich interessierten nur die Berichte über die Schießerei im Phoenix Park und die Beschreibung des Mannes, der weggelaufen war. Aber es gab keine. Die britische Presse hielt anscheinend Schießereien in Dublin für stinknormal. Für diese Borniertheit war ich wirklich dankbar. Sollten sie ihre Scheuklappen doch aufbehalten, bis ich sie ihnen herunterreißen würde. Je weniger Aufmerksamkeit sie inzwischen einem Wanderer mit einer Gladstone-Reisetasche schenkten, desto besser.

Während der Zug durch die Einöde von Merionetshire rumpelte, durchlebte ich viele Male diese flüchtigen Momente der Gewalt. Ich sah noch einmal die Pistole in O'Reillys Hand, hörte erneut die beiden Schüsse und beobachtete von neuem, wie Charnwood langsam zu Boden sank. Ich erinnerte mich auch an meinen Traum, in dem Klaus die Augen öffnete und seine Hände sich um meine Kehle legten. Ich erschauerte und schaute mich nervös um, um sicherzugehen, daß ich immer noch allein war. Wie ich immer allein gewesen war – außer in meinen Gedanken. In ihnen hatte sich Dianas spöttisches, triumphierendes Lächeln festgesetzt und ließ sich nicht vertreiben. Sie hatte mich genauso bestraft wie ihren Vater. Ich hätte wissen müssen, daß man ihr im Betrügen nicht über sein konnte. Ein Waffenstillstand mit ihr war ein Pakt mit dem Teufel. Sie würde nie aufhören zu lügen, niemals aufhören, ihren eigenen Vorteil zu suchen. Sie würde unfehlbar immer wenigstens einen Schritt voraus sein.

Ich befühlte den Brief, den Charnwood mir für sie anvertraut hatte, und überlegte, ob ich ihn öffnen sollte. Aber irgend etwas hielt mich davon ab. Respekt für den, wie sich herausgestellt hatte, letzten Wunsch eines Toten? Vielleicht. Möglicherweise war es auch die Aussicht, ihr diesen Brief eines Tages mit ungebrochenem Siegel überreichen zu können, sie auf die einzige Weise zu quälen, die mir möglich war.

Aber Diana, das redete ich mir ein, war nicht mehr wirklich wichtig. Ich mußte mich jetzt mit der *Concentric Alliance* herumschlagen. Ich, Max und Felix – und alle unserer Generation. Selbstverständlich trieb mich mehr an als nur das Verlangen, mich an ihr zu rächen. Es war die Erkenntnis, daß ich zuviel wußte, um ein Geschäft vorzuschlagen. Faraday und die Leute, denen er diente, würden mich töten, wenn sie mich in ihre Hand bekämen. Meine einzige Hoffnung war, für sie wertlos zu werden – indem ich Charnwoods Geheimnisse von den Dächern herabschrie. Ich war auf der Seite der Wahrheit und Justiz, weil ich keine Wahl hatte. Sie waren der Schlüssel für mein Überleben geworden.

Mein Überleben hing auch von George Duggan ab, dem einzigen anderen Außenseiter, der wußte, worum es bei der *Concentric Alliance* ging. Er würde wissen, wie man diese Nachricht am besten der Welt unterbreitete. Aber erst einmal mußte ich Kontakt mit ihm aufnehmen. Dank Rafferty und der *Great Western Railway* war das nicht einfach.

Der Zug nach London verließ Ruabon um halb sechs und erreichte Shrewsbury 40 Minuten später. Ich stieg aus, lief zum Taxistand und befahl dem Taxifahrer, mich zum besten Hotel der Stadt zu bringen. Das war laut seiner Auskunft der *Lion*, eine ehemalige Kutscherherberge und jetzt ein Gasthaus, in dem man meine Wünsche aufs beste erfüllen würde.

Mein einziger Wunsch war ein Zimmer mit einem privaten Telefon und die Dienste einer Telefonistin, die eine Verbindung zum *Rose and Crown* in der Warwick Street in London zustande bringen konnte. Innerhalb von zehn Minuten hatte sie die Nummer und stellte die Verbindung für mich her. Es war noch nicht ganz Viertel vor sieben, und ich war zuversichtlich, daß Duggan noch auf mich wartete.

»*Rose 'n' Crown*«, meldete sich eine mißgelaunte männliche Stimme.

»Guten Abend. Kann ich wohl mit einem Ihrer Kunden sprechen?«

»Kommt drauf an, was? Mit wem denn?«

»George Duggan.«

»Nie gehört.«

»Ich bin sicher, daß er da ist. Würde es Ihnen etwas ausmachen zu fragen? Es ist sehr wichtig.«

»Zweifellos. Moment.« Ich hörte, wie er von dem Telefon wegging und brüllte: »Mr. Duggan wird am Hörer verlangt. Mr. Duggan!« Dann kam er zurück. »Kein Duggan da!«

»Er muß dasein.«

»Und ich sage Ihnen, er ist nicht da. Ich hab' Besseres zu tun, als ... Minute mal.« Er wandte sich wieder ab. »Sie sind Duggan? Warum melden Sie sich denn nicht früher? Dahinten ist das Telefon. Quatschen Sie nicht die ganze Nacht. Mary Pickford hat versprochen, mich gleich anzurufen.« Er lachte rauh auf. Als das Lachen verklang, hörte ich, wie der Hörer aufgenommen wurde.

»Duggan?«

Es gab eine kleine Pause, dann ertönte eine schrecklich vertraute Stimme. »Wo sind Sie, Horton?« Es war Faraday. Faraday an einem Ort, wo er nicht hätte sein sollen, und mit einem Wissen, das er nicht hätte haben dürfen. »Warum sind Sie nicht hier? Sie sagten Duggan doch, Sie wollten kommen.«

»Wo ... wo ist er?«

»In Alnwick selbstverständlich. Und er bringt das Geld, das wir ihm gezahlt haben, mit billigem Rum und Bier durch.« Das konnte nicht wahr sein. Er würde mich doch nicht hintergehen. Aber wie sonst hatte Faraday von dem Treffen erfahren können? »Er hat das einzig Vernünftige getan, Horton. Warum tun Sie nicht dasselbe? Kommen Sie hierher. Bringen Sie mir die Aufzeichnungen, dann haben Sie nichts zu befürchten. Wir könnten sogar über einen Preis verhandeln.«

Nein. Er log. Mein Kopf war der einzige Preis, der bezahlt werden sollte. Hätte ich das *Rose and Crown* rechtzeitig erreicht, hätten sie mich mit etwas wesentlich Überzeugenderem als Geld erwartet. Wie konnte Duggan das tun? Er hatte damit seine Vergangenheit und meine Zukunft verraten, mit seinem Geheimnis seine Seele verkauft. Außer ... Hatte er von Anfang an für sie gearbeitet?

»Geben Sie auf, Horton. Solange Sie noch die Chance haben. In Dublin haben Sie Glück gehabt. Sie werden nicht nochmals soviel Glück haben.«

»Gehen Sie zum Teufel.« Ich knallte den Hörer auf die Gabel und zog die Hand zurück, als hätte ich sie mir verbrannt. Als könnte Faraday mich durch die ganze Leitung all die Meilen in meinem Versteck aufspüren. Ich stand auf. Trotz der Kühle in meinem Zimmer schwitzte ich und starrte auf mein Bild im Spiegel über dem Kamin. An wen konnte ich mich jetzt noch wenden? »Verdammt, Duggan«, murmelte ich. »Du sollst für deinen Verrat und deine Feigheit verdammt sein.«

Ich nahm den Hörer wieder ab und bat die Telefonistin um eine Verbindung mit dem *Queen's Head* in Alnwick. Dort würde er sein. Dort oder in einem seiner anderen Sauflöcher – und jede Schuld in Alkohol ersäufen. Und wenn ich ihn schon nicht von Angesicht zu Angesicht beschuldigen konnte, dann wollte ich ihm wenigstens die Worte ins Ohr schreien: »Wieviel haben Sie dir bezahlt, du Judas? Wieviel bist du wert?«

Einige Minuten stand ich da und ging noch einmal all die bitteren Dinge durch, die ich ihm an den Kopf werfen wollte. Dann rief mich die Telefonistin zurück. Sie hatte die Nummer gefunden und stellte mich durch.

»*Queens Head.*«

»Ist George Duggan da?«

»George? Nein ... Wer spricht da?«

»Ein Freund.«

»Nun, wenn Sie ein Freund sind, dann bin ich überrascht, daß Sie noch nicht davon gehört haben. George ist letzte Nacht ermordet worden.«

»Ermordet?«

»Er hat den *Black Swan* verlassen, als er geschlossen wurde, ist aber nie bis zu seiner Unterkunft gekommen. Sie haben seine Leiche heute morgen in der Bow Alley gefunden. Er wurde erstochen. Und anscheinend auch ausgeraubt. Obwohl ich mir nicht vorstellen kann, was sie dem armen alten George wegnehmen wollten ...«

Meine Hand zitterte, als ich die Gabel herunterdrückte, um den andern zum Schweigen zu bringen. Ich legte den Hörer wieder auf und setzte mich auf den Bettrand. Duggan war tot. Er hatte mich nicht hintergangen. In gewisser Weise hatte ich ihn betrogen. Aber warum hatten sie ihn überhaupt getötet? Warum, nachdem sie ihn so lange hatten leben lassen? Weil Diana ihn als meinen Informanten genannt und

Faraday entschieden hatte, daß seine Lippen besser für immer versiegelt werden sollten. Deshalb. Es konnte keinen anderen Grund geben. In meinem Eifer, Diana von der Schuld ihres Vaters zu überzeugen, hatte ich George Duggans Todesurteil unterschrieben.

Und meines beinah dazu. Daß Faraday mein Telegramm in Duggans Tasche gefunden hatte, muß ihm als außerordentlicher Glücksfall vorgekommen sein. Aber wenigstens in dieser Hinsicht irrte er sich. Mein Glück hatte mich nicht in Dublin verlassen. Desmond Raffertys Unaufrichtigkeit und der Winterfahrplan der *Great Western Railways* waren, ohne es zu wollen, meine Retter geworden; ohne sie wäre ich in eine Falle getappt. Statt dessen hatte ich noch eine Chance zu gewinnen. Zwar nur eine kleine, ohne Duggans Hilfe. Aber dennoch eine Chance. Und ich hatte noch etwas anderes: einen weiteren Namen auf der langen Liste derer, die ich vielleicht noch rächen würde.

»Solange sie dich nicht erwischt haben«, sagte ich laut zu mir und stand vom Bett auf, »kannst du sie erwischen.« Dann beeilte ich mich, um Angst und Zweifeln zuvorzukommen, warf mir den Mantel über und setzte meinen Hut auf, packte die Tasche und stürzte aus dem Zimmer.

»Wollen Sie hier zu Abend essen?« fragte der Kellner, als ich im Foyer an ihm vorbeiging.

»Ja. Reservieren Sie mir einen Tisch für halb neun. Ich muß erst noch etwas erledigen.«

»Sicher, Sir. Ich freue mich, Sie dann zu sehen.«

Selbstverständlich würde er mich nicht mehr sehen. Genausowenig wie Trust House Ltd. auch nur einen Penny meines Geldes zu sehen bekommen würde. Ich verließ das *Lion Hotel* für immer.

Ich ging zum Bahnhof zurück und kaufte eine Fahrkarte

nach London. Der nächste Zug fuhr erst um zehn. Die Zeit bis dahin verbrachte ich in der Bar des nahe gelegenen *Raven Hotel* und trank dort genug Scotch, um sicher zu sein, daß ich während der Fahrt schlafen würde. Am Morgen würde ich meine Geistesgegenwart brauchen, mußte wachsamer sein als je zuvor. Und selbst das würde vielleicht nicht reichen. Es war nicht gut, sich auf sein Glück zu verlassen. Von nun an war es eine Frage der Nerven und des Urteilsvermögens: meine Nerven gegen Faradays Urteilsvermögen. Welches von beiden, so fragte ich mich, würde in einem besseren Zustand sein?

16

Der Nachtzug von Shrewsbury sollte gegen halb sechs Uhr morgens in London sein. Es war Freitag, der 13. November. Der Tag versprach ein wahrhaft schwarzer Freitag für die *Concentric Alliance* zu werden. Oder für mich, selbstverständlich.

Ich hatte mich nie für abergläubisch gehalten. Doch ich begann den Tag vorsichtig. An der letzten Haltestelle vor Paddington stieg ich aus. Nachdem ich 90 Minuten im Warteraum von Reading gefroren hatte, nahm ich einen Nahverkehrszug nach Ealing, von dort die U-Bahn, die ich in Oxford Circus verließ, um in das beruhigende Gedränge einer nebligen Rushhour einzutauchen.

Bei einem Friseur ließ ich mich wieder einigermaßen respektabel herrichten und ging dann die Jermyn Street hinunter, um in *Cox's Hotel* zu frühstücken. Ihre telegraphische Adresse – Anonymus, London – war mir lange im Kopf herumgegangen. Und an diesem Morgen war Anonymität genau das, was ich brauchte. Nach meinem Dafürhalten konnte Faraday nicht wissen, wo ich mich eingetragen hatte. Dennoch ging ich mehrmals versuchsweise am Eingang der Bank vorbei, bis ich eintrat, eine erhebliche Summe von meinem Konto abhob und die Gladstone-Reisetasche in einem geräumigeren Schließfach verstaute. Ohne Charnwoods Dokumente und mit der Waffe unauffällig in der Innentasche meines Mantels war ich, so gut es ging, auf das vorbereitet, was vor mir lag. Ich machte mich mit einer Zuversicht auf den Weg nach Holborn, die mich selbst überraschte. Eigentlich gab es für diese Überraschung keinen Grund. Mangel an Alternativen macht aus allen Helden.

»Ich bin hier, um dich um einen Gefallen zu bitten, Trojan.«

»Gefallen sind schwerlich mein Betriebskapital, Guy.«

»Max ist tot. Wußtest du das schon?«

»Ich habe es gehört. Irgend so ein Liebeshandel in Venedig, in dem du eine nicht gerade glorreiche Rolle gespielt hast.«

»Ich versuche gerade, das wiedergutzumachen. Willst du mir nicht helfen? Um Max' willen?«

»Ich reiße mich nicht gerade darum. Aber du kannst mir ja zumindest sagen, um welchen Gefallen es sich handelt.«

»Ich möchte den Journalisten treffen, der dir die Informationen über George Duggan gegeben hat.«

»Piers Caversham? Warum?«

»Das kann ich nicht erklären. Aber es ist sehr wichtig. Wichtiger als ... nun, als alles andere.«

»Du klingst so, als wärest du plötzlich religiös geworden. Das bist du doch nicht etwa, oder?«

»Mir sind die Augen geöffnet worden. Und ich muß mit einem Journalisten über das reden, was ich gesehen habe.«

»Piers weicht aber nie von seiner Linie ab, was seine Themen betrifft. Er wird nur daran interessiert sein ...«

»Es geht um Geld, Trojan. Es wird ihn interessieren.«

»Nun ... ich denke, ich kann versuchen herauszufinden, ob er Zeit hat zu lunchen. Du zahlst, nehme ich an?«

»Ich hatte gehofft, daß wir uns in deinem Club treffen könnten. Der Treffpunkt muß äußerst ... diskret sein.«

»Also soll *ich* zahlen?«

»Wenn du Caversham dazu bringen kannst zu kommen, zahle ich dir jede Summe, die deiner Meinung nach die Rechnung betragen wird. Sofort.«

»Du bist tatsächlich fromm geworden. Ist dir auf dem Weg nach Dover ein Licht erschienen?«

»Nicht ganz. Wirst du Caversham anrufen?«

»Ja. Ja, ich werde ihn anrufen. Aber wir müssen uns nicht beeilen. Ich habe noch nie gehört, daß Piers eine Einladung zum Essen ausgeschlagen hätte.«

»Vielleicht nicht. Aber glaub mir, Trojan, ich muß mich beeilen.«

Wie prophezeit, schluckte Piers Caversham den Köder eines kostenlosen Lunchs sofort. Drei Stunden später machte ich in Trojans Club in Pall Mall seine Bekanntschaft. Er war ein magerer, träger Bursche, dessen Mischung aus Zynismus und Empfindsamkeit sofort meine Hoffnungen steigen ließ. Wir gingen ins Eßzimmer und redeten bei Roastbeef und Burgunder über Journalismus, Politik, Winchester und seine eigene Alma Mater, Charterhouse. Als ich schließlich zu der Überzeugung gekommen war, daß die Männer an den Nebentischen, wenn schon nicht taub, so doch vollkommen betrunken waren, brachte ich das Gespräch auf den Krieg. Caversham hatte einige Jahre in Flandern gedient und gab unter sanftem Druck von Trojan zu, daß er ein Verdienstkreuz verliehen bekommen hatte. Doch nicht einmal der Brandy konnte seine Erinnerung an die Schützengräben wiederbeleben. »Eine schreckliche Zeit«, murmelte er in sein Glas. »Furchtbar.«

Jetzt war der Moment gekommen, und ich deutete im Sinne einer verrückten Spekulation an, daß der ganze Konflikt von einem internationalen Kartell von Geschäftsleuten inszeniert worden sein könnte. Caversham fand diese Theorie unterhaltend und hörte zu, während ich erklärte, was und warum sie es hätten tun können. Ich spürte, daß er zu einem bestimmten Zeitpunkt dachte, es könnte wahr sein. Und dann, als Trojans notorische Blase ihn dazu zwang, uns ein paar Minuten allein zu lassen, erklärte ich Caversham, daß diese Theorie stimmte ... und beweisbar war.

»Aber ich dachte ... Sicherlich haben Sie nur ... einen Versuchsballon hochsteigen lassen.«

»Ich habe Beweise für ihre Verantwortung am Attentat auf Franz Ferdinand. Ich will nun folgendes wissen: Würde Ihre Zeitung das veröffentlichen?«

»Sie machen Witze!«

»Nein. Ich kann jedes Wort beweisen. Und mehr noch: Ich kann sogar die Schuldigen identifizieren. Sie sitzen in den Vorständen der angesehensten Unternehmen, hier und im Ausland. Ihnen stehen alle Türen offen. Man verbeugt sich vor ihnen und wartet auf sie, wo immer sie auftauchen. Und sie beherrschen den Markt in einem halben Dutzend Länder. Diesem hier eingeschlossen.«

»Das glaube ich nicht.«

»Das kann ich Ihnen nicht verdenken. Ich habe es auch nicht geglaubt, bis ich die Beweise gesehen habe.«

»Beweise, die Sie haben – und die veröffentlicht werden sollen?«

»Ja.«

»Auch die Namen?«

»Vor allem die Namen.«

»Aber ...«

»Was ist denn nun mit dieser Story, die Sie für Piers haben, Guy?« dröhnte Trojan, als er sich wieder zu uns gesellte. »Sie lassen sich ganz schön Zeit damit, nicht wahr?«

»Ich habe ihm gerade alles erzählt.«

»Während ich mich erleichtert habe? So etwas nenne ich verdammt unsozial.«

»Sie haben nicht viel verpaßt«, meinte Caversham und warf mir einen Blick zu. »Es war zu nichts nutze.«

»Das hätte ich mir denken können.« Trojan ließ sich auf seinen Stuhl fallen und grinste mich an. »Schon als sie noch Partner waren, hatten Horton und Wingate den Ruf, nichtsnutzig zu sein.«

»Wingate?« fragte Caversham nach. »Habe ich von ihm nicht in Verbindung mit dem ...?«

»Dem Charnwood-Mord«, grummelte Trojan.

»Ach ja, natürlich. Charnwood. Das war der Name. Oder sollte ich sagen, einer von ihnen?«

»Vielleicht sollten Sie das«, murmelte ich.

»Was?« schrie Trojan fast.

»Ich fürchte, ich muß gehen«, verkündete Caversham abrupt und stand auf. »Termine und dergleichen.« Er lächelte. »Danke für den Lunch, Trojan. Wir sollten das bald wieder machen. In meinem Club.« Er hielt Trojan mit einer Handbewegung davon ab aufzustehen. »Bleiben Sie sitzen und trinken Sie in Ruhe Ihren Brandy aus, alter Junge. Horton wird mich hinausbringen.«

Wir gingen die Pall Mall entlang, ohne ein Wort darüber zu verlieren, daß ich nicht an der Tür des Clubs umgekehrt war. Zunächst schien Caversham in Gedanken verloren zu sein. Nach ein paar Schritten sagte er: »Wissen Sie, ich war genauso betrunken wie Trojan, bis Sie behaupteten, Ihre Geschichte sei wahr. Dann habe ich mich plötzlich so nüchtern gefühlt wie nie zuvor.«

»Sie ist wahr.«

»War Charnwood einer von ihnen?«

»Ihr Kopf.«

»Ermordet von Ihrem Freund Wingate?«

»Nein. Nicht von Max. Von ihnen. Um zu verhindern, daß die Unterlagen in meine Hände fielen.«

»Aber Sie haben sie trotzdem?«

»Ja.«

»Vollständig mit allen Namen?«

»Mit jedem einzelnen.«

»Und ich habe schon ... von allen gehört?«

»Von den meisten ganz gewiß.«

»Dann nennen Sie sie mir. Nennen Sie mir die Namen, die ich kennen soll.«

Das tat ich, während wir die Carlton House Terrace zur Mall hinabstiegen und langsam um die Admiralität nach Whitehall einbogen. Von dort aus gingen wir, von unserem Instinkt geführt, nach Süden zum Cenotaph, an dem noch die Blumengewinde des *Remembrance Day* lagen, blutrote Leuchtfeuer in der Finsternis. Ich war längst fertig, als wir sie erreichten.

Caversham antwortete nicht sofort. Er ging Richtung Horse Guard Avenue, und ich folgte ihm. Dort, zwischen der fensterlosen Seite des Kriegsministeriums und der extravaganten Fassade der Handelsbehörde, blieb er stehen und zündete sich eine Zigarette an. Dann betrachtete er mich mit einer schockierten Intensität, die er zuletzt in Flandern erlebt haben mochte. »Können Sie beweisen, daß diese Leute darein verwickelt sind?« fragte er schließlich.

»Ja. Und ich kann Ihrem Herausgeber den Beweis liefern, bevor der Tag verstrichen ist.«

»Sie meinen es wirklich ernst, nicht wahr? Es ist Ihnen todernst.«

»Selbstverständlich. Es heißt sie oder ich.«

Er kniff die Augen zusammen. »Fühlen Sie sich ... bedroht?«

»Ich werde gejagt, Caversham. Und die Jagd wird erst dann enden, wenn sie diese Dokumente zurückbekommen – oder die Welt von ihnen erfährt.«

»Durch die Kolumnen meiner Zeitung?«

»Genau.«

Wir gingen weiter. »Sie waren der Freund von Trojan, der

wissen wollte, was aus George Duggan geworden ist, nicht wahr?«

»Ja.«

»Haben Sie irgendwelche dieser Beweise... von ihm bekommen?«

»Er hat mir jedenfalls die richtige Richtung gewiesen.«

»Verstehe.« Caversham machte eine Pause. »Trojan erzählt, daß Sie früher einmal mit Horatio Bottomley zu tun gehabt hätten. Stimmt das?«

»Sie sollten nicht alles glauben, was Trojan sagt. Vor allem, wenn er angetrunken ist.«

»Ich frage nur, weil man Bottomley vor ein paar Jahren aus dem Gefängnis entlassen hat. Wir sehen ihn häufig in Fleet Street. Er geht immer mit irgendwelchen bizarren Geschichten hausieren, vorwiegend solchen, in denen er das Opfer einer hochrangigen politischen Verschwörung ist. Selbstverständlich ist das Unsinn. Er ist sowohl körperlich als auch geistig ein gebrochener Mann.«

»Wollen Sie mir damit sagen, daß ich mir das alles ausgedacht habe?«

»Vielleicht würde ich das glauben, wenn da gestern nicht etwas Seltsames geschehen wäre. Der *Alnwick Advertiser* glaubte offenbar, daß ehemalige Kollegen vom plötzlichen Ableben eines ihrer Angestellten benachrichtigt werden wollten.« Caversham wandte sich zu mir. »George Duggan ist ermordet worden.«

»Sieht so aus«, erwiderte ich gleichgültig.

»Deshalb heißt es ›sie oder ich‹, nicht wahr?«

»Ja.«

»Nur, daß es jetzt heißen könnte ›sie oder wir‹.«

»Nicht, wenn es veröffentlicht ist. Dann können sie nichts mehr dagegen tun.«

»Meinen Sie? Ja, sicher.«

Wir hatten das Ende der Horse Guards Avenue erreicht und gingen jetzt zum Embankment hinüber. Dort blieb ich stehen und schaute über die Themse. Caversham blickte nach Süden, auf den im Nebel liegenden Gebäudekomplex des Parlaments. Aber das Zifferblatt des Big Ben war nicht zu sehen. Die Zeit war unsichtbar.

»Sie haben Glück gehabt, Horton. Ich hätte auf deren Lohnliste stehen können. Dann hätte ich Ihnen ein Treffen mit meinem Herausgeber vorgeschlagen. Aber so...«

»Ja?«

»Ich bin Ehemann und Vater und ein relativ zufriedener Mann. Vor zehn Jahren hätte ich Ihnen vielleicht noch geholfen, es mit ihnen aufzunehmen.«

»Jetzt nicht mehr?«

»Jetzt bin ich zu vernünftig, um es zu versuchen. Sie kämpfen gegen Windmühlen. Wenn Sie wirklich beweisen können, was Sie mir da erzählt haben, und ich zweifle nicht daran, dann können Sie mehr beweisen, als wir ertragen können. Es würde zuviel auseinanderreißen. Verstehen Sie das nicht? Selbst die Unschuldigen würden das nicht zulassen.«

»Weigern Sie sich, mir zu helfen?«

»Ich weigere mich, bei einem Himmelfahrtskommando mitzumachen, ja. Ich habe im Krieg genug Selbstaufopferung erlebt. Das reicht mir für den Rest meines Lebens, das, wie ich hoffe, noch lang und ereignislos sein wird.«

»Ich werde eine andere Zeitung finden, die die Story übernimmt, wenn Sie sie nicht wollen.«

»Das werden Sie nicht. Sie werden niemanden finden, der sich die Finger verbrennen will. Selbst wenn ... Diese *Alliance*, wie Sie sie nennen, hat genug Einfluß, um dafür zu sorgen, daß diese Geschichte nie veröffentlicht wird. Die Leute, die Sie genannt haben, kontrollieren fast das halbe wirtschaftliche Leben dieser Stadt. Zusammen sind Sie einfach unangreifbar. Und wir wissen aus George Duggans Beispiel, was denen passiert, die verrückt genug sind, sich ihnen zu stellen.« Er schnippte seine Zigarettenkippe in den Fluß. »Leben Sie wohl, Horton. Ich werde versuchen, alles zu vergessen, was Sie mir erzählt haben. Schlage vor, Sie tun dasselbe.«

Als er an mir vorbeiging, packte ich seinen Ellbogen. »Caversham! Um Himmels willen ...«

»Lassen Sie mich los!« Er schüttelte meine Hand ab, und ich sah, wie er zitterte. Dann sah er sich um, als fürchte er, man beobachte uns. »Lassen Sie mich in Ruhe, verflucht. Ich will nichts mehr hören! Verstanden?«

»O ja. Ich verstehe. Sie haben Angst vor ihnen.«

»Allerdings. Und das sollten Sie auch haben. Sie können solche Menschen nicht vernichten. Das kann niemand.«

»Wenn ich es nicht schaffe, werden sie mich vernichten.«

»Ich weiß.« Er schüttelte den Kopf, als wolle er sich entschuldigen. »Ich weiß, daß sie das tun werden.« Dann starrte er mir direkt ins Gesicht und fügte hinzu: »Ich bin sogar sicher.«

Mit diesen Worten marschierte er zur Hungerford Bridge weiter. Ich schaute ihm nach und fragte mich, ob er zurückschauen würde. Aber das tat er nicht. Anscheinend war er froh, mich zum letzten Mal gesehen zu haben. Und so würde sich jeder verhalten, dem ich von der Sache erzählte. Keiner würde bei dem mitmachen wollen, was ich vorhatte. Keiner würde verrückt genug sein, mir zu helfen. Ich war der Mann geworden, der zuviel wußte. Und ich konnte nichts vergessen.

Ich ging ziellos in die entgegengesetzte Richtung. Eine Stunde später, als es langsam dunkel wurde, betrat ich das *Royal Hospital* und spazierte durch seine Gärten. Dabei nickte ich respektvoll den Veteranen zu, die mir schlurfend begegneten. Vor der Büste von Karl II. blieb ich stehen und rauchte eine

Zigarette. Ob diese stolzen Soldaten wohl das Wissen begrüßen würden, das ich besaß?

Nicht, daß es etwas geändert hätte. Es sah offenbar nicht so aus, als könnte ich mein Geheimnis mit jemandem teilen. Irgendwo da draußen war die *Concentric Alliance*, so unsichtbar wie Londons Wahrzeichen im Nebel. Sie versperrte mir die Tür zu meiner Zukunft. Ich konnte es Caversham nicht verübeln, daß er sich abgewendet hatte. An seiner Stelle hätte ich dasselbe getan. Aber ich hatte diese Wahl nicht. Ob ich ging, rannte oder kroch, ich hatte keine Hoffnung zu entkommen.

Plötzlich verwandelte sich die Angst in Wut. Ich stürmte aus dem Krankenhaus und hielt das erste Taxi an.

»Wohin soll's gehen, Chef?«

»*Euston Hotel.* Und geben Sie Gas.«

Es war riskant, meinen Wagen aus der Hotelgarage zu holen, da Diana wußte, daß ich ihn dort gelassen hatte. Aber selbst die *Concentric Alliance* konnte nicht überall sein. Mit dem Wagen konnte ich bis zum frühen Abend in Dorking sein. Und mit Hilfe der Pistole konnte ich Diana dieselbe Strafe zahlen lassen, die sie mir zugedacht hatte. Wenn ich schon nicht entkommen konnte, warum dann sie? Sie wollten mich töten, daran zweifelte ich nicht. Und sie waren außerhalb meiner Reichweite. Diana nicht. Und es würde mir Befriedigung geben, ihr Gesicht zu betrachten, wenn sie das begriff. Ich konnte nicht gegen sie gewinnen, das wußte ich jetzt. Aber wenigstens konnte ich die Bedingungen für meinen Untergang festsetzen.

Im *Euston Hotel* lauerte mir niemand auf. Ich tankte den Talbot auf und ließ den Wagen laufen, kaum hatte ich Putney hinter mir gelassen. Geschwindigkeit war das, wonach ich vor allem verlangte: die Geschwindigkeit, ihnen davonzufahren. Doch wie schnell ich auch fahren würde, sie reisten schneller, das wußte ich – und sie hatten auch die größere Reichweite.

In Leatherhead bog ich von der Straße ab und dachte bei einer Zigarette über die Sinnlosigkeit dieser Fahrt nach. Diana war vielleicht gar nicht im *Amber Court*. Selbst wenn, könnte ich sie wirklich kaltblütig ermorden? Und wenn ich das schaffte, erledigte ich dann nicht einfach nur die Arbeit für die *Concentric Alliance?* Vielleicht konnte ich ja Hornby die Wahrheit erzählen und ihm die Beweise überreichen, wenn ich genug Aufsehen erregte, um verhaftet zu werden. Aber konnte ich wirklich ernsthaft annehmen, daß man ihm erlaubte, sie zu benutzen? »Sie können solche Leute nicht vernichten«, hatte Caversham gesagt. Und er hatte recht gehabt. »Wenn ich es nicht schaffe, dann vernichten sie mich«, hatte ich geantwortet. Leider hatte ich ebenfalls recht.

Ich fuhr langsam den Weg zum Haus entlang. Die Kegel der Scheinwerfer leuchteten vor mir in die Dunkelheit. Kurz vor dem Eingang parkte ich den Wagen unter einigen Bäumen und setzte den Weg zu Fuß fort. Surrey wirkte nach dem Lichterglanz und der Hektik Londons dunkel und ruhig. Das Quietschen meiner Schuhe auf dem Blätterboden des Randstreifens und das gelegentliche Knacken eines Astes unter meinem Absatz verstärkten sich in meinem Kopf, bis ich glaubte, die ganze Welt wisse, wo ich sei – und was ich vorhabe.

Das Tor war verschlossen, was ich noch nie erlebt hatte. Und mit einem Vorhängeschloß gesichert. Es war beruhigend zu wissen, daß anscheinend noch jemand Angst hatte. Ich fragte mich, ob Diana in Angst lebte, Angst davor, daß ich nachts kommen würde, bewaffnet und verzweifelt, um sie für ihre Taten zahlen zu lassen. Sie mußte gehofft haben, daß ich in Dublin getötet und es dort enden würde. Aber das hatte es nicht. Es blieb in der Schwebe, für uns beide.

Ich wollte gerade über das Tor klettern, als ich einen Wagen kommen hörte. Dann sah ich die Scheinwerfer. Ich hatte gerade noch Zeit, mich im Unterholz zu verstecken, dann war er auch schon da, kam die Straße hoch und bremste, als er vor dem Eingang hielt. Ich wich zurück und beobachtete, wie jemand ausstieg und auf das Tor zuging: Es war die unverwechselbare untersetzte Gestalt Quincy Z. McGowans.

Quincy! Natürlich. Warum hatte ich nicht früher an ihn gedacht? Nur jemand mit einem persönlichen Groll gegen die *Concentric Alliance* war verrückt genug, mir zu helfen. Und Quincy hatte einen solchen Groll, denn er wußte von ihrer direkten Verantwortung für Maud Charnwoods Tod. Seine Liebe zu seiner Schwester war vollkommen und irrational. Er hatte versucht, sie zu rächen, als er 1918 gegen die Deutschen gekämpft hatte. Und er würde nicht zögern, es wieder zu tun, indem er gegen die wahren Schuldigen kämpfte. Hier war endlich der Bundesgenosse, den ich brauchte.

Als er sich mit dem Vorhängeschloß abmühte, trat ich vor und sprach seinen Namen aus.

»Wer ist da?« bellte er und fuhr herum.

»Guy Horton.«

»Guy!«

»Leise, um Himmels willen! Ich muß mit Ihnen reden.«

»Nun, ich will schon seit unserem Dinner mit Maundy Gregory letzte Woche mit Ihnen reden, zu dem Sie nicht gekommen sind. Aber ich habe nicht erwartet, auf diese Weise Gelegenheit dazu zu bekommen. Warum gehen wir nicht einfach ins Haus?«

»Ist Diana da?«

»Zum Teufel, nein! Das müssen Sie doch wissen! Ist sie nicht bei Ihnen?«

»Nein. Was ist mit Vita?«

»Oh, sie ist zu Hause, und zwar schon, seit Sie und Diana abgereist sind. Dieses verdammte Vorhängeschloß geht auf ihr Konto. Sie ist nervöser als eine Katze, die Flöhe hat. Der Himmel weiß, warum.«

»Ich auch.«

»Sie wissen es?«

»Können wir irgendwohin gehen, wo es ruhig ist? Nicht in das Haus. Nirgendwohin, wo man uns sehen kann. Glauben Sie mir, Sie werden sich anhören wollen, was ich Ihnen zu sagen habe. Es betrifft Ihre Schwester.«

»Maudie?«

»Sie haben Sie doch geliebt, oder?«

»Ich verehre ihr Andenken. Aber was …?«

»Möchten Sie nicht erfahren, wer sie umgebracht hat?«

»Ein deutscher U-Boot-Kommandant namens Schwieger hat sie getötet. Sie und zwölfhundert andere Menschen auf der *Lusitania.*«

»Das ist noch längst nicht alles.«

»Wie meinen Sie das? Worauf wollen Sie hinaus?«

»Auf die Wahrheit, Quincy. Die ganze Wahrheit. Ich kann Sie Ihnen verraten – wenn Sie zuhören wollen.«

Er holte tief Luft. Nach einem Moment des Nachdenkens sagte er: »Wohin wollen Sie gehen?«

Ironischerweise fuhren wir mit Charnwoods Bentley, der unbeachtet in der Garage des *Amber Court* gestanden hatte, bis Quincy beschloß, sich seiner zu bemächtigen. Er fuhr mit mir zum Box Hill und hielt auf der Hügelkuppe an. Die Lichter von Dorking leuchteten zu uns herauf. Einer der schwarzen Flecken dort war der Friedhof von Dorking mit dem Grab Fabian Charnwoods. Aber seinen Leichnam würde man dort nicht finden. Doch sein Geist umgab mich; als ich jetzt anfing zu reden, schien er mich aus dem Rückspiegel anzustarren, in dem sich sein Gesicht so viel öfter gespiegelt hatte als meines.

Ich erzählte Quincy alles, von Anfang bis Ende. Ich berichtete von jedem Schritt, den ich seit unserem letzten Treffen unternommen, und verriet jedes Geheimnis, das ich erfahren hatte. Vom Mord an Alfred Hildebrand Lightfoot, zurück durch die Annalen der *Concentric Alliance* bis hin zum Attentat von Sarajevo. Und auch, was an und seit diesem Abend geschehen war, an dem ich mit ihm und Gregory im *Deepdene Hotel* hätte dinieren sollen. Wie sein Schwager wirklich den Tod gefunden hatte. Und wie, wenn man alles andere beiseite ließ, seine Schwester ihren Tod fand.

Zunächst glaubte er mir nicht. Diana und Vita hatten doch nicht tun können, wessen ich sie beschuldigte, ihn doch nicht so vollständig hintergehen können. Er war wütend auf mich, weil ich solche Dinge behauptete, und weigerte sich, auch nur die Möglichkeit in Betracht zu ziehen, daß sie stimmen könnten.

Aber sie stimmten. Und als sein Ärger langsam nachließ, begann er, sich an die Widersprüche und Inkonsequenzen zu erinnern, die das bewiesen. An das Geheimnis des fehlenden Geldes. An Max' Reise nach Venedig. An Dianas überstürzte Abreise vom *Amber Court.* An Vitas darauffolgende Ängstlichkeit. Und an den Brief, der das Geheimzeichen der *Concentric Alliance* enthalten hatte. Dies alles fiel ihm ein, dies und die Vergangenheit, auf die es hindeutete. Meine Geschichte schien eine widerspenstige Saite in seinem Innersten anzuschlagen und ihn zu überzeugen, wie nichts anderes es konnte.

Als ich fertig war, hatte seine Laune sich geändert. Er war weder skeptisch noch empört, sondern niedergeschlagen und nachdenklich, während er versuchte, die miteinander verwobenen Fäden meiner Erzählung zu entwirren.

»Fabians Unterlagen legen also eindeutig die Verantwortung an dem Krieg der Organisation zur Last, die er gegründet hat?«

»Ja. Sie beweisen sie eindeutig. Was getan wurde und wer es tat.«

»Und die Dokumente sind in Ihrem Besitz?«

»Sie sind sicher versteckt.«

»Und warten dort auf Sie, bis Sie jemanden finden, der Ihnen hilft, diese Bastarde festzunageln?«

»Wenn ich das jemals schaffen sollte.«

»Oh, das haben Sie soeben getan, Guy.« Er nahm einen Flachmann aus der Tasche, trank einen Schluck und reichte ihn mir. »*Bourbon*. Ich vermute, daß wir beide einen kleinen Schluck vertragen können, nicht wahr?«

Ich empfand sofort Dankbarkeit, als der erste Schluck meine Kehle hinablief. Mit dem zweiten lockerte sich die Spannung ein wenig. Ich hatte ihm gegeben, was ich versprochen hatte: die Wahrheit. Er mußte den nächsten Zug tun. Und ich wußte, daß der eine schwere Last von meinen Schultern nehmen würde.

»Sie werden damit nicht ungestraft davonkommen, Guy. Keiner von ihnen. Meine eigene Nichte, um Himmels willen. Wie konnte sie nur mit diesen Menschen einen Deal machen? Wie konnte sie es ertragen?«

»Das würde ich sie sehr gern selbst fragen.«

»Wo versteckt sie sich?«

»Das weiß ich nicht.«

»Meinen Sie, Vita weiß es?«

»Vielleicht.«

»Ich werde es aus ihr herausquetschen, wenn es sein muß. Sie hat die ganze letzte Woche in diesem Haus gesessen und ihr Geheimnis gehätschelt wie eine alte Hexe, die ein totes Kind wiegt. Sie ist nur einmal ausgegangen. Nach Dorking, letzten Freitag. Wir wissen jetzt auch, warum, nicht wahr? Um einen Brief an einen toten Mann aufzugeben. Auf wessen Seite steht sie wirklich?«

»Ich weiß es nicht genau. Ist das wichtig?«

Quincy seufzte. »Vermutlich nicht, wenn man die letzte Konsequenz bedenkt. Die Lügen laufen am Ende doch auf eins hinaus. Den gottverdammten Krieg. Und Maudies Tod. Wenn ich daran denke, daß ich kurz davor stand, ihren Mördern auch noch gutes Geld in den Rachen zu werfen. Und wofür? Um den Hals von ein paar verräterischen, kaltherzigen ...« Als seine Worte versiegten, sah ich, wie seine Hand das Steuerrad krampfhaft umklammerte. »Diana hat immer wie ihre Mutter ausgesehen. Deshalb habe ich geglaubt, sie sei wie ihre Mutter. Aber nein. Sie hat den Charakter ihres Vaters. Maudies Aussehen, aber Fabian Charnwoods Seele. Soll sie in der Hölle verrotten!«

Ich war froh, daß er so verbittert war. Die Wahrheit hatte seine onkelhafte Sorge um Diana und ihre Tante zu einem plötzlichen Haß auf die Charnwoods und ihre Taten verwandelt. Ich konnte nur hoffen, daß es reichte, um ihn für die Gefahren eines Angriffes gegen die *Concentric Alliance* blind zu machen.

»Ich wette, Sie waren sich nicht sicher, ob ich Ihnen Glauben schenken würde«, meinte er schließlich und ließ das Steuerrad los.

»Wie hätte ich das sein können? Es ist ja auch ... schwierig zu glauben.«

»Nicht für mich, Guy. Es ergibt Sinn, verstehen Sie? Es paßt zusammen.«

»Womit?«

»Mit Maudies Heimfahrt im Frühling 1915. Irgend etwas ging ihr im Kopf herum. Etwas, was sie mitteilen wollte. Über Fabian, sagte sie. Ich dachte erst, er habe eine Affäre. Das sollte sie lieber mit ihrer Mutter besprechen als mit ihrem kleinen Bruder. Aber sie deutete immer wieder an, daß es etwas Geschäftliches sei. Nun, ich wollte nichts davon wissen. Sie war immer schon ... außerordentlich moralisch. Bei einigen Hieben, die unser alter Herr ausgeteilt hatte, hätte sie sich sicher auch auf die Hinterbeine gestellt. Also, ob Fabian nun über seine ehelichen Stränge oder ob er einige geschäftliche Haken schlug ... mir jedenfalls schien es das Beste, wenn sie es einfach vergaß, was es auch war. Und das sagte ich ihr auch.«

»Ist sie niemals deutlicher geworden?«

»Nicht bis zu dem Tag, an dem die *Lusitania* nach England abdampfte ... Am 1. Mai 1915. Dieses Datum ist in mein Gedächtnis eingegraben. Tief eingegraben. Mutter ging es nicht gut genug, um uns begleiten zu können. Vater und Theo hatten ... zuviel zu tun. Also war ich der Vertreter der Familie. Und wie sich herausstellen sollte, auch der letzte, der sie lebend sah. Sie schien an diesem Morgen ziemlich in Gedanken versunken und wirkte schwermütig und beunruhigt. Ich ging mit ihr an Bord und öffnete in ihrer Kabine eine Flasche Champagner. Doch das hob ihre Stimmung nicht. Ich vermutete, daß ihr der Abschied schwerfiel. Aber das war es nicht. Sie war nie eine Freundin von tränenreichen Abschieden gewesen. Aber irgendwie war sie nicht aufgeregt, sie wirkte eher ... niedergedrückt. ›Was würdest du tun, Quincy‹, fragte sie mich, ›wenn du herausfinden würdest, daß jemand, den du liebst, etwas wirklich Schreckliches getan hat?‹ Nun, ich hatte nicht den Eindruck, daß sie es wirklich für so schrecklich hielt; ich glaubte eher, sie würde überreagieren. Doch jetzt ...«

»Glauben Sie, daß sie es wußte?«

»Sie hatte irgend etwas herausgefunden. Und es muß etwas mit der *Concentric Alliance* zu tun gehabt haben, nicht wahr? Mit irgend jemand, den sie liebte. Und etwas wirklich Schreckliches. Sie war nach Hause gekommen, um einen Rat einzuholen. Aber sie fuhr weg, ohne ihn bekommen zu haben.«

»Welche Antwort haben Sie ihr gegeben?«

»Eine nutzlose, Guy. Die Antwort eines smarten jungen Klugschwätzers in Champagnerlaune. ›Du wirst es vergessen, Maudie‹, habe ich gesagt. ›Du wirst alles vergessen. Laß einfach Gras darüber wachsen.‹ Sie schaute mich so ... so mitleidsvoll an. In diesem Augenblick muß sie begriffen haben, daß sie sich an niemanden wenden konnte, diese Last mit niemandem teilen konnte.«

»Aber Sie können doch nicht sicher wissen, was sie meinte.«

»Nein, nicht absolut sicher. Aber ich kann mir Fragen stellen. Was sie nach ihrer Rückkehr nach England tun wollte. Was sie getan hätte, wenn es nicht diesen Torpedo vor der irischen Küste gegeben hätte.«

Er schien fast zu glauben, daß Charnwood absichtlich Mauds Tod herbeigeführt hatte. Ich konnte diesen Verdacht in seiner Stimme hören. Doch nichts in den Dokumenten ließ auf so etwas schließen. Das allerdings konnte er nicht wissen. Und es gab auch keinen Grund für mich, ihm dieses Wissen aufzudrängen. »Ob direkt oder indirekt, kann ich nicht sagen, Quincy, aber die *Concentric Alliance* ist für den Tod Ihrer Schwester verantwortlich. Und für jedes andere Opfer dieses Krieges.«

»Auch nach dem Tode Fabians leben noch genug Mitverschwörer ganz wunderbar von den Gewinnen aus diesem Tag?«

»Ja, das tun sie.«

»Dann kriegen wir sie, Guy. Bei Gott, das werden wir.«

»Aber wie? Laut Caversham wird keine Zeitung es wagen ...«

»Keine britische Zeitung, vielleicht. Aber was ist mit der amerikanischen Presse? Nach dem, was Sie gesagt haben, hat die *Concentric Alliance* keine Verbindungen nach Amerika.«

»Soweit ich weiß, nicht ...«

»Dann ist das die Antwort. Wir dienen die Story der *New York Times* an. Oder der *Washington Post.* Wir werden ihnen die Beweise geben. Und ich garantiere Ihnen, daß sie sie nutzen werden. Mehr als hunderttausend Amerikaner sind in diesem Krieg umgekommen. Und Hunderttausende wissen nicht, warum. Jetzt werden sie es erfahren, nicht wahr?«

Er hatte recht. Die *Concentric Alliance* hatte nicht genug Einfluß in Amerika, um zu verhindern, daß dort die Wahrheit erzählt wurde. Und von da aus würde sie um die Welt gehen. Es gab also doch einen Ausweg für mich. Quincy McGowan hatte ihn mir gezeigt.

»Zusammen können wir das schaffen, Guy. Wir haben die Macht und den Reichtum der *McGowan Steel Corporation* im Rücken. Wir haben alles, was wir brauchen, um diese Leute zur Strecke zu bringen. Wollen Sie es versuchen?«

»Selbstverständlich.« Die Entscheidung war ganz einfach, weil es schlechterdings keine Alternative gab.

»Die Babcock-Affära könnte Sie in den Staaten einholen. Das ist Ihnen klar?«

»Das macht nichts.« Sie schien tatsächlich kaum von Bedeutung, ein unwichtiges Anhängsel einer längst vergessenen Existenz.

»Gut. In diesem Fall müssen wir Sie – und die Dokumente – so schnell wie möglich über den Atlantik bringen.«

»Aber wie? Ich kann nicht einfach...«

»Und ob Sie können. Hören Sie zu. Ich fahre morgen als allererstes nach London und kaufe uns Karten für die nächste Überfahrt nach New York. Wenn es dann soweit ist, erzähle ich Vita, daß ich ein paar Gießereien im Norden besuchen will. Statt dessen stoße ich in Southampton zu Ihnen, und wir schleichen uns mit den Dokumenten weg. Eine Woche später können sie auf dem Schreibtisch von jedem Herausgeber liegen, den wir für gut halten.«

Das klang einfach. Warum auch nicht? Faraday suchte mich, nicht Quincy. Ich mußte mich einfach nur verstecken, bis wir in See stechen würden. Die Tasche von der Bank holen und nach Southampton fahren. Den Rest erledigte Quincy.

»Solange wir vorsichtig sind, kann nichts schiefgehen. Nachdem ich die Karten gekauft habe, werde ich in den Anglo-American Club nach Iver fahren. Rufen Sie mich dort morgen nachmittag an. Sagen wir gegen drei Uhr. Ich werde dann in der Lounge sein, wo man mich leicht ausrufen kann. Dann werde ich Ihnen die genaue Zeit unserer Abreise nennen. Am Tag davor werde ich den Zug nach London nehmen, kehrtmachen, nach Southampton fahren und in einem Hotel in der Nähe der Docks übernachten.«

»Dem *South Western*?«

»Genau das. Wir treffen uns dort, zwei Stunden bevor das Schiff ablegt. An Bord gehen wir erst im letzten Augenblick. Und benutzen Sie nicht den Schiffszug.«

Bald, sehr bald würde ich frei sein. »Quincy, ich...«

»Wenn Sie mir danken wollen, Guy, dann sparen Sie sich die Mühe. Ich tue das für Maudie.«

»Ich weiß. Aber trotzdem...«

»Heben Sie es sich auf, bis wir auf See sind, ja?« Er nahm mir den Flachmann aus der Hand und setzte ihn an die Lippen. »Auf den Torpedo, den wir abfeuern.«

»Solange wir vorsichtig sind«, hatte Quincy gesagt, »kann nichts schiefgehen.« Und ich war entschlossen, dafür zu sorgen. Ich fuhr bis Wimbledon zurück und übernachtete dort. Den Wagen ließ ich auf dem Common, ging zum Bahnhof und nahm die U-Bahn nach South Kensington. In der Gegend wimmelte es von obskuren Hotels. Ich schrieb mich in dem finstersten von allen ein – dem *Bute Court* in Queen's Gate – und verschwand von der Bildfläche. Am folgenden Nachmittag rief ich pünktlich um 15 Uhr den Anglo-American Club von einer Telefonzelle nahe Albert Hall aus an. Ich betete, daß Quincy ans Telefon kommen möge, bevor mir das Geld ausging. Mein Gebet wurde erhört.

»Ich werde das kurz und süß machen, Guy. Wir haben Tickets für die *Leviathan.* Sie läuft am Dienstagmittag aus. Können Sie um zehn Uhr morgens in Southampton sein?«

»Ja.«

»Gut. Bis dahin bleiben Sie in Deckung.«

»Keine Sorge, das mache ich.«

Ich ging durch den Hydepark, wo ich mich zwischen all den Kindermädchen mit ihren Kinderwagen sicher fühlte. Eine Kapelle der Heilsarmee spielte Hymnen mit dem richtigen Gusto in Kensington Gardens. Schwaches Sonnenlicht drang durch die graue Wolkendecke und vergoldete das herabgefallene Laub. Enten stritten sich um Brotkrumen, Hunde jagten Stöcken nach, und Kinder spielten Fußball. Das weltliche Uhrwerk Englands tickte munter weiter, aber nicht mehr lange. Denn ich war dabei, meinen selbstzufriedenen Landsleuten eine unverdauliche Speise zu servieren: die Wahrheit. Danach würde nichts mehr schmecken wie zuvor.

17

Am Dienstag war ich heilfroh, endlich mit dem Versteckspielen aufhören zu können. Ich verließ das *Bute Court* vor Tagesanbruch. Mein einziges Gepäck bestand aus der Gladstone-Reisetasche, die ich am vorherigen Nachmittag aus der Bank geholt hatte. Ich verließ mich darauf, daß die Stewards der *Leviathan* mich schon aufpeppen würden, sobald wir erst auf See waren. Bis dahin würden die anderen Reisenden mich ertragen müssen, wie ich war.

Ich nahm ein Taxi nach Clapham Junction und den Zug nach Southampton. In einem Dritte-Klasse-Abteil vergrub ich mich hinter einer Zeitung. Es war ein trostloser Morgen, und der Zug ratterte durch Surrey und Hampshire. Wir erreichten Winchester, wo ich mich bemühte, das Namensschild und die damit verbundenen Assoziationen zu ignorieren. Max verlangte Entschlossenheit von mir, keine Sentimentalitäten. Der Zug fuhr los, und ich ließ die Erinnerungen hinter mir.

Nicht jedoch die Vorsicht. Das *South Western Hotel* schloß sich an die *Southampton Town Station* an, wo der Zug endete. Das war zu einfach, also stieg ich an einer Haltestelle ungefähr eine Meile vor meinem Ziel aus. Den Rest der Strecke ging ich durch ein Labyrinth von Nebenstraßen, die alle dem Kreischen der Möwen und dem salzigen, teerigen Duft der Docks zuzustreben schienen.

Verschiedene Ozeandampfer lagen am Dock. Ich konnte ihre Schornsteine zwischen den Kränen hinter den Schifffahrtsbüros und Kaufhäusern der Canute Road sehen. Die drei hohen, rot-weiß-blau gestrichenen Schornsteine eines großen Dampfschiffes qualmten bereits. Es war die *Leviathan,* die darauf wartete, mich und mein Geheimnis davonzutragen.

Auf dem Schiffszug nach London hatte Millington, der leicht übertreibende Prophet Jeremiah, mir vor einigen Monaten erzählt, daß der Zeitball auf dem Dach des *South Western Hotel* jeden Morgen um zehn Uhr in Funktion trat. Ich setzte mich in den Park auf der anderen Seite der Straße, rauchte eine Zigarette und wartete darauf, daß die Stunde angezeigt wurde. Als es auf meiner Uhr fünf vor zehn war, wurde der Ball den Mast hinaufgezogen. Sobald er fiel, nahm ich die Reisetasche und ging rasch zum Hoteleingang.

Die Lobby war fast leer, und nur vereinzeltes Murmeln war in dem marmornen Gewölbe zu hören. Der Tumult des Sommers war lange vorbei. Nur die Hartnäckigen und Verzweifelten schifften sich jetzt noch in die Neue Welt ein. Ich wurde zu Quincys Suite im ersten Stock geleitet. »Ach ja«, bemerkte der Concierge, »Mr. McGowan sagte, daß er einen Besucher erwarte. Gehen Sie einfach hinauf.«

Quincy saß im Smokingjackett mitten in den Resten eines ausgiebigen Frühstücks. Er begrüßte mich herzlich und deutete auf die *Leviathan* – eine Aussicht, die ich schon genossen hatte. Jetzt wurde der Blick von den großen Fenstern des Eßzimmers eingerahmt. »Da ist sie, Guy. Wartet bereits auf uns. Auf ihr bin ich am Ende des Krieges nach Hause gefahren, wissen Sie. Von Liverpool aus. Sie war damals ein mit Tarnfarbe angemalter Truppentransporter. Die Männer nannten sie *Levi Nathan.* Es ist eigenartig, dreizehn Jahre später wieder an Bord zu gehen, wegen desselben Krieges und mit dem, was die Tasche voller Geheimnisse darüber sagt.«

Er deutete auf die Reisetasche, die ich auf einen Beistelltisch gestellt hatte. »Wollen Sie sich den Inhalt ansehen?« fragte ich ihn und öffnete sie.

»Nein, nein«, gab er zurück. Er trat heran und fuhr mit den Fingern über die Papierbündel. »Dafür ist noch Zeit genug, wenn wir unterwegs sind. Hauptsache, es ist alles da – und beweist, was Sie behaupten.«

»Es ist alles da. Und es tut es.«

»Das reicht mir. In einem ...«

Es klopfte an der Tür, und jemand rief »Zimmerservice«. Quincy grinste. »Ich habe Champagner bestellt. Ich fand, wir sollten uns selbst *bon voyage* wünschen.«

»Glänzende Idee.«

»Nun, warum auch nicht? Wir haben schließlich etwas zu feiern.« Er ging zur Tür, öffnete sie weit und sagte dann: »Kommen Sie herein, Gentlemen.«

Was dann geschah, kam so schnell und unerwartet, daß man mich schon gepackt und mir den rechten Arm auf den Rücken gedreht hatte, bevor ich überhaupt zwinkern konnte. Ich hörte, wie man die Tür schloß, sah Faraday und Vasaritch vor mir stehen und fühlte einen kalten Revolverlauf an meiner Schläfe. Ich schrie schmerzerfüllt auf, als man meinen Arm so weit nach hinten drehte, daß er zu brechen drohte.

Jemand preßte mir seine große Hand auf den Mund. »Seien Sie still!« zischte Vasaritch. »Wir wollen keinen Lärm. Die Pistole hat einen Schalldämpfer. Und ich werde dies hier benutzen ...« Er hob die andere Hand hoch, die anscheinend leer war. Nach einer kurzen Drehung seines Daumens jedoch schoß eine zehn Zentimeter lange Klinge aus der Scheide. »Wenn ich es muß.« Er sagte etwas auf slawisch, und der Griff an meinem Arm lockerte sich. »Verstanden?« Ich nickte. »Gut.« Er nahm die Hand von meinem Mund und begann, mich zu durchsuchen. Den Revolver fand er schnell und nahm ihn an sich. »Was gestohlen wurde, wird wiedergenommen«, kommentierte er dabei grollend. Dann trat er zur Seite und fragte Quincy: »Die Aufzeichnungen?«

»Sie sind in der Reisetasche auf dem Tisch.«

»Wir sollten sie untersuchen«, riet Faraday und warf mir einen Seitenblick zu, bevor er hinzufügte: »Falls irgend etwas fehlt.«

»Ja«, erwiderte Vasaritch. »Das sollten wir. Milan ...« Das war offenbar der Name der großen, stiernackigen Kreatur, die mich festhielt. Nach einem Schwall von Anordnungen auf serbokroatisch führte diese mich ins Schlafzimmer und drückte mich auf einen Stuhl vor der Frisierkommode. Vasaritch nahm ihr die Waffe ab und reichte ihr einen langen Strick, der offenbar zu diesem Zweck mitgebracht worden war. Er bog meine Arme hinter den Stuhl und fesselte mich daran. Meine Knöchel band er ebenfalls an den Stuhl. Dann zwängte er mir ein Tuch zwischen die Zähne und knebelte mich. Die Knoten waren fest und das Seil so dünn, daß es einschnitt. Aber es war stark genug, um jedem Versuch, mich zu befreien, zu widerstehen. Ich war gefesselt und wehrlos.

»Keine Tricks diesmal, Horton«, sagte Faraday von der Tür aus. »Ihre Glückssträhne ist zu Ende.«

»Das reicht«, meinte Vasaritch. »Nur die Aufzeichnungen sind wichtig.« Seine Stimme klang eine Spur tadelnd.

»Selbstverständlich«, meinte Faraday demütig. »Lassen Sie sie uns ansehen.« Er ging in den Salon zurück. Vasaritch folgte ihm, nachdem er Milan etwas zugemurmelt hatte.

Milan wartete einen Moment und begann dann, die Knoten zu überprüfen. Die Mühe hätte er sich schenken können, denn er hatte ganze Arbeit geleistet. Meine Schenkelmuskeln fingen an zu schmerzen, und aus einem Mundwinkel tropfte Blut, weil das Tuch einschnitt. Schließlich stand Milan auf, grunzte offensichtlich befriedigt und verließ das Zimmer.

Jetzt war ich einige Minuten allein. Ich konnte keinen von ihnen sehen und hörte nur, wie Seiten umgeblättert wurden. Worauf warteten sie, wenn sie mich töten wollten? Angst, Wut und Selbstvorwürfe brachten mich dazu, an den Seilen zu zerren, um mich vielleicht zu befreien. Der Stuhl knarrte zwar, aber die Seile hielten. Mir wurde klar, daß ich nur meine Energie verschwendete, aber was sonst sollte ich tun? Ich war in eine Falle getappt. Aber es mußte doch noch eine andere Möglichkeit geben, als nur darauf zu warten, daß die Fallensteller mich völlig fertigmachten.

Aber es gab keine. Außer darüber nachzugrübeln, wie ich hinters Licht geführt worden war. Quincy mußte von dem Moment an, da er in Venedig angekommen war, ein doppeltes Spiel gespielt haben. Sein Schock und seine Wut über meine Story waren nur die Kniffe eines hervorragenden Schauspielers gewesen. Er hatte alles gewußt, bevor ich auch nur ein einziges Wort gesagt hatte. Weil er einer von ihnen war. Aber wer war das nicht? Nur ein paar prahlerische Narren. Wie ich.

Gerade als ich an ihn dachte, schlenderte Quincy in das Zimmer und schloß die Tür leise hinter sich. »Tut mir leid, Guy«, sagte er und trat zu mir, um mir mit seinem Taschentuch das Blut vom Kinn zu tupfen. »Dieser Fleischberg kennt seine eigene Kraft nicht. Aber wer tut das schon? Seine Kraft einschätzen – und seine Schwäche?« Er schaute mir in die Augen und mußte dort offenbar die Beschuldigungen gesehen haben, die ich ihm an den Kopf geschleudert hätte, wäre ich dazu fähig gewesen. »Nun, vielleicht tun wir das, Sie und ich.«

Er ging an mir vorbei zum Bett und ließ sich darauffallen. Mit seinem Blick fixierte er mich im Spiegel des Frisiertisches. »Faraday und Vasaritch werden einige Zeit damit beschäftigt sein, die Unterlagen zu sortieren. In der Zwischenzeit können wir uns unterhalten. Das heißt, ich werde reden. Sie hören zu.« Er zündete eine Zigarre an und lehnte sich gegen die Kissen zurück. »Tut mir leid, daß ich Ihnen keine anbieten kann, aber ...« Er zuckte mit den Schultern. »Falls Sie sich das gefragt haben ... Meine Motive bei dieser Sache sind zwar hauptsächlich, aber nicht ausschließlich, geschäftlicher Natur. Sehen Sie, mein Vater hat sein ganzes Vermögen, einschließlich der Kontrolle über die *McGowan Steel Corporation*, meinem Bruder Theo überlassen. Oh, Theo bezahlt mich sehr gut für das, was ich tue, auch wenn es seiner Meinung nach nicht besonders viel ist. Aber ich bin von ihm abhängig, das ist das Schlimme. Abhängig von seiner Großzügigkeit, seiner Anerkennung, seiner ... Meinung. In meinem Alter ist das ziemlich hart, das kann ich Ihnen sagen. Verdammt hart.« Er seufzte und paffte an seiner Zigarre. »Als Faraday daher vor einigen Monaten mit einem lukrativen Angebot an mich herantrat, habe ich sofort angebissen. Er sagte, er handle im Namen von Fabians aufgebrachten Klienten. Sie wollten ihr Geld zurück. Er habe Sie bereits auf dieselbe Spur gesetzt, aber er wolle auf Nummer Sicher gehen. Er glaubte, ein Familienmitglied, und zwar, um genau zu sein, Dianas Lieblingsonkel, könne die Wahrheit eher aus ihr herausholen als ein Schürzenjäger wie Sie. Ich habe eingewilligt, es zu versuchen, gegen ein Honorar, das mich endlich von meinem Bruder Theo befreien sollte. Bezahlt wird bei Lieferung, Sie verstehen. Und ich habe soeben geliefert. Sobald Faraday die Kontoauszüge überprüft hat, werde ich bekommen, was ich verdient habe.«

Meine Augen weiteten sich, aber er schien es nicht zu bemerken. Offenbar konnte er nur an Charnwoods Geld denken. Er wußte nicht, was Faraday eben feststellen mußte, daß nämlich das Geld nicht mehr existierte. Ich hatte das während unseres Kriegsrates auf dem Box Hill nicht erwähnt, weil es mir da nicht wichtig erschien. In mir hatte die Verantwortung der *Concentric Alliance* für den Krieg jeden Gedanken an das, was Charnwood mit den Gewinnen gemacht hatte, ausgelöscht. Nicht jedoch in Quincy. Für ihn war das das einzige, was zählte.

»Als ich nach Venedig kam, sah ich, daß die Dinge nicht

so einfach waren, wie Faraday angenommen hatte. Vita und Diana wußten ganz offensichtlich, daß Sie ihnen hinterherspionierten. Warum also ließen sie es zu? Weil sie nichts zu verbergen hatten? Oder weil sie wußten, daß Sie nach der falschen Sache am falschen Ort suchten? Nun, es mußte letzteres sein. Die beiden verbargen nämlich etwas, jedoch nicht das, was wir dachten.

Ich weiß nicht, wann ich zuerst Verdacht schöpfte. Er wuchs langsam, während ich sie beobachtete und herauszufinden versuchte, warum Wingate Diana nach Venedig gefolgt war, nachdem er ihren Vater ermordet hatte. Kleine nagende Zweifel. Kleine verwirrende, unbeantwortete Fragen. Und dann die überraschende Antwort: Fabian war nicht tot. Ihn versteckten sie, nicht das Geld. Ich vereinbarte ein Treffen mit Faraday auf Vasaritchs Jacht und legte ihm meine Theorie dar. Er fand ebenfalls, daß sie zu den Tatsachen paßte. Aber er wollte eindeutige Beweise. Er sagte, er habe einen Brief an die Villa geschickt, adressiert an Miss Charnwood, ohne näher zu spezifizieren, welche von beiden gemeint sei. Der Brief habe nur ein Blatt Papier enthalten mit zwei konzentrischen Kreisen darauf. Er sagte, daß weder Vita noch Diana das Symbol erkennen dürften. Sollten sie beide oder eine von ihnen es dennoch tun, bedeutete dies, daß Fabian ihnen Geheimnisse verraten hatte, die nur ein Mann, der bald sterben würde oder hoffte, für tot gehalten zu werden, nicht für sich behielte. Er wollte nicht erklären, was das Symbol bedeutete. Sagte, es sei besser, wenn ich es nicht wisse. Und ich vermute, Ihre Erfahrungen bestätigen seine Ansicht, nicht wahr?

Nun, jedenfalls gab Vitas Reaktion auf diesen Brief meiner Theorie recht. Ich war überzeugt, daß Fabian noch am Leben war und das Geld hatte. Aber wo war er? Vita wußte es eindeutig. Diana vermutlich auch. Und ich war davon überzeugt, daß sie es früher oder später verraten würden. Wenn ich lange genug bei ihnen blieb, würden sie es mir verraten. Geduld war der Schlüssel – dem stimmte Faraday zu. Meine Verhandlungen mit Gregory waren eine abgekartete Sache. Sie sollten erklären, warum der Termin verschoben worden war, ohne daß Sie auf die Änderung der Strategie aufmerksam würden. Wir konnten damals nicht genau wissen, wem gegenüber Sie loyal sein würden, verstehen Sie. Abgesehen davon, je weiter Sie von der Fährte abkamen, desto besser. Ich wollte nicht, daß Sie etwas von dem Verdienst abbekamen. Also ermutigte ich natürlich Faraday in seiner Annahme, daß Ihre Treue fragwürdig geworden war.

Und das stimmte ja auch, richtig? Doch was die richtige Fährte betraf – nun, offenbar hatten Sie dabei die ganze Zeit die bessere Nase als ich. Als ich in der Nacht, in der Sie Diana weggelockt hatten, zum *Amber Court* zurückkehrte, war Vita zu besorgt und aufgeregt, um sich einen vernünftigen Grund für Ihre Abreise einfallen zu lassen. Da ich fürchtete, daß Sie mir zu weit voraus waren, übte ich einen – nun, einen gewissen Druck auf Vita aus. Es brauchte nicht viel, um ihre Zunge zu lockern. Am Ende war sie froh, daß sie sich an einer breiten Schulter ausweinen konnte. Sie erkannte, daß das Spiel aufgeflogen war, als ich ihr sagte, Fabian sei noch am Leben. Danach gab sie alles zu. Und das schloß die *Concentric Alliance* ein.

Ich will nicht leugnen, daß es mich bis ins Mark traf. Ein Weltkrieg, den mein Schwager und die Leute angezettelt hatten, die mich beauftragt hatten, sein Geld zu suchen. Zuerst mochte ich es nicht glauben. Dann jedoch begann es, Sinn zu machen. Nicht nur wegen dem, was Maudie an Bord der *Lusitania* gesagt hatte. Es gab auch einen Symbolismus. Die konzentrischen Kreise, die Faraday gezeichnet hatte. Und der Name von Vasaritchs Jacht: *Quadratice*. Der geometrische Ausdruck für einen Kreis, der andere Kreise quadriert.« Er kicherte. »Und dabei glaubte mein alter Herr, daß meine Schulbildung für die Katze gewesen sei.« Sein Lachen wuchs zu einem schallenden Gelächter an.

»Nun schauen Sie doch nicht so ernst drein, Guy. Vielleicht können Sie mit einem Knebel ja nicht anders, aber ich habe gute Neuigkeiten für Sie, glauben Sie mir. Ich rette Sie vor Ihnen selbst. Sie und Diana. Als Vita mir sagte, was Sie beide vorhatten, wußte ich, daß Sie damit niemals durchkommen würden. Nicht nur wegen Faraday und seiner Herren, sondern auch, weil niemand diese Geschichte hören will. Der Krieg war Deutschlands Schuld. Die Politiker erzählen uns das seit dreizehn Jahren, also muß es wahr sein. Glauben Sie wirklich, sie würden zulassen, daß Sie die Geschichte korrigieren? Bilden Sie sich ernsthaft ein, Ihnen wäre das jemals erlaubt worden? Das hier war von Anfang an eine Donquichotterie, Guy. Sie hätten es mit Ihrem Kreuzzug niemals bis Jerusalem geschafft.

Und was Diana betrifft... Nun, die Liebe einer Tochter geht tiefer als die eines Bruders, denke ich. Sie war tief genug, um sie gegen alles blind zu machen außer ihrem Wunsch nach Rache. Sie hat Sie nicht betrogen, Guy. Nicht in Dublin jedenfalls. Faraday hat sie als seine Quelle genannt, um die Aufmerksamkeit von mir abzulenken. Und um Fabian aufzustacheln, vermutlich. Das hätte ihn mehr als nur ein bißchen gefreut. Vita hat Fabian den Brief auf meine Anweisung hin geschickt. Ich hielt das für die einzige Möglichkeit, ihn dazu zu bringen, sich mit Ihnen allein zu treffen und zu verhindern, daß Diana verletzt würde oder die Dinge selber in die Hand nähme. Sie waren entbehrlich, aber Diana... Sie ist immerhin meine Nichte. Ich schulde es Maudie, darauf zu achten, daß ihr nichts widerfährt. Das meinte ich, als ich über meine Motive geredet habe. Sentimentalität spielt auch eine Rolle. Sie hat zwar einen geringen Stellenwert, das muß ich zugeben. Aber immerhin.«

Er rutschte zum Ende des Bettes und lehnte sich gegen das Fußende, nah genug, um mir tröstend die Hand auf die Schulter zu legen. Ich hätte sie gern abgeschüttelt, wäre vom Stuhl gesprungen und hätte ihm seine teure Zigarre, zusammen mit seinem Gequatsche, in den Hals gestopft. Aber ich konnte mich nur winden.

»Ich war ziemlich wütend, als ich hörte, was im Phoenix Park passiert war. Nicht, weil sie Fabian getötet hatten. Ich hatte Vita zwar gesagt, daß er nach der Übergabe der Unterlagen in Sicherheit sei, aber ich glaube nicht, daß sie mir das abgenommen hat. Wie auch immer, er hat es heraufbeschworen. Und ich war auch nicht sauer, weil es mein Honorar gefährdete. Faraday hatte Sie leicht in Dublin aufstöbern können, also glaubte ich nicht, daß Sie weglaufen konnten. Nein, Sie waren nicht der wirkliche Sorgenpunkt. Diana war es.

Als die irische Polizei die Morde im Phoenix Park untersuchte, fand sie einen Taxifahrer, dessen Beschreibung eines Fahrgastes, den er von einem Stand in der Nähe des *Shelbourne Hotel* zum Park gefahren hatte, auf die eines Mannes paßte, der nach der Schießerei weggelaufen war. Im *Shelbourne* fand man heraus, daß die Beschreibung auch auf einen englischen Gast namens Morton paßte, den man seit der Nacht davor nicht mehr gesehen hatte. Man sagte der Polizei, daß er der ständige Begleiter eines anderen englischen Gastes gewesen war, einer Miss Wood, die immer noch in dem Hotel war. Also nahmen sie Miss Wood mit zum Verhör. Sie behauptete, daß Morton nur ein Bekannter sei, über dessen Angelegenheiten sie nichts wisse. Schließlich entschieden sie sich, ihr die drei Leichen zu zeigen. Sie behauptete, sie hätte keinen der Männer je zuvor gesehen.«

Arme Diana. Ich hatte Mitgefühl mit ihr. Sie hatte den ganzen Tag darauf gewartet, daß ich zurückkomme, und sich gefragt, wohin ich wohl gegangen sein mochte. Und Charnwoods

Leichnam auf einer Totenbahre: ein toter Vater, den sie nicht kennen durfte.

»Es muß hart für sie gewesen sein, Guy, was Sie sicher verstehen. Sie stand da in der Leichenhalle und durfte ihn nicht erkennen. Nun, sie ist hart. So hart wie ein Diamant. Und entschlossen. Zuletzt gaben sie das Verhör auf und ließen sie gehen. Ungefähr zu der Zeit, als Sie mich am Tor des *Amber Court* überraschten. Soll ich sagen ›überraschten‹? Meine Gebete wurden erhört, müßte es wohl eher heißen. Ich hatte Sie. Wo Faraday nicht nur einmal, sondern zweimal gescheitert war, hatte ich Erfolg gehabt. Genug für einen zusätzlichen Bonus, würde ich sagen. Nun, das werden wir ja noch sehen.

Ich mußte natürlich rasch reagieren, aber das konnte ich schon immer gut. Mein alter Herr pflegte zu sagen, daß ich zwar schnell in Schwierigkeiten komme, mich aber genauso schnell auch wieder hinausmanövriere. Wie auch immer, ich hatte Sie erwischt, nicht jedoch die Aufzeichnungen. Noch nicht. Aber Sie hatten meine Story mit den amerikanischen Zeitungen geschluckt, also würde ich bald die Aufzeichnungen in meine Hände bekommen. Nicht schlecht, was? Und seien Sie nicht zu wütend darüber. Denn es war wirklich das Beste, was Sie hätten tun können. Das Allerbeste.

Diana kam am Samstag in Dorking an, während ich in London war. Vita sagte ihr aus Angst vor ihrer Reaktion nichts von dem Brief, den ich an Fabian geschickt hatte. Und aus demselben Grund verriet sie ihr auch nichts von meiner Verwicklung in den Fall. Dianas Nerven waren zum Zerreißen gespannt, weil sie weder wußte, wo Sie waren, noch was Sie vorhatten oder was sie intelligenterweise tun sollte. Als ich aus Iver zurückkam, erkannte ich ihren Zustand. Ich glaubte, daß es nur einen Weg gab, sie zu entspannen, ohne mich zu verraten. Vita willigte ein, mich zu decken. Ich sagte, Sie hätten sich mit mir in Verbindung gesetzt, mir alles erzählt und vorgeschlagen, daß wir mit all den Unterlagen in die Staaten fahren sollten. Ich konnte selbstverständlich nicht erklären, warum Sie sich allein mit Fabian getroffen hatten, ohne Vitas Brief zu erwähnen, also müssen Sie sich etwas ausdenken, um dem Rechnung zu tragen. Aber sorgen Sie dafür, daß es glaubhaft ist. Wir wollen nicht, daß . . .«

Er brach ab, als er mein verwirrtes Gesicht im Spiegel sah. Dann grinste er breit. »Sie haben es noch nicht kapiert, Guy, nicht wahr? Wir kommen alle davon. Sie, ich, Diana und Vita im Austausch für die Aufzeichnungen. Das sind die Bedingungen, denen Faraday und Vasaritch zugestimmt haben und die mein gutes und großzügiges Selbst herausgeholt hat. Diana wartet in ihrer Kabine auf der *Leviathan*. Ich habe ihr gesagt, sie solle auf Ihren Wunsch früh an Bord gehen. Sie würden sich dann bei ihr auf dem Schiff melden. Vita und ich würden morgen auf der *Olympic* folgen, um zu verhindern, daß eine gemeinsame Abreise Verdacht erregte. Wir alle wollten uns nächste Woche in New York treffen, um dort die Bombe einer nichtsahnenden Öffentlichkeit zu präsentieren. Nun, es wird nicht ganz so laufen. Es wird keine Bombe geben, weil es keine Aufzeichnungen gibt. Die werden hier bleiben. Sie werden Diana erzählen, daß Sie sie an Faraday verkauft haben. Sie werden ihr sagen, daß Sie das getan haben, was einem Schwindler im Blut liegt: Nimm das Geld und lauf.« Er grinste und blies selbstzufrieden ein paar Ringe in die Luft. Sie stiegen zur Decke und lösten sich wunderbar konzentrisch auf.

»Ja, Quincy«, hätte ich gern geantwortet. *»Sehr schlau. Geld ist der Felsen, auf dem Ihr Plan ruht. Es gibt jedoch keins, verstehen Sie? Sie werden mir jetzt zweifellos einen verächtlichen Bruchteil Ihres Honorars anbieten, wenn ich Diana diese Lügen erzähle. Aber Sie brauchen sich keine Mühe zu machen. Weil Sie nicht bezahlt werden. Sie werden keinen Penny bekommen.«*

»Sie muß überzeugt werden, daß alles vorbei ist, Guy«, sagte er und senkte die Stimme. »Wenn Sie einfach nur mit den Aufzeichnungen verschwinden, wird sie weiter der kleinsten Chance hinterherjagen, ihre Mutter zu rächen, vor allem jetzt, wo sie auch noch ihren Vater rächen muß. Sie wird so lange weitermachen, bis sich Faradays Leute gezwungen sehen, sie zum Schweigen zu bringen. Nein, sie muß glauben, daß man Sie gekauft hat. Sie muß begreifen, daß ihr einziger Bundesgenosse ein Strohmann ist. Und sie muß England verlassen. Hier gibt es zu viele Erinnerungen, zu viele Gründe, um hinter der Wahrheit herzujagen. Sie wird sich in den Staaten davon befreien, glauben Sie mir. Ich werde dafür sorgen. Oh, diese Seite der Dinge können Sie getrost mir überlassen. Darin habe ich Erfahrung. Sie müssen ihr nur sagen, daß Sie sie betrogen haben und dann aus ihrem Leben verschwinden. Fabian schuldete Ihnen tausend Pfund, als er gestorben ist, nicht wahr? Nun, ich schreibe Ihnen einen Scheck über diese Summe aus, und zwar einen, der nicht platzen wird. Übrigens erwarte ich nicht, daß Sie an Bord bleiben, bis das Schiff New York erreicht hat. Nicht mit dem Trubel um den Babcock-Prozeß. Nein, nein, ich bin ein vernünftiger Mann. Die *Leviathan* wird heute abend in Cherbourg anlegen. Gehen Sie dort von Bord. Gehen Sie hin, wohin Sie wollen. Sie haben eine Menge Geld in der Tasche. Mehr als genug, um es beim Pokern gewinnbringend anzulegen. Oder damit eine reiche Witwe in Monte Carlo aufzureißen. Sie werden aus dieser ganzen Sache besser herauskommen, als Sie hätten erwarten dürfen. Dank mir.«

»Glauben Sie das wirklich, Quincy? Tatsächlich?«

»Ich werde Ihnen ein Geheimnis anvertrauen, Guy. Diana wollte glauben, daß Sie den Handel mit ihr immer noch einhalten. Sie wollte es so sehr glauben, daß ich mir wirklich verdammt viel Mühe geben mußte, um sie zum Narren zu halten. Oh, es klang gut, ich weiß. Die freiheitsliebende amerikanische Presse, der Sprung über den Atlantik in weitgeöffnete Arme, der Sieg gegen alle Wahrscheinlichkeit. Ich kann ziemlich überzeugend lügen, wenn es sein muß, keine Frage. Aber da gab es noch mehr. Ich glaube, sie empfindet wirklich etwas für Sie. Ein echtes Gefühl, meine ich. Wenn ich recht habe, dann macht Sie das unter allen Männern zu einem besonderen Exemplar. Schade, daß wir es niemals herausfinden werden, nicht wahr?«

Hatte er recht? Zwischen echten Zweifeln und falschen Hoffnungen, zwischen Leidenschaft und Perversität, gab es da tatsächlich etwas, was uns zusammenhielt? In welcher Stimmung würde sie sein, während sie auf der *Leviathan* wartete? Was würde sie von unserem Treffen erwarten? War ich mehr als ein letzter Bundesgenosse? Und war sie mehr?

»Ich werde Ihnen noch ein anderes Geheimnis erzählen. Das letzte, was Maudie sagte, als ich mich auf der *Lusitania* damals von ihr verabschiedete... Es war nichts über die *Concentric Alliance*. Sondern über die Reise. Sie hatte so eine Vorahnung, daß sie sie nicht überleben würde. Und ich mußte ihr versprechen, daß ich mich in diesem Fall um Diana kümmern würde. Sie war besorgt, daß Fabian zuviel Einfluß auf das Mädchen gewinnen würde, wenn sie nicht mehr da war. Und sie machte sich auch wegen der Art des Einflusses Sorgen. Mit gutem Grund, wie sich herausgestellt hat. Ich habe sie damals nicht ernst genommen. Aber ich habe es ihr versprochen. Und es ist immer gut, ein Versprechen zu halten, finden Sie nicht? Selbst wenn man sechzehn Jahre dafür braucht.«

Er ließ sich nach hinten aufs Bett fallen, federte leicht von der Matratze zurück und starrte an die Decke. Seine Stimme klang sehnsüchtig, als hätte selbst sein Zynismus eine Grenze. »Ich hätte auf sie hören sollen, Guy. Ich hätte sie an den Haaren von diesem Schiff zerren sollen. Dann wäre vielleicht nichts geschehen. Aber ich habe es nicht gemacht. Die *Lusitania* fuhr mit Maudie an Bord davon. Und an der *Penn Station* kaufte ich mir eine Stunde später, als ich auf den Zug nach Pittsburgh wartete, eine Zeitung und las die Anzeige der deutschen Botschaft. ›Reisende, die die Absicht haben, eine Atlantiküberquerung zu machen, werden daran erinnert, daß zwischen Deutschland und Großbritannien Kriegszustand herrscht. Die Kriegszone schließt die Gewässer vor den Britischen Inseln ein. Schiffe unter britischer Flagge im Kriegsgebiet laufen daher Gefahr, versenkt zu werden, und Reisende, die mit ihnen fahren...«

Die Tür öffnete sich abrupt, und Vasaritch schritt herein, gefolgt von Faraday. Das Gesicht des Generals war gerötet und vor unterdrückter Wut verzerrt. Quincy setzte sich langsam auf und starrte ihn verständnislos an. Er hatte keine Ahnung, warum sein Arbeitgeber aufgeregt war. Ich jedoch schon. Nur zu gut.

»Was ist...?«

»Halten Sie den Mund!« brüllte Vasaritch. »Ich will diesen Mann...« Er beugte sich über mich, ein Messer in der Hand, ließ die Klinge herausspringen, setzte sie an das Tuch, das den Knebel hielt, und schnitt es durch. Danach entfernte er den Knebel aus meinem Mund. »Ich will diesen Mann hören. Wo ist das Geld, Horton? Wo ist es?«

»Ich habe keine...«

Ein heftiger Schlag traf mich am Kinn. An Vasaritchs Knöchel war Blut, als er die Hand zurückzog, und noch mehr davon war in meinem Mund, als er mich anbrüllte. »Sagen Sie nicht noch einmal: ›Ich habe nicht‹ oder ›Ich kann nicht‹ oder ›Ich will nicht!‹ Sagen Sie mir einfach, wo es ist, bevor ich Sie töte!«

»He!« mischte Quincy sich ein. »Wo ist das Problem? Sie haben doch die Aufzeichnungen, oder?«

»Wir haben sie«, bestätigte Faraday. »Aber sie enthüllen nichts. Charnwood hat eine unglaubliche Serie von Verlusten aufgeführt, vermutlich, um seine Spuren zu verwischen. Was er wirklich mit dem Geld getan hat, bleibt unerklärt.«

»Nein«, protestierte ich. »Die Verluste sind die Erklärung.«

»Absurd. Charnwood war ein fähiger Finanzier. Er hätte niemals solche Fehler gemacht, jedenfalls nicht in dieser Folge. Es ist einfach nicht möglich.«

»Wo ist es?« wiederholte Vasaritch.

»Ich habe keine Ahnung.«

»Wo?«

»Ich sage Ihnen doch ...«

Vasaritch holte aus, um mich erneut zu schlagen, als Faraday ihn mit der Hand am Ellbogen zurückhielt. »Wenn er es wüßte«, sagte er leise, »dann hätte er Aufzeichnungen darüber. Wir haben jedes einzelne Blatt Papier in dieser Tasche überprüft. Aber er hat vielleicht die entscheidenden Stücke entfernt.«

»Sehr gut«, knurrte Vasaritch und senkte den Arm. »Durchsuchen Sie ihn.«

Faraday hockte sich grinsend vor mich. »In welcher Tasche ist es, Horton? Ich will sie nicht alle ausleeren müssen.«

»Ich habe nichts aus der Tasche entfernt.«

»Vielleicht nicht. Aber als Sie und Charnwood im Phoenix Park auf uns gewartet haben, habe ich da nicht gesehen, wie Charnwood Ihnen etwas gegeben hat? Irgendeinen Brief? Oder eine Notiz, wo er das Geld versteckt hat?«

Natürlich! Charnwoods Brief an Diana. Was war darin? Nicht der liebende Abschied eines Vaters, sondern die Nummer eines Schweizer Bankkontos? Es war möglich, sehr gut möglich. Und ich hatte vorgehabt, ihn ungeöffnet zu übergeben! »In der Innentasche meiner Jacke«, erklärte ich und deutete mit einem Nicken nach links.

»Danke.« Ich erschauerte, als Faraday seine forschenden Finger hineinsteckte und den Umschlag fand. Es war eine unwillkürliche Reaktion, die Faraday zu amüsieren schien. »Keine Sorge, Horton. Ich will nur das hier.« Er stand auf und schwenkte den Brief. »Das hätten wir.«

»Er hat mich gebeten, ihn Diana zu geben«, erklärte ich. »Eine Botschaft von ihm an seine Tochter.«

»Und was steht drin?«

»Das weiß ich nicht.«

Faraday schielte auf das Siegel. »Sie haben ihn nicht geöffnet?«

»Nein.«

»Warum nicht?«

»Das würden Sie nicht verstehen.«

Faraday hob eine Braue, als wollte er zögernd zustimmen, riß dann die Lasche des Umschlags auf, zog ein Blatt Papier heraus und entfaltete es. »Charnwoods Handschrift, unzweifelhaft«, murmelte er. »Keine Adresse, nur ein Datum. Der 10. November. Der Tag vor...«

»Was steht drin?« unterbrach Vasaritch ihn.

»Ich lese ihn vor, einverstanden?« antwortete Faraday besänftigend. »Zweifellos enthält er unter den üblichen väterlichen Segenswünschen das, was wir wollen. ›*Meine liebe Diana, morgen werde ich Horton im Phoenix Park treffen, um ihm die Unterlagen über die Concentric Alliance zu übergeben. Wenn Du das erfährst, wirst Du vermutlich annehmen, daß ich darauf bestanden habe, mich mit ihm anstatt mit Dir zu treffen, um mich nicht persönlich vor Dir für das, was ich getan habe, verantworten zu müssen. Doch ganz so feige bin ich nicht. Mein wirklicher Grund ist der, Dich von den Gefahren fernzuhalten, von denen es vielleicht eine Menge gibt. Was morgen auch passieren wird, und ich befürchte das Schlimmste, Du sollst wissen, daß ich Deine Mutter sehr geliebt habe. Leider habe ich auch ihren Tod herbeigeführt. Unabsichtlich, gewiß. Indirekt, als eine der unvorhersagbaren Konsequenzen des Krieges. Aber es war ein Krieg, den eine Organisation, die ich geschaffen und kontrolliert habe, ausgelöst hat. Daher kann ich der Verantwortung nicht entkommen. Sie hat lange schwer auf mir gelastet. Vor ein paar Wochen bin ich nach Cork gereist, habe auf dem Old Head of Kinsale gestanden und auf die Stelle hinausgeschaut, an der die Lusitania sank und der Leichnam Deiner Mutter möglicherweise immer noch liegt. Ich habe ihr damals gebeichtet, was ich nun Dir gegenüber zugeben muß. Warum ich …‹«*

»Das Geld!« schrie Vasaritch plötzlich und brach den Bann, den Charnwoods Worte geschaffen hatten. »Was sagt er über das Geld? Ich will nichts über Old Head of Kinsale hören!«

Faraday warf ihm einen, wie mir schien, eine Spur verächtlichen Blick zu und seufzte. »Ich glaube, wir kommen gleich zum Punkt. Soll ich fortfahren?« Er erntete nur einen Blick und schaute dann wieder auf den Brief. »›*Warum ich es getan habe*‹«, fuhr er dann fort. »›*Warum ich mir einen Plan ausgedacht und ausgeführt habe, um einen europäischen Krieg zu beschleunigen? Aus Gewinnsucht, wie meine Mitverschwörer annahmen? Nicht letztendlich. Vermutlich eher um herauszufinden, ob es ging. Um zu erforschen, ob ich die Geschichte mit einem kalkulierten Eingreifen ändern und die Zukunft bestimmen könnte. Der Tod Deiner Mutter war die Antwort darauf. Ich habe viele Dinge verändert. Ich habe das Leben von Millionen Menschen geändert. Aber ich habe nichts vorherbestimmt. Ich habe nur den Tod meiner eigenen Frau beschleunigt. Und was war meine Belohnung? Zusehen zu müssen, wie ein Pack gieriger …*‹« Faraday räusperte sich. »›*Zusehen zu müssen, wie ein Pack gieriger Narren reich wurde*‹«, las er dann ausdruckslos weiter.

»Er nennt uns Narren?« spie Vasaritch geradezu hervor.

»Da kommt nicht mehr viel«, antwortete Faraday. »Es muß den Schlüssel *enthalten. ›Ich gab ihnen Reichtum und Macht, zuviel von beidem. Ich sah zu, wie sie meine Geschenke mißbrauchten. Und ich sah ihre Habsucht, die nur ein Spiegel meiner eigenen war, in Dir widergespiegelt. Das war am schwersten zu ertragen. Das war es, was mich schließlich dazu brachte zurückzunehmen, was ich gegeben hatte. Geld zu verlieren ist genauso einfach, wie es zu gewinnen, wenn man weiß, wie. In den beiden letzten Jahren habe ich systematisch all das Geld verschwendet, das sie mir anvertraut haben. Ich habe wertlose Anlagen gekauft und zum Untergang verurteilte Investitionen getätigt. Ich habe den größten Teil ihres Reichtums weggeworfen ...‹«* Faradays Stimme drohte zu versagen. »*›Und damit auch viel von ihrer Macht ... Die große Depression ... war das Mittel ..., die Sache zu Ende zu bringen.‹«*

Das folgende Schweigen war erfüllt von unser aller Unglauben. Charnwood hatte das Geld weder verloren noch versteckt. Er hatte es vernichtet. Er hatte es Pfund für Pfund der allgemeinen Insolvenz in den hungrigen Rachen geworfen. Geblieben war nur eine Konfettiwolke von wertlosen Anteilen und Bankrottaktien.

Einige Sekunden vergingen, dann fiel der Brief aus Faradays Fingern und flatterte zu Boden. Faraday lehnte sich langsam an die Wand, seufzte schwer und schloß die Augen. »Weg«, murmelte er. »Alles weg.«

»Das kann nicht sein«, sagte Vasaritch. Seine tiefe Stimme klang wie eine Glocke.

»Natürlich kann es das«, widersprach Faraday. »Ich dachte, diese Kontoauszüge wären ... gefälscht, erfunden. Jetzt begreife ich, daß sie ... tödlich genau sind.«

»Er hat Geld behalten. Ich weiß es. Ich weiß, wie er gedacht hat.«

»Offenbar nicht.«

Mit einem Fluch hob Vasaritch den Brief auf. »Es muß noch mehr darin stehen«, stieß er grollend hervor. Doch der Blick, mit dem er den Brief überflog, erzählte eine andere Geschichte. Mit einem weiteren Fluch knüllte er den Brief zu einem Ball zusammen und starrte vor sich hin, als könnte er Charnwoods Gesicht vor sich sehen. Dann ließ er ihn vor seine Füße fallen. »Warum hat er es gemacht? Warum?«

»Er hat es uns geschrieben.«

»Was kann man daraus machen?«

»Nichts.« Faraday kam hoch und zupfte am Revers seines Mantels. »Wir müssen gehen.«

»Gehen?«

»Wir haben die Unterlagen. Mehr gibt es da nicht. Anonymität ist unser einziger Trost.«

»Moment mal«, mischte Quincy sich ein und erhob sich vom Bett. »Was ist mit meinem Honorar?«

»Kommission«, verbesserte ihn Faraday. »Kein Kapital, keine Prozente.«

»Das hatten wir aber nicht so vereinbart. Da war nie die Rede von ...«

»Finden Sie sich damit ab, McGowan«, sagte Faraday und legte ihm warnend die Hand auf die Schulter. »Seien Sie dankbar dafür.«

»Dankbar? Ich will verdammt sein, wenn ...«

»Verdammt ist besser als tot. Wenn wir das Geld gefunden hätten, hätten wir es uns nicht leisten können, Sie oder Horton am Leben zu lassen.«

»Was?«

»Reiche Leute ziehen Erpresser an. Ein Honorar hätte Ihnen niemals gereicht.«

»Wir sollten sie auf jeden Fall umbringen«, knurrte Vasaritch wütend. »Sie kennen zu viele Namen.« Er drehte sich um und rief nach Milan. Eine Sekunde später tauchte er in der Tür auf. Sein langer Schatten reichte bis zu uns.

»Nein«, wehrte Faraday ab. »Das hier ist nicht Irland. Das ist ein Hotel erster Klasse, und man hat uns gesehen, als wir ankamen. Und es ist ein Land, in dem ich ziemlich bekannt bin und Sie, General, höchst verdächtig sind.«

»Das interessiert mich nicht.«

»Mich aber. Die Risiken wären es wert gewesen, wenn wir gefunden hätten, was wir zu finden gehofft haben. Aber das haben wir nicht. Und nichts ist auch das, woran sich diese beide Gentlemen erinnern werden. Nicht wahr, Horton? Keine Namen, keine Tatsachen. Keine Phantasien mehr, die Geschichte neu zu schreiben.«

»Überhaupt keine«, antwortete ich und schaute Faraday und Vasaritch abwechselnd an, um meine Ernsthaftigkeit zu unterstreichen.

»McGowan?«

Eine oder zwei Sekunden vergingen, in denen Quincy offenbar einen Protest erwog. Dann bemerkte er meinen Blick. »Das gleiche gilt für mich.«

»Gut. Sollten Sie jemals Ihre Meinung ändern, könnte Ihnen dasselbe Mißgeschick in einer Seitenstraße zustoßen, das Duggan widerfahren ist. Er hat den Fehler gemacht, nicht zu vergessen, was er wußte. Sie werden doch nicht denselben Fehler machen, nicht wahr?«

»Nein«, sagte ich nachdrücklich. »Das werden wir nicht.«

Quincy warf sich rückwärts aufs Bett und schüttelte trübselig den Kopf. Faraday nickte und drehte sich um. Aber Vasaritch war nicht zufrieden. Er trat vor, schloß seine rechte Hand um Quincys Kinn und riß ihn schmerzhaft hoch. Dann legte er ihm die rechte Hand auf den Kopf. Seine Hände bildeten jetzt die Backen eines Schraubstocks. »Ich habe Ihnen nicht gestattet, sich hinzusetzen, Mr. McGowan«, stieß er heiser hervor.

»Ich ... Es tut mir leid. Ich wollte nicht ...«

»Woran werden Sie sich erinnern?«

»An nichts. An keine ... verdammte Tatsache.«

Vasaritch hielt ihn einige atemlose Sekunden fest und sagte dann: »In Ihren Augen lauert die Feigheit, Mr. McGowan. Die Feigheit eines fetten bulgarischen Kleinbauern.« Quincy zuckte zusammen, als Vasaritch ihm ins Gesicht spuckte. Dann schleuderte ihn der General wie einen weggeworfenen Fisch aufs Bett, drehte sich auf dem Absatz um und schritt aus dem Zimmer. Milan trat respektvoll zur Seite. »Wir gehen!« bellte Vasaritch über die Schulter zurück.

»Sie entschuldigen uns, Gentlemen«, meinte Faraday, der langsamer folgte. »Hoffen wir, daß wir uns nie wieder begegnen werden.«

Eine Sekunde später hörte ich, wie sich die Außentür schloß. Im Zimmer wurde es kurz ruhig. Dann ertönte die Sirene eines Schiffes durch das Fenster und ließ den Fensterrahmen klappern. Quincy stand mühsam auf und bewegte seinen Kiefer, als fürchte er, er sei gebrochen.

»Binden Sie mich doch los, um Himmels willen!«

»Ja.« Er hockte sich hinter mich und begann, an den Knoten herumzufummeln. Einige Minuten lang sprach keiner von uns. Und das schien auch keiner zu wollen. Was gab es schon zu sagen? Die Unterlagen waren verschwunden. Und damit die Beweise. Das Geld existierte auch nicht mehr, während wir, zu meiner Überraschung, noch lebten.

Endlich waren meine Hände frei. Ich scheuchte Quincy ungeduldig fort, bückte mich und befreite meine Knöchel. Er stand auf und ging zur Tür. Da bemerkte er den Brief, der zusammengeknüllt auf dem Boden lag. Er setzte sich finster daneben, mit dem Rücken an die Wand gelehnt, strich den Brief langsam glatt und las ihn. Seine Lippen formten dabei die Wörter nach.

»Gibt es da etwas, was Faraday nicht vorgelesen hat?« wollte ich wissen, als ich die letzten Knoten löste.

»Sehen Sie selbst«, sagte Quincy verwirrt. Er reichte ihn mir herüber, und ich suchte sofort den letzten Satz, den ich gehört hatte. »›*Die große Depression war das Mittel für mich, die Sache zu Ende zu bringen.*‹« Das war es. Ein einziger Absatz folgte.

»›*Was ist mit dem abgezweigten Kapital, von dem wir angeblich lebten, wie ich Euch erzählt hatte? Es ist weg, alles verschwunden. Es war immer schon weniger, als ich Vita und Dich glauben machte. Und jetzt ist es alle. Das wenige, was im August noch geblieben war, habe ich ebenfalls vernichtet. Warum, fragst Du? Weil es mich keineswegs so befriedigt hat, hier zu sitzen und mich am Unbehagen meiner Feinde zu erfreuen, wie ich es erhofft hatte. Und weil ich es nicht länger zulassen kann, daß die Überheblichkeit der Jugend von der Feigheit des Alters genährt wird. Ich habe Dich zu sehr nach meinem Bild geformt, Diana. Ich habe Dich zur Beteiligten eines Mordes gemacht und Dich vermutlich dazu gebracht, einen anderen selbst zu begehen. Ich weiß nicht, ob Du Wingate töten wolltest. Sein Tod mag vielleicht wirklich ein Unfall gewesen sein. Das kannst nur Du sagen. Aber ich kann das Risiko nicht eingehen, das verstehst Du doch? Ich kann es nicht riskieren, daß Du schlimmer wirst als ich. Zumindest das schulde ich deiner Mutter. Wenn Du Wingate getötet hast, um eine privilegierte Zukunft genießen zu können, muß ich dafür sorgen, daß dieser Mord vergeblich war. Ich muß dafür sorgen, daß Du nicht davon profitierst, wenn Du dem Beispiel folgst, das ich Dir gegeben habe. Ich muß beenden, was ich begonnen habe. Daß Deine Zukunft, wenn sie denn privilegiert sein wird, das nicht wegen meines Vermächtnisses sein wird. Mein einziges Geschenk an Dich ist unbezahlbar: ein neuer Anfang, nicht von meinem verfluchten Reichtum beschränkt.*

Nutze das klug, mein Kind. Und Gott schütze Dich. Ich bleibe Dein Dich immer liebender Vater.‹«

»Kalter Trost für uns alle, was?« meinte Quincy, als ich aufschaute. »Kein schöner Schatz, den Diana und Vita ausgeben könnten. Kein Weg aus der Knechtschaft von Bruder Theo für mich.«

Ich starrte ihn kalt an, faltete den Brief, so gut es ging, schob ihn dann in die Tasche und rieb meine Schienbeine und Knöchel, um darin wieder Gefühl zu bekommen.

»Ich wette, Sie glauben, ich war ein verdammter Narr.«

»Das waren Sie auch. Und noch Schlimmeres.« Ich stand auf und stampfte mit den Füßen, um das scharfe Stechen loszuwerden. »Aber was macht das jetzt noch aus?«

»Nicht sehr viel, nehme ich an.« Er blieb dort stehen, wo er war, an die Wand gelehnt, und dachte finster über das Scheitern seiner Hoffnungen und Pläne nach. Eine erbärmliche und verachtenswerte Gestalt. Er schien kurz davor zu sein zu weinen, und die wogende Zuversicht, auf die ich mein Vertrauen gesetzt hatte, war in mieses Selbstmitleid zusammengefallen.

Ich wollte von dieser schalen Szene seiner Enttäuschung und dem Verrat an mir so schnell und so weit wie möglich weg. Ich war traurig, wütend und verbittert. »Wo ist meine Fahrkarte?« fragte ich abrupt.

»Mmm?« Quincy schien aus weiter Ferne aufzutauchen.

»Meine Fahrkarte.«

»Oh ... In der Schublade des Nachttisches.«

Ich stolperte zu dem Schrank hinüber und öffnete die Schublade. Dort war sie, unter einem Reisepaß der Vereinigten Staaten. Eine Erste-Klasse-Kabine auf meinen Namen auf der *S. S. Leviathan,* gekauft, als Quincy noch glaubte, extravagant sein zu können. Ich stopfte sie in meine Tasche hinter Charnwoods Brief und schaute auf die Uhr. Alles klar. Es war noch Zeit genug. Ich würde nicht zurückbleiben.

»Sie fahren ... trotzdem?«

»Warum nicht?«

»Ich dachte, Sie hätten jetzt keinen Grund mehr. Aber was ... werden Sie ... Diana sagen?«

»Was glauben Sie?«

»Ich ... ich weiß es nicht.« Er schaute mich flehend an. »Ich kann Sie jetzt natürlich nicht bezahlen. Aber warum sollte man ihr die Wahrheit aufbürden? Warum erzählen Sie ihr nicht, was wir abgesprochen haben? Sie werden sie niemals wiedersehen. Wohingegen Vita und ich ... Es macht keinen Sinn, Schlamm aufzuwirbeln, nicht wahr?«

»Wir haben nichts vereinbart. Sie haben Bedingungen diktiert. Diese Bedingungen greifen nicht länger. Und was ich Diana erzählen werde ...« Ich stand an der Tür und schaute auf ihn hinab. »Das habe ich noch nicht entschieden. Sie und Vita können während Ihrer Reise auf der *Olympic* über das rätseln, was ich gesagt habe. Ich hoffe, diese Unsicherheit kommt Ihnen zupaß.« Ich drehte mich um, um wegzugehen, blieb dann aber stehen. Es gab noch eins, was gesagt werden mußte, eine letzte Verurteilung, der zu entgehen er nicht verdient hatte. »Wissen Sie, was das Schlimmste ist, Quincy? Ich glaube, Ihr Plan hätte funktionieren können. Wir wären vielleicht wirklich damit durchgekommen. Aber Sie haben die Chance vertan. Und sie wird nie wiederkommen. Es war nicht schwer, mich zu hintergehen. Aber Sie haben es geschafft – wie viele, sagten Sie, waren es? –, mehr als hunderttausend Amerikaner zu verraten. Grübeln Sie darüber in Pittsburgh nach. Erinnern Sie sich daran, wenn Sie versucht sind, Bruder Theo zu sagen, wohin er sich seinen Job stecken kann. Weil Sie es ihm nicht sagen werden. Sie werden es ihm nie sagen. Vasaritch hatte recht. In Ihren Augen lauert die Feigheit. Und die wird immer darin sein.«

18

Ich stand auf dem Bootsdeck, als die *Leviathan* langsam aus dem Dock gezogen und gewendet wurde, um nach Southampton Water zu fahren. Der Himmel war undurchdringlich grau, die See dunkel und ölig, die Möwen eigenartig schweigsam, während sie in der unsteten Brise schwebten und herabstießen. Das riesige Schiff war laut Zahlmeister zu mehr als drei Vierteln leer, aber es kam mir dennoch voll vor, einsam und verzweifelt, als die Schlepper es auf den Weg brachten. Es gab keine Fanfaren, keine winkenden Menschenmengen, keine Wimpel. Es war Ende November, der Abschied war kalt und verstohlen, innen in meinem Kopf und außen in der Wirklichkeit.

Und noch Schlimmeres wartete an den Kais von Itchen und kam in Sicht, als wir die Mündung passierten. Die *Empress of Britain* war eingelaufen, bleich wie ein Geist in unserer Erinnerung und doch genau so real wie die Reling, an der ich lehnte. Der Sommer war schon lange vorbei. Und auch der Freund war verschwunden, neben dem ich vor vier Monaten in einer anderen Welt gestanden hatte.

»Nun, das versaut es, nicht wahr?« schien er wieder zu fragen.

»Wir wußten, daß es passieren würde«, murmelte ich als Antwort. »Oder besser, wir hätten es wissen sollen.«

Meine Stimmung hatte sich nicht geändert, seit ich Quincys Suite im *South Western* verlassen hatte. Sie war nur noch schlimmer geworden. Ich war frei und lebte. Das hätte reichen sollen, um mich glücklich zu machen. Aber ich hatte Geschichte in den Händen gehalten und zusehen müssen, wie sie mir entrissen wurde. Ich war von einem Hauch gottgleicher Macht versucht worden. Komfort und Wohlstand erschienen jetzt als Bagatellen. Dies würde nicht andauern, das wußte ich. Guy Horton würde bald wieder in sein altes Selbst zurückfallen. Aber im Augenblick kam er sich vor wie der einsamste Mensch der Welt. Auf dem verlassensten Schiff und der weitesten See.

Unten, in ihrer Kabine, wartete Diana. Wir waren uns auf der Fahrt zum Hafen begegnet. Und beim Verlassen des Hafens würden wir uns das letzte Mal sehen. Der Kreis war nahezu geschlossen. Doch was würde seinen Umfang vollenden? Die Wahrheit? Oder noch eine der Lügen, denen wir nachgejagt waren? Ich ging an Deck auf und ab, rauchte eine Zigarette nach der anderen, wartete darauf, daß das letzte Stück Englands in dem Grau hinter dem Heck verschwand, wartete, bis eine Entscheidung getroffen wurde oder eine sich anbot. Wahrheit gegen Wahrheit. Oder Lüge für Lüge. Als das Schiff schließlich den Nab Tower passiert hatte und wir in den Kanal hinausfuhren, wurde mir klar, daß dies nur Diana entscheiden konnte.

Ich fragte mich, ob sie wirklich da war, als ich vor ihrer Tür stand und die Hand hob, um zu klopfen. Vielleicht wäre es mir lieber gewesen, wenn nicht; vielleicht wäre ich froh gewesen, wenn sie Quincys List durchschaut und im letzten Moment an Land gegangen wäre. Aber das war sie nicht. Denn bevor ich auch nur ein zweites Mal klopfen konnte, öffnete sie schon die Tür.

Zuerst fanden wir beide keine Worte. Ein Nicken, ein Zwinkern der Augen, bebende Lippen. Dann trat sie zurück, und ich ging hinein. Sie trug das schwarze Kleid, das ich zuletzt an ihr gesehen hatte, als ich den *Amber Court* nach den Verhören verlassen hatte. Falsche Klagen waren zu heimlicher Trauer geworden. Ein Vorwand hatte einen anderen erzeugt. Sie würde wissen wollen, wer ihn getötet hatte. Sie würde begreifen wollen. Aber durfte ich ihr das erlauben?

»Du hast die Unterlagen nicht mitgebracht?« wollte sie wissen und schaute mich finster an.

»Nein. Ich ... Wir müssen vorsichtig sein.« Ich schaute weg. »Hat Quincy dir erzählt, was im Phoenix Park geschehen ist?«

»Ja. Aber nicht, warum du Papa allein getroffen hast. Und auch nicht, warum du zugelassen hast, daß ich ... so von seinem Tod erfahren mußte.«

»Ich bin allein hingegangen, weil dein Vater darauf bestanden hat. Und ich bin anschließend nicht zurückgekommen, weil Faraday gesagt hatte, du wärest seine Agentin gewesen.«

»Er hat gelogen.«

»Ja. Das weiß ich mittlerweile auch.«

»Und woher wußte Papa überhaupt, daß du in Dublin warst?«

»Ich ... ich weiß es nicht genau.« Ihr Stirnrunzeln verstärkte sich. »Vielleicht hat er das *Shelbourne* beobachtet. Möglicherweise ...« Verwirrt von der Unangemessenheit meiner Worte, zog ich den Brief heraus und reichte ihn ihr. »Er hat mich gebeten, dir das hier zu geben. Es tut mir leid, daß das alles so ... Ich konnte es nicht verhindern.«

Sie ließ sich auf einen Stuhl sinken und glättete den Brief auf ihrem Schoß. Während der Zeit, die sie brauchte, um die Nachricht ihres Vaters zu lesen, schien sie meine Gegenwart vollkommen vergessen zu haben. Ich ging zum Fenster und schaute auf den grauen Horizont hinaus. Minuten verstrichen. Dann spürte ich, daß sie fertig war, und drehte mich um. Sie schaute mich direkt an. »Hast du das gelesen?« Ihre

Augen wurden schmal, als ihre Ungläubigkeit in Mißtrauen umschlug.

»Ja, das habe ich.«

»Es ist kein Geld übrig?«

»Offenbar überhaupt keins.«

»Aber ...« Sie starrte auf den Brief. »Warum?«

»Du weißt, warum, Diana. Du willst es nur nicht glauben.«

»Das ist nicht wahr. Ich ...« Ihr Blick richtete sich wieder auf mich. »Sag es mir jetzt. Wer hat ihn betrogen? Woher wußten sie, daß er in Dublin war?«

»Sag du mir erst etwas anderes. Und beantworte die Frage, die dein Vater in diesem Brief gestellt hat. Wolltest du Max töten?«

»Selbstverständlich nicht. Ich habe ...«

»Lüg mich nicht so gedankenlos an«, schrie ich. Plötzlich wurde ich wütend. »Überlege dir, was du sagst. Hattest du vor, ihn zu töten?«

»Du glaubst offenbar, daß ich es getan habe, Guy. Was ich sage, spielt also überhaupt keine Rolle.«

»Ich will die Wahrheit wissen.«

»Ich habe dir die Wahrheit schon gesagt.«

»Hast du das?«

»Verschiedene Male. Ich weiß nur nicht, ob du zugehört hast.«

»Was soll das heißen? Ja oder nein?«

»Das bedeutet, daß ich es satt habe, meine früheren Taten zu rechtfertigen.« Sie errötete. »Vor allem dir gegenüber.«

»Ja oder nein?«

Sie stand auf, ließ den Brief auf einen Tisch neben ihrem Stuhl fallen und strich sich mit der Hand die Hüfte entlang. Unsere Blicke begegneten sich, wichen einander aus, kehrten wieder zurück. Es gab keine Antwort. Es würde niemals eine geben. Sie atmete schwer, während sie versuchte, mich auszutricksen. Aber ihr Verstand arbeitete in die falsche Richtung. »Wo sind die Unterlagen?« fragte sie unvermittelt. »Ich habe ein Recht darauf, sie zu sehen.« Damit war die Sache entschieden. Lüge gegen Lüge. Im stillen wünschte ich ihr alles Gute für die betrügerische Zukunft, zu der sie sich entschieden hatte. »Ich will sie jetzt sehen.«

»Manche Dinge, die du haben möchtest, kannst du nicht bekommen«, erwiderte ich lächelnd. »Ich habe sie Faraday verkauft. Sie sind weg. Für immer. Wie das Geld deines Vaters.«

»Was?«

»Ich habe sie verkauft. Es war ein Geschäft, und ich habe einen Gewinn gemacht. Wenn ich unsere Abmachung eingehalten hätte, wäre nichts dabei herausgesprungen, nicht wahr? Sobald ich den Brief gelesen hatte, ist mir das klar geworden. Deshalb habe ich ihn angewidert zusammengeknüllt. Ich mußte mich anderweitig umsehen, Diana, das kannst du sicher verstehen.« Eine seltsame Befriedigung überkam mich, als ich mir diese Lüge ausdachte. Warum sollte ich sie nicht dazu bringen, mich zu hassen und Quincy zu vertrauen? Sie hatte Max oft betrogen und das hier verdient. Sie hatte ihr Recht auf Wahrheit verwirkt. Und meines ebenfalls. »Ich habe getan, was du von mir hättest erwarten sollen. Ich habe meinen Preis genannt. Und Faraday hat ihn bezahlt.«

»Mein Vater hat sein Leben geopfert, damit du mit diesen Unterlagen entkommen konntest«, stellte sie gedehnt fest. »Und du hast sie einfach verkauft.«

»Richtig.«

»Verstehe.« Sie ging schwankend zur Schlafzimmertür und lehnte sich dort gegen den Türrahmen. Dabei ließ sie mich nicht aus den Augen. »Ich verstehe alles. Jetzt endlich.«

»Wirklich?«

»Du hast ihn verraten, nicht wahr? Du hast sie zu ihm geführt.«

»Vielleicht.« Ich zuckte mit den Schultern, froh darüber, daß sie selbst einen Teil der Fiktion erfand. »Ich schuldete deinem Vater nichts.«

»Und sie haben natürlich besser bezahlt. Besser, als er oder ich jemals gekonnt hätten.«

»Genau. Geld überdauert Wahrheit und Schönheit. Es wächst, während die anderen Dinge schwinden.«

»Bastard«, murmelte sie.

»Nenn mich, wie du willst. Aber du kannst mich nicht Mörder schimpfen, nicht wahr? Du kannst mich Schlimmeres schimpfen, aber nichts, was du nicht bereits bist.«

»Du hast ihn getötet, nicht wahr?«

»Habe ich das?«

»Antworte.«

»Nein. Das werde ich nicht.« Ich schüttelte lächelnd den Kopf. »Ich habe es satt, meine früheren Taten rechtfertigen zu müssen. Vor allem dir gegenüber.«

Plötzlich sprang sie, angespornt durch den Widerhall ihrer eigenen Worte, ins Schlafzimmer. Ich konnte sie nicht mehr sehen. Als ich die Tür erreichte, beugte sie sich gerade über ihre Tasche, die auf dem Nachttisch lag. Dann wirbelte sie zu mir herum und hob dabei die Derringer in ihrer Hand. Die hatte ich unter dem Druck der Ereignisse vollkommen vergessen. Nicht aber Diana. Und sie zielte genau auf mich.

»Nein! Um Himmels willen! Ich habe gelo...«

Sie drückte mit entschlossener Miene auf den Abzug, doch es ertönte nur ein Klicken. Und als sie erneut abdrückte, klickte es wieder. Sie schaute auf den Lauf hinab und schnitt eine wütende Grimasse. Ich sah, daß sie dasselbe dachte wie ich. Quincy oder Vita hatte die Waffe entdeckt und die Patronen entfernt, zweifellos, um Diana vor sich selbst zu schützen. Aber es war ihnen nur gelungen, mich zu retten.

Langsam durchquerte ich das Zimmer, nahm ihr die Waffe

weg und steckte sie in meine Jackentasche. Diana atmete noch schneller als ich; offenbar war sie von ihrer Fehleinschätzung schockiert, war verwirrt von zwei Erfahrungen, auf die sie in ihrem bisherigen Leben nur schlecht vorbereitet worden war: Scheitern und Frustration. »Das war Glück«, sagte ich so gelassen wie möglich. »Für uns beide.«

»Verschwinde hier«, sagte sie. Ihre Stimme klang bezwungen und gleichzeitig gebieterisch.

»Mit Vergnügen.«

»Und bleib mir für den Rest der Reise vom Leib.«

»Keine Sorge. Ich verlasse das Schiff in Cherbourg. Du wirst mich bald los sein. Für immer.«

Zum erstenmal seit ihrem Versuch, mich umzubringen, schaute sie mich an. Der Wutanfall war vorbei. Und der Wunsch war nicht mehr stark genug, es erneut zu versuchen. Aber der Haß blieb, gemischt mit dem ersten Aufkeimen von etwas anderem, weit weniger Einfachem. »Gerade eben«, sagte sie langsam, »wolltest du mir sagen, daß du gelogen hast, nicht wahr?«

»Ja.«

»Aber das wäre auch nicht wahr gewesen, oder?«

»Selbstverständlich.« Sie wollte mir glauben. Sie mußte es einfach. Aber in ihrem Blick bemerkte ich ihren Zweifel, einen schwachen Verdacht, daß ich sie irgendwie hereingelegt haben könnte. Und die Erkenntnis, daß sie es niemals erfahren würde. »Wie hätte es das auch sein können.«

Sie wandte sich ab und ging ans Fenster. Sie hielt die Hände vor sich verschränkt und schaute hinaus. Mir wurde beim Anblick ihrer Schultern klar, daß sie vorhatte, so lange stehenzubleiben, wie ich blieb, und sich nicht umsehen würde, bis sie sicher war, daß ich gegangen war. Das war das Ende zwischen uns. Keiner hatte gewonnen. Aber es hatte auch keiner seine Niederlage eingestanden. Außer vor sich selbst.

»Was sonst«, fügte ich noch hinzu, als ich mich zur Tür umdrehte, »hättest du dir vorstellen können?«

Ich ging an Deck zurück und warf die Derringer über die Reling in die schäumenden Fluten. Dann drehte ich einige Runden über die verlassene Promenade, wünschte mir, daß die Reise schon vorüber wäre und Diana und ich mehr als nur einige Türen und Mitreisende zwischen uns hätten.

Obwohl ich überzeugt war, sie würde ihre Kabine erst verlassen, wenn sie wußte, daß ich von Bord gegangen war, zog ich mich in die Männern reservierte Ecke des Rauchsalons zurück. Die großen Fenster boten einen majestätischen Ausblick auf den Bug und etwas später, als es in Sicht kam, auf Cherbourg. Zunächst hatte ich den Salon für mich allein, und obwohl die Cocktailliste als Referenz an die Prohibition nur Köstlichkeiten wie *Sarsaparilla* und *Lemon Soda* anbot, servierte mir der Steward *Manhattans,* so starke und so oft ich wollte.

Ich hatte gerade mit dem dritten angefangen, als ein korpulenter und bedrohlich liebenswerter Amerikaner sich neben mir in einen Sessel fallen ließ. »Noch ein Passagier«, verkündete er. »Sie sind ein seltener und höchst willkommener Anblick, Sir. Ich habe diese Lounge da unten, die man Gesellschaftssalon nennt, bis zur Verzweiflung abgeklappert.«

»Tatsächlich?«

»Allerdings. Und ›Gesellschaft‹ ist nicht gerade das passende Wort dafür.«

»Nein?«

»Sie sind Brite, richtig?« Er musterte mich prüfend.

»Ja«, erwiderte ich zurückhaltend.

»Und so, wie Sie klingen, sehr gut erzogen. Die Klassiker. Griechische Mythologie. Der ganze Kram.«

»Nun ... ich nehme an ...«

»Dann können Sie mir vielleicht helfen. Ich habe eben die Bilder an der Wand dieses Raumes für Ruhesuchende betrachtet.« Er lachte und wartete vergeblich darauf, daß ich einstimmte, und fuhr dann unerschrocken fort: »Es sind im ganzen vier. Sie stellen die Story der Pandora dar, hat man mir gesagt. Kennen Sie die? Die Büchse der Pandora?«

»Ich kenne sie.«

»Nun, ich fragte mich gerade, was ...« Er brach ab, als der Steward sich näherte, und stieg in meiner Wertschätzung, als er sich einen großen *Jack Daniels* bestellte. »Ich fragte mich folgendes: Sie wurde neugierig und öffnete die Schachtel, nicht wahr?«

»Mehr oder weniger.« Wie Charnwood, dachte ich plötzlich. Einfache Neugier hatte ihn dazu gebracht zu tun, was er tat. Der Wunsch zu erfahren, was unter dem Deckel mit der Aufschrift KRIEG stand.

»Und heraus flatterte ... alles Schlechte der Welt?«

»All die Bosheiten der Menschheit, ja. Alter. Krankheit. Verrücktheiten. Lust. Gier. Eifersucht. Und alles andere.«

»Wovon die Menschheit bis dahin frei war?«

»Ja.«

»Also ... Was wäre passiert, wenn sie sie nicht aufgemacht hätte?«

»Sie nicht herausgelassen hätte.«

»Richtig.«

»Nun, wir würden nicht davon geplagt werden, nicht?«

»Wir würden diese Dinge, von denen Sie geredet haben, nicht kennen? Alter, Krankheit, Verrücktheiten, Gier und so weiter?«

»Genau.«

»Das Leben wäre ... vollkommen?«

»Ja. Bis auf ...« Schlagartig wurde es mir klar. Charnwood hatte die Welt am Rand eines Krieges stehen sehen und hatte sie hinübergeschubst. Und wenn er es nicht getan hätte, wäre die Welt nicht vom Abgrund zurückgetreten. Am Ende wäre sie doch hinabgestürzt. »Nun, wenn Pandora die Büchse nicht geöffnet hätte«, hob ich wieder an, »hätte jemand anderes es getan.«

»Es gab keine Hoffnung, die Büchse könnte für immer versiegelt bleiben?«

»Nicht wirklich.« Ich lächelte über die unbeabsichtigte Ironie in seinen Worten. »Wissen Sie, Hoffnung war eine Eigenschaft, die in der Büchse geblieben ist.«

Mein Gefährte runzelte die Stirn. »Warum mußte die Hoffnung weggeschlossen bleiben?«

»Weil sie immer lügt. Und, wie nicht anders zu erwarten war: Als sie schließlich befreit wurde, hat sie die Menschheit getäuscht und ihr den Glauben suggeriert, man könne die anderen Bosheiten überwinden. Selbstverständlich ging das nicht, aber dies zu glauben ließ die Bosheiten wenigstens erträglich scheinen.«

»Also hat die Hoffnung letztlich doch etwas Gutes getan?«

»Könnte man so sagen.« Als der Steward zurückkehrte, schaute ich an ihm vorbei auf den verhangenen Himmel hinter dem Fenster. Er war grau und weit und leer wie meine Zukunft. Und dennoch ... »Vermutlich beweisen wir diesen Punkt dadurch, daß wir trotz aller schrecklichen Heimsuchungen hartnäckig optimistische Sterbliche sind.«

»Tun wir das?«

»Nun, selbst wenn das Schlimmste geschieht ... hoffen wir immer noch auf das Beste.«

»Darauf werde ich trinken.« Er lächelte und hob das Glas, um mich einzuladen, mit ihm anzustoßen. Was ich tat. Mehr hoffend, selbstverständlich, als erwartend.

Vier Stunden später stand ich im Heck des Tenders, der von der *Leviathan* wegfuhr. Der Ozeandampfer ragte schwarz über mir in die Nacht hinauf, seine beleuchteten Bullaugen beobachteten meine Abreise wie Hunderte starrer Augen. Ob Diana hinter einem dieser schimmernden Kreise aus Gold stand und beobachtete, wie ich abfuhr? Ich wußte es nicht. Und auch sie würde, falls sie herabschaute, die eingemummte Gestalt nicht ausmachen können, die aus der winzigen Nußschale, die sie davontrug, zu ihr hochschaute. Was jeder von uns sah oder glaubte, blieb für den anderen genauso dunkel wie an dem Tag, an dem wir uns das erste Mal getroffen hatten. Und jetzt war es zu spät, etwas zu ändern. Ich würde den nächsten Zug nach Paris besteigen, während sie nach New York weiterfuhr. Und die Tangenten unserer getrennten Schicksale würden mit immer größerer Geschwindigkeit auseinanderlaufen. Um sich niemals wiederzutreffen.

Epilog

Die Wochen nach meiner Flucht aus England waren geprägt von Nomadentum und Ziellosigkeit. Die Wahrheit, die sie enthüllten, war ebenso unwillkommen wie vorhersagbar. Meine lange Partnerschaft mit Max – und unser bequemes Arrangement mit den Babcocks – hatte meinen Appetit auf das selbstgenügsame Wanderleben eines Betrügers untergraben. Meine Instinkte waren zwar noch da, aber meine Reaktionen waren verdächtig. Einsamkeit und Fehlbarkeit zehrten an meinen Nerven. Meine Finanzen schmolzen dahin. Meine Aussichten verschlechterten sich. Und meine Zuversicht nahm ab.

Dann begann die Erinnerung eine Macht über mich zu gewinnen, die sie nie zuvor gehabt hatte. Sie trieb mich zurück nach Venedig, in eine leere Villa auf dem Lido und zu einem vernachlässigten Grab auf der Isola San Michele. Zur Jahreswende lungerte ich immer noch in der nebelverhüllten Stadt herum, fuhr am Tag mit den Vaporetti und versuchte nachts vergeblich mein Glück im Casino. Ich wußte, daß ich hätte gehen sollen, aber ich wußte nicht, wohin. Und den toten Max zu verlassen kam mir schwieriger vor, als den lebenden zu betrügen.

Mitte Januar wurde mein Aufenthalt in Venedig durch eine Begegnung mit Francesco Contanari im Casino verändert. Er war ein wohlhabender Geschäftsmann, der mit byzantinischen Antiquitäten handelte. Natürlich war er genausowenig Sproß einer alten venezianischen Adelsfamilie wie ich finanziell unabhängiger Gentleman. Nachdem wir Verstellungen und Geziertheiten ad acta gelegt hatten, erkannten wir uns als Biester desselben Schlags. Francescos Antiquitäten waren so echt wie sein Stammbaum. Er suchte einen Assistenten, der seine *objets d'art ancien* bei einem dubiosen Hersteller in Istanbul abholte und als kenntnisreicher Sammler auftrat, wenn ein Kunde den Ansporn eines konkurrierenden Rivalen brauchte, der sein Interesse an einer Ikone aus dem 13. Jahrhundert in ein Angebot in barem Geld verwandelte. Ich ließ mich von Contanari rekrutieren, und so begann eine Zusammenarbeit, die, wenn sie schon meinen Schmerz nicht bannen konnte, doch wenigstens meine Kosten deckte.

Aber die Sache sollte nicht so lange dauern, wie sie lukrativ war. Ein Telegramm von Francescos Geliebter und Sekretärin, deren Charme ich bei einer Gelegenheit nicht hatte widerstehen können, erreichte mich Ende April in Istanbul. Sie warnte mich, daß man Francesco in Rom verhaftet habe, nachdem er eine Schwertscheide, die angeblich von Kaiser Andronikos Komnenos getragen worden war, an einen engen Freund Mussolinis verkauft hatte. Ich konnte nicht nach Venedig zurückkehren.

Aber wohin sollte ich statt dessen gehen? Ich fuhr einige Tage lang durch Bulgarien und Jugoslawien, die Taschen voller Geld, aber ohne Ziel vor Augen. In Sarajevo machte ich für ein paar Tage halt. Die Stadt lag heiter und absurd hübsch in einer Senke zwischen grünen Hügeln, auf denen Pflaumenbäume blühten und auf die die Frühlingssonne herabschien. Ich besuchte den Empfangsraum im Rathaus, in dem Erzherzog Franz Ferdinand und seine Frau am Sonntag, dem 28. Juni 1914, gespeist hatten. Dann ging ich den Appelkai entlang zu genau der Stelle, an der sie am Nachmittag erschossen worden waren, noch bevor sie ihr Essen verdaut hatten. Der falsche Weg der Kutsche, der Fabian Charnwoods Apotheose geworden war. Und ich traf in einem Café einen alten Mann,

der die Ereignisse dieses Tages genauer heraufbeschwor, als er sie hatte kennen können. »Nichts wurde gesagt. Niemandem wurde etwas gesagt. Aber wir wußten, daß er in den Tod ging. In Sarajevo warteten mehr Attentäter als Wachen auf ihn.«
Ja. Und hinter dem Attentäter lauerte die *Concentric Alliance*, um die Wellen zu zählen, die von diesem vorherbestimmten Ereignis in eine noch weiter entfernte Zukunft schlugen, bis hin zum Mai 1932 – und noch darüber hinaus.

Einige Tage später, im Zug von Belgrad nach Wien, geriet ich in eine Pokerpartie mit einigen wohlhabenden Mitreisenden. Einer von ihnen ähnelte in Verhalten und Aussehen so sehr Faraday, daß ich nicht widerstehen konnte, ihn mit einem einzigen Blatt *Red Dog* um den größten Teil seines Gewinnes zu betrügen. Die Rache war zwar nur stellvertretend, aber sie zeitigte ein unerwartetes Ergebnis. Ein aufrichtiger, doch achtsamer Australier, der das Spiel mit plus minus null beendet hatte, trat am Südbahnhof von Wien an mich heran und drängte mich dazu, mit ihm und seiner Frau in seinem Hotel zu dinieren. Dort entpuppte er sich als Donald Beaumont, Millionär, Buchmacher und Besitzer einer Kette von Wettbüros von Perth bis Parramatta. Er war gerade dabei, in das Casinogeschäft einzusteigen, und brauchte Angestellte, die die Kniffe des Gewerbes kannten. Und wer konnte besser auf die Kunden achten als ein flotter Engländer mit einem gewissen Gespür dafür, die Karten zu verteilen? Dazu hörte sich sein Gehaltsvorschlag außerordentlich attraktiv an. Er gab mir vierundzwanzig Stunden, darüber nachzudenken.

In dieser Nacht versuchte ich die Strecke nachzugehen, die Duggan und Oberst Brosch bei ihrem Treffen am Donaukanal am 20. Juli 1914 gegangen waren. Aber das war hoffnungslos. Ihre Schritte waren verblaßt, zusammen mit ihren Geheimnissen. Es war einfacher – und sicherer –, so zu tun, als hätten sie sich niemals unterhalten, weder miteinander noch mit mir.

Die Zeit war gekommen, die Verfolgung der Spur aufzugeben und in einem Land von vorn zu beginnen, wo ich niemanden kannte und wo mich niemand kannte. Am nächsten Morgen nahm ich Beaumonts Angebot an.

Und so kam ich unter Umständen nach England zurück, die ich mir niemals vorgestellt hätte. Ich hatte eine Fahrkarte für die *S. S. Orama,* die am Samstag, dem 21. Juni, von London aus nach Brisbane fahren würde. Ich erreichte London am Donnerstag, dem 16. Damit blieb mir kaum eine Woche, um meiner Familie das längst überfällige Lebewohl zu entbieten. Eine Weihnachtskarte aus Venedig, ohne Adresse, an die man hätte zurückschreiben können, war meine einzige Bemühung gewesen, mit ihr in Kontakt zu bleiben, seit ich Maggie sieben Monate zuvor im Foyer des *Letchworth Hall Hotel* stehengelassen hatte. Wie immer würden meine Erklärungen nicht akzeptabler sein als meine Entschuldigungen. Vielleicht entschied ich mich deswegen, zuerst Felix zu besuchen. Wenigstens er würde sich freuen, mich zu sehen.

Doch zu meinem Erstaunen stellte ich am nächsten Tag in Napsbury fest, daß er nicht mehr dort war.

»Er wurde im Januar entlassen«, informierte mich die Oberschwester.

»Entlassen?«

»Nun, eigentlich überwiesen. In die *Brabazon*-Klinik.«

»Die was?«

»Das ist ein privates Krankenhaus in London. Es hat einen sehr guten Ruf. Sie leisten dort hervorragende Arbeit. Selbstverständlich, wenn wir den Patienten hier genausoviel Aufmerksamkeit schenken könnten wie die im *Brabazon,* bin ich sicher ...«

»Sie sagen, das *Brabazon* ist privat?«

»Sicher. Und äußerst teuer. Die Gebühren sind astronomisch. Aber sie sind jeden Penny wert, glaube ich. Wenn man es sich leisten kann.«

Weder mein Vater noch meine Schwester konnten sich das leisten. Das war das Geheimnis. Ich nahm ein Taxi nach Hatfield und erwischte den nächsten Zug nach Letchworth. Es war fast halb vier, als ich ankam, also ging ich zur *Norton School.* Ich wollte Maggie lieber am Tor treffen als mich meinem Vater allein in *Gladsome Glade* stellen. Der Nachmittag war heiß, und Letchworth zeigte sich in seiner lähmendsten Ruhe. Die Gartenstadt in vollster und ernstgemeinter Blüte.

Einige ihrer kleinen Bürger strömten bereits heraus, als ich die Schule erreichte. Ich sah Maggies Wagen auf dem Schulhof, lehnte mich gegen die Motorhaube und wartete darauf, daß sie herauskam. Als sie es dann einige Minuten später tat, wurde sie von einem Stapel Schulhefte geradezu niedergedrückt. Aber von Überraschung war verdächtig wenig zu bemerken.

»Ich habe dich vom Lehrerzimmer aus gesehen«, erklärte sie und kniff mich schwesterlich in die Wange. »Da du ja wie immer unangemeldet auftauchst, habe ich nicht lange gebraucht, um mich vom Schock zu erholen. Der stellvertretende Direktor hat dich für meinen Liebhaber gehalten.«

»Und hast du einen Liebhaber ... mit dem man mich verwechseln könnte?«

»Glaube nicht, daß du mich auf diese Weise ablenken kannst. Wo hast du all die Monate gesteckt?«

»Hast du meine Karte aus Venedig nicht bekommen?«

»Doch. Sie war ja sehr aufschlußreich. Ich habe dem britischen Konsulat geschrieben, aber sie hatten keine Ahnung, wo du warst.«

»Warum wolltest du denn unbedingt Kontakt mit mir aufnehmen? Was ist mit Felix?«

»Oh!« Jetzt schaute sie mich überrascht an. »Du weißt es?«
»Ich komme gerade von Napsbury.«
»Verstehe.«
»Nun, ich nicht. Willst du es mir vielleicht erklären?«
»Natürlich.« Sie lächelte. »Ich sage dir was. Letztesmal hast du mich im *Letchworth Hall* einfach stehen lassen. Lad mich zu einem Tee ein, und ich erzähle dir die ganze Geschichte.«
»Kannst du sie mir nicht einfach so erzählen?«
»O nein, Guy.« Ihr Lächeln wurde fast übermütig. »Ich werde es nicht riskieren, daß du mich ein zweites Mal stehen läßt.«

Als wir durch die Stadt fuhren, vorbei an der Goddess-Fabrik und ungezählten anderen Meilensteinen meiner abgelegten Jugend, sang Maggie ein Loblied auf die *Brabazon*-Klinik und heiterte mich mit der Beschreibung der Fortschritte auf, die Felix dort gemacht hatte. Aber über die Gründe seiner Verlegung von Napsbury und über die Mittel, aus denen die Gebühren bezahlt wurden, sagte sie nichts – bis wir im Salon des *Letchworth Hall Hotel* saßen und Tee und süße Brötchen bestellt hatten. Dort, zwischen weißen Spitzendecken und Leder, wo Silberlöffel prüde auf feinen Porzellanuntertassen klingelten und das Sonnenlicht respektvoll durch dicke Spitzenvorhänge schien, machte ich meine letzte und am wenigsten erwartete Entdeckung.
»Der Grund, warum Felix die bestmögliche Behandlung bekommt, die man für Geld kaufen kann, ist ganz einfach, Guy. Verstehst du, Felix ist jetzt ein wohlhabender Mann. Sein Geld ist natürlich in einem Fonds angelegt. Ich bin eine der Verwalterinnen, zusammen mit dem Treuhandverwalter seines Wohltäters und ...«
»Ich verstehe nicht. Welches Geld? Welcher Wohltäter?«
»Anscheinend jemand, unter dem er im Krieg gedient hat.

Sieht so aus, als habe er erst kürzlich von Felix' Krankheit gehört. Sofort danach hat er einen Fonds von dreißigtausend Pfund für Felix' Behandlung gestiftet.«

»Dreißigtausend Pfund?« Das war der Preis für den Titel eines Peers! Das wußte ich von niemand Geringerem als von ... »Wer? Wer ist er?«

»Das wissen wir nicht. Es war eine Bedingung dieser Schenkung, daß er anonym bleibt. Sein Testamentsvollstrecker, Mr. Grogan, mußte schwören, es geheimzuhalten. Ich habe versucht, ihn auszufragen, aber er verrät nichts. Ich habe sogar Felix' ehemaligen Kommandeur in Hertfordshire kontaktiert, aber er konnte sich an keinen Offizier erinnern, der reich genug gewesen wäre, oder stolz genug auf Felix, um so etwas zu tun.«

»Wann hast du zuerst davon gehört?«

»Letzten November. Einige Wochen nachdem du verschwunden bist. Mr. Grogan hat uns aus Dublin geschrieben. Vollkommen aus dem Blauen heraus.«

»Dublin?«

»Ja. Was ist damit?«

Ich starrte an ihr vorbei aus dem Fenster. Es schien nicht das leiseste Lüftchen zu wehen, aber der Vorhang bewegte sich, als ob ihn selbst die leichteste Brise bewegen könnte. Was hatte Charnwood gefragt, als wir zusammen im *Ambassador's Club* geluncht hatten? Und was hatte ich geantwortet?

»Wenn Sie eine Sache ändern könnten, nur eine, die die Vergangenheit Ihrem Zugriff entzogen hat, was wäre das?«

»Ich würde meinem Bruder Felix seine Gesundheit zurückgeben. Er hat sie im Krieg verloren.«

»Ja, der Krieg. Immer ist es der Krieg.«

»Geht es dir gut, Guy?« fragte Maggie und legte mir besorgt die Hand auf den Ellbogen. »Du siehst aus, als wäre jemand über dein Grab gelaufen.«

Maggie fuhr mich am nächsten Nachmittag zur *Brabazon*-Klinik nach Roehampton. Mein Vater blieb in Letchworth, angeblich wegen eines Kegeltermins. Vielleicht stimmte es sogar. Während des Frühstücks bemerkte er mit offenkundiger Erleichterung, daß er wenigstens nicht den Rektor von Stiffkey als Sohn hatte. Da dieser gute Mann wegen unmoralischen Verhaltens jungen Mädchen gegenüber demnächst vor ein Schwurgericht mußte, war das nicht gerade ein großes Kompliment. Aber ich hatte dennoch den Eindruck, daß die Neuigkeit von meinem Job in Australien – als ich sie schließlich doch verkündete – eine, wenn auch knurrige, Zustimmung bei ihm fand.

Was Felix betraf, war er offenbar ruhiger, wenn nicht sogar gesünder als in den letzten Jahren. Er reagierte besser auf die Behandlung im *Brabazon,* als ich zu hoffen gewagt hatte. Dort war man wunderbar aufmerksam – und offensichtlich teuer, wie Maggie mich hatte erwarten lassen. Wir tranken mit ihm Tee auf dem Rasen, in einer Atmosphäre, die eher zu einem Fünf-Sterne-Hotel gepaßt hätte als zu einem Sanatorium. Und obwohl überall um uns herum Bäume waren, erwähnte er nicht einmal, daß der Feind hervorluge.

»Er entwickelt sich großartig«, bemerkte Maggie, als wir danach durch die sonnenerwärmte Luft des Nachmittags fuhren. »Die Ärzte sind über seine Fortschritte hocherfreut.«

»Da haben sie auch allen Grund dazu.«

»Und doch ist das eine komische Sache mit seinem Wohltäter.« Sie hatte Felix gefragt, ob er sich an jemanden erinnern könne, unter dem er im Krieg gedient habe und der sich vielleicht in seiner Schuld fühle. Selbstverständlich hatte er sich an niemanden erinnern können. »Glaubst du, daß wir jemals herausfinden, wer es gewesen ist?«

Ich zuckte mit den Schultern. »Da kann ich auch nur raten. Aber wer es auch ist, er hat mehr für Felix getan, als wir gekonnt hätten. Wenn er dafür nichts weiter will als anonym bleiben, dann sollten wir ihm diesen Wunsch vielleicht gewähren.«

»Vermutlich. Es ist einfach ... Nun, man kann nicht anders, als neugierig zu werden, nicht wahr?«

Die untergehende Sonne strahlte mich vom Fluß aus an, als wir über die Putney Bridge fuhren. Die Erinnerung an einen Spaziergang über den Bishop's Walk flammte in meinem Gedächtnis auf, als sei sie ein Fragment aus einem früheren Leben. »Kann man nicht?« fragte ich. »Ich denke, ich kann es.« Dann lag die Brücke hinter uns. Und die Erinnerung war erloschen.